KAREN SWAN

Winterwundertage

Lesen erleben

Buch

Wenn es bei den erfolgsverwöhnten und mächtigen CEOs der Welt nicht mehr ganz so rundläuft, wenden sie sich hilfesuchend an Alex Hyde, Unternehmensberaterin und Life Coach par excellence, die Beste ihres Fachs. Je komplizierter der Fall, desto größer die Herausforderung. Einige Wochen vor Weihnachten bekommt sie einen höchst lukrativen Auftrag: Sie soll Lochlan Farquhar, CEO der familiengeführten Kentallen-Whisky-Destillerie, davon abbringen, das Unternehmen mit seiner eigensinnigen, destruktiven Art zu zerstören. Doch als Alex die abgelegene schottische Insel Islay betritt und der erste Schnee des Winters fällt, bemerkt sie, dass dieser Fall ein ungewöhnlicher ist. Denn Lochlan ist zwar unberechenbar, doch auch äußerst attraktiv und charismatisch. Im Laufe ihrer Coachings kommt sie ihm immer näher, die Grenzen verschwimmen zusehends. Doch als sie zufällig eine Entdeckung macht, die das ganze Unternehmen zu stürzen droht, steht Alex vor der schwierigsten Entscheidung ihres Lebens …

Weitere Informationen zu Karen Swan
sowie zu lieferbaren Titeln der Autorin
finden Sie am Ende des Buches.

Karen Swan
Winterwundertage

Roman

Aus dem Englischen
von Gertrud Wittich

GOLDMANN

Die englische Originalausgabe erschien 2017 unter dem Titel
»The Christmas Secret« bei Pan Books,
an imprint of Pan Macmillan, London.

Sollte diese Publikation Links auf Webseiten Dritter enthalten, so übernehmen wir für deren Inhalte keine Haftung, da wir uns diese nicht zu eigen machen, sondern lediglich auf deren Stand zum Zeitpunkt der Erstveröffentlichung verweisen.

Dieses Buch ist auch als E-Book erhältlich.

Verlagsgruppe Random House FSC® N001967

1. Auflage
Deutsche Erstveröffentlichung Oktober 2018
Copyright © der Originalausgabe 2017 by Karen Swan
Copyright © der deutschsprachigen Ausgabe 2018
by Wilhelm Goldmann Verlag, München,
in der Verlagsgruppe Random House GmbH,
Neumarkter Str. 28, 81673 München
Umschlaggestaltung: UNO Werbeagentur, München
Umschlagmotiv: Frau: Aliaksei Lasevich/Alamy
Hotel: courtesy of Isle of Eriska Hotel, Spa & Island www.eriska-hotel.co.uk
Redaktion: Ann-Catherine Geuder
em · Herstellung: kw
Satz: omnisatz GmbH, Berlin
Druck und Bindung: GGP Media GmbH, Pößneck
Printed in Germany
ISBN: 978-3-442-48777-6
www.goldmann-verlag.de

Besuchen Sie den Goldmann Verlag im Netz

Für Sally, Mhairi und Muirne

Meine drei Grazien

Prolog

*Kilnaughton Bay, Islay, schottische Westküste,
30. April 1932*

*Das Meer, dort draußen.
Dort war er dem Tod zum ersten Mal begegnet. In dieser tückischen Brandung, in diesem Gewässer, das sich bis zur Küste von Irland erstreckte. Von den Klippen aus sah die See heute glatt und blass aus, wie eine seidig schimmernde blaue Decke. Es gab keinerlei Hinweise auf die Dramen, die sich in jener längst vergangenen Nacht hier abgespielt haben mussten, als ein Sturm mit Windstärke zehn über die Oberfläche gefegt war und Geschützfeuer sie von unten aufgewühlt hatten.*

Sie stand da und blickte zum Horizont. Der Wind fuhr ihr ins Gesicht, als wolle er ihr das Atmen abnehmen und ihr neues Leben einhauchen. Hier fühlte sie sich ihm irgendwie näher. Und wer weiß? Wenn sie nur inbrünstig genug betete, könnte sie vielleicht seine Spuren im Sand entdecken, seinen Geruch in der Luft – zumindest hatte sie dieses Gefühl. Ach, dass diese kleine Insel ihn eine Zeitlang in ihren Armen halten durfte! Von ihrer Herbergswirtin hatte sie erfahren, dass der Samen des dottergelben Ginsters, der hier überall auf den Mooren blühte, vierzig Jahre in der Erde überleben und selbst dann noch aufgehen konnte. Ob es nicht ein ähnliches Wunder für sie geben könnte? Ob nicht auch von ihm etwas überlebt hatte?

Aber darauf bestand keine Hoffnung, schon seit Jahren nicht mehr. Der Tod hatte ihn ein zweites Mal gejagt, hatte nach seinen Fersen geschnappt wie ein hungriger Wolf und ihn schließlich in seine Fänge bekommen und nicht mehr freigegeben. Er habe so tapfer um sein Leben gekämpft, hatten ihr die freundlichen Inselbewohner erzählt, in ihrem eigenartigen, vollmundigen Dialekt, mit den rollenden Vokalen, und mit ihren stillen, ausdrucksvollen Augen. Mehrmals hatten sie ihn schon aufgegeben gehabt, doch er habe sich jedes Mal wieder aus dem Würgegriff des Fiebers befreit und sei schließlich wiederauferstanden wie eine Gestalt, die sich aus einem dichten Nebel herausschält, hohläugig und keuchend vor Anstrengung.

Ganz schön zäh sei er gewesen, berichteten sie, ein sanftmütiges Lächeln habe er gehabt, flüsternde Augen und tanzende Hände. Man erinnerte sich gut an ihn, selbst jetzt noch. Man bewunderte ihn und hatte ihn nicht vergessen.

Sich vorzustellen, dass er einst ihr gehört hatte ...

Sie schloss die Augen und ließ sich von den Windstößen packen. Was für ein unendlicher Trost doch die schlichte Tatsache war, dass er einst ihr gehört hatte. Das konnte ihr nicht einmal der Tod wegnehmen – auch wenn er beim dritten und letzten Versuch endgültig siegreich geblieben war.

Eine Stimme – ein Rufen? – drang an ihr Ohr, und sie blickte sich um. Eine Frau kam auf sie zugelaufen. Der Wind spielte mit ihrem Haar wie ein Kätzchen mit einem Wollfaden, aber ihre Bewegungen waren flink und leicht-

füßig, eine schlanke, zierliche Schönheit aus gutem Hause, wie ihr schien. Die junge Frau besaß wache, kluge Augen, und so zart ihre Erscheinung auch war, wirkte sie keineswegs zerbrechlich, sondern stark und resolut.

»Sie sind die Amerikanerin?«, erkundigte sich die Frau aufmerksam.

»Ja, das bin ich.«

Die Frau seufzte erleichtert auf und nickte. »Man hat mir gesagt, dass ich Sie hier finden würde. Ich hatte schon Angst, ich hätte Sie verpasst.«

»Worum geht es?«

»… ich muss Ihnen etwas mitteilen, ehe Sie gehen.«

Sie ahnte bereits, worum es sich handeln musste, ihr Bauchgefühl verriet es.

Er hatte auch zu ihr gehört.

1. Kapitel

Mayfair, London, Freitag, 1. Dezember 2017

»Hier das Büro von Alex Hyde.«
Die forsche, sachliche Stimme von Louise Kennedy durchdrang die von einem Strauß weißer Pfingstrosen geschwängerte Stille des mit einem dicken Teppich ausgelegten Büros.

»Nein, bedaure, sie ist nicht zu sprechen. Wenn Sie mir Ihren Namen nennen würden?«

Louises manikürte Fingernägel schwebten erwartungsvoll über der Tastatur, der Cursor saß bereits in der Namensspalte. Auf der Telefonanlage daneben blinkte ein rotes Lämpchen – da wartete schon der nächste Anrufer. Louise kam sich vor wie bei der Flugsicherung: eine Maschine nach der anderen musste auf die richtige Landebahn dirigiert, vorübergehend geparkt und dann weitergeleitet werden.

»Sie müssen mir schon Ihren Namen nennen, wenn Sie …« Doch der Anrufer bestand darauf, unbedingt persönlich mit Alex Hyde sprechen zu müssen, war es nicht gewöhnt, abgewiesen zu werden. Louise achtete darauf, nicht in die Sprechmuschel zu seufzen, was unprofessionell gewesen wäre. Ihre Finger zappelten ungeduldig, als würden sie mit einem Stift spielen, sie wollte weiter, hatte es eilig. Das rote Lämpchen blinkte noch.

In spätestens sechzig Sekunden musste sie rangehen, es konnte ja wichtig sein. Auf dem Niveau, auf dem sie tätig waren, konnte es den Verlust vieler Arbeitsplätze und großer Vermögen bedeuten, ja sogar um Leben und Tod gehen.

»Bedaure, das ist nicht möglich.« Die Stimme des Anrufers wurde drängender, und Louise runzelte die sorgfältig gewachsten Augenbrauen. »Weil sie in New York ist.« Ihr Blick fiel erneut auf das Blinklicht. »Nein, das ist vertraulich«, entgegnete sie, ohne sich vom Befehlston des Anrufers einschüchtern zu lassen. Aufgeblasenheit und Arroganz bei der Kundschaft waren ihr täglich Brot, ja, es waren oftmals gerade diese Eigenschaften, die sie zu Alex' Kunden werden ließen. »Ich kann sie bitten, Sie zurückzurufen, wenn Sie das möchten. Weiß sie denn, worum es sich handelt?« Ihre Finger zuckten ungeduldig.

Draußen fuhr mit blinkendem Blaulicht ein Krankenwagen vorbei, und durch die nerzgrauen Jalousien hindurch war ein schmutzig grauer Himmel erkennbar, an dem sich schwere Regenwolken zusammenballten. Menschen in dicken Wintermänteln liefen, das Handy am Ohr, mit gesenkten Köpfen vorüber. Die Gehsteige glänzten nass vom letzten Regenguss.

Louise spitzte missbilligend die Lippen. Na bitte, das hatte sie sich doch gleich gedacht. »Aha, verstehe, es handelt sich also um eine *Erstanfrage*.« Sein anmaßender Ton suggerierte eine enge persönliche Bekanntschaft, wahrscheinlich jedoch waren er und Alex einander höchstens einmal auf einer Cocktailparty über den Weg gelaufen oder Alex' Name war auf einer Jubiläumsfeier ehrfürchtig von Mund zu Mund weitergetragen worden wie ein verstohlener Freimaurer-Händedruck.

»Tut mir leid, wir operieren mit einer Warteliste. Vor Mai nächsten Jahres hat Ms Hyde leider keine freien Termine mehr.« Ihr Blick fiel erneut auf das rote Lämpchen. Es blinkte noch, aber sicher nicht mehr lange. Sie würde ihm noch zehn Sekunden geben ... »Soll ich Sie schon mal vormerken und Sie melden sich dann nächstes Jahr wieder?«

Nun wurde er ausfallend. Louises makellose Augenbrauen schossen in die Höhe. Dem war offenbar nicht klar, dass an ihr kein Weg vorbeiführte und dass sie nicht nur dafür bezahlt wurde, den Terminkalender zu verwalten, sondern auch dafür, mögliche Klienten vorab auszusortieren. »Nun, wie gesagt, Ms Hyde ist momentan außer Landes. Wann sie wieder da sein wird, kann ich Ihnen leider nicht sagen. Wenn Sie mich jetzt bitte entschuldigen würden, ich habe einen Klienten in der anderen Leitung. Sie können gern noch einmal anrufen, wenn Sie Ihre Meinung ändern sollten.« Sie wollte auflegen, den Blick auf das hartnäckig blinkende Lämpchen gerichtet.

Drei, zwei, ei ...

Ihre Hand sackte kraftlos auf die Schreibtischplatte, das soeben Gehörte hallte in ihren Ohren nach wie Schüsse. Sie beugte sich geschockt vor und lauschte konzentriert, die Ellbogen auf den Schreibtisch gestützt, den Blick auf den blinkenden Cursor auf dem Bildschirm gerichtet. Das rote Lämpchen (das aufgehört hatte zu blinken) war vollkommen vergessen. Stille trat ein, dann:

»Könnten Sie das bitte wiederholen?« In Louises Stimme lag ein vollkommen untypisches Beben. »Ich fürchte, ich habe Sie falsch verstanden.«

Am gleichen Tag in New York

Alex Hyde starrte auf die Wallstreet hinab. Dort regierte das Ego, es pulste wie ein Muskel im dichten Verkehrsgewühl. Furchtlos, als ob sie unverwundbar wären, hetzten die Leute von einer Straßenseite zur anderen, ungeachtet der wütend hupenden gelben Taxis, deren aufblinkende rote Bremslichter sich in der Ferne verloren. Die Statuskennzeichen dieser Menschen würden von der Straße aus nur dezent bemerkbar sein (das rote Knopfloch an einem Maßanzug, beispielsweise) oder, im Gegenteil, offen und kaum übersehbar (eine Rolex Oyster oder eine karibische Gesichtsbräune). Von hier oben wirkten die Passanten dagegen wie Feldspäne auf einem Magnetbrett, sie wogten hierhin und dorthin, wie von unsichtbaren Strömungen gelenkt, zielgerichtet, allzeit in Eile, von Termin zu Termin hetzend. Wohin es sie trieb, konnte Alex sich denken. Sie wollten hier herauf, in den 98sten Stock dieses Wolkenkratzers, wollten es schaffen, so wie der Mann, der hier saß. Auch sie wollten *Masters of the Universe* werden, Dreh- und Angelpunkt von Macht und Geld.

Aber keiner von ihnen würde es so weit bringen, denn sie konnten sich nicht von ihrer Warte aus betrachten. Nicht mal aus zwei Schritten Distanz konnten sie sich wahrnehmen, geschweige denn aus zweihundert Metern Höhe. Nicht mal ihr eigenes Spiegelbild würde ihnen verraten, was Alex bereits wusste und was sie erst noch begreifen mussten: dass Ehrgeiz nicht reichte, dass Zielbewusstsein nicht genügte, dass Talent allein nicht die Antwort war. Wenn sie sich nicht einmal dessen bewusst waren, wie sollten sie es je bis in diese schwindelerregenden Höhen schaffen, in diese geheiligten Hallen der Macht?

Der Mann, dem sie den Rücken zukehrte, schien das zu begreifen, was sich auch darin äußerte, dass er die Voraussicht besaß, sie zu kontaktieren, als man ihm den Posten des neuen Präsidenten der *Bank of America* anbot. Sich einzugestehen, dass er überfordert war und Hilfe brauchte, war das Beste, was er für seine Karriere tun konnte. Alex wandte sich von der harten Dezembersonne, die einen vereinzelten Strahl in die Straßenschluchten warf, ab und blickte ihn an. Gelassen löste sie sich vom Fenster und ging an ihren Platz zurück, verfolgt vom besorgt-ängstlichen Gesichtsausdruck ihres Klienten.

»Howard, erinnern Sie sich, wie wir letztes Mal über Maximum-Performance sprachen?«

Er beobachtete sie, wie eine Antilope eine Löwin beobachtet, die sich durchs hohe Savannengras anschleicht. »Ja.«

Sie setzte sich wieder in ihren Sessel ihm gegenüber, schlank und elegant in einem schmal geschnittenen, elfenbeinweißen Crêpe-Kleid von Phillip Lim, das ihrer sehnigen, durchtrainierten Figur schmeichelte. Das halblange kastanienbraune Haar umhüllte frisch geföhnt ihre Schultern. Himmel, sie liebte die *Blowout-Bars* von

Manhattan, die es hier an jeder Ecke gab und wo man sich schnell mal die Haare föhnen lassen konnte! Sie hatte nur eine Winzigkeit Make-up aufgelegt, da ihre sanft gebräunte Haut den samtigen Glanz von ihrem Aufenthalt in einem Besinnungs- und Entspannungs-Retreat in Costa Rica noch nicht verloren hatte.

»Was haben wir gesagt, wissen Sie es noch?« Sie betrachtete ihn mit einfühlsam geneigtem Kopf, die großen braunen Augen still und fragend auf ihn gerichtet.

»Sie sagten, der Mensch müsse voll und ganz im Reinen mit sich sein.«

Sie nickte. »Ganz recht. Es geht um *Ausgewogenheit,* um Balance. Ein Mensch kann nur dann Höchstleistungen erbringen, wenn alle Bereiche seines Lebens, der physische, der spirituelle, der mentale und der soziale, im Gleichgewicht sind.« Sie lächelte aufmunternd. »Und gerade weil das so selten vorkommt, sieht man die Dinge in so einem Zustand mit größerer Klarheit, kann weise Entscheidungen treffen und selbstbewusst und gelassen agieren. Aber wenn wir auch nur einen dieser Bereiche vernachlässigen«, warnte sie, »begeben wir uns auf gefährliches Territorium. Wie soll unser Verstand flexibel bleiben, wenn wir aufhören zu lernen, uns weiterzubilden, und uns mit dem zufriedengeben, was täglich auf unserem Schreibtisch landet? Wie sollen wir den Stress verarbeiten, den unsere Stellung mit sich bringt, wenn wir unser Fitnessprogramm vernachlässigen und den Personal Trainer mit Ausreden abspeisen? Wir dürfen den Körper nicht schwach werden lassen, den Verstand nicht mechanisch, die Emotionen abgestumpft oder das Gemüt unsensibel. Man kann nicht in einem Vakuum agieren. Nicht auf diesem Niveau jedenfalls, auf dem wir uns befinden. Die Luft ist dünn hier oben, Howard.«

Er ahnte, worauf das hinauslief, und seufzte. »Sie wollen sagen, dass ich sie aufgeben muss.«

»So etwas würde ich nie tun, Howard, das wissen Sie doch. Ich kann nur Ratschläge geben, entscheiden müssen Sie selbst.« Sie spürte das dezente Vibrieren ihres Handys an ihrer Seite. »Aber wenn die Beziehung längst tot ist, wenn da nichts mehr ist als … abgestandene Luft«, sagte sie schulterzuckend, »dann sollten Sie sich schon fragen, ob dies der Ausgewogenheit nicht abträglich ist.«

Howard umklammerte mit weiß hervortretenden Knöcheln die Armlehnen seines Sessels und stierte Alex mit weit aufgerissenen Augen an. »Sie reden doch nicht etwa von *Yvonne*?«

»Lassen Sie es uns doch mal ganz sachlich betrachten«, sagte Alex und breitete entwaffnend die Hände aus. »Ist es denn nicht Pflichtgefühl, das Sie noch in dieser Ehe festhält?«

»Pflichtgefühl?«, wiederholte er entsetzt. »Wir sind seit vierunddreißig Jahren verheiratet! Das ist eine verdammt lange Zeit.«

»Das stimmt. Vielleicht zu lange, was meinen Sie? Würden Sie rückblickend sagen, Sie hätten sich schon viel früher trennen sollen?«

Howard schnappte nach Luft wie ein Fisch auf dem Trockenen. »So einfach ist das nicht. Wir haben vier Kinder!«

»Vier *erwachsene* Kinder, die mittlerweile alle verheiratet sind und selbst Kinder haben«, sagte sie kühl nickend. »Mit Schuldgefühlen kann man keine Ehe führen, man kann damit die Vergangenheit nicht ändern. Und mit Angst und Sorge nicht die Zukunft beeinflussen. Das ist eine gewichtige Entscheidung. Vielleicht sind wir ihr schon viel zu lange aus dem Weg gegangen.«

Howard senkte den Blick, dann hob er ihn wieder und sah sie mit einem besorgten, unsicheren Ausdruck an. Seine angenehmen, patriarchalischen Züge prangten mindestens zweimal pro Woche im *Wall Street Journal* und waren auch während der letzten Bürgermeisterwahlen überall auf Plakaten in der Stadt abgebildet gewesen, als er noch der oberste Finanzberater des Gewinners gewesen war. »Aber letztes Mal sagten Sie doch, ich sollte Kayleigh verlassen.«

»Nein, das habe ich so nicht gesagt, Howard«, widersprach Alex energisch. Sie stützte das Kinn auf Daumen und Zeigefinger. »Ich hatte nur infrage gestellt, dass die Balance noch stimmt. Sie haben selbst gesagt, Kayleigh würde sich ›aufführen wie eine Verrückte‹, dass sie unmögliche Forderungen stelle und von Ihnen verlange, Yvonne zu verlassen. Sie hat gedroht, Sie in Ihrem Haus aufzusuchen, alles der Presse zu erzählen. Sie sagten, Sie könnten nicht mehr schlafen, sich nicht mehr auf Ihre Arbeit konzentrieren. Ihr Leben sei aus den Fugen geraten. Das ist ein Zustand, der sich auf Dauer nicht ertragen lässt – und darunter leidet Ihre Arbeit. Deshalb hatten wir überlegt, ob es nicht besser wäre, wenn Sie sich von *ihr* trennen würden.« Alex machte eine drehende Handbewegung und fuhr fort: »Andererseits erzählen Sie mir seit einer Dreiviertelstunde, wie sehr Sie an ihr hängen und dass Sie es nicht ertragen könnten, sie aufzugeben, die Finger von ihr zu lassen; dass Sie sich, trotz Kayleighs unmöglichem Verhalten, so viel lebendiger fühlen, wenn Sie mit ihr zusammen sind.«

Alex zuckte mit den Schultern. »Also, wenn das stimmt, dann sollten Sie es nicht tun – trennen Sie sich nicht von ihr. Wenn Sie sich wirklich so gut mit ihr fühlen, sollten wir uns die Sache vielleicht mal von der anderen Seite ansehen. Vielleicht ist eine Veränderung nötig, um weiterhin Höchstleistungen zu erbringen; vielleicht ist Ihr altes Leben zu festgefahren. Nichts bleibt wie es ist, Howard, der Mensch verändert sich, seine Bedürfnisse ändern sich. Was vor vierunddreißig Jahren gut für Sie war, ist es jetzt möglicherweise nicht mehr. Dann muss man den Mumm aufbringen und sein Leben umkrempeln. Viel zu viele Menschen scheuen aus Bequemlichkeit und Trägheit vor einer notwendigen Veränderung zurück. Oder aus Angst davor, Konventionen zu durchbrechen. Aber so einer sind Sie nicht, Howard, so ein Kleingeist und Spießer sind Sie nicht. Sie müssen sich nicht an Konventionen halten, Sie können tun, was Sie wollen. Und wenn Sie Kayleigh wollen, wenn Sie sich bei ihr so lebendig fühlen wie sonst nie, dann sollten Sie mit ihr zusammen sein.«

»Aber … aber was ist mit ihrem Verhalten? All diese irren Geschichten, die sie anstellt? Ihre Drohungen?«

»Das tut sie doch nur, weil sie will, dass Sie Ihre Frau verlassen. Wenn Sie Yvonne verlassen haben, hat sie keinen Grund mehr für so ein Verhalten.«

Alex lehnte sich zurück, das Kinn auf die Brust gesenkt, und wippte leicht mit einem Bein. Eine Zeitlang war es still.

»Ich weiß nicht …«, sagte er schließlich zögernd.

Alex beugte sich vor, stützte die Ellbogen auf die Knie und legte die Handflächen aneinander. »Bei ihr fühlen Sie sich wieder jung, nicht?«, schob sie nach.

Er nickte.

»Unbesiegbar. Mächtig. Viril. So wie früher.«

Wieder nickte er.

»Mit ihr könnte es wieder so werden, wie es einmal war. Sie könnten wieder der Mann werden, der Sie einmal waren, Howard.«

Howard blinzelte. »Aber was … Menschenskind, sie ist in mein Haus eingebrochen! Mit der stimmt doch was nicht.«

»Hören Sie auf, nach Gründen zu suchen, warum es nicht klappen könnte. Alles, was Sie brauchen, ist ein guter Grund, warum es funktionieren würde. Sie sind verrückt nach ihr. Und sie nach Ihnen. Sie haben selbst gesagt, sie sei ein Hunger, der sich nicht stillen lässt. Was wollen Sie mehr!«

Abermals vibrierte das Handy, aber Alex hielt ihren Blick unverwandt auf Howard gerichtet. Sie sah den skeptischen, fast ängstlichen Ausdruck auf seinem Gesicht. Von etwas zu träumen war das eine. Die Realität etwas ganz anderes. »Genau darum geht es, Howard, darüber haben wir in unserer letzten Sitzung gesprochen: Man darf die Schneide nicht stumpf werden lassen. Und das geht nur, wenn man sich gelegentlich aus seiner Komfortzone herauswagt und sein Leben umkrempelt. Nur so wächst man, nur so bewirkt man etwas. Das wollten wir ursprünglich mit der Hilfsinitiative für Angola und dem K2-Versuch erreichen.« Sie richtete sich auf. »Aber wenn Kayleigh die Lösung ist, dann müssen wir das akzeptieren. Und dürfen nicht starr bleiben, Howard. Denken Sie daran: Was *Ihnen* guttut, davon profitiert auch die Bank. Wenn die Balance stimmt, bleibt die Schneide scharf.«

»Aber Yvonne ...«

»Ist schließlich kein Kind mehr. Sie wird schon damit fertig. Und Sie werden sie ja nicht mit leeren Händen zurücklassen. Sie sind ein Gentleman, Sie werden sie großzügig abfinden, da bin ich sicher.«

Howard blinzelte verwirrt. »Ich weiß nicht, ob das das richtige ...«

»Es geht hier um *Sie*, Howard. Um das, was Sie brauchen, um Ihr Gleichgewicht wiederzufinden.« Schmunzelnd fragte sie: »Kennen Sie die gängigste Lüge? Die Lüge, die Millionen von Menschen täglich auf den Lippen haben?«

Er schüttelte ratlos den Kopf.

»›Mir geht's gut.‹ Das sagt jeder, und zwar andauernd. Selbst wenn's nicht stimmt. *Gerade wenn's* nicht stimmt. Wie geht es Ihnen, Howard? Geht es Ihnen gut? Geht es Ihnen besser, wenn Sie mit Yvonne zusammen sind? Oder mit Kayleigh? Welches Leben ist die Lüge? Denn eins davon ist es, da können Sie sicher sein. Wo sagen Sie am häufigsten ›mir geht's gut‹, auch wenn es nicht stimmt? Dass Sie nicht beide haben können, Howard, ist wohl inzwischen klar, das bringt nur Chaos in Ihr Leben. Außerdem passt das nicht zu Ihnen. Sie sind zu anständig für ein Doppelleben, Sie sind ein Mann mit Grundsätzen, mit Prinzipien. Sie haben Ihren Stolz und Ihre Ehre.« Alex holte tief Luft. »Und das bedeutet, Sie stehen an einem Scheideweg. Sie müssen eine Entscheidung treffen. Wenn es die richtige ist, wird sich Ihre alte Schärfe wieder einstellen.«

Ihr Handy vibrierte zum dritten Mal: das Zeichen, dass es dringend war. Sie erhob sich lächelnd. »Ich sehe schon, das ist im Moment ein bisschen viel zum Verdauen. Veränderungen können mitunter beängstigend sein. Nehmen Sie sich ruhig ein paar Tage Zeit und überdenken Sie alles. Und dann können wir uns die beste Strategie überlegen, um die neuen Entschlüsse umzusetzen.«

Howard erhob sich und nickte. »Ja, wie Sie meinen.« Er wirkte vollkommen perplex, als habe er einen Schlag auf den Kopf erhalten.

Alex brachte ihn zur Tür. »Ich werde Louise bitten, sich mit Sara in Verbindung zu setzen und einen Termin zu vereinbaren. Vielleicht zum Lunch? Dann könnten wir auf die aufregenden Neuigkeiten anstoßen.«

Howard fummelte an seinen Mantelknöpfen herum, während Alex ihm die Tür aufhielt. »Lunch? Ich weiß nicht, ich bin im Moment ziemlich …«

»Ja, natürlich, vor Weihnachten wird es immer eng. Nun, überlassen wir die Einzelheiten unseren Mitarbeiterinnen.« Sie ergriff seine Hand und drückte sie kräftig. »Das war eine großartige Sitzung, Howard. Ich glaube, wir stehen kurz vor dem Durchbruch. Lassen Sie sich alles noch mal in aller Ruhe durch den Kopf gehen, und dann sehen wir weiter.«

Er tappte zum Lift, und Alex schloss die Tür hinter ihm. Dann griff sie zum Handy und wählte die einzige Nummer, von der sie auf diesem Gerät je angerufen wurde.

»Louise?« Sie trat ans Fenster und blickte abermals auf die Feldspäne hinab, die auf der Suche nach ihrem ganz speziellen Nordpol hin und her wogten. »Nein, keine Sorge, wir waren sowieso fast fertig.«

Sie schlüpfte aus ihren Schuhen und sank dankbar zwölf Zentimeter auf den Teppich hinab, reckte ihre Zehen.

»Ja, kann man wohl sagen«, seufzte sie. »Ich habe ihm gegeben, was er wollte – oder sich einbildet zu wollen –, und dadurch wohl seine Ehe gerettet. Ruf seine PA an und mach einen neuen Termin aus, möglichst in den nächsten vierzehn Tagen.«

Ein Schatten huschte am Fenster vorbei, Alex zuckte erschrocken zurück. Sekunden später erfassten ihre Augen, was es war: ein Wanderfalke, einer von Hunderten, die sich in Manhattan angesiedelt hatten und die Taubenbevölkerung in Schach hielten. Sie bauten ihre Nester an den Vorsprüngen der Wolkenkratzer und bedienten sich der warmen Aufwinde in den Straßenschluchten. Alex beobachtete den Raubvogel, der schwerelos am Fenster vorbeisegelte. »Also was gibt's?«

Sie presste ihre Hand ans Glas und beobachtete gespannt, wie der Vogel in den Sturzflug ging und sich hinter einer ahnungslosen Taube hermachte. Seine Geschwindigkeit war atemberaubend – jemand hatte ihr erzählt, dass Falken bis zu dreihundertzwanzig Stundenkilometer schnell werden konnten. Die Wolkenkratzer waren ihre Berge, die Straßen ihre Schluchten. Mittlerweile lebten in Manhattan mehr Falken als irgendwo sonst auf der Welt, und offenbar gediehen sie hier besser als in der Wildnis. Sie keuchte bewundernd auf, als der Falke sich die Taube schnappte, die nicht wusste, wie ihr geschah. Sie war einem Jäger zum Opfer gefallen, der ihr in jeder Hinsicht überlegen war: nicht bloß an Größe und Geschwindigkeit, sondern auch in der Anpassungsfähigkeit. Diese Raubvögel waren das ideale Beispiel für das, was sie ihren Klienten beizubringen versuchte.

Aber was ... Es dauerte ein paar Sekunden, ehe das soeben Gehörte ihren Verstand erreichte. Alex wandte sich vom Fenster ab und schaute blicklos ins Büro. »Wie bitte? *Was* will der von mir ...?«

Edinburgh, zwei Tage später

Schneeregen trommelte sanft gegen die Fensterscheiben, wie Kätzchenpfoten, die Einlass in die warme Stube verlangten. Es war zugig im Zimmer, und der Wind sandte immer wieder heftige Stöße durch den Kamin, die das Feuer aufflackern ließen. Aber Alex, die in einem Ohrensessel aus orangerotem Samtstoff saß, fror nicht. Ihr war warm, seit sie vor zwei Tagen den Hörer aufgelegt, seit Louise ihr von dem unglaublichen Auftrag erzählt hatte, der sie in Schottland erwartete. Der Gedanke nistete in ihrem Herzen wie ein Stück glühender Kohle und wärmte ihr Innerstes.

Sholto Farquhar betrachtete sie gelassen und ohne Eile. Er war kein Mensch, der es nötig hatte, sich zu hetzen. »Das wäre es also, Ms Hyde. Die Karten liegen offen auf dem Tisch.« Er formte mit den Händen eine Pyramide und legte die Finger an die Lippen. Seine Wangen waren vom Wetter rot gegerbt. »Was sagen Sie dazu?«

»Nun, ich bin auch der Meinung, dass hier dringend Abhilfe nötig ist«, entgegnete sie und imitierte wie beiläufig seine Haltung. »Was ich bis jetzt gehört habe, ist schockierend. Ehrlich gesagt wundert es mich, wie Sie es geschafft haben, größere Schäden von der Firma fernzuhalten. Das allein ist schon eine Leistung.«

Sholto erhob sich und trat an einen runden Rosenholztisch, auf dem mehrere Kristall-Dekanter sowie einige bauchige Whiskygläser standen. Sie beobachtete, wie er die goldene Flüssigkeit zwei Finger breit in zwei Gläser füllte und dann fragte: »Eiswürfel?«

Sie verneinte.

Er nickte anerkennend und kehrte über den Schottenkaro-Teppichboden zu ihr zurück. »Unsere dreißig Jahre alte Reserve«, erklärte er und händigte ihr ein Glas aus.

»Meine Lieblingssorte.«

Er ließ sich in einem pflaumenblauen Samtsessel ihr gegenüber nieder. »Dafür, dass Sie einen so bemerkenswerten Ruf haben, sind Sie aber noch ziemlich jung.«

»Ich nehm's als Kompliment, danke.«

»Es war verflucht schwer an Sie ranzukommen, wissen Sie. Gehört hab ich allerdings schon lange von Ihnen.«

»Ich ziehe es vor, Neukunden den Zugang zu mir nicht leicht zu machen. Gewöhnlich nehme ich pro Jahr nur eine Handvoll Klienten an, um die ich mich dann exklusiv kümmere. Ich habe festgestellt, dass jene, die mich wirklich brauchen, auch Mittel und Wege finden, mich zu erreichen.«

Sholto hob eine Augenbraue. »Na, an Ihrer PA ist tatsächlich so gut wie kein Vorbeikommen. Da wurde ich ja in der Telefonzentrale der russischen Botschaft schon warmherziger empfangen.«

Alex lachte. »Ohne sie wäre ich verloren.«

»Nun gut, ich bin jedenfalls froh, dass ich es geschafft habe, Sie zu einem Treffen zu überreden, noch dazu an einem Sonntag. Ihre Wochenenden sind Ihnen sicher heilig.«

»Meinen Klienten stehe ich jederzeit zur Verfügung.«

Sholto zog anerkennend eine Braue hoch und hob sein Glas. »Na, dann prost. Oder wie man hier sagt: *sláinte*! Auf Ihre Gesundheit.«

»*Sláinte*.«

Er sah zu, wie sie an der bernsteinfarbenen Flüssigkeit nippte, aber sie ließ sich nicht anmerken, wie der Whisky in ihrer Kehle brannte. Überrascht stellte sie fest, dass es ihr sogar gefiel.

»Ich gebe bereitwillig zu, wie leid es mir tut, dass es so weit kommen musste. Aber der Bursche ist eine tickende Zeitbombe«, kehrte er wieder zum Thema zurück.

»Das scheint mir auch so. Seine Frauengeschichten sind, gelinde gesagt, unklug und setzen die Firma der ernsten Gefahr von Belästigungsklagen aus. Aber bei einer Generalversammlung ein Vorstandsmitglied niederzuschlagen?« Alex machte ein schockiertes und angewidertes Gesicht. »Einen Computer aus dem Fenster zu werfen …?« Sie schüttelte mit einem missbilligenden Zungenschnalzen den Kopf. »Das habe ich ja noch nie gehört. Klingt, als sei er charakterlich und physiologisch unfähig für den Posten, dass er davon buchstäblich überfordert ist. Was man sich bei CEOs am meisten wünscht – wenn man sie aufschneiden und hineinschauen könnte –, sind hohe Testosteronwerte (das Machbarkeitshormon), aber niedrige Cortisolwerte (das Stresshormon). Er dagegen ist ein klassischer Fall von hohen Testosteron- und Cortisolwerten, was schlussendlich immer in einer Katastrophe endet. Meist handelt es sich dabei um Menschen, die unter Druck explodieren, und das macht sie zu einer ernsten Gefahr.«

Sholto seufzte bedauernd. »Es ist nicht unbedingt alles seine Schuld. Sein Vater war viel zu nachsichtig. Sie wissen ja, was man sagt: Wer mit der Rute geizt …«

Sie neigte mitfühlend den Kopf. »Haben Sie Kinder?«

»Ja, zwei Jungs, Torquil und Callum. Nun gut, Jungs sind sie schon lange nicht mehr«, lachte er, »sie sind über dreißig und waren mir schon mit fünfzehn über den Kopf gewachsen.«

»Haben die beiden auch Posten im Unternehmen, oder sind sie nur Anteilseigner?«

»Sie gehören beide zum Vorstand. Tor ist unser CFO, er ist für die Finanzen verantwortlich. Und Callum ist Chef der Vermögensverwaltung in unserer Filiale hier in Edinburgh.«

»Und wie stehen die beiden zu ihm?«

»Als Kinder waren sie eng befreundet – ganz besonders Callum und Lochie –, aber das hat sich mittlerweile geändert, jetzt wo sie erwachsen sind. Das Verhältnis ist eher distanziert.«

Alex dachte einen Moment nach. »Also, wie viele Familienmitglieder sitzen nun im Vorstand? Sie, Lochlan …«

»Torquil und Callum.«

»Und andere, Mitglieder von außen?«

»Ja, vier. Zwei von außen und dann ein ehemaliger Mitarbeiter und ein derzeitiger Mitarbeiter – unser Brennmeister. Wieso?«

»Ach, ich interessiere mich einfach nur für die Zusammensetzung des Vorstands, das ist alles. Es gibt Zahlen, die belegen, dass Firmen, die von Familien geführt werden, besser reüssieren als andere; aber das gilt nur, solange der Inhaberanteil der Familie unter fünfzig Prozent liegt. Wenn er diese Zahl übersteigt, häufen sich die Rivalitäten, es kommt leichter zu Übernahmekämpfen, Geschwister- und Identitätskrisen – wie Sie ja selbst erleben.«

»Nun, es lässt sich nicht bestreiten, dass eine enge Verwandtschaft zwischen uns besteht, genetisch gesehen zumindest. Lochie ist mein Cousin zweiten Grades, und meine Jungs und er sind Vettern dritten Grades. Weiß nicht, ob das in Ihre Überlegungen passt.«

Alex ließ sich das durch den Kopf gehen. »Doch, ich denke schon. Die Verwandtschaft ist eng genug, dass man sich nicht aus dem Weg gehen kann, aber nicht so eng, dass einem wirklich etwas an dem anderen liegt. Gibt es keine Frauen im Vorstand?«

»Doch, eine, Mhairi MacLeod. Sie ist Seniorpartner bei Brodies.«

Alex nickte. »Es wäre vielleicht keine schlechte Idee, wenigstens noch eine weitere Frau in den Vorstand aufzunehmen – vorausgesetzt, Ihre Statuten lassen das zu. Es ist mittlerweile erwiesen, dass ein gemischter Vorstand stabiler ist und weniger unter internen Kämpfen und Rücktritten leidet.«

»Ms Hyde, da haben Sie sicher recht, aber die einzigen

internen Kämpfe, unter denen die Firma derzeit zu leiden hat, gehen von einer einzigen Person aus: Lochlan Farquhar. Er allein setzt sich ständig über Mehrheitsbeschlüsse hinweg, er allein stößt die Familienmitglieder regelmäßig vor den Kopf.« Seine Miene verdüsterte sich. »Meine Firma beschäftigt dreihunderteinundvierzig Personen, alles Einheimische von der Insel. Unsere Destille zieht jährlich über eine Million Besucher an, und wir verwenden ein Prozent unseres Gewinns für wohltätige Zwecke vor Ort – im letzten Jahr ganze fünfundsechzig Millionen Pfund. Der Vorstand ist nicht das einzige Gremium, das sich einen Untergang von Kentallen nicht leisten kann.«

»Verstehe.«

»Er darf einfach nicht so weitermachen wie bisher – die Firma hat seit dem Tod seines Vaters weiß Gott genug Rückschläge hinnehmen müssen. Es ist klar, dass er sehr darunter leidet, und wir alle haben, jeder auf seine Weise, versucht ihm zu helfen, ihn aufzumuntern, zu unterstützen. Aber er ist und bleibt ein Rebell, ein destruktiver Charakter. Ich fürchte, wenn das so weitergeht, wird er uns alle in den Abgrund stürzen, ob er das nun beabsichtigt oder nicht.« Er runzelte die Stirn. »Sein Verhalten in letzter Zeit ist untragbar, das weiß er selbst.«

»Ja, Sie sind wirklich ausgesprochen tolerant. Man hätte ihn längst hochkant rausgeworfen, wenn er nicht zur Familie gehören würde.«

Sholto beugte sich vor, die bernsteinfarbene Flüssigkeit in seinem bauchigen Glas schwappte. »Mir ist klar, dass wir etwas höchst Unorthodoxes von Ihnen verlangen, aber Sie begreifen sicher mein Dilemma. Die üblichen Lösungswege sind uns versperrt, außerdem wollen wir die Familienbeziehungen nicht noch mehr strapazieren.« Er räusperte sich. »Können Sie tun, was wir verlangen?«

»Ja.«

»Innerhalb des vorgegebenen Zeitrahmens?«

»Das hängt davon ab, wie hoch beziehungsweise gering seine Bereitschaft ist, mit mir zusammenzuarbeiten.«

»Gegen null, würde ich sagen. Eher sogar in den Minusgraden.«

»Na gut, in dem Fall haben wöchentliche Sitzungen und Fernkonferenzen natürlich keinen Sinn. Ich werde vor Ort mit ihm arbeiten müssen.« Sie schaute Sholto direkt an. »Aber ich glaube schon, dass ich es bis Weihnachten schaffen kann.«

Er hob eine buschige graue Augenbraue und bot ihr mit einem anerkennenden Schmunzeln die Hand. »Abgemacht?«

Alex musterte ihn einen Moment lang, auch sie ließ sich nie drängen. Dann gab sie ihm einen festen Händedruck. »Abgemacht.«

2. Kapitel

Thompson Falls, Montana, 23. Januar 1918

Der Schnee lag in hohen Verwehungen im Morgenlicht, weich und flauschig wie aufgeplusterte Marshmallows und noch unberührt von Fußspuren oder Tierfährten. Das Land erstreckte sich vor ihr, still und reglos, als wolle es sie darauf hinweisen, dass er fort war. Es war einundzwanzig Tage her seit seinem Aufbruch nach Washington und achtzehn Stunden seit dem nächtlichen Treck durch Schnee und Eis zum fünfeinhalb Meilen entfernten Zug, der sie an die Küste bringen würde. Inzwischen befand er sich bestimmt schon in New York.

New York: fremd, ein anderes Land fast, so erschien es ihr zumindest bis vor kurzem. Aber in wenigen Wochen würden seine Füße einen anderen Kontinent betreten, die blutgetränkten Schlachtfelder des Krieges. Dann würde er den Unterschied selbst merken.

Sie stand, in einen dünnen Wollschal gehüllt, der kaum Schutz vor der Winterkälte bot, auf der überdachten Veranda und starrte hinüber zu den kahlen Bäumen des Waldes. Gerade erschien ein Fuchs aus dem Gehölz und schlich, tiefe Spuren hinterlassend, aufs weite Feld hinaus, sein kastanienbraunes Fell wie eine verirrte Flamme im grenzenlosen Weiß.

Sie sah, wie er jäh stehen blieb, die Schnauze vorge-

streckt, eine Vorderpfote angehoben, wie einer ihrer alten Jagdhunde. Hatte er etwas gewittert? Etwas gehört? Eine Hirschmaus vielleicht? Eine Kängururatte? Oder zumindest ein Streifenhörnchen? Mit viel Glück vielleicht sogar einen Feldhasen mit buschiger weißer Blume? Er sah dünn und ausgemergelt aus, dieser Fuchs, als würde er die Mahlzeit dringend benötigen. Sie hielt unwillkürlich den Atem an, wartete gespannt mit ihm. Dann sprang er jäh mit allen vieren in die Höhe und landete mit einem »Puff« im Schnee, wo er mit dem Bauch versank, die Schnauze suchend im Weiß vergraben.

Sekunden später tauchte er triumphierend wieder auf, eine leblose Feldmaus im Maul. Sie sah zu, wie er mit seiner Beute stolz im Unterholz verschwand.

Vielleicht war er das einzige lebende Wesen, das sie heute – oder den Rest der Woche über – zu Gesicht bekommen würde. Wie dumm, wie albern von ihr, einen blauen Stern ins Fenster zu hängen, wo ihn sowieso keiner sehen würde. Eine vergebliche Geste, das wusste sie. Aber ihr war es wichtig, denn es war ein sichtbares Symbol für das große Opfer, das sie für ihr Land brachte. Ein Stern ihm zu Ehren, er, der sich bereitgefunden hatte, in einem Krieg, der von anderen geführt wurde, zu kämpfen.

Sie blickte hinaus auf ihre kleine Welt und sandte ein inbrünstiges Gebet zum Himmel. Sie musste durchhalten, musste stark bleiben. Sie durfte den Mut nicht verlieren und musste das tun, was am allerschwersten war: abwarten.

Port Ellen, Islay, Mittwoch 6. Dezember 2017

Die Fähre, die offenbar aus den Fünfzigerjahren stammte, legte erstaunlich behutsam am Dock an, ihr rostfleckiger Rumpf stupste sanft gegen die großen Gummireifen, mit denen die Mole abgefedert war. Alex verfolgte hinter dicken Glasfenstern, wie Männer in Gummistiefeln und Gummi-Overalls dicke Taue um mächtige Poller wanden und das Schiff festmachten, das nun um einiges ruhiger in der aufgewühlten See lag, die die Überfahrt vom Festland erschwert hatte.

Da sie es kaum abwarten konnte, wieder festen Boden unter den Füßen zu haben, ging sie rasch von Bord. Sie war nicht sonderlich seetüchtig und wusste, ohne in den Spiegel sehen zu müssen, dass ihr Teint grünlich wirkte – dagegen half nicht mal ihre Chanel Les Beiges Foundation.

»Miss Hyde?«

Ein untersetzter Mann mit einem buschigen grauen Schnurrbart trat auf sie zu und nahm ihr die kleine Reisetasche ab. »Hamish Macpherson, von der Brennerei«, erklärte er und drückte ihr brüsk die Hand. »Herzlich willkommen auf Islay. Haben sich ja einen feinen Tag ausgesucht.«

Alex, die nicht sicher war, ob er das ernst meinte oder nicht, widerstand der Versuchung, zum Himmel zu schauen mit seinen sturmgrauen Wolken, die nur wenige Meter über ihren Köpfen zu hängen schienen, oder zur draußen vor der Bucht wogenden See. »Hallo. Danke, dass Sie mich abholen kommen.«

»Aye. Ist nicht leicht, die Abzweigung zur Brennerei zu finden. Mit ›an der Eberesche rechts‹ können die meisten offenbar nichts anfangen.«

Wieder Sarkasmus? Oder war er von Natur aus ein wenig ruppig? Sie musterte ihn unschlüssig. »Ach du liebes bisschen. Na, ich hoffe, dass sie den Weg am Ende noch gefunden haben.«

Hamish schüttelte den Kopf. »Nee. Die meisten tauchen nie wieder auf.« In seinen haselbraunen Augen stand ein belustigtes Funkeln.

Alex lachte laut auf und folgte ihm die Mole entlang. Es fiel ihr trotz der hohen Absätze nicht schwer, auf dem nassen Kopfsteinpflaster mit ihm Schritt zu halten – Louise behauptete immer, Alex könne in Choos sogar zu einem Marathon antreten. Aber der Wind stieß heftig in ihren Rücken und blies ihr das lange braune Haar ins Gesicht. Sie schlug bibbernd ihren Mantelkragen hoch. An der Hafenmauer türmten sich orangerote Fischernetze, dazwischen lagen große Hummerkäfige. Zwei Fischerboote dümpelten an der Mole, eins davon wurde gerade von zwei Fischern gereinigt. Sie gossen mit großen Eimern Wasser übers schmierige Deck. Vor ihr lag Port Ellen, der zweitgrößte Inselhafen, und er schien vor ihren Augen Haltung anzunehmen, als erwarte er ihre Inspektion. Weiß gekalkte Fischer-Cottages reihten sich in einer langen Kette aneinander, karg und schmucklos. Nirgends ein Blumentopf oder ein Türkranz, der die Fassade zierte. Dahinter erstreckte sich wie eine klumpige Matratze welliges Hügelland.

Hamish führte sie zu einem antiken beigen Landrover, der, nach seinem Aussehen zu schließen, schon im Ersten Weltkrieg Dienst getan haben musste. Er stand halb auf der Fahrbahn und blockierte den Verkehr. Hamish hatte sich nicht die Mühe gemacht, den Wagen ordentlich abzustellen, und war einfach hinausgesprungen. Ein blauer Traktor, der nicht am Jeep vorbeikam, stand mit tuckerndem Motor auf der Straße. Der Fahrer war ausgestiegen und lehnte gemütlich an der Wand des örtlichen Supermarkts und rauchte eine Zigarette. Dabei studierte er müßig den Aushang.

»Tag, Euan!«, sagte Hamish grinsend und winkte. Mit der anderen Hand warf er Alex' Tasche auf den Rücksitz. Dann hievte er sich hinters Lenkrad. Der Rest von Alex' Gepäck war von der treuen Louise vorsorglich mit dem Zug vorausgeschickt worden.

»Aye!«, rief der Traktorfahrer und winkte zurück. Dann nahm er noch einen Zug und trat seelenruhig die Zigarette aus, bevor er sich ebenfalls wieder auf den Weg zu seinem schnaufenden, ruckelnden Traktor machte.

Alex schmunzelte. Daheim in Mayfair wäre das sicher ganz anders verlaufen. Sie sah sich in dem Vehikel um. Ihr Blick fiel auf eine breite Vertiefung zwischen den Sitzen, auf der, unter einem Deckel, eine Thermoskanne hervorlugte. Das altersschwache Radio war offenbar mit Klebeband fixiert worden, damit es nicht herausfiel. Alex kam es vor, als wäre es im Innern das Wagens sogar noch kälter als draußen.

Sie fuhren los, vorbei an noch ein paar weiß gekalkten Fischerhäusern, dann befanden sie sich abrupt in der offenen Landschaft. Dicke Hecken säumten fruchtbare Wiesen und Äcker, und überall roch es nach Torf. »Was ist denn das da hinten für eine Destille?«, erkundigte sie sich und wies mit dem Finger auf einen rauchenden Schlot auf der anderen Seite der Bucht.

»Lagavulin«, antwortete Hamish, ohne hinzusehen.

»Aha. Der Feind.«

Hamish stieß ein Grunzen aus, das wohl Zustimmung bedeutete, dann bog er scharf rechts ab und folgte der Straße einen Hang hinauf, wo sie an der Ruine einer alten Kirche vorbeiführte. Dahinter lag Hügelland.

»Und was machen Sie bei Kentallen?«

»Ich hab mit der Destillation zu tun.«

Alex überlegte mit konzentriert verengten Augen. Dank Louises exzellenter Recherche und einem ganzen Stapel an Informationsmaterial hatte sie sich in den letzten Tagen und auch während der Fahrt mit der Kunst des Whiskybrauens vertraut gemacht, aber nicht nur mit dem Herstellungsprozess, sondern auch mit allem, was zu diesem Wirtschaftszweig dazugehörte. Sie wäre jetzt sogar in der Lage gewesen, selbst eine Brennerei zu eröffnen, wenn ihr der Sinn danach gestanden hätte (was nicht der Fall war).

»Mit der Destillation, sagen Sie? Dann arbeiten Sie wohl an den Brennblasen, wie?«

»Aye.«

»Die werden immer noch von Hand gefertigt, stimmt's? Ihre Form ist ausschlaggebend für die Menge des Kondensats und damit für den Geschmack des Whiskys, nicht?«

»Sie haben Ihre Hausaufgaben gemacht, wie ich sehe.«

Alex schmunzelte. Allzeit perfekt vorbereitet, das war ihre Devise. »Ich hab gelesen, dass die kupfernen Brennblasen der wichtigste Bestandteil beim Brennvorgang sein sollen«, brüstete sie sich ein wenig mit ihren Kenntnissen.

»Aye, mag sein, aber sagen Sie das bloß nicht den Feinbrennern, oder die hängen Sie an Ihren Eingeweiden auf.«

»Hab's notiert: ›Vermeide es an den Eingeweiden aufgehängt zu werden‹«, bemerkte Alex mit einem Schmunzeln.

Hamish verfiel in Schweigen, und Alex nutzte diesen Moment der Stille (soweit man in dem röhrenden Jeep von Stille reden konnte), um die vorbeiziehende Landschaft zu betrachten. Dies hier würde für die nächsten drei Wochen ihr Zuhause sein. Es war eine bescheidene, hügelige Landschaft, ohne windumtoste Moore oder hochaufragende Berge, wie sie es eigentlich erwartet hätte. Die Farbpalette, die von Metallgrau über Graugrün bis zu gedeckten Lilatönen reichte, war in einen dünnen weißen Dunstschleier gehüllt, der von den Wolken, die vom Atlantik herandrängten, verursacht wurde. Weiter hinten bei einem Dickicht sah sie eine Rotwildherde äsen. Der Leithirsch hob stolz das Haupt und hielt herrisch witternd nach Feinden Ausschau.

»Habt ihr dieses Jahr schon Schnee gehabt?«, erkundigte sie sich. Sie kamen um eine Biegung und gerieten mit dem linken Vorderreifen in ein tiefes Schlagloch. Beide wurden hin und her geworfen, ehe es weiterging.

»Ja, vor vierzehn Tagen, aber das war nicht der Rede wert.«

»Als ich New York verließ, fing es gerade zu schneien an. Ich hab gehört, dass es in jener Nacht über einen

Meter Schnee gegeben haben soll. Bin wohl in letzter Sekunde noch rausgekommen.«

»Ist das nicht immer so?«

»Wie meinen Sie das?«

»Na, aus der Stadt rauskommen. Das ist doch immer wie 'ne geglückte Flucht.« Ein trockener Ausdruck lag über seinen Zügen, wie die tiefhängenden Wolken über dem Meer.

»Sie sind wohl kein Großstädter, wie?«, erkundigte sie sich amüsiert und suchte nach einem Fenstergriff, an dem sie sich festhalten konnte. Da es keinen gab, blieb ihr nichts anderes übrig, als sich mit einer Hand an der Seitenscheibe abzustützen und mit der anderen an die Sitzfläche zu krallen.

»Ich bin vier Meilen von hier zur Welt gekommen und hab die Insel nie länger verlassen als einmal für neun Tage. Das war 1982.«

»Ihre Hochzeitsreise?«

»Nee. Meine Mutter starb in einem Krankenhaus in Glasgow.«

»Mein herzliches Beileid.«

Hamish warf einen verächtlichen Blick auf sie. Ob es daran lag, weil das Ganze schon so lang zurücklag oder weil sie ja eindeutig nichts damit zu tun hatte – Alex hätte es nicht sagen können.

»Gibt's denn auf der Insel kein Krankenhaus?«

»Doch, in Bowmore. Und wir haben hier auch einen Doc. Ihnen fehlt doch nichts?«

Das hörte sich fast an wie ein Befehl. Alex schüttelte gehorsam den Kopf. »Nein, nichts.«

»Umso besser. Mit 'ner schwachen Konstitution kann

man sich hier nämlich gleich beerdigen lassen. Vor allem im Winter. Wir haben hier grausame Winter. *Peely-wally* darf man hier nicht sein.«

»*Peely-wally*«, wiederholte Alex leise für sich. Sie beherrschte zwar fließend Französisch, Deutsch, Spanisch, Italienisch und Mandarin, aber das *Scots* der Schotten war Neuland für sie.

»Aye«, bestätigte Hamish grimmig, den Blick stur geradeaus gerichtet. Ein Schaf streckte neugierig den Kopf über eine Trockensteinmauer. Alex zwinkerte ihm zu. »Postkartenwetter können Sie hier nicht erwarten.«

»Keine Sorge, ich bin nicht wegen des guten Klimas gekommen.«

»Ha!« Hamish warf ihr einen missbilligenden Blick zu. Ihr schicker roter Proenza-Schouler-Mantel schien ihn nicht gerade im Sturm zu erobern, ebenso wenig ihre hohen Absätze, alles ausgesprochen ungeeignet für einen »grausamen Winter«. »Hab gehört, Sie sollen die Belegschaft auf Trab bringen. Arbeitsmoral und so.«

Das hörte sich bei ihm an, als wolle sie versuchen, mit einem Hinkelstein Stöckchen zu spielen. »Ja, ganz richtig«, antwortete sie und schaute ihn lächelnd an, weil sie seine Reaktion einschätzen wollte. »Der Vorstand ist der Ansicht, dass die Belegschaft ein bisschen frischen Wind benötigt. Raus aus dem Trott, Sie wissen schon.« Sie zog die Nase kraus, als habe sie einen Misthaufen gewittert.

»Trott?«, entgegnete Hamish streitlüstern. Offenbar verstand er ihren Jargon ebenso wenig wie sie seinen schottischen Dialekt.

»Keine Sorge, ich hab nicht die Absicht, Sie zwecks *Team-Bonding* mit Gotcha-Waffen um die Whiskyfässer zu jagen. Man hat mich beauftragt, mich speziell dem Management zu widmen.«

Da warf Hamish zu ihrer Überraschung mit lautem Gelächter den Kopf zurück.

»Was ist so lustig daran?«, fragte sie grinsend.

»Na, ich hoffe um Ihretwillen, dass Sie damit nicht Lochie meinen.«

»Lochie?«

»Aye, den Boss. Den können Sie mit solchem Blödsinn nur verjagen.«

»Ach ja?«, sagte sie, keineswegs gekränkt. »Und wieso das?«

»Weil Lochie eben nicht …« Hamish stockte und warf ihr einen Blick zu. »Na, Sie werden's ja selbst erleben.«

Enttäuscht von seiner Diskretion wandte Alex sich wieder nach vorne. »Hätten Sie wenigstens ein paar Tipps für mich, was den Umgang mit dem Boss betrifft?«

Hamish gluckste. »Und ob. Lügen Sie ihn nicht an, seien Sie auf der Hut und provozieren Sie ihn nicht.«

Alex runzelte die Stirn. »Und wieso nicht?«

»Weil er dann mit der Faust ein Loch in die Wand schlägt.«

»Aha, verstehe«, erwiderte Alex, während sie weiter über die holperige Straße und durch die offene, mit ein paar Schafen verzierte Landschaft fuhren. »Guter Tipp. Merk ich mir.«

3. Kapitel

Die Heimat des Kentallen-Whiskys lag zurückgesetzt in einer tief eingeschnittenen kleinen Bucht, unweit des Hafens. Draußen tobte grau der Atlantik, aber in der geschützten Bucht war das Wasser glasklar und spiegelglatt. Alex konnte sogar aus der Distanz an einigen Stellen unter der Oberfläche Seetang wogen sehen. Jenseits der Bucht, die die Ortschaft in ihre Arme schloss, erhob sich das Land in Terrassen, die den Sockel der naheliegenden, lilaschattigen Berge bildeten. Hinter mehreren Äckern ragte eine bescheidene kleine Steinkapelle auf, nicht weit davon ein Crofters Cottage, eins der typischen Bauernhäuschen. Die Gebäude der Whiskybrennerei bestanden aus weiß gekalkten, einstöckigen, bauchigen Häusern oder Scheunen mit Reetdächern. Nur eine Reihe von drei etwas moderneren Gebäuden, die zweistöckig waren, und ein hochaufragender Schornstein fielen ein wenig aus dem Rahmen. *Kentallen* stand in dicken schwarzen Lettern auf der gesamten Länge eines der weißen Gebäude. Auf dem Innenhof stapelten sich Hunderte von dunklen Holzfässern. Und in der Mitte ragte stolz eine stillgelegte bauchige Kupfer-Brennblase auf wie eine überdimensionale Zwiebel.

»Da wären wir.« Hamish stellte den Motor ab und hüpfte aus dem Jeep. Den Schlüssel ließ er stecken.

Alex folgte seinem Beispiel und schaute sich interessiert um. An der Wand eines Gebäudes lehnten zwei Fahrräder, und auf einem Stapel Fässer schlief eine getigerte Katze. Man hörte das Hämmern von Kupferblechen, Fässer wurden aufgestapelt, leere Fässer innen verkohlt, aus der Destillerie stieg Dampf auf. Vor einem der größeren Gebäude wurde soeben ein Laster mit riesigen Fässern beladen, die von kräftigen, untersetzten Männern die Rampe hinaufgeschoben wurden. Eine solche Leistung hatte Alex eigentlich nur bei den Kraftprotzen der Highland Games gesehen. Einige Fasssockel waren rot gestrichen, und alle besaßen die Aufschrift *Kentallen, gegr. 1915.*

»Wenn Sie den Boss sprechen wollen, sein Büro ist da drüben.« Hamish führte sie auf eine Gruppe niedriger Gebäude im Zentrum des Innenhofs zu. Darunter auch das, an dem die Fahrräder lehnten.

»Sollte ich nicht meine Reisetasche mitbringen?«, erkundigte sie sich und wies mit dem Daumen über ihre Schulter auf den Landrover.

»Nur wenn Sie unter seinem Schreibtisch übernachten wollen«, entgegnete Hamish.

Alex folgte dem Mann und wich in ihren zarten Schuhen den zahlreichen Pfützen aus. Hamish schien es nichts auszumachen, Schmutzwassertropfen an die Hosenbeine zu bekommen. Als er das Gebäude erreichte, kam ein hübscher blauschwarz-weißer Springerspaniel heraus und begrüßte ihn. Er tätschelte abwesend den Kopf des Hundes, während er bereits mit einer Pranke an die Tür klopfte. Ohne eine Antwort abzuwarten, trat er ein.

»Das ist Rona«, stellte er die Spanieldame vor und

schaute sich dabei in dem leeren Büro um. »Hm. Wo steckt er denn nur wieder?«, brummelte er ungehalten. Als er ihre Ängstlichkeit der Hündin gegenüber bemerkte, fügte er hinzu: »Keine Angst, die beißt nicht. Die ist so friedlich, dass sie zu nichts zu gebrauchen ist. Aber vor Diabolo würde ich mich in Acht nehmen.«

»Wer ist das?«

»Der Kater.«

»Ach so.«

»Also, ich weiß nicht, wo der Boss steckt«, meinte Hamish schulterzuckend. »Ich hab ihm gesagt, dass ich Sie abhole.«

»Ach, das macht nichts. Er wird sicher bald auftauchen«, erwiderte Alex, die nun doch ihren Blick von der Hündin losriss und sich zum ersten Mal umsah. Es war ein finsteres kleines Büro, mit winzigen Fenstern und niedriger Balkendecke. Selbst der Fußboden war mit schwarzen Granitplatten ausgelegt, die schon so alt und abgelaufen waren, dass man sich in ihnen spiegeln konnte. Rechts neben dem Schreibtisch brannte in einem offenen Kamin knisternd ein kleines Feuer, was den Raum allerdings auch nicht sonderlich erhellte. Alex hätte am liebsten die Schreibtischlampe angeknipst. Der bewölkte graue Tag draußen wirkte geradezu strahlend hell, im Vergleich zu diesem düsteren Kabäuschen.

Wie kann man in so einer Umgebung bloß arbeiten?, fragte sie sich und dachte sehnsüchtig an ihr luxuriöses, sonnendurchflutetes Büro, mit Fußbodenheizung, einladenden Kalbsledersesseln und dem riesigen Aquarium, das in eine Wand eingelassen war, mit seinem Korallengarten und dem bläulichen Schimmer, der so beruhigend auf ihre gestressten Firmenchefs wirkte.

»Vielleicht ist er ja im Maischeschuppen«, sinnierte Hamish. »Ich geh mal nachsehen. Äh … machen Sie sich's doch inzwischen gemütlich.« Er verschwand.

Alex und Rona starrten einander an, dann stieß die Hündin einen müden Seufzer aus und ließ sich wieder vor dem Kaminfeuer nieder. Daraufhin schaute Alex sich erst einmal gründlich um, um eine Vorstellung von dem Menschen zu bekommen, der hier regierte.

Die Unordnung auf dem Schreibtisch ließ darauf schließen, dass er … unordentlich war. Mit verächtlich hochgezogener Oberlippe musterte sie das ganze Durcheinander: wankende Papierstapel, Kaffeetassen – zwei, nein, sogar drei – und ein Teller, der wie ein Halbmond unter einem Haufen Papiere hervorschaute und auf dem noch die Reste des gestrigen Abendessens (Spaghetti Bolognese?) zu sehen waren. Alex wollte es gar nicht so genau wissen. Unter dem Schreibtisch lagen Joggingschuhe mit heruntergetretener Ferse, die nicht aufgeschnürt, sondern einfach nur abgestreift worden waren. Hinter dem Schreibtisch hing an einem Hirschgeweih ein Anzug in der Plastikfolie einer Schnellreinigung. Das Geweih war außerdem mit einer Rauschgoldgirlande behängt, und etwas Rotes schaute dazwischen hervor. Was war das? Alex trat näher und sah es sich genauer an. Ein Büstenhalter.

Auf dem breiten Fensterbrett stand eine grün-weiß gestreifte Vase, die dem Aussehen nach zu urteilen aus den Achtzigerjahren stammen musste. Darin dörrten ein paar Stängel vor sich hin, die wohl früher einmal

Blumen gewesen waren (wahrscheinlich auch in den Achtzigern). Ein Boxsack hing von einem Dachbalken, und ein paar rote Boxhandschuhe waren darübergeworfen worden.

Sie richtete den Blick wieder auf das Papierchaos auf dem Schreibtisch. Es schien kein erkennbares Ablagesystem zu geben: Das, was oben lag, hatte nichts mit dem zu tun, was darunter war. Da war ein Bericht des schottischen Whiskyverbandes über die steigende Nachfrage in Indien und Südamerika; eine Vorrats-Inventurliste; ein paar Statistiken mit beeindruckenden Zahlenkurven; eine Ausgabe der *Field*, einer Sportzeitschrift; der Ausdruck eines Blogs für den Whisky-Connaisseur; ein Sotheby's-Katalog von 2012 über eine Auktion feiner Weine und Spirituosen; eine Geburtstagskarte mit einem Furzwitz, unterzeichnet von »der ganzen KW-Bande«; eine vergilbte Ausgabe der *Sun*, aufgeschlagen auf der dritten Seite; und ein Rolldeckkalender von 2016, der allerdings auf dem Datum des sechsten Dezember aufgeschlagen war, des heutigen Tages – sie war sich nicht sicher, ob das besser oder schlechter war.

Alex trat zurück. Sie hatte genug gesehen. Sie überlegte, was dies alles bedeuten mochte. Offenbar hatte sie hier einen unordentlichen, adrenalingesteuerten, chaotischen Menschen vor sich, der sich Freiheiten mit dem Personal herausnahm und unorganisiert und zerstreut war. Kurz, sie konnte sich jetzt schon vorstellen, dass Sholto mit seiner Einschätzung, der Mann sei darüber hinaus auch noch inkompetent, vermutlich recht hatte. Dieser Mensch stand an der Spitze der größten unabhängigen Whiskybrauerei Schottlands – ergo der

Welt –, aber in seinen Räumen sah es aus wie in einem Wettbüro.

Alex schlenderte zum Fenster und sah hinaus. Sie zog es vor, die Menschen unbeobachtet zu observieren, denn dann verhielten sie sich natürlich, und man konnte Aufschluss über ihren Charakter erhalten. Von hier aus konnte sie zu einem weitläufigen L-förmigen Gebäude hinübersehen – eine Lagerhalle? –, dessen große Tore weit offen standen. Darin liefen ein paar Leute in Gummistiefeln, schwarzen Latzhosen und roten Polohemden herum; einige fegten in einem der Abteile auf der linken Seite den Fußboden. Neben dem Tor stand ein Mann um die zwanzig und hielt sich das Handy ans Ohr. Hamish stand im Eingang und redete mit jemandem, der sich im Gebäude befand und den Alex nicht sehen konnte. Seine Körpersprache verriet ihr, worüber sie redeten: Er verdrehte die Augen und wies mit einer Kopfbewegung zu ihr und zum Büro hin.

Alex wartete ab. Hamish stemmte frustriert die Hände in die Hüften.

Ob er mit dem Boss redete? Wollte der sie nicht sehen? Sholto hatte sie davor gewarnt, dass es mit dem »Patienten« nicht einfach werden würde.

Sie vergewisserte sich mit einem kurzen Blick, dass die Hündin noch immer friedlich vor dem Kamin döste, und verließ kurz entschlossen das Büro, überquerte den Hof und ging auf das Gebäude zu, wo Hamish stand. Lärm schlug ihr entgegen. Hamishs Kopf zuckte überrascht herum, als sie so plötzlich auftauchte und sich mit zum Gruß vorgestreckter Hand dem unbekannten Mann, mit dem er sprach, näherte. Jetzt konnte sie sehen, dass der Mann Anfang, Mitte dreißig war, dichtes dunkelblondes, ungebärdiges Haar besaß und eine robuste rotwangige, sommersprossige Konstitution. Und das unverschämteste Grinsen, das ihr je untergekommen war. Er war teuflisch attraktiv, kein Zweifel, aber leider wusste er das nur zu gut.

Sie beglückwünschte sich innerlich für ihre korrekte Einschätzung. Wenn sie den Mann, der diesen Saustall in seinem Büro hinterließ, bei einer Gegenüberstellung hätte benennen müssen, sie hätte diesen hier herausgefischt: eingebildet, arrogant, mit dem silbernen Löffel im Mund geboren. Wozu hinter sich aufräumen, wenn das andere erledigen konnten? Diesem Mann war es immer leicht gemacht worden, das konnte man sehen, ihm war alles in den Schoß gefallen. Er und dieser Schreibtisch waren wie füreinander gemacht.

»Mr Farquhar, ich bin Alex Hyde«, verkündete sie lächelnd und gab ihm einen kräftigen Händedruck. Sie musste laut sprechen, um sich trotz des Lärms verständlich zu machen.

»Miss Hyde? Oder Mrs?«, erkundigte er sich mit einer ausgeprägten schottischen Klangfärbung.

»Miss.«

Sein Grinsen wurde noch breiter.

»Aber bitte nennen Sie mich doch Alex.«

»Alex«, wiederholte er mit einem Grinsen, das ihm nun fast bis zu den Ohren reichte.

Sie schwieg einen Moment, um ihm die Gelegenheit zu geben, das Kompliment zu erwidern, aber die Aufforderung, sie solle auch ihn beim Vornamen nennen, blieb aus. Deshalb fuhr sie fort: »Ich freue mich auf die

Zusammenarbeit mit Ihnen, Mr Farquhar. Darf ich annehmen, dass Sie vom Vorstandsvorsitzenden über mein Kommen informiert worden sind?«

»Ach ja, natürlich, wir haben alle das Memo gekriegt«, erwiderte er mit großer Warmherzigkeit. Erst dann fiel ihm auf, dass Hamish noch da war. »Danke, Kumpel, ich übernehme das jetzt.«

»Aber ...«

»Ich mache das schon, klar?«

»Danke fürs Herbringen, Mr Macpherson«, sagte Alex, während Hamish mit finsterem Gesicht und einigen grimmig gemurmelten Worten verschwand.

»Ach, kümmern Sie sich nicht um den, ein typischer Grantler von der Insel. Sie haben hoffentlich eine gute Reise gehabt?«

»Ja, sehr gut. Das heißt, bis auf die Überfahrt mit der Fähre. Ich werde leicht seekrank.«

»Ja, da braut sich ganz schön was zusammen. Es sind schwere Stürme für die nächsten zwei Tage angesagt. Sie haben noch Glück gehabt, der Fährverkehr soll heute Abend ab sechs eingestellt werden. Bis der Sturm vorbei ist.«

Sie strahlte. »Na, super.«

Er zog perplex die Augenbrauen zusammen. »Im Ernst?«

»Ja, klar. Mein erstes richtiges Inselerlebnis – vom Festland abgeschnitten!« Sie lachte gespielt fasziniert.

»Ah, verstehe. Na gut, ich denke, wir haben ausreichend Vorräte, um über die Runden zu kommen. Und Durst kriegen wir hier sowieso nicht!« Er zwinkerte ihr schelmisch zu.

»Ja, kann ich mir vorstellen.« Sie schaute sich jetzt zum ersten Mal richtig um. Es war ein riesiges Gebäude, viel größer als von außen vermutet, mit einer Gewölbedecke, die zum Dachstuhl hin offen war. Überall waren Arbeiterteams beschäftigt. Die einen bauten Fässer aus Metallreifen und Gauben zusammen, die anderen luden fertige Fässer auf ein Förderband, wo sie zum Ankohlen der Fassinnenseite transportiert wurden, auch »Toasten« genannt. Sie hatte sich so intensiv in den Herstellungsprozess eingelesen, dass sie fast meinte, hier bereits alles zu kennen. »Das ist ja ganz schön beeindruckend«, bemerkte sie. »Wie viele Leute sind hier im Ganzen beschäftigt?«

»Ach, ähm, tja ... fünfhundert? Fünfhundertfünfzig? So was um den Dreh«, antwortete er und blickte sich dabei in der geschäftigen Halle um.

»Tatsächlich? So viele?« Alex kannte die genauen Zahlen: Der Betrieb beschäftigte dreihunderteinundvierzig Personen, und weitere vierundzwanzig waren in Außenstellen rund um den Globus verteilt. Auf jeden hier in der Herstellung Tätigen kamen dreimal so viele aus Zulieferbetrieben hinzu, wie Flaschenglas-Herstellung, Abfüllung und Etikettierung, Lagerung, Inspektion, Vertrieb. Dass Mr Farquhar nicht einmal genau wusste, wie viele Leute er hier unter seiner persönlichen Ägide angestellt hatte, war erschreckend. Alex beobachtete seine Körpersprache. Er mochte noch so attraktiv und sympathisch sein, mit Charisma allein ließ sich kein Profit machen.

»Soll ich Sie mal ein wenig herumführen? Ich erledige das normalerweise nicht selbst, aber für Sie mache ich schon mal 'ne Ausnahme«, erbot er sich.

Sie nickte, ohne sich etwas von dem, was in ihr vorging, anmerken zu lassen. »Danke, das fände ich wirklich interessant.«

Sie ließ sich von ihm aus der Halle in den Hof führen und übers Kopfsteinpflaster zum benachbarten Gebäude. Der Wind hatte seit ihrer Ankunft weiter aufgefrischt. Ein Blick zum Meer verriet, dass die aufgewühlten Wogen mittlerweile Schaumkronen bekommen hatten. In wenigen Stunden würde der Fährverkehr eingestellt werden, aber Alex fragte sich unwillkürlich, ob er überhaupt noch bis dahin aufrecht gehalten werden konnte.

»Und wie lange haben Sie vor, bei uns zu bleiben?«, erkundigte sich Lochlan. Er schob eine Tür zur Seite und ließ ihr den Vortritt. »Lange genug, um mit mir auszugehen, hoffe ich?«

Alex schob sich ohne jede Reaktion an ihm vorbei. Anmache war sie gewöhnt – wenn auch die meisten nicht derart mit der Tür ins Haus fielen. Männer flirteten oft mit ihr. Sie wollten damit die Aufmerksamkeit von ihrer Leistung ab und auf sich selbst lenken, wie Alex sehr wohl wusste. »Ich bleibe so lange, wie ich gebraucht werde«, verkündete sie sachlich und schaute ihm dabei direkt in die Augen. Das war normalerweise die beste Methode, um halbherzige Flirtversuche im Keim zu ersticken und die Vorstellung von romantischen Verwicklungen gar nicht erst aufkommen zu lassen.

Normalerweise.

»Ah, toll, dann also abgemacht. Wir haben ein Date.« Er strahlte wie ein Weihnachtsbaum.

Alex runzelte die Stirn und wollte ihm widersprechen, aber er hatte sich bereits abgewandt und deutete mit einer ausholenden Armbewegung auf zwei große rote Maschinen, die ein wenig an landwirtschaftliches Gerät erinnerten. »Das sind die Schrotmühlen. Hier wird die zuvor gemälzte Gerste ...«

Zu Schrot gemahlen. Das wusste Alex bereits alles, aber sie tat trotzdem interessiert. Ihr entging nicht, dass er widersprüchliche Signale aussandte, dass er fast zwanghaft den Hals reckte, wenn er über Geschäftliches redete, andererseits jedoch unbehaglich den linken Fuß an der rechten Wade rieb und eine geschlossene Körperhaltung präsentierte, die Arme vor dem Torso verschränkt. Aber sie bezweifelte, dass er sich dessen bewusst war.

Sie folgte ihm ins benachbarte Gebäude, wo sich zwei riesige runde Stahltanks befanden, die fast den ganzen Raum einnahmen. Ein Mann im Overall stand bei den Becken. Er blickte bei ihrem Eintreten auf und grüßte. Doch als er Anstalten machte, sich ihnen zu nähern, winkte Lochlan hastig ab.

»Äh, hallo«, sagte er eilig. »Lassen Sie sich bitte nicht stören. Ich führe die Dame hier nur ein wenig herum. Wir sind gleich wieder weg.«

Der Mann wandte sich mit verwirrter Miene wieder seiner Arbeit zu.

»Wer ist das?«, erkundigte sich Alex neugierig.

»Das ist ... das ist, äh, Jock.«

»Jock ...?«

Lochlans Augenbrauen schossen hoch. Dass sie auf einem Nachnamen bestand, damit rechnete er offenbar nicht. »Jock, ähm, ah ... wie heißt er noch gleich mit Nachnamen ...? Äh, nee, ich komme im Moment nicht drauf. Wird mir schon wieder einfallen.«

»Und was ist Jocks Aufgabe?«

»Er kümmert sich um diese zwei dicken Damen hier.« Lochlan wies auf die beiden Tanks.

»Ach, er arbeitet also an den Maischbottichen?«, bemerkte Alex und behielt ihn dabei scharf im Auge.

»Das wissen Sie?« Lochlan riss überrascht die Augen auf. Er ließ sich seine Überraschung überhaupt viel zu leicht anmerken. »Dann sind Sie also gar kein echtes Greenhorn?«

»Doch, doch, ich bin vollkommen unbedarft. Ich hab in meinem ganzen Leben noch nie Whisky getrunken.«

Lochlan sah sie entsetzt an. »Kein einziges Dram?«

»Nicht mein Gift, fürchte ich. Aber wenn ich wieder von hier weggehe, werden Sie mich bestimmt bekehrt haben.«

Der blonde Mann schüttelte mit einem missbilligenden »tz, tz« den Kopf. »Das will ich aber auch verdammt nochmal hoffen – sonst hätten wir unsere Pflichten grob vernachlässigt. Was trinken Sie denn so? Sektschorle, was?«

»Wodka«, antwortete Alex gekränkt. »Vorzugweise Kauffman, Super Premium. Vierzehnmal destilliert und zweimal gefiltert.«

»Der hat sicher 'ne ganz schöne Wucht.«

»Er ist superrein. Davon hat man am nächsten Tag keinen Brummschädel.«

»Sie mögen wohl keinen Brummschädel?«

»Wer mag den schon? Außerdem hab ich keine Zeit, mit einem Kater auf dem Sofa zu liegen.«

»Och, aber das ist doch das Beste daran.«

Alex schmunzelte, zog dabei aber skeptisch eine Braue

hoch. Er schien gar nicht zu bemerken, wie er sich gerade sein eigenes Grab schaufelte. Unprofessionell, unproduktiv, ineffizient ... Sholto hatte recht – er war faul und verwöhnt und spielte nur seine Rolle. Den Job hatte er vom Vater geerbt und nicht aufgrund seiner Fähigkeiten bekommen. Er machte es ihr leichter als erwartet. Wenn das so weiterging, würde sie schon in einer Woche wieder abreisen können.

»Tja, ich fürchte, Kentallen kann Ihnen keinen brummschädelfreien Whisky offerieren. Wenn Sie eine Flasche von unserem besten gekippt haben, brauchen sie am nächsten Morgen eine Sonnenbrille, um in den Kühlschrank zu schauen.«

Alex musste gegen ihren Willen lachen. »Na gut, dann beschränke ich mich wohl lieber auf ein einziges Glas.«

Sie traten wieder hinaus auf den Hof. Eine richtige Führung war das bis jetzt nicht, eher die Gelegenheit zum Aufriss. Immerhin gab ihr das die Chance, ihn sich genauer anzusehen und in einem neutralen Umfeld zu erleben. Bis jetzt gab er sich die größte Mühe, seine Autorität durch Flirten zu beweisen (Männer nutzten Schmeicheleien häufig als eine Form des In-Schach-Haltens) und im Übrigen den Eindruck eines faulen Trunkenbolds zu erwecken (was auf ein unerschütterliches Selbstbewusstsein schließen ließ). Aber wie würde es ihm ergehen, wenn sie ihn sich mal zur Brust nahm, wenn er ihr eins zu eins in einer ihrer Sessions gegenübersaß und nicht mehr auf diese »Werkzeuge« zurückgreifen konnte, wenn er nicht mehr derjenige war, der am Schalthebel saß.

»Und wohin jetzt?« Sie blickte sich um. Auf der anderen Hofseite kamen ein paar Frauen aus einem niedrigen Glasgebäude, die ersten Frauen, die sie hier zu Gesicht bekam. »Was ist das da drüben?«

»Die Kantine. Möchten Sie mal reinsehen? Oder« – er schaute sich um – »sollen wir in die Mälzerei gehen?« Er deutete auf ein Gebäude hinter ihrer rechten Schulter.

Alex sah, dass sie von den Frauen neugierig gemustert wurden, besonders sie selbst in ihrem schicken roten Mantel. Eine machte Lochlan schöne Augen. Sholto hatte ihr ja bereits erzählt, dass er Affären hatte. Auch mit einer von denen?

»Hm? Ach nein, wer eine Mälzerei gesehen hat, kennt sie alle, nicht wahr?« Sie löste ihren Blick von den Frauen und drehte sich langsam im Kreis. »Was ist das dahinten?«

Sie deutete auf ein neueres, niedriges Gebäude mit Glasfassade, das ein wenig zurückgesetzt lag, hinter den weiß gekalkten Bürogebäuden.

»Da liegen die Laboratorien für das *Blending*, also den Feinbrand. Und das Besucherzentrum.«

»Ah, der Ort, wo gezaubert wird? Ja, den würde ich mir gerne ansehen.«

»Wie Sie wollen.« Er ging voran. »Darf ich fragen, wie Ihre Berufsbezeichnung lautet? Was genau sind Sie?«, erkundigte er sich mit unüberhörbarer Neugier.

»Ich arbeite im Mental-Coaching-Bereich, ich bin Managementberaterin. So was wie ein Leadership-Trainer. Ich helfe den ganz großen Tieren. Firmenchefs, Bankiers.«

»Hm.« Lochlan musterte sie skeptisch. »Sie sind aber ganz schön jung für einen so ... so autoritären Posten. Müssen Sie nicht die Bosse rumkommandieren?«

»Ich kommandiere niemanden herum«, meinte sie lachend. »Ich bin dazu da zu beraten, nicht zu befehlen. Diese Männer besitzen die Antworten ja bereits – sonst säßen sie nicht auf ihren Posten. Meine Aufgabe ist es, das Schiff durch Strudel und Untiefen zu navigieren.«

»Und wie machen Sie das?«

»Durch Zuhören. Durch Einfühlungsvermögen. Ein paar praktische Tipps, die das Selbstbewusstsein stärken und die Produktivität erhöhen. Das ist eine Wissenschaft für sich, aber sie lässt sich auf alle Wirtschaftsbereiche anwenden, wenn man die Formeln kennt.«

»Trotzdem, Sie sehen viel zu jung aus, um es mit den Dinosauriern aus den Chefetagen aufnehmen zu können.«

»Zählen Sie sich dazu?«

»Häh?«

»Alter ist irrelevant. Ich werde zwar nie so viel über das Whiskygeschäft wissen wie Sie, aber das muss ich gar nicht. Ich muss Ihnen nur meine Techniken und Kniffe beibringen, damit Sie eine bessere, vitalere, stärkere, dynamischere und flexiblere Führungspersönlichkeit werden – je nachdem.«

»Sie halten mich also nicht für stark und dynamisch?«, fragte er mit belustigtem Blick, zurück im Flirtmodus.

»Wie sollte ich das beurteilen, Mr Farquhar? Ich bin doch gerade erst dabei, mir ein Bild von Ihnen zu machen.«

»Sie machen sich ein Bild von mir?«

»Ja, natürlich.«

Seine Augen funkelten amüsiert. »Und was ist bis jetzt Ihr Eindruck?«

»Das können Sie dann alles in meinem Bericht lesen. Wir werden uns in unserer ersten Sitzung näher darüber unterhalten.«

»Beim Dinner?«

»Wo immer Sie mir ein Büro zuweisen.«

»Aber Dinner wäre doch sicher besser, um sich ein wenig näherzukommen? Wie wär's heute Abend um acht?«

»Heute Abend um acht werde ich meine Notizen durchgehen und mich erst einmal von der anstrengenden Reise erholen.«

Sie standen nun vor dem Besucherzentrum, aus dem ein goldener Lichtschein durch die Fensterfront fiel. Seine Hand befand sich bereits auf dem Türgriff, und da sie keine Lust hatte, noch länger im kalten Wind zu stehen, trat sie einen Schritt vor. Sollte er sie doch aufhalten! Ihr Mantel war viel zu dünn für dieses Wetter, und sie fror mittlerweile bis auf die Knochen. Mit einem wohligen Zittern trat sie ins warme Innere, rieb sich die Hände und hauchte sie an.

Ihr Blick huschte automatisch durch den Raum. Er war großzügig bemessen, zirka sieben Meter auf fünf Meter. Sämtliche Wände waren mit Glasvitrinen geschmückt, in denen Whiskyflaschen ausgestellt waren, die einen herrlichen bernsteinfarbenen Glanz verbreiteten. In einer Ecke stand ein gusseiserner Holzofen mit einem knisternd warmen Feuer. Im Raum verteilt standen aufgestellte Holzfässer, die als Bartische dienten. Um eins der Fässer hatte sich ein kleines Besuchergrüppchen geschart, ihre Anoraks hatten sie ausgezogen und kurzerhand auf den Boden geworfen. Dort fand offenbar eine Whiskyprobe statt, die von einer bebrillten jungen Frau mit Pferdeschwanz geleitet wurde. Einige drehten sich bei ihrem Eintreten um und musterten sie neugierig. Das lag sicher an ihrem roten Mantel – ein Fashion-Fauxpas. Ihre Absicht war es gewesen, einen frischen, energiegeladenen Eindruck zu vermitteln und ein wenig Farbe in die Adventszeit zu bringen. Dass hier alle in Pastell- und Erdtönen herumliefen und sie in ihrem City-Schick geradezu herausstach, damit hatte sie nicht gerechnet.

Am Tresen bei der Kasse standen zwei Männer über eine Liste gebeugt und unterhielten sich gedämpft.

»Dann also morgen ... morgen, ja?«, drängte Lochlan, der ihr ins Gebäude gefolgt war und den Betrieb bemerkte, mit gedämpfter Stimme.

Alex reagierte nicht, sie schlenderte im Raum umher und besah sich die ausgestellten Flaschen, in ihren verschiedenen Formen und Größen, gefüllt mit den kostbarsten Jahrgängen.

»Morgen? Ja, um acht Uhr früh würde mir auch gut passen. Morgenstund hat Gold im Mund. Freut mich, dass Sie das auch so sehen! Das ist ein ermutigendes Zeichen. Dann können wir uns gleich an die Arbeit machen.«

»He, so hab ich das nicht ...«

»Ich weiß ganz genau, wie Sie es gemeint haben, Mr Farquhar.« Sie wandte sich um und schaute ihn direkt an. »Oder darf ich Sie Lochlan nennen?«, hakte sie nach, da er es ja noch immer nicht von selbst anbot. Mit einer Sache hatte er jedoch recht: Sie mussten tatsächlich versuchen einander ein wenig näherzukommen. Und das bedeutete, sich beim Vornamen zu nennen und ein wenig auf Tuchfühlung zu gehen. Sie berührte seinen Arm und sagte: »Wir werden schließlich in der nächsten Zeit ziemlich eng zusammenarbeiten müssen.«

Lochlans Blick schweifte unsicher zu den beiden Männern an der Kasse hin, die, wie sie jetzt feststellte, zu ihnen hersahen.

»Na, was sagen Sie? Wäre das für Sie in Ordnung?«, drängte sie, als er nichts darauf erwiderte.

»Äh, ja … ja, natürlich.« Lochlan nickte, dabei huschte sein Blick abermals zu den beiden, die sich nun auf den Weg zum Ausgang machten. Wer waren sie?

»Wollen Sie uns nicht vorstellen?«, fragte sie, fasziniert von seiner plötzlichen Befangenheit. »Ich würde die einzelnen Teams gern kennenlernen. Ich werde die Abteilungsleiter in den nächsten Tagen sowieso ausführlich befragen müssen.« Ob er diese Leute wenigstens jetzt mit dem vollen Namen vorstellen konnte? Sie wollte unbedingt sehen, wie er mit seinen Führungskräften interagierte; ihre Körpersprache würde ihr viel darüber verraten, was sie von ihm hielten: Ob sie ihn respektierten oder ob sie sich mit ihm unwohl fühlten.

»Äh … Leute, wartet doch noch einen Moment, ja?«, rief Lochlan den beiden zu.

Die Männer wirkten ungehalten über die Verzögerung. Ihre Minen verfinsterten sich, aber Alex' Lächeln wurde nur noch strahlender.

»Ich möchte euch Alex, ähm …« Er hatte doch tatsächlich ihren Nachnamen vergessen – noch ein Minuspunkt.

»Hyde. Alex Hyde«, erklärte sie und bot den beiden ihre Hand.

Der Kleinere der beiden – er war etwa eins fünfundsiebzig und besaß tiefliegende kleine Augen und wettergegerbte Pausbacken – ergriff sie. »Jimmy MacLennan.«

»Freut mich, Sie kennenzulernen, Jimmy. Ich werde hier eine Zeitlang als Consultant tätig sein. Dürfte ich fragen, was Ihre Aufgabe ist?«

Jimmy vergewisserte sich mit einem Blick bei den anderen, ehe er antwortete: »Ich bin Lagerleiter.«

»Ah, wunderbar.« Sie nickte. »Nun, ich hoffe wir werden in den nächsten Tagen Gelegenheit haben, uns ein wenig näher zu unterhalten. Ich wäre sehr an Ihrer Sicht der Dinge interessiert.«

Das schien ihn weit weniger zu begeistern als Alex. Er nickte widerwillig.

Alex sah sich nun den anderen Mann an. Er gab sich gar nicht erst Mühe, seine finstere Miene zu verbergen. Ihre Blicke begegneten sich, und etwas durchzuckte sie wie ein Blitz. Aber sie ließ sich nichts anmerken und sagte lächelnd: »Hallo, ich bin Alex Hyde.« Sie bot auch ihm ihre Hand.

Der Mann musterte sie einen Augenblick lang finster und abweisend, dann drückte er ihr widerwillig die Hand. Er war Mitte dreißig, hatte hellbraunes Haar und haselbraune Augen mit Goldflecken darin. Sein Haar war zerzaust, seine Kleidung leger – Jeans und Hemd –, und er sah aus, als käme er gerade vom Holzfällen. Oder vom Baumstammwerfen oder Grizzlyringen. Ein Naturbursche, finster-attraktiv. Er musterte sie mit tiefem Misstrauen, und sie wünschte erneut, sie wäre nicht in Rot erschienen, es verschreckte die Inselbewohner. »Und Sie sind …?«

Er warf einen verächtlichen Blick auf Lochlan. »Sein Cousin.« Als ob das eine Antwort wäre.

Aber das war es sogar. Jetzt, wo er sie darauf hinwies, konnte sie selbst sehen, dass er die düstere Ausgabe des blonden Lochlan war, ohne dessen entspannt-fröhliche Art zu besitzen.

»Ah, noch einer aus dem Stamme der Farquhar«, freute sie sich, ohne sich von seiner schlechten Laune beeindrucken zu lassen. Sie hatte festgestellt, dass ein strahlendes Lächeln und ausgesuchte Höflichkeit früher oder später selbst den Feindseligsten entwaffneten. »Torquil, vermute ich?« Als er nicht gleich antwortete, sagte sie: »Nein? Dann sind Sie sicher …«

»Zu spät dran«, ergänzte er grob. »Wenn Sie mich bitte entschuldigen würden.« Mit einem grimmigen Blick auf seinen Cousin wandte er sich ab und verschwand.

Alex schaute ihm verblüfft nach. Ein kalter Windstoß fuhr herein, als die Tür hinter ihm zufiel. Lochlan und Jimmy wirkten ebenso entsetzt, aber als sie sie fragend ansah, zuckten sie nur mit den Schultern.

»Kümmern Sie sich nicht um ihn«, meinte Lochlan. »Der kriegt sich schon wieder ein.«

Jimmy schnaubte. »Ja, normalerweise.«

4. Kapitel

Islay, Schottland, 2. Februar 1918

»Steh nicht immer am Fenster«, wurde sie von ihrem Vater gerügt, der müde blinzelnd im trüben Licht Zeitung las, die Lesebrille ganz vorne auf der Spitze seiner Knollennase.

»Aber Vater, er hat doch versprochen, dass er uns schreibt.«

»Und das wird er auch. Wenn ihm der vermaledeite Krieg Zeit dazu lässt. Der richtet sich nicht nach deinen Wünschen, Clarissa.«

Sie trat seufzend vom Fenster zurück, auf dem noch einen Moment lang ihr Atemhauch zurückblieb. Vom Meer her kroch Nebel über die Gärten heran. Ihr Vater hatte recht: Sie konnte geduldig warten, das war das Mindeste, was sie tun konnte. Ihr Bruder würde schon zur Feder greifen, wenn die Gelegenheit kam.

Sie setzte sich wieder in ihren Lesesessel am warmen Kamin und griff zu ihrer Lektüre. Was er wohl gerade machte? Und wo er wohl war? Irgendwo in Frankreich, das war alles, was sie wusste. Ob er schon in Paris gewesen war? Sie hatten immer davon geträumt, sich einmal Paris anzusehen, ihre eigene kleine Bildungsreise zu unternehmen, wenn sie alt genug waren. Doch das war in besseren Zeiten gewesen. Jetzt hatte der Krieg sein ersti-

ckendes schwarzes Leichentuch über Europa ausgebreitet und das Licht verbannt, die Sonne, die Hoffnung, die Zukunft.

»Keine Nachrichten sind gute Nachrichten«, pflegte ihre Mutter zu sagen, wenn sie unruhig und verzweifelt im Gang auf und ab lief. Clarissa war klar, dass sie ebenfalls daran glauben musste, wenn sie sich nicht verrückt machen wollte. Selbst wenn ihre Gedanken ständig um ihn kreisten und um die Schrecken, die er wohl gerade erlebte. Und manchmal einfach nur, um den Tag zu überstehen. Ihre Eltern sagten immer, sie habe eine viel zu lebhafte Fantasie, aber die brauchte sie gar nicht: Die Schrecken des Kriegs waren schlimmer, als sie es sich je hätte ausmalen können. Flammenwerfer machten Schlagzeilen und Maschinengewehre und giftige gelbe und grüne Gase, Soldaten, die blind über Schlachtfelder taumelten, vor dem Geschützfeuer flohen, die Haut roh und verbrannt, die Lungen verätzt. Wenn Percy es tatsächlich schaffte, das alles zu überstehen, würde er bestimmt nicht mehr als der heimkehren, der er einmal gewesen war, oder? Um Archie machte sie sich weniger Sorgen, Archie fand sich immer zurecht. Aber Percy – Percy war zu gut für diese Welt, zu sanftmütig.

Der Krieg änderte alles. Lange, anstrengende Tage auf den Gerstenfeldern, rohe, rissige Hände von der Feldarbeit und der Kälte, Schwielen an den Füßen. Sie starrte im Feuerschein auf ihre Hände. Sie erkannte sie kaum wieder. Ihre weichen weißen Hände gehörten der Vergangenheit an, einer Vergangenheit, in der Phillip, ihr Verlobter, sie lächelnd geküsst hatte, damals, als er ihr ein auf Rosen gebettetes Leben versprochen hatte, das nun nie mehr

Wirklichkeit werden würde, das auf einem Schlachtfeld bei Ypres in Flammen aufgegangen war.

Die Haushälterin, Mrs Dunoon, erschien mit dem Abendessen: ein Kanten Käse, Gerstenkräcker, ein aufgeschnittener Apfel und eine Kanne Tee. Ihre Hände zitterten, als sie das Tablett abstellte und aufdeckte. Auch sie war vollkommen überarbeitet, die Einzige, die vom Personal übrig geblieben war. Sie musste jetzt allein für die dreiköpfige Familie sorgen, musste kochen, sich um die Wäsche kümmern und die Kamine in den fünf Räumen, die noch bewohnbar waren, warm halten. Die anderen achtundzwanzig Zimmer des Anwesens waren mit Staubtüchern abgedeckt und verschlossen worden, weil es zu kostspielig gewesen wäre, sie weiter zu unterhalten. Ihr Personal, früher neun Leute, war auf zwei zusammengeschrumpft: Mrs Dunoon und ihr Ehemann, der sich jetzt allein um den Nutzgarten und die Parkanlagen kümmern und ihren lahmen Vater chauffieren musste. Aber jetzt war auch er eingezogen worden, wie alle, entweder zum aktiven Kriegsdienst oder für die Landwirtschaft. Viele hatten die Insel verlassen müssen, um in den Städten zu arbeiten, in Werften oder Munitionsfabriken. »Mrs Farquhar kommt ein wenig später herunter, Sie möchten schon ohne sie anfangen, lässt sie ausrichten.«

»Danke«, sagte Clarissas Vater, und die Hausangestellte zog sich mit einem Nicken zurück.

Clarissa schenkte ihrem Vater Tee ein, und dieser faltete seine Zeitung zusammen und starrte niedergeschlagen ins Feuer. »Soll ich das Radio anmachen?«, erkundigte sie sich und reichte ihm die Tasse.

»Das sollten wir wohl, auch wenn uns nicht danach zumute ist«, *erwiderte er seufzend und machte sich auf neue Gräuelberichte von fremden Schlachtfeldern gefasst.* »*Wir dürfen vor der Wahrheit nicht die Augen verschließen, so schwer sie auch zu ertragen sein mag.*«

Clarissa trat ans Radiogerät und drehte am Schalter. Pfeifen und Statikrauschen ertönte, bis sie eine Station fand und plötzlich eine klare, gepflegte Stimme erklang. Sie nahm wieder auf ihrem steiflehnigen Sessel Platz und hob mit bebenden Händen die Tasse an ihre Lippen.

Keine Nachrichten waren gute Nachrichten. Er würde wiederkommen.

Sie musste nur warten.

Islay, Schottland, 6. Dezember 2017

Das B&B, in dem sie untergekommen war, lag nur zwei Meilen von der Brennerei entfernt. Wenn man der »Hauptstraße« folgte, fand man es auf einer vorgelagerten Klippe, hinter der das Land in Stufen bis zu den nahegelegenen Bergen anstieg. Auch wenn es eigentlich ein schlichtes, schmuckloses Gebäude war, besaß es dennoch eine ausgewogene Ästhetik, mit acht Fenstern und einer Tür in der Mitte. Es war aus Naturstein belassen, im Gegensatz zu den anderen Häusern, die meist weiß gekalkt waren. Eine Rauchfahne zog sich kräuselnd aus dem Kamin in den Himmel, wurde von einer Böe erfasst und davongetragen. Dem verwitterten Cottage vorgelagert waren einige Außengebäude, die eine Art Vorhof bildeten, den man durch ein Tor betrat, und in einem kleinen Küchengarten war eine Wäscheleine gespannt, an der ein Betttuch wild im Wind flatterte.

In den beiden Erdgeschossfenstern auf der linken Seite brannte Licht. Alex bedankte sich auch diesmal bei Hamish fürs Herbringen und stieg aus. Sie konnte einen Schatten hinter den Scheiben erkennen, der sich hin und her bewegte. Der Abend brach herein, und abgesehen von einem blutroten Streifen am Horizont wurde der Himmel von einem dunkelgrauen Wolkengewühl beherrscht.

Der Sturm würde jeden Moment losbrechen, schon begannen die ersten dicken Tropfen zu fallen. Alex rannte den Steinplattenweg entlang auf das Haus zu, wobei sie ungeschickt eine Hand über den Kopf hielt, um ihr Haar vor dem Nasswerden zu schützen, und am anderen Arm baumelte ihre Reisetasche und schlug ihr schmerzhaft gegen die Beine. Sie klopfte hastig, sobald sie die Haustür erreicht hatte.

»Ja?« Eine hochgewachsene weißhaarige alte Frau öffnete die Tür. Sie besaß kleine schwarze Augen, wie Rosinen, und ein breites, flächiges, gutmütiges Gesicht. Das Haar hatte sie im Nacken zu einem Knoten gebunden, ein paar Strähnen lösten sich bereits. Sie trug einen Tweedrock mit einer Halbschürze darüber und einen Strickpulli. Ihre Größe von fast eins achtzig war ungewöhnlich für ihre Generation. An ihrer Seite stand ein schwarzweißer Bordercollie, der Alex keine Sekunde aus den Augen ließ.

»Guten Tag, ich bin Alex Hyde, ich hatte reserviert.«

Die Frau brauchte eine Sekunde, ehe der Groschen fiel. »Ach, die Sassenach«, sagte sie in einem melodiösen schottischen Dialekt, »Sie sind die, die bei uns einziehen will, was?«

Alex lachte. »So ungefähr. Ich kann leider noch nicht sagen, wie lange ich hierbleiben werde. Ich hoffe, das macht Ihnen nichts aus?«

»Im Gegenteil, das ist uns sogar lieber, dann muss ich nicht so oft die Bettwäsche wechseln. Kommen Sie rein, kommen Sie rein. Ich bin übrigens Mrs Peggie.«

Alex folgte der Frau durch einen steinernen Windfang, in dem es von Jacken und Mänteln und Stiefeln nur so überquoll, in einen schmalen, holzgetäfelten Gang, von dem beiderseits Türen abgingen. Hinten am anderen Ende führte eine dunkle Eichenholztreppe in den ersten Stock hinauf. Daneben lag ein reichlich angekauter Hundekorb zwischen noch mehr Gummistiefeln und Regenschirmen. Auf der linken Seite des Korridors stand eine kleine Spiegelkommode mit einem runden Spitzendeckchen und einer flachen Porzellanschale, in der Schlüssel lagen.

»Das stürmt ganz schön da draußen«, bemerkte Alex und fuhr sich durchs zerzauste Haar. »Der Wetterdienst gibt Sturmwarnung Stufe Rot, hab ich gehört?«

»Ach, die immer mit ihren Ampelfarben. Bei uns verraten einem schon die Tiere, wenn es Grund zur Sorge gibt. Kommen Sie, ich zeige Ihnen erst mal alles.« Sie führte Alex durch die linke Tür. Dort befand sich ein schmuckes Speisezimmer mit zwei kleinen quadratischen Tischen, die in einem Fünfundvierzig-Grad-Winkel zueinander standen und bereits mit weißer Tischdecke, Tellern und Besteck gedeckt waren. Auf jedem Tisch stand außerdem eine kleine Vase mit

Seidenblumen. Der Raum war mintgrün gestrichen, ein dunkler Teppichboden sorgte für Wärme, und an den Fenstern hingen grün-lila Blümchenvorhänge. Eine andere Tür führte von dort aus in die Küche, vermutete Alex. »Das ist das Esszimmer. Und dort in der Küche ist Mr P.«

»Hallo«, rief eine Männerstimme, und Alex erhaschte einen Blick auf ein schmales Gesicht und einen struppigen Bart sowie meerblaue Augen.

»Guten Tag!«

»Sie bekommen hier Ihr Frühstück und Ihr Abendessen, aber wenn Sie abends lieber auf dem Zimmer essen, lässt sich das auch einrichten«, erläuterte die Frau. »Und falls Sie mal gar nicht hier zu Abend essen – falls Sie mal auswärts essen –, dann geben Sie mir bitte beim Frühstück Bescheid, damit ich mich wegen der Mengen darauf einrichten kann, ja?«

»Ja, gut. Und wann gibt es bei Ihnen Frühstück?«

»Zwischen sechs und neun. Ich mache am liebsten um halb neun Schluss, aber es gibt Gäste, die gerne ausschlafen.« Sie seufzte.

»Mit mir können Sie definitiv schon um sechs, halb sieben rechnen, ich bin Frühaufsteher«, meinte Alex, während sie sich im Raum umsah.

»Was machen Sie denn beruflich?«

Alex wandte ihren Kopf der alten Frau zu und antwortete lächelnd: »Ich bin Managementberaterin.«

»Ach, dafür scheinen Sie mir aber noch viel zu jung. Sind Sie deshalb nach Islay gekommen?«

Alex nickte. »Ich arbeite für Kentallen.«

»Wie wir alle«, meinte Mrs Peggie und verdrehte die

Augen. »Sie sind also nicht hier, um sich die Landschaft anzusehen? Die Vögel?«

»Nein.«

»Wir kriegen hier meistens Wanderer und Vogelkundler. Es liegt an den Küstenseeschwalben, wissen Sie. Die kommen aus ihren Winterquartieren nach Norden, um hier zu brüten. Na ja, aber das ist eben nicht für jedermann.« Sie faltete seufzend die Hände vor dem Bauch. »Haben Sie einen besonderen Wunsch fürs Frühstück? Black Pudding? Kipper?«

Kipper? Bei der Vorstellung von schottischem Räucherfisch zum Frühstück schauderte es Alex.

»Am liebsten Porridge mit Banane und Honig.«

»Wir verwenden hier Hafer aus eigener Herstellung«, sagte Mrs Peggie stolz.

»Wie schön!«, erwiderte Alex erfreut. »Ließe sich das Porridge vielleicht auch mit Mandelmilch zubereiten? Das wäre ganz toll.«

»Wie bitte?«

»Mandelmilch …?«

»Seit wann geben Mandeln Milch? Hab ich ja noch nie gehört«, meinte Mrs Peggie perplex.

»Ach … schon gut, das macht nichts«, wiegelte Alex ab. »Ist schon in Ordnung. Porridge mit Banane und Honig, also. Und eine Kanne Earl Grey, wenn's geht.«

»Wir haben hier nur English Breakfast.«

»Okay.«

Tapfer lächelnd folgte Alex Mrs Peggie wieder hinaus auf den Korridor und in ein Zimmer auf der anderen Seite. Dort befanden sich ein Sofa mit einem Bezug aus gerippten Velours, zwei Lehnsessel und ein Fernseher auf einem Standsockel. Auf dem Kaminsims stand ebenfalls eine Vase mit Seidenblumen und in der Mitte eine prächtige Jugendstiluhr, deren Ticken laut in der Stille hallte.

»Sie dürfen sich abends gerne zu Mr Peggie und mir ins Wohnzimmer setzen, wenn Sie möchten. Leider läuft der Fernseher nicht immer, wir haben hier häufig Wetterstörungen. Dann griselt es halt ein wenig, aber man kriegt trotzdem genug von der Sendung mit. Können Sie Whist spielen?«

»Whist?«

»Ein Kartenspiel. Ideal bei schlechtem Wetter.«

»Ach.« Alex machte eine bedauernde Miene. »Nein, leider nicht. Das kenne ich nicht.«

»Na ja, das kann Ihnen Mr P. leicht beibringen, Sie werden sehen.«

»Ähm, um ehrlich zu sein, ich werde abends sowieso meistens arbeiten«, zog sie den Hals aus der Schlinge.

»Was? Am Abend?«

»Ja, leider. Meine Kunden leben in unterschiedlichen Zeitzonen. Ach ja, da fällt mir ein: Wie gut ist Ihr Internetempfang?«

»Internet?«

»Sie haben doch Internet, oder? Wie gut ist der Empfang? Reicht es für FaceTime? Ich muss möglicherweise mit ein paar Klienten konferieren.«

Mrs Peggie verstand bloß Bahnhof. »Sie meinen so was mit Computern? In der Stadt haben sie ein Internetcafé, falls es das ist, was Sie suchen?«

Alex unterdrückte einen Seufzer. »Ja, so was in der Art. Danke, dann werde ich da morgen mal vorbeisehen.«

»Dann zeige ich Ihnen jetzt Ihr Zimmer.« Mrs Peggie machte kehrt und führte Alex wieder auf den Korridor; die Wohnzimmertür schloss sie gewissenhaft hinter sich, damit die Wärme nicht entweichen konnte. Dann trat sie an die Garderobe und nahm einen Schlüssel aus der Porzellanschale. Damit stieg sie mühsam die knarrenden Treppenstufen hinauf, eine Hand am Geländer.

»Heute Abend sind Sie unser einziger Gast, aber für morgen erwarten wir eine spanische Familie mit einem Baby. Hoffentlich ist es eins, das nachts durchschläft, Mr P. braucht seinen Schlaf«, sagte sie, ein wenig keuchend vom Aufstieg.

Sie gingen ganz bis zum vorderen Ende des Ganges, die Bodendielen des alten Hauses knarrten zum Gotterbarmen unter ihren Schritten. An den Wänden hingen gerahmte Schwarzweißfotografien – und Alex musste an sich halten, um nicht eine Landschaftsaufnahme gerade zu rücken, die ein wenig schief hing.

»Sie kriegen das blaue Zimmer, weil Sie so lange bleiben. Dort hat man den besten Blick aufs Meer. An einem schönen Tag kann man manchmal sogar Irland sehen, aber jetzt im Winter ist das eher unwahrscheinlich. Mr Peggie und ich, wir schlafen am anderen Ende, das wird Sie freuen, weil Mr P. so früh zum Melken rausmuss.«

»Wie früh denn?«

»Im Morgengrauen.« Mrs Peggie schloss auf, und sie betraten ein schmales, aber hübsches Zimmer mit zwei Fenstern im rechten Winkel. Es war schon zu dunkel, um draußen noch etwas erkennen zu können, aber es hingen adrette blaukarierte Vorhänge mit gerüschten Baldachinen an den Fenstern, und das am Giebelende besaß einen breiten Fenstersitz. An der Wand hing eine Aquarellzeichnung von einem See, offenbar eine Amateurzeichnung. Es gab einen schmalen eintürigen Kleiderschrank, ein Waschbecken und ein Bett mit weißen Laken und einer weißen Häkeldecke. Auf dem Fuß des Bettes lag ein Stapel karamellfarbener Handtücher. Alex schaute sich unbehaglich um. Es gab keine Daunendecke (unter Wolldecken fror sie immer), keinen Schreibtisch. Keine Mehrfachsteckdose. Keinen Satellitenempfang. Kein Radio. Kein En-Suite-Badezimmer. Und noch was fehlte ...

Moment mal. Kein eigenes Bad?

»Gibt es hier kein En-Suite?«, fragte sie Mrs Peggie erschrocken.

»Doch, das Waschbecken, das sehen Sie doch.« Die alte Frau wies mit dem Kopf auf das Waschbecken aus blauem Porzellan.

»Ja, aber ... Dusche und Toilette?«

»Den Gang runter, letzte Tür links, gleich neben der Treppe. Keine Sorge, Mr P. und ich, wir haben unser eigenes Bad, Sie müssen sich Ihrs nur mit den anderen Gästen teilen.«

Alex unterdrückte ein Schaudern. Sie hatte sich bisher noch nie mit Fremden ein Bad teilen müssen. Aber was konnte sie schon tun? Das war die einzige Unterkunft, die Louise auf die Schnelle aufgetrieben hatte – und die nah bei der Brennerei lag, was Priorität hatte. Sie hatte keine Lust, jeden Tag die halbe Insel zu durchqueren, um ans Ziel zu kommen.

»Ist die Unterkunft zu Ihrer Zufriedenheit?«, erkundigte sich Mrs Peggie ein wenig steif.

»Ja, natürlich, es ist sehr charmant, danke.«

Die Wirtin schürzte die Lippen, offenbar spürte sie Alex' Skepsis. »Na gut, dann lasse ich Sie jetzt auspacken, obwohl das ja nicht lange dauern sollte, Sie haben ja kaum was dabei. Abendessen gibt's in einer Stunde. Als Vorspeise Kartoffelsuppe, dann gekochter Schinken mit Kohl und Kartoffelpüree.«

»Ach.« Alex blickte sich suchend im Zimmer um. Wo war ihr restliches Gepäck? Sie hatte gleich gewusst, dass noch was fehlte! »Ist mein Gepäck denn noch nicht gebracht worden?«

»Gebracht? Von wem?«

»Ich habe mein Gepäck mit dem Zug vorausschicken lassen; es sollte mit einem Taxi direkt zur Pension gebracht werden.«

Mrs Peggie zuckte ratlos mit den Schultern. »Das Taxi war seit über einer Woche nicht mehr hier.«

»Ja gibt es denn bloß eins?«, fragte Alex mit unbeabsichtigter Schärfe.

»Nur den alten Jack, unseren Taxifahrer. Wenn ihn allzu sehr die Gicht plagt, hilft ihm manchmal sein Schwiegersohn aus.«

»Vielleicht ist er aufgehalten worden? Vielleicht kommt er noch?«

Mrs Peggie schnalzte mitfühlend. »Die Gicht ist 'ne schlimme Sache. Schlimme Sache.«

Aber die Gicht des alten Jack interessierte Alex momentan nicht die Bohne. Sie brauchte ihre Sachen! Alles, was sie dabei hatte, waren Schlafanzug, Zahnbürste und ihre Joggingsachen. »Lässt sich das nicht rausfinden? Könnten Sie ihn nicht anrufen und nachfragen?«

Alex warf einen Blick auf ihr Handy – der Fährbetrieb wurde in diesem Moment eingestellt. Jetzt würden für mindestens zwei Tage keine Fähren mehr gehen und daher auch keine Lieferungen mehr vom Festland hergebracht werden. Keine Post, keine Lebensmittel und schon gar nicht ein paar lilafarbene T.-Anthony-Koffer mit all den Sachen, die sie in den nächsten Wochen brauchte.

»Ich werde anrufen, aber Jack ist normalerweise sehr zuverlässig. Wenn er sie hat, hätte er sie hergebracht. Sie brauchen wohl Kleidung, oder?«

»Ja.« Alex deutete auf ihren modischen dünnen Mantel und ihr schickes Kleid, denkbar ungeeignet für dieses Wetter und außerdem mittlerweile so mitgenommen, dass nur noch eine Trockenreinigung half.

»Keine Sorge, ich hab noch ein paar Sachen von meiner Tochter für Sie.«

Alex war skeptisch. Mrs Peggie war bestimmt über achtzig, und das bedeutete, dass ihre Tochter in den Fünfzigern sein musste. Im günstigsten Fall war sie ebenfalls Geschäftsfrau, hatte ihre jugendliche Figur behalten und eine modische Grundausstattung in ihrem Elternhaus deponiert, weil sie ohnehin ständig in der Gegend zu tun hatte. Schlimmstenfalls waren es ihre Kindheitsklamotten aus den Siebzigern, die Mrs Peggie fürsorglich aufgehoben hatte. »Das ist sehr nett von Ihnen«, erwiderte Alex zögernd, »aber Sie werden doch trotzdem mal bei Jack nachfragen?«

»Aye.« Mrs Peggie wandte sich zum Gehen. »Abendessen gibt's wie gesagt in einer Stunde.«

»Um ehrlich zu sein, ich würde heute Abend lieber auf

meinem Zimmer essen, wenn es Ihnen nichts ausmacht. Ich habe jede Menge Arbeit zu erledigen.«

»Wie Sie wollen. Ihr Schlüssel steckt im Schloss. Sie können ihn tagsüber mitnehmen oder unten in die Schale legen, wie Sie möchten. Ich hab zum Putzen einen Generalschlüssel.«

»Danke. Vielen Dank.«

Mrs Peggie zog die Tür mit einem Klicken ins Schloss, und Alex schaute sich hilflos im Zimmer um. Hilflos und frustriert. Und schon jetzt angeödet. Sie trat ans Fenster und versuchte hinauszusehen, sah aber nur ihr Spiegelbild. In diesem Moment wehte etwas Weißes am Fenster vorbei, und Alex zuckte erschrocken zurück. Ein Laken von der Wäscheleine? »Oh …!« Sie drehte sich blinzelnd nach Mrs Peggie um, doch die war, nach ihren Schritten zu urteilen, bereits wieder unten im Korridor. Außerdem war das Laken längst über die Felder davongeweht, wie Alex feststellte, als sie sich zurückwandte.

Sie griff zum Handy und versuchte Louise zu erreichen – es musste doch eine Versandnummer geben, mit der sich die Gepäckstücke zurückverfolgen ließen –, aber es gab keinen Empfang. Nicht mal einen einzigen Balken. Sie reckte den Arm hoch, trat ans andere Fenster, drückte es ans Glas. Nichts. Sie war irgendwo im Nirgendwo. Und der Sturm machte es auch nicht gerade leichter.

Alex versuchte seufzend ihren Frust abzuschütteln. Es hatte keinen Zweck, sich aufzuregen – die Dinge waren nun mal, wie sie waren. Wie sagte sie immer zu ihren Klienten: Was könnte unsinniger sein, als sich gegen etwas aufzulehnen, was bereits *ist*? Sie wandte sich um und ging zum Bett, um das Wenige auszupacken, was sie dabeihatte: ein marineblauer Herrenpyjama Marke Turnbull & Asser, den sie auf dem Kopfkissen zurechtlegte; eine Zahnbürste; schwarze Aktivkohle-Zahnpasta; Perricone MD Skin Serum und Feuchtigkeitscreme, die sie auf der Anrichte beim Waschbecken aufreihte; ihre Joggingschuhe stellte sie unters Fenster, und das Jogging-Outfit legte sie in die oberste Schublade der Kommode. Das mitgebrachte Buch – eine Biografie über Aung San Suu Kyi – legte sie aufs Nachttischchen.

Blieb nur noch der Kentallen-Report, den sie als Letztes aus der Reisetasche nahm. Sie schüttelte ihre Stöckelschuhe von den Füßen und ließ sich mit dem Papierstapel auf dem Bett nieder. Dann ließ sie sich die Ereignisse in der Brauerei durch den Sinn gehen. Ein enttäuschender Start, chaotisch, unorganisiert. Einerseits schien ihre Aufgabe hier viel leichter zu werden als erwartet: Lochlan Farquhar – Weiberheld, übermütig, unprofessionell – war eindeutig überfordert. Andererseits bedeuteten gerade diese Eigenschaften, dass es nicht einfach mit ihm werden würde. Einen Sack voll Katzen hüten war wahrscheinlich leichter, als ihn über die Ziellinie zu bringen.

Sie schlug den Bericht auf und besah sich erneut die Zahlen. Kentallens Wachstumsrate war um zwei Prozent zurückgegangen. Das lag einerseits am Verlust eines wichtigen Vertriebspartners auf dem expandierenden Südasienmarkt, zum anderen Teil am Rückgang der Nachfrage nach hochpreisigen Single Malt Whiskys gegenüber Blends und preisgünstigeren Sorten, wie dem

American Bourbon. Größtenteils lag es jedoch am zwar charismatischen, aber untauglichen Geschäftsführer, der entweder falsche oder unüberlegte Entscheidungen traf und der die Geschäfte führte, als handele es sich um seinen ganz persönlichen Spielplatz, der mit der weiblichen Belegschaft flirtete und die männliche einschüchterte …

Alex gähnte. Die Zahlen begannen vor ihren Augen zu verschwimmen. Etwas … etwas nagte an ihrem Unterbewusstsein, sie war sicher, dass sie etwas übersehen hatte, kam aber nicht drauf, was … Das ging ihr schon den ganzen Nachmittag so. Aber nun holte sie die Erschöpfung der langen Reise und des anstrengenden ersten Einstiegstages ein. Immer die Vermittlerin, die Unerschütterliche, die Friedensstifterin zu spielen war alles andere als einfach, ganz zu schweigen von der langen Reise, dem Umsteigen in Glasgow und dann noch einmal im Hafen von Tarbet, und das auch noch in viel zu dünnen Sachen, in denen sie fror wie ein Schneider. Und nicht nur das, sie hatte einen höllischen Jetlag, war von New York direkt nach Edinburgh geflogen, und vor dem Big Apple hatte sie eine anstrenge Woche in Wien verbracht, mit intensiven Sitzungen mit einem Klienten. Ihre innere Uhr war vollkommen durcheinandergeraten. Sie gähnte erneut und renkte sich dabei fast den Kiefer aus, rutschte ein wenig tiefer in die Kissen. Bloß ein kleines Nickerchen, das erfrischte. Das empfahl sie auch ihren Klienten immer, also konnte sie ihren Rat ruhig auch mal selbst beherzigen. Zehn Minuten, mehr brauchte sie nicht … Immerhin war von der NASA nachgewiesen worden, dass ein zehnminütiger

Schlaf reichte, um die Gehirntätigkeit und die kognitiven Funktionen wieder aufzufrischen ... sie konnte ja hinterher noch einen Blick in die Unterlagen werfen ... nur zehn Minuten ...

Ein lautes Muhen ließ sie erschrocken aus dem Schlaf fahren. Drunten wurden unter Protest die Kühe aus dem warmen Stall auf die windumtoste Weide getrieben. Alex blickte sich erschrocken um. Es war zwar noch nicht richtig hell, aber daran, dass der Morgen anbrach, gab es keinen Zweifel. Sie lag voll angekleidet auf dem Bett – allerdings hatte jemand sie mit einer Wolldecke zugedeckt und die Vorhänge zugezogen. Auf der Schminkkommode stand ein Tablett mit längst erkaltetem Essen und neben ihr auf dem Nachttisch ein Glas Wasser. Auf einem zierlichen Stühlchen zwischen der Kommode und dem größeren der beiden Fenster lagen fein säuberlich zusammengefaltet ein paar Kleidungsstücke.

»Oh!«

Hatte sie wirklich die ganze Nacht durchgeschlafen? Sie konnte es kaum glauben. Blinzelnd versuchte sie ihren Kopf klar zu bekommen. Normalerweise brauchte sie keinen Wecker, um nach zehn Minuten wieder aufzuwachen – sie war darin mittlerweile sehr geübt –, aber derart lange durchzuschlafen ... Sie konnte sich gar nicht erinnern, wann das zum letzten Mal passiert war. Andererseits war sie an die Großstadt gewöhnt. Vermutlich waren diese Abgeschiedenheit und Stille hier daran schuld, dass sie derart tief geschlafen hatte: kein Lärm, keine Lichtverschmutzung.

Sie schwang die Beine aus dem Bett und erhob sich vorsichtig. Sie fühlte sich steif; offenbar hatte sie die ganze Nacht über keinen Muskel gerührt. Sie trat ans große Giebelfenster und zog die Vorhänge auf, wollte sich zunächst mal orientieren, schließlich war sie während eines beginnenden Sturms angekommen und hatte ausgepackt, als es bereits dunkel war. Die Aussicht, von der sie begrüßt wurde, war sanft und gleichzeitig wild. Einerseits lag die Landschaft in gedämpften Pastelltönen unter ihr ausgebreitet – Taubengrau, Sturmblau, Moosgrün und dampfig Weiß –, denn vom Meer her zog ein Bodennebel über die Felder, in dem die langsam dahintrottenden Kühe verschwanden und der auch die wuchtigen Berge weit in der Ferne hinter seinem zarten Gazeschleier verbarg. Andererseits warf sich der Wind immer noch heulend vom Meer her aufs Land, wie eine erzürnte Gottheit, wogte in den Gräsern, ließ die Baumkronen schaukeln und brachte die stahlgraue See zum Kochen, als wolle er die Distanz zu Irland noch verbreitern. Die ganze Nacht lang hatte der Wind ihr mit seinem Heulen und Klagen ein Schlaflied gesungen.

Sie drückte ihre Stirn an die Fensterscheibe. Das mit dem Joggen konnte sie heute wohl vergessen: Bei diesem Wetter war Sport wirklich Mord. Sie ging zu dem kleinen Stühlchen und besah sich die Kleidungsstücke, die man für sie rausgelegt hatte: eine alte indigoblaue Bell-Bottom-Jeans, ein apfelgrünes Blüschen mit einem langen spitzen Siebzigerjahrekragen und ein marineblauer Zopfstrickpulli. Dazu ein paar ausgelatschte, robuste braune Winterschuhe, deren Leder vom Alter schon ganz rissig war. Das musste ein Scherz sein!

Seufzend nahm sie die Handtücher, die noch unberührt auf dem Fußende des Bettes lagen, und spähte vorsichtig hinaus auf den Flur, hielt nach einer offenstehenden Tür Ausschau, die einen Hinweis auf die Lage des Badezimmers geben konnte. Auf Zehenspitzen huschte sie den Gang entlang – die Dielenbretter knarrten trotzdem so laut, dass sie zusammenzuckte – und fand ein in lachsfarbenem Porzellan gehaltenes Bad, das ein ähnliches Alter haben musste wie die zur Verfügung gestellten Klamotten. Darin gab es dicke, flauschige Frotteeläufer und eine schwächlich aussehende Duschvorrichtung, die keine große Hoffnung in Alex weckte.

An so etwas war sie nicht gewöhnt, wirklich nicht. Normalerweise residierte sie in Erster-Klasse-Hotels mit Marmorbädern – in die man die Handtücher nicht erst bringen musste –, aber das alles nahm sie gar nicht mehr wahr. Ihr war nämlich ganz plötzlich ein Licht aufgegangen. Jetzt wusste sie auf einmal, was ihr an der ganzen Sache in der Brennerei so eigenartig vorgekommen war. Sie stand fast eine ganze Minute lang reglos da und starrte ins Leere.

Dann gab sie sich einen Ruck und stieg unter die Dusche. Sie schloss die Augen und ließ sich vom heißen Wasser berieseln. Während sich Spiegel und Scheiben beschlugen, ging ihr ein alter Kinderreim durch den Sinn: *Leg mich einmal rein – mein Pech. Versuch's ein zweites Mal – dein Pech.*

Anderthalb Stunden später saß sie in seinem Büro am Schreibtisch und blickte erwartungsvoll zur Tür. Als Erste kam Rona schnuppernd herein, gefolgt von ihrem

Herrchen. Die abweisende Miene von gestern verfinsterte sich bei ihrem Anblick noch mehr, sein ungebärdiges hellbraunes Haar war vom Wind zerzaust, die Wangen gerötet, und auf seinem Gesicht lag ein heraufziehender Sturm, der dem draußen in nichts nachstand.

»Guten Morgen, Lochlan«, sagte sie strahlend und drehte sich genüsslich in seinem Schreibtischsessel hin und her. »Na, können wir mit der Arbeit beginnen?«

5. Kapitel

Er musterte sie einen Moment lang reglos, dann sagte er: »Hat Callum also gebeichtet?« Er stieß die Tür hinter sich zu und schüttelte seinen Anorak ab.

Eine Entschuldigung hatte sie also offenbar nicht zu erwarten.

Rona kam angelaufen und beschnupperte ihre Hand. Nachdem sie sich vergewissert hatte, dass Alex offenbar immer noch zur Kategorie »Freund« und nicht »Feind« gehörte, trottete sie in eine Ecke, wo ihre Wasserschale stand, und soff geräuschvoll.

»Ach, das war also Callum? Ich dachte, es wäre Torquil gewesen. Aber nein, er hat nichts gesagt.«

»Woher wissen Sie dann …?«

»Dass er sich als Sie ausgegeben hat? Seine Körpersprache. Außerdem passt er nicht ins Profil – obwohl mich die Unordnung in Ihrem Büro fast überzeugt hätte. Allerdings glaube ich jetzt, dass es eher daran liegt, dass Sie versuchen, zu viel zu erledigen, als zu wenig«, tat sie den kleinen Streich, den man ihr gespielt hatte, gutmütig ab. Sie erhob sich und ging zum Wasserkocher, wo sie zuvor vorsorglich Wasser aufgesetzt hatte. Draußen im Betrieb regte sich mittlerweile ebenfalls Leben. Große Tore wurden aufgeschoben, Stimmen und schwere Stiefeltritte ertönten, Fässer wurden übers Kopfsteinpflaster gerollt. »Tee? Oder Kaffee?«

Lochlan starrte sie grimmig an. »Was machen Sie?«
»Ich mache Ihnen was Heißes zu trinken.«
»Nein, ich meine, was haben Sie hier zu schaffen? Sie sind nicht meine Sekretärin, das wissen wir beide.«
Alex beschloss schmunzelnd, dass er jetzt wohl einen Kaffee nötig hatte, und tat einen gehäuften Teelöffel in eine Tasse. »Ich möchte es Ihnen doch nur ein bisschen bequemer machen, Lochlan.«
»Aber das funktioniert nicht.«
Lächelnd goss sie heißes Wasser auf und tat einen Schuss Milch in den Kaffee. Sholto hatte recht: Er war aufsässig.
Als sie nichts sagte, fügte er hinzu: »Außerdem kann ich mich nicht erinnern, Ihnen die Erlaubnis gegeben zu haben, mich beim Vornamen zu nennen.« Sie hörte ihn hinter ihrem Rücken in seinem Schreibtischsessel Platz nehmen: Er hatte den Herrscherthron also flink wieder zurückerobert.
»Weil Sie's mir schuldig sind, nachdem Sie sich gestern geweigert haben, mich in Empfang zu nehmen oder sich auch nur mit Ihrem Nachnamen vorzustellen.« Sie trat an den Schreibtisch und überreichte ihm mit einem Lächeln die Tasse. Dabei sah sie ihm offen in die Augen. Allerdings musste sie leider erneut ihren purzelbaumschlagenden Magen ignorieren. Na, sie würde ihn mit Freundlichkeit schon kleinkriegen. »Ich verschwende nicht gerne meine Zeit, sie ist teuer. Außerdem habe ich einen weiten Weg zurückgelegt, um Sie zu sehen.«
Er nahm widerwillig die Tasse an. »Hab Sie ja nicht drum gebeten«, knurrte er.
»Nein, Sie nicht, sondern ihr Vorstandsvorsitzender.«

Seine Augen verfinsterten sich. »Sholto ist ein gefährlicher Narr.«

»Gefährlich?«

»Weil ihm nicht bewusst ist, was für ein Narr er ist.«

Alex nickte. »Hm, sehr interessant. Darüber können wir uns später näher unterhalten. Man hat Ihnen doch mitgeteilt, dass wir ein Weilchen zusammenarbeiten werden?«

»Ja. Aber Sie bemühen sich umsonst, ich habe nichts mit Ihnen zu schaffen und will auch nichts mit Ihnen zu schaffen haben.«

»Doch, das müssen Sie leider. Außer Sie wollen gleich Ihren Rücktritt einreichen?«

»Und wieso sollte ich das?«

»Weil das mit mir Ihre allerletzte Chance ist. Wenn Sie sich weigern, wird Sholto vermutlich als Nächstes den Vorstand zusammenrufen und ein Misstrauensvotum gegen Sie in Gang setzen.«

Lochlan grinste schadenfroh. »Das kann er gar nicht.«

»Ach, es gibt immer einen Weg. Wenn die Anwälte erst mal anfangen zu graben … Die finden schon eine Handhabe.«

Lochlan erhob sich und schaute mit blitzenden Augen auf sie herab – was ziemlich einschüchternd wirkte –, aber Alex hielt seinem Blick gelassen stand, ließ sich nicht von ihm provozieren. Er brauchte ihren Zorn, um den seinen damit zu nähren und um die Konfrontation eskalieren zu lassen. Aber Emotionen brodelten nur auf seiner Seite, sie hatte nichts damit zu tun, war nicht persönlich involviert. Das hier war für sie nur Business.

»Wir könnten einen zweiten Stuhl gebrauchen«, verkündete sie gelassen, während er sie weiter anfunkelte.

»Was?«

Genau das hatte sie mit ihrer Bemerkung beabsichtigt: ihn aus dem Konzept zu bringen.

»Bieten Sie den Leuten keinen Platz an, wenn sie kommen, um etwas mit Ihnen zu besprechen? Wenn sie ein Problem haben?«

»Ein Problem?«, spottete er. »Wo sind wir denn hier? Das ist schließlich kein Therapieplatz oder eine Kaffeestube. Hier kommt keiner mit *seinen Problemen* zu mir.«

»Aber die Arbeitsmoral der Belegschaft sollte oberste Priorität für Sie besitzen. Davon hängt nämlich die Produktivität eines Betriebs ab. Firmen ändern sich nicht, Menschen schon. Sie sollten sich um ihr Wohlergehen sorgen, das ist Ihre Aufgabe. Eine Kette ist immer nur so stark wie ihr schwächstes Glied.«

»Ach, was reden Sie denn da für einen Blödsinn! Wollen Sie mir diese Psychofloskeln etwa die ganze Woche lang um die Ohren blasen?«

»Oh, ich fürchte sogar noch viel länger.«

Seine Augen wurden schmal. Er besaß eine maskuline Energie, dreist und unverfroren, die den Raum mit jeder Minute mehr ausfüllte. »Und was haben Sie da überhaupt an? Wie soll ich Sie in solchen Klamotten ernst nehmen? Ist das Ihr Versuch, sich wie die Einheimischen anzuziehen?«

»Meine Herbergswirtin hat mir diese Kleidungsstücke geliehen«, erklärte sie würdevoll. »Sie stammen von ihrer Tochter.« Sie tastete instinktiv nach dem Rundhalsausschnitt ihres Strickpullis, um sich davon zu überzeugen, dass nicht etwa die unmöglich langen, unmöglich spitzen Enden dieser unsäglichen Bluse aus dem Pulli herausschauten. Seine Bemerkung traf einen wunden Punkt. Sie hatte gehofft, einen modischen Retro-Eindruck zu hinterlassen, à la Inès de La Fressange oder Alexa Chung. Offenbar nicht. »Mein Gepäck wurde leider nicht rechtzeitig vor dem Sturm geliefert und befindet sich noch auf dem Festland.«

Lochlan begriff sofort und lachte schadenfroh. »Ah, und der Fährverkehr wird frühestens übermorgen wieder aufgenommen, was? Wie schrecklich für Sie. Sie müssen sich ja ganz schön lächerlich vorkommen, jedenfalls wenn ich an Ihren gestrigen Glamourgirl-Look denke.«

»Ist ja nur für ein, zwei Tage, das ist keine Katastrophe.«

»Finde ich schon, wenn ich Sie mir so ansehe.«

Alex schoss ihm gegen ihren Willen nun doch einen finsteren Blick zu, sie konnte nicht anders. Aber sie bereute es sofort. Wenn er nur eine einzige Schwachstelle fand, würde er sie gnadenlos ausnutzen, das wusste sie. Sie trat auf ihn zu und fuhr in beschwichtigendem Ton fort: »Hören Sie, Lochlan, ich bin schließlich nicht Ihr Feind.«

Seine Augen blitzten gefährlich auf. »Da bin ich anderer Meinung.«

»Ich will Ihnen doch nur helfen.« Sie setzte sich auf die Schreibtischkante.

Er dagegen lehnte sich zurück und verschränkte die Hände hinter dem Kopf, eine klassische Power-Pose, mit der er sich größer zu machen versuchte, mehr Platz einnahm. »Nicht nötig.«

Sie starrten einander an. »Sie können diese Firma unmöglich so weiterführen«, sagte sie nach einer kurzen Pause, »sich weiterhin so benehmen wie bisher. Falls Sie's noch nicht bemerkt haben sollten: Sie bewegen sich auf schmalem Grat, und es ist ein tiefer Fall.«

»Ich hab eine ausgezeichnete Balance.«

»Aber wie lange noch? Wenn Sie den Vorstand auch weiterhin mit Ihrem Verhalten verprellen, isolieren Sie sich, und das macht Sie angreifbar.«

»Der Mond kümmert sich doch auch nicht um die Wölfe, die ihn anheulen«, höhnte er.

Sie blinzelte. Dieser Vergleich war ihr neu. »Sie brauchen mich.«

»Nein.«

»Na gut, ich brauche Sie.«

Er runzelte die Stirn. »Wohl kaum.«

»Wenn ich Ihnen nun sagen würde, dass ich die Bezahlung für diesen Auftrag brauche, um einem Familienmitglied in großer Not zu helfen?«

Sein Blick kratzte an ihr entlang, sie spürte ihn fast körperlich. »Dann würde ich sagen, das ist gelogen.«

»Wieso?«

»Weil Sie das Geld offensichtlich nicht nötig haben.«

»Woher wollen Sie das wissen? Sie kennen mich doch gar nicht.«

Er zog spöttisch die Augenbraue hoch. »Sie tragen eine Jaeger-LeCoultre-Armbanduhr, ihre Diamant-Ohrstecker sind doch mindestens ein Dreiviertelkarat, und Sie sind um diese Jahreszeit gebräunt, was bedeutet, dass Sie kürzlich in den Tropen Urlaub gemacht haben. Und solche Haare findet man nicht nördlich von Kensington.«

»Sehr gut. Sie sind ein scharfer Beobachter«, meinte sie schmunzelnd. »Soll ich Ihnen jetzt verraten, was ich aus meinen Beobachtungen über Sie weiß?«

Jetzt, wo er in die Falle getappt war, gab es kein Zurück mehr. Er legte die Füße auf den Schreibtisch und machte sich noch größer, gab noch eine Prise Respektlosigkeit und Verachtung hinzu. »Ich werde Sie wohl kaum daran hindern können.«

»Sie reagieren instinktiv, sind selbstbewusst und dynamisch, befehlsgewohnt und – wenn es Ihnen passt – sogar charismatisch, vermute ich.«

Eine Pause trat ein. »Und auf der negativen Seite?«

»Reaktiv, arrogant, verunsichert, isoliert und voller Misstrauen.«

»Aber Arroganz und Verunsicherung, das schließt sich doch gegenseitig aus, oder?«

Alex war beeindruckt. Er hatte diese brutale Analyse ohne Wimpernzucken hingenommen. Und anstatt seinen Gefühlen Luft zu machen, basierte er seine Argumentation auf Logik.

»Ja, das möchte man meinen, nicht wahr? Aber Arroganz ist gewöhnlich nur ein Ablenkungsmanöver, die Verschleierung der eigenen Verletzlichkeit. Man manipuliert die Wahrnehmung der anderen von sich selbst, um sein Ego zu schützen.«

Lochlan verdrehte die Augen. »Ersparen Sie mir Ihr Gesülze!«

»Es ist ganz wie ich gesagt habe. Augenverdrehen gehört nämlich ...«

Er sprang auf und baute sich drohend vor ihr auf. »Das ist ja alles *höchst faszinierend*«, sagte er höhnisch,

»aber ich muss Sie jetzt leider bitten zu gehen. Ich hab zu tun.«

»Ja, wir beide gemeinsam.«

»Nein«, widersprach er barsch. »Tschüss, Miss ... wie immer Sie auch heißen mögen.«

Sie erhob sich ebenfalls. »Hyde. Alex Hyde. Und ich gehe nirgendwo hin.«

»Und ich lasse mir keine Befehle von einem Blumenkind in Schlaghosen erteilen, klar?« Er packte sie beim Arm und führte sie zur Tür, die er aufriss und sie hinausstieß, ehe sie auch nur den Mund aufmachen konnte. Sie drehte sich empört zu ihm um, aber er schlug ihr bereits die Tür vor der Nase zu.

Womit ihre erste »Sitzung« abrupt beendet war.

»Ja, der scheint wirklich ein Arschloch zu sein«, stimmte Louise mit gedämpfter Stimme zu. Ihr Blick huschte zu der Frau am Wasserspender, um sich davon zu überzeugen, dass sie nichts mitbekam. »Nee! Nicht zu fassen!« Sie wartete, bis Alex Atem holte. »Du hast ja so recht.«

Ihre Chefin machte sich jetzt mal so richtig Luft. Louise nickte geduldig. Begutachtete ihre Nägel.

»Mhm.«

Suchte ihre Haarenden nach Spliss ab. (Als ob!)

»Wer tut denn *so was*?«

Beobachtete, wie draußen auf der Straße ein Mann stehen blieb, um sich die Schnürsenkel fester zu binden.

»Hört sich an wie ein klassischer Gamma.« Sie war lange genug hier tätig und hatte genug Analysen und Berichte abgetippt, um gewisse Grundbegriffe mitzubekommen. Sie kannte das Graves-Wertemodell, war mit dem Begriff der *Spiral Dynamics* vertraut. Dieser Typ – voller Zorn und Trotz und Destruktivität, der sich symbolisch gegen Barrieren warf – war ein Gamma, wie er im Buche stand.

»O ja, absolut. Der verdient, was er kriegt. Nein, du brauchst deswegen überhaupt keine Gewissensbisse zu haben … Nein, ehrlich nicht. Du tust nur deinen Job. Du bist ein Profi. Aber er nicht.«

Die Tirade erschöpfte sich bereits – oder Alex ging schlicht die Luft aus. Louise richtete sich konzentriert auf. Sie kannte ihre Chefin, sie verweilte nie lange im Land des Zorns, das war eine von Alex' größten Stärken, ihre Fähigkeit zu vergeben und zu vergessen, etwas daraus zu lernen und sich nicht weiter damit aufzuhalten. Kurz: Sie war nicht nachtragend. Alex blieb immer in Bewegung, sah überall das Positive, verlor das Licht nie lange aus den Augen.

»Ja, ich hab dir die Tracking-Nummer gesimst, aber ich hab die Sendung bereits ausfindig gemacht: Dein Gepäck hängt im Hafen fest. Ich hab mich auch nach anderen Transportmöglichkeiten erkundigt, per Hubschrauber, aber das ist bei diesem Wetter fast unmöglich – das ginge nur mit einer *Sea King*.« Sie verstummte. »Oder soll ich da mal nachhaken?«

Sie starrte mit konzentriert verengten Augen und geschürzten Lippen auf den Monitor, in dem sich ihr Gesicht spiegelte.

»Nein, bin ganz deiner Meinung, das wäre doch ein bisschen zu …« Extravagant, wollte sie sagen, aber so etwas gab es in Alex' Welt eigentlich nicht. Wenn etwas wirklich notwendig war, wurden alle Hebel in Bewegung gesetzt, damit es auch geschah. »Es wird auf der ersten Fähre sein, die wieder fährt, das hat man mir zugesagt. Sie haben versprochen anzurufen, sobald das Schiff vom Anker geht.«

Louise schloss aus der leichten Kurzatmigkeit ihrer Chefin, dass diese sich wieder in Bewegung gesetzt hatte. Wind rauschte durchs Handy. Es klang, als würde sich Alex in der Arktis befinden und nicht auf einer schottischen Insel.

»Ja, ich hab für nächste Woche einen FaceTime-Termin vereinbart. Ich hab seiner PA erklärt, dass du dich auf einer Sondermission befindest und nur schwer erreichbar bist.«

Sie sah, wie vor dem Fenster ein Bus im stockenden Verkehr festhing. Die Straßenarbeiten am Piccadilly Circus verursachten einen Verkehrsstau, der sich bis zum Hyde Park Corner, ja bis zur Park Lane zog und sämtliche Nebenstraßen und Schleichwege – wie diese Straße hier – ebenfalls verstopfte.

»Nein, sonst ist alles in Ordnung. Carlos musste seinen Neun-Uhr-Termin absagen: Sein Wagen wurde mal wieder abgeschleppt und er war ohne fahrbaren Untersatz. Jeanette hat heute einen Termin nach dem andern. Deine restlichen hab ich übrigens alle ins neue Jahr verschoben.«

Es knackte und knisterte in der Leitung, Louise runzelte die Stirn, sie konnte kaum noch etwas verstehen. »Was sagst du? *Ein Haggis?*« Ihr Stirnrunzeln vertiefte sich. »Nee, keine Ahnung, wie die in freier Wildbahn aussehen. Sind die gefährlich? Alex ...?«

Alex starrte die wilde Kreatur erschrocken an. »Wilde Kreatur« war vielleicht ein wenig übertrieben, es handelte sich schließlich um eine Ziege. Aber aus solcher Nähe hatte sie noch nie eine Ziege gesehen, geschweige denn eine so zottige, langhaarige. (Der Sturm richtete offenbar nicht nur in Alex' Haar Verheerungen an.) Sie bekam einen Riesenschreck, als das Tier seinen Kopf über die Trockenmauer streckte, an der sie lehnte, und mit seinen gummiähnlichen Lippen an ihrem Ohr knabberte.

Es dauerte einen Moment, ehe ihr Herz aufhörte, ihr aus der Brust springen zu wollen. Sie war noch damit beschäftigt, sich die zudringliche Ziege genauer anzusehen, als zu ihrer Linken eine Tür aufging und eine junge Frau heraussah.

»Ist alles in Ordnung?«, fragte sie und schaute sich um. Ihr Blick fiel auf Alex – oder vielmehr auf deren Kleidung. »Ich dachte, ich hätte einen lauten Schrei gehört.«

»Ja, Entschuldigung, das war ich.« Alex verzog das Gesicht und versuchte erneut ihr Haar festzuhalten, dem der New Yorker Schick längst ausgeblasen worden war. Sie strich sich die Mähne aus dem Gesicht und versuchte sie frustriert mit einer Hand zusammenzuhalten. Wie viele der Beschäftigten hatten diese Blamage eigentlich mitbekommen? Wahrscheinlich so gut wie alle, denn das Büro lag ja im Zentrum des Innenhofs. Man konnte es sowohl von der Mälzerei aus sehen als auch von der Mühle, der Tenne und der Destille, der Böttcherei und dem Lagerhaus. Ganz zu schweigen von der niedrigen, einstöckigen Kantine auf der anderen Seite, gegenüber der Mälzerei.

»Ich saß auf der Mauer und hab telefoniert, als auf einmal … als sich auf einmal dieses Vieh hier von hinten anschlich.«

Die junge Frau lachte. Ihr vorher so ernstes, ein wenig blasses Gesicht wurde mit einem Schlag lebendig, lustig und zugänglich. »Das ist ›Wet Lips‹-Wendy. Sie ist bekannt für ihre feuchten Küsse. Und ihren Mundgeruch.«

»Ach.« Alex warf einen misstrauischen Blick auf die Kreatur, deren lange Stirnfransen im Wind flatterten und deren fleischige rosa Lippen sich gummiartig um das Gras wölbten, das sie ausrupfte und kaute.

Die junge Frau trat aus dem Haus und gab Alex die Hand. »Ich bin übrigens Skye. Ich bin Whisky-Blenderin. Hab ich Sie nicht gestern schon gesehen?« Sie schob ihre Brille ein wenig die Nase hoch.

»Ach ja, hallo, ich bin Alex Hyde. Ich bin in der Managementberatung tätig.«

Skye verzog das Gesicht. »Oje, wir haben doch nichts angestellt, oder?«

Alex schmunzelte. »Nein, das ist es nicht.«

»Und was macht man so als Managementberaterin?«, erkundigte sich Skye und verschränkte ihre Arme. »Sind Sie … so was wie eine Therapeutin?«

»Nein, aber manchmal ist meine Arbeit durchaus ähnlich. Hauptsächlich höre ich zu, aber ich schreibe nichts vor, ich interpretiere lediglich und mache Vorschläge. Ich betrachte mich als Spiegel des Klienten, in dem er sich selbst und das, was er tut, besser erkennen kann. Gelegentlich richte ich den Scheinwerfer auf eine besonders interessante Stelle, aber das ist schon alles.«

»Bleiben Sie länger oder …«

»Ich bleibe so lange, wie es nötig ist. Das können drei Tage sein oder drei Wochen. Aber bis Weihnachten muss ich definitiv fertig sein.« Sie wünschte, sie wäre jetzt schon fertig und zuhause in ihrer schönen warmen Wohnung und könnte sich ein Bad einlassen, mit ihrem Lieblingsbadeöl von Miller Harris, könnte in ihrem Kaschmir-Hausanzug von Bella Freud auf dem Sofa entspannen, sich alte Doris-Day-Filme ansehen und ein Glas Puligny-Montrachet genießen.

Wie alt Skye wohl sein mochte? Sie schien ein wenig jünger als sie selbst zu sein, vielleicht siebenundzwanzig? Sie hatte braunes, halblanges Haar, eine blasse, sommersprossige Haut. Ihre Drahtgestellbrille gab ihr ein wenig das Aussehen eines Bücherwurms, und sie hatte einen Laborkittel an. Alex fiel jetzt wieder ein, wo sie sie schon mal gesehen hatte: im Besucherzentrum, die junge Frau mit dem Pferdeschwanz, die die Verkostung geleitet hatte. »Wie lange arbeiten Sie schon hier?«

»Ach, eigentlich schon von klein auf, sobald ich zu etwas zu gebrauchen war. Aber ins Blender-Labor bin ich erst nach dem Studium gekommen. Mein Vater ist hier Master Blender. Er hat mir alles beigebracht, was ich kann.«

»Aha, verstehe. Dann ist das also nicht nur ein Familienbetrieb der Farquhars?«

»Genau. Mein Großvater war bereits Master Blender, und es gibt viele andere, die auch schon seit Generationen für Kentallen arbeiten. Vom Vater zum Sohn – oder zur Tochter.«

»Und gefällt es Ihnen hier?«

»Aye. Dad sagt immer, das Beste am Beruf des Blenders ist, dass Fehler erst in der nächsten Generation rauskommen.«

»Das ist witzig«, meinte Alex grinsend. Ihr innerer Aufruhr wegen Lochlan begann sich zu legen. »Ich wünschte, bei mir wäre es genauso. Aber leider haben meine Fehler Auswirkungen, die öffentlich publik werden.«

»Ich wette, Sie machen keine Fehler«, behauptete Skye.

»Jeder macht Fehler.«

»Aber Sie sehen nicht so aus, als ob Sie welche machen. Als Sie gestern ins Besucherzentrum kamen, hat mich ein Gast gefragt, ob Sie vielleicht prominent sind.«

»Ach wirklich? Wieso denn?«

»Weiß nicht, Sie hatten so was von Jetset an sich. Der Duft der weiten Welt.«

»Ach du lieber Himmel. Das ließe sich heute wohl kaum behaupten, was?« Sie deutete mit einem zynischen Lächeln auf ihre Kleidung.

»Ja, Sie sehen ... ziemlich anders aus«, räumte Skye diplomatisch ein.

»Ich hatte keine Wahl. Meine Koffer hängen im Hafen von Tarbet fest. Das sind die Klamotten der Tochter meiner Wirtin.«

»Ach so. Wo sind Sie denn untergekommen?«

»Crolinnhe Farm.«

»Ach du großer Gott!«, kreischte Skye und schlug die Hände über dem Kopf zusammen. »*Mrs Peggie?* Aber ihre Tochter ist ungefähr so alt wie meine Mam!«

»Tja, da können Sie mal sehen, was sie so als Kind anhatte. Die Siebziger rufen – und sie wollen ihre Klamotten wiederhaben.« Alex breitete lachend die Arme aus.

»Nicht zu fassen«, lachte auch Skye. »Die kann höchstens ein Teenager gewesen sein.«

»Keine Ahnung«, seufzte Alex. »Aber um einen Ruf irreparabel zu schädigen, braucht es gar nicht so viel. Ich hatte gehofft, es als Retroschick verkaufen zu können. Fehlanzeige. Was meinen Sie?«

Skye überlegte. »Wissen Sie was, ich hätte vielleicht ein paar Sachen für Sie, wenn Sie möchten. Sie können sich gern was von mir ausleihen, bis Ihre Koffer wieder da sind.«

Alex zögerte. »Im Ernst?« Sie konnte zwar nicht sehen, was Skye unter dem Kittel anhatte, aber zumindest schaute kein überdimensionaler Siebzigerjahre-Blusenkragen hervor.

»Aye. Ich meine, ich hab nichts Großartiges, keine Designerklamotten oder so was, aber es passt zumindest ins neue Jahrtausend, nicht wie das hier.«

»Wenn man bedenkt, dass selbst Feuchte-Lippen-Wendy momentan besser angezogen ist als ich, sollte das eigentlich ein Kinderspiel sein«, meinte Alex und seufzte. »Aber sind Sie auch sicher …?« Sie konnte kaum glauben, dass sie schon ein zweites Mal innerhalb von vierundzwanzig Stunden von Wildfremden etwas zum Anziehen angeboten bekam.

»Klar. Kommen Sie doch heute nach Feierabend bei mir vorbei, dann können wir was für Sie raussuchen.«

»Das ist wirklich sehr großzügig von Ihnen, vielen, vielen Dank. Aber nur, wenn es Ihnen auch wirklich nichts ausmacht?«

»Nein, bestimmt nicht. Wissen Sie was ...« Skye hielt schüchtern inne. »Warum bleiben Sie nicht gleich zum Abendessen, wenn Sie sowieso zu mir kommen?«

»Ach nein«, lehnte Alex ab, »das würde ich Ihnen nie zumuten. Wo Sie mir doch ohnehin was von sich leihen wollen. Da müssen Sie nicht auch noch für mich kochen.«

»Ach was, ich muss mir sowieso was machen, und es wäre doch nett, Sie ein bisschen besser kennenzulernen, noch dazu, wo Sie vielleicht eine ganze Weile bleiben werden. Mein Verlobter lebt in Glasgow, wir sehen uns nur an den Wochenenden, deshalb würde ich mich über ein wenig Gesellschaft sehr freuen. Hier gibt's nicht viele junge Leute in meinem Alter.«

»Und wie alt sind Sie, wenn ich fragen darf?«, erkundigte sich Alex neugierig.

»Sechsundzwanzig. Und Sie?«

»Einunddreißig.«

»Da sind wir ja fast Zwillinge.« Skye hüpfte grinsend von der Mauer und klopfte sich die Hände ab. »Dann gehe ich jetzt lieber wieder rein. Passt Ihnen sieben Uhr?«

»Ja, toll. Ach – ich hab ja gar nicht Ihre Adresse.«

»Keine Sorge, die gibt Ihnen Mrs Peggie. Bis dann also!« Sie verschwand mit einem kurzen Winken wieder im Gebäude.

Seufzend schaute Alex noch einmal zu dem kleinen Bürogebäude hinüber, aus dessen Schornstein eine dünne Rauchsäule aufstieg und dessen Tür immer noch fest verschlossen war. Ihr Lächeln verschwand. Sie wusste, dass sie eigentlich nochmal hingehen und einen weiteren Versuch starten sollte. Aber wie sollte sie in dieser Kleidung Eindruck machen?

Nein, es war besser, den strategischen Rückzug anzutreten und es morgen früh mit neuer Frische zu versuchen. Sie hatte Zeit bis Weihnachten, das musste reichen. Noch ein missglückter Anfang, schon der zweite, wenn man gestern hinzuzählte und den kleinen Streich, den ihr der Cousin gespielt hatte. Aber im großen Ganzen zählte das nicht. Sie war nicht ohne Grund die Beste auf ihrem Gebiet. In gewisser Weise machte ihr sein Verhalten die Aufgabe sogar leichter. Sollte er ruhig seinen Spaß haben. Wer zuletzt lachen würde, wusste sie schon jetzt.

6. Kapitel

SS Tuscania, britische Hoheitsgewässer, 5. Februar 1918

Ein Boxkampf fand statt, und die Anfeuerungsrufe der Männer schallten durch die Schiffskantine. Rufe und Flüche, Gelächter und erschrockenes Stöhnen begleiteten das Geschehen, während das Schiff durch die grauen Wellen pflügte. Gefreiter Ed Cobb lehnte am Schott. Ihm rann der Schweiß übers Gesicht, er hatte die Hände zu Fäusten geballt, sie zuckten vor Aufregung. Er hatte auf Walt Mooney gesetzt, seinen Kojen-Kameraden, ein Montana-Junge wie er und ebenfalls Holzfäller. Der bullige Kerl besaß die Kraft von zwei Männern.

Eine rasche 2-2-1-Kombination von Walt ließ Harold Schwartz in die Arme der Zuschauer zurücktaumeln, die gleichzeitig als Ringabsperrung dienten. Ein Jubelschrei schallte durch den Raum, und die Gewinner bedrängten Jack Hawkins, der die Wetten entgegengenommen hatte. Ed jedoch blieb, wo er war. Ihm war schrecklich heiß, mehr als normal war. Er drückte seinen Handrücken an die Stirn und spürte, wie feucht sie war. Auch zitterte er, als ob er Schüttelfrost habe, und seine Glieder waren bleischwer. War es wirklich so heiß hier drinnen? Die anderen schienen nicht zu schwitzen.

Er ließ den Lärm der Kombüse hinter sich und drängte sich zwischen den Kameraden hindurch nach draußen *und hinunter zu den Kojen. Es war fast halb fünf, bald gab's Abendessen, und dann wurde meist Karten gespielt, die ruhige Zeit vor dem Schlafengehen.*

Er kam am Turbinenraum vorbei, und in diesem Moment tauchte Chief Kellogg auf. Ed salutierte zackig, und der Offizier nickte ihm zu. Sobald er wieder allein war, sackte Ed zusammen und musste sich einen Moment lang ans Schott lehnen. Dann machte er sich wieder auf den Weg zu seiner Kabine.

Er war nur noch zwei Türen entfernt, als das Schiff von einer gewaltigen Explosion erschüttert wurde, die ihn quer durch den Gang schleuderte. Das Schiff erzitterte und geriet sofort in Schieflage. Sämtliche Lichter fielen aus, und die plötzliche Dunkelheit und Stille war mit Angst erfüllt.

Dann schrillte die Dampfpfeife, ein Mann schrie mit überschnappender Stimme. Ed kannte die Stimme, es war ein junger Bursche aus Kentucky, der, wie Ed fast sicher war, in Bezug auf sein Alter geschwindelt hatte.

»Uns hat's erwischt!«, kreischte der Junge hysterisch. Das Weiß in seinen nach oben verdrehten Augen trat hervor, und er rannte um sein Leben. »Uns hat's erwischt!«

Islay, Donnerstag, 7. Dezember 2017

»Dann wollen Sie also heute nicht hier zu Abend essen?«, fragte Mrs Peggie missbilligend. Jetzt würde natürlich etwas übrig bleiben!

»Nein, bedaure. Es hat sich leider erst vor einer Stunde so ergeben. Skye hat sich freundlicherweise angeboten, mir ein paar Kleidungsstücke zu borgen, wissen Sie.«

Mrs Peggies Missbilligung wuchs. »Aber Sie haben doch was zum Anziehen. Das passt Ihnen wohl nicht?«

»Doch, doch. Es ist nur ein bisschen, äh ... zu klein.«

»Aye«, nickte Mrs Peggie. »Jane ging damals noch zur Schule, glaube ich.« Sie richtete sich auf und verschränkte die Arme unter ihrem wogenden Busen. »Na, ich hoffe, dass Skye Sie wenigstens ordentlich füttert. Sie brauchen ein bisschen Fleisch auf die Rippen.«

Da Alex nicht wusste, was sie dazu sagen sollte, schwieg sie.

»Aber zum Frühstück sind Sie doch hoffentlich wieder da?«

»O ja, absolut.«

»Ich hätte ein paar besonders schöne Kipper.«

»Danke, Porridge genügt«, entgegnete Alex fest.

»Wie Sie wollen. Ach ja, die Spanier sind eingetroffen«, erklärte Mrs Peggie. »Ich hab eine Trittstufe an der Toilette angebracht, damit der Kleine hinkommt. Stören Sie sich nicht an ein paar Spritzern, offenbar kann er noch nicht richtig zielen.«

Alex musste sich beherrschen, um nicht das Gesicht zu verziehen. Immerhin war sie es ja, die sich mit diesem Kind das Bad teilen musste. »Okay ...«, murmelte sie. Was hätte sie sonst sagen sollen? »Skye sagte, Sie könnten mir ihre Adresse geben?«

»Ja, natürlich.«

»Und könnten Sie mir vielleicht auch Jacks Nummer heraussuchen? Ich würde ihn gerne für heute Abend buchen. Für die Rückfahrt natürlich auch.«

»Ach, Jack ist leider nicht da. Er ist noch auf dem Festland. Der ist frühestens übermorgen wieder zurück.«

Alex runzelte die Stirn. Wie lange war er bereits dort? Kein Wunder, dass ihr Gepäck hängen geblieben war!

»Dann sein Schwiegersohn?«

»Nicht nötig. Mr Peggie muss heute Abend sowieso eine Lieferung zu Euan Campbell bringen; er kann Sie unterwegs dort absetzen.«

»Machen Sie sich bitte keine Umstände. Ich kann mir doch ein Taxi nehmen. Ich benötige sowieso eins für die Rückfahrt.« Sie nahm sich vor Louise zu fragen, ob sich nicht ein Chauffeur mit Wagen für sie finden ließe, damit sie etwas mehr Bewegungsfreiheit hatte.

»David geht spätestens um neun ins Bett, weil er morgens immer so früh rausmuss.«

»Wer ist David?«

»Jacks Schwiegersohn. Arbeitet in der Fischfabrik. Muss um vier Uhr morgens aufstehen.«

Alex biss frustriert auf ihre Unterlippe. Der gichtgeplagte Insel-Taxifahrer war also auf dem Festland gestrandet, und sein Schwiegersohn und Stellvertreter musste jeden Abend um neun im Bett sein? Hatten diese Leute denn noch nie was von Service gehört? Sie erwartete ja keine Rundumbetreuung wie in New York oder London, aber das ging wirklich zu weit!

»Keine Sorge, das kriegen wir schon geregelt.« Mrs Peggie tätschelte Alex' Arm. »Wie wär's jetzt mit einer schönen Tasse Tee, hm? Sie sehen verfroren aus.«

Alex, die tatsächlich am Ende ihrer Kräfte war, nickte ergeben. »Das wäre nett, danke.«

»Und dazu einen schönen großen Keks?«

»Nein, danke, nur Tee, bitte.«

»Ach, nun kommen Sie schon, so ein Shortbread-Finger wird Sie schon nicht umbringen. Gehen Sie ruhig schon nach oben, ich bring's Ihnen in ein paar Minuten rauf. Das Wasser ist heiß, falls Sie sich ein Bad einlassen wollen.«

Alex, die absolut nicht die Absicht hatte, mitten am Tag ein Bad zu nehmen, zog sich auf ihr Zimmer zurück. Sie musste ihre Notizen ins Reine schreiben, Anrufe tätigen und in diesem Internetcafé vorbeischauen und New York anskypen, um sich zu vergewissern, dass Howard Connolly keinen Blödsinn machte, wie zum Beispiel tatsächlich seine Frau zu verlassen. Sie würde wohl oder übel ihren roten Mantel anziehen müssen, ehe sie sich vor dem Bildschirm präsentierte, oder er hielt sie noch für ein Mitglied der Carpenters, dieser Seventies-Band. Sie war zwar nur wenige Meilen vom schottischen Festland entfernt, aber dieser Tag kam ihr irgendwie bizarr und unwirklich vor, als würde sie sich in einem Jahrmarkts-Zerrspiegel betrachten. Nichts war, wie es sein sollte – kein Handyempfang, kein Internetanschluss, keine Firmenhierarchien, keine Anzüge oder Double-Shot-Espressos. Stattdessen wurde man von zottigen Ziegen angeknabbert, rote Büstenhalter hingen an Hirschgeweihen, und als sie am Wohnzimmer vorbeikam, konnte sie sehen, dass jemand einen Hüftgürtel zum Dehnen zwischen zwei Stuhllehnen gespannt hatte. *Alex hinter den Spiegeln.* Ja, so kam ihr das hier vor.

Skye tauchte aus ihrem Haus auf. »Ah, dann haben Sie also hergefunden.« Soeben rollte Mr Peggies erbsengrüner Traktor samt Anhänger holpernd an Alex vorbei und weiter übers Kopfsteinpflaster. »Bäh, igitt!«

»Ja, tut mir leid«, erwiderte Alex und seufzte. Der Wind setzte seine Attacke auf ihr Haar fort und wehte gleichzeitig den durchdringenden Gestank von Kuhdung herbei – Mr Peggies »Lieferung«. »Mein Chauffeur hat eine Mistfuhre abzuliefern.«

Sie versuchte zu lächeln, aber ihr war so elend zumute, dass sie hätte heulen können. Was sie sehr erschreckte. Natürlich lag es zum Teil am Jetlag, wohl aber hauptsächlich daran, dass sie seit ihrer Ankunft auf der Insel a) ihr Gepäck verloren hatte, b) vom hiesigen Casanova ausgetrickst, c) von ihrem Klienten hochkant rausgeworfen und d) von einer wilden Ziege angeknabbert worden war – und jetzt stank sie auch noch zum Himmel. »Entschuldigen Sie, ich muss ja fürchterlich stinken – und dabei haben Sie so eine sensible Nase.«

Eine Pause trat ein, und sie hoffte, dass Skye nicht merkte, wie es um sie stand.

»Meine Nase …?«, wiederholte Skye prustend. Ihre Lippen zuckten.

»Na ja, Sie sind schließlich Whisky-Blenderin, Sie haben sicher einen hochentwickelten Geruchssinn. Dass ich hier ausgerechnet im Mistwagen vorfahre, war wahrscheinlich keine so gute …«

Aber sie konnte ihren Satz nicht beenden, denn in diesem Moment fuhr ihr der Wind in den Rücken und kippte ihr das Haar übers Gesicht wie einen Eimer Wasser. Skye warf den Kopf in den Nacken und lachte schallend. Alex sah derart jämmerlich aus, dass sie sich vor Lachen kaum halten konnte. Alex selbst, die vor wenigen Sekunden noch den Tränen nahe war, musste ebenfalls lachen. Beide lachten, bis sie sich an der Hauswand abstützten, um nicht umzukippen.

»Du solltest jetzt lieber reinkommen«, japste Skye und wischte sich die Tränen vom Gesicht. »Oder die Nachbarn werden uns für besoffen halten.«

Alex strich sich das Haar zurück und folgte ihrer Gastgeberin ins Haus. Es gehörte zu dem Ring von Häusern, die den Hafen von Port Ellen umsäumten, vier Blocks vom Co-op-Supermarkt entfernt und mit einem freien Blick auf den Hafen. Es war ein schmuckes kleines Cottage mit zwei Fenstern rechts und links von einer schwarz gestrichenen Haustür. Neben den Eingangsstufen stand ein Hunde-Trinknapf.

Drinnen empfing sie eine wohlige Wärme, und Alex rief entzückt aus: »Ach wie hübsch!« Das Wohnzimmer hätte einem Laura-Ashley-Katalog entstammen können: weiche Polstersessel in einem beige karierten Überzug, ein kamelbraunes Sofa, ein Kamin mit Eichenholzumrandung und Regale, die unter dem Gewicht von Büchern, DVDs und Fotos ächzten. Kein Bewerber für ein Einrichtungsmagazin, aber warm und gemütlich. Es verriet, dass hier ein glückliches Leben geführt wurde: Neben dem Kamin trocknete ein Paar Wanderschuhe, auf dem Sims standen einige Fußballpokale, unter dem Fenster ein Korb mit Angelruten, und ums Sofa herum lagen aufgeschlagen Brautzeitschriften. Aus der Küche kam ein himmlischer Duft – Hähnchenkasserolle, wie Alex vermutete.

»Unser bescheidenes kleines Heim«, bemerkte Skye verlegen.

Unser Heim. Alex fiel ein, dass Skyes Verlobter in

Glasgow lebte. »Wie heißt denn dein Verlobter?«, erkundigte sie sich.

»Al. Alasdair Gillespie, laut seiner Mam.«

»Skye Gillespie, klingt gar nicht schlecht«, meinte Alex schmunzelnd.

»Ja«, giggelte Skye. Ohne Laborkittel wirkte sie noch jünger. Zu Alex' leichtem Schrecken trug sie ein kurzes schwarzes Jeans-Minikleid mit einem latzähnlichen Einsatz und dazu ein pflaumenblau-senfgelb-gestreiftes Henley Top, das unübersehbar von der Topshop-Homepage stammte. »Wo sind meine Manieren? Warte, ich besorg uns was zu trinken. Was ist dir lieber, ein Dram oder ein Glas Wein?«

»Wie heißt es so schön: Wenn in Rom ...«

Skye verschwand mit einem scheuen Lächeln in der Küche, und Alex trat an den Kamin, um sich die Fotos anzusehen – darunter einige Schwarzweißaufnahmen. Skye als Kind mit schwarzgepunkteten roten Marienkäfer-Gummistiefeln, Gretelzöpfen und einer Brille mit rosa Plastikgestell. Sie stand auf einer Klippe und grinste zahnlückig in die Kamera. Ein anderes Foto zeigte sie mit einem kleinen Jungen – ihr Bruder? – in einem Ruderboot. Jedes Kind umklammerte ein dickes Ruder. Skye auf den Schultern eines großen Mannes mit buschigem Bart und gütigen Augen; Skye als Baby im Taufkleidchen, im Kreise der Familie und ihrer hingerissenen Mutter, die sie zärtlich küsste; eine alte Aufnahme vom Hafen, nach Autos und Kleidung der Leute zu schließen aus den Fünfzigerjahren.

»Hier, bitte schön.«

Alex richtete sich auf. Skye hatte zwei Gläser und eine

Flasche Kentallen 12 dabei sowie eine Schale mit Bitterschokoladestücken. »Ich hab mir gerade diese Fotos angesehen«, sagte Alex. »Du warst als Kind ja unglaublich süß.«

Skye schüttelte lächelnd den Kopf und schenkte je ein Dram in die Gläser. »Diese Gummistiefel, also echt, die hab ich so was von geliebt. Ich hab sie gar nicht mehr ausziehen wollen, sagt meine Mutter, nicht im Bad, nicht im Bett ... Prost! Oder wie wir hier sagen: *Sláinte mhath!*«

»*Sláinte mhath!*«, wiederholte Alex und nahm das Glas entgegen. Skye kuschelte sich in einen Sessel, und Alex nahm auf dem Sofa Platz. »Ja, so geht's mir auch, wenn ich neue Schuhe kaufe«, nahm sie den Gesprächsfaden wieder auf. »Am liebsten würde ich sie ständig anziehen.«

»Aye, ich wette, du hast die allerschönsten Schuhe«, seufzte Skye, »Jimmy Choos, Christian Louboutins ...«

»Ein paar schon.« Alle.

»Ich werde zur Hochzeit auch Louboutins tragen«, verkündete Skye stolz. »Als Alasdair den Kassenzettel sah, hätte ihn fast der Schlag getroffen.«

»Hat er das Brautkleid auch gesehen?«

»Nein, nein, da bin ich schrecklich abergläubisch. Man soll das Pech ja nicht heraufbeschwören.«

»Stimmt«, sagte Alex, obwohl sie selbst nicht an solche Dinge glaubte. Jeder war seines Glückes Schmied, das war ihre Ansicht. »Und wann wollt ihr heiraten? Wie ich sehe, stöberst du schon in Zeitschriften.«

»Aye. Am dreiundzwanzigsten.«

»Dezember?«

»Mhm.«

»Du wirkst aber ungewöhnlich gelassen für eine Frau, die in ein paar Wochen heiraten will!«

»Täusch dich nicht, das ist nur die Ruhe vor dem Sturm. Wir wollen direkt nach der Hochzeitsreise in unsere neue Wohnung in Glasgow einziehen, und das bedeutet, dass ich mich auch noch um den Umzug kümmern muss. Oben hab ich bereits so gut wie alles zusammengepackt, fehlt nur noch hier unten. Was die Hochzeit betrifft, ist schon alles vorbereitet: das Kleid, die Kirche, der Pfarrer, Räume für die Feier, Hochzeitstorte, Band, Catering – ist alles im Sack.«

»Beeindruckend. Und nimmst du Brautjungfern oder Pagen?«

Skye grinste. »Ich weiß, das klingt verrückt, aber wir wollen uns die Ringe von meinem Hund bringen lassen!«

Alex verschluckte sich fast an ihrem Whisky. »Äh … wie bitte?«

»Ja, irre, ich weiß, aber sie ist nun mal meine große Liebe – abgesehen von Alasdair, natürlich –, und deshalb wollte ich ihr bei der Feier unbedingt eine wichtige Rolle zuteilen. Wir haben ihr schon ein wunderschönes hellblaues Hundehalsband gekauft, und wir wollen ihr die Ringe an einem Seidenbändchen um den Hals binden.«

»Ach du liebe Güte, seht bloß zu, dass ihr eine doppelte Schleife macht!«, sagte Alex lachend.

»Genau das hat meine Mam auch gesagt. Sie hat schreckliche Angst, dass die Ringe auf dem Weg zum Altar verloren gehen könnten.«

»Na, ich finde, das ist mal eine richtig originelle Idee! Das wird wohl kein Gast so schnell vergessen. Wo ist übrigens der Hund?« Alex blickte sich suchend um.

»Bei meinem Ex; wir teilen uns den Hund. Er will sie später noch vorbeibringen.«

»Aha, verstehe. Und das geht ... ohne Reibereien?«

»Meistens schon. Mittlerweile jedenfalls. Anfangs, kurz nach unserer Trennung, gab's ständig Streit, wer sie wann kriegt, wer zu Weihnachten, wer zu Ostern und so weiter. Mittlerweile hat sich's eingependelt.«

Der reinste Albtraum. Alex legte mitfühlend den Kopf zur Seite. »Wie lange wart ihr zusammen?«

»Sechs Jahre. Wir wurden kurz bevor ich auf die Uni ging ein Paar. Mein Timing, mal wieder typisch.« Skye verdrehte die Augen.

»War es eine schwierige Trennung?«

»Kann man wohl sagen.« Skye senkte den Blick. »Er hat am Tag vor unserer Hochzeit Schluss gemacht.«

»Wie bitte?«

»Es ist ... nicht so schlimm, wie sich's anhört.« Skye rieb sich die Augen. »Doch, ist es. Aber er hat mir im Grunde einen Gefallen getan. Ihn zu heiraten, das wäre eine Katastrophe geworden. Ich hab kurz darauf Al kennengelernt. Und diesmal ist es der Richtige, das weiß ich genau.«

»Wie kurz darauf?«

»Etwa einen Monat später.«

»Wow, das ging aber fix. Wie hat es dein Ex aufgenommen?«

»Ein dreitägiges Besäufnis am anderen Ende der Insel.«

»Obwohl er dich praktisch am Altar stehen gelassen hat? Dann kann *er* dich wohl fallenlassen, aber es darf dich kein anderer haben? Was für ein Idiot. Nach allem, was er getan hat, hat er kein Recht, dir in dein Leben reinzureden.«

Skye warf Alex einen scheuen Blick zu. »Und du? Bist du verheiratet?«

»Um Gottes willen, nein.« Hastig fügte sie hinzu: »Ich meine, natürlich wär's nicht schlecht, aber ich hab einfach nicht die Zeit dafür. Ich bin beruflich ständig unterwegs.«

»Kaum zu glauben, dass dich noch keiner geschnappt hat«, meinte Skye.

Alex zuckte die Achseln. »Das ist es nicht. Es hat für mich einfach keine Priorität. Ich bin mit meinem Job verheiratet.«

»Bis jetzt zumindest«, schränkte Skye wissend ein.

»Vielleicht für immer, wir werden sehen.«

Skye stützte das Kinn in die Hand und musterte Alex konzentriert. »Sind die Männer von dir eingeschüchtert, was glaubst du?«

»Hm ... einige wahrscheinlich schon. Kann sein.« Ganz bestimmt.

»Du hast sicher mit ziemlich mächtigen Männern zu tun.«

»Ja, das stimmt. Frauen aber auch. Fünfunddreißig Prozent meiner Klienten sind Frauen. Ich wünschte, es wären mehr. Ich würde mich freuen, wenn mehr Frauen auf den Posten säßen, die jetzt die Männer innehaben, denen ich helfe. Ich hab manchmal das Gefühl, dass ich mich der Verschwörung des Patriarchats anschließe, wenn ich helfe, diese Männer auf ihren Posten zu halten. Ganz schön frustrierend.«

»Aber wenn du so eng mit Männern zu tun hast, hast du da nie …?«

Alex schüttelte den Kopf, ehe ihr Gegenüber ausgeredet hatte. Sie wusste, worauf das hinauslief. »Nein, ich trenne Berufliches strikt von Privatem.«

»Aber du warst doch sicher ein, zwei Mal in Versuchung, oder?«, fragte Skye, die ein wenig Klatsch witterte, mit neugierig funkelnden Augen.

»Nein, solche Gedanken lasse ich gar nicht erst aufkommen. Außerdem mögen sich viele einflussreiche und mächtige Männer zwar zu einflussreichen Frauen hingezogen fühlen, aber heiraten tun sie dann doch das Hausmütterchen. Oder zumindest Frauen, die, was die Karriere angeht, weit hinter ihnen zurückbleiben. Nein, ich fürchte, dass die Ehefrauen der meisten Männer, die ich coache, ihren Gatten beruflich nicht das Wasser reichen können.«

Skye seufzte. »O Gott, und ich bin auch so eine. Ich nehme mir immer vor, meine Karriere an erste Stelle zu stellen – und dann richte ich mich doch nach dem Mann. Ich bin nur wegen meinem Ex auf die Insel zurückgekehrt, denn meine Freunde lebten alle in Glasgow; und jetzt, wo ich mich hier eingerichtet habe, ein Häuschen und alte Freunde habe, folge ich meinem Verlobten zurück nach Glasgow.«

»Na, immerhin lässt dir dein Beruf diese Möglichkeit. Ich will nicht sagen, dass die Liebe immer hinter der Karriere zurückstehen sollte – warum nicht beides haben?«

»Ja, kann sein.«

»Und wo wirst du wohnen?«

»Ach, nicht weit weg. In Killearn, einem Vorort von Glasgow. Al arbeitet im Stadtzentrum, und ich hab einen Job als Master Blenderin in der Glengoyne-Brennerei gefunden, die ist nicht weit.«

»Aber das sind ja tolle Neuigkeiten! Master Blenderin, das ist eine Beförderung, oder?«

»Aye. Ich trete in die Fußstapfen meines Vaters. Nur eben woanders.«

»Dann hast du deine Karriere ja gar nicht einem Mann geopfert. Du hast beides«, meinte Alex achselzuckend. »Das nennt sich dann heutzutage wohl *Hashtag Erfolg im Leben*«, scherzte sie.

Skye lachte. »Ja, kann sein. Tja, erst wollte ich gar nicht wieder hierher zurück. Und jetzt will ich nicht mehr von hier weg. Schon ironisch, nicht?«

»So ist das mit der Ironie: Sie beißt dich in den Hintern.«

Skye lachte. »Ist das ein Fachausdruck?«

»Auf jeden Fall.« Alex wackelte vielsagend mit den Augenbrauen. Sie konnte sich nicht erinnern, wann sie zuletzt so viel Spaß gehabt hatte. Einfach mal mit jemandem ratschen, ohne Hintergedanken, ohne an die Kundenakquise denken zu müssen.

Sie beobachtete, wie Skye ihr Glas an die Nase hob und schnupperte. Dann hielt sie das Glas vom Gesicht weg und wiederholte das Ganze, wieder mit geschlossenen Augen. Erst dann trank sie.

»Ist das die richtige Methode, wie man Whisky trinken sollte?«, erkundigte sich Alex fasziniert.

»Ach.« Skye machte ein verlegenes Gesicht. »Entschuldige, ich vergesse immer, das nicht zu tun. Reine Gewohnheit.«

»Könntest du mir zeigen, wie man das macht? Ich hab keine Ahnung von diesen Dingen.«

»Na klar.« Skye war hocherfreut. Sie schenkte Whisky nach und begann dann mit ihrer Instruktion. »Also, als Erstes – und das ist am allerwichtigsten – darf man nicht vergessen, dass man den Whisky genießen sollte, anstatt ihn einfach runterzukippen. Es dauert sehr lange, bis er ausgereift ist, deshalb sollte man sich auch mit dem Trinken Zeit nehmen. Der Geschmack sollte sich in aller Ruhe entfalten können.«

»Okay.« Alex nahm ihr Glas genauso in die Hand wie Skye, die den Kelch am Stiel anfasste. Sie hatte bisher nur erlebt, dass Whisky in kurzen runden Tumblern getrunken wurde, nie in langstieligen Kelchen.

»Als Erstes begrüßt man sich. Man hält den Whisky an die Nase und sagt *Hallo*«, verkündete Skye mit verträumt-melodiöser Stimme, dabei schwenkte sie den Inhalt des Glases nur ganz leicht. Mit geschlossenen Augen inhalierte sie das Aroma, vier, fünf Sekunden lang.

»*Hallo*«, sagte auch Alex und kam sich dabei ein wenig blöd vor.

Dann schwenkte Skye ihren Arm wie einen Kran beiseite und brachte das Glas wieder an ihre Nase. »Wie geht's dir?«, säuselte sie, und diesmal schwenkte sie die Flüssigkeit ein wenig stärker, nahm ein paar tiefe Atemzüge.

Alex tat exakt das Gleiche, imitierte sogar den Tonfall.

»Danke, sehr gut.« Skye schlug die Augen auf. »Riechst du das? Merkst du, wie er zu atmen beginnt?«

Alex nickte. Es war wie ein Blütenkelch, der sich öffnete. »Ja.«

»Und jetzt nimm einen kräftigen Schluck, aber behalte ihn auf der Zunge. Wir zählen rückwärts bis zehn ...« Sie hob die Hand und zählte mit den Fingern ab. Alex schluckte, als auch Skye es tat.

»Und jetzt nimm ein Stück Schokolade«, befahl sie und reichte Alex die Schale. »Und dann noch einen Schluck.«

Alex machte große Augen, als sich die beiden Aromen auf Gaumen und Zunge verbanden, das Süße, Bittere der Schokolade und der herbe, scharfe, torfrauchige Geschmack des Whiskys.

»Spürst du, wie das harmoniert? Wie das eine den Geschmack des anderen intensiviert? Und jetzt noch ein Schlückchen, ganz schnell.«

Alex tat es. Die Augen wonnevoll geschlossen, ließ sie sich den letzten Schluck auf der Zunge zergehen. Es war wie Musik, wie der Klang unterschiedlicher Noten, die zu einer Harmonie verschmolzen. »Du meine Güte«, brachte sie schließlich hervor. »Das ist ja die reinste Offenbarung.«

»Ja? Hat er dir geschmeckt?«, fragte Skye entzückt. »Du musst mal den Achtundzwanziger probieren. Der spielt in einer ganz anderen Liga.«

»Mit Vergnügen.«

»Ja? Sollen wir Hallo zu ihm sagen?«

Alex grinste. »Immer her damit.«

Zweieinhalb Stunden später – die Kasserolle war längst verkohlt – hatten sie zum 12er, zum 28er und zum 15er Hallo gesagt. Danach machte Alex sich mit einem 7er aus der neuen Virgin-Oak-Serie bekannt und probierte schließlich noch ein Dram vom berühmten Macallan 30.

Skye hatte Musik von *The Police* auf den altmodischen Plattenteller gelegt und tanzte im Hochzeitsschleier zu »Roxanne«. Alex drehte sich vor dem Kamin. Sie trug eins von Skyes Outfits, ein knielanger Goldplissee-Rock, marineblau gepunktete rosa Söckchen, Goldglitter-Plateausandalen und dazu einen marineblauen Rolli. Ein witziges, exzentrisches Outfit, mit dessen Zusammenstellung sich Skye große Mühe gegeben hatte, auch wenn keine Designerlabel darunter waren – wie sie sich ständig entschuldigte. Und wenn Alex in der Fashionindustrie oder der Social-Media-Branche gearbeitet hätte, wäre es auch passend gewesen, aber nicht für einen Executive Coach, der es mit den großen Bossen aus dem FTSE 100 und dem Dow Jones zu tun hatte …

Trotzdem, heute Abend war ihr das schnurzegal. Diese Bosse befanden sich ja nicht auf einer abgelegenen Insel vor der Westküste von Schottland und waren aufgrund eines Sturms vom Festland abgeschnitten. Sie betranken sich ja nicht in Gesellschaft einer künftigen Master Blenderin, deren Hund die Trauringe zum Altar bringen würde, in einem alten Fischerhäuschen mit feinstem Single Malt.

Aber *sie* schon! Und sie konnte anziehen, was zum Teufel sie wollte. Tatsächlich war sie hier so gut wie begraben, unerreichbar für die Lebenden, ohne Klamotten, ohne Klienten (jedenfalls nicht solche, die tatsächlich was mit ihr zu tun haben wollten). Solange dieser Sturm tobte, war sie ihr eigener Herr.

In diesem Moment klingelte es an der Haustür. Skye, die vollkommen versunken tanzte, reagierte erst beim zweiten Klingeln. »Das ist sicher mein kleiner Liebling!«, säuselte sie und verhedderte sich prompt in ihrem Hochzeitschleier und fiel fast übers Sofa. Die lange Schleppe hinter sich herziehend verschwand sie im Korridor.

Alex hörte auf sich zu drehen und kämpfte sich zum Plattenspieler durch – die Musik war wirklich sehr laut, hoffentlich hatten die Nachbarn nicht die Polizei alarmiert. Polizei, weil sie zu laut *The Police* spielten! Sie prustete vor Lachen. Dann hob sie die Nadel vom Plattenteller, und »*Roxanne*« brach abrupt ab. Die plötzliche Stille klingelte in den Ohren.

»O Gott, tut mir leid, wir …«, stammelte Skye.

Das war doch nicht wirklich die Polizei? Alex schaute sich panisch nach einem Fluchtweg um. Wenn die nun ein Protokoll aufnahmen? Sie durfte sich nichts zuschulden kommen lassen. Sie warf einen Blick zur Küche. Da gab's doch sicher eine Hintertür? Sie musste unbedingt …

Sie fiel über einen Sessel, dessen Vorhandensein ihr irgendwie entgangen war, aber als sie sich wieder auf die Beine rappelte, hörte sie das Kratzen von Hundekrallen auf den Schieferplatten im Flur und das dumpfe Hämmern eines Schwanzes gegen die Mäntel in der Garderobe. Sie atmete erleichtert auf. Keine Panik, es war alles in Ordnung. In ihrem Zustand hatte sie sich wer weiß was eingebildet.

Trotzdem, wenn es nicht die Polizei war, dann ... Alex kämpfte sich durchs Wohnzimmer. Dann musste es ja wohl Skyes Ex sein, dieses Schwein, das sie einfach am Altar stehen ließ. Den wollte sie sich doch gerne mal ansehen ...

»Mrs P. hat angerufen. Ich soll deine Freundin mitnehmen und heimbringen«, sagte der Mann gereizt.

Alex, die sich am Sofa festklammerte, schaute erfreut auf. Eine Rückfahrgelegenheit? »Hoffentlich stinken Sie nicht auch nach Kuhscheiße!«, brüllte sie in den Gang hinaus und rutschte dann mit einem spitzen Schrei auf den LPs aus, die auf dem Teppich vor dem Sofa lagen. »Mist, verdammter«, nuschelte sie und strich sich das Haar aus dem Gesicht. Sie brauchte drei Anläufe, ehe sie zwischen den rutschigen Langspielplatten wieder auf die Beine kam.

In diesem Moment kam ein Hund um die Ecke gelaufen und schnupperte an ihrer Hand.

Was zum ...? Alex erstarrte.

Sie erreichte den Türstock und hielt sich dankbar daran fest, dann spähte sie vorsichtig hinaus auf den Gang. Ein überraschender Anblick bot sich ihren leicht schielenden Augen: Skye hielt den Schleier verschämt zusammengeknüllt hinter ihrem Rücken versteckt, und der Mann, der gekommen war, um sie abzuholen, blickte sie zunächst verblüfft an, dann verfinsterte sich sein Gesicht: Lochlan Farquhar.

7. Kapitel

»Müssen Sie so rasen?«, fragte sie und klammerte sich mit einer Hand stöhnend am Türgriff fest und mit der anderen an ihrem hämmernden Schädel.

»Ich fahr doch nur vierzig.«

Alex ließ ächzend den Kopf an die Rücklehne sinken. Ihr war speiübel. So viel Whisky und dann in einem tiefgelegten Sportwagen über kurvige Landstraßen, das war keine gute Idee. Sie gehörte ins Krankenhaus und an einen Sauerstofftank angeschlossen, dazu ein Infusionsbeutel mit genug Morphium, um diesen Katzenjammer im Koma hinter sich zu bringen. In einer Woche dürfte sie dann wieder in Ordnung sein.

»Ich wusste gar nicht, dass Sie und Skye sich kennen«, bemerkte er gepresst und nahm die nächste Kurve auf zwei Rädern. So kam es Alex jedenfalls vor.

Sie rollte den Kopf zur Seite und sah ihn trübe an. Musterte im Mondlicht sein grimmiges Profil, das trotzig vorgereckte Kinn, die herabgezogenen Mundwinkel. Er hatte erstaunlich lange Wimpern, wie ihr jetzt erst bewusst wurde, sie berührten seine Brauenknochen. Ein abendlicher Bartschatten zierte seine Wangen. »Wusste gar nicht, dass *Sie* sie kennen«, nuschelte sie wissend.

Darauf ging er nicht ein. »Ich lebe hier. Jeder kennt jeden.«

»Im biblischen Sinn, meine ich ...«

»Ich weiß genau, was Sie meinen«, fauchte er sie an. Seine Handknöchel am Lenkrad traten weiß hervor.

Alex seufzte, und eine angespannte Stille erfüllte den kleinen Innenraum wie ein sich aufblasender Ballon. Sie richtete ihren Blick wieder nach vorne, auf den Lichtstrahl, der die Schwärze durchbrach und seinen Schein auf die kurvenreiche Fahrbahn warf. Die Scheibenwischer liefen auf Hochtouren und wurden dennoch kaum mit den Wassermassen fertig, die vom Himmel stürzten. Sie war zwar alles andere als glücklich, ausgerechnet von ihm nach Hause gebracht zu werden, aber bei dem Wetter hätte sie wirklich nicht zu Fuß laufen wollen.

»Ich wette, Sie hätten sich geweigert zu kommen, wenn Sie gewusst hätten, dass Sie *mich* abholen sollen.«

Eine verräterische Pause trat ein. »Sie hatten Glück, dass ich sowieso den Hund abliefern musste.«

Sie schaute ihn an, konnte aber ebenso wenig klar sehen wie klar sprechen. Trotzdem – nicht zu fassen, dass er und Skye was miteinander gehabt hatten. »Werden Sie mich auch aus dem Wagen hochkant rauswerfen, wenn wir da sind?«

»Kommt drauf an«, brummte er.

»Auf was?«

»Wie Sie sich benehmen.«

Sie musste kichern, weil er gar so mürrisch war. Er warf ihr einen scharfen Blick zu. »Wie viel haben Sie eigentlich getrunken, Menschenskind?«

»Einen seehr netten Zwölfer, dann einen seehr netten Achtundzwanziger, dann einen seeehr netten Fünfzehner, dann einen seeeeehr netten Siebener ...«, zählte sie an den Fingern ab.

»Herrgott nochmal ...«

»Und dann noch einen seeeeeehr netten *Macallan*«, flüsterte sie dramatisch, als handele es sich um das Wort *Macbeth* oder um einen schmutzigen Ausdruck.

Lochlan schnalzte missbilligend. »Ihnen ist doch wohl klar, dass Ihnen von alldem schlecht werden wird.«

»Wird's schon nich.«

»Doch, wird es.«

»... Gott, ja, es wird!«, stöhnte sie und schlug erschrocken die Hand vor den Mund. »Ich muss kotzen!«

Lochlan trat scharf auf die Bremse. »Nicht in meinem Wagen!«, bellte er, streckte sich über sie hinweg und stieß die Beifahrertür auf. Der Wind fuhr herein, Regen prasselte auf sie nieder, sie war innerhalb von Sekunden durchnässt. Sie schwang die Beine hinaus, konnte sich aber nicht aus dem beigen Kalbsledersitz hieven, weil der Wagen so tief lag.

»Scheiße«, murmelte Lochlan, schnallte sich los und sprang aus dem Wagen. Er lief um ihn herum und reichte ihr die Hand, um ihr rauszuhelfen, immer mit Sicherheitsabstand, natürlich. Sie wankte stolpernd zum Straßenrand und stützte sich vornübergebeugt an einem Felsbrocken ab. Und wartete.

Nichts.

Der heftige Wind und der Regen waren wie eine nasse Ohrfeige und hatten ihre Übelkeit weitgehend vertrieben. Ob das gut oder schlecht war, hätte sie nicht sagen können.

»Ich glaub ... ich glaub ... es geht wieder«, nuschelte sie nach einer Weile.

»Na toll«, sagte Lochlan sarkastisch. »Jetzt sind wir ohne jeden Grund nass bis auf die Haut geworden.« Er schüttelte seine Arme und strich sich irritiert das Haar zurück.

»Sie sind mir ja 'n schöner Samariter!«, schimpfte sie. »Imma müssen sie rummeckern!«

»Wer sagt, dass ich ein Samariter bin? Ich wollte nur den Hund abliefern und mir einen ruhigen Abend machen. Stattdessen steh ich hier im strömenden Regen und muss mich mit einer Nervensäge herumärgern, die mir schon nüchtern auf den Geist geht, und volltrunken noch viel mehr!«

Es regnete noch heftiger, und Alex musste die Augen zusammenkneifen, um Lochlan überhaupt noch erkennen zu können. Sie sackte ein wenig in sich zusammen. Sie hatte keine Kraft mehr, sich mit ihm herumzustreiten, ihr war übel, sie war nass bis auf die Haut, ihr Rock war schwer vom Regen, das Wasser lief ihm vom Saum, und sämtliche Plisseefalten waren rausgegangen. »Ich ... ich trink sons nie so viel.«

»Was Sie nicht sagen.« Er starrte sie an und bemerkte, wie sie schwankte – was durchaus nicht am Wind lag. Er seufzte. »Na gut, aber kotzen Sie mir ja nicht ins Auto, okay?«

»Besimmt nich«, sagte sie und wollte zum Auto zurücktorkeln, stieß dabei aber mit ihm zusammen, weil er ebenfalls auf dem Weg zu seiner Wagenseite war. Sie prallte von ihm ab und wäre rücklings in den Straßengraben gefallen, wenn er sie nicht bei den Armen gepackt und festgehalten hätte – ein ähnlicher Griff wie bei dem Rausschmiss am Vormittag. Sie tippte trunken mit ihrem Zeigefinger auf seine Brust. »Aber falls doch, kauf ich Ihnen 'nen Neuen, klar?«

»Sie wollen mir einen neuen Aston DB8 kaufen?«, spottete er und ließ ihren Arm los.

Sie zuckte mit den Schultern. »Klaro.« Ihr fiel auf, dass um seine Iris ein Feuerring lag, und sie fragte sich unwillkürlich, ob er wohl ebenso gut küsste, wie er grimmig sein konnte. Wenn das der Fall wäre, dann … Sie schüttelte sich wie ein Pony, das lästige Fliegen verscheucht. O nein! Sie war zwar betrunken, aber *so* betrunken konnte sie gar nicht sein. Niemals.

Lochlan blickte misstrauisch auf sie hinab. »Hah!«

»Sie könn'sich die Farbe aussuchen«, versprach sie ernsthaft. Ein wunderbar träges Gefühl schlich sich in ihre Glieder. Jetzt nur noch schlafen … Ihre Lider wurden schwer, nass war sie ohnehin schon, nässer konnte man kaum werden, ja es war eine Reinwaschung.

Auf einmal hatte sie das Gefühl zu fallen. Er fing sie auf, packte sie erneut bei den Armen. »Hobbla, binich eingeschlafn?«

»Setzen Sie sich wieder ins Auto«, befahl er und führte sie, die Hand an ihrem Ellbogen, auf ihre Wagenseite zurück. Er half ihr hinein und legte dabei wie ein Polizeibeamter schützend die Hand auf ihren Oberkopf. Alex ließ sich ächzend auf den Sitz sinken.

Er schlug die Wagentüren zu und fuhr wieder los. Alex' Kopf rollte auf der Kopfstütze hin und her. Sie wollte schlafen, aber er legte sich derart in die Kurven, dass das schwer war. Ihn zu fragen, ob er absichtlich wie ein Wilder raste, überstieg allerdings ihre Kräfte.

»Nicht einschlafen!«, befahl er mehrmals und rüttelte sie. »Ist nicht mehr weit, wir sind gleich da.«

Aber ihr fielen trotzdem die Augen zu, und das Nächste, was sie mitbekam, war eine zuschlagende Wagentür. Sie versuchte blinzelnd die Augen aufzubekommen und sah verschwommen das Farmhaus im Scheinwerferlicht vor sich. Ihre Tür wurde geöffnet, und der Sturm fiel mit einem Eimer Eiswasser über sie her. Lochlan beugte sich ins Wageninnere, um sie herauszuholen und in die Vertikale zu bringen.

»Können Sie laufen?«

Sie versuchte etwas zu sagen, aber ihre Zunge wollte nicht mitmachen. Daraufhin legte er sich kurzerhand einen ihrer Arme um den Nacken und umfasste sie um die Taille. So schleppte er sie trotz des Widerstands von Wind und Regen über den Steinweg bis zur Haustür, nachdem er zuvor das quietschende Gartentor geöffnet hatte.

Er erreichte den Schutz des steinernen Vorbaus, und schon erschien auch Mrs Peggie an der Tür.

»Grundgütiger!«, rief sie aus, als sie die beiden durchnässten Gestalten sah. »Haben euch die Kelpies erwischt?«

»Nee, der Branntwein«, entgegnete er, nicht zu Scherzen aufgelegt. Er drängte sich rüde an ihr vorbei ins Warme. »Welches ist ihr Zimmer?«

»Die blaue Suite, ganz am Ende des Gangs«, antwortete die Alte und deutete nach oben. »Tz, sie ist ja nass bis auf die Knochen.«

»Ich bring sie rauf. Könnten Sie eine Wärmflasche und einen Eimer bringen?«

»Einen Eimer? Ach du liebe Güte.« Mrs Peggie machte sich mit einem missbilligenden Zungenschnalzen auf den Weg.

Alex hörte die Treppenstufen unter ihren Füßen knarren, während sie sich von Lochlan die Treppe hinaufschleppen ließ. In ihrem Zimmer standen noch die Vorhänge offen, und der Sturm tobte an die dunklen Fensterscheiben. Er brachte sie zum Bett.

»Sie müssen erst mal die nassen Sachen ausziehen …«, meinte Lochlan und ließ sie los. Als sie daraufhin umzukippen drohte, sprang er sofort herbei. »Boa!« Er packte sie bei den Ellbogen und richtete sie wieder auf. Ihr Kopf brauchte für jede Bewegung immer ein paar Sekunden länger als der Rest des Körpers. »Nein, nicht hinsetzen, Sie machen ja das Bett ganz nass.« Er schaute sich um. »Kommen Sie, setzen Sie sich da hin.«

Er führte sie zum Sitz unter dem Giebelfenster, und sie sackte darauf nieder. Ihr Kopf kippte nach vorn, wie bei einer Gliederpuppe. Er richtete sie vorsichtig auf und trat einen Schritt zurück, um zu sehen, ob sie sich aus eigener Kraft halten konnte.

»Schauen Sie sich nur an«, murrte er, als sie zur Seite kippte und ein wenig an der Wand nach unten sackte. Immerhin blieb sie einigermaßen aufrecht sitzen. So verharrte sie und machte auch keine Anstalten, ihre wenig bequeme Sitzposition zu korrigieren. Gleich würde sie wieder einschlafen, so viel war klar. Lochlan ging vor ihr in die Hocke und löste die Riemchen der Goldglitter-Plateausandalen, die noch ungeeigneter für diesen Hebridensturm waren als Stelzen. »Wieso, *wieso* müssen

Sie ausgerechnet solche Schuhe tragen?«, fragte er und schüttelte entnervt das Bein, an dem die Sandale hing. »Sie sehen ja aus, als hätten Sie sich von Halbwüchsigen einkleiden lassen.«

»Und wieso nicht?«, entgegnete sie mit hochmütiger Stimme – oder versuchte es zumindest. Denn sie konnte ja nicht mal mehr ihren Kopf aufrecht halten, der an der Wand lehnte, während sie ihm – allen beiden Lochlans – beim Auskleiden zusah.

Er schaute zu ihr auf, aber diesmal lag keine Verachtung in seinem Blick. Er wirkte einfach nur erledigt. »Ich wusste gleich beim ersten Mal, als ich Sie sah, dass Sie nur Schwierigkeiten machen würden«, bemerkte er kopfschüttelnd.

»Könnte dasselbe von Ihnen behaupten.«

»Sie wussten ja gar nicht, wer ich war, als Sie mich zum ersten Mal sahen.«

»Doch, wusst ich schon. Hab's gespürt, hier drin hab ich's gespürt.« Sie drückte die Faust auf ihren Bauch. »Sie passten genau ins Bild. Callum war zu …«

»Doof?«

»'n Aufreißer.«

Er musterte sie wortlos. »Wollen Sie damit sagen, dass ich Sie losgeworden wäre, wenn ich versucht hätte, Sie aufzureißen?«

Sie schaute in sein doppeltes Gesicht: zweifach attraktiv, zweifach Ärger. »Nee. Flirten, lügen, davonlaufen – es gibt nichts, was Sie hätten tun können. Ich hätt Sie trotzdem gefunden. Die Körpersprache lügt nich. Nie. Da kann der Verstand noch so wollen.«

»Ich glaube fast, dass Sie selbst davon überzeugt sind.«

»Das is wissenschaftlich erwiesen ... was? Warum schauen Sie mich so an?«

»Ich hab nur gedacht, wie unglaublich es ist, dass Sie sogar in volltrunkenem Zustand ihr Psycho-Geseier von sich geben und mir Vorträge halten. Ich weiß wirklich nicht, ob Sie brillant sind oder einfach nur arrogant.«

»Daserste!«, sagte sie und hob altklug den Finger.

Er sagte nichts, und sie merkte jetzt erst, dass er ihren nackten Fuß auf dem Schoß hatte.

In diesem Moment ging mit einem Knall die Tür auf, und Mrs Peggie wankte herein, ausgestattet wie die Oberschwester in einem Buschkrankenhaus: Wärmflasche, Thermoskanne, Decken und Kotzkübel. »So, das werden wir gleich haben.« Als sie die beiden am Fenster sitzen sah, schnalzte sie missbilligend. »Hat sie denn noch immer diese nassen Sachen an? Sie wird sich noch den Tod holen.«

»Darum sollten *Sie* sich wohl besser kümmern, Mrs P.«, meinte Lochlan und erhob sich.

»Aye«, sagte Mrs Peggie nach kurzer Überlegung. »Da haben Sie wohl recht. Wollen Sie nicht lieber auch gleich ein heißes Bad nehmen, Lochie? Ich kann Ihnen eine Wanne einlassen, das geht ganz fix.«

»Nein, ich räume lieber das Feld und stehe Ihnen nicht länger im Weg. Bin sowieso in ein paar Minuten zuhause.«

»Aber Sie müssen mir versprechen, dass Sie dann gleich ein heißes Bad nehmen, ja? Sie dürfen diese Kälte nicht in Ihre Lunge lassen.«

»Versprochen.«

Mrs Peggie seufzte erleichtert, jetzt wo sie wusste, dass

er nicht einer Lungenentzündung anheimfallen würde. »Na gut, dann sehe ich jetzt, wie ich sie aus diesen nassen Sachen raus und ins Bett kriege.«

»Wird es denn gehen? Ist Mr P. nicht da?«

»Doch, der ist schon im warmen Bett. Außerdem bin ich mir nicht sicher, ob er in dieser Situation wirklich eine Hilfe wäre.«

»Nein, vielleicht nicht.«

»Gehen Sie ruhig. Ich bin bloß froh, dass Sie sie abgeholt haben. Nicht auszudenken, was vielleicht aus ihr geworden wäre, wenn sie sich selbst auf den Heimweg gemacht hätte.«

Lochlan musterte die Gestrauchelte. »Ja.«

In der nun eintretenden Stille wurde sich Alex vage bewusst, dass sie von den beiden gemustert wurde. Sollte sie was sagen? Aber wo war ihre Stimme geblieben?

»Sie ist ein komisches kleines Ding«, bemerkte Mrs Peggie leise. »Kommt hier angesegelt wie die Königin von Saba, aber wenn man ihr die schicken Klamotten wegnimmt, ist sie auch nur eine verlorene Seele.«

»Hm.«

Abermals Stille. Alex blickte verschwommen auf. Sie sollte definitiv etwas sagen.

Mrs Peggie beugte sich vor und zog sanft an den Ärmeln von Alex' marineblauem Rollkragenpullover.

»Also, ich gehe dann. Viel Glück, Mrs P.« Lochlans Schritte bewegten sich zur Tür.

Alex reckte sich, so gut sie konnte, und hielt noch einmal nach ihm Ausschau. Sie musste sich doch bei ihm bedanken. Er war zwar ein Oberarschloch, aber bedanken musste man sich trotzdem. Er stand an der Tür und blickte sich noch einmal um, sah zu ihr hin. Sie machte den Mund auf.

»… dann bis morgen, Farquhar, und komm nich zu spät«, nuschelte sie.

8. Kapitel

Britische Hoheitsgewässer, 5. Februar 1918

Wasser schoss über den Boden des Maschinenraums und traf zischend auf Rohre und Turbinen. Die Notbeleuchtung hatte sich eingeschaltet, und er konnte in deren schwachem Schein jetzt die bleichen, verzerrten Gesichter seiner Kameraden erkennen, die wie eine Büffelherde an ihm vorbeistürmten – drängelnd, schubsend, Schwächere niedertrampelnd. Wenn es um den Lebenserhaltungstrieb ging, blieb die Zivilisation auf der Strecke, so viel war sicher.

Normalerweise wäre Ed unter den Vordersten gewesen, er war groß und stark für sein Alter, immerhin hatte er jahrelang mit seinem Vater als Holzfäller gearbeitet. Aber heute war sein Kopf dick wie Watte, und der Schock lähmte zusätzlich seine Reflexe, und er hatte das Gefühl zu ersticken. In die engen Gänge drang bereits das Wasser. Angst hatte er nicht, er wusste, wie sich Angst anfühlte, hatte sie in seinen zwanzig Lebensjahren schon ein paarmal erlebt. Vielmehr verspürte er ein Gefühl der Aussichtslosigkeit, das ihn lähmte. Gegen das hier gab es ohnehin nichts, was man tun konnte, kein Zurückschlagen.

Kurz darauf war er ganz allein im Gang zurückgeblieben. Da hörte er plötzlich, wie hinter ihm jemand in lau-

tem Befehlston brüllte: »*Wir werden eine ganze Weile da draußen treiben, Mann! Mach einen festen Knoten in deine Rettungsweste und sag den andern, sie sollen einen kühlen Kopf bewahren.*« *Er wandte sich um und sah, dass es der Chief war. Er lehnte lässig an der Treppe, einen Arm aufs Geländer gestützt.*

Diese Worte und auch die ruhige Art, in der sie gesagt wurden, weckten Eds Lebensgeister. Er zog sich mit beiden Händen am Treppengeländer nach oben. Die Tuscania *geriet derweil noch mehr in Schieflage. Kaum hatte er das Zwischendeck erreicht, wo sich die Kantine befand, als die Luke hinter ihm auch schon dicht gemacht und fest vernagelt wurde, damit das Wasser nicht weiter hochkommen konnte.*

Hier herrschte der Mob, es gab Geschrei und Gedränge, jeder wollte als Erster bei den Rettungsbooten sein. Ed fürchtete, dass sie einander umbringen würden, ehe das Wasser ihnen auch nur nahe kam.

»*Wir werden eine ganze Weile da draußen treiben, Männer!*«*, brüllte er so laut, wie er nur konnte, beide Hände an den Mund gelegt und in demselben befehlsgewohnten, ruhigen Tonfall wie der Captain vorhin.* »*Macht einen festen Knoten in eure Rettungswesten und sagt den andern, sie sollen einen kühlen Kopf bewahren!*«

Die jungen Soldaten reagierten darauf ebenso wie zuvor er selbst: Die gelassene Stimme der Erfahrung und Autorität wirkte wie ein Eimer Wasser auf ein Feuer und nahm ihnen die Panik. Sie beruhigten sich und begannen einander zu helfen, riefen nach ihren Kojenkameraden und sammelten sich an den vorgeschriebenen Ausgängen. Als Ed schließlich selbst an Deck trat, konnte er in der Notbeleuchtung, die auch hier brannte, erkennen, dass alle ruhig in ihren vorgeschriebenen Zonen standen und darauf warteten, abgeholt zu werden. Die Rettungsboote waren nach dem Torpedotreffer gleich als Erstes zu Wasser gelassen worden und dümpelten nun vollkommen überladen neben dem Schiff. Männer kletterten an Seilen hinab, und er sah, wie die beiden Krankenschwestern, die einzigen Frauen an Bord, ebenfalls in Sicherheit gebracht wurden.

Die Rettungsboote wurden immer wieder vom Wellengang angehoben und vom Schiff weggetragen, das nun bereits ziemlich in Schieflage geraten war – die Bugschnauze küsste bereits das eisige Wasser. Es knallte, mehrmals hintereinander. Sie blickten auf und sahen, dass von der Brücke Leuchtsignale in den schwarzen Himmel geschossen wurden. Der Himmel leuchtete in einem galaktischen Rot auf und erhellte die rundum tosende See.

Es hätte ein schöner Anblick sein können, wären nicht Leichen im Wasser getrieben und hätten nicht einige Männer verzweifelt versucht, sich an den Resten der vom Torpedo zerstörten Rettungsboote festzuklammern nur um einander bei den Rangeleien gegenseitig zu ertränken.

Ed spürte, wie sich sein Gesichtsfeld immer mehr zusammenzog und wie ihm die Knie einzuknicken drohten. Erst eine Stunde war seit dem Treffer vergangen, aber er hatte das Gefühl, um Jahre gealtert, verändert zu sein.

Und dann tauchte plötzlich aus der Schwärze des Sturms der Bug eines britischen Zerstörers auf, eins ihrer Begleitfahrzeuge. Von der Tuscania *wurden zahlreiche Seile hinübergeworfen, Soldaten ließen sich an den Seilen zum anderen Schiff hinübergleiten, jeder half dem nach ihm Kommenden und machte Platz für die nächsten. Jetzt erwies sich der tägliche Drill als wirksam, denn auf diese Weise konnten sich Hunderte in Sicherheit bringen. Ed stand zusammengekauert im Windschatten der Brücke und schlotterte vor Kälte, dann wieder schwitzte er vor Fieber. Bald ... bald, war auch er dran ...*

Aber der Zerstörer war bereits vollkommen überfüllt und rollte in der Dünung. Der Kapitän wagte es nicht, noch mehr Leute aufzunehmen, und legte ab. Ein junger Bursche, der noch am Seil hing, versuchte zu springen und verfehlte das Deck um einen Meter, fiel in die eisigen Fluten.

Ed starrte auf die Stelle, wo der Gefreite platschend ins Wasser getaucht war, und begriff nicht gleich, was geschehen war, der Schock machte sich jetzt erst richtig bemerkbar. Der Kapitän gab einige Befehle; die Männer sollten die Seile kappen und wieder einholen und aufrollen, damit sie für das nächste Hilfsboot einsatzfähig waren. Seltsam ruhig ging das alles vor sich, eine unheimliche Stille hatte sich auf Deck ausgebreitet, alle schufteten stumm, taten, was sie konnten.

Dann wurde gewartet. Und gewartet. Die Notbeleuchtung erlosch nun ebenfalls, um sie herum herrschte Dunkelheit, nur gelegentlich durchbrach der dünne Strahl einer Taschenlampe oder das Aufglühen einer Zigarette die Tintenschwärze der stürmischen Nacht. Der Kapitän rollte sich eine Zigarette und machte einen Witz. Er hatte bereits einen Torpedoangriff überlebt und mimte den Kühlen, was den Männern auf die Nerven ging. Andererseits musste man nicht laut aussprechen, welches Schicksal sie erwartete: Entweder es kam noch ein Zerstörer oder sie waren rettungslos verloren.

Plötzlich rief jemand: »Käpt'n, da, schauen Sie!«

Der Mann deutete ins Dunkle, wo schwach aufblinkende Lichter erschienen und sich die Umrisse eines zweiten Zerstörers aus der Nacht schälten. Die Truppen begrüßten ihn mit lautem Jubel. Dieser ging Backbord längsseits und die Männer warfen Taue hinüber. Ed spürte, wie er von einem Paar Hände nach vorne geschoben wurde. Es war der Kapitän selbst.

»Jetzt geh schon, Junge.«

Ed hängte sich zitternd ans Seil und versuchte sich an Händen und Füßen hinüberzuhangeln, was bei dem Seegang alles andere als leicht war. Das Seil straffte sich jäh, wenn der Zerstörer ein wenig abgetrieben wurde, dann wieder hing es schlaff durch, wie die Peitsche eines Löwenbändigers. Ed war geschwächt durch die Erkältung und hatte kaum die Kraft sich festzuhalten, geschweige denn vorwärtszubewegen. Der Wind heulte, als würde er durch einen Tunnel pfeifen, die Wellen schwappten hoch und schnappten an seiner Kehrseite, wie ein ausgehungertes Wolfsrudel. Ed arbeitete sich tapfer vor, Hand über Hand, mit allerletzter Kraft, fast hatte er es geschafft ...

Doch plötzlich straffte sich das Seil wie eine sirrende Bogensehne, der Zerstörer wurde von einer Welle angehoben und ein paar Meter vom Schiff weggetragen. Ed ließ instinktiv das Seil los, klammerte sich einen Moment lang noch mit den Beinen fest, wie ein Trapezkünstler, die Fußknöchel verkreuzt. Aber er war zu geschwächt, um richtig zu reagieren, sein Verstand war zu fiebrig, um klar denken zu können. Dann stürzte er ab. Doch er sah nicht das bleiche Seil vor seinen Augen entschwinden, sondern eine

Frau, die auf den verschneiten Stufen vor seinem Zuhause stand und in ein Schultertuch gehüllt war. Ein trauriger, zärtlicher Blick lag auf ihrem Gesicht.

Islay, Freitag, 8. Dezember 2017

Sie hielt seinen Kaffee bereit, als Lochlan am nächsten Morgen sein Büro betrat. Er blieb wie angewurzelt stehen und sackte dann sichtlich in sich zusammen. Bestens gelaunt reichte sie ihm die dampfende Tasse.

»Sie wollen mich wohl verarschen, Lady.«

»Durchaus nicht.« Alex richtete sich zu ihrer vollen Größe von eins siebenundsiebzig auf. »Guten Morgen.«

Er schloss die Augen, als wolle er den Herrgott um Geduld bitten, und Alex ergriff die Gelegenheit, ihn zu begutachten. Seine Cross-Country-Kleidung war schlammverspritzt, vor allem die Hose; die Schmutzspuren reichten bis zu den Oberschenkeln. Was hatte er angestellt? War er durch Sümpfe und Moore gesprintet?

»Das ist hier ja wie am Murmeltiertag.«

»Wohl kaum. Sehen Sie?« Sie wies auf ihr Outfit: eine weite schwarze Wollhose, feste Halbschuhe von Céline und ein graues Kaschmir-Sweatshirt von Chloé. Der Sturm hatte sich größtenteils ausgetobt, und die ersten Fischerboote waren bereits ausgelaufen. Louise hatte ihrem Ruf alle Ehre gemacht und – gegen eine großzügige Spende – den Küstenschutz dazu bewegt, Alex' Koffer während einer Übungsfahrt mit hinüber auf die Insel zu bringen. »Einer von uns ist beispielsweise besser gekleidet als vorher.«

Er musterte sie mürrisch, ehe er mit einem Fußtritt die Tür schloss und näher trat. »Ihr Gepäck hat Sie wohl endlich eingeholt, wie ich sehe«, meinte er mit einem anzüglichen Grinsen. Er schob seine Joggingschuhe von seinen Füßen, ohne sie aufzuschnüren, und kickte sie unter den Schreibtisch. Dabei begutachtete er sie anzüglich von Kopf bis Fuß.

Alex nahm Haltung an wie ein Soldat bei der Inspektion. »Jawohl.« Sie war wieder obenauf.

Er nahm die Kaffeetasse ohne ein Dankeschön entgegen und ließ sich auf der Schreibtischkante nieder. »Eine Verbesserung gegenüber dem letzten Mal ist es auf jeden Fall, dafür kann man dankbar sein. Glitzersandalen und Rollsöckchen? Was haben Sie sich bloß dabei gedacht?«, spottete er und musterte sie mit herausforderndem Blick, während er an seinem Kaffee nippte. Aber es war nicht die gestrige Kleidung, für die sie sich entschuldigen musste, wie beiden durchaus bewusst war.

Alex schluckte und holte tief Luft. Jetzt war der Moment gekommen, auf den sie sich vorbereitet hatte, seit sie heute früh um fünf aufgewacht war. Sie konnte und wollte sich nicht länger vor der Verantwortung drücken, denn nur so konnten sie das Ganze hinter sich lassen.

»Ach ja, was letzte Nacht betrifft … Gut, dass Sie's erwähnen.« Sie rang sich mühsam ein Lächeln ab. »Ich wollte mich deswegen bei Ihnen bedanken …«

Er zog eine Augenbraue hoch.

»Es war wirklich sehr nett von Ihnen, mich nach Hause zu fahren.«

Er nahm entspannt einen Schluck Kaffee und schien

ihre Seelenqual regelrecht zu genießen. »Ich hatte ja kaum eine Wahl.«

»Das mag sein, aber Sie haben sich trotzdem sehr bemüht. Sie haben sich um mich gekümmert und mich sogar ...«

»Sogar ...?«, bohrte er mit diabolisch funkelnden Augen nach.

»Sogar auf mein Zimmer gebracht und ... und ins Bett gesteckt.«

»Ins Bett gesteckt«, wiederholte er flach. Ob er sich denken konnte, dass sie keine Ahnung hatte, wie sie ins Bett und vor allem, wie sie in ihren Turnbull&Asser-Schlafanzug gekommen war?

»Ja«, wiederholte sie mit heißen Wangen. Sicher waren sie flammend rot! »Das war sehr nett von Ihnen.«

Er nahm einen Schluck und behielt sie dabei im Blick. Alex kam sich vor, als würde sie von einem Tiger, der aus einem Baum auf sie heruntersah, beobachtet. Er schien auf mehr zu warten.

»Und es tut mir leid, falls ich Sie dadurch in eine peinliche Situation gebracht haben sollte«, fuhr sie fort.

»Mich?«, fragte er grinsend.

»Ich bin natürlich zutiefst beschämt. Das war höchst unprofessionell von mir und ...«

»Wieso?«

Sie runzelte die Stirn. »Wieso was?«

»Warum war das unprofessionell von Ihnen?«

War das nicht offensichtlich? »Weil Sie mein Klient sind.«

»Hyde, das versuche ich Ihnen ja begreiflich zu machen: Nein, das bin ich nicht. Ich hab Sie nicht angeheuert, und ich will Sie nicht hier haben. Eher friert die Hölle zu, als dass ich mir Ihren blöden Psychoscheiß antue.«

Sein Blick forderte sie geradezu heraus, auf diese Beleidigung ihres Berufsstands einzugehen, aber sie reckte nur lächelnd das Kinn und hoffte, dass sie nicht so gelblich aussah, wie sie sich fühlte.

»Wie auch immer«, fuhr sie fort, ohne auf seine Provokation einzugehen, »Sie werden sich bestimmt freuen zu hören, dass Mr Peggie sich netterweise bereiterklärt hat, mir für die Dauer meines Aufenthalts seinen alten Landrover zur Verfügung zu stellen. Offenbar gibt es auf der Insel keine Autovermietung.«

Er lachte leise. »Nee.«

»Sie brauchen sich also keine Sorgen zu machen, dass ich Ihnen nochmal zur Last fallen werde.«

»Das bezweifle ich.«

»Ich meine ...«

»Ich weiß, was Sie meinen.« Seine Augen blitzten auf, er genoss ihre Demütigung.

Sie seufzte. »Hören Sie, Lochlan, ob's Ihnen nun gefällt oder nicht ...«

»Nicht.«

Sie räusperte sich. »Ihr Vorstandsvorsitzender hat sehr deutlich verlauten lassen, dass Ihre Zusammenarbeit mit mir die Voraussetzung für Ihren Verbleib in der Firma ist. Sollten Sie sich weigern, bliebe ihm nichts anderes übrig, als ein Verfahren wegen grobem beruflichem Fehlverhalten einzuleiten.«

Lochlan lachte verächtlich auf. »Nee, das wird er nicht, glauben Sie mir. Wenn er könnte, hätte er das längst getan.«

»Aber er ist der Vorsitzende.«

»Soll er's ruhig versuchen, ich hab nichts dagegen.« Er musterte sie ungerührt. »Ein Fels fürchtet keine Brandung.«

Alex starrte ihn fassungslos an. Glaubte er tatsächlich, dass er niemandem Rechenschaft schuldig war? »Sholto will diesen Krieg nicht – er möchte die ganze Sache bereinigen.«

»Was *ich* will, hat meinen Cousin noch nie interessiert.«

»Genau da irren Sie sich. Warum hätte er mich sonst kontaktiert? Er möchte das Zerwürfnis zwischen Ihnen bereinigen. Und dabei kann ich helfen.«

»Nein.«

»Doch, das kann ich! Sie müssen sich nur auf mich einlassen und mir vertrauen, Lochlan.«

»Tue ich ja.«

Alex richtete sich hoffnungsvoll auf. »Ach ja?«

»Ja. Ich vertraue darauf, dass Sie diesmal von selbst den Weg nach draußen finden.«

Alex blinzelte. Wut keimte in ihr auf. Ein solcher Flegel war ihr noch nie untergekommen. Da kochte sie ihm eine Tasse Kaffee und winkte mit der weißen Friedensfahne und dann das! Behandelte sie auf diese Weise! Hatte er überhaupt eine Ahnung, mit welch bedeutenden Leuten sie schon zusammengearbeitet hatte, wie vielen sie geholfen, wie viele Firmen sie gerettet, nein buchstäblich transformiert hatte?

»Nein.«

»Wie bitte?«

Er machte ein verblüfftes Gesicht, und sie reckte trotzig das Kinn. Sollte er es doch wagen, sie nochmal anzufassen! Diesmal würde sie nicht das Feld räumen.

Stille trat ein. Ihre Blicke kreuzten sich, ein Willenskampf tobte. Er löste die angespannte Situation mit einem lässigen »Tz, tz«.

»Ach, Hyde«, seufzte er, stand auf und trat auf sie zu. »Sie wollen es wohl unbedingt auf die harte Tour, was?« Er packte sie beim Ellbogen und zog sie zur Tür.

»Soll das ein Scherz sein? Was fällt Ihnen ein!«, protestierte sie empört. »Nein, das kann nicht wahr sein!« Sie versuchte sich loszureißen, aber sein Griff war eisern.

Er machte die Tür auf und stieß sie hinaus auf den Hof.

»Ja, nicht? Genau dasselbe hab ich auch gedacht, als ich Sie heute schon wieder in meinem Büro vorfand!«

Und er knallte ihr mit einem selbstzufriedenen Grinsen *zum zweiten Mal* die Tür vor der Nase zu.

Alex stand verloren im Hof. Sie fühlte sich klein, gedemütigt. Und sichtbar wie auf dem Serviertablett.

Aber niemand achtete auf sie, soweit sie das beurteilen konnte. Ein paar Männer rollten Fässer vorbei und nickten ihr desinteressiert zu; ein anderer fegte den Hof und bemerkte sie erst, als er ihr beinahe auf die Füße trat. Sie drehte sich um sich selbst und überlegte, wo sie diesmal Zuflucht suchen sollte.

Erst da fiel ihr auf, dass im Betrieb heute eine ganz andere Stimmung herrschte als gestern. Jetzt, wo der Sturm vorbei war und ein eisblauer Himmel zwischen den Wolken sichtbar wurde, herrschte gut gelaunte Geschäftigkeit. Die Leute schwatzten miteinander bei einer Zigarette, einer Tasse Kaffee, während sie gestern Schutz suchend über den Hof geeilt waren. In den Werkstätten und Hallen wurden Fenster geöffnet, Gelächter und Radiomusik drang heraus und vereinzelt misstönender Gesang. Es herrschte eine ganz andere Energie in der Destille, die stumme Bedrücktheit der letzten zwei Tage, die Niedergeschlagenheit und Resignation waren verschwunden.

Mein Gott, war sie wirklich schon seit drei Tagen hier? Es kam ihr viel kürzer vor.

Natürlich hatte sie so gut wie nichts bei ihm erreicht. Aber was hatte *sie* dagegen durchgemacht! Sie erkannte sich fast nicht wieder. Kaum dass sie einen Fuß auf diese Insel setzte, tappte sie auch schon von einer Krise in die nächste. Der Verlust ihres Gepäcks war noch das Geringste – sie hatte das Gefühl, auch ihre Professionalität, ihre Würde und ihren Stolz eingebüßt zu haben. Einiges davon war ihre Schuld, anderes nicht. Aber für Lochlan Farquhar war es jedenfalls ein gefundenes Fressen. Ihre untypische Schwäche machte ihn stärker.

Übelkeit stieg in ihr hoch. Sie richtete sich kerzengerade auf und atmete tief durch, eine Yogatechnik. Ob es ihrem Yogalehrer gefallen würde, dass sie damit einen gewaltigen Hangover zu bewältigen versuchte? Sie verdrängte den Gedanken und versuchte sich auf das Positive zu konzentrieren. Schließlich verlief auch nicht alles nach Lochlan Farquhars Willen. Sie hatte hier bereits Verbündete gefunden: seine ehemalige Verlobte, beispielsweise, und Mrs Peggie war heute früh ein regelrechter Fels an Zuverlässigkeit gewesen. Sie hatte ihr das Frühstück aufs Zimmer gebracht und dazu ein Alka-Seltzer. Dann ließ sie ihr gar ein Bittersalzbad ein, das so heiß war, dass Alex beinahe ohnmächtig wurde, als sie sich hineinsetzte. Aber es öffnete ihre Poren und schwemmte die Alkoholreste aus ihrem Blutkreislauf – das Übrige hatte sie ohnehin bereits erbrochen. Mrs Peggie zog derweil die nach Whisky stinkende Bettwäsche ab und tat frische Laken auf.

Sie warf einen Blick zurück auf die Fenster von Lochlans Büro. Es ließ sich nichts erkennen, weil drinnen noch kein Licht brannte. Sie wusste nicht, ob er zu ihr hinaussah oder nicht. Wahrscheinlich verbuchte er den Rausschmiss als weiteren Sieg. Aber sie verfügte über etwas, das sie – und die meisten ihrer Klienten – von »normalen« Menschen unterschied: Anpassungsfähigkeit. Er hatte ja keine Ahnung, was es sie gekostet hatte, bei ihm zu Kreuze zu kriechen. Zu ihm hinzugehen und sich zu entschuldigen. Ihre erneute Demütigung war der Beweis dafür, dass sie in der Lage war, sich den jeweiligen Gegebenheiten anzupassen und ihr Verhalten darauf einzustellen – und der Situation damit die Macht über sie zu rauben. Nur indem sie sich Lochlan erneut stellte, konnte sie die Vorfälle der vergangenen Nacht hinter sich lassen. Und jetzt konnte er sie nicht mehr als Waffe gegen sie einsetzen.

Sie blickte nachdenklich auf die Fenster. Ihren Klienten erzählte sie immer, dass der schnellste Weg, ein Problem zu lösen der direkte war. Hier jedoch war klar, dass Direktheit zu nichts führen würde, dass A nicht unbedingt zu B führte. Sie musste einen anderen Weg finden, um an ihn heranzukommen.

Tief in Gedanken versunken machte sie sich auf den Weg ins Besucherzentrum und dem darin befindlichen

Blending-Labor. Es gab noch jemanden, dem sie sich stellen musste.

»Hallo!«

Sie drehte sich um. Und seufzte, als sie sah, wer da winkend auf sie zueilte.

»Toll, der hat mir gerade noch gefehlt«, murmelte sie. Und erwartete ihn mit einem knappen Lächeln. »Callum. Wie nett.«

Sein Gesicht fiel ein wenig zusammen, als er hörte, dass sie ihn mit seinem richtigen Vornamen anredete. »Ah, dann ist die Katze also aus dem Sack, was?«

Sie unterdrückte einen Seufzer. War das sein Ernst? Glaubte er tatsächlich, dass sie nach drei Tagen noch immer nicht im Bilde war? »Ja, Callum, was glauben Sie denn? Gratuliere zu Ihrem kleinen Streich. Bin Ihnen glatt auf den Leim gegangen.«

»Ganz so war's aber nicht.«

»Wie bitte?«

»Na, wenn Sie sich erinnern, dann sind *Sie* auf *mich* zugekommen und haben gesagt, ich müsste Mr Farquhar sein – was ich natürlich auch bin. Ich hab einfach mitgespielt und den Irrtum nicht gleich aufgeklärt.«

Sie seufzte. »Sie wussten ganz genau, dass ich Lochlan suchte.«

»Wusste ich das?«

»Ja. Schließlich haben Sie sogar versucht, diese Besichtigungstour mit mir zu machen – obwohl sie keine Ahnung haben, wie hier alles funktioniert. Oder auch nur die Namen der Arbeiter kennen.«

»Na ja, ich gebe zu, die genaue Funktionsweise der Gärtanks war nie eine Leidenschaft von mir«, meinte er mit einem teuflisch charmanten Grinsen, von dem er hoffte, dass es ansteckend sei.

War es auch beinahe. Stattdessen wandte sie sich mit einem forschen Nicken von ihm ab und spazierte davon.

»So warten Sie doch!«, rief er ihr nach.

»Callum«, sagte sie, als er sie einholte und neben ihr herging, »ich verstehe ja, dass das Ganze ein toller Spaß für Sie gewesen sein muss, aber ich hab hier schließlich zu tun.«

»Sie können's einem armen Kerl nicht vorwerfen, dass er's versucht hat.«

»Versucht hat, mich in den Wahnsinn zu treiben?«

»Versucht hat, Ihre Aufmerksamkeit zu erregen.«

Sie blinzelte. »Lassen Sie mich Ihnen einen Tipp geben: Nicht alle Arten von Aufmerksamkeit sind wünschenswert.«

»Aber Alice …«

»Ich heiße Alex«, korrigierte sie ihn und beschleunigte ihren Schritt.

»Was wird jetzt aus unserem Dinner?«, rief er ihr hinterher. Sie hatte inzwischen das Gebäude des Besucherzentrums erreicht.

»Kein Dinner«, erwiderte sie und stieß mit einem überlegenen Lächeln die Schwingtüren auf.

»Aber …«

»Kein Dinner, Callum«, wiederholte sie fest und ließ die Türen hinter sich zufallen. Er blieb verdattert draußen zurück.

»Sie ist im Verkostungsraum, letzte Tür, am Ende des Korridors«, erklärte der junge Mann am Tresen und deutete auf eine Doppeltür am Ende eines Gangs. »Äh ... werden Sie erwartet?«

»Ja«, antwortete Alex und setzte sich in Bewegung. Jetzt, wo sie wieder im Besitz ihrer Uniform war, würde sie sich von niemandem aufhalten lassen. Jedenfalls von niemandem, dem entgangen war, dass sie nun schon zum zweiten Mal innerhalb von drei Tagen aus dem Büro des Chefs rausgeflogen war.

Alex schaute durch das Fensterchen in der Tür und sah Skye mit dem Rücken zu ihr an einem langen Tisch stehen. Mit leicht wippendem Pferdeschwanz ging sie an dem mit kleinen Fläschchen vollgestellten Tisch hin und her. In den Fläschchen befanden sich Whiskys unterschiedlicher Färbung, von hellem Karamell bis dunklem Marmeladenbraun. Sie goss kleinere Mengen davon in einen schlanken, einen Meter hohen Glaszylinder.

»Hallo«, sagte Alex, als Skye gerade ein Glas abgesetzt hatte.

Trotzdem zuckte die Jüngere heftig zusammen und fuhr herum. »Ach! Du hast mich vielleicht erschreckt!«

»Sorry«, sagte Alex und blieb mit einem entschuldigenden Lächeln in der Tür stehen.

»Ach nein, das macht doch nichts«, meinte Skye und schüttelte perplex den Kopf. »Es ist meine Schuld. Wenn ich bei der Arbeit bin, höre und sehe ich nichts. Ich ...« Sie wusste nicht, was sie noch sagen sollte, und schaute Alex verlegen an. Ihr bleiches Gesicht hatte sich ein wenig gerötet, und sie kaute verlegen an ihrer Unterlippe. »Wie fühlst du dich?«

Alex trat ein. »Nun, die Lebertransplantation war ein Erfolg.«

Skye schlug beschämt die Hände an die Wangen und brach in Gelächter aus. »Ach du meine Güte, es tut mir ja so leid«, rief sie erleichtert aus. »Ich weiß nicht, was ich mir dabei gedacht hab. Ich fühle mich schrecklich.«

»Das brauchst du nicht. Es war ein toller Abend«, erwiderte Alex lachend.

Skye ließ die Hände sinken. »Im Ernst?« Sie schnitt eine zweifelnde Grimasse.

»Ja, wirklich.«

»Ich dachte, du würdest mich jetzt hassen.«

»Weil ich die besten Whiskys der Welt verkosten durfte? Und mir mal wieder klar geworden ist, wie toll *The Police* waren? Ich hasse dich doch nicht.«

Skye grinste beschämt und erleichtert zugleich. »Ich hab Lochie auf dem Parkplatz getroffen. Er sagte, du würdest heute nicht kommen.«

»Das hätte er wohl gern!« Alex grinste. »Kann nicht behaupten, dass er froh war, mich zu sehen, so viel ist sicher.«

»Na ja, falls es dich tröstet, ich hab heute auch nicht gerade einen tollen Tag. Ich muss fünfhundert Malts verkosten.«

»Fünfhundert Whiskys?« Alex war platt.

»Ich meine, wir spucken natürlich aus, aber trotzdem ...« Skye schüttelte sich theatralisch.

»Du musst fünfhundert Whiskys probieren und das, obwohl du einen Hangover hast? Das muss doch die reinste Folter sein!«

»Ich weiß.« Skye barg stöhnend ihr Gesicht in den Händen. »Geschieht mir recht.«

Eine verlegene kleine Pause trat ein. Skye musterte

Alex durch die Finger, die sie immer noch vor dem Gesicht hatte. Sie ließ die Arme sinken. »Ah, du hast also dein Gepäck wiederbekommen, sehe ich.« Sie deutete überrascht auf Alex' dezent luxuriöse Kleidung.

»Ja.« Alex verdrehte die Augen. »Endlich! Ich hab wirklich die beste PA der Welt. Sie hat sich einen Bonus verdient – ich gestehe, dass ich ihr heute um ein Uhr morgens volltrunken eine SMS geschickt habe, sie möge doch bitte alles in ihrer Macht Stehende tun, damit ich meine Sachen kriege. Weiß nicht, was ich täte, wenn sie mich je verlassen würde.«

»Tja, es hat sich jedenfalls gelohnt. Du siehst umwerfend aus.«

»Oh, danke. Vielleicht ein bisschen fade.« Sie zupfte wegwerfend an ihrem kostbaren Kaschmirpulli. »Nicht so umwerfend wie die Sachen, die du für mich rausgesucht hast; weiß gar nicht, wie ich die vergessen konnte, als ich gestern Abend gegangen bin. Das war schließlich der Zweck meines Besuchs!«

»Na ja, der Anknüpfungspunkt, vielleicht«, meinte Skye grinsend.

»Hör zu, es tut mir leid, aber dein hübscher goldener Plisseerock ist gestern Nacht leider klitschnass geworden. Ich muss ihn reinigen und erst wieder in Falten legen lassen. Ich hoffe, es macht dir nichts aus, ein paar Tage zu warten.«

»Ach, ich bitte dich, das macht doch nichts.«

»Du kriegst ihn, sobald es geht.«

»Das ist wirklich nicht nötig.«

»Ich bestehe darauf.« Alex lächelte.

Skye gab sich mit einem Schulterzucken geschlagen.

»Und woran arbeitest du gerade?«, erkundigte sich Alex und trat an den Tisch.

»Das ist ein Blend für einen russischen Kunden. Genauer gesagt hat seine Frau ihn bei uns bestellt, zum fünfzigsten Geburtstag ihres Mannes. Der Whisky soll seinen Charakter widerspiegeln.« Skye wies mit einer ausholenden Armbewegung auf die vielen Flaschen und Fläschchen.

»Scheint ein komplizierter Charakter zu sein«, bemerkte Alex mit verwundert hochgezogenen Augenbrauen. »So viele Whiskysorten.«

»Aye, ich will ihn aus fünfzig zusammenmischen. Fünfzig aus fünfhundert.« Sie seufzte.

»Fünfzig Whiskys, um nur einen daraus zu machen? Ich dachte, Kentallen produziert keine Blends?«

»Nur vereinzelt und nur auf Bestellung. Und weil das mein letztes Projekt hier sein wird, möchte ich natürlich was ganz Besonderes draus machen.« Skye schob mit einem schüchternen Lächeln ihre Brille hoch und berührte zärtlich ein paar Flaschen. »Ich benutze einen fünfzig Jahre alten Single Malt als Basis.«

»Ich wüsste gar nicht, wo ich da anfangen sollte«, staunte Alex. »Wie machst du das bloß?«

»Jahrelange Erfahrung.«

»Aber du bist noch so jung!«

»Aye, aber mein Vater hat mir seit meinem dreizehnten Lebensjahr alles beigebracht.«

»Muss schwer sein für ihn, dich jetzt ziehen zu lassen.«

»Ein bisschen schon, aber er versteht, dass es für mich ein Schritt nach oben ist. Und so lange er hier Chefblender ist, komme ich sowieso auf keinen grünen Zweig. Mir bleibt nichts anderes übrig, als mich woanders umzusehen.« Sie zog ihr Näschen kraus. »Aber nicht bei den anderen Whiskybrennereien hier auf der Insel, das wäre nicht richtig. Kentallen liegt mir im Blut.«

»Du bist aber sehr loyal. Sicher sind alle traurig, dich zu verlieren.«

Skye verzog das Gesicht. »Aye … einige mehr als andere.«

»Ach, entschuldige.« Alex bemerkte jetzt erst ihren Fauxpas. In ihrer Verlegenheit und etwas delikaten Konstitution hatte sie vollkommen vergessen, dass Lochie das arme Mädchen ja sitzen gelassen hatte. »Ich hab nicht nachgedacht. Ich wollte nicht …«

»Schon gut, ehrlich. Wir hatten alle genug Zeit, uns an den Gedanken zu gewöhnen.«

Alex musterte die Jüngere. Ihr kam der Gedanke, dass sich hier ein möglicher Ansatz präsentierte. Sie würde sich ohnehin mit den wichtigsten Belegschaftsmitgliedern unterhalten müssen, aber Skye war sogar mit dem Chef verlobt gewesen – sie kannte ihn besser als jeder andere hier. »Skye, hör zu … Ich würde Lochie gern helfen, wie du vielleicht gehört hast; und du weißt wahrscheinlich auch, dass es im Moment nicht gut steht, mit ihm und dem Vorstand. Aber er lässt mich einfach nicht an sich ran. Er will nicht mit mir reden. Ich muss unbedingt einen Zugang zu ihm finden.« Sie zögerte. »Würdest du mir vielleicht ein paar Fragen über ihn beantworten?«

»Was denn für Fragen?«, erwiderte Skye nervös.

»Nun, ich kann mir zum Beispiel denken, dass es nicht

einfach gewesen sein kann, weiter bei ihm zu arbeiten. Hier zu arbeiten.« Dass er mit seiner Ex zartfühlender umging, wenn man bedachte, wie er sich ihr, Alex, gegenüber benahm, konnte sie sich kaum vorstellen.

»Nein, einfach ist es wirklich nicht ...«, seufzte Skye. »Ich bin froh, woanders neu anfangen zu können ... frisch und unbelastet, verstehst du?«

»Hat er's dir schwer gemacht? Dich unterminiert? Bei Beförderungen übergangen? Oder Ähnliches?«

Eine Pause trat ein. Das war für Alex Antwort genug. »Meist geht er mir aus dem Weg; er will möglichst wenig mit mir zu tun haben«, erwiderte die junge Frau diplomatisch.

Alex nickte. Sie bemerkte, dass Skye ihre Arme um den Oberkörper geschlungen hatte und sich dadurch klein machte – die klassische Low-Power-Pose. Wie viel hatte sein Verhalten, seine Weigerung, auch nur ein Wort mit ihr zu wechseln, mit ihrem Fortgang zu tun? Skye hatte selbstironisch bemerkt, sie würde immer dem Mann folgen, aber war es nicht eher so, dass sie vor diesem hier davonlief? Ihr Ex-Verlobter war hier an ihrem Arbeitsplatz der Boss. Eine solche Situation musste doch unerträglich sein. War es nicht vielmehr so, dass man sie vertrieb? Alex hatte seine brüske, unhöfliche Art ja bereits zur Genüge erfahren, die Einschüchterungsversuche, die Handgreiflichkeiten. Wie musste es da erst Skye ergehen?

»Aber das ist nicht weiter wichtig«, meinte Skye achselzuckend – allzeit loyal. »Alles, was mit den Blends, den Verschnitten und dem Labor zu tun hat, bespricht er sowieso mit meinem Vater. Ich hab kaum direkt mit ihm zu tun; dafür bin ich in der Hierarchie gar nicht weit genug oben.«

»Aber umgeht er dich bei Meetings, ignoriert er dich in Memos?«, bohrte Alex nach. »Das darf er nämlich nicht. Du hast Rechte, weißt du.«

»Wie gesagt, Dad hat hier das Sagen. Er nimmt an den Vorstandskonferenzen und Abteilungsleitersitzungen teil. Nein, es ist eher so, dass Lochlan, wenn er meinen Dad sucht und sieht, dass ich allein hier drin bin, nicht reinkommt; und er isst auch nicht länger in der Kantine, er lässt sich sein Mittagessen ins Büro bringen.«

Alex nickte, war aber nicht davon überzeugt, dass Lochie Skye nicht doch rausgeekelt hatte. Nicht dass sie Beweise für seine Unfähigkeit und sein Fehlverhalten brauchte – das war gar nicht ihre Aufgabe. »Würdest du sagen, dass er sich absondert?«

Skye seufzte. »Aye.«

»Hat er sich verändert, seit das mit euch in die Brüche ging?« Skye schwieg und sagte nichts. Alex fügte hinzu: »Es ist nur, ich hab gehört, er sei ständig gereizt, aufbrausend, abweisend, unberechenbar ... Ich hab den Eindruck, dass die Leute nicht mehr wissen, woran sie mit ihm sind.«

»Das stimmt alles, aber ich glaube nicht, dass das an unserer Trennung liegt. Er wurde schon davor zunehmend so ... Seit sein Vater starb.«

»Verstehe. Wann war das?« Sholto hatte dasselbe gesagt.

»Vor anderthalb Jahren. Es hat ihn schwer getroffen.« Skye biss sich auf die Unterlippe und starrte ins Leere. »Er war so zornig, fing ständig Streit an – nichts, was ich tat, war gut genug für ihn. Als wollte er mich von sich wegstoßen. Und dann fing er an, alles nur noch allein, ohne mich zu unternehmen – Biathlontraining, Bergsteigen, Kajakfahren, Fischen, Jagen ...«

Bis am Ende dann das Richtschwert herabsauste und er mit ihr Schluss machte. Alex nickte verständnisvoll.

»Was ist mit seiner Mutter? Besteht zwischen ihnen ein enges Verhältnis?«

»Sie starb, als er sechzehn war.«

»Ach.« Dann war das Einzelkind jetzt also Vollwaise. Der Letzte, der noch übrig war. »Das erklärt vieles.«

»Das hab ich ja versucht, ihm zu sagen – dass seine ganze aufgestaute Wut daher kommt, weil er den Verlust seiner Mutter nie verarbeitet hat; er hing sehr an ihr. Und dann auch noch den Vater zu verlieren ... Das war einfach zu viel für ihn.«

»Aber das wollte er nicht hören«, vermutete Alex, nicht im Geringsten überrascht. Zu behaupten, er habe den Kontakt zu seinen Gefühlen verloren, war, als würde man sagen, ein Elefant sei schwer. »Das ist alles sehr interessant, Skye, ich danke dir. Jetzt weiß ich zumindest, wo's hakt. Und dass er auch nur ein Mensch ist. Ich hab versucht, einen Ansatz bei ihm zu finden, aber er will sich ja nicht mal in einem Raum mit mir aufhalten, geschweige denn reden. Ich bin jetzt schon drei Tage hier, und die einzigen ›Gespräche‹, die wir hatten, waren Auseinandersetzungen.« Sie verzog das Gesicht.

Skye seufzte. »Ja, er kann verdammt stur sein. Der tut nur, was er will.«

»Stimmt. Und deshalb muss ich einen Weg finden,

ihn dazu zu kriegen, dass er von selbst mit mir zusammenarbeiten will.«

»Ich weiß nicht, was ich sagen soll. Er ist so schwierig.«

»Sholto hat erzählt ...«

»Da hast du schon das Problem. Sholto und er können sich nicht ausstehen. Wenn er glaubt, dass du für Sholto arbeitest, wird er bestimmt nichts mit dir zu tun haben wollen.«

»Selbst wenn er sich selbst damit schadet?«

»Ganz genau.«

Alex seufzte. Normalerweise bekam sie erst dann Schwierigkeiten, wenn sie mit der Arbeit *begonnen* hatte, nicht schon vorher. Er war die Horrorversion eines Klienten – einsam und allein, distanziert und arrogant, zornig und isoliert. Wenn es sie nicht gäbe, würde sie behaupten, er selbst wäre sein schlimmster Feind.

»Alex.«

Sie wandte sich um und sah Callum an der Mauer lehnen. Hatte er etwa die ganze Zeit auf sie gewartet?

»Callum«, antwortete sie mit einem gepressten Lächeln. Hatte sie sich nicht deutlich genug ausgedrückt? Wie oft denn noch ...

»Ich hab einen Vorschlag für Sie«, sagte er, stieß sich mit einem Fuß ab und kam auf sie zugeschlendert.

»Ich hab zu tun. Ich muss Ihren Bruder finden und mich mal mit ihm zusammensetzen.«

»Torquil ist nicht da. Beruflich unterwegs.« Er zwinkerte ihr zu. »Will heißen, er besucht mit seinen Kumpels von der Bank ein Rugbyspiel in Murrayfield.«

Na toll, dachte sie wütend. Und jetzt? Lochlan wollte nicht mit ihr reden, und der CFO machte einen Betriebsausflug. Nun, sie könnte natürlich die Zeit nutzen, um mit ein paar Abteilungsleitern zu reden und mehr Zündstoff über Lochlan zu sammeln. Hamish wäre bestimmt bereit, sie ein paar anderen vorzustellen; sie hatte das Gefühl, dass man hier großen Respekt vor ihm hatte.

»Hab gerade mit Lochie geredet«, verkündete Callum bedeutungsvoll. Wie nicht anders zu erwarten, blieb sie stehen und drehte sich zu ihm um.

»Und?«, fragte sie ein wenig besorgt. Was hatte Lochlan seinem Cousin erzählt? Peinliche Einzelheiten gäbe es ja leider genug.

»Scheint, die Dinge laufen nicht gerade gut zwischen euch«, bemerkte er trocken.

»Woran *Sie* leider nicht ganz unschuldig sind«, entgegnete sie scharf. »Ihr kleiner Scherz hat meinen Aufenthalt hier unterminiert und den entscheidenden ersten Eindruck vermasselt.«

»Hätte sowieso keinen Unterschied gemacht. Er will nun mal partout nichts mit Ihnen zu schaffen haben.«

»Allerdings. Und zwar wegen Ihres Vaters. Wie kommt es überhaupt, dass mich das bei ihm derart in Misskredit bringt, aber Sie offensichtlich nicht?«

»Weil Blut dicker ist als Wasser?«, meinte er achselzuckend und fügte dann mit einem frechen Zwinkern hinzu: »Und weil mir nun mal niemand widerstehen kann.«

»›Niemand‹ ist zu viel gesagt«, widersprach sie. Ja, er war's gewöhnt mit Charme und Aussehen alles zu erreichen, vor allem jede Frau zu kriegen, auf die er ein Auge warf.

Aber er schmunzelte unbeeindruckt und trat vertraulich einen Schritt näher. »Hören Sie, ich möchte Ihnen einen Handel vorschlagen.«

Alex verschränkte abweisend die Arme. »Hört sich verdächtig an.« Er stand nun dicht vor ihr.

»Vertrauen Sie mir doch mal!«

»Tue ich aber nicht.« Schon ironisch: Sie hörte sich an wie Lochlan, und Callum hörte sich so an wie sie. War Lochlan von ihren »Annäherungsversuchen« etwa ebenso genervt wie sie von Callums Hartnäckigkeit?

Callum lachte glucksend. »Hören Sie, wir veranstalten morgen für den Vorstand und ein paar Freunde eine Fasanenjagd auf unserem Land. Das machen wir jedes Jahr um diese Zeit – für den Erhalt eines guten Betriebsklimas; deshalb bin ich auch hier. Kommen Sie doch als mein Gast. Vater hat ohnehin abgesagt, deshalb wäre noch ein Platz frei.«

»Wozu denn?«

»Weil das die Gelegenheit wäre, mal einen einigermaßen entspannten Lochie zu erleben. Er ist ein leidenschaftlicher Schütze.«

»Ich glaube nicht, dass ich in der Nähe dieses Mannes sein möchte, wenn er ein Gewehr in Händen hält.«

»Können Sie denn schießen?«

»Doch, natürlich.« Sie hatte es sich zur Aufgabe gemacht, in sämtlichen Freizeitvergnügungen, denen sich die obere Firmenriege hingab, hinreichend gut zu sein. Daher konnte sie auch recht passabel Tennis spielen;

beim Golf lag ihr Handicap bei sieben; sie verstand etwas von Fußball und auch von Rugby.

»Gut.«

»Nein, nicht gut. Ich hab mein Gewehr nicht dabei und ... *O nein* – sie stöhnte innerlich –, *nicht schon wieder.* »Ich hab nichts Geeignetes zum Anziehen mitgebracht.«

»Ach, das macht nichts, ich kann Ihnen die Kleidung meiner Mutter zur Verfügung stellen. Von der Figur her sollte es passen.«

Schon wieder etwas Geborgtes? Das wäre dann schon das dritte Mal. Sie warf einen Blick auf ihre Uhr. Es war kurz vor elf. Louise könnte einen Platz auf dem Nachmittagsflieger buchen und ihre Sachen herfliegen lassen ... Nach allem, was sie von Skye über Lochlan erfahren hatte, durfte sie sich nun wirklich keine Gelegenheit entgehen lassen, dem Mann irgendwie näherzukommen. Sie musste einen Weg finden, ihn auf ihre Seite zu ziehen.

Sie musterte Callum misstrauisch. »Einen Handel, sagten Sie? Was spränge dabei für Sie heraus?«

Er grinste beschämt. »Ach, na ja, also falls Sie aufgrund meiner Einladung bei Lochie was erreichen sollten, dann müssen Sie mit mir ausgehen.« Als sie an die Decke gehen wollte, hob er abwehrend die Arme. »Bloß ein Abendessen, nichts weiter.«

Sie überlegte. Ihr blieb ja keine Wahl. Lochlan Farquhar würde sie wohl auch morgen wieder rauswerfen. Und sie konnte ja schlecht mit vorgehaltener Waffe auftauchen ... Aber einen anderen Weg sah sie momentan nicht. »Und wo?«

»In meinem Stammlokal gibt's einen hervorragenden Shepherd's Pie. Nichts Ausgefallenes, es ist 'ne ganz normale Inselkneipe und …«

In diesem Moment ging in Lochlans weiß gekalktem Bürohäuschen die Tür auf, und er trat hinaus. Die schlammverspritzte Joggingkleidung hatte er abgelegt, und er trug nun Jeans, ein rotkariertes Holzfällerhemd und einen dicken marineblauen Rippenpulli. Sein Blick fiel auf sie. Als er sah, dass sie mit Callum zusammen stand wie mit einem guten Bekannten, geriet sein Schritt unwillkürlich ins Stocken, und seine Miene verfinsterte sich. Es war ihm anzusehen, wie wenig es ihm passte, dass sie sich immer noch auf dem Gelände herumtrieb und den Leuten auf die Nerven ging.

»Hey ho, Lochie!«, rief Callum fröhlich.

Aber Lochlan ging ohne ein Wort weiter und verschwand in der Mälzerei.

Alex erkannte, dass Callum recht hatte: In eine geschlossene Faust geht nichts hinein. Und er hatte nicht die Absicht, sie in Bälde zu öffnen. Um sich einen weiteren Rausschmiss zu ersparen, willigte sie ein. »Gut, aber nur ins Pub.« Sie sah zu ihm auf. »Und nur wenn was bei der Jagd rausspringt.«

»Abgemacht.« Er rieb sich mit einem freudigen Grinsen die Hände. »Ich werde Ihnen die Jagdkleidung rüberschicken. Wo sind Sie denn untergebracht?«

»Nicht nötig. Ich lasse mir meine eigene kommen.«

»Ja, aber wo wohnen Sie derzeit? Ich muss das doch wissen, wenn ich Sie zu unserem Date abholen komme.«

»Na, nun mal langsam mit den Pferden, so weit sind

wir noch nicht«, meinte sie trocken. »Ich wohne auf Crolinnhe.«

»Ah, bei unserer guten Mrs Peggie«, rief er entzückt aus. »Haben Sie schon ihr *eggy bread* probiert?«

»Ihr was?« Alex rümpfte unwillkürlich die Nase.

»Das beste auf der Insel. Nein, Unsinn, das beste in ganz Schottland! Fragen Sie morgen mal danach, sie macht's Ihnen bestimmt gern zum Frühstück.«

»Nein, auf gar keinen Fall. Das klingt ekelerregend.«

Sie wandte sich zum Gehen. Callum rief ihr lachend nach: »Mal ehrlich, Alex? Sie sollten lernen, mit Ihrer Meinung nicht so hinterm Berg zu halten.«

9. Kapitel

Islay, Samstag, 9. Dezember 2017

»Darf ich nachschenken?«, erkundigte sich die junge Frau, die mit einer Thermoskanne Kaffee die Runde machte.

»Ja, danke«, erwiderte Alex lächelnd. Sie fühlte sich entspannt und froh, an diesem eisigen Dezembermorgen, in ihrer warmen Jagdkleidung: moosgrüne Tweed Breeks – die schottische Variante der Kniebundhose –, heidelila Kniestrümpfe, Gummistiefel (ein Ersatzpaar von Mrs Peggie), kamelbrauner Wollpulli mit V-Ausschnitt, darunter eine frische weiße Baumwollbluse, ein passender moosgrüner Blazer und als Krönung ein modischer Filzhut mit einer kessen Spechtfeder im Hutband. Sie könnte den ganzen Tag im Heidekraut auf der Lauer liegen und würde dennoch nicht frieren – was bei den derzeitigen Temperaturen was heißen wollte. Der gestern noch wolkenverhangene Himmel hatte sich im Laufe des Nachmittags aufgeklart und war einem klirrend kalten Morgen gewichen. Alex war erstaunt gewesen, als sie nach dem Aufstehen aus dem Fenster sah und die frostig weiße, nebelverhangene Landschaft erblickte. Der Nebel hatte sich mittlerweile verzogen, und ein herrlicher rosafarbener Morgen war angebrochen, der die Lila- und Brauntöne der weit entfernten Berge noch mehr hervorhob. Auch die Lochs lagen spiegelglatt da, kein Wind regte sich.

Sie begutachtete das Grüppchen der versammelten Jagdgenossen: alle waren gesprächig und in guter Stimmung, selbst zu dieser frühen Morgenstunde (es war kurz nach acht). Die Treiber waren bereits mit den Hunden aufgebrochen, um sich in Position zu bringen. Die »Guns«, wie man die Schützen nannte, stärkten sich derweil noch an heißen Getränken und unterhielten sich munter im Vorhof des Farquhar Estate. Der Wildhüter traf die letzten Vorbereitungen, ehe es losging.

Callum hatte angeboten, sie von ihrer Unterkunft abzuholen, aber sie zog es vor, unabhängig zu sein – sollte er sich nur nichts einbilden. Außerdem kam sie inzwischen ganz gut mit Mr Peggies antikem Landrover zurecht und war sich sicher gewesen, das Anwesen mit Hilfe von Mrs Peggies Wegbeschreibung selbst finden zu können. Wie sich herausstellte, war das tatsächlich kein Problem. Das Herrschaftsanwesen lag nur drei Meilen entfernt, man folgte lediglich der einzigen Straße und konnte auch die Abzweigung kaum übersehen und das prächtige gusseiserne Tor, das von zwei beeindruckenden Säulen mit Adlern flankiert wurde.

Die lange gewundene Auffahrt wand sich durch prächtige Tannen- und Rhododendrenwälder, bis man schließlich das Anwesen, ja beinahe Schloss, aus braunem Sandstein erreichte, das erhöht auf einer Lichtung stand, umgeben von weiten grünen Rasenflächen und ausladenden alten Bäumen. Das Einzige, was fehlte, um die Highland-Idylle perfekt zu machen, war ein Dudelsackpfeifer im Kilt und ein äsender Hirsch mit prächtigem Geweih. Weiter hinten glitzerte das Wasser des Sunds in der bleichen Morgensonne; die Fischerboote waren von hier nur als kleine Flecken zu erkennen. In den kahlen, moosbewachsenen Birken hockten ein paar krächzende Krähen.

Sie wurde Bruce McIntyre vorgestellt, dem Master Blender von Kentallen und Vater von Skye und laut Sholto der einzige Managing Director im Vorstand, der nicht zur Familie gehörte. Er war außergewöhnlich groß und hatte eine feine Zuckerwattemähne und einen wärmenden Schnauzbart auf der Oberlippe. Außer ihr selbst gab es nur eine weitere Frau: Mhairi MacLeod, eine Rechtsanwältin, die sich auf Gesellschaftsrecht spezialisierte. Sie besaß eine ruhige, gefasste Art, ohne unnötige Gesten, und sprach leise, sodass man sich zu ihr herüberbeugen musste, um sie zu verstehen. Alex mochte sie auf Anhieb, und es dauerte nicht lange, da tauschten sie ihre Visitenkarten aus. Beide standen in einer Gruppe mit zwei Männern zusammen, Peter McKinlay, CEO einer Kunststoffproduktionsfirma in Perth, und Douglas Fives, Top Dog bei PWC in Edinburgh, als Callum zu ihnen trat.

»So, es ist alles bereit. Wollen wir dann mal?« Er rieb sich in freudiger Erwartung die Hände, und die anderen nickten ebenso aufgeregt. Er sah gut aus, in seinen Tweed Breeks und der karierten Tweedjacke; darunter trug er eine kirschrote Weste, die sein männlich-attraktives Gesicht noch mehr belebte – was ihm zweifellos bewusst war. Es stimmte, er war eitel und von sich selbst eingenommen, aber es war auch klar, warum ihm die Vermögensverwaltung der Familienfirma anvertraut worden war: Er besaß viel Charisma, was nicht selten den Ausschlag bei erfolgreichen Geschäftsabschlüssen gibt. »Wir sind heute insgesamt acht ›Guns‹, also können wir alle zusammen im großen Jeep fahren.« Er wies mit dem Kopf auf einen Landrover mit verlängertem Heck, über dem, an Streben, eine helle Plane gespannt war, die sich abnehmen ließ – was bei diesem Wetter natürlich unterlassen worden war. Die Schießstände – oder »Pegs« – waren bereits ausgelost worden; Callum und Alex bekamen die drei und vier, aber was sie viel mehr interessierte, war, wo sich Lochlan befinden würde. Tatsächlich hatte sie ihn bis jetzt noch nicht gesehen.

»Kommt Sholto denn nicht?«, erkundigte sich Peter McKinlay.

»Nein, leider nicht. Ihr wisst ja, wie er ist – lässt sich keine Jagd entgehen. Aber er ist derzeit geschäftlich in London, das ließ sich leider nicht verschieben.«

»Na ja, umso besser, dann bleiben mehr Vögel für uns«, meinte Douglas Fives glucksend. »Ihr alter Herr kann ganz schön losballern, wenn ihn das Jagdfieber packt.«

Alex war insgeheim ebenfalls froh. Sholtos Anwesenheit hätte es ihr mit Lochlan nur noch schwerer gemacht. Je weniger Lochlan sie mit Sholto assoziierte, desto besser.

Callum fixierte sie mit seinen auffallend blauen Augen. »Alles klar?«

»Ja, sicher«, antwortete sie sachlich.

»Also dann, Leute! Auf zur Jagd. Halali!« Er lachte.

»Warten wir denn nicht noch auf Lochlan?«, fragte Alex gereizt. Das war schließlich der Grund, warum sie überhaupt hier war.

»Er kommt ein bisschen später, er wurde aufgehalten. Wir treffen ihn am ersten Drive.«

Alex war empört. Was konnte ihn schon aufgehalten haben, an einem Samstagmorgen? Pünktlichkeit ist eine Zier, und zum Willkommenstrunk nicht zu erscheinen war eine Unhöflichkeit. »Die Pegs befinden sich ohnehin nicht weit von seinem Anwesen entfernt«, erklärte Callum. »Es ist einfacher für ihn, wenn er dort zu uns dazustößt.« Er führte die Gruppe zum Jeep.

Aber Alex bemerkte noch einen Nachzügler, der soeben aus dem großen Haus trat. Mit dem Selbstbewusstsein eines Mannes, der in so einem herrschaftlichen Anwesen aufgewachsen ist, stolzierte er über den Hof auf sie zu. Sie erkannte ihn sofort als ein weiteres Familienmitglied: Seine kräftige, bullige Statur ähnelte der seines Vaters, Sholto. Auch besaß er dasselbe dichte, ungebärdige Haar und eine Vorliebe für farbenfrohe Socken (Sholtos waren orangefarben gewesen, als sie ihn bei ihrem ersten Treffen in Edinburgh kennenlernte. Sein Sohn trug heute Kniestrümpfe in Pfauenblau und Lila, wie man schon von weitem erkannte, dazu robuste Wanderschuhe).

»Sie müssen Torquil sein«, bemerkte sie und reichte ihm die Hand. »Alex Hyde.«

»Ah, Miss Hyde, ich hab mich schon darauf gefreut, Sie endlich kennenzulernen«, sagte er in glattem, reserviertem Ton. Er besaß weder die Grobheit und Feindseligkeit seines Cousins noch den leicht verruchten Charme seines Bruders – tatsächlich schien er das glatte Gegenteil von beiden zu sein.

»Ich freue mich auch, Sie endlich kennenzulernen. Wurde ja auch höchste Zeit.«

»Ja, ich wurde leider bis jetzt mit Bankgeschäften in Edinburgh aufgehalten. Mein Cousin hat sich während meiner Abwesenheit hoffentlich anständig um Sie gekümmert?«

Alex zögerte, sie war nicht sicher, wie weit Sholto seinen Sohn eingeweiht hatte. »Nun, es war jedenfalls ein interessanter Start. Ich wurde sozusagen gleich ins kalte Wasser geworfen.«

»Freut mich zu hören. Was wir brauchen, ist ein starker Anstoß durch jemanden, der das große Ganze im Auge hat und genug Abstand zur Familie besitzt, um objektiv zu bleiben. Das ist bei einem Familienbetrieb manchmal nicht ganz einfach, und schon gar nicht, wenn sich die Mitglieder untereinander überworfen haben, wie das bei uns leider der Fall ist. Wenn der klare Blick und die Objektivität fehlen, kann sich das schädlich auf die Firma auswirken.«

»Nun, ich bin hier, um zu helfen.«

»Kommt ihr, oder wollt ihr euch weiter übers Geschäft unterhalten? Es ist immerhin Wochenende«, rief Callum, der sich mit einem Flachmann in der Hand unter der Plane hervorbeugte.

Torquil seufzte. »Sie kennen meinen Bruder wohl schon?«

»Allerdings«, erwiderte sie schmunzelnd. Sie setzten sich beide gemächlich in Bewegung. »Er war es ja, der mich zur heutigen Jagd eingeladen hat.«

»Ach so.«

»Er hielt es für nützlich, wenn ich den Rest des Vorstands kennenlernen würde.«

»In der Tat. Gewöhnlich ist dies eine sehr fröhliche

Gesellschaft, aber nach den Vorfällen auf der letzten Generalversammlung ... Nun, da ist so eine Jagd umso wichtiger zur Wiederherstellung eines guten Klimas.«

Sie kletterten auf die Ladefläche. Tweed-Popos wurden beiseitegerückt, damit sie Platz auf den Sitzbänken fanden. Dann schlug Callum zweimal kräftig gegen die Seitenwand des Jeeps.

Der Wildhüter, der gleichzeitig den Chauffeur gab, fuhr los. Zunächst ging es ein Stück die Auffahrt entlang, und es hatte schon den Anschein, als würde man zur Hauptstraße zurückkehren, da bog der Jeep scharf links ab und folgte einem gewundenen Waldweg. Die Erde war hart gefroren und voller Wurzeln, sodass sie heftig hin und her geworfen wurden und sich festhielten, wo ihre Finger Halt fanden.

So ging es etwas über eine Meile dahin, durch dichtes Nadelgehölz und über moosigen Waldboden, in den die Sonne nur ab und zu einen bleichen Strahl schickte. Alex bemerkte ein rotes Eichhörnchen, das mit einem Tannenzapfen in den Pfoten auf einem Ast saß und dem vorbeirumpelnden Jeep erschrocken nachblickte. Links war zwischen den Stämmen der Bäume offenes Moorland zu sehen und auch immer wieder das Meer, das nun ein wenig näher rückte.

Als sie etwa eine Viertelstunde später aus dem Wald herauskamen, breitete sich die Aussicht vor ihnen aus wie ein aufgeschlagenes Buch. Die Sonne im Gesicht, verschwand nun auch der Waldpfad, und der Landrover holperte über Moorland bis zu den ersten Schießständen.

»Da wären wir, Leute«, sagte Callum und sprang aus

dem Jeep, das Gewehr in der Lederschutzhülle über der Schulter. »Pegs eins bis vier befinden sich links unten, in Richtung Tarn; fünf bis acht hier drüben bei den Bäumen. Alex, Sie und ich sind da unten«, befahl er gut gelaunt.

Alex hätte am liebsten gesagt, dass es ein »er und sie« nicht gab – sie bemerkte die neugierigen Blicke einiger älterer Männer –, wollte aber keinen Wirbel machen, weil sie damit nur das Gegenteil erreicht hätte: Man hätte geglaubt, sie protestiere ein wenig zu heftig.

»Callum, wo steckt denn jetzt Ihr Cousin?«, fragte sie ungehalten und schloss sich ihm an. »Sie hatten versprochen, dass er hier sein würde.«

»Wird er auch – ach, da ist er ja. Dort.« Er zeigte in eine Richtung. »Aye-aye, und allein ist er offenbar auch nicht.«

Er deutete auf ein Haus, von dem hinter einer hohen Feuersteinmauer nur ein elegantes Schieferdach und hohe, schlanke Schornsteine zu erkennen waren. Lochlan stand hinter einem aufwändig gestalteten gusseisernen Gatter, das in die Mauer eingelassen war, und wurde von einer Frau mit dunklen Locken geküsst. Sie hielt seinen Kopf umklammert, während er darauf achtete, dass ihm sein Gewehr nicht von der Schulter rutschte.

»Himmel, dass die nicht erfriert«, murmelte Alex. Die Frau hatte sich nämlich in ein Bettlaken gewickelt, unter dem sie offensichtlich nichts anhatte.

»Ach, ich könnte mir vorstellen, dass er sie warm gehalten hat«, bemerkte Callum süffisant. »Was die holde Weiblichkeit betrifft, ist mein Cousin ein Geheimfavorit.«

»So geheim nun auch wieder nicht«, meinte Alex schnippisch. Sie wandte sich rasch ab, als sie sah, wie er sich von der Frau löste und auf den Weg übers Moor zu ihnen machte. »Seine Affären mit der weiblichen Belegschaft sind wohlbekannt und ausreichend dokumentiert.«

Sie gingen weiter zu den Pegs. Alex tat, als müsse sie sich mit dem Auffüllen ihrer Taschen mit Munition beschäftigen.

»Guten Morgen, Cuz«, rief Callum, als Lochlan an ihnen vorbeischritt. »Gut geschlafen?«

Lochlan warf ihm – ihnen beiden – einen stummen Blick zu. Er schien alles andere als begeistert, dass sie schon wieder mit von der Partie war. Alex freute das. Einen wie ihn musste man permanent überrumpeln – stetes Wasser höhlt den Stein.

»Was hat die denn hier zu suchen?«, fauchte er.

»*Die* da heißt Alex«, verwies Callum seinen Vetter. »Und Alex hat sich netterweise bereitgefunden, für Vater einzuspringen.«

Lochlan machte sich knurrend auf den Weg zu seinem Stand – er lag ein Stück weit entfernt neben ihrem. Mit sicherem Tritt durchquerte er das sumpfige, unebene Terrain, als würde er hier jede Scholle kennen. Rona, heute ohne Leine, ging bei Fuß neben ihm.

»Nur die Ruhe«, meinte Callum, der beobachtete, wie sie Lochlan beobachtete. »Ihre Stunde kommt schon noch.«

»Weiß ich doch«, entgegnete sie spitz. In diesem Moment ertönte ein scharfer Pfiff: Die Treibjagd konnte beginnen. Die Treiber schlugen mit Stöcken auf Büsche und Baumstämme und stießen in Trillerpfeifen, um das Geflügel aus dem Schutz des Gehölzes zu treiben. Alex setzte Ohrenschützer auf, um den Lärm von ihren Trommelfellen abzuhalten, lud ihr Gewehr und entsicherte es. Dann legte sie an, den Blick scharf zum Himmel gerichtet.

Kurz darauf kamen die ersten Fasanen aufgestört aus dem Wald geflattert, und rings herum ertönten Schüsse. Alex wartete, bis ihr einer vor die Flinte kam. Sie warf einen Blick nach links, um zu sehen, wie sich Lochlan schlug. Er holte vier Vögel hintereinander vom Himmel und einen, den er nur streifte.

»Aufgepasst, wir sind dran«, flüsterte Callum aufgeregt. Zwei Vögel flogen an ihrem Stand vorbei. Er legte an, Alex ebenso. Zwei Schüsse ertönten.

»Sie sind einfach umwerfend«, rief Callum begeistert aus. Sie waren auf dem Weg übers Moor, um wieder in den Jeep zu steigen.

»Danke. Es kränkt mich allerdings, dass Sie so überrascht klingen.«

»Ach, gekränkt sind Sie ja immer, wenn's um mich geht.«

»Stimmt.« Sie lachte. Vielleicht war sie ja wirklich ein bisschen zu streng mit ihm. Wenn er nur aufhören würde mit ihr zu flirten, dann hätte sie sich längst entspannt und wäre freundlicher zu ihm. Seite an Seite schritten sie übers Moor, das Gewehr über der Schulter und den Atem in kleinen Wölkchen vor dem Mund, die Luft geschwängert vom scharfen Geruch des Gewehrfeuers. Es war ein großartiger Anfang, und ihr war schön warm geworden. Jetzt, wo der erste Schießtest bestanden war, fühlte sie sich locker und entspannt.

»Wie lief es bei dir?«, erkundigte sich Callum bei seinem Bruder, als sie sich beim »Bus« wieder trafen.

»Furchtbar. Ich schieße wie ein Anfänger«, meinte Torquil kopfschüttelnd.«

»Ach, ich weiß nicht«, mischte sich Peter ein. »Du warst auf jeden Fall besser als der alte Dougie hier. Du hast zumindest dran gedacht, das Schießeisen vorher zu laden.«

»Haben Sie nicht?«, fragte Torquil und schaute den Buchhalter erstaunt an.

»Du hast versprochen, es niemandem zu verraten!«, jaulte Douglas lachend.

»Hat ein paar richtig fette Hennen sitzen lassen. Die hockten nur so da, haben nicht mal versucht wegzufliegen«, jammerte Peter.

»Ach was soll's, Federn von gestern.«

»Und du, Lochie?«, wollte Callum wissen. Sein Vetter trat nun ebenfalls heran, einen verschlossenen Ausdruck auf dem Gesicht. Bestimmt nur wegen mir, dachte Alex.

»Nicht schlecht.«

Oder vielleicht auch wegen der Übrigen hier, überlegte Alex, der auffiel, wie die Unbeschwertheit ein wenig verflog. Jeder gab ihm die Hand, aber man merkte, dass sein Ausbleiben bei den Begrüßungsdrinks nicht unbemerkt geblieben war und als Kränkung aufgefasst wurde. Nur wenige lächelten und selbst die nur aufgesetzt.

»Nicht schlecht?«, wiederholte Pip, die Freundin des Wildhüters fassungslos. »Rona hing schon die Zunge raus, weil sie ständig umherflitzen musste, um deine Vögel einzusammeln.«

Lochlans Hand sank automatisch auf den Kopf der Hündin, die mit leuchtenden Augen und einem begeisterten Hecheln neben ihm stand und sich behaglich in seine streichelnde Hand schmiegte.

Alex warf einen Blick auf die erlegten Vögel, die vom Wildhüter im Kreis angeordnet worden waren. Er verlud sie nun auf einen Anhänger.

»Aber Alex war auch nicht schlecht – sie ist ein Ass«, lobte Callum. »Sie hat nicht nur ihre erwischt, sondern auch alle, die ich verfehlt habe.«

Lochlan starrte sie an, als wäre diese Tatsache eine persönliche Beleidigung und würde seine eigene Leistung schmälern.

»Sehr gut, Alex«, lobte Douglas. »Ist richtig nett, mal wieder eine Frau auf der Fasanenjagd dabeizuhaben.«

»Was willst du damit sagen?«, fragte Mhairi bedrohlich, lachte dann aber.

»Ich verstehe selbst nicht, warum es nicht mehr Frauen gibt, die den Jagdsport betreiben«, sagte Alex. »Immerhin geht es dabei um Geschick, nicht um Muskelkraft.«

»Zu zimperlich«, urteilte Peter mit einem Zungenschnalzen. »Meine Frau kann den Gedanken nicht ertragen, einem Lebewesen ein Leid anzutun, geschweige denn es zu töten – egal wie oft ich ihr versichere, dass es ein Sport ist, von dem die ländliche Gemeinde profitiert. Dass er Arbeitsplätze schafft und Verdienstmöglichkeiten für Treiber, Waldhüter, Gärtner und dergleichen; außerdem werden diese Vögel genauso zum Verzehr gezüchtet wie Gänse und Hühner ... Aber das will sie nicht hören.«

»Spar dir deine Spucke, alter Knabe. Das hat alles mit dem Killerinstinkt zu tun«, meinte Douglas und schüttelte energisch seine Faust. »Der fehlt den meisten Frauen. Sie bringen es einfach nicht über sich, auf den Abzug zu drücken.«

Alex war anderer Meinung: Es war keine Frage der Geschlechterzugehörigkeit. Es gab genauso viele Männer, die es nicht über sich brächten zu schießen. Aber sie bekam keine Gelegenheit dazu, es zu sagen.

»Für Alex ist das offenbar kein Problem: Die würde allem und jedem ohne Zögern eins zwischen die Augen geben«, höhnte Lochlan. Dann wies er auf den Jeep. »Wollen wir weiter?«

Der zweite und dritte Teil waren in mehr als einer Hinsicht eine gemischte Sache. Man schoss nicht nur auf Fasanen, sondern auch auf Rebhühner, und die tiefstehende Sonne erschwerte das Zielen. Alex war trotzdem mit ihrer Form zufrieden. Sie besaß eine ruhige Hand, ein scharfes Auge und einen langen Atem. Sie traf achtzig Prozent von allem, was ihr vor die Flinte geflattert kam, und stand Lochlan in dieser Hinsicht also in nichts nach. Was ihn mehr und mehr zu ärgern schien, wie sie bemerkte. Mit jeder Gratulation, die sie bekam, wurde sein Gesicht finsterer.

»Sie haben Ihr Licht aber ganz schön unter den Scheffel gestellt, Alex«, bemerkte Torquil hinterher beim »Bus« vergnügt. »Mir ist die Munition ausgegangen, und ich hab Sie beobachtet. Sie trafen fast immer.«

»Und jetzt stehe ich blöd da«, beschwerte sich Callum lachend. »Wenn ich gewusst hätte, dass Sie so ein fabelhafter Schütze sind, hätte ich Sie bestimmt nicht eingeladen.«

»Es ist klar, dass Sie den Schützenpreis des Tages abräumen«, meinte Douglas und prostete ihr mit einem Schluck Sherry zu, der in kleinen Metallbechern ausgeschenkt wurde. »Auf unseren Meisterschützen!«

»Hört, hört«, riefen alle – bis auf einen.

Sie befanden sich mittlerweile in den Außenbezirken der großen Ländereien – 600 Hektar hatte Callum gesagt –, und sie waren dem Meer jetzt ganz nahe gerückt. Es lag am Fuß der steilen Klippen, die hier aus großer Höhe abfielen. Port Ellen und die Brennerei befanden sich weit außer Sicht, und die Berge, die von der Farm aus immer so weit weg zu sein schienen, rückten hier in fast greifbare Nähe.

Die Freundin des Wildhüters verteilte heiße Würstchen unter den Schützen. Alex war froh um die warme Mahlzeit. Die Jagd erforderte zwar Geschick, aber leider nicht sehr viel Bewegung, da man ja von festen Standorten schoss und von einem Gebiet zum nächsten gefahren wurde. Sie verlor allmählich jedes Gefühl in den Zehen. Nicht einmal der Gedanke an ein heißes Bad bei der guten Mrs Peggie konnte sie wärmen, und sie wackelte mit den Zehen und trat von einem Fuß auf den anderen, um sich ein wenig aufzuwärmen, trotz ihrer dicken Socken.

»Kalte Füße?«, fragte Lochlan mit einem geringschätzigen Blick, als würde er das für eine Schwäche halten.

Sie zuckte mit den Achseln. »Ein bisschen. Ich hab keine sehr gute Zirkulation.«

»Sie brauchen ein paar Pfund auf die Rippen«, bemerkte er abfällig. »Sie sind ja das reinste Klappergestell.«

»Lochie, das ist unglaublich unhöflich!«, schimpfte Torquil.

Lochlan bedachte ihn mit einem langen, harten Blick. Entschuldigen tat er sich nicht. Die Spannung nahm immer dann merklich zu, wenn Lochlan in den Vordergrund trat.

»Ach was«, sagte Alex lächelnd. »Einer Frau macht es nie etwas aus, wenn sie für dünn gehalten wird. Selbst wenn es nicht als Kompliment gemeint war.«

»Trotzdem ...«

»Was Sie bräuchten, wären Gummistiefel, die mit Neopren gefüttert sind«, warf sich Callum für sie in die Bresche.

»Ja, das stimmt«, pflichtete Peter ihm bei. »Meine Frau schwört auch darauf.«

»Bei Le Chameau gibt es hübsche«, bemerkte Mhairi und zeigte scheu ihre olivgrünen Gummistiefel vor.

»Oder Sie könnten es mal mit einer richtigen Jagd versuchen«, warf Lochlan verächtlich ein. »Da würde Ihnen schnell warm werden.«

»Eine *richtige* Jagd?«, wiederholte Torquil beleidigt. Als ob das hier keine richtige Treibjagd war, bloß weil man von Schießplatz zu Schießplatz gefahren und umsorgt wurde.

»Ja, wo man sich anpirschen muss und einem das Wild nicht vor die Flinte getrieben wird. Nennt es die freie Jagd, wenn ihr wollt.« Sein Blick haftete dabei ausschließlich auf Alex, herausfordernd, bedrohlich.

»Ja, das hab ich auch schon öfters gemacht«, bemerkte Alex betont unbekümmert. Sie spürte, je ruhiger sie blieb, desto wütender wurde er; sie wurde von der Jagdgesellschaft gefeiert, und ihm zeigten sie die kalte Schulter. Sie witterte, dass hier ihre Chance lag. Irgendwo musste sein wunder Punkt sich ja befinden, und er stand heute zweifellos unter Druck. »Auf einem sehr schönen Anwesen in Yorkshire: Appleton. Haben Sie schon davon gehört?« Natürlich hatte er, es war ja eins der bekanntesten Jagdreviere Englands.

»Nein.«

Er log. »Wieso sollten Sie? Ist ja auch nur dreitausendfünfhundert Hektar groß.«

Eine angespannte Stille trat ein. Jetzt glaubte ihm keiner mehr.

»Was ich mit einer *richtigen* Jagd meine, ist natürlich das MacNab«, sagte Lochlan schließlich.

Sie nippte mit hochgezogenen Brauen an ihrem Sherry. »Das was?«

»Dazu gehört die Pirsch, das Schießen und Angeln. Alles an einem Tag. Man muss einen Hirsch und ein paar Wildvögel schießen und einen Lachs fangen. Und das alles in vierundzwanzig Stunden.«

»Hört sich interessant an.«

»Ist aber viel schwerer, als es sich anhört.«

»Wenn Sie's sagen.«

»Ja, das sage ich.«

»Na gut.« Sie zuckte mit den Achseln, als wolle sie sagen, na und? Ein leises Lächeln umspielte ihre Lippen.

Sie merkte, wie sie ihn reizte – dass sie immer noch hier war, dass sie einfach nicht aufgeben, nicht wieder verschwinden wollte.

»Ich werde nächste Woche selbst daran teilnehmen.«

»Ach ja?«

»Bei Bekannten, in Perth. Sie sollten es auch mal versuchen.«

Alex setzte eine bedauernde Miene auf. Sie wusste sehr wohl, dass er sie damit einschüchtern wollte, dass er ihr beweisen wollte, dass er immer gewinnen würde, egal, in welcher Arena sie aufeinandertrafen. Sie beschloss, es mit ein wenig umgekehrter Psychologie zu versuchen. »Das ist ja sehr nett von Ihnen, aber ich weiß nicht, ob ich nächstes Wochenende überhaupt noch hier sein werde.«

Das brachte ihn aus dem Konzept. Seine Augen wurden schmal. »Ich dachte, das wäre ein Open-End-Besuch?«

»Nun, bis jetzt läuft es nicht gerade nach Plan, und ich kann mich nicht ewig hier aufhalten. Ich habe andere Klienten, um die ich mich kümmern muss. Ich kann meine Zeit nicht unbegrenzt auf eine verlorene Sache verschwenden.«

»Aber *wenn* es nach Plan verlaufen würde ...?«, mischte sich Callum mit einem schadenfrohen Funkeln in seinen blauen Augen ein.

»Das wäre natürlich was anderes. Dann bleibe ich so lange wie nötig«, erwiderte sie mit einem engelsgleichen Lächeln.

»Ach, es wäre einfach toll, wenn Sie da mitmachen würden«, fiel nun auch Peter McKinlay begeistert ein.

»Ich hab den MacNab selbst mal probiert – die reinste Katastrophe. Hätte meiner Frau beinahe mit dem Angelhaken das Auge ausgestochen, sie musste sich nach hinten werfen, um der Rute auszuweichen, und ist natürlich im Wasser gelandet. War pitschnass, die Arme, und wäre fast ertrunken. Es brauchte eine Ferienreise nach Mauritius und eine Perlenkette, ehe sie wieder mit mir geredet hat. Ich kann euch sagen!«

»Nun, an mir läge es nicht«, war alles, was Alex dazu bemerkte. Lochlan musterte sie stumm. Ihre gleichgültige Haltung war eine Herausforderung an ihn: Wenn er sie wirklich auf ihren Platz verweisen wollte, musste er erst einmal *ihr* erlauben, ihn auf den seinen zu verweisen.

»Sollen wir zur Endauszählung schreiten?«, fragte Torquil und sammelte die Sherrygläschen ein.

»Klar!«

Man machte sich durchs lange Gras auf den Weg zurück zum Jeep. Callum eilte mit einem leisen Lachen an Alex' Seite.

»Ich befürchte sehr, Sie werden mit mir ausgehen müssen, Ms Hythe«, sagte er leise. Aber diesmal nahm sie ihm sein Versehen nicht krumm.

»Ich befürchte, Sie haben recht, Colin«, antwortete sie grinsend. Beide brachen in lautes Gelächter aus und ernteten neugierige Blicke.

Als Alex einige Stunden später mit dem alten Landrover in die Pension zurückkehrte, stand Mr Peggie vor der Tür und hob witternd die Nase in den Wind, wie ein Bluthund.

Mit gerunzelter Stirn sagte er: »Es wird Schnee geben. Und zwar jede Menge.«

»Das macht Ihnen das Leben hier sicher nicht leichter«, meinte Alex, die vor der Hintertür stand und sich die lehmverkrusteten Stiefel von den Füßen zog.

»Ach, der erste Hieb fällt noch keinen Baum«, erwiderte Mr P. philosophisch.

Gemeinsam betraten sie das Haus und fanden Mrs Peggie in der Küche vor, wo sie am Herd stand und in einem Topf rührte.

»Hallo, Mrs Peggie«, sagte Alex und schnupperte behaglich. Sie genoss aufgrund ihres längeren Aufenthalts spezielle Privilegien und war in der Küche bei den Wirtsleuten willkommen. Außerdem sah sie Mrs Peggie gerne beim Kochen zu. »Das riecht ja himmlisch. Was kochen Sie denn heute für uns?«

»Pilzsuppe und Rindfleischeintopf.«

»Mm, kann's kaum erwarten.«

»Wird aber noch eine Stunde oder so dauern. Möchten Sie inzwischen einen Tee trinken?« Die alte Dame wischte sich die Hände an einem Geschirrtuch ab. »Ich hätte Dundee Cake oder Kekse.«

»Danke, das wäre nett, aber lassen Sie mich doch den Tee machen, Sie haben doch zu tun. Mr P., möchten Sie auch einen?«

»Aye, das wäre nett.« Der alte Mann setzte sich in Socken an den kleinen Küchentisch und nahm die Regionalzeitung, den *Ileach*, zur Hand.

»Wie war's auf der Jagd?«, erkundigte sich Mrs Peggie.

»Sehr schön, sehr produktiv!«, erklärte Alex mit einem zufriedenen Grinsen.

»Gut.«

Alex trat an das kleine Spülbecken und füllte den Wasserkessel. »Und wer ist heute im grünen Zimmer?«

»Ein Mr Newson aus Sutherland. Er besucht jedes Jahr im Dezember seine Tochter und seinen Schwiegersohn hier auf der Insel. Und wohnt dann immer bei uns.«

Alex schaltete den Kocher an und lehnte sich an die Anrichte. Gegen einen solchen Gast hatte sie nichts einzuwenden: still und ordentlich, einer der, im Gegensatz zu dem spanischen Kleinkind, in die Schüssel traf und keinen Radau machte. »Haben Sie eigentlich viele Stammgäste?«

»Aye, schon ein paar. Mr Newson im Dezember und dann ein älteres Ehepaar aus Dorset, das jedes Jahr zu Ostern kommt. Obwohl seine Hüfte mittlerweile so schlimm ist, dass er die Treppe nicht mehr lange schaffen wird. Was meinst du, Mr P.?«, wandte sich Mrs Peggie an ihren Mann. Dass sie selbst auch nicht mehr die Jüngste war, schien ihr überhaupt nicht in den Sinn zu kommen.

Mr Peggie grunzte vage zustimmend.

»Und dann ist da noch unser Amerikaner, Mr Horowitz, der jeden Sommer zum Wracktauchen herkommt.«

»Zum was?«

»Aye, zum Wracktauchen. Ist hier sehr beliebt. Es sind hier sehr viele Schiffe vor der Küste untergegangen. Tückische Gewässer, das kann ich Ihnen sagen, vor allem im Jura-Sund, da rauscht die Strömung mit fünf Knoten durch. Nichts für Amateursegler, so viel ist sicher.«

»Aber wieso kommt er bis von Amerika hierher? Zuhause hat er doch sicher viel mehr Möglichkeiten zum Wracktauchen? Im Bermudadreieck zum Beispiel?«

»Aye, aber er kommt aus persönlichen Gründen. Sein Großvater ... oder war's sein Urgroßvater ...?« Sie überlegte stirnrunzelnd.

»Großvater«, kam es von Mr P. hinter der Zeitung hervor.

»Sein *Groß*vater ist auf einem dieser Schiffe hier untergegangen, und er hat das Gefühl, ihn auf seine Art zu ehren, indem er jedes Jahr herkommt, um zu tauchen und zu versuchen, möglichst viele Gegenstände von dem untergegangenen Schiff zu bergen. Er kommt jetzt schon seit sechzehn Jahren.«

»Du meine Güte.« Alex nahm drei Tassen von den Haken an den Schränken und tat zwei Teebeutel in die bauchige alte Teekanne.

»Er war so aufgeregt, als sie vor zwei Jahren die Schiffsglocke hochgeholt haben.«

»Wow, ich muss sagen, der Mann hat Durchhaltevermögen.«

»Aye. Ein guter Mann, unser Mr Horowitz. Gibt nicht mehr viele Menschen, die der Opfer gedenken, die man damals gebracht hat, damit sie heute in Freiheit leben können. Dabei fällt mir ein, hast du schon angefangen, die Schachteln durchzusehen, Mr P.?«

Mr Peggies Augenbrauen erschienen über dem Zeitungsrand.

»Du hast versprochen, das bis Weihnachten zu erledigen und Jackie McKenna die ganzen Sachen zu übergeben. Du hast gesagt, das schlechte Wetter wäre die beste Zeit, sich mal darüber herzumachen.«

»Werd ich ja auch.«

»Das sagst du schon seit Wochen.«

»Na, weil das Wetter noch nicht schlecht genug war. Hatte noch mit den Trockenmauern zu tun.«

»Aber jetzt kommt Schnee, sagen sie beim Wetterdienst. Eine bessere Zeit wirst du nicht finden.«

»Ja, Schatz.«

Mrs Peggie schnaubte. Sie wusste sehr wohl, dass sie wieder mal abgewimmelt wurde. Sie blickte zu Alex, die das Ganze mit einem milden Lächeln verfolgte. »Mr P.s Vater war früher der Dorfpolizist. Er musste die Leichen identifizieren, die nach Schiffbrüchen angeschwemmt wurden.«

Alex runzelte erschrocken die Stirn. »Mein Gott, wie schrecklich.«

»Aye, das war's ganz bestimmt. Aber er hat nie ein Wort darüber verloren. Mr P. hat erst davon erfahren, als er irgendwann die ganzen Schachteln auf dem Dachboden fand – voller Briefe und Fotos und Logbücher. Herzzerreißende Sachen. Sein Vater hat die Briefe der Mütter oder Witwen, die ihm schrieben, alle aufgehoben. Und seine Notizen lassen darauf schließen, dass er jedes Hilfegesuch beantwortet hat.«

»Wie großherzig von ihm.«

Mrs Peggie zuckte mit den Schultern. »Das einzig Anständige, was er tun konnte, wenn Sie mich fragen. Der Krieg ist schlimm genug. Umso schlimmer, wenn man nicht mal einen Toten hat, den man begraben kann.«

»Sie sind sicher sehr stolz auf Ihren Vater, Mr P. Er scheint einer Menge Leuten geholfen zu haben.«

»Aye«, kam es brummig hinter der Zeitung hervor.

»Er hat versprochen, die Sachen dem Museum zu vermachen«, erklärte Mrs Peggie. »Die warten schon dringend darauf«, fügte sie mit erhöhter Stimme hinzu, falls ihr Gatte sie wieder ausblendete.

Alex schwenkte den Sud in der braunen Teekanne und schenkte dann die Tassen voll. »Um welches Museum handelt es sich dabei?«

»Das *Museum of Islay Life*, in Port Charlotte. Sie sollten unbedingt mal reingehen. Da wird die alte Zeit wieder lebendig.«

»Ja, Sie haben recht, das werde ich.«

»Wirklich faszinierend zu erleben, wie es früher mal war.«

»Hat sich viel geändert?«, wollte Alex wissen und verteilte die Teetassen.

»Heute gibt's mehr Autos. Und Traktoren, statt Menschen mit Ackergäulen.« Mrs Peggie verließ den Herd mit der Suppe und nahm mit einem Ächzen kurz am Küchentisch Platz. Ihre Füße stellte sie auf einen niedrigen, gepolsterten Fußschemel. »Uff.«

»Über die Brennereien gibt es wahrscheinlich auch Informationen, nehme ich an?« Alex lehnte sich an die Anrichte und wärmte ihre Hände an ihrer heißen Teetasse.

»Aye, jede Menge. Da hat sich auch nicht viel verändert. Kentallen befindet sich auf dem Land einer ehemaligen Farm, und man sieht noch heute ein paar von den alten Farmgebäuden.«

»Ah ja, ich hatte mich schon gewundert. Ein paar der Gebäude sehen auch so aus. Besonders Lochlan Farquhars Büro …«

»Das war mal ein Stall, nicht?«, wandte sich Mrs Peggie an ihren Mann.

»Aye.«

»Mr P.s Urgroßvater hat damals das Land an die Farquhars verkauft, das war kurz vor dem Ersten Weltkrieg.«

»Unglaublich«, staunte Alex. »Hier hat wohl jeder mit jedem zu tun.«

»Aye. Die meisten Familien aus der Umgebung haben mit den Farquhars zu tun. Mr P. zum Beispiel liefert unsere Gerste an die Mälzerei, und wir bekommen dafür im Gegenzug den Treber, also die Spreu, wieder als Viehfutter zurück. Meine Mutter und meine Tante waren im Großen Haus angestellt, Mutter in der Küche und Tante Morag als Hausmädchen.«

»Und Sie?«

»Ich war da noch gar nicht geboren!«, schimpfte Mrs Peggie mit gespielter Empörung. »Außerdem hatten sich die Zeiten da längst geändert – dafür haben schon die beiden Weltkriege gesorgt. Bei Kriegsausbruch wurden alle Männer eingezogen, und die Frauen mussten in der Landwirtschaft helfen. Im Großen Haus blieb nur Tante Morag zurück, die jetzt Haushälterin war, zusammen mit ihrem Mann, als Gärtner und Chauffeur. Zumindest bis er mit dem letzten Aufgebot selbst noch eingezogen wurde. Als ich etwa fünfzehn Jahre später zur Welt kam, lag die Wirtschaft am Boden: Die Brennerei kam kaum über die Runden, und im Haus konnten sie sich nur noch das allernötigste Personal leisten. Ich hätte wohl trotzdem dort eine Stelle finden können, aber Mr P. und ich, wir haben mit achtzehn geheiratet und dann diesen Bauernhof übernommen.«

»Und führen ihn bis heute. Denken Sie denn nie ans Aufhören? An den Ruhestand?«

»Farmer treten nicht in den Ruhestand. Sie sterben«, erklärte Mr Peggie.

Mrs Peggie verdrehte die Augen und stemmte sich wieder auf die Beine. »Tod oder Ruhestand, ich pfeif drauf. Dafür hab ich sowieso keine Zeit.«

10. Kapitel

Islay, Montag, 11. Dezember 2017

Als sich die Bürotür öffnete, hatte sie die dampfende Kaffeetasse bereits in der Hand.

»Guten Morgen!« Sie hielt ihm die Tasse hin.

Lochlan – abermals in schlammverspritzter Freizeitkleidung – seufzte. Rona, die nicht ahnte, dass sie damit ihren Herrn verriet, trottete zu Alex und stupste zur Begrüßung ihre Hand an. »Herr, gib mir Kraft«, sagte er genervt.

»Na, Süße?«, begrüßte Alex die Hündin leise und streichelte ihre seidigen Ohren, während das Tier mit seinen seelenvollen schokoladenbraunen Augen zu ihr aufblickte. »Bist ein richtiger Schatz, was?«

Er stieß mit einem Fußtritt die Tür zu und kam zu ihr herüber, nahm die Tasse entgegen. »Sie verlieren wohl keine Zeit, wie?«

»Im Gegenteil, wir haben schon viel zu viel Zeit verloren.« Sie trat an den Kamin, um sich zu wärmen. Das Büro war nach dem ungeheizten Wochenende noch immer scheußlich kalt. »Sie sind wohl hergelaufen?«

»Schon«, erwiderte er so misstrauisch, als habe sie ihn nach der PIN seiner EC-Karte gefragt.

»Laufen Sie jeden Tag her?«

»Wenn es das Wetter erlaubt.«

Alex runzelte perplex die Stirn. »Aber wie kommt Ihr Auto dann hierher?«

»Einer der Gärtner fährt es her«, erklärte er zerstreut. »Was soll dieses Verhör? Wollen Sie mich jetzt andauernd mit Ihren blöden Fragen löchern?«

»Ich ›löchere‹ Sie doch nicht«, meinte Alex achselzuckend, »ich unterhalte mich nur.«

»Und wo kommt der bitte schön her?« Er wies auf den mit einem Sacktuch bespannten Ohrensessel, den sie an den Kamin gestellt hatte. Sie hatte ihn in einer Scheune der Peggies entdeckt, als sie nach der Fasanenjagd den alten Landrover dort abgestellt hatte – ein im Stich gelassener Versuch der Tochter, das alte Sitzmöbel wieder aufzupolstern. Es wartete schon seit zwanzig Jahren vergebens auf ein neues Kleid.

»Gefällt er Ihnen? Ich dachte, dann könnten wir uns ein wenig entspannter unterhalten.«

»Sieht aus, als wär's der Kratzbaum für eine Katze.«

Alex lachte. »Ja, da könnten Sie recht haben.«

Lochlan musterte sie verwundert – offenbar, weil sie ausnahmsweise mal seiner Meinung war. Stille trat ein, ihre Übereinkunft war noch neu und ungeformt und voller Fallstricke und versteckter Motive.

»Also dann«, sagte sie schmunzelnd.

»Ha.« Er musterte sie abschätzend. Erneut hatte sie das Gefühl, dass er hinter ihre polierte Erscheinung blickte – sie trug einen göttlichen dunkelgrauen Hosenanzug und dazu eine Seidenbluse in einem ganz zarten Roséton – und das besoffene Wrack sah, das er neulich in seinem Sportwagen nach Hause gefahren hatte. Vergessen würde er ihn wohl nie, den Abend, an dem ihre glatte Fassade zerbröckelt war. »Und jetzt? Sie haben, was Sie wollen.« Er wies mit einem Schulterzucken auf seine Umgebung, sein Büro – und die Tatsache, dass sie noch hier war und nicht längst hochkant rausgeflogen war.

»Zunächst mal wäre ich Ihnen dankbar, wenn Sie versuchen könnten, das als Zusammenarbeit zu betrachten und nicht als eine Art Verhör.«

»Aha. Und worin genau besteht das Ziel dieser *Zusammenarbeit*?«

»Darin, Ihre Führungsqualitäten zu verbessern, zum Beispiel. Und das Schiff, auf dem wir uns befinden, vom drohenden Zusammenstoß mit einem Eisberg zu bewahren. Sie brauchen mich gar nicht so anzusehen. Jeder Mensch kann seine Führungsqualitäten verbessern – selbst wenn er nicht bei einer Generalversammlung einem Vorstandsmitglied eins auf die Schnauze gegeben hat.«

Lochlan runzelte die Stirn. »Das hat Sholto Ihnen erzählt?«

»Selbstverständlich. Und das mit dem Computer, den Sie aus dem Fenster geworfen haben.«

»Er ist andauernd abgestürzt, und ich hab jedes Mal das gerade Geschriebene verloren!«

Sie zog lediglich eine Augenbraue hoch. »Und der Vertrag über sieben Millionen Pfund, mit dem indonesischen Geschäftsmann? Der platzte, weil *Sie* ihn beleidigt haben?«

»Er hat *mich* beleidigt. Der wollte seine eigenen Abfüllfabriken verwenden – in denen Kinder schuften!«

Sie seufzte. Natürlich besaß er auf alles eine Antwort.

Und es hatte keinen Zweck, sich in Streitereien zu verzetteln. »Hören Sie, ich will Sie ja gar nicht verurteilen. Natürlich hatten Sie Ihre Gründe. Vergessen wir das alles jetzt erst einmal und fangen noch einmal von vorne an, ja? Wir haben völlig auf dem falschen Fuß angefangen. Dank Ihres Cousins sind wir einander nicht einmal richtig vorgestellt worden.«

»Tja, Callum spielt auch gern nach seinen eigenen Regeln«, erwiderte Lochlan finster.

Sie setzte ein strahlendes Lächeln auf und ging mit ausgestreckter Hand auf ihn zu. »Guten Tag, ich bin Alex. Ich bin Business Coach, Leadership Consultant, Managementberater, wie auch immer Sie's nennen wollen.«

»Hallo, wie auch immer.« Ihre Hand ignorierte er. Sie musste seine Hand ergreifen und schütteln.

»Und Sie müssen Lochlan Farquhar sein«, sagte sie in erfreutem Ton und schüttelte die schlaffe Pranke. »Sechsunddreißig Jahre alt, Chef der Kentallen Distillery, davor Handelsdirektor, Verkaufsdirektor und Lagerverwalter. Unverheiratet, Besitzer einer reizenden Spanieldame namens Rona; Athlet und Sportler, Meisterschütze und ein Mann des Volkes.« Sie hörte auf, seine Hand zu schütteln. »Es ist mir eine große Freude, Sie kennenzulernen.«

Nun drückte er ihre Hand so fest, dass sie sich eine Grimasse verkneifen musste. In seinen Augen glimmte noch immer das Misstrauen. Alex konnte sich gut vorstellen, wie einschüchternd er am Verhandlungstisch wirken musste. Er verzichtete auf jedes aufmunternde Lächeln und auch auf selbstironische Scherze, um peinliche Momente zu überbrücken. Seine Direktheit war fast brutal, eine exzellente Voraussetzung für einen Strafverteidiger oder einen Banker, aber nicht für den Leiter eines Betriebs, dessen Fortbestand davon abhing, dass er neue Märkte erschloss und neue Kunden gewann. Dazu brauchte es einen Diplomaten, keinen Bulldozer.

»Die gute Nachricht ist, wir können die erste Sitzung überspringen, wo wir uns drei Stunden lang zusammensetzen und Sie mir alles über sich selbst und Ihre Arbeit erzählen. Ich besitze genug Kenntnisse über Ihr Berufs- und Privatleben, um einen Anfang mit Ihnen zu machen.«

Er schnaubte. »Drei Stunden? Glauben Sie im Ernst, ich würde drei Stunden lang über mich selbst reden? Das, was es über mich zu sagen gibt, passt auf die Rückseite einer Zigarettenschachtel.«

»Sie unterschätzen sich. Sie sind ein faszinierender Mann, und ich fand es höchst interessant zu hören, was andere über Sie sagen.« Eine Lüge. In Wahrheit hatte sie diesen Mann jetzt schon satt.

»Ich hab doch bereits gesagt: Auf das, was Sholto sagt, sollten Sie nichts geben.«

»Ich habe nicht nur mit ihm gesprochen. Auch mit einigen Werksleitern. Und Callum und Skye.«

»Mit Skye?«, quiekte er, als wäre er im Stimmbruch. »Was haben Sie mit ihr zu reden? Was hat sie Ihnen gesagt?«

Alex musterte ihn interessiert. Wieso regte er sich so auf? »Sie hat kein schlechtes Wort über Sie verloren; sie schätzt Sie sehr.«

»Pff, das bezweifle ich.« Er wandte sich ab und ging zu

seinem Schreibtisch, wo er auf den Sessel sank und sich vorbeugte, um seine Schnürsenkel aufzubinden.

Alex kam es fast so vor, als wolle er sein Gesicht vor ihr verbergen.

»Sie ist der Ansicht, dass Sie isoliert sind. Sie meint, Sie würden sich selbst ins Abseits manövrieren.«

»Jeder hat ein Recht auf seine Meinung.«

»Und sie hält Sie für sehr zornig.«

Er sagte nichts. Alex holte tief Luft und sah zu, wie er an seinen doppelt verknoteten (und schlammverkrusteten) Schnürsenkeln herumnestelte. »Es fällt Ihnen sicher nicht leicht, sie zu verlieren«, bemerkte sie doppeldeutig. Sein Kopf zuckte hoch, wie sie zu ihrer Genugtuung bemerkte. »An Glengoyne, meine ich natürlich«, fügte sie hinzu. Warum war er auf einmal so nervös? *Er* hatte doch seiner Verlobten den Laufpass gegeben, nicht umgekehrt. Fürchtete er, was sie womöglich zu sagen hätte? Den Zorn einer verschmähten Frau?

»Ich hätte Skye für klüger gehalten, als sich bei einer Lowland Lady zu verdingen.«

»Einer was?« Den Ausdruck hatte sie noch nie gehört.

»So nennen wir die Lowland Malts. Sie sind leichter, irgendwie ... femininer. Kein Torfrauch«, meinte er abschätzig.

»Aha.« Sie war noch nicht allzu sehr vertraut mit den kleinen Sünden und Vorurteilen des schottischen Volks. »Könnte man sie nicht vielleicht doch halten?«, fragte sie, erneut doppeldeutig.

»Und wie sollte ›man‹ das Ihrer Meinung nach anstellen?«, höhnte er und richtete sich endlich wieder auf.

»Eine Gehaltserhöhung vielleicht?«, schlug sie vor.
Oder eingestehen, dass du einen Fehler gemacht hast.
Aber das sprach sie natürlich nicht aus.

»Am Geld liegt's nicht«, entgegnete er kurz angebunden.

Nein, sondern an der Liebe. Ob es ihm leichtfiele, das L-Wort auszusprechen? Sie hätte wetten können, dass er der Typ war, der daran erstickte. »Nein, wohl nicht.«

Er wandte sich seinem Schreibtisch zu. Jetzt erst bemerkte er, dass sie für Ordnung gesorgt hatte. Er verzog das Gesicht. »Wieso haben Sie das gemacht?! Sie sind weder meine Putzfrau noch meine PA.«

»Ein aufgeräumter Schreibtisch ist die Voraussetzung für einen aufgeräumten Verstand. Aber das muss ich Ihnen wohl nicht sagen, dafür werde ich nun wirklich nicht bezahlt. Darum geht es nicht. Aber das mit der PA interessiert mich – wie kommt es, dass Sie keine Hilfskraft haben?«

»Weil ich keine brauche.«

»Sie sind der Geschäftsführer der größten privaten Whiskybrennerei in Schottland – natürlich brauchen Sie eine persönliche Assistentin. Sie können doch nicht an alles denken. Delegieren ist weder eine Schwäche noch eine Abdankung. Es macht Sie effektiver.«

»Da bin ich anderer Meinung«, murmelte er und durchsuchte seinen Schreibtisch. »Wo zum Teufel ist mein Finanzbericht? Ich muss in zwanzig Minuten in einem Meeting sein.«

Alex beugte sich vor und fischte ihn aus einem sauberen Stapel heraus. »Sollten Sie sich nicht vorher noch umziehen?«, schlug sie vor und musterte missbilligend seine feuchte, verschwitzte Sportkleidung.

»Allerdings, und deshalb sollten Sie jetzt auch gehen. Soll ich Sie zur Tür bringen?« Seine Augen funkelten spitzbübisch. Offenbar hatte er liebgewonnene Erinnerungen an vorherige Rausschmisse.

Verdammt, daran war sie wohl selbst schuld. Sie reckte das Kinn. Diesmal würde sie einen würdigeren Abgang haben, dazu war sie fest entschlossen. »Nein, danke, nicht nötig. Ich bin selbst reingekommen, da werde ich auch selbst wieder hinausfinden.« Sie erhob sich vom Schreibtisch und strich die Falten aus ihrer Hose. »Bis dann, in zwanzig Minuten.«

Sein Kopf fuhr hoch. »Wie bitte? *Sie* werden bestimmt nicht zu dem Meeting kommen!«

»Doch, das werde ich sehr wohl«, entgegnete sie gelassen. »Wenn ich Ihnen wirklich helfen soll, muss ich sehen, wie Sie sich in Führungssituationen und im Berufsalltag verhalten – kurz gesagt, ich muss Sie in Aktion erleben.«

»Ausgeschlossen«, fauchte er.

»Bedaure, das ist nicht Ihre Entscheidung.«

»Das sind vertrauliche Konferenzen. Und Sie gehören nicht zum Betrieb.«

Alex seufzte. »Lochlan, ich bin Consultant, kein Spion.«

»Nein. Kommt nicht infrage.«

»Wir sehen uns dann in zwanzig Minuten«, wiederholte sie achselzuckend.

»Wer sagt das?«

Sie legte nur den Kopf schief. Musste er wirklich fragen?

Mit einem zittrigen Hochgefühl trat sie auf den Hof hinaus. Sie hatte diese Auseinandersetzung nicht nur überstanden – sie hatte sie sogar gewonnen. Aber die Kämpfe mit Lochlan laugten sie mehr aus, als sie zugeben wollte. Trotzdem, sie durfte auf keinen Fall die Nerven verlieren. Sie kam vorwärts, wenn auch nur in Babyschrittchen. Das vorhin war ein Riesenerfolg.

Ob es in der Kantine wohl einen Kaffee zum Mitnehmen gab? Sie konnte jetzt wirklich einen vertragen, ehe es wieder losging. Es war gut und schön, Lochlan den Morgenkaffee zu servieren, aber er fragte nie, ob sie nicht auch einen mochte.

Sie wollte schon losgehen, als sie hinter sich ein Geräusch hörte. Sie wandte sich um und sah, wie Torquil seinen Kopf aus der übernächsten Tür streckte, deren obere Hälfte er aufgemacht hatte. Der Anblick war ein wenig komisch, und man konnte sich gut vorstellen, wie früher Pferde ihre Köpfe herausgestreckt hatten.

»Ah, Alex, dachte ich's mir doch, dass Sie das sind«, sagte er und kam mit ausgestreckter Hand auf sie zu. »Sie erhöhen den Glanz in unserer bescheidenen Hütte, wie ich sehe. Wie läuft es denn?«

»Prima. Ich wollte mich nochmal für Samstag bedanken, ein toller Tag, ehrlich.«

»Wir haben uns auch sehr gefreut, Sie dabeizuhaben. Auch wenn Sie uns wie Schuljungen aussehen ließen«, sagte er lachend und schob die Hände in die Taschen seiner Twillhose. »Und was haben Sie jetzt vor? Kann ich vielleicht irgendwie behilflich sein?«

»Nun ja, ich hatte gerade eine Unterhaltung mit Lochlan.«

»Aha. Und wie lief es?«

Alex rümpfte ein wenig die Nase. »Na ja ...«

»Aha.« Torquil warf stirnrunzelnd einen Blick auf die geschlossene Tür von Lochlans Büro. »Hm. Könnte ich ... könnten wir vielleicht kurz miteinander reden? Hätten Sie ein paar Minuten Zeit?«

»Ja, natürlich. Ich werde ohnehin dem Meeting beisitzen.« Sie folgte ihm in sein Büro.

»Na wunderbar. Kaffee?«

»Vielen Dank.« Sie lächelte dankbar und schaute sich in seinem Büro um. Der Kontrast hätte nicht größer sein können – nicht nur, was die Manieren der Cousins betraf, sondern auch die Arbeitsumgebung. Torquils Büro war hell beleuchtet und bestens organisiert. An den Wänden standen Aktenschränke, auch vor dem Kamin, was suggerierte, dass dies ein Büro war und keine Wohnstube. Die höckerige Wand, die diesen Raum von jenem abtrennte, der an Lochlans Büro angrenzte, war durchbrochen worden, und im anderen Raum stand ein großer runder Tisch mit Stühlen. Der sah zwar mehr wie ein Esstisch aus als ein Konferenztisch, aber immerhin gab sich hier jemand Mühe, Professionalität zu vermitteln, und hauste nicht in einer Studentenbude, so wie Lochlan.

»Wie möchten Sie ihn?«, erkundigte er sich und warf die Espressomaschine an. Alex hätte heulen können vor Freude. Echter Kaffee! Endlich mal kein Instantpulver!

»Einen doppelten Espresso, bitte.«

»Wirklich? Ganz schön kräftig für halb zehn Uhr.«

»Nun, ich hatte auch einen recht anstrengenden Start.«

Torquil zog eine Augenbraue hoch. »Will er denn immer noch nicht?«

»Könnte man so sagen, ja. Passiert mir auch zum ersten Mal, dass ein Klient nicht nur störrisch ist, sondern nicht mal mit mir reden will.«

Er nickte mitfühlend. »Jetzt sehen Sie ja, womit wir's zu tun haben.«

»Ja, allerdings. Und mir ist auch aufgefallen, wie angespannt am Samstag die Stimmung war.«

»Ja, er hat sich definitiv zur Persona non grata gemacht«, erwiderte Torquil seufzend. »Ist mir schleierhaft, wie er das erträgt, so … so ausgeschlossen zu sein. Man könnte fast meinen, dass ihm das noch Antrieb gibt.«

»Tja, wenn Zorn der Antrieb ist, dann könnten Sie recht haben.«

»Ich kapiere nicht, wie es überhaupt so weit kommen konnte«, sagte Torquil kopfschüttelnd. »Es ist nicht nur seine Rücksichtslosigkeit oder sein Leichtsinn – schlimm genug –; er torpediert jetzt auch noch sensible Kundenbeziehungen. Dank ihm werde ich den Großteil des Nachmittags damit verbringen müssen, einen Klienten von der Decke zu holen, den er verprellt hat. Lochie hat den geplanten Verkauf unserer kostbaren sechzig Jahre alten Reserve blockiert – ein Verkauf, den ich über Wochen und Monate mühsam ausgehandelt hatte und dessentwegen dieser Sammler extra aus Hongkong angereist kommt. Und das bloß, weil es Lochie nicht passt, dass sich der Kunde mit einem Konkurrenten ablichten ließ!«

»Im Ernst?«

»Ja, leider. Es ist eine Sache, mit der Firma im Clinch zu liegen, aber jetzt auch noch darüber entscheiden zu wollen, mit wem wir Geschäfte machen und mit wem nicht, geht einfach zu weit.«

»Das stimmt.«

»Lochie stand schon immer im Ruf ... sagen wir, ein wenig schwierig zu sein. Aber wenn die Presse von seinem Fehlverhalten Wind bekommt ...« Er seufzte vielsagend.

»Wie kommen Sie denn persönlich mit ihm zurecht?«, erkundigte sich Alex und nippte an dem köstlichen Kaffee.

»Ich will nicht lügen, wir sind nie sonderlich gut miteinander ausgekommen. Aber seit dem Vorfall auf der letzten Generalversammlung achte ich noch strenger darauf, mich ... professionell und sachlich zu verhalten.«

»Ach, dann waren *Sie* derjenige, den er angegriffen hat?«, fragte Alex überrascht. »Das wusste ich nicht.«

Er nickte.

»Warum denn, wenn ich fragen darf?«

»Es ging um einen Deal, den wir ausgehandelt hatten, als sein Vater Robert noch am Ruder stand. Es war alles bereit, die Verträge mussten nur noch unterzeichnet werden. Und er macht einen Rückzieher. Da ist die Stimmung ganz schön hochgekocht.«

Aber rechtfertigte das einen Kinnhaken? »Worum ging es bei diesem Deal?«

»Wir wollten an die Ferrandor-Gruppe verkaufen. Die sind seit Jahren an uns interessiert, aber wir haben uns nie auf etwas eingelassen. Es war einfach nie der richtige Zeitpunkt.«

»Aber da schon?«

»Ja, da schon. Das Whiskygeschäft ist nicht einfach, wissen Sie. Das ist wie Pokern: Man spielt mit einem verdeckten Blatt, muss ständig vorhersagen, wie die Nachfrage in zwölf, fünfzehn, dreißig oder sogar fünfzig Jahren aussehen wird.« Er lächelte ironisch. »Da kann es kaum ausbleiben, dass man irgendwann mit zu viel oder zu wenig dasteht. In diesem Geschäft ist so gut wie nichts kurzfristig – kann es gar nicht, denn es braucht mindestens drei Jahre Reifezeit, ehe man einen ›Scotch Whisky‹ überhaupt so nennen darf.« Er lachte. »Manchmal glaube ich, man muss schon ein Spinner sein, um sich auf ein derartiges Spiel einzulassen. Aber mein Vater behauptet immer, die Definition von Weisheit sei, dass Väter Bäume pflanzen, in deren Schatten sie nie sitzen werden.«

Er lächelte. Alex hatte ihn beobachtet. Seine Köpersprache war entspannt und offen, sein Ton mitteilsam und vertraulich. Er verhielt sich wie ein Kollaborateur und nicht wie ein Opponent – wie Lochie.

»Und warum hat Lochie den Verkauf dann blockiert?«

»Keine Ahnung. Weil er's konnte? Er hat nie eine wirklich überzeugende Antwort gehabt. Aber sein Vater war zu dem Zeitpunkt bereits schwer krank, und er war deshalb selbst nicht sehr stabil. Ich glaube, er hat die Aussicht auf noch mehr umwälzende Veränderungen einfach nicht verkraftet.«

»Und wie ist es jetzt? Wäre Ferrandor Ihrer Meinung nach noch immer an einer Übernahme interessiert?«

»Leider nein. Wir stehen längst nicht mehr so gut da wie vorher. Selbst wenn sie unseren derzeitigen Geschäftsführer tatsächlich ausstehen könnten ...« Er verdrehte die Augen. »Die Wahrheit ist, dass wir vor großen Herausforderungen stehen. Wir rechnen in sechs Jahren mit einer drastischen Verknappung unseres Angebots; heute verfügen wir zwar über ausgeklügelte Vorhersagesysteme, aber vor zwanzig Jahren gab's die leider noch nicht.« Er schüttelte den Kopf. »Hinzu kommt, dass sich die Handelsbedingungen drastisch ändern werden.«

»Der Brexit, meinen Sie?«

Er nickte bedauernd. »Neunzig Prozent unseres Whiskys geht in den Export – Frankreich ist unser größter Absatzmarkt –, und von den zweihundert Ländern, in denen Scotch verkauft wird, mussten wir in hundertdreiundvierzig davon über sechshundert Handelsbarrieren überwinden. Und jetzt, wo auch noch der Brexit hinzukommt ... Wer weiß?« Er zuckte mit den Achseln und lachte spöttisch auf. »Ganz zu schweigen von der bevorstehenden Holzfasskrise.«

»Der Holzfasskrise?«, wiederholte sie perplex.

»Genau. Die Eichenfässer, die wir für die Reifung einsetzen, sind zu fünfundsiebzig Prozent für den Charakter des Whiskys verantwortlich. Bruce – Sie haben ihn am Samstag kennengelernt?«

Skyes Vater. Sie nickte.

»Bruce sagt immer, wenn der Branntwein das Kind ist, dann ist das Fass die Mutter. Holzfässer sind unentbehrlich für die Produktion – Bourbonfässer aus den Staaten und Sherryfässer aus Spanien, die Ersteren als zweihundert-Liter-Fässer, Letztere als fünfhundert-Liter-Fässer – im Verhältnis fünfundneunzig zu fünf.«

Alex runzelte die Stirn. »Hamish hat mir gesagt, die

Brennblasen seien das Entscheidende bei der Herstellung.«

»Bei der *Destillierung* schon«, meinte Torquil. »Und wenn Sie die Mälzer fragen, dann werden sie Ihnen sagen, dass es die Gerste ist. Und die Brenner werden sagen, es ist der Torf. Natürlich sind all diese Elemente wichtig für den typischen Geschmack unseres Kentallen-Whiskys. Ohne Kupfer geht's schlecht, aber ohne Eichenholzfässer wäre es einfach unmöglich. Das Fass ist das Wichtigste.«

Sie nahm einen Schluck Kaffee. »Sie sagten, es gäbe eine Krise?«

»Momentan ist es in den Staaten noch so festgelegt, dass jedes Bourbonfass nur einmal benutzt werden darf. Aber das wollen sie jetzt ändern. Die Whiskyindustrie benötigt jährlich drei Millionen ›ausgereifte‹ Fässer, und diese Nachfrage kann in Großbritannien selbst nicht befriedigt werden. Wir haben unsere Eichenwälder schon vor zweihundert Jahren abgeholzt, für Kriegsschiffe im Kampf gegen die Franzosen. Seitdem importieren wir aus Spanien und Frankreich und seit über hundert Jahren auch aus den Staaten – dort sind die Fässer billiger und zahlreicher. Aber wenn die Amerikaner jetzt anfangen, ihre Bourbonfässer wiederzuverwenden, wird bei uns der Nachschub knapp, und die Preise werden steigen. Tun sie bereits.«

»Und Ihre Profite sinken«, murmelte Alex. Sie erkannte, dass die Industrie langsam, aber sicher von einer dreifachen Bedrohung erwürgt wurde: unzureichende Vorräte, schwierige Handelsbedingungen und Preissteigerungen, die die Gewinne auffraßen.

»Ganz genau. Sie sehen also, warum wir der Ansicht sind, wir hätten verkaufen sollen. Aber *Lochie* sieht das anders ...« Er presste mit einem verbitterten Seufzer die Lippen aufeinander. Alex konnte es ihm nicht verübeln. »Wie auch immer, so steht's um uns. Wir steuern auf eine Vorratskrise zu und auf die bisher größten Handelshürden der jüngeren Geschichte, und es gibt nichts, was wir dagegen tun können. Wir sind wie ein Kreuzfahrtschiff, das auf eine Klippe zusteuert – zu unförmig zum Wenden und zu träge zum Bremsen.«

»Aber Lochie muss doch eine Strategie haben? Er ist schließlich Geschäftsführer. Es ist seine Aufgabe, für den Fortbestand und das Wohlergehen des Unternehmens zu sorgen.«

»Er setzt auf Diversifizierung.« Torquil rümpfte die Nase, als habe er einen schlechten Geruch gewittert. »Wir haben ein Imageproblem – die jungen Leute wollen keinen Scotch, sie halten ihn für ein Getränk für Oldies. Sie trinken lieber Gin, Wodka und Tequila.«

Alex hatte auf einmal ein schlechtes Gewissen. Sie selbst gehörte auch dazu.

»Also findet Lochie, wir sollten auch Gin und Wodka produzieren – und dafür die vorhandenen Apparate und Ressourcen verwenden.«

»Aber Sie sind anderer Meinung?«

Er nickte. »Allerdings. Die Güte unseres Produkts und die limitierte Menge sind ja gerade unser USP, das, was uns von anderen unterscheidet. Wir sind ein Traditionsunternehmen, wir produzieren kleine Mengen von außergewöhnlicher Qualität, Single Malts, die Höchstpreise erzielen. Neunzig Prozent des verkauften Scotchs fällt auf *Blends*, aber wir sind mit unseren zehn Prozent Marktführer, wir rollen das Feld sozusagen von vorne auf. Der Anteil alter Whiskys in Superpremiumqualität hat in den letzten Jahren einen Zuwachs von dreizehn Prozent erzielt, und davon profitieren auch wir. Außerdem ist unser Zwanziger jetzt der offizielle Malt der Houses of Parliament. Wir haben zwei Jahre hintereinander, 2014 und 2015, den Preis für *Malt of the Year* gewonnen und sind letztes Jahr Zweiter geworden. Mit Labels wie Glenlivet können wir uns natürlich nicht messen, die produzieren zwölf Millionen Liter pro Jahr, wir nur fünf Millionen. Aber Marktsättigung ist nicht unser Weg. Und Gin ebenso wenig, finde ich.« Er seufzte. »Aber es scheint, als stünde ich mit dieser Meinung allein da – die Entscheidung wurde vom Vorstand mit großer Mehrheit angenommen. Was das betrifft, hat Lochie einen wichtigen Sieg errungen.«

»Nun, wenn das Unternehmen wachsen soll … Ihr Vater erwähnte, dass größere Investitionen nötig seien?«

»Das ist richtig. Und der Vorstand hat – die Familie ebenso wie die anderen Anteilseigner – beschlossen, dass die Ausgabe von Anteilsaktien der richtige Weg wäre.«

»Aber?«

»Aber Lochie will natürlich mal wieder anders. Er will das nötige Kapital durch eine Verzögerung der Dividendenauszahlung aufbringen: Er will die Profite reinvestieren.«

Sie zuckte zusammen. »Verstehe. Demnach sind sich alle einig über das Was, aber nicht über das Wie.«

»So ungefähr. Nicht nur der Familienrat hat sich mit

überwältigender Mehrheit gegen Lochies Reinvestitionsvorschlag ausgesprochen, sondern auch die fünfunddreißig Prozent jener Anteilseigner, die nicht zur Familie gehören. Zu dieser Gruppe zählen viele Angestellte und ehemalige Angestellte der Firma, die auf die vierteljährliche Dividendenauszahlung angewiesen sind.«

»Und wie sind Sie verblieben?«

»Gar nicht. Der Vorschlag kommt bei der nächsten Generalversammlung wieder auf den Tisch. Aber Lochie hält den Mehrheitsanteil. Er verfügt über dreiundfünfzig Prozent. Noch hat er diese Karte nicht ausgespielt, aber das wird er wahrscheinlich.«

Mit einem Stirnrunzeln dachte sie an die Arroganz und Sorglosigkeit, mit der er ihre Drohung, Sholto würde gegen ihn vorgehen, zurückgewiesen hatte. »Braucht man denn unbedingt eine absolute Mehrheit? Geht nicht auch eine einfache?«

»Nein. In der Satzung steht ausdrücklich, dass eine absolute Mehrheit nötig ist.«

»Aber es gibt doch sicher genug Stimmen, von Familie und anderen Anteilsinhabern, um ihn zu überstimmen?«

»Das würde es auch – wenn die Familienaktien nicht Vorzugsaktien wären.«

»Ach du liebe Güte.« Alex verstand sofort: Mit den Vorzugsaktien erhielten die Familienmitglieder das Recht auf die erste Ausschüttung, verloren dafür aber ihr Stimmrecht.

»Sie sagen es. Das Gros der Familien-Anteilseigner hat kein Mitspracherecht in Bezug auf die Führung des Unternehmens.«

Alex überlegte. »Aber sind Lochies Aktien denn nicht auch Vorzugsaktien?«

»Sie waren es. Aber Robert – sein Vater – hat sie schon vor Jahren in gewöhnliche Aktien umwandeln lassen. Lochies Mutter hatte ein großes Vermögen in die Ehe gebracht, deshalb war Robert nicht wirklich auf die Dividenden angewiesen. Ihm war das Stimmrecht lieber«, erklärte Torquil.

»Das war sehr vorausschauend von ihm«, meinte Alex beeindruckt.

»Ja, nicht wahr? Und Robert selbst hat oft vom Vorkaufsrecht der Familie Gebrauch gemacht, wenn ein Cousin seine Anteile verkaufen wollte. Er hat so viel aufgekauft, wie er konnte, und alles in gewöhnliche Anteile konvertiert.«

»Aber selbst wenn«, argumentierte Alex. »Erbanteile werden doch gewöhnlich auf sämtliche Nachkommen übertragen, was über die Generationen zu einer Verwässerung führt.«

»Schon, aber Lochie ist das einzige Kind in einer ganzen Reihe von Einzelkindern, bis zurück zu den Firmengründern.«

Alex schwirrte der Kopf, sie konnte das alles kaum fassen. »Mein Gott.« Schieres Glück oder ein brillanter Geschäftssinn hatten sich verschworen, um Lochie in diese unangreifbare Position zu bringen. Die Chancen dafür waren winzig, dennoch verfügte er allein jetzt über das Veto. Der Vorstand konnte ihn weder zwingen noch überstimmen noch rauswerfen, denn er bewegte sich auf völlig legalem Terrain. Man befand sich in einer Pattsituation: Lochie, der nicht-so-gutwillige Diktator, konnte und wollte sie in die Knie zwingen. Eine solche Arroganz, eine solche Überheblichkeit und Kaltschnäuzigkeit war schier unglaublich. Nicht nur dass er das Mehrheitsvotum ignorierte, er weigerte sich schlicht zurückzutreten. Selbst unter *ihren* Klienten gab es nur sehr wenige, die den Mut, die Unverschämtheit und das Selbstbewusstsein hatten, darauf zu beharren, dass ihr Weg der einzig richtige sei.

»Er hat also zuerst den Ferrandor-Deal platzen lassen und dann auch noch die Ausgabe von weiteren Anteilen blockiert?«

»Ja, aber im Rückblick sollte man sich nicht darüber wundern«, meinte Torquil achselzuckend.

»Ach ja?« Sie wunderte sich durchaus.

»Ja, klar. Denn wenn wir mehr Anteile ausgäben, würde auch sein Anteil verwässert werden, und ich weiß zufällig, dass er es sich derzeit nicht leisten kann zuzukaufen.«

Alex' Augenbrauen schossen in die Höhe. »Sie wollen mir ernsthaft weismachen, dass er das Wachstum des Unternehmens und den Willen der Aktionäre aus *rein persönlichen* Gründen blockiert?«

Torquil nickte. »Ich fürchte ja.«

»Aber ... macht Sie das nicht furchtbar wütend?«, sagte Alex hitzig. Sie selbst war jedenfalls sehr empört.

»Und wie. Wütend und zornig und traurig, alles zusammen«, erklärte er gelassen. »Aber das ist das Geschäft. Das sind die Tatsachen. Wir müssen damit fertigwerden.«

Alex seufzte fassungslos. Dieser Mann war echt der Gipfel! »Und wieso kann er seinen Anteil nicht erhöhen?«

Torquil warf einen Blick zur offen stehenden Tür und senkte die Stimme. »Er hat sich mit einem seiner eigenen Projekte, die er uns als Alternative verkaufen wollte, verspekuliert. Dieses Projekt wurde übrigens vom Vorstand rundweg abgelehnt, wie ich hinzufügen möchte.«

»Was für ein Projekt?«, fragte sie interessiert. Wenigstens lief nicht alles nach seinem Willen!

»Er hat versucht, ein Trading-Modell für Kleinanleger zu entwickeln, die in alte Whiskys investieren wollen. Sie können sich vorstellen, dass wir Tausende langsam vor sich hin reifende Fässer mit Malt Whisky in unseren Lagerhäusern stehen haben, die erst in Jahren, ja in Generationen Profite einbringen werden.«

Alex nickte. »Fahren Sie fort.«

»Lochies sogenannte brillante Idee ist, diesen noch nicht ausgereiften Whisky zur Spekulation freizugeben. Der Gedanke dabei ist, dass Interessenten auf einen sich weiterhin positiv entwickelnden Markt und auf weitere Zuwächse spekulieren können.«

»Hört sich wie eine gute Idee an«, meinte sie achselzuckend. »Diese Fässer stehen sowieso nur herum. Auf diese Weise könnten sie jetzt schon Profit bringen.«

»Prinzipiell ja, aber das Problem ist die Menge. Wir gehören zwar zu den kleineren Produzenten, aber auch fünf Millionen Liter pro Jahr sind kein Pappenstiel. Jeder einzelne dieser fünf Millionen Liter ist für eine ganz bestimmte Reserve vorgesehen. Weil wir nur so die Kontrolle über den typischen Charakter des Whiskys behalten. Diese Fässer dürfen also nicht getrennt oder zerstreut werden. Und das bedeutet, dass nur Großhändler ein Interesse haben können, weil die Preise so hoch sind.

Für einen Privatinvestor wäre das unerschwinglich. Einfach ausgedrückt: Wir bezweifeln, dass es eine Nachfrage gäbe.«

»Aber Lochie nicht?«

»Nein, aber wie gesagt, sein Vorschlag wurde abgelehnt.«

Alex runzelte die Stirn. »Aber könnte das nicht ein Grund sein, warum er die Ausgabe von zusätzlichen Aktien blockiert? Aus Rache? Weil er deswegen sauer ist?«

»Ganz ehrlich? Was ihn betrifft, würde mich rein gar nichts mehr überraschen.«

Alex sah plötzlich draußen etwas Großes, Rundes, Rosarotes hinter Torquils Kopf vorbeifliegen. Sie fuhr erschrocken hoch.

Torquil drehte sich mit seinem Sessel zum Fenster und folgte ihrem Blick. »Ach, das.« Er stand grinsend auf und bedeutete ihr, ihm zu folgen. »Kommen Sie, das müssen Sie sich ansehen.«

Sie trat zu ihm ans Fenster und sah zu ihrem Staunen ein paar Arbeiter im Blaumann auf dem Hof Fußball spielen. Mit einem quietschrosa Fußball!

»Sie haben gerade die Treberrohre gereinigt«, erklärte er und beobachtete das ausgelassene Fußballspiel.

»Treberrohre?«

»Als Treber bezeichnet man den ausgelaugten Rückstand der Maische. Wir verwenden ihn als Viehfutter. Und ein Fußball der Größe fünf hat, wie sich herausstellt, die perfekte Größe, um die Rohre damit von den Rückständen zu reinigen. Er wird einfach hineingeworfen und mit Unterdruck durch die Rohre gesaugt. Dabei nimmt er die Rückstände und Verunreinigungen gleich mit.«

Alex lachte laut auf. »So was hab ich ja noch nie gehört!«

Er lachte ebenfalls. »Nein, das gehört zu unseren eher unorthodoxen Arbeitsmethoden.«

»Na, wenn das nicht ein lauschiges Schäferstündchen ist«, bemerkte hinter ihnen jemand sarkastisch. Sie wandten sich um. Lochlan stand mit einem Stapel Unterlagen auf dem Arm in der offenen Tür. Er hatte sich umgezogen und trug nun Jeans und ein graues Sweatshirt. Alex fand, er sah aus, als würde er zum Samstagsbrunch gehen und nicht zu einem Management-Meeting.

»Ah, Lochie ... Ich habe Alex gerade über die *Herausforderungen* aufgeklärt, vor denen die Firma steht«, erklärte Torquil und trat gelassen vom Fenster zurück.

»Das würde erklären, warum mir die Ohren klingen«, erwiderte Lochlan geringschätzig und ging gleich durch zum benachbarten Konferenzzimmer. Alex wechselte einen wissenden Blick mit Torquil. Nach allem, was sie gerade erfahren hatte, wunderte es nicht, dass Lochlan ein wenig paranoid war. Er hatte allen Grund dazu.

11. Kapitel

Die Kantine war ein einladendes kleines Gebäude mit einem Kuppeldach, das sich hinter die Mälzerei duckte. An einer langgestreckten alten Holztheke standen vier Frauen in blauen Kittelschürzen und Hygienehäubchen. Es roch durchdringend nach Eintopf. Aus der Küche quollen Dampfschwaden und erwärmten zusätzlich das Gebäude.

»Ich möchte nur einen Kaffee, bitte«, sagte Alex.

»Und einen Shortbread Finger? Oder ein Hörnchen?«, hakte die Frau nach.

»Nein, danke.«

»Ist im Preis inbegriffen.«

Alex lächelte. »Nein danke, wirklich nur den Kaffee.«

Pause. »Na gut, wird an Ihren Tisch gebracht.«

Alex, die sich nach einem Tisch umsah, konnte förmlich spüren, wie die Frau hinter ihrem Rücken die Augen verdrehte. Die Kantine war bis auf zwei Tische unbesetzt, denn es war die tote Zeit nach dem zweiten Frühstück um elf und dem Lunch um eins oder zwei. Die meisten der Holztische standen in säuberlichen Reihen hintereinander, aber einige kleinere waren am Fenster und in Nischen untergebracht. Einen solchen steuerte Alex jetzt an, ganz hinten, möglichst weit weg von der Eingangstür und eventueller Zugluft.

Sie setzte sich und ließ sich das gerade erlebte Meeting durch den Kopf gehen. Die Junior-Belegschaft hatte einen Heidenrespekt vor ihm, sie hielten sich die Kaffeetassen schützend vor die Brust und wichen seinem Blick aus, wann immer sie konnten. Was den Ton betraf, so wirkte Lochlan passiv-aggressiv und stritt sich um jede Kleinigkeit, ob es um die Kosten für die Stickereien auf den neuen Belegschaftshemden ging, die Reparatur der Überwachungskameras oder die komplementären Kekse zum Kaffee.

»Bitte sehr.« Eine der Frauen stellte ihr den Kaffee hin, dabei schwappte ein wenig auf die Untertasse.

»Danke.«

Apropos komplementäre Kekse: ein Shortbread Finger lag auf ihrer Untertasse. Sie blickte auf, und die Kantinendame zuckte mit den Schultern. »Wenn Sie schon dafür bezahlt haben … Sie können den Keks ja liegenlassen, wenn Sie ihn nicht wollen. Aber so mager wie Sie sind, sollten Sie ihn vielleicht besser essen.«

Alex blickte ihr nach. Wieso hielten sie hier alle für zu mager?

Sie wärmte mit einem wohligen Schaudern ihre kalten Hände an der Tasse. Erst jetzt wurde ihr bewusst, wie sehr sie fror. Nachdem sich der Sturm verzogen und der Himmel ein wenig aufgeklärt hatte, herrschte klirrend kaltes Wetter. Und so schön und schlicht ihr Hosenanzug auch sein mochte, gegen die hiesigen Temperaturen kam er nicht an. Sie war klimatisierte Räume und First-Class-Airport-Lounges gewöhnt, nicht Steinhütten mit unzureichender Doppelverglasung. Normalerweise merkte sie das nicht, weil ihr die Schlacht mit Lochlan Farquhar genügend einheizte, aber mit einer gefühlten Windtemperatur von minus fünf war sie überfordert.

»Hi, Alex!«

Sie blickte auf und sah Skye hereinkommen. »Ach, hallo«, rief sie und winkte erfreut. »Setz dich doch zu mir!«

Skye nickte und trat zuerst an die Theke, um ihre Bestellung aufzugeben, dann kam sie zu Alex.

»Wie läuft's bei dir?«, erkundigte sie sich und nahm mit einem Plumps auf dem Stuhl gegenüber Platz. Dabei wickelte sie sich aus ihrem roten Wollschal. Ihr Pferdeschwanz wippte, ihre Wangen waren vom Wind gerötet, kurz: Sie wirkte geradezu lächerlich jung, als ob sie noch in eine Schuluniform gehörte und nicht in einen Laborkittel.

»Prima. Kleiner Kaffee zum Feiern. Ich komme gerade von einem Meeting mit Lochlan!« Dass für sie die Tatsache, ohne Rausschmiss davongekommen zu sein, schon ein Grund zum Feiern war – anstelle von irgendwelchen Fortschritten in Sachen Coaching –, war eigentlich erschreckend. Aber das ließ sie sich nicht anmerken.

»He, toll!« Skye war begeistert, aber auch überrascht. Während sie aus ihrem Mantel schlüpfte, sagte sie: »Wie hast du das denn hingekriegt?«

Alex schnaubte. »Ach, hauptsächlich durch Provokation.«

»Was?«

»Ich hab einfach die richtigen Knöpfe gedrückt, hab ihn so weit gekriegt, dass er sich auf einen Deal mit mir einließ. Er will mir unbedingt beweisen, dass er der Bessere ist, und deshalb musste er sich auf meine Bedingungen einlassen.« Aber ob er das überhaupt durchhalten würde? Nach seinem Auftreten beim Meeting war das eher fraglich. Vielleicht war ihm der Preis dafür, sie im MacNab schlagen zu dürfen, ja bereits zu hoch geworden.

»Ganz schön gerissen, gefällt mir. Gratuliere. Ich muss zugeben, ich hatte so meine Zweifel, ob du ihn dazu kriegen würdest, sich auf dich einzulassen. Er ist so verflucht dickköpfig.« Sie schnalzte missbilligend. »Uh, isst du deinen Keks nicht? Die sind so gut. Aber ich darf im Moment nicht. Ich muss bis zur Hochzeit noch zwei Kilo abnehmen.«

»Ach, Unsinn, an dir ist doch nichts dran«, widersprach Alex.

»Das ist lieb von dir, aber ich muss, leider. Bei der letzten Anprobe neulich war mir auf einmal das Kleid zu eng. Entweder hab ich in letzter Zeit zu wenig auf mein Gewicht geachtet, oder sie hatten erwartet, dass ich mehr abnehme. Es war ziemlich eng hier.« Sie umfasste mit beiden Händen ihre Taille. »Sie sagen, *jede* Braut würde vor dem großen Tag Gewicht verlieren, aber« – sie pfiff leise durch die Zähne – »ich bin offenbar die Ausnahme.«

»Ach, quatsch. Alasdair würde doch gewiss nicht wollen, dass du halb verhungert am Altar stehst und womöglich noch umkippst.«

»Das stimmt. Er hält nichts von ›blödsinnigen Diäten‹, wie er's nennt. Aber er hat ja auch leicht reden, er ist eins neunzig groß und eine Bohnenstange. Er weiß nicht, wie es ist, sich dick zu fühlen oder sich in eine Jeans zu zwängen und sie kaum zuzukriegen. Kann alles essen, was er will, futtert wie ein Scheunendrescher und nimmt kein Gramm zu. Und ich mümmle blöde Salate und nehme trotzdem zu! Er wird stinksauer sein, wenn er am Wochenende herkommt und wieder nur Salat vorgesetzt kriegt.«

»Ach, er kommt auf die Insel?«

»Aye. Wir wechseln uns immer ab. Letztes Wochenende war ich in Glasgow, und diesmal kommt er zu mir. Er hat sich Freitag freigenommen, um mir zu helfen, den letzten Kram einzupacken. Du musst ihn unbedingt kennenlernen.«

»Das würde ich sehr gerne.«

Skye machte ein freudig überraschtes Gesicht. »Ja, wirklich? Wie wär's dann am Donnerstagabend im Pub?«

»Ja, toll. Wo wäre … Ach, Moment mal, am Donnerstagabend hab ich ja schon was vor.«

»Dann vielleicht Freitag?«

»Ich bin das Wochenende über in Perth – das gehört zu meinem Pakt mit dem Teufel.« Alex verdrehte die Augen.

Skye wirkte enttäuscht. »Schade. Sonntag sind wir bei meinen Eltern zum Essen eingeladen, und danach nimmt Alasdair die letzte Fähre zum Festland. Und dann sehen wir uns erst wieder vor dem Altar.« Sie quiekte aufgeregt.

»Ach, das tut mir leid – ich hätte ihn wirklich gerne kennengelernt.«

»Könntest du das mit Donnerstag nicht noch ändern?«

»Vielleicht. Möglich. Ich treffe mich ja bloß mit Callum.«

»Mit *Callum*?« Skye riss die Augen auf. »Seid ihr etwa ...?«

Alex stöhnte. »O Gott, nein! Nein, nein, nein. Er hat mir einen Gefallen getan, und dafür hab ich ihm versprechen müssen, mal mit ihm auszugehen. Und ich bezahle meine Schulden.«

Skye musterte Alex. »Pass lieber auf. Callum versteht sich auf die Ladys. Sieht ein bisschen besser aus, als ihm guttut.«

»Als ob er's nicht wüsste!« Alex verdrehte die Augen. »Keine Sorge, mit dem werd ich schon fertig.« Skyes Blick fiel erneut hungrig auf den Keks. Alex schob ihr die Untertasse zu. Skye kaute unschlüssig an ihrer Unterlippe, dann schüttelte sie den Kopf.

»Und wo soll sie nun stattfinden, die Hochzeit?«, erkundigte sich Alex

»In der St.-John's-Kapelle, ein Stück die Straße rauf. Und der Empfang findet hier statt.«

Eine Pause trat ein. »Hier? In der Kantine?!«, fragte Alex ungläubig.

»Nee, natürlich nicht. Hier auf dem Gelände. Genauer gesagt in der Lagerhalle, zwischen den ganzen Eichenfässern.« Sie schloss genüsslich die Augen. »Wir werden den süßen Duft des Angel's Share einatmen.« Sie schlug die Augen wieder auf und bemerkte Alex' Miene. »Was? Hast du etwa noch nie was vom Angel's Share gehört? Der ›Engelsanteil‹ ist der Alkohol, der durch die Fassporen verdunstet.«

»Nein, das ist es nicht.«

»Was dann?«

»Ich meine ... ist Lochlan das denn recht?«

»Er hatte nichts dagegen«, murmelte Skye sichtlich betreten.

»Ach so.« Alex bezweifelte das; sie hatte selbst erlebt, wie er auf die bloße Erwähnung von Skye reagierte. Er wirkte verletzt, verunsichert – das einzige Mal, dass sie diesen Mann jemals verletzt oder verunsichert erlebt hatte. Nein, sie glaubte kaum, dass es ihm wirklich recht war, dass Skye ausgerechnet hier den Bund fürs Leben schloss – mit einem anderen.

Alex legte die gefalteten Hände auf den Tisch. Ihr war gerade eine Idee gekommen, eine Eingebung, ein Bild im Dunklen. »Darf ich dich was fragen?«

»Ja, sicher.«

»Vermisst du ihn?«

Skye klappte der Unterkiefer herunter, sie erstarrte mitten in einer Bewegung. »Was?«

»Ich meine, vor gut einem Jahr wolltest du ihn noch heiraten, und jetzt stehst du kurz vor der Hochzeit mit Alasdair. Ich frag mich nur …«

Skyes Augen füllten sich mit Tränen. »Warum fragst du so was?«

Ihre Reaktion schien ebenso übertrieben zu sein wie seine. Man brauchte nur ein bisschen an der Oberfläche kratzen, und schon quoll Blut hervor. »Ich weiß nicht. Ich dachte nur … Als er dir neulich Abend den Hund gebracht hat und ich euch an der Tür zusammen stehen sah, da …«

»Was?«

»Da hab ich mich gefragt, ob nicht doch noch was zwischen euch ist.«

Skye war wie vom Donner gerührt. »Ich und Lochlan? Soll das ein Witz sein?«

Wieder diese heftige Reaktion. »Wieso?«

»Du verstehst das nicht«, erwiderte Skye kopfschüttelnd. Ihre Miene wirkte auf einmal sehr verschlossen. »Ich will nicht darüber reden. Da wird bloß wieder alles aufgewühlt.«

»Na gut«, sagte Alex leise. »Entschuldige.«

Sie schwiegen eine Zeitlang, und dann brachte eine der Kantinenfrauen Skyes Kaffee. Sie warteten ab, bis sie wieder fort war, rührten beide zerstreut in ihren Tassen. Alex wusste, dass Schweigen manchmal die beste Taktik war, um jemanden zum Reden zu bringen. Wie jetzt ...

»Wieso fragst du mich? Das muss doch einen Grund haben. Hat er was gesagt?«

»Nein«, antwortete Alex, »er sagt ja nichts, jedenfalls nicht zu mir. Ich wäre die *Letzte*, der er was anvertrauen würde.« Skye starrte Alex an, als wisse sie, dass das nicht alles war. »Es ist nur die Art, wie er reagiert, wenn dein Name zur Sprache kommt; ich finde das eigenartig, das ist alles. Mir scheint, da ist noch einiges Unausgesprochene zwischen euch.« Sie zuckte mit den Schultern. Als Skye nichts sagte, fuhr sie fort: »Und jetzt wo deine Hochzeit bevorsteht, dachte ich, ihr solltet vielleicht noch einmal reden, reinen Tisch machen, bevor ... bevor es kein Zurück mehr gibt.«

»Ich liebe Al.«

»Das bezweifle ich ja gar nicht! Ich wollte nur ...« Sie hielt inne. »Hör zu, ich will damit nicht sagen, dass Alasdair nicht der Richtige ist, ich kenne ihn ja gar nicht. Er ist bestimmt ein ganz toller Kerl, und ihr seid wie füreinander geschaffen. Aber wenn es da tatsächlich noch unausgesprochene Dinge zwischen dir und Lochlan gibt …? Deshalb sagte ich, ›reinen Tisch machen‹. Du willst doch nicht deine Ehe mit einem Fragezeichen beginnen, oder?«

Skye blinzelte verwirrt. »Und er steckt bestimmt nicht dahinter?«

»Skye, wir sind *nie* einer Meinung. Nicht mal darüber, dass das Gras grün ist.«

»Tja, dann …« Sie war ratlos.

»Es ist bloß eine Beobachtung von mir. Ich werde dafür bezahlt, dass mir Dinge auffallen und ich die Leute darauf anspreche – selbst wenn das manchmal alles andere als willkommen ist.« Sie zuckte mit den Schultern. »Entschuldige, falls ich zu weit gegangen sein sollte.«

Die Kantinenfrau kam erneut an ihren Tisch. »Ich hatte Ihren Keks vergessen«, sagte sie und stellte ihn Skye auf einem Unterteller hin.

Da nahm Alex ihren doch zur Hand und biss ab. »Mm, köstlich«, sagte sie und bemerkte dabei, wie Skye abwesend ins Leere starrte.

Der Wind kam aus Nordwest, ein kalter, schneidender Wind, der ihr ins Gesicht blies, aber es fiel ihr nicht ein, klein beizugeben, auch wenn sie sich dagegenstemmen musste. Bald würde sie den Vorsprung erreichen, und dann würde der Küstenwanderweg – soweit man von so etwas sprechen konnte – wieder zum Landesinnern abschwenken und sie hätte den Wind im Rücken. Links von ihr erstreckte sich stahlgrau wogend die irische See. Der Sturm von letzter Woche war zwar vorbei, aber nicht vergessen, und sie fragte sich, was das Wetter wohl noch zu bieten haben würde. Beeindruckend, was für eine große Rolle die Witterungsverhältnisse im Alltag der Inselbewohner spielten. Das war in der Stadt ganz anders, da war die Distanz zu den Elementen viel größer. Der Himmel hing bleiern über ihr, Wolken jagten vorüber, und immer wieder brach kurz die Sonne durch und schickte einen hellen Strahl wie einen Dolchstoß hinab aufs Land und erleuchtete die Wolken von unten und auch das graue Meer. Dort oben, über den Wolken, da scheine ich noch, schien sie zu sagen, dort oben im Himmelsblau.

Sie warf während des Laufens einen Blick auf ihre Apple Watch: 6,4 Meilen hatte sie schon hinter sich, blieben nur noch 3,7. Bis jetzt war es stetig bergauf gegangen, aber der Gipfel war bald erreicht, und dann ginge es nur noch bergab, was gut war, denn ihre Muskeln brannten.

Sie kam an zottigen Schafen und noch zottigeren Highlandrindern vorbei, die hinter die Weideflächen eingrenzenden Trockenmauern standen und sie unter dichten Fransen hervor anstarrten. Immer wieder kam sie an mächtigen, bemoosten Felsblöcken vorbei; sie boten ein wenig Windschutz, wofür sie dankbar war. Unter Aufbietung all ihrer Willenskraft beschleunigte sie das letzte steile Stück, ehe der Pfad sich von der zerklüfteten Küste ab- und dem hügeligen Inland zuwandte. Zumindest laut Karte. Aber als sie die Anhöhe erreichte und um einen Felsen bog, blieb sie abrupt stehen. Nicht etwa, weil sie nicht mehr konnte, sondern wegen der atemberaubenden Schönheit des Ausblicks. Die Sonne fiel in schrägen Strahlen durch die Wolken und erhellte die stahlgraue See, ließ die steilen Felsklippen silbern leuchten. Wären in diesem Moment die Götter in feurigen Streitwägen über den Himmel gezogen, sie hätte sich auch nicht mehr wundern können. Diese Landschaft, diese Insel, besaß etwas Episches, mal kahl und trostlos und dann wieder majestätisch schön – je nach den Lichtverhältnissen.

Alex stand still da, mit langsam auswippendem Pferdeschwanz, die Hände keuchend in die Hüften gestemmt. Sie erblickte eine verwitterte alte Holzbank und ließ sich langsam daraufsinken. Mit einem dankbaren Stöhnen blickte sie aufs Meer hinaus und sog die frische, kalte Luft in tiefen Zügen ein. Weit unten fuhr die Fähre vorbei, auf diese Entfernung viel weniger hässlich als aus der Nähe.

Ein Rotkehlchen landete neben ihr auf der Banklehne und musterte sie neugierig. Alex griff in die Tasche ihrer Wetterjacke und holte einen Keks hervor, den sie bei einem ihrer Kaffeebesuche in der Kantine vor den blaubekittelten Damen versteckt hatte. Sie zerkrümelte den Shortbread Finger und streute die Krümel auf die Lehne. Das Rotkehlchen wartete einen Moment lang ab, dann kam es auf seinen Streichholzbeinchen herbeigehüpft und begann die Krumen aufzupicken. In diesem Moment knackte hinten im Gebüsch ein Zweig, und der Singvogel flatterte erschrocken auf und davon.

»Ach«, murmelte Alex, als sie einen Igel schnüffelnd aus dem Gebüsch hinter der Bank hervorkommen sah. Sie kramte in ihren Taschen nach ein paar Krümeln, doch was sie auf der Banklehne verteilte, waren hauptsächlich Flusen aus ihrer Jackentasche.

Sie gab auf. Da fiel ihr Blick auf eine kleine Plakette, die in die Banklehne eingelassen war. Sie musste erst ein wenig verrottetes Laub aus der Eingravierung kratzen, ehe sie die Inschrift lesen konnte.

Zum Gedenken an EC
Ein Ausblick auf seine geliebte Heimat Amerika.
CF 1918

Die Bank war fast einhundert Jahre alt! War das möglich? Wie konnte sie überhaupt noch stehen? Alex rüttelte probehalber sanft an der Lehne, aber die Schrauben hielten. Nun, das Gebüsch bot sicher Windschutz, und wahrscheinlich kam sowieso fast nie jemand her, um sich auf die Bank zu setzen. Eigentlich schade, wo doch die Inschrift verriet, dass dies einst das Lieblingsplätzchen von jemandem gewesen sein musste.

Amerika also, hm? Schwer vorstellbar, dass von hier aus nichts mehr zwischen ihr und diesem riesigen Kontinent lag als das Meer.

Sie schaute den am Himmel segelnden Seemöwen nach. Ihr fiel ein, dass sie heute Morgen beim Frühstück gehört hatte, wie Mrs Peggie den neuen Gästen – einem Rentner-Ehepaar aus Leeds – erzählte, dass manchmal sogar Papageientaucher von den äußeren Inseln hierhergeweht würden. Heute waren jedoch keine zu sehen.

Keine Papageientaucher und auch kein Lochlan. Als sie von ihrer Kaffeepause mit Skye zurückgekehrt war, hatte sie sein Büro verschlossen und finster vorgefunden, kein Licht brannte drinnen. Hamish gab ihr die Auskunft, er sei »auf irgendeinem Meeting«, aber das bezweifelte Alex. Dieses »Meeting« konnte sowohl die Dame im Bettlaken wie irgendeine Bank oder Steuerbehörde oder einen Torfstecher betreffen; Tatsache war, dass er wahrscheinlich vor allem ihr aus dem Weg gehen wollte.

Der Rest des Tages war dennoch nicht verschwendet gewesen. Sie erhielt endlich eine richtige Besichtigungstour und konnte in der Praxis erleben, was sie sich angelesen hatte. Aus reinem Interesse ging sie über Sholtos Auftrag hinaus und ließ sich den Arbeitern vorstellen, sprach mit einigen Vormännern. Genau genommen war es für ihre Beurteilung des Bosses nicht nötig, mit den Arbeitern zu reden, und es ging hier eigentlich ja auch um keine Leistungssteigerung; es war unwichtig, was sie von ihm hielten. Wichtig war nur, was *er* tat und dachte. Aber wenn er ihr partout aus dem Weg gehen wollte, musste sie sich ihre Informationen anderweitig beschaffen, musste versuchen, seine Schwachstellen zu orten. Skye war definitiv eine davon, aber die Gespräche mit seinen Senior Managern hatten sich ebenfalls als recht ergiebig erwiesen. Sie bestätigten, was Skye gesagt hatte, vor allem was seine Aggressivität betraf und die Entfremdung von seinem Umfeld, die bereits Torquil angedeutet hatte, als er von den Vorstandssitzungen erzählte, in denen Lochlan gegen den Widerstand aller seinen Kopf durchzusetzen versuchte.

Es war klar, dass Lochies Sieg wertlos war und dass unter dem Personal der Eindruck herrschte, er würde von geborgter Zeit leben. Alex neigte zu derselben Ansicht. So wie sich das alles anhörte, wurde der Druck zunehmend unerträglich und seine Frustrationen brachen sich Bahn. Ein typischer Gamma, so hatte es Louise ja auch bereits eingeschätzt. Normalerweise wurde Alex im sogenannten Betastadium zu Hilfe geholt, wenn die ersten Anzeichen, dass es so nicht weitergehen konnte, die ersten Zweifel an der eigenen Leistung, deutlich wurden. Und nicht erst, wenn Frustration, Destruktivität und antisoziales Verhalten bereits überkochten, so wie hier, und in eine offene Revolte gegen den Status quo mündeten. Dennoch hatte sie auch bereits einige solche Kandidaten gehabt und wusste daher, dass ihm nur zwei Möglichkeiten blieben: zurück auf alte Pfade. Oder Änderungen erzwingen.

Sie konnte sich denken, wofür er sich entscheiden würde.

Froh darüber, dass dieser Konflikt nicht ihrer war, holte sie mit einem müden Seufzer ihr Handy hervor. Diese abgelegene Stelle war so ziemlich der einzige Ort, den sie gefunden hatte, wo sie problemlos Empfang hatte und wo sie nicht in den Hörer brüllen musste, um verstanden zu werden, oder sich mit lebensgefährlichen Verrenkungen aus dem Fenster lehnen. Sie scrollte ihre Kontakte durch, fand was sie suchte, und drückte auf Anruf. Dann wartete sie darauf, dass am anderen Ende jemand abhob.

»Hallo, ich bin es«, sagte sie und betrat mit einem tiefen Atemzug ihr eigenes Kriegsgebiet. »Wie geht es ihm heute?«

12. Kapitel

Islay House, Islay, 5. Februar 1918

Der Wind drehte heulend seine Runden ums Haus, rüttelte an den Fensterscheiben und fuhr in die Seiten des Buches, das ihre Mutter umgeklappt auf dem Fenstersitz zurückgelassen hatte; Clarissa war offenbar nicht die Einzige, die sich, sobald sie Zeit hatte, die Nase an der Scheibe platt drückte.

Sie beugte sich vor und nahm eine Socke aus dem Korb mit den Flicksachen zu ihren Füßen. Ein Loch im Zeh, das es zu stopfen galt. Den Kopf über die Arbeit gebeugt, strich sie sich wiederholt das blonde Haar aus dem Gesicht, das sich aus ihrem Haarknoten gelöst hatte. Ihre Fingerspitzen waren schwielig und von kleinen Nadelstichen markiert, aber darauf achtete sie nicht. Die Arbeit ging ihr flink und nahezu automatisch von der Hand. Sie hätte sie im Halbschlaf erledigen können, so selbstverständlich wie das Atmen. Heute war Dienstag und morgen war Mittwoch, aber ein Tag ähnelte dem anderen, ein Abend dem anderen.

Sie hob jäh den Kopf. »Was war das?«

»Hm?« Ihr Vater, der wie immer am Kamin saß, blinzelte.

»Ich dachte, ich hätte was gehört.«

Sein Blick huschte durch den Raum, dann schüttelte er den Kopf. »Nein, das ist bloß der Wind.«

Mit leicht gerunzelter Stirn nahm sie ihre Arbeit wieder auf. Nach der Socke kam ein Pullover ihres Vaters, an dem sich die Motten vergriffen hatten, und danach ihre eigene Tagesdecke, aus ihrem Zimmer. Und wenn es ihr danach noch immer nicht reichte, könnte sie sich ja ans Sockenstricken machen. Sie war darin mittlerweile so geübt, dass sie zwei Socken gleichzeitig stricken konnte. Ihr Vater behauptete immer, wenn das so weiterginge, würden sie und ihre Mutter die Alliierten im Alleingang zum Sieg stricken.

Sie warf einen Blick auf ihre Mutter, die im Sessel eingedöst war und deren Socken unter ihrem langen Kleid hervorspitzten. Schwere körperliche Arbeit war etwas, das sie nie hatte tun müssen; Clarissa selbst konnte sich kaum daran gewöhnen, ihre Mutter mit verschwitztem, verdrecktem Gesicht zu sehen. Mutter war immer eher schmückendes Beiwerk gewesen, weich und wohlriechend, mit einem perlenden Lachen und hübschen Augen. Einen Sohn an den Kriegsdienst abgeben zu müssen war zu viel für ihre zarten Nerven.

Als sie ihren Blick wieder aufs Feuer richten wollte, streifte er den Spiegel. Erschrocken keuchte sie auf. Was war das? Sie fuhr herum, um selbst zu sehen, was sich dort spiegelte, ihre Stopfarbeit selbstvergessen auf dem Schoß. Sie stand auf und erstarrte.

»Großer Gott.«

Ihr Vater blickte auf. »Was …?« Er erhob sich ebenfalls und trat zu ihr ans Fenster.

Der Himmel hatte sich teuflisch rot gefärbt, wie der Vorhof zur Hölle, das Flackern erstreckte sich von einem Ende des Horizonts bis zum anderen, und die schwere See darunter funkelte tückisch.

»*Rot bedeutet, dass U-Boote in der Nähe sind, oder, Vater?*«

Er nickte grimmig, die Hände hinter dem Rücken gefaltet. Die Entfernung war zu groß, um Einzelheiten auf dem Wasser erkennen zu können.

»*Sollten wir nicht ... sollten wir nicht zum Hafen runtergehen?*«, *fragte sie zögernd.* »*Vielleicht ist ein Schiff in Not.*«

Ihr Vater schwieg einen Moment lang. »*Das ist ein Warnsignal, nichts weiter.*« *Er wandte sich ab und wankte mit seinem Gehstock, der dumpf auf den Teppich pochte, wieder zum Feuer zurück.*

»*Aber wenn es nun Verletzte gibt? Wir könnten möglicherweise helfen.*«

»*Dir geht schon wieder die Fantasie durch, Kind, damit musst du aufhören. Es ist nur ein Warnsignal, sage ich dir. Außerdem könnten wir in der Dunkelheit und bei diesem Sturm ohnehin nichts ausrichten.*« *Wie aufs Stichwort holte der Wind mit neuerlichem Heulen Anlauf und warf sich gegen die alten Steinmauern.* »*Ich werde gleich morgen früh nachsehen.*«

»*Aber Vater ...*«

»*Ich sagte, ich kümmere mich darum! Und jetzt denk nicht länger daran. Was immer da auch vorgehen mag, es ist nichts für Frauen, das kannst du mir glauben. Also Schluss jetzt*«, *befahl er streng.*

Clarissa starrte voll Bitterkeit ins Feuer. Aber sie nahm gehorsam wieder ihre Stopfarbeit zur Hand. Ihre Mutter lag immer noch leise schnarchend auf der Chaiselongue. Es war eine Nacht wie jede andere.

Es war noch dunkel, als sie hastig in ihre Kleider schlüpfte, in ihrem kleinen Kamin glimmten noch die Reste eines Feuers. Der Wind hatte nicht nachgelassen – wenn überhaupt, sogar noch zugenommen –, als sie, den Kragen ihres Mantels fest umklammert, auf leisen Sohlen nach unten huschte, durch die Küche und zur Hintertür hinaus.

Sie rannte durch den Kräutergarten und fand Mr Dunoons Fahrrad genau da, wo er es immer abstellte: an der Wand der kleinen Töpferei. Dort lehnte es und erwartete die Rückkehr seines Besitzers, als wäre er nur auf eine Tasse Tee gegangen und nicht zu den Schlachtfeldern Europas, um als Soldat zu kämpfen. Sie ergriff den Lenker – wobei sie darauf achtete, nicht an die Klingel zu kommen –, schwang ein Bein über die Stange und radelte, die Röcke über einem Arm, die Auffahrt hinab, so schnell sie konnte. Sie hatte kaum ein Auge zugetan, sich in fiebrigen Wachträumen gewälzt, es hatte ihr keine Ruhe gelassen, etwas, ein unerklärlicher Instinkt, trieb sie dazu, sich auf den Weg zu machen.

Sie radelte durch die Gärten den immer holperiger und schwieriger werdenden Pfad entlang, und dabei wurde ihr mehrmals beinahe der Hut vom Kopf gerissen. Hinaus durchs Gatter und über windumtoste Hochmoore, bergab zum Hafen. Ihre Augen tränten im Wind, es gab Schneeregen, und die Temperaturen lagen unter dem Gefrierpunkt. Welcher Teufel hatte sie geritten, bei dem Wetter ihr warmes Bett zu verlassen? Was sollte es schon zu sehen geben? Ihr Vater hatte gesagt, es sei bloß ein Warnsignal für andere Schiffe gewesen, nichts weiter.

Aber als sie keuchend näher kam, als sie aus dem Sattel ging, um das letzte Steilstück zu überwinden, sah sie, dass unten im kleinen Hafenstädtchen Geschäftigkeit herrschte: Ein Karren mit einem Pferdegespann stand auf dem Strand, und Rauch stieg aus Kaminen, die um diese Zeit eigentlich noch nicht in Betrieb waren. Es war noch viel zu früh, der Morgen war noch nicht angebrochen, eigentlich sollte noch niemand auf sein, nicht einmal die Bauern; am Horizont zeichnete sich ein schmaler Streifen Morgensonne ab, als zögere sie zu beleuchten, was hier geschehen war.

Mit sich zusammenziehendem Magen trat sie härter in die Pedale und erreichte die Kurve, die zum Hafen hinab führte. In diesem Moment kam ein Windstoß und riss ihr den Hut vom Kopf. Mit flatterndem blondem Haar sauste sie an den weiß gekalkten Fischer-Cottages, die den Hafen säumten, vorbei. Weinende Frauen säumten die Straße.

»Was ...« Sie warf ihr Fahrrad beiseite, die Räder drehten sich noch. »Was ist hier passiert?«, fragte sie keuchend.

»Ein amerikanischer Truppentransporter wurde in der Nacht von Torpedos getroffen«, stieß Maggie MacFarlane hervor und tupfte sich die Augen mit einem Zipfel ihres Schals ab. »Diese armen, armen Burschen.«

Clarissa erschrak zutiefst. Der rote Himmel! Sie hatte es gewusst! Hatte es irgendwie gefühlt. »Gibt es Überlebende?«, erkundigte sie sich mit einem Anflug von Scham darüber, dass sie sich so leicht von ihrem Vater hatte beschwichtigen lassen, warm und gelangweilt in ihrem großen Anwesen.

»Sieh selbst.« Morag McKenzie wies mit dem Kinn auf die breite Sandfläche, die von der Ebbe freigelegt worden war. Dort türmten sich Algen- und Seetangreste. Und dazwischen lagen die Leichen von Soldaten. Zahllose Leichen, einige lagen mit dem Gesicht im Sand, andere waren

vollkommen nackt, wieder anderen hingen die Kleider in Fetzen vom Leib, aufgerissen an den scharfkantigen Felsen, auf denen sie als Kind so gern herumgeklettert war, um Muscheln zu suchen.

O nein.

Sie rannte dorthin, zu den Männern, die die Toten behutsam auf den Karren von Bauer Kilearan luden. Seine kräftigen Gäule standen bereit, die großen Räder wieder aus dem Sand zu ziehen.

»Mr McLachlan«, rief sie und blieb atemlos bei einem Mann stehen, der soeben einen jungen Soldaten mit einer Decke verhüllte. Der Wind peitschte ihr den Schneeregen ins Gesicht, ihre Haut war ganz rot, das Haar wurde ihr immer wieder vor die Augen geweht.

»Geh, Mädchen, hier hast du nichts verloren.«

Sie strich sich das Haar aus dem Gesicht. »Bitte, gibt es Überlebende?«

Der Bauer sah zu ihr auf. Er wirkte zu Tode erschöpft, schien die ganze Nacht lang auf gewesen zu sein. Sein Gesicht war blau angelaufen, und er war nass und erschöpft und hungrig. Ihr fiel auf, dass er keine Jacke anhatte, und sein Hemd klebte ihm feucht am Körper. »Acht. Glauben wir zumindest.«

»Acht?«, flüsterte sie. Waren das alle, die von einem ganzen Truppentransporter übriggeblieben waren?

»Der Sturm hatte Windstärke zehn. Weiß nicht, wie es die hier überhaupt geschafft haben.« Er wies mit dem Kinn auf die andere Seite des Strandes, wo sich hohe Klippen und Felsbrocken auftürmten – in der Nacht eine tödliche Gefahr, jetzt jedoch boten sie dem Häuflein Überlebender ein wenig Schutz vor Wind und Wetter. Ein paar

Frauen waren dort und teilten heiße Suppe aus. Die Überlebenden saßen in Decken gewickelt zusammengekauert im Sand, einigen hatte man Mäntel umgehängt oder was immer verfügbar war. Waren sie die ganze Nacht im Wasser gewesen? Unvorstellbar, dass jemand bei diesen Temperaturen, und gar so lange, überleben konnte.

»Was kann ich tun? Bitte, wie kann ich helfen?« Sie packte Amy MacKenzie, eine Näherin, beim Arm.

»Wir warten nur auf den Karren des alten Euan, um die armen Kerle wegzuschaffen. Sie können nicht gehen – einige sind schwer verletzt, aber hauptsächlich wegen Schock und Unterkühlung. Sie müssen so schnell wie möglich vom kalten Strand weg und ans warme Feuer. Lauf hoch zum Hotel und sag ihnen, sie sollen Wasser heiß machen, damit sie baden können, und sag Muirne, wir brauchen mehr Kleidung, jede Menge warme Sachen, so viel sie auftreiben können. Die Armen holen sich hier sonst noch den Tod. Schnell jetzt, um den hier steht es gar nicht gut.« Sie wies unauffällig auf einen jungen Soldaten, der heftig zitterte und dessen Augen rotgerändert waren, die Lippen eisblau angelaufen. »Und wenn du fertig bist, löse Molly Buchanan ab. Sie ist schon seit Stunden mit Butterstampfen beschäftigt, bestimmt fällt ihr schon der Arm ab.«

»Butter?«, fragte Clarissa perplex.

»Für Scones. Diese Burschen brauchen was zwischen die Zähne, um wieder zu Kräften zu kommen.«

Abermals verspürte Clarissa tiefe Scham. Da wälzte sie sich die ganze Nacht in einem warmen Federbett, ein Feuer im Kamin, während diese armen Burschen ...

Sie warf einen Blick aufs Meer. Schaumkronen zeichne-

ten sich auf den Wellen ab, die sich mit wildem Ungestüm an den Strand warfen und sich wütend an den vorgelagerten Felsen brachen, die wie spitze Zähne aus den Fluten ragten. Die Gischt spritzte hoch bis zum trüben grauen Morgenhimmel. Es gab keinerlei …

»Was ist das?« *Sie deutete erschrocken zu einigen Felsen hinauf. Etwas Bleiches zeichnete sich durch Schneeregen und wogende Nebelschwaden ab. Stirnrunzelnd versuchte sie etwas zu erkennen.*

»Was?« *Amy spähte ebenfalls dorthin.*

»Da oben scheint jemand zu sein. Siehst du nicht? Zehn Meter hoch, da oben … da liegt einer!«

Ihr wurde ganz schlecht. Der Mann lag auf dem Rücken, sein Kopf hing nach hinten, der weiße Hals war entblößt. Ein Bein war am Knie angewinkelt, es stand in einem grotesken Winkel nach außen ab.

»Mein Gott!«, *schrie Amy.* »Da oben liegt noch einer! Da!« *Sie raffte ihre Röcke zusammen und rannte zu Donald McLachlan.* »Donald!«

Der Ackerbauer blickte auf. »Lebt er noch?«

»Keine Ahnung! Ihr müsst kommen, schnell!«

Aber Clarissa war längst losgelaufen, sie watete bereits mit gerafften Röcken ins Wasser. Es stand ihr bis zur Hüfte und machte Kleid und Unterröcke bleischwer. Sie kam kaum vorwärts, und die Ebbe saugte an ihren Kleidern, drohte sie aufs offene Meer zu ziehen.

»Raus da! Komm sofort raus aus dem Wasser!«

Sie hörte die Rufe, achtete aber nicht darauf und watete voran. Weiter durfte sie sich allerdings nicht hinauswagen, aber wenn sie es schaffte, hinter die vorgelagerten Felsbrocken zu kommen, könnte sie daran hochklettern und auf diese Weise von hinten zu ihm hinaufgelangen! Es war die einzige Möglichkeit.

Aber es war schwerer, als sie dachte – nicht dass sie groß überlegt hatte; ihre Beine hatten sich wie von selbst in Bewegung gesetzt. Das Wasser war so kalt, so eisig, dass es ihr den Atem raubte. Schon klapperten ihr die Zähne, sie war nass bis zur Taille, und ihre Röcke zerrten an ihr. Dennoch gelang es ihr einen Felsen zu packen und sich hinaufzuziehen, nachdem sie eine Welle abgewartet hatte, die ihr einen Schubs gab. Es war eine Anstrengung, die ihre Kraft beinahe überstieg – obwohl sie sechzehn Stunden pro Tag auf den Feldern schuftete. Aber sie kämpfte sich irgendwie weiter, froh, aus dem kalten Wasser raus zu sein, auch wenn ihre Röcke an ihren Beinen zogen wie Tiere und das Vorankommen erschwerten.

Hinter ihr schlug eine enorme Welle an den Felsen und besprühte ihren Rücken peitschend mit Gischt. Sie fiel nach vorne. Salz drang in ihre aufgerissene Haut, und sie schrie auf vor Schmerz. Andere Schreie drangen an ihr Ohr, und sie blickte sich flüchtig um. Donald McLachlan – und andere – waren nun ebenfalls ins Wasser gewatet und winkten ihr wild zu, sie solle umkehren.

Clarissa rappelte sich wieder auf die Beine und kletterte weiter, mit blutig zerkratzten Händen, die allerdings taub waren vor Kälte. Sie hatte ihn beinahe erreicht, nur noch ein halber Meter; sie sah bereits seine Finger, die über den Felsen ragten wie Aussichtsposten. Als sie um eine Felsnase kletterte, lag dort ein einzelner, mit Nägeln beschlagener Soldatenstiefel, noch fest zugeschnürt. Mit welcher Gewalt er ihm vom Fuß gerissen worden war, daran mochte sie gar nicht denken. Sie erschauderte. Immer wieder rutschte sie auf dem glitschigen Seetang aus, während sie sich zu ihm hinaufarbeitete, gab aber nicht auf. Die Wellen brachen sich unter ihr an den Felsen, eiskalte Gischt spritzte zu ihr hinauf, die umso schlimmer zu ertragen war, als der bitterkalte Wind ihre nasse Haut unter der Kleidung noch mehr abkühlte.

»Ich komme!«, rief sie ihm zu und wunderte sich, wie schwach ihre Stimme war. »Ich bin fast da, warten Sie, ich komme!«

Mit letzter Anstrengung hievte sie sich zu ihm hinauf. Sein Kopf lag vor ihr, seine Augen waren geschlossen, der Körper grotesk verrenkt. Seine Haut war derart bleich, als sei er vollkommen ausgeblutet.

»Hallo?«, flüsterte sie ängstlich. Sie hatte noch nie einen Toten gesehen, geschweige denn angefasst. Zögernd berührte sie seine Wange. Sie war so kalt, und der erste zarte Bartflaum zeichnete sich darauf ab. Er trug nur seine wollene Unterwäsche, aber die war klitschnass. Schutz vor der Kälte bot ihm das nicht mehr, im Gegenteil, der kalte Wind, der in die nassen Kleidungsstücke fuhr, würde seine Körpertemperatur noch mehr abgesenkt haben.

Er schien nicht älter als zwanzig, einundzwanzig zu sein. Genauso alt wie Percy, aber jünger als Phillip, der gerade zweiundzwanzig geworden war, als der Panzer, in dem er Dienst tat, über eine Landmine rollte. Aber das war momentan zweitrangig. Hier war ein weiterer junger Mensch, der dem Leben entrissen worden war, ehe es richtig beginnen konnte. Sie nahm seine reglose Hand in ihre und flüsterte: »Es tut mir so leid«.

Nun tauchte auch Donald McLachlan unter ihr auf. »Komm sofort da runter, Mädel!«, rief er und streckte zor-

nig den Arm hoch. »Was hast du dir bloß dabei gedacht? Du hättest umkommen können!«

Sie blickte mit Tränen in den Augen zu ihm hinab. Es war alles vergebens gewesen. Ihre Hoffnungen auf Wiedergutmachung hatten sich ebenso zerschlagen wie der Körper des jungen Soldaten an den Felsen. »Zu spät«, sagte sie mit einem hoffnungslosen Kopfschütteln.

Donalds Gesicht fiel in sich zusammen, Zorn wandelte sich in Verzweiflung. Er ließ die Schultern hängen.

Da spürte sie, wie sich die Hand, die sie umklammert hielt, regte. Ein Finger zuckte.

*Islay, in den frühen Morgenstunden des Dienstag,
12. Dezember 2017*

Alex warf sich rastlos von einer Seite auf die andere, aber der Schlaf wollte nicht kommen, ihre Gedanken wollten nicht aufhören zu kreiseln. Wie konnte sie mit einem Klienten arbeiten, der nicht mit ihr reden wollte? Sie hatte es auf die freundschaftliche Tour versucht, mit einem Frontalangriff, mit Provokation ... nichts half so richtig. Der Mann war schlüpfrig wie ein Fisch, er ließ sich einfach nicht einfangen.

Er konnte ja nicht wissen, dass für sie ein Aufgeben nicht infrage kam, dass sie hierbleiben und nicht eher gehen würde, als bis es geschafft war. Daran konnten weder seine Spielchen noch seine Einschüchterungsversuche etwas ändern. Er konnte sie rauswerfen, anschreien, links liegen lassen oder demütigen ... sie würde trotzdem gewinnen. Weil ihr gar keine andere Wahl blieb. Denn dieser Auftrag war die Krönung ihrer ganzen Bemühungen, der Lohn von vierzehn Jahren Schufterei, der Gipfel ihrer Karriere. Nein, das würde sie sich nicht von einem arroganten Egoisten nehmen lassen, der sich aufgrund seines Geburtsrechts dazu ermächtigt fühlte, seine Eigeninteressen über die aller anderen zu stellen.

Sie wälzte sich nach rechts, schlug die Augen auf und starrte seufzend in die Dunkelheit …

Aber es war gar nicht dunkel.

Sie fuhr kerzengerade hoch und starrte erschrocken auf den roten Glanz, der ihr Zimmer erhellte wie im Rotlichtbezirk. »O mein Gott!«, rief sie aus, schlug ihre Bettdecke zurück und rannte ans Fenster. Der Himmel war blutrot.

Der Schein konzentrierte sich auf ein Gebiet rechts von ihr, jenseits der Hochmoore, und sie wusste sofort, um was es sich handeln musste.

Kentallen stand in Brand.

Mr Peggies Angewohnheit, Arbeitskleidung und Gummistiefel bei der Hintertür zu lassen, zahlte sich jetzt aus: Sie waren in wenigen Minuten unterwegs. Obwohl er schon über achtzig war, konnte er noch recht flink sein, wenn es die Umstände erforderten. Sie nahmen den Traktor, falls sie irgendwelche Lasten übernehmen müssten. Mrs Peggie wollte im Landrover nachkommen, sobald sie sich »etwas Anständiges« angezogen hatte.

Alex saß stocksteif neben dem Alten, während der Traktor mit Höchstgeschwindigkeit durch die Nacht

Richtung Hafen rumpelte. Im Scheinwerferlicht sah sie, wie sich die Grashalme bogen und wie der Wind die Bäume rüttelte. Die Elemente waren nicht auf ihrer Seite.

»Die Feuerwehr wird doch schon da sein, oder?« Sie schaute hoffnungsvoll zu Mr P. hinüber.

Seine Miene war nicht ermutigend. »Es gibt 'ne Wache in Bowmore, zehn Meilen von hier, in Port Ellen haben wir nur Freiwillige. Die werden jede Hand brauchen, bis die Jungs aus Bowmore eintreffen.«

Alex spürte, wie sie sich unwillkürlich versteifte und die Furcht sich wie Blei in ihren Adern ausbreitete. Mit hochgestellter Forke holperten sie über den mit Wurzeln überwachsenen Weg. In der hohen Fahrerkabine hatten sie immerhin den Vorteil eines guten Ausblicks. Alex keuchte erschrocken auf, als sie um die letzte Anhöhe kamen und der Ort unter ihnen ausgebreitet lag. Was sie erwartete, war eine fast apokalyptische Szene: Hin und her rennende Gestalten zeichneten sich vor hoch aufschlagenden Flammen ab, und sie konnten das Knistern und Röhren fast bis hierher hören, die Hitze fast schon spüren.

... Knistern und Knacken. Husten, rauchgeschwängerte Luft ...

»Es ist der Kornspeicher«, bemerkte Mr P. grimmig. Er riss das Lenkrad nach rechts und bog von der Straße ab auf den Zufahrtsweg zur Destillerie. Viele Dörfler waren dort unterwegs – meist Männer und halbwüchsige Burschen –, die Frauen mit kleinen Kindern waren zurückgeblieben. Entsetzt standen sie vor ihren Häusern und hielten ihre Jüngsten umklammert, damit sie ihnen nicht wegrennen konnten. Nicht wenige weinten oder schüttelten den Kopf, die Hand sprachlos auf den Mund gepresst, und verfolgten das Inferno auf der anderen Seite der Bucht.

Langsam näherten sie sich dem weitläufigen Innenhof. Das Flutlicht war eingeschaltet, aber es hatten sich so viele Schaulustige versammelt, dass sie gerade noch durchs gusseiserne Tor kamen, dann ging es nicht mehr weiter. Wieder einmal beschlich Alex der Gedanke, dass sich dieses Tor mit seinen kunstvollen Schnörkeln eigenartig ausnahm vor dem Hintergrund der fast asketischen ehemaligen Farmgebäude. Mr P. musste mehrmals kräftig auf die Hupe drücken, ehe sich eine Gasse öffnete und sie von den entrückten Menschen durchgelassen wurden. Immerhin bahnten sie auf diese Weise der Feuerwehr eine Gasse, auch wenn sie leider noch immer nicht eingetroffen war. Mr P. hielt vor der Flaschenabfüllanlage an.

Sie kletterten vom Traktor und hielten unwillkürlich inne, um sich an die enorme Hitze zu gewöhnen – selbst aus der Entfernung war sie ungeheuer, saugte allen Sauerstoff aus ihrer Umgebung ... *es ist so heiß, es verbrennt ihr die Nasenhärchen, kratzt ihr im Hals ...* Alex spürte, wie ihr das Herz klopfte, der Atem sich beschleunigte, wie ihre Augen panisch hin und her zuckten – zu begreifen versuchten, was hier geschah. *Wie sie zu fliehen versucht ...*

Im Auge des Sturms hatte sich eine Art Ordnung herausgebildet: Eine lange Schlange aus Arbeitern zog sich vom großen Lagerhaus, in dem die Fässer reiften und das noch zu den ursprünglichen alten Farmgebäuden gehörte und dicht neben dem Kornspeicher lag, quer über den Hof bis zu der Gruppe von Gebäuden, die sich am weitesten vom Feuer entfernt befanden: Destille, Maische und Lagerhaus. Eins nach dem anderen wurden die großen Fässer über den Hof gerollt und aufgerichtet, mit dem Siegel oben, so wie es sich gehörte.

»Ich seh mal nach, ob ich ihnen mit meinem Traktor helfen kann«, brüllte Mr Peggie über das Röhren des Feuers.

Alex sah ihn erschrocken in der Menge verschwinden und hätte ihm am liebsten nachgerufen, er solle sie bitte nicht allein lassen ... *sie ist allein, ganz allein ...*

Sie schaute sich um. Da war Hamish, der in der Destille arbeitete und sie von der Fähre abgeholt hatte. Mit hochrotem Gesicht und schwellender Stirnader stand er in der Schlange und rollte ein Fass: Er war nicht mehr der Jüngste. Torquil war ebenfalls da, in Hemdsärmeln, mit rußgeschwärztem Gesicht erteilte er hektisch Befehle.

»Alex!«

Sie wandte sich um und sah Skye auf sich zulaufen.

»Großer Gott, ist mit dir alles in Ordnung?«, fragte Alex erschrocken. Skye hatte rot entzündete Augen und ein Gesicht, als wäre es mit Kohlestaub verschmutzt.

»Aye. Wir waren in Panik, wir mussten doch die Flaschen mit den besten Jahrgängen aus dem Besucherzentrum in Sicherheit bringen«, erklärte sie atemlos. Das Feuer spiegelte sich in ihren Brillengläsern. *Flackernd und flatternd streckt es seine Fühler nach ihr aus, versucht sie zu packen ...*

»Kann ich irgendwie helfen?«, erbot sich Alex.

»Ist schon alles erledigt. Wir haben alles in Dads Jeep geladen und zur MacLennan-Farm bringen lassen, auf der anderen Seite der Bucht, wo's windgeschützt ist.« Sie blickte sich schweratmend um, die Hände in die Hüften gestemmt. Ihre Augen füllten sich mit Tränen beim Anblick der brennenden Mälzerei. »Ich kann's einfach nicht fassen.«

Alex starrte ebenfalls hin. Am liebsten hätte sie sich die Ohren zugehalten, um das Röhren und Brüllen des Feuers nicht mehr hören zu müssen. Die meisten Menschen glaubten, dass die Hitze und die Helligkeit des Feuers das Schlimmste wären, aber für sie waren es die Geräusche, die es machte, wie ein Albtraum, ein Monster aus ihrer Kindheit.

»Weißt du, wann es ausgebrochen ist?«

»Vor einer Stunde etwa, heißt es. Ein Nachtwächter von Lagavulin hat den Alarm ausgelöst.«

»Schon vor einer Stunde? Aber wieso ist die Feuerwehr dann noch immer nicht da?« Alex blickte sich panisch um ... *das blanke Entsetzen. Verzweiflung ...* »Ich dachte, das läge nur zehn Meilen von hier. Dafür braucht man doch nicht mehr als zwanzig Minuten.«

»Bei Glenegedale ist die Straße blockiert. Ein Sattelschlepper mit Baumstämmen hat sich auf der vereisten Fahrbahn quergestellt. Da ist kein Durchkommen, ehe sie den nicht von der Straße geräumt haben.«

»Das soll wohl ein Scherz sein!«, rief Alex empört. Was für ein Pech aber auch! Da hatte sich wirklich alles verschworen, wie es schien. Feuer *und* Eis und das auf einer kleinen, schwer zugänglichen Insel. Höhere Gewalt, da konnte man nichts machen.

»Glaubst du, dass die Lagerbestände noch zu retten sind?«, erkundigte sie sich, um Fassung bemüht. Sie merkte erst jetzt, wie sie zitterte.

… rote Flammenzungen. Schwarzer Rauch. Kriecht unter der Tür hindurch. Das Knacken von sich ausdehnendem Glas …

»Weiß nicht. Die Hitze könnte den Alkoholgehalt beeinflusst haben; und der Rauch wird wahrscheinlich durch die Poren der Fässer dringen«, antwortete Skye grimmig. »Das werden wir erst später feststellen können. Vielleicht sind wir ja noch rechtzeitig gekommen.« Sie nagte zweifelnd an ihrer Unterlippe. »Möglich wär's.« Nervös blickte sie in die Flammen, die wirkten, als würden sie einen Tanz für das Publikum aufführen. »Die Destille ist am meisten gefährdet, wegen des Äthanols, weißt du – wir erlauben nicht mal, dass Besucher dort Fotos machen, wegen der Gefahr des Funkenflugs …«

… Explosion. Zerspringendes Glas. Gase, die sich wirbelnd ausbreiten. Die Hitze, der Wind wie ein Saugrohr, das die Flammen anfacht …

»Am schlimmsten wäre es, wenn die Brennblasen zerstört werden würden. Ihnen verdankt unser Whisky seinen typischen Geschmack. Wenn wir die verlieren, wird uns das in zehn, fünfzehn, zwanzig Jahren schwer treffen.«

… das Näherkommen von Sirenen. Blinkendes Blaulicht …

Ein überraschender Laut ließ beide Frauen zusammenfahren, ein Laut, der hier nichts zu suchen hatte. Gebell.

»Rona!«, kreischte Skye.

Alex sah die Hündin weiter hinten auf dem Hof stehen, unweit von Lochies Büro und näher am Feuer. Sie sprang aufgeregt herum und bellte die Flammen an, die sich hinter den Fenstern des großen Gebäudes fast hypnotisch wiegten.

»Rona! Rona! Komm her, Mädchen!«, brüllte Skye und rannte zu dem Cockerspaniel hin, riss ihn in ihre Arme. Die Hündin drückte sich zitternd und mit eingezogenem Schwanz an sie. »Mein Baby! Was machst du denn hier? Wo ist denn …?« Sie stockte und blickte sich entsetzt um. »Wo ist Lochie?«

»Lochie?«, wiederholte Alex und drehte sich verwirrt mehrmals im Kreis, wie ein Kind, das sich selbst schwindlig machen will. Ja, genau. Wo steckte er? Alle waren da, alle halfen mit. Aber von ihm keine Spur.

»Lochie!«, brüllte Skye panisch. Ihre Augen traten hervor, man konnte das Weiße darin erkennen. Sie rannte zur nächsten Gruppe, packte jemanden beim Arm. »Habt ihr Lochie gesehen?«

Eine Frau deutete auf sein Büro, hinter ihnen. Skye rannte sofort hin, Alex folgte ihr. Rona blieb, wo sie war, und hüpfte auf dem Kopfsteinpflaster von einer Vorderpfote auf die andere. Fauchend und knurrend und mit eingezogenem Schwanz bellte sie die Flammen an.

»Lochie?«, rief Skye und stieß die Tür auf. Aber er war nicht in seinem Büro. Sie wirbelte herum. Die Mälzerei lag nur vier Meter entfernt, und die Hitze war enorm, zwang sie, schützend die Hände zu heben. *Alles schmilzt, brennt, lodert, tötet …*

»Wo steckt er?«

Skye rannte zurück auf den Hof, Alex ihr nach. In diesem Moment zersprang eine Fensterscheibe und ließ alle zusammenzucken. Rona lief winselnd zu ihnen und verbarg sich hinter ihren Beinen, drückte den Bauch auf den Boden. Schwarzer Rauch quoll aus dem kaputten Fenster. Beide husteten mit vorgebeugtem Oberkörper, bekamen kaum noch Luft … *sie erstickte … sie erstickte …*

Alex spürte, wie sie beim Arm gepackt wurde, sah, wie sich ihre Füße in Bewegung setzten, und wurde von Skye, die auch Rona gepackt hielt, wieder zurück ins Büro gezerrt. Die junge Frau schlug die Tür zu und ließ Hitze und Rauch draußen. Und auch den Lärm, zumindest teilweise. Aber nichts von dem Schrecken, der sie gepackt hielt. Der war Teil dieser Geschichte, ein Teil von ihnen.

Alex fiel hustend auf die Knie. *Ruß und Toxine fressen sich von innen nach außen, füllen ihre Lunge. Ihre Augen tränen. Sie ist wie blind. Ihre Hände berühren den Boden, der Teppich ist heiß, die Fasern fangen an zu schmelzen …*

Sie hörte Wasser aus dem Hahn rauschen und sah, wie Skye einen Krug füllte, ihn leertrank, noch einmal füllte und damit zu ihr kam.

»Hier, trink das.« Sie drückte Alex den Krug in die Hände.

Alex schaute beim Trinken aus dem Fenster – und das Gefäß entglitt ihren leblosen Fingern.

Sie konnte kein Glied rühren, war wie gelähmt, selbst ihr Herz hatte zu schlagen aufgehört. Ihr Blick war wie gebannt auf das kaputte Fenster gerichtet, oben unter dem Dachstuhl. Sie hatte dort eine Bewegung bemerkt. Sie wartete ab.

Da. Noch einmal.

Sie riss den Mund zu einem lautlosen Schrei auf ... *ein Schrei. Das Fenster rauscht an ihr vorbei ...*

»Was?« Skye hatte bemerkt, dass etwas nicht stimmte. Sie folgte Alex' Blick. Und begriff. »Nein ...«

Blaulicht, das über weiße Wände zuckt. Skye stieß einen fast animalischen Schrei aus ... *wild. Verzweifelt ...* Sie rannte zur Tür und riss sie auf. »Da! Da oben!«, brüllte sie und wedelte wie wild mit den Armen. »Da oben!«

Ein paar Leute, aufgeschreckt durch ihren Schrei, drehten sich zu ihnen um.

»Er ist da oben! Er ist da drin!!«

Entsetzen huschte über die Gesichter, Münder wurden aufgerissen, die Nachricht verbreitete sich in Windeseile. Als die Feuerwehrleute aus dem roten Führerhaus sprangen, zeigten bereits jede Menge Arme in Skyes Richtung, wiesen den Männern den richtigen Weg.

Ein maskierter Feuerwehrmann kam auf Skye zu. »Er ist da drin! Er ist in der Mälzerei!«, brüllte sie. Er begriff sofort und winkte zwei Mann Verstärkung vorbei. Dann verschwanden sie im brennenden Gebäude.

Hervorquellende Augen. Nicht wiederzuerkennen ...

Skye schrie auf, als sie vom Rauch verschlungen wurden. »Er kann nicht da drin sein, nein, nein ...«, schluchzte sie. Alex tätschelte wie betäubt, wie mechanisch die Schulter der anderen. Sie fühlte sich ... entrückt. Weit weg. *Sie sieht von oben, von der Decke aus zu ...*

Skye fing an zu weinen, wurde von herzzerreißenden Schluchzern geschüttelt, klagte und wimmerte, versuchte sich alle paar Sekunden loszureißen. Aber Alex hielt sie fest, den Blick wie hypnotisiert auf Mälzerei und Kornspeicher gerichtet. Alles war rot. Orange. Und die Hitze. Das Chaos. Das Feuer wurde kühner, und die Flammen schlugen von Minute zu Minute höher, wurden vom Wind angepeitscht. Aber die Feuerwehrmänner hatten inzwischen Aufstellung genommen und richteten ihre Schläuche auf das Inferno.

Minuten vergingen. »O Gott, o mein Gott«, jammerte Skye. »Wo bleiben sie denn nur? Warum kommen sie nicht raus? Können sie ihn nicht finden? Sie hätten doch längst rauskommen müssen!«

Aber Alex fehlte die Stimme, ihre Kehle war zugeschnürt, als hätte ihr jemand eine Drahtschlinge um den Hals gelegt. Der Lärm war in weite Ferne gerückt, um sie herum herrschte Stille. Als hätte jemand die Stummschaltung betätigt, betrachtete sie die Welt. Sie sah eine unförmige Gestalt im Rauch auftauchen. Eine Sekunde später wurde ihr klar, was es war: Zwei Feuerwehrmänner hielten Lochlan zwischen sich, der mit hängendem Kopf und schleifenden Füßen herausgebracht wurde.

»Nein!«, schrie Skye und riss sich los, entschlüpfte Alex' kraftlos gewordenem Griff ... *Leblos. Zerbrochen. Tot ...*

Skye stieß die Bürotür auf, und die Feuerwehrmänner schleppten Lochlan hinein, suchten Zuflucht vor Rauch und Hitze, legten ihn auf dem Boden ab. Schon erschien der Notarzt und begann mit der Wiederbelebung, prüfte den Puls, öffnete Lochlans Mund, damit er Luft bekam, begann mit Herzmassage und Mund-zu-Mund-Beatmung.

Zwecklos. Sinnlos. Zu spät …

»Das wird schon wieder«, sagte jemand beschwichtigend, aber Skye schluchzte nur noch lauter.

»Das weißt du doch gar nicht!«, rief sie. »Das kann man nie wissen. Er atmet nicht mehr!«

Sie schaute von oben, aus ihrer Ecke auf ihn herab, weit weg von dem verdreckten Körper, der ausgestreckt auf dem Boden lag, reglos, nicht ansprechbar. *Leblos. Erstickt …* Der Mann, der nichts getan hatte, als ihr das Leben schwer zu machen, der sie seit ihrer ersten Begegnung immer nur beschimpft, verhöhnt und gedemütigt hatte. Ein Mann, der ihr so zuwider war, wie ihr noch nie im Leben ein Mensch zuwider gewesen war. Aber das hieß noch lange nicht, dass er deswegen vor ihren Augen krepieren durfte.

»Los, Lochlan, komm schon! Kämpf gefälligst!«

Ein rauer Schrei, ein wilder, gutturaler Schrei. Ihr Schrei. Als ob sie ihn damit zum Leben erwecken könnte. Als ob er dem Tod von der Schippe springen würde, nur um ihr eins auszuwischen.

Tot. Tot. Tot.

Tot …

Und dann sah sie, wie ein Finger zuckte.

13. Kapitel

Kilnaughton Bay, Islay, 8. Februar 1918

Die Prozession bewegte sich langsam durch das Städtchen. Das Getrappel von Füßen und die melancholische Melodie des Dudelsacks waren die einzigen Geräusche. Die Geretteten marschierten ganz vorne, soweit sie in der Lage waren zu gehen. In ihren schweren Militärmänteln und dem extrem kurzen Haarschnitt unterschieden sie sich von den Tweedanzügen und Kappen, den Röcken und Schals der Einheimischen. Die Männer von der Insel trugen ihr Jagdgewehr über der Schulter, dazu sowohl eine britische als auch eine amerikanische Flagge. Man war auf dem Weg zu dem kleinen Friedhof, den die Männer des Ortes in den vergangenen zwei Monaten am Rande der Bucht angelegt hatten.

Die Erde unter ihren Füßen fühlte sich hart an. Trotz der heftigen Winde und hartnäckigen Schneeschauer hatte es in den letzten Wochen kaum geregnet. Der Vikar führte die Prozession mit würdigem Ernst zu den ausgehobenen Gräbern. Daneben lagen die frisch aufgeschütteten Gräber der gestern Begrabenen. Der Wind hatte bereits die meisten der darauf abgelegten Blumensträußchen weggeweht.

Mit sonorer Stimme sprach der Vikar von »Frieden« und »ewigem Schlaf«, von »Ruhm« und »Ehre«. In diesem Moment flog sinnigerweise eine Schar Nonnengänse in fast militärisch präziser V-Formation am Himmel vorüber. Dann wurden die Ertrunkenen in der fruchtbaren Torferde der Insel beigesetzt, und die Männer gaben mit ihren Gewehren eine dreifache Salutsalve ab, die meilenweit zu hören war.

Islay, Donnerstag, 14. Dezember 2017

Nach dem Feuer kam der Schnee und breitete eine weiße Decke über die sturmgebeutelte Landschaft, verwandelte sie in eine Winter-Postkartenidylle: Schafe drängten sich in kleinen Gruppen an den Trockensteinmauern zusammen, Wildspuren zierten die unberührten weißen Flächen der Moore, und der milchig weiße Himmel ließ zwei Tage lang weder Sonne noch Mond durch.

Und so lange dauerte es auch, ehe trotz des Schnees die letzte Glut in der niedergebrannten Mälzerei verlosch und es aufhörte zu rauchen. Die verkohlten Dachbalken ragten wie ein Gerippe gen Himmel, einige davon waren eingestürzt. Der Feuerwehrhauptmann hatte bestätigt, dass der Brand auf dem Speicher ausgebrochen war, in der Kornkammer, wo man die getrocknete Gerste aufbewahrte. Es hatte sich über die Rinnen rasch nach unten bis zur Mälzerei verbreitet und war schon dabei gewesen, auf die Brennerei mit den kostbaren Brennblasen überzugreifen, als die Wasserschläuche aufgedreht wurden.

Presse und Journalisten trafen innerhalb weniger Stunden ein und drängten sich am Gatter. Sie versuchten die Belegschaft zu befragen, um sich »ein Bild zu machen«, aber Torquil befahl absolutes Stillschweigen, da die Untersuchung ja noch lief und »Sabotage« nicht ausgeschlossen werden könne. Seiner Ansicht nach hatten sie noch »großes Glück« gehabt. Die verlorenen Getreidevorräte ließen sich leicht durch Ankäufe von anderen Brennereien ersetzen; die dicken Grundmauern und das Schieferdach hatten das ihre dazu beigetragen, eine schnellere Ausbreitung des Brandes zu verhindern, und es bestand die Hoffnung, dass zumindest die Grundmauern der großen Scheune zu retten seien; die kostbaren Whiskyfässer waren sämtlich evakuiert worden (ob rechtzeitig, würde sich erst noch herausstellen müssen; diesbezügliche Untersuchungen liefen bereits, aber die Schäden durch Hitze und Rauch ließen sich noch nicht ganz abschätzen). Das Lagerhaus stand nun so gut wie leer. Und, was am allerwichtigsten war, die Destille war unbeschädigt.

Die Brennerei hatte zwar einen Schlag abbekommen, aber er erwies sich nicht als tödlich. Die größte Sorge des Managements war es jetzt (abgesehen davon herauszufinden, wie der Brand entstehen konnte), den Prozess des Mälzens möglichst schnell wieder aufzunehmen. Sie war der erste Schritt in der Whiskyherstellung, von ihr hing alles Weitere ab. Da Lochlan noch im Krankenhaus lag – ganz gegen seinen Willen –, sprang Torquil in die Bresche. Auch Sholto hatte seinen jährlichen Weihnachtsaufenthalt auf Mauritius abgebrochen, um herzufliegen und die Schäden selbst zu begutachten. Selbst Callum war die Nacht durchgefahren und mit der ersten Fähre übergesetzt.

Die niedergebrannte Scheune war abgesperrt worden,

aber davon abgesehen ergriff die Belegschaft ihre eigenen Maßnahmen. Man schrubbte Fußböden und Wände der anderen Gebäude, um Ruß und Asche und vor allem den ätzenden Rauchgeruch loszuwerden. Man machte Inventur und prüfte nach, ob sonst noch alles funktionstüchtig war oder ob irgendwelche Rohre oder Belüftungsanlagen beschädigt worden waren.

Alex selbst ging mit einem Feuereifer ans Werk, der alle überraschte, außer sie selbst. Aber sie hatte das schon einmal erlebt und wusste, dass Schock und Lähmung in so einer Situation der schlimmste Feind waren. Herumsitzen und ins Taschentuch schluchzen half niemandem und änderte nichts. Wenn man Gestank und Ruß loswerden wollte, dann musste man die Ärmel aufkrempeln. Als die Feuerwehr das Gelände am zweiten Tag wieder freigab – nachdem auch die letzte Glut gelöscht und die umliegenden Gebäude auf strukturelle Schäden geprüft worden waren – und die Belegschaft wieder Zugang hatte, war sie deshalb unter den Ersten, die eintrafen. Sie tauschte ihre High Heels und ihr schickes Narciso-Rodriguez-Kostüm gegen eine schwarze Arbeitshose und ein rotes Poloshirt mit Kentallen-Krönchen ein und band ihr vollkommen ungestyltes Haar zu einem Pferdeschwanz zurück. So machte sie sich an die Arbeit. Die befremdeten Blicke, als sie sich Mopp und Eimer schnappte, entgingen ihr keineswegs, aber sie waren ihr egal. Mit der Vehemenz eines Aschenbrödels begann sie mit dem Schrubben. Selbst wenn die Leute anderer Meinung waren, sie war sich nicht zu schade, mit anzupacken und bei den Aufräumarbeiten zu helfen. Sie musste aus Gründen, die sie nie verstehen würden, bei der Wiederauferstehung aus der Asche mitwirken. Außerdem – was hätte sie sonst tun sollen? Lochlan lag mit Rauchvergiftung im Krankenhaus, die Destillerie war außer Betrieb: Eine Arbeit nach Vorschrift kam diese Woche ohnehin nicht infrage. Also half sie Sheila, Liz und Flossie aus der Verwaltung beim Schrubben des Kopfsteinpflasters; sie half Torquil die Reste der verkohlten Gerste und der verdorbenen Mälze mit der Schubkarre abzutransportieren. Sie wurden auf einem Feld unweit der Brennerei zu einem Haufen aufgeschüttet und angezündet; sie lachte mit Callum beim Abspritzen der Destillewände. Und als am Nachmittag dann der lange vorher bestellte, drei Meter hohe Christbaum eintraf, half sie beim Aufstellen und zog mit den anderen an den langen Seilen.

»Ist es nicht zu trivial – ja sogar respektlos –, ausgerechnet jetzt einen Weihnachtsbaum aufzustellen?«, erkundigte sich Torquil auf seine ernste Art bei ihr. »Wo wir doch gerade erst einer schrecklichen Katastrophe entronnen sind?«

»Die Menschen brauchen in schweren Zeiten Trost und Hoffnung, nicht in leichten«, antwortete sie.

Und sie behielt recht. Während der Baum in einer Ecke unweit des gusseisernen Tors errichtet wurde, bereiteten die Damen aus der Kantine große Kannen heißen Tee und Berge von Scones vor, und jemand legte eine Weihnachtsplatte auf und ließ sie über die Lautsprecher laufen. Als an diesem ersten Tag »danach« die Sonne unterging und der Baum plötzlich im Lichterglanz erstrahlte, ging ein großer Jubel durch die Belegschaft: Man hatte in widrigen Umständen Stärke und Gemeinschaftssinn bewiesen.

Die Einzige, die fehlte – abgesehen von Lochlan –, war Skye. Sie war im Notarztwagen mitgefahren und wich auch im Krankenhaus nicht von seiner Seite. Obwohl das, laut jenen, die ihn im Bowmore Hospital besuchten, völlig überflüssig war, wie sie berichteten. Er sei ganz der Alte. Mies gelaunt und rebellisch wie eh und je, trieb er die Krankenschwestern mit seiner Ungeduld fast in den Wahnsinn. Er war in die brennende Tenne gelaufen, um die Staubkollektoren zu entkoppeln, durch die sich der Brand in Windeseile in der ganzen Destille hätte ausbreiten und zu einer gewaltigen Explosion führen können. Eine Heldentat. Aber unglaublich blöd und leichtsinnig. Er hätte dabei umkommen können. *Er* kapierte natürlich nicht, weshalb alle so einen Aufstand machten.

Alex putzte das Fensterglas seines Büros ein wenig kräftiger – da es so nah an der Mälzerei lag, hatte es den meisten Ruß abbekommen. Sie hatte Fenster und Türen aufgerissen und lüftete permanent durch. Auch das Feuer im Kamin ließ sie nicht ausgehen, um Feuchtigkeit und Kälte, die mit dem Schnee kamen, vom alten Gemäuer fernzuhalten. Es gab jetzt, bis auf den mit einem Jutesack bezogenen Sessel, keine Polstermöbel im Raum, auch Teppiche und Vorhänge waren entfernt worden. Das machte ihr die Arbeit ein wenig leichter. Trotzdem musste sie den Steinfußboden fünfmal wischen, ehe das Wasser nicht mehr ganz so schwarz wurde. Nach dem vierten Mal nahm sie seinen Reserveanzug, seine Schuhe und Turnschuhe mit zu sich nach Crolinnhe und hängte sie zum Auslüften in den Windfang unter dem Steinvorbau.

Sie trat zurück und begutachtete ihr Werk, eine zerknüllte, mit Essig getränkte Zeitung in der Hand, die sie zum Wischen benutzt hatte.

»Beeindruckend.« Ironischer Ton, heisere Stimme. Alex fuhr herum. Lochlan stand in der Tür.

»Managementberaterinnen suchen wir im Moment zwar nicht«, fuhr er fort, »aber wir hätten Bedarf an Reinigungskräften – falls Sie interessiert sind.«

Lochlans Augen waren gerötet, und er wirkte trotz roter Wangen und kirschroter Lippen erschöpft und müde.

»Sie sind raus!«, rief sie verblüfft aus. Sie wurde von einer unerklärlichen Erleichterung durchflutet, ihn hier stehen zu sehen, einigermaßen gesund und wohlbehalten. Und immer noch so ätzend und sarkastisch wie früher.

»Hab mich während eines Schichtwechsels der Schwestern rausgeschlichen.«

»Haben Sie nicht.« Ein kleines Fragezeichen hing in der Luft, denn bei ihm konnte man nie wissen – tatsächlich umspielte ein leises Lächeln seine Lippen. Er trat zögernd ein und ging sofort zu dem Sessel.

Sie ließ ihn nicht aus den Augen. Seine Bewegungen wirkten angestrengt und schwerfällig. »Wie fühlen Sie sich?«

»Fit wie ein Turnschuh.«

»Sie sehen müde aus.«

»Würden Sie auch, wenn Sie achtundvierzig Stunden Zwangsbettruhe aufgebrummt gekriegt hätten.« Er sank hustend in den Sessel. Sie ging zum Waschbecken und füllte ein Glas Wasser.

»Hier«, sagte sie und reichte es ihm.

»Krankenschwester auch noch, man hätte Sie im Bowmore gut gebrauchen können«, krächzte er mit hochgezogener Braue. »Übrigens danke für Ihren Besuch am Krankenbett. Sehr nett. Ich wär fast krepiert, behauptet man wenigstens.«

»Bitte gern.«

Sie meinte es scherzhaft, aber als sie sah, wie er sie anschaute, mit seiner üblichen verschlossenen Miene, aber dieses Mal ohne Geringschätzung, sondern vielmehr fragend, fühlte sie sich genötigt hinzuzufügen: »Da Sie meinen Anblick ja kaum ertragen können, hielt ich es fürs Beste, Sie damit zu verschonen. Um Ihre Genesung nicht zu gefährden.«

»Im Gegenteil, dann hätte ich das Vergnügen gehabt, Sie von den Pflegern rauswerfen zu lassen. Das hätte meiner Genesung sogar enormen Auftrieb gegeben.«

Seine Augen funkelten diabolisch – er war in ausgesprochen guter Laune –, und sie ertappte sich dabei, wie sie zurücklächelte. »Kann ich mir vorstellen.«

Eine verlegene Stille trat ein. Sie musste daran denken, wie er leblos hier auf dem Boden gelegen hatte, an ihre Panik und die Dringlichkeit, mit der sie ihn angebrüllt hatte, an die Winzigkeit seiner Reaktion. Sie fühlte sich auf einmal ... entblößt. Als ob man ihr die Maske abgenommen hätte.

Er blinzelte und musterte sie dann von Kopf bis Fuß. »Steht Ihnen sogar, die Uniform. Vielleicht sollten wir Ihnen ja wirklich einen Job besorgen.«

»Haha, sehr witzig.« Sie machte sich auf mehr sarkastische Bemerkungen gefasst.

»Was? Unser kleines Unternehmen scheint Ihnen ja tatsächlich unter die Haut gegangen zu sein.«

»Es gab ja nichts für mich zu tun, während Sie im Krankenhaus lagen.«

»Sie hätten nach Hause fahren können.«

»Das hätte Ihnen wohl so gepasst«, sagte sie scharf. Sie kam sich vor wie eine trotzige Zwölfjährige und nicht wie eine einunddreißigjährige, sehr erfolgreiche Geschäftsfrau, mit einem Flat in Mayfair und einem privaten Vermögensverwalter.

»Hallo.«

Skye war in der Tür aufgetaucht.

»Ach, hallo, grüß dich!«, rief Alex erfreut. »Wie geht's dir?«

»Ach du meine Güte – Alex?«, sagte Skye grinsend und musterte Alex verblüfft. »Ich hätte dich fast nicht wiedererkannt.«

»Ja, einen Pferdeschwanz hatte ich zuletzt auf der Highschool, glaub ich.«

»Haben die dich wirklich auch zur Arbeit eingespannt? Unfassbar.«

»Nein, ich hab mich freiwillig angeboten. Es gab ja sonst nichts für mich zu tun, solange Lochlan sich im Krankenhaus geaalt und die Schwestern schikaniert hat.«

Skye stöhnte. »Ach ja, du hast also schon davon gehört? Der reinste Albtraum war er! Ich glaube, die haben sich noch nie so gefreut, einen Patienten wieder loszuwerden.«

»Ich weiß, wie sie sich fühlen«, erwiderte Alex.

»He, ich bin auch noch hier«, bemerkte Lochlan empört und drehte seinen Sessel vom Kamin weg und zum Schreibtisch hin – und zu Skye. »Was gibt's? Was suchst du hier?«

»Ich wollte bloß fragen, ob du auch deine Medikamente nimmst?«

»Wollte ich gerade.«

»Denk dran, alle vier Stunden ...«

Er nickte ungehalten. »Ja, ja.«

»Selbst wenn du dich gut fühlst. Gerade in der ersten Woche ist es wichtig, dass man sie gewissenhaft nimmt, damit sich nichts entzündet.«

»Ja, danke, ich weiß. Ich komme schon zurecht.«

»Das sagst du jetzt, aber ich kenne dich, du ...«

»Skye, ich hab gesagt, ich komme zurecht, klar?! Ich bin schließlich kein Kind mehr, und du bist nicht ...«

Er unterbrach sich, und Alex sah, wie Skye unwillkürlich den Atem anhielt. Sie war nicht was? Seine Verlobte?

»Du bist nicht meine Mutter«, sagte er mit erzwungener Ruhe.

»Entschuldige, ich wollte bloß helfen«, antwortete sie ein wenig gekränkt.

»Hast du auch, sehr sogar. Du warst ... eine große Stütze. Aber jetzt geht es mir wieder gut. Ich will einfach, dass alle aufhören, so einen Wirbel um mich zu machen.«

Skye nickte. »Na gut.« Sie warf einen abschließenden Blick auf Alex und sagte mit einem kläglichen Lächeln: »Bis dann«.

»Ja, bis dann«, antwortete Alex, ebenfalls mit einem kleinen Lächeln. Es war ihr peinlich, Zeuge der Auseinandersetzung geworden zu sein, gleichzeitig jedoch war sie fasziniert.

Skye verdrückte sich, und abermals trat eine verlegene Pause ein. Alex, die Lochlans passiv-aggressive Körperhaltung bemerkte, hielt es für besser, jetzt lieber nichts zu sagen. Er saß mit hochgezogenen Schultern, trotzig vorgerecktem Kinn und zusammengepressten Lippen in seinem Sessel und starrte Skye grimmig nach. Alex tat, als konzentrierte sie sich darauf, eine Zeitung zusammenzuknüllen, um sich ans nächste Fenster zu machen. Es hatte ohnehin keinen Zweck, heute mit ihm arbeiten zu wollen, eine solche Sklaventreiberin war selbst sie nicht. Er war noch nicht ganz auf den Beinen, das war offensichtlich, er brauchte Ruhe und Erholung. Skyes Erscheinen hatte seiner guten Laune ein Ende gemacht und den alten mürrischen, verschlossenen Lochlan zutage gefördert.

Sie hörte, wie hinter ihr eine Pillenpackung aufgerissen und eine Tablette aus der Alupackung gedrückt wurde, dann begann er auf die Tastatur einzuhämmern.

»Heilige Mutter Gottes«, stieß er kurz darauf hervor.

»Was ist?« Sie drehte sich um und sah, dass er konzentriert auf den Bildschirm starrte.

Er warf ihr einen kalten Blick zu. »Nichts.«

Das war eine klare Zurückweisung, also widmete sie sich wieder ihrem Fenster, während er Verwünschungen ausstoßend am Computer weiterarbeitete. Eine Minute später schoss er ein wenig zu rasch aus dem Sessel und bekam prompt einen Hustenanfall. Sie sagte nichts, während er den Rest des Wassers trank. Danach bewegte er sich ein bisschen vorsichtiger, auch wenn man ihm ansah, wie sehr ihm diese körperliche Einschränkung gegen den Strich ging. Aber da war noch mehr.

»Falls mich jemand sucht, ich gehe mir eins von den alten Lagerhäusern ansehen«, verkündete er krächzend.

»Okay.« Er hätte sich eigentlich ausruhen oder zumindest eine warme Jacke anziehen sollen. Aber sie sagte nichts und rieb weiter an der Glasscheibe, während sie zusah, wie er über den von Schnee geräumten Hof marschierte und um eine Ecke verschwand. Die Idee, die ihr schon vor Tagen gekommen war, begann Gestalt anzunehmen. Jetzt hatte sie selbst erlebt, wie er auf Skye reagierte, seinen Zorn, seine Frustration. Denn Skye mochte ja nicht von seiner Seite gewichen, ihn sogar im Notarztwagen begleitet haben, aber sie war trotzdem noch immer mit einem anderen verlobt. In gut einer Woche würde sie die Frau eines anderen werden.

Lochlan Farquhar lief die Zeit davon, und das wusste er selbst am allerbesten. Er hatte nur keine Ahnung, was er dagegen tun konnte.

Sholtos Ankunft ließ sich nicht gerade als unauffällig bezeichnen. Das Wapp-wapp-wapp der Rotorblätter war überall zu hören und vibrierte in ihrer Brust, als er auf dem Feld zwischen Brennerei und Kapelle landete. Er sprang aus dem Hubschrauber und lief gebückt auf sie zu. Die Belegschaft hielt bei seinem Auftauchen kurz inne und machte ein paar abfällige Bemerkungen über seine glänzenden Lederschuhe und seine Sonnenbräune, wie Alex mitbekam, dann ging jeder eilends wieder an seine Arbeit.

Sie selbst verspürte einen Anflug von Panik, dass er sie in diesem Aufzug sah, aber das ließ sich nun mal nicht ändern. Außerdem handelte es sich ja, ganz ohne Übertreibung, um außergewöhnliche Umstände.

Sie war gerade mit dem Putzen des letzten Fensters beschäftigt, als er kurz seinen Kopf zur Tür hereinstreckte. Sie drehte sich um.

»Lassen Sie sich von mir nicht stören. Ich suche nur nach Lochl ...« Das Wort blieb ihm im Hals stecken. »Alex?«

Sie ging lächelnd auf ihn zu und bot ihm die Hand. »Sholto, wie geht es Ihnen? Ich hab schon gehört, dass Sie kommen wollten.«

»Ich erkenne Sie ja kaum wieder!«, rief er erstaunt aus.

»Tja, wenn die Stunde schlägt ...« Sie zuckte mit den Achseln. »In den letzten Tagen haben alle mit angefasst.«

»Ja, sicher, sicher, aber doch nicht Sie! Sie müssen sich doch hier nicht die Hände schmutzig machen.«

»Meiner Erfahrung nach ist es am besten für die Arbeitsmoral, wenn man in Situationen wie diesen jede Hierarchie außer Acht lässt. Und ich muss sagen, es herrscht eine großartige Kameradschaft unter der Belegschaft. Alle haben mit angepackt. Sie haben hier ein wirklich dynamisches Team.«

»Unter Torquils starker Führung, hab ich gehört«, erwiderte Sholto. »Er hat offenbar dafür gesorgt, dass die gefährdeten Lagerbestände innerhalb von zwei Stunden geborgen wurden.«

»Ja, er war großartig. Der geborene Anführer. Wenn *er* doch nur mein Klient wäre.« Sie verdrehte die Augen.

Sholto lachte. »Wenn er's wäre, dann bräuchte ich Sie nicht!« Er runzelte die Stirn. »Wo steckt übrigens Lochie? Ich hab gehört, er wurde aus dem Krankenhaus entlassen? Aber ich kann ihn nirgends finden.«

»Er ist vor einer Stunde zurückgekehrt. Er sieht sich irgendeinen alten Lagerschuppen an.«

»Und was haben Sie für einen Eindruck von ihm?«

»Immer noch recht wackelig auf den Beinen, aber verraten Sie ihm bloß nicht, dass ich das gesagt habe. Er sollte sich eigentlich noch ausruhen.«

Sholto schnalzte missbilligend. »Wieder so eine Spinnerei von ihm, einfach so in ein brennendes Gebäude zu rennen. Haben Sie die Schlagzeilen in der Zeitung gelesen? Für die Presse ist er so eine Art Action-Hero!«

»Ja.«

»Was er sich dabei gedacht hat, weiß der Himmel«, sagte Sholto missbilligend.

»Ich habe gehört, er ging hinein, um die Staubkollektoren zu entkoppeln. Er wollte verhindern, dass sich eine Explosion durchs ganze Lüftungssystem verteilt und die ganze Brennerei in die Luft fliegt. Alles in allem sollten wir ihm zugestehen, dass das nicht einer seiner schlechtesten Momente war«, meinte sie großzügig.

»Aber wenn er dabei umgekommen wäre! Die Schlagzeilen möchte ich mir gar nicht vorstellen. Man hätte uns wahrscheinlich wegen irgendwelcher Sicherheitsmängel den Laden dichtgemacht, und die Leute hier hätten ihre Jobs verloren. Für solche Situationen hat man Experten, da braucht man keine hitzköpfigen Amateure.«

»Sie haben natürlich recht.«

Er seufzte. »Ich bezweifle, dass er seine Lektion gelernt hat. Wahrscheinlich wird er weitermachen wie bisher und sich für unangreifbar halten, einer, der niemandem Rechenschaft schuldig ist.«

Alex, die seltsamerweise das Bedürfnis verspürte,

Lochlan zu verteidigen, schwieg. Sholto kam näher und ließ sich auf der Schreibtischkante nieder. Es war sowieso unwichtig, ob Lochlan nun richtig gehandelt hatte oder nicht oder ob seine Aktion tapfer oder leichtsinnig gewesen war.

»Wo sagten Sie, ist er hin?«

»Er will einen der alten Lagerschuppen inspizieren.«

»Dann können wir also einen Augenblick ganz unter uns reden?«

»Ich denke schon.«

»Dann sagen Sie mir, wie läuft es? Ich wollte das schon die ganze Zeit fragen, aber ich hatte Ihnen ja bei unserem Treffen in Edinburgh bereits erklärt, dass es besser wäre, wenn Sie so wenig wie möglich Kontakt zu mir haben.«

»Da kann ich Ihnen nur beipflichten. Lochlan wollte anfangs nicht mal mit mir reden, geschweige denn mit mir arbeiten, und das liegt vor allem daran, weil er weiß, dass Sie mich angeheuert haben. Er geht davon aus, dass ich ins Lager des Feindes gehöre.«

»Hm, wundert mich nicht. Er ist ein sturer Hund. Ist wahrscheinlich auch nicht gerade hilfreich, dass Sie eine Frau sind.«

Da war sich Alex gar nicht so sicher. Die Tatsache, dass sie eine Frau war, hatte ihn beispielsweise nicht davon abgehalten, sie aus seinem Büro zu werfen. Wäre er gewalttätig geworden oder hätte er ihr einen noch kräftigeren Schubs gegeben, wenn sie ein Mann wäre?

»Dann hatten Sie bisher also noch nicht viel Glück, was?«

»Nein, nicht sehr viel, ich will Ihnen da nichts vormachen. Ich hatte geglaubt, wenigstens ein paar *kleine* Fortschritte gemacht zu haben, doch dann kam dieses Feuer dazwischen. Ich fürchte, ich habe den Vorteil wieder verloren, den ich errungen hatte. Aber selbst wenn das nicht der Fall wäre, er ist im Moment ohnehin nicht in der Verfassung, um mit mir zu arbeiten. Er hat viel Rauch in die Lunge bekommen.«

Sholto machte ein besorgtes Gesicht – aber nicht etwa aus Sorge um Lochlans Gesundheit. »Können Sie das anvisierte Ziel noch immer erreichen?«

Sie holte tief Luft und ließ sich die Ereignisse der letzten Tage, ja der letzten Stunde, durch den Kopf gehen: Skyes Bemühungen um ihn, Lochlans Frustration, dass er nicht über sie verfügen durfte ... Sie war zunehmend davon überzeugt, dass seine ehemalige Verlobte sein einziger wunder Punkt war. In diesem Fall ergäbe sich ja vielleicht eine private Lösung für ein berufliches Problem? Vielleicht hatte der Brand ihnen ja die Augen geöffnet, für die Gefühle, die sie noch immer füreinander hegten. Vielleicht hatte das Feuer die Sache sogar ein wenig beschleunigt? »Ich glaube schon.«

»Ja, glauben Sie wirklich?« Sholto war skeptisch.

»Ich bin im Stillen davon überzeugt ...«

»Wovon überzeugt?«, fragte Lochlan, der überraschend in der Tür auftauchte und bei Sholtos Anblick abrupt stehen blieb.

»Ah, Lochie, da bist du ja.« Sholto erhob sich von der Schreibtischkante und ging auf ihn zu. »Miss Hyde hier hat mir soeben versichert, dass sie zuversichtlich ist, dass du in null Komma nichts wieder auf den Beinen bist. Stimmt das? Wir müssen nämlich zusehen, dass die Produktion noch vor Weihnachten wieder anläuft.«

»Noch vor Weihnachten? Na, du machst wohl keine Gefangenen«, spottete Lochlan mit einem freudlosen Lachen. »Falls du's noch nicht weißt, wir haben sämtliche Mälz- und Gerstevorräte verloren. Und neue Maische können wir auch nicht ansetzen – selbst wenn wir eine Lieferung bekämen –, weil die Gärtanks hin sind. Die Bleiversiegelung ist geschmolzen. Wir müssen also erst neue Wannen anfertigen lassen. Und dann wäre da noch die Tatsache, dass der Dachstuhl abgebrannt und der Kornspeicher vollkommen vernichtet ist. Wo also sollen wir einen Platz hernehmen, um überhaupt mit dem Mälzen *anzufangen*?« Seine Stimme triefte vor Sarkasmus.

Sholto bedachte ihn mit einem strengen Blick. Eine Pause trat ein, in der alle abwarteten, bis er sich wieder beruhigt hatte.

Lochlan stemmte die Hände in die Hüften und holte tief Luft. »Wie auch immer, ich habe mir bereits eine von den alten Scheunen angesehen«, sagte er in etwas versöhnlicherem Ton. »Sie ist zwar ein bisschen klein für unsere Bedürfnisse, aber eine andere Möglichkeit haben wir im Moment nicht. Jedenfalls ist der Boden sauber, und das Gebäude ist gut durchlüftet. Es braucht nicht viel, um es sauber zu kriegen und entsprechend herzurichten; und wenn uns die Kupferhandwerker möglichst schnell neue Wannen herstellen, könnten wir im besten Fall nächste Woche eine neue Maische ansetzen. Die kann dann über Weihnachten gären, und nach Silvester ab damit in die Destille.«

»Aber das sind trotzdem noch drei Wochen«, meinte Sholto missbilligend.

»Hast du eine bessere Idee?«, fragte Lochlan kampflüstern. »Der Brand war schließlich nicht geplant. Das hat keiner von uns kommen sehen.«

»Und was hat sich dadurch mal wieder gezeigt? Dass wir keinerlei Reserve, keinen Backup-Plan haben. Da haben wir's. Ich sag es schon seit Jahren: Dieser Platz hier ist zu klein. Wir haben nicht genug Lagermöglichkeiten.«

»Und ich sage dir wie schon so oft, dass es keinen Sinn macht, mehr Lagermöglichkeiten zu schaffen, wenn wir gar nicht die Kapazitäten haben, um sie zu füllen. Wir können nicht mehr produzieren, als wir Torf zur Verfügung haben. Der Torf ist es, der unsere Produktion limitiert. Und der den Kentallen-Whisky einmalig macht. Wir können ihn nicht importieren oder replizieren. Ich freue mich darüber genauso wenig wie du, aber das sind nun mal die Tatsachen: Unsere größte Stärke ist gleichzeitig unsere größte Schwäche. Wann wirst du endlich anfangen zu akzeptieren, dass wir ein kleiner Betrieb und dennoch die größten sein können?«

»Und wann wirst du akzeptieren, dass man nicht nur durch Konsolidierung Profit macht, sondern auch durch Sicherheit? Das alles wäre nie passiert, wenn wir ...«

»Was?«, fauchte Lochlan. »Verkauft hätten?«

Sholtos Gesicht lief rot an. »Der Betrieb ist zu klein, die Gebäude sind zu alt, und die Technik ist unzureichend«, sagte er mit bedrohlich leiser Stimme. »Man muss mit der Zeit gehen. Ich hätte gedacht, dass du als junger Mensch das besser verstehst als ich.«

»Das verstehe ich durchaus. Ich verstehe, dass Diversifikation die Antwort ist, nicht Konsolidation. Wir können wachsen und trotzdem unabhängig und unser eigener Herr bleiben.«

»Wie denn? Womit?«, spottete Sholto. »Wir haben ja nicht mal genug Geld, um die blöden Überwachungskameras reparieren zu lassen!«

»Du weißt wie. Durch Gewinn-Reinvestierung.«

Sholto hielt die Hand hoch. »Stopp! Dieser Vorschlag wurde einstimmig abgelehnt.«

»Einstimmig nicht. Bruce war dafür. Und ich denke, Mhairi ließe sich auch überzeugen.«

Alex, die das Ganze gespannt verfolgte, sah einen Muskel in Lochlans Kiefer zucken: Er hatte sich nur noch mühsam unter Kontrolle. Immer dieser Zorn, dicht unter der Oberfläche.

Hinter Lochlans Rücken klopfte es an der Tür.

»Ja?«, fragte er und fuhr unwillig herum. Es war Skye. »Ach, verdammt nochmal«, schimpfte er. »Ich hab sie genommen, klar?« Er schüttelte die Tablettenpackung vor ihrem Gesicht.

»Darum geht es nicht«, sagte Skye überrascht und gekränkt. »Dad möchte euch bitten, zu ihm zu kommen. Er steht vor dem Lagerhaus.« Sie warf einen Blick auf Sholto. »Sie auch.«

»Was, *jetzt*?«, fragte Lochlan ungehalten. Er konnte es offenbar kaum abwarten, die Debatte wieder aufzunehmen.

»Es ist dringend, sagt er.«

Auf Sholtos Bitte hin schloss sie sich ebenfalls an – offenbar wollte er sie als Puffer zwischen sich und dem cholerischen Geschäftsführer haben. Sie überquerten den Hof, vorbei an der Kantine und der Kupferwerkstatt, und erreichten das Lagerhaus, vor dem die Fässer aufgestapelt und zum Schutz vor der Witterung mit Planen abgedeckt worden waren. Schnee hatte den Fasshügel mit einer zusätzlichen Decke umhüllt. Torquil war bereits da und sprach mit Bruce.

»Sholto«, sagte Bruce und drückte dem älteren Mann die Hand. »Wie läuft's?«

»Sie meinen, abgesehen vom Offensichtlichen?«

»Ach, aye ...«, murmelte Bruce und musste zweimal hinsehen, ehe er Alex in ihrer Arbeitsuniform erkannte.

»Sie kennen Miss Hyde bereits?«, erkundigte sich Sholto höflich.

»Ja, sicher. Sie hat uns letzten Samstag bei der Fasanenjagd alle in den Schatten gestellt. Hätte Sie fast nicht erkannt, muss ich sagen.« Er lächelte.

Alex warf einen Blick auf ihre Arbeitsuniform, ihre bloßen Arme, und sie begann zu frieren. Drinnen im Büro war es in Ordnung gewesen, als ihr beim Putzen der Schweiß auf die Stirn trat, aber hier draußen im sanft herabrieselnden Schnee erschauderte sie. Lange würde sie es nicht aushalten. »Normalerweise arbeite ich auch nicht undercover. Ich bevorzuge meine eigenen Klamotten.« Sie schmunzelte.

Lochlan schnaubte. Sie warf ihm einen scharfen Blick zu. Aber eigentlich hatte er nicht ganz unrecht.

»Danke fürs Kommen. Ich mache es kurz, damit wir nicht erfrieren. Was wollt ihr zuerst hören, die gute oder die schlechte Nachricht?« Er rieb sich die Hände, und sie traten von einem Fuß auf den anderen.

»Noch mehr schlechte Nachrichten?«, fragte Sholto grimmig. »Hatten wir nicht schon genug davon?«

»Hängt eins mit dem anderen zusammen, fürchte ich.«

»Dann raus mit der schlechten, dann haben wir's hinter uns.«

»Tja, wie befürchtet hatte der Brand Auswirkungen auf die Lagerbestände. Wir haben einige der neuen siebenjährigen Virgin Oak Casks geöffnet und verkostet. Leider bilden sich beim Einschenken Bläschen.« Er seufzte. »Sie standen aber auch ganz hinten im Lager und waren dem Feuer am nächsten. Es könnte also sein, dass es das schon war und dass der Rest in Ordnung ist. Im schlimmsten Fall wäre allerdings der ganze Bestand des Siebener hin.«

Lochlan verzog das Gesicht und wandte sich ab, die Hände in die Hüften gestemmt. Alex fiel ein, was Torquil ihr erklärt hatte: Dass es in sechs Jahren einen Bestandsengpass geben würde. Jemand aus der vorherigen Generation von Brennern hatte einen Fehler gemacht und sich verschätzt. Die Vorräte waren entsprechend knapp gewesen. Die junge Fassabfüllung hätte die Defizite eigentlich wettmachen sollen, eine neue, noch unerprobte Sorte für Kentallen, die bei anderen Herstellern gut funktionieren mochte. Für sie war es die einzige Chance gewesen, die Versorgungskrise aufzufangen.

»Aber das hatten wir ja bereits vermutet, oder, dass es wenn, dann diesen Jahrgang treffen würde«, meinte Bruce beschwichtigend. »Alles andere war zu dem Zeitpunkt weit genug vom Brandherd entfernt, um vor größeren Schäden bewahrt zu werden. Der Schnee hat geholfen, den Rauchgestank zu vertreiben; wenn alles gut geht und wir die Fässer in den nächsten Tagen wieder ins Lagerhaus zurückbringen und die Temperatur wieder richtig regeln, dann sollte eigentlich alles wieder in Ordnung sein.«

»Aber die Sieben sollte unsere Cash-Kuh werden – günstiger Preis, leichterer Geschmack«, warf Lochie ein. »Sie sollte uns einen neuen Kundenkreis eröffnen und die Lücken schließen.«

»Aye, es ist ein Schlag, ich weiß. Aber meine gute Nachricht könnte das vielleicht nicht nur kompensieren, sondern sogar übertreffen. Tatsächlich könnte es sein, dass uns dieses Feuer sogar einen Gefallen getan hat.«

»Glaubst du?«, sagte Lochlan sarkastisch und wies auf die verkohlte Ruine in ihrem Rücken.

»Bei der ganzen Umräumerei letzte Nacht sind wir auf ein paar unbekannte Fässer gestoßen. Sie waren in einer Ecke des Lagerhauses, die am weitesten vom Feuer entfernt war, hinter einer Holzabdeckung versteckt. Hinter dem 67er. Man konnte nichts sehen, außer man weiß, was sich dort befindet.«

»Und was ist es?«, wollte Lochlan wissen.

»Das ist es ja gerade – wir wissen's nicht. Es befand sich nichts auf den Inventurlisten, kam auch gar nicht drauf, soweit wir das beurteilen können. Ich wusste jedenfalls nichts davon, und ich bin jetzt schon seit fünfzig Jahren hier.«

Stille.

»Was wollen Sie damit sagen, Bruce?«, meinte Sholto

stirnrunzelnd. »Dass wir einen Malt Whisky haben, von dem niemand etwas weiß?«

Bruce rieb sich grinsend die Hände, aber das lag diesmal wohl nicht an der Kälte. »Aye, ganz genau. Ich würde sagen, wir sind auf den Heiligen Gral gestoßen: ein versteckter Malt. Ein versteckter *fünfundachtzigjähriger* Malt.«

»Fünfund …?«, stotterte Torquil, und auch die anderen japsten überrascht auf.

Alex schaute sich ihre Gesichter an: Allen hing der Mund offen, und Skye strahlte von einem Ohr zum anderen. Dies war offenbar eine fantastische Neuigkeit.

»Aber … der Angel's Share«, brachte Torquil hervor. »Der Alkohol wird doch inzwischen sicher größtenteils verdunstet sein?«

»Dachten wir auch. Aber Ihr Großvater muss damals einen wirklich ausgezeichneten Böttcher gehabt haben. Außerdem hat sich in dem kleinen Kabuff ein wenig Wasser gesammelt – wahrscheinlich gibt es in der Nähe eine Quelle –, und das hat die Verdunstung gebremst. Wir müssen's uns erst noch genauer ansehen, aber ich schätze, es ist genug da für, sagen wir, sechzig oder fünfundsechzig Flaschen.«

»Von einem fünfundachtzig Jahre alten Malt«, hauchte Sholto. Er wirkte regelrecht hypnotisiert. »Was war das Älteste, was je auf den Markt kam?«

»Der siebzig Jahre alte Mortlach aus Speyside«, antwortete Lochlan wie aus der Pistole geschossen. »Vierundfünfzig Flaschen zu jeweils zehn Riesen und hundertzweiundsechzig kleinere zu zweieinhalbtausend pro Flasche.«

»Keine schlechte Idee«, sagte Torquil und nickte. Sein Blick kreuzte sich mit dem seines Cousins, ausnahmsweise waren sie auf derselben Wellenlänge. »Mit den kleineren Flaschen öffnen wir uns größere Märkte.«

»Wir sollten spezielle Flaschen dafür entwerfen lassen«, schlug Lochlan vor. »Ich kann euch garantieren, das Interesse wird riesig sein. Da müssen wir mit etwas ganz Speziellem aufwarten. Ich hatte sogar schon eine Idee für die Spezialreserve vom Sechziger, den wir demnächst auf den Markt bringen, ich dachte an Etiketten aus Kupfer. Aber für diesen einmaligen Jahrgang würde es sogar noch besser passen.«

»Ho, ho, immer langsam mit den Pferden!« Sholto hob eine Hand. »Wir wollen nichts überstürzen, meine Herren. Das muss erst mal strikt unter uns bleiben. Wenn davon was durchsickert, wird man versuchen, nachts bei uns einzubrechen. Und die Pressemeute schleicht ja immer noch hier rum.« Er wandte sich an den Master Blender. »Außerdem haben wir ja die allerwichtigste Frage noch gar nicht beantwortet: Haben Sie den Whisky probiert? Schmeckt er noch und wenn ja, wie?«

Bruce schüttelte den Kopf. »Ich dachte, das sollten wir vielleicht zusammen machen. Ist schließlich ein ganz besonderer Moment.«

»Hoffen wir zumindest«, meinte Torquil skeptisch. »Wenn er nun nicht mehr zu gebrauchen ist?«

»Das lässt sich nur auf eine Art herausfinden. Ich werde diese Fässer jetzt ins Verkostungslabor schaffen, dort sind sie sicherer, und hier draußen können wir sie sowieso nicht stehen lassen. Sollen wir uns heute Abend um acht dort treffen? Ich weiß, es ist spät, aber wir sollten wohl besser warten, bis alle gegangen sind, dann sind wir ungestört.«

»Ganz recht.« Sholto nickte. »Nun gut, dann also um acht, Leute.«

Das Grüppchen zerstreute sich. Mit federndem Schritt und sichtlich ermutigt machte sich jeder wieder an die Arbeit.

»Ein versteckter Whisky, was?«, meinte Alex, die sich Skye anschloss. »Das klingt spannend. Muss doch ein Traum sein für einen Blender wie dich, oder?«

»O ja, allerdings. Dad sagte, das ist der Heilige Gral für jeden Whiskyproduzenten. Ich hab schon von versteckten Whiskys gehört, aber die werden normalerweise absichtlich versteckt, weil sie der Master Blender zum Beispiel zu schade findet, um sie für den Verschnitt einzusetzen.«

Alex zog verwirrt die Nase kraus. »Aber ... Kentallen produziert doch keine Blends.«

»Aye. Und wir lassen unseren Whisky auch nicht von anderen für Blends verwenden.«

Alex blieb stehen. »Wieso wurde dieser hier dann versteckt?«

»Keine Ahnung«, meinte Skye achselzuckend. »Aber Opa muss sich wohl was dabei gedacht haben. Er hat Dad alles beigebracht, was es zu wissen gibt. Dad könnte einen Kentallen-Whisky blind herausschmecken – Jahrgang und Sorte! Unvorstellbar, dass er nichts davon gewusst haben soll. Er muss aus einem ganz bestimmten Grund beiseitegeschafft worden sein.«

»Aber wenn er deinem Vater nichts davon erzählt

hat – dann lässt sich jetzt sicherlich nicht feststellen, warum er damals versteckt wurde.«

Skye nickte achselzuckend. »Nein, wohl nicht. Aber wenn er so gut schmeckt, wie er's nach fünfundachtzig Jahren eigentlich sollte ...« Ihre Augen leuchteten. »Wen kümmert's?«

14. Kapitel

Sie roch den Rauch des Kohlenfeuers, noch ehe sie beim Haus angelangt war oder vom Moor her den rauchenden Kamin sehen konnte. Sie schob sich die Stiefel von den Füßen und ließ sie im offenen Windfang stehen. Dann legte sie ihre weiße Pudelmütze in die dafür vorgesehene Schachtel und wand sich den Schal vom Hals, legte ihn dazu. Mrs Peggie hatte ihr die Sachen für die Dauer ihres Aufenthalts geborgt. Sie waren zwar nicht von Burberry, aber Alex mochte den heimeligen Charme des Selbstgestrickten, wie sie zu ihrer Überraschung feststellte. Ihren Mantel hängte sie an die Garderobe im Korridor und warf dann einen Blick in Esszimmer und Küche; aber die Stimmen kamen von rechts.

»Hallo?« Sie streckte scheu den Kopf ins Wohnzimmer und lächelte, als sie Mrs Peggie im Ohrenbackensessel ihres Mannes am Kamin sitzen sah.

»Ah, Miss Hyde, da sind Sie ja wieder.« Im Kamin flackerte ein warmes Feuer, und die alte Frau hatte eine Schachtel auf dem Schoß; weitere Schachteln standen um ihre Füße herum. In einer Ecke war ein kleiner Weihnachtsbaum aufgestellt, er roch noch ganz frisch nach Torf und Tannennadeln, und der gemütliche kleine Raum war von einem herrlichen Duft erfüllt, der sich mit dem Geruch des Kohlenfeuers mischte.

»Ja«, nickte Alex. Sie hatte Mrs Peggie schon oft gebeten, sie doch mit dem Vornamen anzureden, aber davon hielt die alte Dame offenbar nichts, und Alex hatte sich inzwischen damit abgefunden.

»Wie wär's mit einer schönen Tasse Tee?«

»Das wäre ganz toll. Aber lassen Sie nur, ich kann ihn machen.«

»Nein, nein, Sie kommen erst mal rein und wärmen sich auf, Sie sehen ja ganz verfroren aus. Ich muss ohnehin mal nach dem Braten sehen. Es schneit wohl wieder, was?« Die alte Frau nahm die Schachtel von ihrem Schoß und stellte sie auf das kleine Beistelltischchen daneben. Dann versuchte sie sich mit einem Ächzen aus dem Sessel zu stemmen.

»Ja, ziemlich. Warten Sie, ich helfe Ihnen.« Alex war mit wenigen Schritten bei der alten Dame.

»Ach, lieb von Ihnen. Ganz schön ärgerlich, wenn man so steif in den Gelenken ist.«

»Sie sind fitter als die meisten Leute, die nur halb so alt sind wie Sie.«

»Na ja, mein Fuß macht mir wieder Probleme. Ich dachte, wenn's schon so still im Haus ist, kann ich mich ja ruhig ein bisschen hinsetzen und mir mal diese Schachteln vornehmen.«

»Da haben Sie aber ganz schön zu tun. Das wird einige Stunden in Anspruch nehmen.«

»Aye«, meinte Mrs Peggie mit einem müden Seufzer. »Setzen Sie sich ruhig hin und machen Sie es sich bequem. Und ich koche uns derweil eine schöne Tasse Tee. Sie können ruhig in die Schachteln reinschauen, wenn Sie wollen.«

»Was ist denn drin?«

»Das sind die Sachen von Mr P.s Vater. Fürs Museum. Wenn er sich nicht damit befassen will, muss ich es wohl tun. Obwohl es einem schon das Herz zerreißt, wenn man liest, was da steht. Ich frag mich allmählich, ob das nicht der Grund ist, warum er sich bis jetzt davor gedrückt hat.« Sie schnalzte traurig mit der Zunge. »Diese armen, armen Familien, was die alles durchmachen mussten!«

Sie verließ kopfschüttelnd den Raum.

Alex setzte sich auf das kleine Zweisitzersofa mit der Quastenbordüre und warf einen Blick auf die Schachteln. Es gab drei große und mehrere kleinere, flache. Skeptisch öffnete sie eine davon.

Auf einem Stapel Briefe lag ein kleines dunkelblaues Lederbuch. Sie nahm es zur Hand und schlug es auf. »Logbuch: Sergeant James Peggie; 156795«, lautete der erste Eintrag in verblasster brauner Tinte.

6. Februar 1918

Beschreibung: weiß, männlich. Gewicht: 65 kg, Größe: 1,79 m, geschätztes Alter: 18–25. Hellbraunes Haar, braune Augen.
Kleidung: ein schwarzer Lederstiefel (linker Fuß); braune Hose.
Besondere Kennzeichen: Schnurrbart. Goldzahn (rechter Backenzahn). Nierenförmiger Leberfleck auf linkem Oberarm. Ein Zentimeter lange Narbe auf linkem Knie.

Verletzungen: Schädel auf rechter Seite eingeschlagen. Nase gebrochen. Schnittwunden und Risse auf beiden Wangen. Vorderzähne ausgebrochen. Rechter Arm gebrochen. Finger der rechten Hand gebrochen.
Vermutliche Todesursache: Schädelbruch.

Beschreibung: weiß, männlich. Gewicht: 85 kg, Größe: 1,82 m, geschätztes Alter: 18–25. Dunkelblondes Haar, grüne Augen.
Kleidung: weiße Unterhose und weißes Unterhemd.
Besondere Kennzeichen: Tätowierung »Mary« auf Innenseite des rechten Bizeps. Blinddarmnarbe.
Verletzungen: Mehrfachbrüche am rechten Oberschenkel.
Vermutliche Todesursache: Ertrinken.

Beschreibung: schwarz, männlich. Gewicht: 88 kg, Größe: 1,80 m, geschätztes Alter: 18–25. Schwarzes Haar, braune Augen.
Kleidung: keine.
Besondere Kennzeichen: Tätowierungen: Schwarze Schwalbe über linkem Schulterblatt; Stacheldraht um rechtes Handgelenk; großer Jaguar auf unterem Rücken.
Verletzungen: linkes Bein fehlt.
Vermutliche Todesursache: Blutverlust.

Alex runzelte die Stirn und überflog die restlichen Seiten: ... *Ertrinken ... Knochenbrüche ... zehn Zentimeter lange Narbe ... innere Verletzungen ... 19 ... Genickbruch ...*

Sie schlug das Buch wieder zu. Nein, das wollte sie nicht lesen. Nicht heute. Nie. Es gab genug Schlimmes auf der Welt, und sie stand wegen des Brandes noch unter Schock. Sie konnte nachts nur schlecht schlafen. Etwas, das sie fest unter Verschluss gehalten hatte, war gewaltsam an die Oberfläche gezerrt worden.

Sie griff erneut in die Schachtel und holte eine senfbraune Aktenmappe hervor. Darin befanden sich Papiere. Briefe.

12. Februar 1918

Sehr geehrter Sergeant Peggie,
man hat mir im Kriegsministerium Ihren Namen genannt, Sie könnten mir Auskunft über den Untergang der SS Tuscania vor der Küste Islays geben. Ich bin die Mutter des Gefreiten Harold Cooperson. Er ist achtzehn Jahre alt und mein Ältester. Er ist 1,80 Meter groß und wog zuletzt 71 Kilogramm. Sein Haar ist hellbraun, wie der Rücken einer Drossel, und jeder meint, er hat so ein starkes, männliches Kinn. Seine Augen sind dunkelbraun, und er hat Sommersprossen auf der Nase, aber nicht auf den Wangen. Er hat keine Leberflecken, aber eine lange Narbe über dem rechten Knie, von einem Unfall in der Sägemühle seines Vaters, als er elf war. Er ist so ein bemerkenswerter Junge, ich bin sicher, Sie wissen, wen ich meine? Wir beten darum, dass seine Verletzungen nicht allzu schwer sind und dass Sie ihm unsere innigen Grüße und besten Wünsche ausrichten werden können. Daheim nennt ihn jeder nur Harry, vielleicht wären Sie ja so

nett, ihn auch so zu nennen, ich bin sicher, dass ihm das helfen würde, sich mehr zuhause zu fühlen. Ganz lieben Dank! Ich weiß, er wirkt groß, aber er hat gerade erst den Highschoolabschluss gemacht und war, bevor er sich zum Kriegsdienst gemeldet hat, noch nie von zuhause weg.

Wir möchten Ihnen und Ihren Landsleuten unseren tiefen Dank aussprechen; wir haben von Ihren Rettungsbemühungen erfahren und von allem, was Sie für unsere Jungen getan haben, und wir beten, dass unser Sohn auch das Glück hatte, von Ihnen Hilfe zu erhalten. Wenn Sie unsere Sorgen beruhigen und uns kurz mitteilen könnten, wie es ihm geht, wären wir Ihnen zutiefst dankbar.

Hochachtungsvoll,
Kathleen Cooperson

Als Alex las, was in dieser braun verblassten Tinte unter den Brief geschrieben worden war, presste sie entsetzt die Hand auf den Mund: »*Ertrunken. Leiche wurde am 6. Februar angespült. Mutter per Brief am 14. Februar benachrichtigt. Goldene Uhr beigelegt. JP*«

12. Februar 1918

Sir,

Die Nachricht vom Untergang der SS Tuscania hat die Küste Amerikas erreicht, und ich möchte Ihnen in der Hoffnung schreiben, dass Sie mir Auskunft über den Verbleib meines Mannes, Lieutenant John Grantley, geben können. Er ist Truppenkommandant des sechsten Bataillons, 20th Engineers und ist ein großer, starker Mann – neunund-

zwanzig Jahre alt, 80 Kilogramm schwer, 1,90 Meter groß. Er hat blondes Haar und blaue Augen und besitzt auf der rechten Schulter die Tätowierung einer Rose. Er hat einen aufrechten Gang und einen direkten Blick. Sein Lieblingslied ist »Delilah«, und unsere Tochter Ella bittet Sie inständig, ihn ihrer großen Liebe und Zuneigung zu versichern.

Es würde mich ungeheuer beruhigen, wenn Sie mir Nachricht geben und mitteilen könnten, ob mein Mann wohlauf und in Sicherheit ist und sich auf Ihrer Insel mit Hilfe der wundervollen Pflege Ihrer Landsleute gut erholt.

Ich verbleibe mit ergebenen Grüßen,
Mrs Lavender Grantley

Anmerkung: Sicher auf HMS Pigeon verladen und nach Buncrana, Co. Donegal, Irland gebracht; Transfer nach Wiltshire Best Camp am 13. Februar. Gattin mit Bf. vom 16. Februar benachrichtigt. JP

Alex blätterte weiter und sah jetzt erst, wie viele Briefe sich noch in dem Ordner befanden. Sie sank unwillkürlich ins Sofa zurück. All diese verzweifelten Schreiben von armen Frauen, deren Ehemänner und Söhne in einem Krieg im fernen Europa kämpften.

Sie las gegen ihren Willen weiter.

11. Februar 1918

Sehr geehrter Herr,
man gab mir Ihre Adresse, weil ich herauszufinden versuche, was aus meinem Sohn, Gefreiter Edward Cobb,

geworden ist. Er ist erst neunzehn Jahre alt und mein einziges Kind. Er hat sich am 22. Dezember 1917 zum Kriegsdienst gemeldet und schon eine Woche später den Marschbefehl nach Camp Washington erhalten. Er ist von Beruf Holzarbeiter, aber sehr stolz darauf, seinem Land als Soldat dienen zu können und sich auf den Schlachtfeldern von Frankreich beweisen zu dürfen. Ich habe Berichte gehört, der Truppentransporter sei von Deutschen versenkt worden, und muss Sie daher fragen – ist er überhaupt bis dorthin gelangt?

Ich bin sicher, dass Sie ihn nach dieser Beschreibung erkennen werden, denn er ist ein bemerkenswerter, gutaussehender junger Mann: 1,75 Meter groß, leicht gebaut, zirka 76 Kilogramm schwer. Er hat helle Haut und dunkelbraunes Haar und haselgrüne Augen und ein bezauberndes Lächeln. Sie werden feststellen, dass er eine Zahnlücke zwischen den oberen Schneidezähnen hat, aber das trägt nur zu seinem Charme bei, und mit seiner unbekümmerten Art ist es eher ein Vorteil. Er ist ernsthaft und freundlich, respektvoll und höflich; wer ihn kennt, muss ihn einfach mögen.

Ich lege diesem Schreiben seinen Bären Berry bei, den er als Junge immer so geliebt hat. Ich weiß, wie das aussieht: ein Kuscheltier für einen erwachsenen Mann und Soldaten. Er wollte ihn ja auch nicht nach Camp Washington mitnehmen, weil er mit leichtem Gepäck reisen müsse, sagte er, aber ich kann mir nicht helfen – ich weiß (wie es nur eine Mutter wissen kann), falls er verletzt sein sollte, würde ihm der Bär ein großer Trost sein, und es würde ihn sicher aufmuntern, ein Stück von daheim am Bett zu haben.

Ich bete darum, dass er sich auf Ihrer schönen Insel befindet und dass es ihm in Ihrer Obhut gut geht. Wenn Sie mir nur kurz mitteilen könnten, wie es ihm geht, ich wäre Ihnen zutiefst dankbar, wie Sie sich sicher vorstellen können.

Mit bescheidenen Dankesgrüßen,
Dorothy Cobb

Anmerkung: Wurde an die Küste angeschwemmt und von Inselbewohnern gerettet, am 6. Februar. Verletzungen: Beinbruch. Multiple Frakturen. Schwere Influenza. Zur Behandlung ins Islay House eingeliefert. Anlage des Briefes: ein Spielzeugbär mit orangeroten Glasaugen. Mutter am 9. Februar benachrichtigt. JP.

17. Februar 1918

Sehr geehrter Herr,
in der Hoffnung, dass dieser Brief Sie schnellstmöglich erreicht und unseren Sorgen ein Ende macht, nachdem wir vom Untergang ...

»Mr P. hat mal wieder recht gehabt«, sagte Mrs Peggie und kam mit einem Tablett herein, das sie auf einem niedrigen Sitzkissen abstellte. »Scheint, als ob wir ein paar Tage hier festsitzen.«

Alex blickte erschrocken auf. »Was?«

Mrs Peggie reichte ihr eine Tasse Tee. »Das Wetter spielt mal wieder verrückt. Es gibt hohe Schneeverwehungen, und die Straße zur Stadt ist teilweise unbefahrbar. Gut, dass Sie nicht mehr zur Brennerei runtermüssen.« Mrs Peggie seufzte. »Ach, dabei hat's schon gestürmt, als Sie ankamen. Sie haben wohl nicht gerade viel Glück mit unserem Wetter.«

»Nein«, erwiderte Alex stirnrunzelnd. »Was ist die *Tuscania*?«

Mrs Peggie wurde ernst. »Das war der Name eines Schiffes, das in diesen Gewässern untergegangen ist. *SS Tuscania*. So viele junge Soldaten.«

Alex warf einen Blick auf das Datum. Februar 1918. »Es waren Soldaten?«

»Aye. Amerikaner. Kamen mitten im Winter von New York über den Atlantik. Und als sie's schon fast geschafft hatten, wurden sie sieben Meilen vor unserer Küste torpediert. Konnten nicht mal ihren Fuß auf europäischen Boden setzen.«

»Was ist passiert? Ein Sturm?«

»Die Deutschen.« Mrs Peggie spitzte missbilligend die Lippen. »Das Schiff wurde von einem ihrer U-Boote beschossen und versenkt.«

Alex verzog das Gesicht. »Gab es Überlebende?«

»Mehr, als man vermuten sollte. Auf dem Schiff befanden sich zweitausendzweihundert Soldaten, und nur ungefähr zweihundert sind umgekommen – meistens die, die überhastet reagiert haben, die zu früh ins Wasser gesprungen sind oder die Rettungsboote überladen haben. Als ob es nicht schon schlimm genug gewesen wäre, tobte damals ein schwerer Sturm. So einer wie jetzt.« Alex warf einen Blick aus dem Fenster. Die Schneeflocken, die zuvor noch sanft vom Himmel gerieselt waren, wurden nun vom Wind an den Fenstern vorbeigepeitscht. »Die meisten wurden von englischen Begleitschiffen an Bord genommen und nach Irland gebracht, aber die, die's nicht schafften ...« Sie schwieg einen Moment lang. »Die wurden hier an den Küsten angetrieben. Und die, die sich in den Rettungsbooten sicher glaubten, knallten gegen die Felsen. Das war einer der schrecklichsten Tage in der Geschichte der Insel.«

»Wie furchtbar.«

»Ja. Die Inselbewohner mussten die Leichen bergen und die Toten bestatten ... Einige wenige konnten gerettet werden, aber das waren nicht viele.«

Alex dachte stirnrunzelnd nach. »Moment mal – ist das nicht das Wrack von dem Amerikaner, Ihrem Gast, der jedes Jahr zum Tauchen kommt? Dessen Großvater umkam?«

»Aye, genau. Aber er ist nicht der Einzige, der kam, um den Toten die letzte Ehre zu erweisen. Seine Großmutter – die Witwe des Toten – kam mit der Gold-Star-Pilgergruppe herüber, das war 1932, um zu sehen, wo ihr Mann begraben liegt.«

»Was für eine Pilgergruppe? Davon hab ich ja noch nie etwas gehört.«

Mrs Peggie setzte sich neben sie aufs Sofa. »Das war eine Reise, die vom amerikanischen Staat finanziert wurde, damit alle Mütter und Ehefrauen, soweit sie nicht wieder geheiratet hatten, den Ort, an dem ihre Männer und Söhne im Ersten Weltkrieg im Dienst für ihr Land gefallen sind, besuchen konnten. Die Regierung hat sämtliche Kosten übernommen – Überfahrt, Unterkunft, Verpflegung. Man hat sogar dafür gesorgt, dass Stühle neben die Gräber gestellt wurden, damit sich die

Hinterbliebenen in Ruhe Zeit nehmen konnten. Und jeder bekam ein Foto von sich neben dem jeweiligen Grab, das man mit nach Hause nehmen durfte. Das war damals noch was ganz Besonderes, nicht so wie heute, wo man seinen angebissenen Toast fotografiert oder was ihr jungen Leute sonst so macht. Ein Foto hatte damals noch große Bedeutung.«

»Erstaunlich, dass das gemacht wurde – heute gäbe es das nicht mehr, dass die Regierung eine solche Reise bezahlt.«

»Nein, aber damals gab es noch Ruhm und Ehre im Krieg. Nicht so wie heute, mit all diesen Fundamentalisten und Extremisten ... Das ist doch nur noch Barbarei.«

Sie wirkte so verstört, dass Alex das Thema fallen ließ.

Mrs Peggie wühlte in einer Schachtel und brachte diesmal einen Stapel kleiner Schwarzweißfotografien zutage. »Ah, schon besser.«

Die Köpfe zusammengesteckt begutachteten sie eine Aufnahme nach der anderen. Mrs Peggie hatte zu fast allen etwas zu erzählen, konnte sich noch an viele der sepiafarbenen Gesichter erinnern, an die Petticoats und Stoffhüte und Tweedanzüge. Die Fotos stammten aus ganz unterschiedlichen Perioden: Alex erblickte zum Beispiel eine Aufnahme des alten General Store, in dem nun der Co-op untergebracht war. Bis auf das neue Schild war eigentlich alles gleich geblieben. Sie sah kleine Fischerboote mit Masten voll Takelage am Kai schaukeln, Fischer in dicken Pullis und Mützen, die mit dem Flicken ihrer Netze beschäftigt waren. Auf einigen Fotos war Ort und Jahreszahl vermerkt, auf anderen stand nichts. Es gab ein Foto von einem Schulgebäude, und auf dem Pausenhof standen fünfzehn gesittete Schulkinder in Kitteln, die ihnen bis zu den Knien reichten. Es gab eine junge Frau mit blonden Reiterwellen und Filzhut, die einen kleinen Knaben an der Hand hielt.

Und es gab bäuerliche Szenen – Männer bei der Feldarbeit, ein Bauer, der seine Kühe mit einem langen Stock einen Weg entlangtrieb, Torfstecher bei der Arbeit. Frauen beim Picknicken auf einer Wiese, ein Kricketspiel am Strand, ein Esel, der seinen Kopf über einen Zaun streckte, eine Versammlung von hemdsärmeligen Männern auf einem Friedhof, die Gewehre geschultert hatten … eine wirklich bemerkenswerte Bildersammlung über die Geschichte und den Alltag der Menschen auf Islay. Einige Gesichter waren sogar auf mehreren Fotos zu sehen, wie Alex auffiel.

»Ist das nicht Kentallen?«, fragte Alex interessiert. Sie hielt ein Foto hoch, auf dem die typischen Gebäude der Brennerei zu erkennen waren, die große Mälzerei und das Pagodendach der Destille.

»Aye … und das da ist *mein* Vater, der Zweite von rechts.«

Alex sah sich das Bild genauer an: Fünf Männer standen im Hof der Brennerei, dort wo jetzt die schmucke Kupfer-Brennblase aufgestellt worden war, vier trugen Strickpullunder und hatten die Hemdsärmel aufgekrempelt, die Schaufeln wie Schwerter vor sich aufgepflanzt. Der Mann in der Mitte trug einen dunklen, breitschultrigen Anzug.

»Das in der Mitte ist Archibald Farquhar, der ältere der beiden Brüder, die Kentallen-Whisky gegründet haben. Er war Sholtos Großvater – und Lochies Urgroßonkel.«

»Ja, ich glaube, man sieht eine gewisse Ähnlichkeit.« Alex betrachtete das ernst-reservierte Gesicht mit dem durchdringenden Blick und erkannte darin Spuren ihres wortkargen Klienten wieder, selbst noch nach drei Generationen. »Erstaunlich, oder, wie wenig sich in der Zwischenzeit verändert hat?« Sie betrachtete die vertrauten Gebäude. Der einzige Unterschied war, dass nun das charakteristische große Gebäude der Mälzerei fehlte, das dem Brand zum Opfer gefallen, hier aber noch zu sehen war. »Ich meine, ich weiß, dass die Technik inzwischen Fortschritte gemacht hat, aber was die Gebäude betrifft und die Landschaft, ist alles noch ganz genauso wie früher.«

Mrs Peggie reichte ihr das nächste Foto, und Alex erkannte Islay House, mit seiner elegant geschwungenen Eingangstreppe und der breiten Kiesauffahrt, vor dem sie Kaffee getrunken hatten, ehe es zur Fasanenjagd ging, und wo sie sich zum ersten Mal mit Torquil unterhalten hatte. Mehrere Fotos vom Haus waren von den umliegenden Gärten aus aufgenommen worden, buschig blühende Rhododendren, ein Paar Gordon Setter, die majestätisch zu Füßen eines Mannes in Tweed-Kniebundhose und Norfolk Shooting Jacket lagen; sie sah eine junge Frau in einem überdachten Rattansessel sitzen, neben ihr saß ein junger Mann in etwa demselben Alter mit einem weißen Kopfverband und einem leeren Blick in den Augen. Dann kam ein etwas jüngeres Foto, von Mrs Peggies Hochzeit. Sie war eine hübsche, schlanke Braut gewesen, in einem Kleid aus Baumwollspitze und einem Heidekrautsträußchen in der Hand, aber ihr Kinn war damals schon genauso energisch wie heute; ein stolzer Mr Peggie stand eine Stufe höher neben ihr vor der Kirche, da er ein wenig kleiner war als seine Frau. Er hatte die Brust rausgestreckt und hielt seine junge Braut bei der Hand, seine polierten Schuhe glänzten genauso hell wie seine Augen.

Auf einem anderen standen einige Krankenschwestern neben ihren Patienten, die Morgenmäntel und Pyjamas anhatten. Wie ein typisches Krankenhaus sah es nicht aus, da hinter ihnen ein Ölgemälde an einem Draht an der Wand hing und sich in einer Ecke ein großer Kamin ins Bild schob. Die Patienten – alles Männer – wirkten dünn und ausgezehrt, die Augen in ihren schmalen Gesichtern übergroß, aber ihr Strahlen war echt. Einer, mit einem Gipsbein, hatte einen Teddybären unter den Arm geklemmt, was komisch wirkte.

Alex schaute unwillkürlich genauer hin. Die beiden, er und seine Pflegerin, strahlten am allermeisten von allen, so als hätten sie ihr eigenes kleines Geheimnis. Alex glaubte nicht, dass sie wegen des Teddys so grinsten. Sie hielt das Foto näher ans Auge und merkte, dass ihr die Frau irgendwie bekannt vorkam. Wo hatte sie sie schon mal gesehen?

»Wer ist denn das?«, erkundigte sie sich bei Mrs Peggie, »können Sie mir das sagen?« Sie zeigte ihr das Foto.

Die alte Dame kniff die Augen leicht zusammen. »Aye, das ist Miss Clarissa. Clarissa Farquhar. Archies Schwester – und Lochlans Urgroßmutter. Sie war eine Schönheit.«

»Clarissa Farquhar«, wiederholte Alex. Sie schaute rasch noch einmal die Fotos durch, die sie beiseitegelegt hatte. Ja, da war sie wieder, die junge Frau vor der Kirche, mit dem Kind an der Hand. »Das ist sie doch, oder?«

»Ja, genau. Mit ihrem Sohn George. Sie hat ihn nach dem Krieg adoptiert.«

Alex schaute sie an. »Adoptiert?«

»Aye. Es gab damals nach dem Krieg viele arme Waisenkinder. Sie hatte selbst ihren Verlobten im Krieg verloren – Phillip Robertson hieß er, glaube ich. Er stammte auch aus einer der großen Familien, und sie muss wohl geglaubt haben, dass sie nie mehr heiraten würde und dass dies die einzige Möglichkeit war, noch Mutter zu werden. Denn so viele junge Männer waren in den Krieg gezogen, und nur so furchtbar wenige kehrten zurück. Archie, der ältere Farquhar-Sohn, kam wieder, ihm war nichts passiert, aber Percy, der jüngere, gehörte zu den Gefallenen. Seine Mutter hat den Verlust nie verwunden.«

»Gott, nein, natürlich nicht, wie sollte sie auch«, erwiderte Alex niedergeschlagen. Sie wusste selbst nur zu gut, dass sich Mütter von solchen Schicksalsschlägen nie erholen. Sie blickte wieder auf das Foto vom Krankenhaus. »Dann ist das da also Clarissas Verlobter?«

Mrs Peggie schaute genauer hin. »Nein. Das sind die amerikanischen Soldaten, die den Untergang der *Tuscania* überlebt haben.«

»Der scheint sich ein Bein gebrochen zu haben.«

Mrs Peggie sah hin. »Ja, ich glaube, er wurde auf die Klippen geworfen. Ach ja, das war ja der, den sie sogar selbst gerettet hat, Clarissa.« Sie deutete auf die junge Frau.

»Ach, tatsächlich?«, fragte Alex interessiert.

»Ja, jetzt weiß ich's wieder«, meinte Mrs Peggie erfreut. »Alle sagten, es sei ein Wunder, wie er überhaupt überleben konnte, die ganze Nacht und bei dem Sturm. Und er hatte auch noch die Spanische Grippe und war schon halb tot, ehe er über Bord ging.«

»Die Spanische Grippe?«

»Davon haben Sie doch sicher schon gehört? Das war eine schwere Influenzawelle, 1918 bis 1919, ihr sind mehr amerikanische Soldaten zum Opfer gefallen, sagt Mr P., als durch Feindeshand. Als ob das Leben nicht schon schwer genug gewesen wäre!« Sie schnalzte missbilligend und schaute sich das Foto noch einmal an. »Aye, jeder hier kennt diesen armen Burschen – er war monatelang krank, blieb noch hier, nachdem alle seine Kameraden längst aufs Festland nach England gebracht worden waren. Es gab kaum Hoffnung, dass er sich wieder erholen würde, aber Miss Clarissa wich nicht von seiner Seite. Sie wollte unbedingt, dass er's schaffte.«

»Wow, dann ist also sein Schiff torpediert worden, er wurde gegen die Felsen geschleudert, brach sich das Bein und starb beinahe an Unterkühlung und hat dabei auch noch die Spanische Grippe gehabt? Der Mann muss der größte Glückspilz gewesen sein, den es gibt.«

»So glücklich auch wieder nicht. Er blieb vier Monate lang, und sobald er wieder gehen konnte, wurde er an die Front geschickt. Er fiel neun Tage später in Frankreich.«

»Mein Gott«, rief Alex entsetzt aus. »Wie schrecklich!«

»Alle hier waren zutiefst erschüttert, als sie's erfuhren. Meine Mutter hat oft davon geredet. Sie sagt, er hätte hier zahlreiche Freunde gefunden und man gedenke seiner noch immer mit großer Zuneigung.«

Alex sah sich das Foto noch einmal an. »Clarissa muss es am schwersten getroffen haben. Immerhin hat sie ihm das Leben gerettet und ihn wieder gesund gepflegt.«

»Aye. Sie hat sich danach sehr zurückgezogen. Kein Wunder, nachdem sie bereits ihren Liebsten und ihren Bruder verloren hatte.«

»Ja, das ist verständlich. Schrecklich, wenn man immer derjenige ist, der zurückbleibt.«

»Schon. Sie hat dann die Insel eine Zeitlang verlassen. Sicher waren die Erinnerungen einfach zu schmerzlich für sie. Jeder ging weg, aber niemand kehrte zurück.«

Alex nippte an ihrem Tee. »Kam sie auch nie mehr zurück?«

»Doch, nachdem sie den Jungen adoptiert hatte, kam sie zurück. Daheim ist's eben doch am schönsten, nicht?«

Alex unterdrückte ein Schaudern. Bei ihr zuhause war es das ganz bestimmt nicht gewesen. »Kann sein«, murmelte sie.

15. Kapitel

Vierundzwanzig. Fünfundzwanzig. Sechsundzwanzig …

Sie kam prustend wieder an die Oberfläche. Wenigstens fühlte sie sich jetzt sauber. Sie ließ den Kopf gegen die lachsrote Wanne sinken und die Haut von den Bittersalzen umspülen, die ihre angespannten Muskeln lockerten. Sie warf einen Blick auf ihre Füße. Eigentlich wäre diese Woche eine Pediküre fällig, aber das konnte sie hier auf der Insel vergessen. Ob der Nagellack wohl noch eine Woche länger hielte? Sie begutachtete ihre Zehennägel, um zu sehen, ob der Lack irgendwo abgesplittert war.

Ein lautes Klopfen an der Haustür ließ sie erschreckt hochfahren. War es schon so spät? Sie hatte doch sicher noch etwas Zeit! Sie und Mrs Peggie hatten über eine Stunde lang Fotos angeschaut, danach war sie gleich in die Wanne gestiegen, aber so lange war sie doch noch nicht im Wasser, oder? Sie streckte den tropfnassen Arm heraus und blickte kurz auf ihr Handy, das auf dem Wäschekorb lag: 19:40 Uhr. Sie runzelte die Stirn. Sie war sicher, dass abgemacht war, er würde sie um acht abholen.

Sie stieg aus der Wanne und hatte sich gerade in ein frisches lilafarbenes Handtuch gewickelt, als Mrs Peggie mit ihrer markanten Stimme zu ihr hinaufrief: »Miss Hyde?«

Alex trat aus dem Bad. »Ja?«

»Sie haben Herrenbesuch.«

»Mist«, flüsterte sie gehetzt. »Äh ... ich bin noch nicht fertig. Könnten Sie ihm sagen, dass er zu früh dran ist?« Wusste er denn nicht, wie unhöflich es war, zwanzig Minuten früher aufzutauchen?

Eine kurze Stille, dann ...

»Sie sind zu früh dran«, ertönte es in Mrs Peggies missbilligendem Ton.

»Nein, bin ich nicht. Wir müssen um acht da sein«, entgegnete eine heisere Stimme.

Alex fuhr aufgeschreckt hoch. Was? Auf Zehenspitzen ging sie den Korridor entlang und streckte den Kopf um die Ecke, schaute die Treppe hinunter. Im selben Moment schaute Lochlan zu ihr hinauf.

»Oh!« Sie zuckte zurück und umklammerte ihr Handtuch. Was sollte sie jetzt machen? Am liebsten hätte sie sich weiter versteckt, aber das wäre kindisch gewesen; außerdem sah man ja nur ihre Schultern und ihre Beine – weniger, als sie in einem Bikini gezeigt hätte. Sie holte tief Luft, setzte ein würdevolles Lächeln auf und kam langsam die Treppe hinab. Mrs Peggie zog sich mit missbilligender Miene zurück. »Lochlan. Ich hatte Sie gar nicht erwartet.«

»Wieso nicht? Bruce hat uns alle um acht zu sich gebeten.« Er ließ sich nicht anmerken, ob er ihren Aufzug ungewöhnlich – oder gar sexy – fand, was Alex ein wenig kränkte, wie sie überrascht feststellte.

»Bruce?«

Er zog die Augenbrauen hoch. »Die Verkostung? Die vielleicht wichtigste und aufregendste Entdeckung in der Firmengeschichte?«

Alex fiel der Kinnladen herunter. »Da soll ich auch mit dabei sein?«

»Er hat gesagt ›alle‹.«

»Ja, aber doch nicht ich. Ich bin … ich bin doch kein Kenner.«

Sein Blick verriet, dass er sie nach allem, was er mit ihr erlebt hatte, zumindest für eine begeisterte Amateurtrinkerin hielt. »Sie werden schmecken, dass der was ganz Besonderes ist, glauben Sie mir.« Sein Blick fiel auf etwas und er stutzte. »Ist das … ist das etwa *mein Anzug*?« Er wich einen Schritt zurück und befühlte den dunkelgrauen Flanellstoff des Anzugs im Windfang.

»Ach ja … äh, stimmt.« Sie fror ein wenig im Luftzug, der durch ein undichtes Fenster eindrang.

Er warf ihr einen Blick zu. »Sagen Sie jetzt bloß nicht, dass Sie inzwischen auch meine Klamotten anziehen.«

Sie lachte laut auf. Er konnte ganz schön komisch sein, wenn er wollte. »Nein! Ich hab ihn nur zum Auslüften mit hierhergenommen. Er dürfte jetzt …« Sie beugte sich vor und streifte ihn dabei, dann schnupperte sie kurz an dem Anzug. »Ja, ist schon fast weg. Der Rauchgeruch, meine ich«, fügte sie hinzu, als sie seinen eigenartigen Blick bemerkte. »Und ich … ich hab auch Ihre Schuhe und Ihre Turnschuhe hergebracht.« Sie deutete auf das Schuhwerk und lenkte dabei unfreiwillig seinen Blick auf ihre nackten Beine.

Es dauerte einen Moment, ehe er etwas sagte. »Sehr rücksichtsvoll, Hyde.«

»Na ja, Sie sind in ein brennendes Gebäude gelaufen, da kann ich ja wohl Ihre Schuhe retten«, meinte sie mit einem lässigen Schulterzucken, das ihre Verlegenheit über ihre Blöße allerdings nicht ganz verbergen konnte.

Stille trat ein. Er wurde ungeduldig. »Und – worauf warten Sie noch? Jetzt ziehen Sie sich doch mal an, wir haben's eilig.«

»Tut mir leid«, antwortete sie seufzend. »Ich wäre natürlich gern mitgekommen, aber … ich kann leider nicht. Ich hab schon was vor.«

»Was soll das heißen, Sie können nicht?«, fragte er aufgebracht. Es war Donnerstagabend auf Islay, was konnte sie da schon vorhaben? »Dann sagen Sie halt ab. Das ist ein ganz besonderer Anlass, so was erlebt man nur einmal.«

»Das geht leider nicht.«

Sein Blick verfinsterte sich. »Was können Sie denn schon so Wichtiges vorhaben, dass Sie dafür eine solche Gelegenheit sausen lassen?«

»Klopf, klopf, ist jemand zuhause?«, rief eine sonore Stimme von draußen. Die Tür war bloß angelehnt. Jetzt öffnete sie sich vorsichtig, und ein blonder Kopf schob sich herein. »Na hallo!« Callum strahlte, als er die leicht bekleidete Alex erblickte.

»Ach, Mensch …!«, murrte sie und umklammerte ihr Handtuch.

Callum betrat den Windfang und bemerkte jetzt erst seinen finster dreinblickenden Vetter. »Ach, hi, Cousin, wie geht's dir? Dachte ich's mir doch, dass ich deine Karre draußen hab stehen sehen. Was führt dich hierher?«

Stille. Lochlan warf ihr einen eigenartigen Blick zu.

»Ich wollte den hier abholen«, verkündete er schließlich und nahm sich den Anzug. Dann bückte er sich, um auch die Schuhe aufzuheben, und bekam prompt einen Hustenanfall.

»Das klingt aber nicht gut, Lochie«, sagte Callum, der es schaffte, die Stirn zu runzeln, ohne das Lächeln abzustreifen. »Solltest du dich nicht lieber wieder hinlegen?«

»Mir geht's gut«, erwiderte Lochlan finster, auch wenn er wirklich nicht so aussah. »Wir sehen uns dann morgen.« Und dann ging er mit gesenktem Blick, den Anzug über der Schulter.

Callum wandte sich mit einem Achselzucken Alex zu. »Sagen Sie bloß, dass Sie so mit mir ausgehen wollen!«, meinte er mit leuchtenden Augen. »Sie würden mich zum glücklichsten Mann der Welt machen.«

Er war ein amüsanter Begleiter, das musste man ihm lassen. Erstaunlich gut belesen noch dazu. Und er konnte zuhören, wenn er wollte, was sie wirklich nicht erwartet hatte.

Das Pub hieß »The Stag« – zum Hirschen – und war unglaublich gemütlich: Große alte, glatt abgelaufene schwarze Steinplatten bedeckten den Fußboden, die Wände waren in einem kräftigen Preußischblau gestrichen, und in einer Ecke brannte ein munteres Feuer in einem Kamin und tauchte den Raum in bernsteinfarbenes Licht. Draußen vor der Wirtschaft stand eine mächtige Tanne, die mit Lichterketten geschmückt war. In deren schwachem Schein konnte Alex das Grassodendach des geduckten Steingebäudes erkennen. Es war ein altes »Black House«, wie Callum erklärte, als er sie »wegen Glatteis« ritterlich beim Arm nahm und den Weg entlanggeleitete. Häuser wie diese – aus Naturstein und oft mit Sodendach – waren über Jahrhunderte die normale Behausung der Bewohner der schottischen Inseln gewesen, ehe sie von den »White Houses«, Gebäuden mit Rauchfang und Fenstern, abgelöst wurden.

»The Stag« war hauptsächlich eine Wirtschaft mit Ausschank. Hinten befand sich eine breite Bar, in der Mitte verschiedene Ledersofas und Tweedsessel, und die Peripherie war mit Sitznischen besetzt, die durch hohe Trennwände abgeteilt waren. Diese Nischen waren so eng und schmal, dass man beim Sitzen die Knie des Gegenübers streifte, wie Alex rasch feststellte und sich daher ein wenig schräg setzte.

Die Herfahrt war entspannt verlaufen. Callum war ein unkomplizierter Gesellschafter. Mühelos wie ein Einheimischer nahm er die schmalen, vereisten, kurvenreichen Straßen, während sie noch in Gedanken über Lochlans unerwartetes Auftauchen brütete – was hatte er sich bloß dabei gedacht? Selbst wenn sie vorgehabt hätte, an der Verkostung teilzunehmen, war nie davon die Rede gewesen, dass er sie abholen kam. Ein bleicher Halbmond stand am Himmel, und dicke Schneewolken hingen nach wie vor über der ganzen Insel, während sie den Weg landeinwärts einschlugen, in Regionen, in die sie auf ihren Läufen noch nie gekommen war: alte Nadelholzwälder, die an Märchenlandschaften erinnerten, und raue Hochmoore. Die hellen Scheinwerfer von Callums smartem Audi R8 schwenkten über hügelige Heide und dunklen Tann. Häuser gab es hier kaum, nur ein paar Weiler und vereinzelte Steincottages. Als sie sah, dass im Pub nur noch eine einzige Nische frei war, fragte sie sich daher unwillkürlich, wo all die Leute herkamen. »Man muss immer reservieren«, erklärte Callum, als sie staunend im Eingang stand und sich umsah.

»Sie kommen wohl ziemlich oft her, was?« Ihre Stimme klang ein wenig schärfer als beabsichtigt, aber er ließ sich nicht anmerken, ob der Seitenhieb ihn getroffen hatte oder nicht.

Sie bestellten sich Old Fashioneds, und Callum verlangte dafür speziell den Kentallen 15. Er nahm Kalbs-Stew und sie Risotto mit schwarzen Trüffeln.

Mittlerweile waren sie wieder beim Whisky angelangt, diesmal aber nur ein Fingerbreit von der bernsteinfarbenen Flüssigkeit. Alex fühlte sich wohlig entspannt. Sie war satt, und ihr war warm in dem gut geheizten Gastraum, beim Schein des flackernden Feuers und der Weihnachtsmusik, die leise aus den Lautsprechern an der Bar zu ihnen herüberdrang. Sie saß seitlich und hatte ihre Beine auf der Sitzbank ausgestreckt und betrachtete Callum, der ihr gerade einen Schwank aus der Internatszeit erzählte, als er seinem Kumpel eines Nachts ein Paket Jaffa-Kekse an der Gürtelschnur seines Schlafanzugs durchs Fenster in den Schlafsaal einen Stock tiefer herabgelassen hatte.

Es war lange her, seit sie zum letzten Mal mit jemandem ausgegangen war – einfach so, nicht geschäftlich. Nicht dass dies ein Date war – es war in gewisser Weise schon geschäftlich: Sie hatte einen Handel mit ihm abgeschlossen und löste ihn nun ein. Aber dass es ihr so gut gefallen würde, damit hatte sie nicht gerechnet.

Er sah wirklich sehr gut aus, dachte sie müßig, als er soeben über einen Scherz lachte, den er gemacht hatte –

er lachte immer, war immer fröhlich und guter Dinge. In ihm gab es keine dunklen Abgründe, keinen übertriebenen, finsteren Ehrgeiz. Er war das typische Produkt reicher Eltern aus gutem Hause: An Geld hatte es ihm nie gefehlt, sein Name öffnete ihm jede Tür und sein attraktives Gesicht jedes Herz.

Er war ganz anders als sein Bruder. Und was Lochlan anging … Was war das mit ihm? Er war so defensiv, dass es brüsk wirkte, und verbarg hinter dieser Brüskheit seine schwelende Aggressivität. Er war unverblümt, ja fast beleidigend offen, dabei aber zugleich verschlossen und festgefahren. Der heutige Tag war in mehr als einer Hinsicht eine Offenbarung gewesen. Sie hatte seine Beziehung zu Skye beobachten können und ihn zum ersten Mal im Clinch mit Sholto erlebt. Die beiden waren mittlerweile so im Zwist, dass sie einander schon aus Prinzip widersprachen. Ihrer Erfahrung nach …

Aber sie dachte ja schon wieder nur ans Berufliche, an ihren Klienten! Dabei sollte das ein entspannter freier Abend sein. *Konzentriere dich auf Callum*, befahl sie sich und nahm einen Schluck Whisky. Dann knipste sie sich wieder an und hörte zu, was er sagte. Ach, er redete über sie!

»Hm?« Sie richtete sich auf. Im Hintergrund dudelte leise »Fairytale of New York«.

Er hatte sich schmunzelnd vorgebeugt und musterte sie aufmerksam. Eine gute Methode, die sie gerne ihren Klienten empfahl, wenn sie dem Gegenüber das Gefühl geben wollten, verstanden zu werden und wichtig zu sein. »Ich hab gefragt, warum zum Teufel Sie nicht verheiratet sind? Sie sind erfolgreich, ehrgeizig, witzig, interessant – und verdammt attraktiv, wenn Sie mir erlauben.«

»Nicht jede Frau will heiraten. Für manche von uns ist der ganze Zirkus mit dem weißen Kleid, Kirche und Altar ein Albtraum.«

»Na gut, das verstehe ich ja«, sagte er leise. »Sie sind eine moderne Frau. Was hätte Ihnen eine Ehe schon zu bieten? Sie brauchen keinen Mann. Sie sind finanziell unabhängig, intelligent …«

Sie lachte. »Jetzt hören Sie aber auf, genug mit den Komplimenten.«

»Gibt es eine feste Beziehung in Ihrem Leben?«

»Nein.«

»Und eine weniger feste?«

»Das geht Sie nichts an.«

Er schnalzte mit der Zunge am Gaumendach. »Sehen Sie, das ist es, was ich so an Ihnen mag. Kein Bullshit. Es gibt nur wenige Frauen, die den Mut haben zu sagen, was sie denken.« Er schwieg, und ein Lächeln umspielte seine Lippen. »Und jetzt sagen *Sie* mir, was Ihnen am besten an mir gefällt«, verlangte er mit rauchiger Stimme.

Deine Augen. Sie zog eine Braue hoch. »Wer sagt, dass mir überhaupt was an Ihnen gefällt?«

»Autsch, das war hart.« Er schüttelte lachend den Kopf, entzückt über ihre spröde Art. »Glauben Sie nicht, ich würde nicht merken, wie Sie jeder persönlichen Frage aus dem Weg gehen. Aber das befeuert mein Interesse nur noch mehr. Ich will herausfinden, wer Sie sind, Alex, und wie Sie ticken.« Er hielt inne. »Und das werde ich auch.«

Alex lenkte erneut mit einem Lächeln von sich ab.

Er würde es sowieso nie erraten – könnte es gar nicht. Selbst wenn sie es ihm erzählen würde, hätte er Probleme, es zu glauben. Manche Geschichten waren einfach zu schrecklich für Plausibilität. Sie trommelte nervös mit den Fingern auf die Tischplatte. »Und wie oft kommen Sie hierher? Ganz schön oft, scheint mir«, wechselte sie entschieden das Thema. »Sie leben doch eigentlich in Edinburgh, oder?«

»Das hängt davon ab, wie viele schöne Frauen vom Sturm hierhergeweht und festgehalten werden.«

Sie musterte ihn unbeeindruckt.

Er hob lachend die Hände. »Na gut. Meistens nur jedes zweite Wochenende, aber bei all den zusätzlichen Familienkonferenzen in letzter Zeit komme ich öfter her – zum Glück, denn sonst hätte ich *Sie* ja neulich nicht kennengelernt.«

»Zusätzliche Familienkonferenzen?«, hakte sie mit plötzlich erwachter Neugier nach.

Er zuckte die Achseln. »Mehr als gewöhnlich. Ach, das ist nichts weiter.« Er nahm einen Schluck. Ihr fiel unwillkürlich auf, wie sein Haar in diesem Licht golden schimmerte. »Und wie läuft es mit meinem geliebten Cousin? Hat Ihnen die Jagd geholfen?«

»Hätte sie vielleicht, wenn nicht das mit dem Feuer passiert wäre.« Sie seufzte. »Jeder Vorteil, den ich möglicherweise hatte, hat sich zusammen mit dem Kornspeicher in Rauch aufgelöst. Und jetzt hat er so viel mit Polizei, Versicherung und Presse zu tun, ganz zu schweigen vom Reinemachen und dem Anwerfen der Produktion und jetzt auch noch diesem überraschenden Whiskyfund, dass er ganz bestimmt keine Zeit hat, sich mit mir hinzusetzen. Selbst wenn er wollte.« Sie ließ müde den Kopf an die Bande sinken und entblößte dabei ihren weißen Hals. »Also, ich weiß auch nicht, was das mit diesem Auftrag ist. Kaum mache ich einen Schritt vorwärts, falle ich drei wieder zurück.«

»Das sollten Sie sich nicht zu sehr zu Herzen nehmen. So ist das eben mit ihm. Aus dem wird kein Mensch schlau.«

»Aber gerade ich sollte das doch, das ist schließlich mein Beruf.«

»Tja.« Er zuckte die Achseln.

Sie legte gedankenverloren die Finger um ihr Glas. »Ach, ich weiß auch nicht. Er ist einfach unmöglich.«

»Was tun Sie denn sonst mit besonders schwierigen Patienten?«

»Ich setze mich mit ihnen zusammen und wir reden.«

»Reden? Im Ernst?« Callum machte eine skeptische Miene. »Hören Sie, da will ich Ihnen lieber gleich jede Illusion nehmen. Lochie würde niemals über seine Gefühle reden.«

»Ich meine ja auch das sokratische Gespräch. Das ist eine Art Gewissenserforschung, die einem hilft, selbst herauszufinden, wo die Probleme liegen und welche Lösungen es gibt. Sie basiert auf der Erkenntnis, dass jeder Mensch im Grunde selbst weiß, woran es hakt, und dass die Lösung dafür in uns schlummert, man muss nur auf den richtigen Weg gebracht werden.«

Callum nahm zweifelnd einen Schluck Whisky. »Gibt es auch noch einen Plan B?«

»Das wäre die radikale Umkehr um hundertachtzig Grad.«

»Was versteht man darunter?«

»Wenn sich der Weg, auf dem man ist, als der falsche erweist, kann man entweder so weitermachen. Oder umkehren.«

»Und was würde das in Bezug auf Lochie bedeuten?«

Alex schwieg. Sie musste an Skye denken. Würde eine Umkehr für Lochie bedeuten, dass er wieder zu ihr zurückkehren würde? Und einsah, den schlimmsten Fehler seines Lebens gemacht zu haben, als er sich von ihr trennte – wie Alex stark vermutete? Oder gab es etwas Schlimmeres, mit dem er sich konfrontieren musste, ehe es wieder vorwärtsging? Skye hatte doch erwähnt, dass er schon Monate zuvor zunehmend distanziert und abweisend geworden war. »Ich weiß noch nicht genau, aber wenn ich's herausfinde, werden Sie's als Erster erfahren«, antwortete sie gleichmütig.

»Na, das will ich hoffen. Sagen Sie's nicht weiter, aber ich vermisse den Bastard.«

Das überraschte Alex. »Haben Sie sich denn früher gut verstanden?«

»Kaum zu glauben, oder? Aber ja, wir waren als Kinder so gut wie unzertrennlich – ich war enger mit Lochie als mit Tor; wir sind nur acht Monate auseinander. Wir kamen in dasselbe Internat, ja sogar in denselben Schlafsaal. Wir waren die besten Freunde.«

»Und was ist passiert?«, wollte sie wissen.

Er schaute kopfschüttelnd in sein fast leeres Glas. »Er hatte Probleme daheim. Das hat ihn richtig aus der Bahn geworfen – er ist ständig ausgerissen und aus der Schule abgehauen, hat sich aufgeführt. Dann starb seine Mum, und er kam nach der Beerdigung nicht mehr auf die Schule zurück. Ich hab ihn danach jahrelang nicht mehr gesehen. Und als wir uns wiedersahen, waren wir Fremde.«

Alex musterte ihn. Seine Unbekümmertheit war verschwunden, er wirkte auf einmal ernst und traurig. »Haben Sie je versucht, mal mit ihm darüber zu reden?«

»Himmel, nein! Sie kennen ihn doch! Wer bei ihm anfängt, von Gefühlen zu reden, der kann sehen, wo das hinführt. Ich bräuchte nur den Mund aufmachen, und er würde mich wahrscheinlich hochkant in den Loch werfen.«

»Und gar nicht reden ist besser?« Jetzt machte sie eine skeptische Miene.

Er blickte auf und sah das tiefe Mitgefühl in ihren Augen. »Das ist immer noch die bessere Lösung, glaube ich. Lochie kann nicht anders, er ist nun mal, wie er ist. Manche Menschen ändern sich eben, wenn sie Schlimmes erfahren haben.«

Wenn sie Schlimmes erfahren? Sie bekam eine Gänsehaut, die Härchen an ihren Unterarmen stellten sich auf. Sie nickte. Ja, damit kannte sie sich aus.

Beide schwiegen auf der Heimfahrt. Alex hatte das Gefühl, dass sich die Dinge zwischen ihnen ein wenig geändert hatten, dass etwas in ihr nachgegeben hatte. Die hohe Mauer, die sie gewöhnlich um sich herum errichtete, war ein wenig niedriger geworden, sie ließ sich jetzt mit einem Seil erklimmen. Und es war schön, sich einfach mal zu entspannen und Spaß zu haben, wie normale Menschen. Und dabei vielleicht auch zu stolpern.

Sie schaute aus dem Fenster auf die vorbeirollende

Moorlandschaft, auf die Lichter in den wenigen Häusern, die die dunkle Landschaft betupften wie Sterne am Himmel, zurück zur Küste und dem funkelnden Ozean, zurück über die kahlen weiten Gerstenfelder.

Als sie das Farmhaus erreicht hatten, sprang er aus dem Wagen, ehe sie protestieren konnte, und kam zu ihr herum. Er half ihr beim Aussteigen und bestand auch diesmal darauf, ihren Arm zu nehmen und sie »wegen Glatteis« bis zum Haus zu begleiten. Sie spürte durch ihren Mantel die Muskeln seines Bizeps an ihrem Arm, roch seinen moschusartigen Duft, der ihr vom leichten Wind zugetragen wurde. Sie kam sich vor, als würde sie aus einem tiefen Schlaf erwachen.

»Danke für den schönen Abend«, sagte sie lächelnd, als sie unter dem Vorbau standen. »Ich hatte nicht damit gerechnet, dass es so nett werden würde.«

»Na, ich schon – im Gegensatz zu Ihnen.«

Sie lächelte. Dann beugte er sich ein wenig zu ihr herab. Ihr Magen schlug unwillkürlich einen Purzelbaum.

Er hielt inne und murmelte: »Wollte bloß sehen, ob ich mir gleich eine Ohrfeige einfange.« Er blickte ihr tief in die Augen.

Sie lachte laut auf, und da küsste er sie auch schon sanft auf die Wange. Ihre Blicke begegneten sich. Alex wurde schlagartig ernst. »Wäre es zu viel verlangt, wenn ich Sie bitten würde, ein weiteres Mal mit mir auszugehen?«, fragte er. »Nächste Woche?« Sein Blick huschte über ihren Mund, ihre Wimpern, ihr Haar …

Sie schmunzelte. »Erstaunlicherweise nicht.«

Er lachte leise. »Bloß gut, dass Sie aus Ihrem Herzen

keine Mördergrube machen, Miss Hyde«, sagte er leise. Dann richtete er sich mit einem belustigten Kopfschütteln auf und schlenderte durch den Vorgarten zurück zu seinem Auto. Ehe er einstieg, schaute er sich noch einmal zu ihr um. Dann fuhr er davon.

Alex blickte seinen roten Bremslichtern nach, wie eine ganz normale Frau, die sich nach dem Date gerne noch im Türstock hätte küssen lassen. Sie blickte ihm nach, bis er hinter dem nächsten Hügel verschwand.

16. Kapitel

Islay, Freitag, 15. Dezember 2017

Er war ihr zuvorgekommen. Zwar dampfte noch der Wasserkessel, und seine rote Nescafétasse stand voll bis zum Rand neben ihm, aber er saß bereits am Schreibtisch, als sie am nächsten Morgen sein Büro betrat. Rona schlummerte zu seinen Füßen.

»Ach!«, rief Alex überrascht aus. »Sie sind das.«

Er blickte auf, ohne den Kopf zu heben. »Wer sonst? Ist schließlich mein Büro.«

Sie versuchte seine Laune einzuschätzen. Er war nicht mehr so bleich wie gestern, hatte wieder ein wenig Farbe im Gesicht, und auch seine Augen wirkten nicht mehr so trüb. »Bär mit Brummschädel«, lautete ihr Urteil. »Wie geht es Ihnen heute? Sie sehen schon viel besser aus.«

»Komisch, und ich dachte, Sie würden viel schlechter aussehen.«

»Danke, ich nehme es als Kompliment«, meinte sie gut gelaunt. Sie würde sich nicht mehr von seinen ständigen Anspielungen provozieren lassen. Bloß weil sie ein einziges Mal einen über den Durst getrunken hatte. Natürlich war sie in der Lage, einen schönen Abend zu verbringen, auch ohne sich volllaufen zu lassen.

Die Taktik funktionierte, und er musterte sie mürrisch, während sie zum Wasserkessel ging, um sich selbst eine Tasse zu machen. »Bitte, tun Sie sich keinen Zwang an, nehmen Sie sich ruhig auch einen Kaffee«, höhnte er. »Machen Sie sich's bequem.«

»Danke, das werde ich«, erwiderte sie fröhlich.

Eine lange Stille trat ein. Sie beschäftigte sich mit dem Spülen einer Tasse und schnüffelte misstrauisch an der Milch. Schließlich hielt er es nicht länger aus und fragte sarkastisch: »Und wie war Ihr *Date*?«

»Das war kein Date«, antwortete sie, ohne sich umzudrehen.

»Sah aber so aus.«

Sie rührte achselzuckend in ihrem Kaffee und nahm sich dafür Zeit, ehe sie schließlich zum Jutesessel ging und sich setzte. Dabei fiel ihr auf, dass sein Anzug wieder am Haken hinter der Tür hing. »Aber erzählen Sie doch lieber, wie es bei Ihnen war«, sagte sie mit einem gespannten Lächeln und wärmte sich die kalten Hände an der warmen Tasse. »Ist es gut verlaufen?«

Eine Pause trat ein. Er warf seinen Stift beiseite und verschränkte die Arme hinterm Kopf – nahm Raum ein, nahm seine Rolle ein. Er starrte sie ein paar Sekunden lang undurchdringlich an, als ob er sich nicht sicher wäre, ihr eine solche Auskunft anvertrauen zu können, dann ... »Göttlich. Einfach göttlich.« Es klang fast, als müsse er sich die Worte vom Herzen reißen, es kostete ihn sichtlich Anstrengung, seine üble Laune beiseitezuschieben, um etwas wirklich Gutes zu erzählen.

Sie schnappte begeistert nach Luft. »Im Ernst?«

»Der schönste Augenblick in meinem Leben.« Er strahlte, und sein Gesicht war auf einmal wie verwandelt, als würde es von innen leuchten, die Ecken und

Kanten glätteten sich, seine Augen funkelten, und der Panzer, der ihn wie eine unsichtbare Aura umgab, verschwand. »Eine Schande, dass Sie's verpasst haben. Gestern Abend wurde Geschichte geschrieben, ein Stück schottische Geschichte, hier an diesem Ort.« Er schloss die Augen. »Mein Gott, es war viel besser, als wir uns es je hätten erhoffen können – ein unglaublich sattes Aroma, mit einem Hauch Orange und Pfirsich und einer Toffee-Note«, schwärmte er. »Ich dachte, Bruce würde auf der Stelle umkippen. Besser geht's nicht. Das ist der absolute Gipfel, für alle von uns.«

»Das freut mich riesig«, sagte sie. Wie lebendig er auf einmal wirkte. Er war ein ganz anderer Mensch, einer, dem sie bis jetzt noch nie begegnet war, voller Leidenschaft und Begeisterung. Wenn sie diese positive Seite von ihm doch nur irgendwie festhalten und nutzen könnte. »Eine unglaubliche Wendung, nicht? Wer hätte sich das ausmalen können, als in der Nacht zum Dienstag die Flammen haushoch in den Himmel loderten – dass so etwas dabei herauskommen würde? Die reinste Auferstehung, wie der sprichwörtliche Phönix aus der Asche.«

Sie lächelte und er lächelte ebenfalls, und einen Moment lang war alles ganz einfach zwischen ihnen. Da summte ihr Handy, und sie warf einen Blick darauf.

Wäre es falsch von mir zuzugeben, dass ich letzte Nacht von Ihnen geträumt habe?

Sie öffnete überrascht die Lippen und musste gegen ihren Willen schmunzeln. Wo hatte er bloß ihre Nummer her? Das interessierte sie am allermeisten. Von seinem Vater?

Sie steckte das Handy weg und schaute wieder zu Lochlan hin, der sich jedoch bereits über seine Arbeit beugte. Sie nahm einen Schluck und beobachtete ihn. »Und wie läuft es mit der neuen Mälzerei? Geht es voran?«

»Alles schon in Arbeit«, sagte er zerstreut, griff zu einem Stift und unterschrieb etwas. »Die Mannschaft arbeitet Tag und Nacht daran, das Gebäude zu säubern und zu ventilieren. Und die neuen Maischbottiche sind auch schon in Arbeit. Ich bin zuversichtlich, dass wir die Produktion mit Beginn des neuen Jahres wieder aufnehmen können.«

»Sie scheinen ja alles im Griff zu haben.«

»Und Sie scheint das zu überraschen.«

Sie legte den Kopf schief. »Glauben Sie etwa, Sie würden mich nicht überraschen, Lochlan? Was denken Sie denn?«

»Was Sie angeht, keine Ahnung.«

Sein Tonfall verriet, dass es ihm egal war. Sie musterte ihn, bemerkte seine Anspannung.

»Wissen Sie was? Jetzt, wo Sie mich mehr als fünf Minuten am Stück ertragen können, könnten wir doch vielleicht versuchen tatsächlich miteinander zu arbeiten, was meinen Sie? Ich kann schließlich nicht ewig in der Kantine sitzen und Kaffee trinken oder Ihr Büro putzen.« Sie beugte sich vor und stützte die Ellbogen auf ihre Knie, ein beschwörendes Lächeln auf dem Gesicht. »Hm? Je eher wir zu arbeiten anfangen, desto schneller werden Sie mich wieder los. Der langfristige Gewinn überwiegt doch sicher den kurzfristigen Schmerz.«

Das war ihr schlagkräftigstes Argument. Stille trat

ein – sie wusste genau, dass er nur so tat, als würde er die Zahlen vor sich studieren.

»Und was genau würde das beinhalten?«

»Dass Sie mit mir reden«, sagte sie zu seinem Profil.

Er blieb stumm.

»Jetzt kommen Sie schon«, drängte sie. »Zumindest werden Sie dann Sholto los. Sie spielen ihm doch nur in die Hände, wenn Sie sich weigern, mit mir zu arbeiten; Sie bestätigen seine schlimmsten Befürchtungen. Ich weiß, dass ich Ihnen helfen kann. Sie behaupten ständig, es gäbe tausend Gründe, warum es zwischen ihnen nicht funktionieren kann. Dabei brauchen Sie bloß *einen* dafür, dass es doch geht.«

Er schaute sie unbewegt an.

»Sehen Sie's doch so: Je schneller Sie kooperieren, desto schneller sind Sie mich wieder los. Stellen Sie sich vor« – sie breitete lächelnd die Arme aus –, »Sie betreten morgens Ihr Büro und ich bin *nicht* da. Toll, oder? Das wäre doch schon was.«

Er räusperte sich und nahm einen Schluck aus einem großen Glas Wasser, das auf seinem Schreibtisch stand. Offenbar machte ihm sein Hals noch immer zu schaffen. »Also gut.«

Sie fiel fast vom Stuhl. Hatte er tatsächlich Ja gesagt? War er endlich bereit, sich auf die Arbeit mit ihr einzulassen?

»Toll!« Sie sprang spontan auf und drehte sich einmal im Kreis herum, wusste nicht gleich, wohin oder was tun. Von null auf hundert, das musste man erst mal verkraften. »Okay, also dann … dann werde ich erst mal alles vorbereiten. Treffen wir uns … ähm …« Sie hatte keine Ahnung, wo. »Mist, ich brauche einen großen Raum. Und Stühle. Viele Stühle.«

Er zog eine Augenbraue hoch. »Wozu um Himmels willen brauchen Sie Stühle?« Er stöhnte. »Mein Gott, worauf hab ich mich da eingelassen!«

Ihr kam eine Idee, und sie schmunzelte. »Könnten Sie vielleicht veranlassen, dass man uns für zwei Stunden die Kantine überlässt?« Als sie sein Gesicht sah, hob sie beschwichtigend die Hände. »Ich weiß, ich weiß. Aber ... vertrauen Sie mir einfach, ja?«

Er blinzelte und sah aus, als ob er sie für verrückt hielt. »Na gut, fünfzehn Uhr. Aber nur für eine Stunde.«

»Zwei«, kam es wie aus der Pistole geschossen.

Seine Augen wurden schmal. »Anderthalb.«

»Deal.« Sie tänzelte strahlend zur Tür. Dort drehte sie sich noch einmal um, die Hand auf der Klinke. »Vielleicht werden Sie ja sogar überrascht sein und feststellen, dass es Ihnen gefällt.«

Er blickte auf. »Wohl kaum.«

Sie drohte ihm mit dem Finger. »O doch, das glaube ich schon. Genauso wie's Ihnen ans Herz wächst, mich nicht zu mögen; ist wie ein neues Hobby. Eine Zerstreuung.«

Er griff seufzend wieder zum Stift. »Zerstreuung ist 'ne Beschönigung. Nervensäge trifft's eher.« Und damit widmete er sich wieder seinen Unterlagen, und sie trat hinaus in den Schnee.

Er war früh dran, offenbar hatte ihm seine Neugier keine Ruhe gelassen. »Was soll das alles?« Er blickte sich misstrauisch um. Sie hatte sämtliche Tische zur Wand geschoben und eine große freie Fläche geschaffen, an deren Rand mehrere Stühle standen.

»Das«, verkündete sie stolz, »nennt man eine *Konstellation*.«

Seine Miene verfinsterte sich. »Jetzt kommen Sie mir bloß nicht mit diesem Horoskopquatsch!«

Sie bedeutete ihm näher zu kommen. »Immer mit der Ruhe, das hat überhaupt nichts mit Horoskopen zu tun. Das ist eine bewährte Methode, die in vielen Bereichen Anwendung findet.«

»In welchen denn?« Er trat sichtlich ungern näher.

»Vor allem bei der Konfliktbewältigung und der Identifizierung von Problemen.«

»Weiß die UN davon? Es gibt da nämlich einen kleinen Konflikt im Nahen Osten, für den man noch keine Lösung gefunden hat. Vielleicht würde ja eine *Konstellation* helfen.«

Alex ließ sich von seinem Sarkasmus nicht aus dem Konzept bringen. Sie lächelte geduldig. »Kommen Sie bitte zu mir.«

Er kam heran wie ein unartiges Kind, das zur Tafel gerufen wird, und setzte sich auf den Stuhl neben sie.

»So weit, so gut.« Sie bemerkte, wie er mit den Füßen zappelte, das verriet seine Nervosität, er hätte am liebsten buchstäblich die Flucht ergriffen. »Alles, was wir heute tun wollen, ist zu besprechen, was *Sie* für die Ursachen Ihrer Probleme halten und was sich möglicherweise dagegen unternehmen lässt.«

»Das ist nicht weiter schwer. Das Problem ist Sholto. Und die Lösung ist ein neuer Vorstandsvorsitzender.«

Sie neigte ihren Kopf zur Seite. Sollte er sie ruhig provozieren. »Und wieso ist Sholto das Problem? Hat er Sie dazu gebracht, den Computer aus dem Fenster zu werfen?«

»Nein ...«

»War er überhaupt da, als es passierte?«

»Nein, er war in Edinburgh. Dort, wo er verdammt noch mal immer ist.«

»War er dabei, als Sie den indonesischen Handelsminister – wie war das noch gleich – einen ›verdammten Idioten‹ genannt haben?«

»Das nicht, aber ...«

»Aber Sie glauben, dass Sholto die Ursache für Ihren Zorn ist?«

Lochlan blinzelte. »Ich glaube, er ist ein gefährlicher Narr.«

Dasselbe hatte er schon beim ersten Mal gesagt. Offenbar wollte er ihr damit begreiflich machen, dass sich seitdem nichts geändert hatte.

Sie richtete sich kerzengerade auf, die Hände im Schoß gefaltet. »Lochlan, kennen Sie den Ausdruck ›kein Mensch ist eine Insel‹?«

»Ach, bitte bleiben Sie mir mit Ihren Sprüchen vom Leib.«

»Aber diese Sprüche haben einen guten Grund. Der Mensch ist ein Gemeinschaftswesen. Wir befinden uns in einem Geflecht aus Beziehungen – privaten, geschäftlichen, kulturellen und familiären. In jedem davon herrschen unterschiedliche Bedingungen und Loyalitäten, und in jedem davon erobern wir uns unseren Platz in dieser Welt. Sie sind nicht voneinander getrennt, sie überlappen sich.

Was wir alle wollen und brauchen, ist ein Gleichgewicht, eine Ausgewogenheit in allen Bereichen. Wir nennen das auch Lebensbalance, das Gleichgewicht zwischen Arbeit und Freizeit: Wir möchten ein produktives, erfülltes Leben führen. Wir möchten beruflich erfolgreich sein, aber auch genug Zeit für Familie und Freunde haben und natürlich auch für uns selbst. Wenn wir es schaffen, dieses Gleichgewicht zu finden, dann ist unser Leben ein erfülltes. Aber wenn auch nur ein Aspekt ins Hintertreffen gerät, kippt dieses Gleichgewicht, und der Rest wird in Mitleidenschaft gezogen. Das liegt daran, weil in jedem dieser sich überlappenden Beziehungsgeflechte drei Elemente am Werk sind: das Ich, das Wir und das Es. Stellen Sie sich mehrere sich überlappende Kreise vor, Schnittmengen, wenn Sie wollen. Wenn ein Element aus dem Gleichgewicht gerät, entstehen Blockaden, Unstimmigkeiten oder Widerstände, und das System kollabiert. Ich gebe Ihnen ein Beispiel: Sagen wir, ich bin hier angestellt (das Ich), aber wenn ich unter Depressionen leide oder bei einer Beförderung übergangen werde oder wenn mein Mann fremdgeht, dann kann ich nicht meine volle Leistung für Sie (das Wir) erbringen, und darunter leidet dann die Firma (das Es).«

»Ich hab Ihnen doch schon gesagt, dass ich nicht die Kummerkastentante für die Belegschaft mache.«

»Das verlangt ja auch keiner. Im Moment geht es uns um Sie. Was machen *Sie*, wenn die Balance nicht mehr stimmt?«

Blöde Frage, schien seine Miene zu sagen. »Nichts. Ich laufe es mir von der Seele.«

Sie nickte, ohne ihn aus den Augen zu lassen. »Okay,

gut. Darauf kommen wir später nochmal zurück. Kommen wir zu Sholto. Glauben Sie, Ihre Probleme mit ihm sind privater oder beruflicher Natur?«

»Beruflicher«, sagte er ohne Zögern.

»Sind Sie sicher?«

»Hab ich doch gesagt, oder?«

»Glauben Sie nicht, Sie würden anders reagieren, wenn er nicht zur Familie gehören würde?«

»Nein.«

»Sie glauben also nicht, dass Ihr intimeres Verhältnis zu Sholto Ihnen – bewusst oder unbewusst – das Recht gibt, sich anders zu verhalten, als wenn es sich um einen reinen Berufskollegen handeln würde?«

»Nein.«

»Ist das mit Torquil genauso?«

Er schnaubte. »Na, jetzt schon.«

»Was soll das heißen?«

Er seufzte und ließ die Jalousien runter. »Nichts.«

Sie musterte ihn mit einem langsamen Blinzeln. Ihr fiel ein, dass es Torquil gewesen war, der bei der Familienversammlung den Kinnhaken abgekriegt hatte. Sie nahm sich vor, später noch einmal darauf zurückzukommen, um herauszufinden, wo genau seine Probleme mit seinem Finanzdirektor lagen. »Und was ist mit Callum?«

»Nichts.«

»Ihm gegenüber hegen Sie also keine negativen Gefühle?«

Er zuckte mit den Achseln.

»Er sagt, Sie wären mal eng befreundet gewesen…«

Lochlans Augen blitzten auf. »Hat er Ihnen wohl beim Date erzählt? Was hat er sonst noch ausgeplaudert?«

»Nichts. Wir haben uns nicht speziell über Sie unterhalten«, log sie, »es kam einfach nur das Gespräch darauf. Er meint, er würde die alte Freundschaft mit Ihnen vermissen.«

Lochlan wandte den Blick ab. »Tja, die Menschen ändern sich nun mal.«

»Das meinte er auch. Er sagte wörtlich, dass schlimme Erfahrungen einen Menschen ändern können. Haben Sie schlimme Erfahrungen gemacht, Lochlan?«

Lochlan legte mit einem ungeduldigen Seufzer die Hände auf die Knie und blitzte sie an. »Hören Sie, was soll das alles? Ich hab weiß Gott genug um die Ohren. Bei uns hat's gebrannt, die Produktion steht still, und wir haben die größte Entdeckung in der Firmengeschichte gemacht, und auch darum muss ich mich kümmern. Und Sie wollen, dass ich hier rumsitze und zuhöre, was Ihnen mein nichtsnutziger Cousin alles über mich erzählt hat. Dafür hab ich keine Zeit ...«

»Doch, die haben Sie sehr wohl, und wissen Sie auch, warum? Weil es in dieser Firma nicht so weitergehen kann wie bisher. Solange sich die zwei Oberbosse die Köpfe einrennen, wird nichts richtig funktionieren, da können Sie machen, was Sie wollen. Sie können die Produktion wieder in Gang bringen, eine neue Mälzerei einrichten oder hübsche neue Flaschen für den Jahrhundertjahrgang entwerfen. Aber das alles wird nichts nützen, solange Sie nicht ganz oben für Ordnung sorgen. Das ›Es‹ wird so lange leiden, bis Sie das ›Wir‹ zwischen sich und Sholto geklärt haben. Ich hab Sie beide beobachtet. Sie hören einander überhaupt nicht mehr zu. Jeder macht sein Ding. Sie hören nur das, was Sie hören wollen und was Ihre festgefahrene Auffassung bestätigt. Das wird sich so lange wiederholen, bis ...«

»Bis?«

»Bis einer von Ihnen das Feld räumt.«

»Das werde jedenfalls nicht ich sein.«

»Lochlan, Sie haben den gesamten Vorstand und fast die gesamte Familie gegen sich.«

Er sagte nichts. Sie schwieg ebenfalls, dann fügte sie hinzu: »Würde es Ihnen helfen, wenn ich sage, dass eine solche Dynamik nicht ungewöhnlich ist für Familienbetriebe?«

»Nö.«

»Und wenn ich Ihnen nun verraten könnte, wie sich der Karren wieder aus dem Dreck ziehen lässt?«

»Schwer vorstellbar.«

»Nun, ich werde es Ihnen zeigen, gleich hier und jetzt.«

»Wie?«

»Indem wir eine Lebenskarte machen.« Sie nahm einen Marker und einen Papierstapel zur Hand, die auf dem Boden bereitlagen.

Er legte den Kopf zurück und schloss die Augen. »Hab ich's doch geahnt. Sie sind so was wie ein Psychiater.«

»Nein, ich bin nicht an Ihrer Kindheit interessiert. Was ich tue, ist viel mehr: Ich biete *Lösungen*. Das wollen Sie doch? Zum Wohl der Firma?«

»Kommen Sie mir bloß nicht so! Ich bin hier der Einzige, der am Wohl der Firma interessiert ist, den anderen geht's doch nur um Profit.«

»Aber Kentallen ist nun mal ein Geschäftsbetrieb, keine Familie.«

»Irrtum. Es ist beides. Das kapiert hier nur keiner, und Sie genauso wenig.«

»Hören Sie, ich bin jetzt seit fast zwei Wochen hier und habe begriffen, wie viel Ihnen die Firma bedeutet. Niemand, der nicht alles geben würde, würde in ein brennendes Gebäude rennen. Kentallen ist Ihre Welt, Ihre Identität. Das verstehe ich durchaus. Es ist Ihre Zukunft und das Vermächtnis Ihrer Eltern. Sie sind in der Gewissheit aufgewachsen, dass Sie das alles eines Tages von Ihrem Vater übernehmen …«

»Fangen Sie jetzt bloß nicht von ihm an«, meinte Lochlan bedrohlich. »Wenn Sie glauben, ich sitze hier und höre zu, wie Sie die ganze Schuld meinen Eltern zuschieben, dann können Sie gleich die nächste Fähre zum Festland nehmen.«

Sie musterte ihn perplex. Sie hatte seine Eltern kaum erwähnt, und er explodierte bereits. »Na gut, dann sagen Sie mir eben, warum *Sie* glauben, dass Sholto mich angeheuert hat«, sagte sie, um ihn zu beschwichtigen und das Thema zu wechseln. »Was ist Ihrer Meinung nach die Wurzel des Übels?«

Er lehnte sich zurück, die Arme vor der Brust verschränkt, die Fußgelenke überkreuzt. Es war ihm nicht bewusst, aber er schottete sich physisch vor ihr ab. »Meine Wut?«

Alex war positiv überrascht. Mit einem solch ehrlichen Eingeständnis hatte sie nicht gerechnet, zumindest jetzt noch nicht. Sie schrieb das Wort »Wut« auf ein großes Blatt.

»Okay, das Problem ist also ›Wut‹. Und was ist unser Ziel, was meinen Sie? Worauf sollten wir hinarbeiten?

Wenn wir beide etwas erreichen wollten, was würde das sein?«

»Wie es jede anständige Schönheitskönigin ausdrücken würde: der Weltfrieden«, sagte er, triefend vor Sarkasmus.

Sie schrieb »Frieden« auf. »Also gut. Meinen Sie damit Frieden in der Firma? Oder dass Sie Frieden mit sich selbst machen wollen?«

»Beides.«

»Das Problem ist also Wut, und die Lösung ist Frieden«, murmelte sie und musterte sein Profil. Er dagegen schaute sehnsüchtig zu den hohen Fenstern der Kantine, ein Gefangener, den man in einen Sessel geschnallt und dem man wiederholt Elektroschocks versetzt hatte. »Und wie wollen Sie dieses Ziel erreichen? Bekommen Sie von irgendwoher Unterstützung? Das muss nicht unbedingt eine besondere Fähigkeit sein, oder ...«

»Ich laufe.«

»Ja, das hatten Sie bereits erwähnt. Aber was ist mit einem Menschen, jemandem, der auf Ihrer Seite steht, ein Verbündeter? Dem Sie unbedingt vertrauen können? Gibt es so jemanden?«

»Ja.«

»Wer?«

»Rona.«

Sie schwieg verblüfft. »Der Hund?«

»Sie kann zuhören«, erwiderte er achselzuckend.

Aber kann sie auch reden?, hätte Alex am liebsten gesagt. Sie blinzelte und ließ sich nicht anmerken, was sie dachte. »Sie ist Ihre Vertrauensperson?«

Er nickte, und da erst bemerkte sie das amüsierte Funkeln in seinen Augen. Er machte sich über sie, über all das hier lustig! Zorn keimte in ihr auf.

»Was ist mit Skye?«

Er runzelte verblüfft die Stirn. »Nein.«

»Wieso nicht? Sie sind sich doch noch immer recht nahe.«

»Sind wir nicht.«

»Wie können Sie das sagen? Sie hat Sie auf der Fahrt ins Krankenhaus begleitet und ist zwei Tage lang nicht von Ihrer Seite gewichen.«

»Hab nicht darum gebeten.«

»Sie empfindet offenbar noch immer sehr viel für Sie.«

Er schnaubte verächtlich. »Nee, tut sie nicht.«

Alex musterte ihn mit unterdrückter Verzweiflung. Es gelang ihr einfach nicht, Zugang zu ihm zu finden. Es war, als würde man eine Granitfassade mit Sandpapier angehen. »Sie wollen mir weismachen, dass da nichts mehr zwischen Ihnen ist, obwohl sie all das für Sie tut? Sie haben einen Hund zusammen; Sie wollten Ihr Leben miteinander verbringen.«

»Ja. Aber jetzt nicht mehr.«

Nein, dachte Alex, *denn du hast sie ja fallen gelassen wie ein Stück Dreck. Am Tag vor der Hochzeit. Als das Kleid schon am Schrank hing, die Hände maniküriert, Blumengestecke bestellt und Gäste eingeladen waren.* »Und warum nicht?«

»Das geht Sie nichts an«, wies er sie brüsk ab.

Sie versuchte es anders. Es musste einfach einen Ansatz geben. »Na gut. Dann wollen wir mal über Vertrauen reden. Wem würden Sie absolut und bedingungslos vertrauen?«

»Rona.«

Sie hatte noch nie einen Klienten geohrfeigt, aber die Versuchung war auch noch nie so groß gewesen. Sie zwang sich zu lächeln. »Was ich meine ist, wem würden Sie vertrauen, wenn Ihr Leben auf dem Spiel stünde?«

»Rona.«

»Lochlan, jetzt hören Sie doch mal mit diesem Hund auf! Ich meine eine *Person*. Nennen Sie mir nur einen Menschen.«

Er zuckte mit den Schultern.

»Sie glauben ernsthaft, dass es keinen einzigen Menschen auf der Welt gibt, dem Sie Ihr Vertrauen schenken können?«

Er musterte sie mit hartem Blick. »Vertrauen wird meiner Meinung nach überschätzt.«

»Nein«, widersprach sie, »es ist die Basis von allem.«

»Ich hab meinen Hund. Wenn Ihnen das nicht passt, ist das Ihre Sache.«

Alex atmete frustriert ein und sagte mit zusammengebissenen Zähnen: »Na gut! Dann schreiben wir als Verbündete eben ›Rona‹ hin.« Sie kritzelte den Namen der Hündin auf ein Blatt Papier.

Dann erhob sie sich und legte die Blätter auf vier Stühle. In diesem Moment summte ihr Handy. Es lag auf dem Boden vor ihrem Stuhl. Lochlan blickte automatisch darauf und las den Namen des Anrufers. Er schnitt eine Grimasse und hob das Handy auf. »Ach, wie süß«, höhnte er. »Mein Cousin kann nicht aufhören, an Sie zu denken. Wie wäre es morgen mit Dinner?«

»Geben Sie das her.« Alex riss ihm das Smartphone

aus der Hand und steckte es ein, ohne die Nachricht zu lesen. »Das ist privat.«

»Ich dachte, Sie sagten, das wäre kein Date gewesen.«

»War's auch nicht.«

»Warum werden Sie dann rot? Ist es nicht unethisch, mit einem Klienten auszugehen?«

»Er ist kein Klient«, sagte sie, ehe sie merkte, dass es gar nicht darum ging. »Und es war kein Date.«

»Dann werden Sie sich also nicht wiedersehen?«

»Das geht Sie nichts an.«

»Wieso nicht? Sie graben doch auch in meinem Privatleben herum und löchern mich mit Fragen über meine Exverlobte. Aber wenn die Sprache mal auf *Sie* kommt ...«

»Das ist was anderes.«

»Wie das?«

»Weil wir nicht hier sind, um über mein Leben und meinen Job zu reden. Und weil Sie meiner fachlichen Meinung nach ein Wrack sind. Ihre Beziehungen zu anderen Menschen sind so gut wie kaputt – die Beziehung zu Ihrer Familie, Ihrer ehemaligen Verlobten –, und das beeinträchtigt Ihre Arbeitsleistung.«

»Bullshit.«

»Von wegen, das kann ich Ihnen sogar beweisen. Kommen Sie und stellen Sie sich hierher«, befahl sie und stellte sich neben einen Stuhl in der Mitte der freien Fläche.

Er funkelte sie einen Moment lang an, beide konnten ihren Zorn kaum noch im Zaum halten, aber dann tat er doch, was sie wollte, und kam misstrauisch zu ihr.

Sie holte tief Luft. Zum Glück hatte sie vor dem Frühstück meditiert, das half ihr dabei, tagsüber auch unter schwierigen Umständen die Fassung zu bewahren. »Wir machen jetzt eine Lebenskarte – eine physische Darstellung der Situation, in der Sie sich derzeit befinden. Dann können Sie selbst sehen, womit Sie es zu tun haben. Das hier ist Ihr Platz, das sind Sie, verstanden?« Sie legte ein Blatt mit seinem Namen auf den Stuhl.

»Wenn Sie's sagen.«

»Und jetzt möchte ich, dass Sie mir sagen, wo sich das Problem befindet, das wir vorhin als Wut identifiziert haben. Wo steht es in Bezug auf Sie, also Ihren Stuhl?« Sie stellte sich zu dem Stuhl, auf den sie das Blatt mit dem Wort »Wut« gelegt hatte.

»Hier.«

»Wo? Links vom Stuhl? Rechts? Davor? Sie müssen es mir genau sagen.«

Er stand auf, nahm ihr ohne weiteres den Stuhl ab, ging damit in die Mitte des Kreises und stapelte ihn auf den Stuhl mit seinem Namen. »Da.«

Alex schwieg verblüfft. So etwas hatte sie noch nie erlebt. »… Okay, gut. Und wo kommt unser Ziel hin, also der Frieden? Wo sehen Sie ihn in Relation zu Ihrem jetzigen Standort?«

Er wies mit dem Kinn nach vorne.

»Dort?« Sie brachte den Stuhl mehrere Schritte weit weg.

»Weiter weg.«

Sie machte noch drei Schritte. »Hier?«

»Weiter.«

»Sagen Sie mir wann.« Sie hob den Stuhl an und ging damit immer weiter weg, bis sie fast die an die Wand geschobenen Tische und Stühle erreichte, unweit der Eingangstür.

»Hier.«

Alex setzte den Stuhl ab und schaute sich zu ihm um. Sie hatte beinahe den Raum verlassen, war so weit von ihm entfernt, wie es nur ging.

»Und schließlich Ihre Verbündete, Rona«, sagte sie seufzend und ging zum letzten verbliebenen Stuhl.

»Hier«, sagte er und deutete auf den Platz direkt vor seinen Füßen.

Alex stellte den Stuhl hin und begutachtete das Arrangement. »Okay, hier sind Sie und sitzen buchstäblich auf Ihrem Zorn, Ihrem Problem. Ihre Verbündete liegt zu Ihren Füßen, und die Lösung ... tja, die ist so gut wie außer Sicht.«

Sie blinzelte. So etwas hatte sie noch nie erlebt. Die Situation war so verzweifelt wie die Figur auf Edvard Munchs Bild »Der Schrei«. Die Lösung so gut wie unerreichbar.

»Wie fühlen Sie sich jetzt, wo Sie das sehen?«

Er schaute sich um, erhob sich und ging langsam im Raum umher, begutachtete die Position der Stühle, die fast klaustrophobische Nähe der einen, die Distanz des anderen. Man konnte sehen, wie er das alles in sich aufnahm, die Implikationen zu verarbeiten versuchte – sein Kopf war gesenkt, die Schultern ebenso, sein Gang schleppend. Er blickte auf und schaute sie an. »Ich fühle mich bestätigt.«

»Bestätigt?«

»Ja. Ich hab Ihnen gesagt, dass es hoffnungslos ist«, sagte er tonlos. »Es gibt nichts, das Sie tun können. Vielleicht hören Sie ja endlich auf mich.«

»Lochlan, es gibt immer einen Weg ...«

»Nein, nicht immer, nicht hier. Geben Sie's auf, Alex, und fahren Sie wieder nach Hause. Das ist nicht Ihr Problem. Sie können hier nichts ausrichten.«

»Aber ich bin die Beste auf meinem Gebiet, Lochlan!«, rief sie erregt aus. »Ich bin die *Einzige*, die Ihnen helfen kann.«

»Das fällt mir schwer zu glauben. Wie lässt sich so etwas überhaupt messen?«

Alex hätte es durchaus beweisen können – sie hatte mit dem Präsidenten einer riesigen amerikanischen Telecom-Gruppe gearbeitet und sein Denken so umgekrempelt, dass er die Firma innerhalb eines Jahres von einer Profitwarnung zum Börsengang führte; sie hatte dem Chef einer deutschen Bank geholfen, das Unternehmen nach einem Insider-Trading-Skandal vorm drohenden Untergang zu bewahren. Aber es ging hier nicht um ihre Leistungen. Es ging um ihre Glaubwürdigkeit. Er setzte nicht auf sie, weil er ihr nicht traute – nun, er traute niemandem –, aber was sie betraf, fehlte es auch am nötigen Respekt.

Sie konnte es ihm kaum vorwerfen. Vom Moment ihrer Ankunft an hatte sie, selbst- oder fremdverschuldet, ihre Würde und damit ihre Autorität und Kontrolle verloren. Für einen Mann wie ihn – einsam und isoliert, zornig und zutiefst misstrauisch – wurde sie damit zur Belanglosigkeit. Ihre Versuche, Verständnis und Mitgefühl zu zeigen – ihn zu spiegeln, ihm kleine Gefälligkeiten zu tun, wie Kaffee machen –, blieben wirkungslos. Callum hatte recht: mit Reden kam man bei ihm nicht weiter. Das war, als würde man einen zugefrorenen

Teich auftauen wollen, indem man ihn anhauchte. Sie erreichte nichts, solange er nicht mitmachte.

Sie stemmte die Hände in die Hüften und ging zu ihm hin, sah ihn fest an. »Was muss ich tun, Lochlan, damit Sie mir vertrauen?«

»Nichts. Sie haben nicht das Zeug dazu.«

»Wieso nicht?«

»Sie sind viel zu jung.«

»Meine Klienten sind im Schnitt achtundfünfzig, und die stört das auch nicht.«

»Ach nein? Denen gefällt es ja vielleicht, wenn Sie ihnen Kaffee machen oder Stühlerücken spielen. Aber ich kann nichts entdecken, das mich davon überzeugt, dass Sie in meiner Liga spielen.«

»Und was wäre das, Ihrer Meinung nach?«

»Drive. Feuer. Ehrgeiz, der über Leichen geht. Der Killerinstinkt.«

Alex kochte vor Wut. Er stellte sie hin wie ein harmloses Flower-Power-Hippiemädchen, das sich mit Blumenarrangements und Ringelreihen die Zeit vertrieb. Er hielt sie für unfähig. Wie gerne hätte sie ihm verraten, warum sie wirklich hier war und wie ihr Auftrag lautete! Er hatte ja keine Ahnung, mit wem oder mit was er es zu tun hatte. Was den sprichwörtlichen Wolf im Schafspelz betraf, gab es keine bessere Verkleidung als ihre. Sie war der Archetyp. Aber die Antwort blieb ihr im Halse stecken. Sie wollte sich schließlich nicht selbst sabotieren.

»Sorry, Hyde«, sagte er entschieden. »Sie haben Ihr Bestes versucht, aber das funktioniert nun mal nicht. Mit Sholto werde ich schon selbst fertig. Nehmen Sie die Fähre und fahren Sie wieder nach Hause.«

Er ging ohne ein Wort, ohne einen Händedruck, die Tür fiel hinter ihm zu. Sie trat gegen den nächstbesten Stuhl, und er schlitterte quer durch den Raum. Sie hätte schreien können.

Erregt ging sie im Kreis herum, knetete dabei die Hände und zwang sich tief durchzuatmen. Ja, nur zu gerne würde sie von hier abhauen und in die warme, gepolsterte Ruhe ihrer Wohnung in Mayfair zurückkehren! Und diesen Menschen nie wiedersehen müssen. Oder ihm Kaffee machen und ein Lächeln aufs Gesicht pflastern, während sie im Innern kalte Verachtung empfand. Aber so viele Gründe es auch geben mochte aufzugeben, der eine, der sie zwang zu bleiben, war stärker als alles andere.

Sie blickte ihm durchs Fenster nach, sah ihn zur niedergebrannten Mälzerei gehen, die mit gelbem Absperrband abgeriegelt war, das im Wind flatterte. Er sprach mit ein paar Feuerwehrleuten, die letzte Untersuchungen vornahmen. Er gestikulierte mit weiten, ausholenden Bewegungen, vollkommen selbstsicher und von sich überzeugt.

Aber er unterschätzte sie, und das auf eigene Gefahr! Sie hatte es auf die nette Tour versucht – aber wenn er Killerinstinkt wollte, dann sollte er Killerinstinkt haben.

»Hier das Büro von Miss Hyde.« Louise versuchte sich nicht anmerken zu lassen, wie ungehalten sie über diesen Anruf war, hatte sie doch gerade gehen wollen. »Ach, hallo, du bist's, Alex.«

Draußen war es bereits dunkel und es regnete. Die Scheinwerferstrahlen vorbeifahrender Autos strichen über Fenster und Wand. Sie ging zurück zum Schreibtisch und setzte sich, bereits im Mantel, auf die Kante. Sie hatte eigentlich zum Barrecore-Kurs um 18:30 Uhr gehen wollen. Das konnte sie jetzt wahrscheinlich vergessen.

»Nein, nein, das macht nichts, ich hatte sowieso noch zu tun ... Ja, hier läuft alles prima, keine Sorge. Carlos ist gerade gegangen, und Jeanette ist früher weg, weil sie zum Weihnachtskonzert in St-Martin-in-the-Fields wollte. Und wie läuft es bei dir? Schon irgendwelche Fortschritte bei Mr Charisma gemacht?«

Sie neigte den Kopf zur Seite, spielte nervös mit ihrem Schlüsselbund. »Er hat was ...? Seinen *Hund*? Tz ... Was für ein Trottel. Keine Ahnung, wie du's mit ihm aushältst. Was hast du jetzt vor?«

Sie verdrehte die Augen und schüttelte ihren Mantel ab, den Hörer zwischen Ohr und Schulter geklemmt. Mit einer Hand knipste sie den Computer wieder an. »Ja, klar geht das ... Nein, kein Problem. Wie gesagt, ich hatte eh noch zu tun.«

Sie warf ihren Mantel über die Stuhllehne, und dabei fiel ihr auf, dass die Orchidee Wasser brauchte. Dann sank sie auf die Sitzfläche und hackte auf die Tastatur ein. »Soll ich jetzt gleich zu dir ...? Nein, kein Problem, das liegt ohnehin auf dem Weg.«

Mit einem Räuspern hörte sie sich die lange Liste von Anweisungen an. »Geht das per Fahrradkurier? Das ginge schneller. Nee ... na gut, ich werde einen Wagen buchen ... Ja, die Abholung erfolgt innerhalb einer Stunde, das Ganze könnte vor dem Frühstück bei dir sein ... Mhm, musst mir nur noch die Adresse geben ...«

Sie hörte auf zu nicken, und ihre Finger schwebten reglos über der Tastatur. Erschrocken quiekte sie: »Hast du gesagt, ich soll dir dein *Gewehr* schicken?«

17. Kapitel

Die Rotorblätter sirrten schon, als sie geduckt zum Hubschrauber rannte und die Passagiertür mit einem Ruck aufriss. Sholtos Landung am Tag zuvor hatte den Schnee weggeweht. Gelbes Gras schaute darunter hervor, in einem konzentrischen Zirkel, wie bei einem Kornkreis.

»Heilige Mutter Gottes!«, rief Lochlan erschrocken und schlug sich die Hand auf die Brust. »Ich hätte fast einen Herzschlag gekriegt!« Er runzelte die Stirn. »Sie können nicht einfach auf einen laufenden Helikopter zurennen! Wenn ich nun abgehoben hätte?«

»Nur die Ruhe, ist nicht das erste Mal, dass ich in so ein Ding einsteige. Ich kann schon auf mich aufpassen.«

»Was ... was *machen Sie da*, verdammt nochmal?«, fragte er empört, denn sie war kurzerhand eingestiegen, einen kleinen Overnight-Koffer in der Hand, den sie zu ihren Füßen abstellte. Sie winkte unbekümmert Mr Peggie zu, der sie im grauen Landrover hergebracht hatte und nun wieder davonfuhr. Nur die obere Hälfte des antiken Geländewagens war hinter der Mauer zu erkennen. Ganz schön knapp! Sie war froh, es noch geschafft zu haben.

»Ich fliege nicht nach London«, sagte er verächtlich.

»Nein, natürlich nicht, das weiß ich doch«, meinte sie achselzuckend. Als er sie weiterhin ungläubig anstarrte, fügte sie hinzu: »Das MacNab, schon vergessen?«

»Was? Da kommen *Sie* doch nicht mit!«

»Klar komme ich. War doch so ausgemacht. Wenn Sie kooperieren, nehme ich mit Ihnen am MacNab teil.«

»Aber ich habe nicht kooperiert!«

»Doch. Wir sind natürlich nicht ganz so weit gekommen, wie ich gern gewollt hätte – der Brand und all das –, aber unsere Sitzung gestern war höchst …« Sie suchte nach dem treffenden Wort. »Aufschlussreich. Das wird schon, Lochlan, das wird schon.«

»Wird es nicht!«

Sie legte den Kopf schief. »Das kann ich besser beurteilen als Sie.«

»Von wegen!«

»Wundert mich nicht, dass Sie das sagen«, erwiderte sie leichthin. Dann seufzte sie und wackelte aufgeregt mit den Schultern. »Also, ich freue mich schon riesig, aber ich gebe zu, ich bin auch ein bisschen nervös. Was sagt die Wettervorhersage, wissen Sie's?«

Lochlan starrte sie fassungslos an. »Sie glauben doch nicht ernsthaft, dass ich Sie mitnehmen werde?«

Sie blinzelte. »Wieso nicht? Sie haben mich doch letzte Woche selbst eingeladen.« Sie strahlte. »Vor Zeugen.«

»Aber der Brand … Es war keine Rede mehr davon.«

»War das denn nötig?«

»Ach, verflucht nochmal …«, schimpfte er frustriert. Eins war klar: Wenn er sie loswerden wollte, musste er sie gewaltsam aus dem Hubschrauber zerren (was sie ihm durchaus zutraute). Ärgerlich wandte er sich wieder dem Startritual zu, doch dann kam ihm ein Gedanke. Sein Kopf zuckte hoch, und er schaute sie entzückt an. »He, Moment mal! Was wollen Sie anziehen? So können Sie jedenfalls nicht mitmachen.« Er deutete auf ihre Skinny Jeans, den Burberry-Kurzmantel mit Gürtel und ihre Penelope-Chilvers-Reitstiefel, an denen die Troddeln noch hin und her schwangen.

»Nein, natürlich nicht«, entgegnete sie mit einem überlegenen Lächeln. »Keine Sorge, meine Ausrüstung wird nachgeschickt, morgen früh vor dem Frühstück sollte alles eintreffen.«

»Aber ich mache mir durchaus Sorgen. Ich weiß aus bitterer Erfahrung, wie leicht Ihnen das Gepäck flöten geht. Und eins sage ich Ihnen gleich: Von mir können Sie sich nichts ausborgen.«

»Das würde mir auch nicht im Traum einfallen«, flötete sie. »Ich mache mit! Und wenn ich im Pyjama schießen muss.« Sie entschärfte ihre Drohung mit einem Lächeln. Insgeheim hoffte sie allerdings, damit kein Unglück heraufbeschworen zu haben. Die Reisegötter waren ihr in letzter Zeit nicht gerade gut gesinnt.

Er wandte sich mit einem »tz« von ihr ab. Alex atmete erleichtert auf. Ihr kleiner Bluff hatte geklappt. Schweigen trat ein, er konzentrierte sich ganz auf den Take-off. Die Rotorblätter drehten sich schneller. Alex schnallte sich an und setzte die Hörer auf, die ein leichteres Gespräch erlaubten.

»Wusste gar nicht, dass Sie fliegen können«, bemerkte sie beeindruckt.

»Wissen Sie ja genau genommen noch immer nicht«, brummelte er, ohne den Blick vom Armaturenbrett zu nehmen.

Alex grinste. »Touché.« Auch wenn sie ihn nicht ausstehen konnte, über seine Witze lachen konnte sie trotzdem.

Mit etwas abgesenkter Schnauze schwang sich der Hubschrauber in die Lüfte. Lochlans Miene war aufs Äußerste konzentriert. Alex bewunderte die Brennereigebäude von oben, die jetzt rauchlosen Schornsteine der Brennöfen, die Schieferdächer, die alte Trockensteinmauer, die das Gelände umschloss. Sie stiegen höher, und die Landschaft unter ihnen wurde zum Flickenteppich. Hinter den Feldern tauchte die graue See auf. Unter ihr lag das sanfte Auf und Ab der Insel ausgebreitet, violette Heide wechselte sich mit abgeernteten Gerstenfeldern ab, umgeben von einer wild zerklüfteten Küste mit Felsnasen und malerischen kleinen Buchten mit Sandstränden. Sie erblickte Port Ellen und das gewundene Band der Landstraße ins Landesinnere, die auch an der Pension der Peggies vorbeiführte (Mr Peggie war gerade dabei, den Landy im Hof abzustellen) und bis nach Bowmore und Loch Indaal reichte. Sie überflogen jetzt offenes Meer und dann die Nachbarinsel Jura, dazwischen lagen die aufgewühlten Gewässer des Sundes, selbst aus dieser Höhe unverkennbar. Sie richtete ihren Blick zum Horizont. Hinter dem Wasserstreifen lagen die Küste von Schottland und die mächtigen Highlands. Schneebedeckt und mit bewaldeten Füßen standen sie unbeirrt Wache, alterslos, ewig.

Sie warf einen kurzen Blick auf Lochlan, der sich ganz aufs Fliegen konzentrierte. Unter ihnen zogen purpurrote Wolken dahin, am Horizont versank die Sonne.

»Alles in Ordnung?«, erkundigte er sich, ohne den Blick vom Horizont abzuwenden. Seine Stimme drang überraschend klar aus den Lautsprechern.

»Mhm. Seit wann haben Sie Ihren Flugschein?«

Er machte ein zerknirschtes Gesicht. »Wenn ich Ihnen nun sagen würde, seit einem Monat ...«

Sie lachte. »Dann würde ich Ihnen natürlich nicht glauben.«

»Keine Sorge, ich werde den Motor schon nicht abwürgen. Hoffe ich jedenfalls«, fügte er hinzu.

Alex blickte schmunzelnd aus dem Fenster. Sie flog gerne mit dem Hubschrauber; es war nicht nur schnell und bequem, es war auch viel unmittelbarer als mit dem Flugzeug, man bekam viel mehr von der Natur mit. Sie schaute gerne nach unten und betrachtete die Landschaft, die wie eine Picknickdecke unter ihr ausgebreitet lag.

»Sind Sie überhaupt schon mal in so einem Ding geflogen?«, wollte er wissen.

»In einer AugustaWestland Grand? Na klar«, erwiderte sie achselzuckend. Das hatte er natürlich nicht gemeint, aber es wurde höchste Zeit, dass er merkte, dass er's hier nicht mit einem Fußabtreter zu tun hatte. »Aber ich bevorzuge die Bell 430.«

Sie spürte seinen Blick wie eine Messsonde. »Sie sind wohl oft mit dem Hubschrauber unterwegs?«

»Nur auf Kurzstrecken.«

Er schwieg. »Tja, das erklärt, warum Sie mein Aston nicht vom Sockel gehauen hat.«

»Astons sind wunderschön. Ich war durchaus beeindruckt.«

»Ja, aber Sie sind tatsächlich die einzige Frau, die nicht die Kalbsledersitze streichelt, als wär's ein kuscheliges Fell.«

Alex warf ihm einen verwunderten Blick zu. »Dann

sollten Sie bei Ihrer Frauenauswahl vielleicht ein bisschen wählerischer sein.« Wie viele hatte er eigentlich schon da drin gehabt?, fragte sie sich unwillkürlich. Sie musste an die Frau im Bettlaken denken, letztes Wochenende. Wer war sie? War es etwas Ernstes?

Wenig später fügte sie hinzu: »Ihr Wagen muss sich nicht herabgesetzt fühlen; wir beide wissen, dass ich an dem Abend nicht in der Lage war, irgendetwas zu bewundern.«

»Ach, ich weiß nicht. Den Whisky haben Sie jedenfalls sehr bewundert.«

Alex lachte. »Ja, schätze, das stimmt.«

Er schwieg einen Moment. »Welcher hat Ihnen am besten geschmeckt? Erinnern Sie sich noch daran?«

»Der Macallan Thirty«, kam es wie aus der Pistole geschossen.

Er nickte. »Ein feiner Malt. Fast so gut wie unserer.« Pause. »Umso schlimmer, dass Sie nicht zur Verkostung des versteckten Malts kommen konnten. Wenn Sie den Macallan Thirty mochten, dann hätte Ihnen der hier noch besser geschmeckt. Und es war wahrscheinlich Ihre einzige Chance, ihn zu probieren. Den ältesten gereiften Malt Whisky der Welt.« Er seufzte.

»Außer ich kaufe mir eine Flasche.«

»Wir werden sie für vierzig Riesen pro Schluck verhökern.«

»Ah.« Sie nickte sinnend. »Dann werde ich mir am besten zwei kaufen.«

Er schüttelte schmunzelnd den Kopf, den Blick nach vorn gerichtet. »Ich werde einfach nicht schlau aus Ihnen.«

»Nein, daran lassen Sie keinen Zweifel«, meinte Alex gedehnt. »Für Sie bin ich die reinste Sphinx. Falls es Ihnen ein Trost sein sollte, ich kann mir aus Ihnen auch keinen Reim machen. Wir sind uns beiden ein Rätsel. Da können wir uns wenigstens Gesellschaft leisten, im Dunkeln.« Sie runzelte die Stirn. So hatte sie das nicht ausdrücken wollen. »Sie wissen schon, wie ich's meine.«

Sie blickte auf die zerknitterte Landschaft zu ihren Füßen hinab. Der Loch Lomond erstreckte sich wie eine funkelnde Zunge unter ihnen, flankiert von steil abfallenden Bergen. In der Ferne zeichnete sich die kantige Skyline von Glasgow ab, über der feiner Ruß lag.

»Also, wer wird alles bei der Jagd mitmachen?«, erkundigte sie sich.

»Die üblichen Verdächtigen. Wir sind insgesamt zehn, glaube ich. Gastgeber sind Freunde von der Uni: Ambrose Arbuthnott und seine Frau Daisy; seiner Familie gehört das Anwesen, Borrodale. Zirka tausend Hektar, zwölf Meilen von Perth entfernt.«

»Schaffen Sie das überhaupt?«, erkundigte sie sich. »Sie waren schließlich vor zwei Tagen noch im Krankenhaus.«

»Erinnern Sie mich bloß nicht daran. Aber das ist ja gerade das, was der Arzt empfiehlt: viel Bewegung in frischer Luft.«

Alex blickte auf das dramatische Auf und Ab der Landschaft, auf die Berge und Glens hinab. Vielleicht ein bisschen zu viel Bewegung. »Und wer noch? Außer Ambrose und Daisy?«

»Max Fischer und seine Frau Emma. Er ist Kardiologe und sie Krankenschwester.«

»Aha.«

»Mm.«

»Kennen Sie die auch vom Studium?«

»Ihn schon. Ich glaube, alle die kommen, sind Ex-Stannies.«

»Stannies?«

»Von der Universität St Andrews.«

»Ach.« Ihr Magen krampfte sich zusammen. »Was haben Sie denn studiert?«

»Wirtschaft und Politik.« Er verdrehte die Augen. »Weil's mein Vater so wollte.«

»Was hätten Sie denn gern studiert?«

»Geografie.«

»Ach ja?«, fragte sie interessiert.

»Ja, hatte schon immer so eine merkwürdige Schwäche für Flussökosysteme.«

»Das ist tatsächlich merkwürdig.«

Er zuckte mit den Schultern. »Und Sie? Wo haben Sie studiert?«

»Gar nicht.«

Eine verblüffte Stille. »Sie sind nicht auf der Uni gewesen?«

Sie hasste diese Frage. »Nein. Ich wollte keine Zeit verlieren und mir lieber Berufserfahrung aneignen. Was gut so war. Jetzt bin ich den anderen um drei Jahre voraus.«

»Tja, das erklärt ja dann Ihre geradezu unheimliche Jugend«, bemerkte er zögernd.

»Genau«, sagte sie knapp. »Im Übrigen hab ich mir das gesamte Curriculum in Eigenregie angeeignet. Ich bin ebenso qualifiziert wie ein Sozialpsychologe mit Doktortitel.«

»Sie haben den vollständigen Unterrichtsplan durchgearbeitet?«, wiederholte er verblüfft. »Wer macht denn so was? Da kann man doch gleich auf die Uni gehen, das ist leichter.«

»Tja, ich nicht. Ich war eben ein sehr langweiliger Teenager«, lenkte sie ab. Sie blickte aus dem Fenster, versuchte sich nicht anmerken zu lassen, wie sehr sie solche Situationen hasste. Die meisten Leute reagierten so wie er: mit Verblüffung und Befremden. Das Bild, das sie präsentierte, die makellose Erscheinung, das glänzend gepflegte Haar und die gestochene Aussprache suggerierten einen Stammbaum, der ihr fehlte, und eine Erziehung, die sie nie genossen hatte: Privatschulen, das »Gap Year« (die Bildungsreise), dann das Studium und danach ein Berufspraktikum in der Bank des Vaters einer Freundin. Aber sie stammte, im Gegensatz zu ihm, nicht aus reichem Hause, hatte sich alles selbst erarbeiten müssen. Er hatte keine Ahnung, was sie alles hinter sich gelassen hatte, um zu werden, was sie war.

»Ambrose und Daisy«, nahm sie den Faden wieder auf und rettete damit sich selbst und die Unterhaltung, »Max und Emma ...«

»Ähm, Sam und Jess. Er hat eine App entwickelt und sich im reifen Alter von einunddreißig Jahren zur Ruhe gesetzt. Sie ist Kinderbuch-Illustratorin. Ähm, wer noch?« Er überlegte stirnrunzelnd und drehte dabei gleichzeitig an irgendwelchen Knöpfen. Sie merkte erst jetzt, dass die Nacht hereingebrochen war und er die Blinklichter eingeschaltet hatte, um die Erdgebundenen von ihrem Herannahen in Kenntnis zu setzen. »Ach ja, wie konnte ich's nur vergessen: Anna und Elise. Sie sind, ähm ...«

Alex wartete. »Zusammen?«, ergänzte sie dann.

»Genau.«

»Wow. Ein Lesbenpärchen, wie progressiv.«

»Was?«, sagte er defensiv.

»Sie können das Wort ruhig in den Mund nehmen, wissen Sie. Ist ja nicht mehr unbedingt ein Tabu.«

»Na ja«, schnaubte er, »ich wollte halt diskret sein.«

Alex verdrehte die Augen. »Mein bester Schulfreund war schwul. Ist doch nichts Besonderes. Jetzt seien Sie nicht so doof.«

»Wie bitte?«, fragte er verdutzt.

»Sie haben schon richtig gehört. Also, wenn ich recht verstanden habe ...« Sie begann an den Fingern abzuzählen. »Ambrose und Daisy; Max und Emma; Sam und Jess; Anna und Elise ...«

»Und wir«, setzte er hinzu. »Sie und ich.«

»Ach.« Sie rutschte unbehaglich hin und her. »Verstehe.«

»Was?«

»Ach nichts.«

»Doch, da ist doch was. Raus damit, was ist los?«

»Na ja, ich wünschte nur, Sie hätten's mir gesagt. Ich dachte, das wäre eine Firmensache, dabei ist das mehr ein Klassentreffen.«

Er lachte ungläubig auf. »Sie haben mir ja keine Chance gelassen! Sie haben den Hubschrauber geentert wie Rambo höchstpersönlich!«

»Weil Sie mich eingeladen hatten«, entgegnete sie trotzig.

»Ja, ein Mal.«

»*Ein Mal*? Wie oft denn noch?«

»Sie wissen genau, was ich meine! Seitdem ist 'ne Menge passiert, der Brand und alles ... Außerdem hab ich das bloß so in der Hitze des Gefechts gesagt.«

»Was für ein Gefecht? Was soll das heißen? Ich hielt es für eine freundliche Einladung beim After-Shoot-Brandy.« Eine geniale Bemerkung, in vollkommen unschuldigem Ton vorgebracht. Sie wollte, dass er's zugab, dass ihn der momentane Neid zu dieser voreiligen Äußerung veranlasst hatte. Er war der Chef eines mittleren Betriebs, er musste lernen, dass er sich mit seinem Temperament in ernste Schwierigkeiten bringen konnte.

»Sie wissen ganz genau, dass ich nur ...«

»Nur was?«, hakte sie nach und ließ ihn dabei nicht aus den Augen. Sein Wangenmuskel zuckte.

»Ach, vergessen Sie's«, brummelte er.

Eine angespannte Stille trat ein. Sie fragte sich allmählich, ob jede Unterhaltung mit ihm in ein Gefecht ausartete. War er immer so ermüdend? Oder nur bei ihr?

»Was werden Ihre Freunde dazu sagen, wenn Sie mich dabeihaben? Meinen Sie, sie werden was dagegen haben?«, wollte sie wissen.

»Nein.« Er schwieg. »Überrascht werden sie sein, das ist alles.«

»Entschuldigung, das wollte ich nicht.«

Er zuckte mit den Schultern. »Sie werden vermutlich falsche Schlüsse ziehen ... Ich warne Sie lieber gleich«, sagte er leise.

»Sie meinen, sie werden annehmen, dass wir ...« Sie

konnte sich kaum überwinden es auszusprechen. »Dass wir ein Paar sind?«

Abermals zuckte er mit den Schultern. Sie musterte ihn. »Wahrscheinlich. Ich bringe ja sonst nie jemanden mit.«

»Was ist mit den Frauen, die Ihr Auto streicheln?«

»Auch nicht.«

»Und die von letztem Wochenende?«

Stille trat ein, er überlegte stirnrunzelnd. »Woher wissen Sie davon?«

»Na, Sie standen doch am Tor vor Ihrem Haus mit ihr! Und sie hatte nur ein Bettlaken an! Diskret würde ich das kaum nennen.«

Er machte eine verärgerte Miene. »Sie ist ... bloß eine Bekannte.«

»Hm, sah mir aber nicht danach aus.«

Er warf ihr einen finsteren Blick zu. »Es ist nichts.«

»Wenn Sie's sagen.«

»Das tue ich allerdings. Es ist bloß eine lockere Übereinkunft, wir sehen uns eben, wenn sie in der Gegend ist. Ihr Mann spielt hier gelegentlich Golf.«

»Ihr Mann? Das wird ja immer besser«, erwiderte Alex sarkastisch. Sie wandte verstimmt den Kopf ab.

»He, sie behauptet, dass nichts mehr zwischen ihr und ihrem Mann läuft, und ich glaube ihr das. Ist mir im Grunde sowieso egal – ich will ja nichts von ihr. Und sie nicht von mir. Ich bin schließlich frei und ungebunden. Muss ja nicht wie ein Mönch leben. Nicht, dass *Sie* das was anginge ... Außer natürlich, Sie glauben, dass die Zukunft der Firma auf dem Spiel steht, nur weil meine Geliebte nicht mehr auf meine Anrufe reagiert.«

Alex' Wangen liefen rot an, was man im Dunkeln nicht sah. Sie sagte kein Wort mehr, verfiel in gekränktes Schweigen. Er war wirklich das Allerletzte.

Als sie zwanzig Minuten später in eisigem Schweigen zur Landung ansetzten, glühte der Boden unter ihnen rot auf, und krautige Winterbeete wogten im Sog der Rotorblätter. Er setzte sanft auf dem Rasen auf. Vor ihnen zeichnete sich ein schlossartiges Anwesen in der Dunkelheit ab, mit einem richtigen Turm und einem Springbrunnen vor der Freitreppe, dessen Wasser gefroren war. Es lag kein Schnee, aber das Gras war gefroren, und der Garten glitzerte in einem weißen Frostkleid.

Während Lochlan den Hubschrauber herunterfuhr, betrachtete Alex in Ruhe das große Haus. In allen drei Stockwerken brannte Licht, die Freitreppe war dramatisch beleuchtet, und an der Eingangstür hing ein prächtiger Weihnachtskranz von der Größe eines Schwerlasterreifens.

Die Rotorblätter standen still, und sie sprangen aus dem Führerhaus. Da ging auch schon die Haustür auf, und ein Mann trat heraus. Er hatte einen Schopf voll sandblonder Locken, die wippten wie bei einem Cockerspaniel.

»Farquhar!«, rief er und kam mit ausgebreiteten Armen die Treppe herab. Alex und Lochlan überquerten mit knirschenden Schritten den froststeifen Rasen, ihr Gepäck in den Händen und – in Lochies Fall – die Gewehre über der Schulter.

»Du solltest mich besser Lochie nennen, und das Siezen würde auch zu sehr auffallen«, flüsterte Lochlan ihr zu.

Daran hatte sie ja gar nicht gedacht! »Wieso nicht Lochlan?«

»Weil sie's seltsam fänden. Der einzige Mensch, der mich Lochlan genannt hat, war meine Mutter. Wenn Sie … wenn du mich so nennst, komme ich mir vor wie ein unartiger Junge.«

»Wenn ich gewusst hätte, welche Wirkung das hat, hätte ich's schon viel früher ausgenutzt. Das hätten Sie … das hättest du mir sagen sollen.«

»Ich wusste ja nicht, dass du lange genug bleibst, um es ›auszunutzen‹.«

»Tja, sorry«, erwiderte sie mit einem zuckersüßen Lächeln. »Hashtag not sorry.«

Er lachte.

»Alter!«, rief der Gastgeber – Ambrose, nahm sie an – und nahm Lochlan in seine Bärenarme. Er war ein Riese, über eins neunzig, und besaß einen Brustkasten, der fast so breit wie hoch war.

»Dicker«, antwortete Lochie und schlug ihm auf den Rücken, dass es krachte – ein Zeichen von Zuneigung, wie Alex vermutete.

Sie wichen auseinander. »Aber hallo«, rief Ambrose erfreut aus und musterte Alex mit unverhohlener Neugier. »Ambrose Arbuthnott.«

Sie gab ihm die Hand. »Alex Hyde. Freut mich sehr, Sie kennenzulernen.«

»Das Vergnügen ist ganz meinerseits.« Ambrose' Blick huschte neugierig zwischen den beiden hin und her.

»Ähm, Alex macht ein Management Consulting für uns«, erklärte Lochie eilig und räusperte sich. Er bekam prompt einen Hustenanfall.

»Sie versuchen wohl, was Anständiges aus ihm zu machen, was?«

»So was in der Art.« Alex, die fror wie ein Schneider, rang sich ein Lächeln ab.

Lochie hustete noch immer.

»Mein Gott, Mann, was ist los mit dir? Bist du zum Kettenraucher geworden?«

Lochie versuchte hustend zu lächeln, seine Augen tränten. »Dann habt ihr also noch nichts vom Brand in der Destille gehört?«, stieß er heiser hervor.

Ambrose' strahlendes Gesicht wurde schlagartig ernst. »Ein Feuer? Auf Kentallen?«

Lochie nickte. Als er sah, wie entsetzt sein Freund war, setzte er nach: »Ihr habt wirklich noch nichts davon gehört?«

Ambrose scheuchte sie kurzerhand zum Haus. »Kommt, gehen wir erst mal ins Warme, die andern warten schon alle auf euch.« Und fügte hinzu: »Wir hatten gedacht, die schlimmste Katastrophe wäre, wenn Lochie eine Bruchlandung hinlegen und den Rasen verkohlen würde. Er hat seinen Flugschein erst seit einem Monat.«

Alex klappte der Kinnladen herunter. Lochie schüttelte sich vor Lachen. Verdattert folgte sie den beiden Männern ins Haus.

18. Kapitel

Sie betraten eine eindrucksvolle, mit kostbaren Holzkassetten ausgekleidete Eingangshalle. Eine mit rotem Teppich belegte Treppe schwang sich auf zwei Seiten der Halle nach oben; das Geländer war mit langen, buschigen Eukalyptusgirlanden dekoriert, und von den Wänden starrten grimmige Vorfahren in weißen Perücken oder Spitzenhäubchen auf sie herab. Auf einer schweren mittelalterlichen Truhe standen ein paar dekorative Zinnkrüge. Alex vermutete, dass es hier vor dreihundert Jahren wahrscheinlich genauso ausgesehen hatte.

»Sieht ganz anders aus als früher«, bemerkte Lochie sarkastisch. Ambrose lachte. Sie überquerten den knarzenden schwarzen Eichenholzboden und gelangten durch einen Korridor zu einer Reihe von mit dunklen Paneelen ausgekleideten Räumen. »Du hörst dich schon an wie meine Frau. Was gäbe sie nicht für eine schlichte weiße Wand. Oder magnolienfarben, der Renner bei Vermietern.« Er warf einen Blick zurück. »Und Sie, Alex? Wo wohnen Sie?«

»In London.«

Er nickte, als habe er nichts anderes erwartet. »Tja, nettes kleines Kaff. In welcher Ecke?«

»Mayfair.«

»Uuh, im Herrenhaus«, neckte Ambrose mit schelmischem Blick. »Wenn du dir da mal nicht zu viel zugemutet hast, Lochie, alter Junge.«

»Nein, wir ... Es ist nicht so ...«

Aber in diesem Moment betraten sie einen großen Raum. Abrupt verstummten die Gespräche, und alle Köpfe drehten sich zu ihnen um. Die Überraschung war groß, als man Alex ausmachte.

Reglos musterte sie die Anwesenden, die sich in zwei Lager geteilt hatten. Die Frauen saßen in einer türkisgrünen Sofagruppe zusammen, einige auch auf dem mit Taschen versehenen quadratischen Sitzmöbel in der Mitte, das gleichzeitig als Sofatisch diente. Ellbogen auf die Knie gestützt, den Kopf vorgebeugt, waren sie angeregt ins Gespräch vertieft gewesen. Die Männer dagegen standen am Kamin, unweit der Bar, einen Whisky in der einen Hand, die andere in die Hosentasche geschoben. Normalerweise würde sie jetzt diese Gruppe ansteuern, weil dort die Wahrscheinlichkeit am größten war, einen potenziellen Klienten an Land zu ziehen. Aber das hier war kein Geschäftswochenende, ermahnte sie sich. Oder besser gesagt, das war es schon, aber sie musste so tun, als ob dem nicht so wäre.

»Mal herhören, alle miteinander, der Abend ist gerettet«, verkündete Ambrose mit schallender Stimme. »Farquhar ist nicht nur sicher und wohlbehalten gelandet, er hat außerdem dieses umwerfende, göttliche Wesen hier mitgebracht, Alex Hyde.«

Was für eine Vorstellung! Dem musste man erst mal gerecht werden. Alex lächelte verlegen. »Hallo.«

Eine Frau mit dunklen Locken erhob sich von der Ottomane und näherte sich strahlend.

»Hallo, Alex, ich bin Daisy, die geplagte bessere Hälfte von diesem Burschen hier.«

»Hallo.« Sie beobachtete, wie Daisy nun Lochie umarmte und liebevoll an sich drückte. Lochies ansonsten immer so finstere Züge glätteten sich, und ein Ausdruck der Zuneigung machte sich darauf breit. »Gott sei Dank ist dir nichts zugestoßen. Ich hatte mir solche Sorgen gemacht.«

»Ach, es lief alles reibungslos«, versicherte Lochie. »Aber es freut mich zu hören, dass wenigstens einer bekümmert wäre, wenn ich als explodierender Feuerball das Zeitliche segne.«

»Apropos Feuer, habt ihr schon gehört, dass es in Kentallen gebrannt hat?«, rief Ambrose, der zur Bar ging, um Drinks für die Neuankömmlinge einzuschenken.

»Nein.« Daisy wirkte sehr erschrocken. »Was ist passiert? Es ist doch hoffentlich niemand verletzt worden?«

Nun erhoben sich auch die anderen und kamen besorgt herbei. Ambrose tauchte mit den Drinks auf, die er den beiden in die Hand drückte.

»Alles in Ordnung, keine Sorge. Die Mälzerei ist zwar bis auf die Grundmauern abgebrannt, aber abgesehen davon sind wir nochmal mit dem Schrecken davongekommen.«

»Im Ernst?«, rief einer der Männer.

»Mein Gott, war das wirklich alles?«

»Ja«, sagte Lochlan nickend.

»Aber nur dank Lochie«, warf Alex ein und nahm einen Schluck. »Er hat eine größere Explosion verhindert, die die ganze Brennerei in Schutt und Asche gelegt hätte.«

Alle starrten Lochie mit offenen Mündern an; Lochlan dagegen schoss ihr einen finsteren Blick zu. Es brachte ihn anscheinend in Verlegenheit, zum Helden gemacht zu werden.

»Was hast du denn angestellt, um Himmels willen?«, fragte eine Blonde mit einem leichten Akzent und starrte Lochie hingerissen an.

»Nichts, ich …«

»Er ist in ein brennendes Gebäude gerannt und hat das Belüftungssystem geschlossen, damit sich der Brand nicht durch die Rohre in der ganzen Brennerei ausbreiten konnte.«

»Mensch, Alter!«, rief einer mit Stoppelbart besorgt und beeindruckt aus.

»Er war unglaublich mutig«, bekräftigte Alex. Es konnte nie schaden, einen Mann vor seinen Freunden ein wenig über den Klee zu loben. »Er hätte leicht umkommen können. Wenn die Feuerwehr nicht gerade noch rechtzeitig eingetroffen wäre …«

»Mein Gott!«, hauchten einige Frauen.

»Lochie!« Eine andere warf ihre Arme um seinen Hals und gab ihm dann einen Hieb auf den Arm. »Du verdammter Narr! Das war ganz schön leichtsinnig von dir.«

»Ach wo. Alex übertreibt …«

»Der Feuerwehrhauptmann hat gesagt, es sei ihm unbegreiflich, wie Lochie die Hitze überhaupt aushalten konnte«, fügte Alex hinzu.

Lochie starrte sie eigenartig an, und die anderen Frauen gaben ihm jetzt ebenfalls Klapse auf den Arm.

»Du leichtsinniger Narr!«

»Ich hab immer gewusst, dass du ein Idiot bist, aber gleich so einer! Man kann's mit der Tapferkeit auch zu weit treiben.«

»Ich bin übrigens Elise«, stellte sich die weißblonde Frau mit dem leichten Akzent vor; sie war klein und zierlich und hatte perfekte symmetrische Züge mit riesigen blauen, eulenhaften Augen.

»Anna«, sagte eine Frau mit langen, buschigen braunen Haaren und einem athletischen Körperbau. Sie war die Erste gewesen, die Lochie auf den Arm geschlagen hatte.

»Ich bin Emma«, meldete sich eine mit kurzen dunklen Haaren.

»Hi.« Alex lächelte. Im Geiste versuchte sie sich die Namen zu merken. Fehlte nur noch … Jess, so hieß sie doch? »Alex.«

»Noch einen?«, fragte Ambrose die Männer, und sie folgten ihm wieder zur Bar. Einer fragte Lochie: »Und weiß man schon, wie das Feuer ausbrechen konnte?«

Alex blieb in der Frauenrunde zurück. Lochie fühlte sich offenbar nicht für sie zuständig.

»Wie aufregend! Endlich mal frisches Blut in der Clique!«, sagte Emma erfreut. »Ich wusste ja gar nicht, dass Lochie jemanden mitbringen würde. Normalerweise hat er nie jemanden dabei, oder?«

»Jedenfalls nicht bei solchen Anlässen«, stimmte Elise zu. »Zumindest nicht seit ihr wisst schon wem. Wie lange seid ihr denn schon zusammen?«

»Ach, wir sind nicht zusammen. Wir sind … so was wie Kollegen, ja, so könnte man's ausdrücken.«

»Ach ja?«, sagte eine skeptische Stimme. Alex drehte

sich zu der Sprecherin um. Vor ihr stand eine umwerfende Frau mit langem dunklem Haar und scharf geschnittenen Stirnfransen. Sie brachte ein Tablett mit Blinis.

Alex, die den kühlen Ausdruck auf dem Gesicht der Frau bemerkte, lächelte unbekümmert. »Ich bin zurzeit beratend für Kentallen tätig. Sie sind sicher Jess?«

»Ja.«

»Hallo. Alex.«

»Hallo, Alex«, antwortete Jess. »Hungrig?«

»Danke, nein.«

»Ganz sicher? Wir werden morgen unsere ganze Kraft brauchen. Das wird ein sehr langer Tag.«

Alex nahm sich eins. Sie hoffte inständig, dass ihre Sachen morgen rechtzeitig eintreffen würden. Vor *dieser* Frau wollte sie wirklich nicht im Pyjama auf die Jagd gehen. »Haben Sie schon mal am MacNab teilgenommen?«

»Ich versuche es jedes Jahr«, antwortete die Brünette. »Einmal habe ich den Sieg nur um vierzig Minuten verpasst.«

»Und ihr?«, fragte Alex in die Runde und hielt sich dabei die Hand vor den Mund, weil sie kaute.

»Nö«, seufzte Emma. »Ich begleite zwar meinen Mann, Max, aber ich mag nicht aus reinem Übermut – oder Sport, wie auch immer man's nennt – auf ein kerngesundes Tier schießen. Ist nicht mein Ding.«

»Aber jemand muss schließlich den Wildbestand unter Kontrolle halten, Darling«, rief ein untersetzter Mann mit rötlichem Haar von der Bar herüber. »Und dieser ›Sport‹ schafft jede Menge Arbeitsplätze und bringt Geld in die Region.«

Emma verdrehte die Augen. »Wie gesagt, ist nicht mein Ding.«

»Ich hätte es vor zwei Jahren fast geschafft – wenn sie meine Forelle akzeptiert hätten anstatt eines Lachses«, meinte Anna schmollend.

Elise rieb ihrer Lebensgefährtin lachend den Arm. »Nachtragend sind wir wohl gar nicht, was?«

Alex warf einen Blick auf Lochie. Er stand am Feuer und war in ein angeregtes Gespräch vertieft. Seine Wangen waren rosig, aber er sah immer noch sehr müde aus, fand sie.

»Lochie hat letztes Jahr das Doppel geschafft«, erzählte Elise Alex. »Diesmal will er unbedingt den Hattrick machen.«

»Im Ernst? Glauben Sie, dass er's schaffen wird?«, wollte Alex wissen.

»Wie ich Lochie kenne, ja. Wenn der sich mal was in den Kopf setzt, gibt er nicht eher auf, als bis er's erreicht hat«, meinte Jess und nippte an ihrem Whisky. Alex fiel der kostspielige Cocktailring an ihrer linken Hand auf und die dezenten, aber kostbaren Diamantohrstecker; auch war ihr Gegenüber leicht gebräunt, und sie sah aus, als ob sich ein guter, nicht gerade billiger Personal Trainer um sie kümmern würde. Alex fragte sich, was das wohl für eine App gewesen sein mochte, nach deren Verkauf sich ihr Mann zur Ruhe setzen konnte, und welcher von den Männern wohl Sam sein mochte. Sie wünschte, die Gruppe wäre beisammengeblieben und hätte sich nicht in Geschlechter aufgeteilt, wie auf dem Schulhof.

Sie versuchte sich Skye zwischen diesen Frauen vorzustellen, und es wollte ihr nicht gelingen. Die junge

Frau würde nicht in den Rahmen passen, sie würde zu jung und unbedarft wirken.

»Er steht Kopf an Kopf mit Ambrose. Mein Göttergatte ist leider fest entschlossen, sich den Borrodale-Hattrick nicht nehmen zu lassen. Es geht offenbar um die Familienehre.« Daisy verdrehte die Augen. »Und kein ›schnöder Außenseiter‹ darf ihn ihm wegnehmen.«

»Aber ein Farquhar ist doch nicht ›schnöde‹!«, erwiderte Emma lachend, »und ein Außenseiter schon gar nicht. Die gehören doch ebenfalls zu den besten Familien Schottlands.«

»Clans«, korrigierte Anna.

»Hört mal, vergesst doch mal den MacNab. Was ich wirklich wissen will, ist, was ihr morgen Abend anziehen wollt?«, erkundigte sich Elise interessiert und strich mit ihren zarten Händen ihr Haar zurück. »Ich hab nämlich nichts Schwarzes und auch nichts mit Tartan-Karo.«

Alex erschrak. Was? Was sollte denn morgen Abend stattfinden? Sie pflasterte ein Lächeln auf ihr Gesicht und lauschte dem Gespräch der Frauen, die ihre Kleider beschrieben – Jess wollte ein schwarzes Crêpe-Schlauchkleid tragen; Anna ein schwarzes Seidenkleid mit Schmetterlingsärmeln ...

»Denkt ihr denn, es geht, wenn mein Kleid weder schwarz noch bodenlang ist?«, fragte Elise mit großen, runden babyblauen Augen.

»Wie sieht's denn aus?«

»Es ist silbern und dreiviertellang; dünne Träger und ein Faltenrock.« Elise biss sich auf die Lippen. »In Schwarz sehe ich einfach nur käsig aus, stimmt's nicht?«, wandte sie sich an Anna.

»Ich finde, du siehst toll aus in Schwarz«, widersprach Anna.

»Nee, es macht mich total käsig.«

Anna zuckte mit den Achseln, als wolle sie sagen: »Warum fragst du mich überhaupt?«

»Hört sich toll an«, sagte Daisy seufzend. »Ich dagegen werde wohl mal wieder mein Frankensteins-Braut-Kleid anziehen. Schwarzer Taft und jede Menge Rüschen.«

Jess kicherte. »Ach, nicht doch. Ich liebe dieses Kleid, es ist so was von Eighties. Aber es scheint mit jedem Jahr moderner zu werden.«

»Puh!«, stöhnte Daisy. »Es ist absolut abscheulich. Heirate nie ein Clanoberhaupt ist alles, was ich dazu sagen kann.«

»Und Sie, Alex? Was ziehen Sie an?«, erkundigte sich Emma.

»Ähm ...« Alex entschloss sich die Wahrheit zu sagen. Sie verzog das Gesicht. »Was genau findet denn morgen Abend statt?«

Elise schnappte entsetzt nach Luft. Anna runzelte die Stirn. »Das wissen Sie gar nicht? Hat Lochie denn nichts erzählt?«

»Er, ähm ... es hat sich alles sehr kurzfristig ergeben«, stammelte sie. Sie konnte ja schlecht zugeben, dass sie sich gewaltsam aufgedrängt hatte.

»Morgen findet das *Keepers of the Quaich* statt«, erklärte Anna.

Für Alex war das Chinesisch. »Das was?«

»Das ist eine Gesellschaft für Whisky-Connaisseurs. Äußerst exklusiv, zumindest für jene, die sich mit so was befassen. Lochie wird zum ›Master‹ ernannt. Ist offenbar eine Riesensache«, erklärte Anna.

»Vielleicht hat er's deshalb nicht erwähnt«, vermutete Jess. »Er mag's nicht gern, wenn man viel Aufhebens macht.«

»Ja, mag sein.« Alex trank aus.

»Nicht zu fassen, dass er Sie nicht informiert hat! Männer, ist ja mal wieder typisch. Die denken einfach nicht an uns Frauen«, meinte Elise mitfühlend.

»Soll ich Ihnen vielleicht was von mir leihen?«, erbot sich Daisy. »Ich bin sicher, dass wir was finden. Allerdings nur aus meiner schlanken Phase, zwischen 2006 und 2009, als ich abnehmen musste, um ins Hochzeitskleid von Ambrose' Oma zu passen. Eine Sechzig-Zentimeter-Taille, das muss man sich mal vorstellen! Sie würden da ohne weiteres reinpassen, Sie sind ja ungeheuer schlank.«

»Sehr nett«, meinte Alex bescheiden. O nein, sie würde auf keinen Fall – auf gar keinen Fall! – wieder was Geborgtes anziehen. »Aber ich hab zum Glück sowieso immer ein kleines Schwarzes dabei, nur zur Sicherheit.«

Das war nur eine halbe Lüge. Sie packte tatsächlich normalerweise immer ein bodenlanges Seidenjersey-Kleid von Amanda Wakeley ein, das einen Knoten unter dem Busen hatte. Es fiel wunderschön und umschmeichelte die Figur. Außerdem konnte man es ganz klein zusammenrollen, sodass es in jede Tasche passte. Aber sie hatte nicht damit gerechnet, es auf einer Insel im Nirgendwo zu brauchen. Da ließ sie es schon mal zuhause, und prompt brauchte sie es! Aber wer rechnete schon mit einem Ball auf einem schottischen Schloss!

Sie stellte ihr Glas auf einer Anrichte ab. »Würden Sie mich einen Augenblick entschuldigen?«

»Durch den Korridor und dann die dritte Türe rechts«, meinte Daisy hilfreich.

»Danke.«

Louise befand sich gerade in der dritten Position, ihre Füße standen in einem unmöglichen Winkel zueinander, und ihre Oberschenkelmuskeln brannten wie die Hölle. Da klingelte ihr Handy. Sie kroch rasch zu den Anoraks, die sich in einer Ecke häuften, und nahm es heraus.

»Ja?« Gerade noch geschafft, fast wäre die Mailbox angesprungen. »Ach, hallo, Alex.«

Sie ließ sich zu Boden sinken und betrachtete sich in der Spiegelwand gegenüber.

»Ist alles okay? Der Kurier ist vor einer halben Stunde losgefahren.«

Es war halb neun an einem Freitagabend. Sie wollte sich um halb zehn mit Jago im Pub treffen.

»Ein schwarzes Kleid?« Sie raffte sich auf die Füße und schlüpfte mit einem entschuldigenden Blick in Richtung der Ballettmeisterin aus dem Studio. »Das mit den schwarzen Perlen, das mit der Spitze oder das mit dem Chiffonteil? … Ah, gut. Ich hab nämlich das mit der Spitze mitgeschickt.«

Das Handy zwischen Ohr und Schulter geklemmt, fuhr sie mit ihren Pliés fort und schaute dabei durchs kleine Türfenster zu den anderen ins Studio. Als sie Alex' freudige Überraschung hörte, musste sie schmunzeln.

»Na ja, ich dachte, wenn eine Jagd stattfindet, könnte es doch sein, dass es auch einen Ball gibt oder irgendein schickes Dinner. Der Wagen mit dem Kurier wird morgen noch vor dem Frühstück bei dir sein.«

Sie stellte sich auf die Zehenspitzen und setzte das Plié in der zweiten Position fort. »Nein, schon gut, das macht nichts, ich hatte sowieso nichts Besonderes vor.« Sie hob einen Arm über den Kopf. »Tu, was du tun musst. Und schnapp ihn dir, Alex.«

Sie lag im Bett und starrte zu dem großen runden stoffüberzogenen Knopf hinauf, das Kernstück des Baldachins, der das Himmelbett überspannte. Exakt gleich gelegte Falten breiteten sich wie Sonnenstrahlen von dort aus. Das Bett war überreich mit Schnitzwerk verziert und wog sicher so viel wie ein Mittelklassewagen – obwohl sie das Matratzenende mit den Zehen ertasten konnte.

Alles bestand aus dem gleichen weiß-blauen Stoff mit demselben lebhaften Muster: der Baldachin, die Stofftapeten, die Vorhänge, die Tagesdecke – ein barocker Rausch. Alex bevorzugte ein etwas kargeres, schlichteres Interieur, aber es passte zu diesem alten Schloss, dessen Wurzeln weit in die Vergangenheit zurückreichten. Überkreuzte Schwerter und Degen und – ja – sogar Rüstungen zierten die breiten Korridore. Die alles andere als glatten Wände waren mit Kalk verputzt – Maurer, Stuckateure und Schreiner würden hier keinen einzigen rechten Winkel finden –, die Wände waren einen Meter dick und mit tief eingeschnittenen Fenstersitzen versehen, aus denen man durch in Stein gefasste Scheiben hinausblicken konnte. Das ganze Anwesen gehörte einer anderen Epoche an. Jede der Eichenholztüren war so dick, dass sie laut knarrte, wenn man sie öffnete oder schloss, und die Holzdielen waren zehn Zentimeter breit. Ihr Blick war vor dem Eintreten auf einen Kopfstein gefallen, und sie hatte dort die Zahl 1546 gelesen. Das wunderte sie kaum.

Mit einem müden Seufzer drehte sie sich auf die Seite und schaute aus dem Fenster. Sie hatte wie gewöhnlich nicht die Vorhänge zugezogen – sie mochte es, mit dem ersten Tageslicht aufzustehen und einem produktiven Tag entgegenzugehen – und konnte ein Stück vom Helikopter erkennen, der mit schlaff herabhängenden Rotorblättern wie eine erschöpfte Hummel draußen auf dem Vorplatz stand. Lochlans intensive Konzentration auf dem Herflug machte Sinn, jetzt wo sie wusste, dass er seinen Flugschein erst seit ein paar Wochen besaß.

Es war ein langer Tag gewesen. Seit der fehlgeschlagenen Konstellation waren erst acht Stunden vergangen, aber ihr kam es vor wie eine ganze Woche. Trotzdem, das Dinner war interessant gewesen. Sie hatte recht getan herzukommen: Lochlan war im Kreise seiner Freunde viel entspannter, fröhlicher und weniger defensiv. Er war hier ein anderer Mensch. Er lachte oft und wurde gern von allen aufgezogen. Sie hatten ihre eigene Sprache in dieser Clique, redeten in für Außenseiter unverständlichen Ausdrücken von ihrer Studentenzeit, von den Kneipen, in denen sie abgesackt waren, den fürchterlich danebengegangenen Mahlzeiten, die sie zu kochen versuchten, als sie alle zusammen am Stadtrand in einem Haus gewohnt hatten. Wieder einmal bedauerte sie zutiefst, dass ihr die sorglose Studentenzeit versagt geblieben war, das Studium verwehrt. Wenn sie an die Freundschaften dachte, die sie dort hätte knüpfen können, an all die Erlebnisse und Erfahrungen, die Erinnerungen, an die sie noch heute mit einem Lächeln zurückdenken würde, auch jetzt, allein im Dunkeln. Lochie hatte sie weisgemacht, dass es ihr nichts ausmachte, dass sie froh über die drei Jahre war, die sie ihren Altersgenossen voraus hatte – aber das war Unsinn. Als Gewinn, wie sie ihn darstellte, empfand sie es nicht.

Sie schloss die Augen und schob diese Gedanken – und Gefühle – entschlossen beiseite. Der Besuch einer Universität war nun mal unmöglich gewesen, und es war verschwendete Energie – ja, buchstäblich die Definition von Energieverschwendung –, einer Sache nachzutrauern, die nie stattgefunden hatte. Wie hatte es Eckhart Tolle ausgedrückt? »Was könnte vergeblicher, ja verrückter sein, als inneren Widerstand gegen das zu schaffen, was schon ist?« Es war eins ihrer Lieblingszitate von dem spirituellen Lehrer, das sie auch oft an ihre Klienten weitergab. Jetzt wiederholte sie es leise für sich selbst, um sich zu besänftigen.

Ihre Muskeln entspannten sich, ließen den Tag los und hießen die Nacht willkommen und mit ihr den Schlaf, der sich langsam und leise in ihrem Körper ausbreitete, sie tiefer in die Matratze sinken ließ, das Haar wie ein Wasserfall hinter sich auf dem Kissen ausgebreitet. Sie musste heute Nacht möglichst gut schlafen, denn morgen ging es auf die Jagd.

Und zwar nicht nur auf Lachs, Fasan und Hirsch.

19. Kapitel

10. Februar 1918

Liebe Clarissa,

habe mich wirklich sehr über Deine Briefe gefreut. Ich hoffe, ihr seid ebenso gesund und wohlauf wie ich. In Barisis neulich habe ich zwar ein bisschen was abgekriegt, wie ihr vielleicht gehört habt, aber jetzt geht es mir wieder gut. Entschuldige, dass ich nicht schon früher geschrieben habe, aber es war sehr schwer, eine Gelegenheit zu finden. Hier ist ganz schön was los, wie Du Dir denken kannst. Wir sind seit dem Achten erst »richtig« dabei, aber der Neunte und der Tag darauf waren sehr schwer. Jetzt ist immerhin Verstärkung gekommen, gerade noch rechtzeitig, denn wir waren am Schluss nur noch zweihundert. Weiß nicht, wie lange das noch gehen soll. Gestern war's schlimm, die Deutschen haben dicke hässliche Bomben auf uns abgeworfen, und ich bin gerade nochmal davon gekommen. Und der Lärm der Explosionen! Kannst Du Dir vielleicht vorstellen. Eine landete inmitten unserer Corned-Beef-Vorräte, und das Zeug spritzte in alle Richtungen. Danach gab's zum Abendessen heißes Wasser, weil wir den Krauts zeigen wollten, dass wir nicht so schnell klein beigeben. Ich habe mein Testament beigefügt, falls ich's doch nicht schaffen sollte, aber mache Dir keine Sorgen, man sieht ihre Grüße normalerweise rechtzeitig vom Himmel fallen und kann in Deckung gehen.

Vor zwei Wochen haben wir sogar ein kleines Fußballmatch auf die Beine gestellt. Die größte Herausforderung war das Spielfeld, denn das war ein huckeliger Kohlacker. Frostie oder Kit Oakham hab ich bis jetzt noch nicht getroffen, aber Billy Wilkes ist seit achtzehn Tagen nicht mehr bei uns. Seine Brille ging zu Bruch, und er hat sich geweigert, eine neue zu kaufen. Da haben wir ihn beim Nachschub zurückgelassen. Vielleicht hat er's ja so hingedreht, dass er nicht mehr an die Front muss und einen weniger gefährlichen Posten bekommt. Kann's ihm nicht übelnehmen, armer Kerl, der war mit seinen Nerven wirklich am Ende und hat außerdem viel zu viel gegrübelt, das ist das Schlimmste, was man in einem Dreckjob wie diesem tun kann.

Muss jetzt Schluss machen, damit ich den Brief noch losschicken kann. Grüß mir Mutter und sag ihr, so Gott will, werde ich wohlbehalten wieder heimkommen. Ich hoffe, Vater geht es gut, und richte bitte auch Mrs Dunoon schöne Grüße von mir aus.

Dein Dich liebender Bruder,
Percy

Borrodale House, Perthshire, Samstag, 16. Dezember 2017

Zum Frühstück gab's Rührei und warme Kipper, dazu einen dunklen Tee. Der Toast war so dick geschnitten, dass man ihn als Türstopper hätte benutzen können. Alex war als Erste auf den Beinen, was nicht verwunderlich war. Sie hatte sich bereits im Morgengrauen ans Fenster gestellt, um die erwartete Lieferung abzufangen.

Das Anwesen lag auf einem Hügel und war von wunderschönem Parkland umgeben, was sie gestern Abend bei der Ankunft nicht mehr hatte sehen können. Weite Rasenflächen, von mächtigen alten Tannen begrenzt, die dem Blick Halt gaben, fielen in sanften Terrassen zum wilden Moor ab. Nebelfäden krochen übers Land, und die ersten Strahlen der bleichen Sonne brachten zarte Blau-, Grau- und Grüntöne hervor. Als sie den Kurierfahrer ins Anwesen einbiegen sah, lief sie so schnell sie konnte in Morgenmantel und Pyjama zur Haustür hinunter, um ihn abzufangen, ehe er klingeln oder den wuchtigen Türklopfer betätigen konnte. Nachdem sie ihr Gepäck in Empfang genommen und sich wieder dem Haus zugewandt hatte, bemerkte sie, dass eine Hälfte des Anwesens eingerüstet war. Auch das war ihr gestern in der Dunkelheit entgangen.

Es war jetzt kaum heller als zuvor, nur ein dünner Streifen Tageslicht schimmerte unter den tiefhängenden Nachtwolken hervor, wie unter einem schlecht aufgelegten Topfdeckel. Alle außer ihr und Ambrose wirkten müde und verschlafen.

»Wir müssen essen, so viel wir nur irgend können«, bemerkte die zierliche kleine Elise und häufte sich eine Schüssel voll mit Cranachan – ein traditioneller Brei aus Getreideflocken, Whisky, Sahne und Himbeeren, den Alex eher für eine Nachspeise hielt als eine Hauptmahlzeit. »Egal wie satt wir auch sind, wir müssen essen, bis wir platzen«, riet sie den anderen grimmig. »In zwei Stunden werden wir bis zu den Hüften im Fluss stehen.«

Anna erschauderte. »Erinnert mich: Wieso machen wir das eigentlich jedes Jahr mit?«

»Weil du eine Schwäche für Ambrose' Whisky hast«, bemerkte Sam – ein großer, breitschultriger Mann mit langen Beinen und sandblondem Haar – in wissendem Ton.

»Und wegen Marys Kochkünsten«, fügte Elise hinzu. »Keiner macht Cranachan so gut wie sie.«

»Danke«, erwiderte Daisy lächelnd. »Ich werde es ihr ausrichten, das wird sie freuen.«

»Sieht eiskalt aus, da draußen«, bemerkte Jess und schaute argwöhnisch in die neblige, froststarre Landschaft hinaus.

»Wie fühlst du dich, Alex? Nervös?«, erkundigte sich Daisy und reichte Max Salz und Pfeffer. Er hatte bis jetzt außer einem Grunzen noch nichts von sich gegeben – offenbar ein Morgenmuffel.

»Wegen des Angelns, vielleicht. Das hab ich erst einmal versucht.«

»Keine Sorge. Kommt immer darauf an, wo man Stellung bezieht. In Lochie hast du einen guten Lehrer.«

»Lochie? Aber ... aber treten wir nicht gegeneinander an?«

»Normalerweise schon, aber weil heute Abend das Quaich stattfindet, müssen wir rechtzeitig Schluss machen und können nicht noch die Nacht dranhängen, wie sonst. Deshalb werden wir uns paarweise aufteilen.«

»Ach so.« Hatte man Lochie bereits darüber informiert? Ihn würde das gar nicht freuen. Der Sinn der ganzen Sache war ja, dass er ihr bewies, dass er der bessere Jäger war. Eine Partnerschaft stand nicht auf dem Programm. Und wenn er schon im Büro kaum mit ihr auskam, dann wohl erst recht nicht auf der Pirsch.

»Und wie geschickt bist du mit dem Gewehr?«, erkundigte sich Daisy.

»Nicht schlecht. Ich war bloß noch nie auf einer Pirsch.«

Max brach sein bisheriges Schweigen und lachte leise. »Aber abgesehen davon kannst du's kaum abwarten loszulegen, was?«

Sie lachte. »Ja, genau.« In diesem Moment kam Lochie herein. Er sah so zerknittert aus wie vermutlich sein Kissen. Er hatte sich nicht rasiert, und ein Stoppelbart zierte sein Kinn. Die Haare standen in alle Richtungen ab, und er hatte aufgedunsene Ringe unter den Augen. Geduscht hatte er offensichtlich noch nicht. Sie konnte sich auf einmal gut vorstellen, was für ein Hausgenosse er in der Studentenbude gewesen sein musste – vor allem nach einer durchzechten Nacht.

Er trug, wie alle anderen auch, Hemd und Pullover und dazu Breeks, die obligatorischen karierten Kniebundhosen. Dazu dicke Stricksocken mit Strumpfhaltern und robuste Wanderschuhe. Nur das Datum auf der Zeitung wies darauf hin, dass das Jahr 2017 lautete und nicht 1917.

»Morgen, Kumpel«, rief Ambrose gut gelaunt. »Na, gut geschlafen?«

Lochie verdrehte die Augen. Ambrose lachte.

»Hungrig?«, erkundigte sich Daisy. Lochie grunzte zustimmend und trat ans Buffet, wo er unter die silbernen Abdeckglocken schaute und sich einen Teller voll häufte. Dann kehrte er an den Tisch zurück und nahm auf einem Stuhl neben Jess Platz, schräg gegenüber von Alex. Alex sagte nichts. Sam hatte absichtlich einen Platz neben ihr frei gelassen, damit Lochie sich dorthin setzen konnte – schließlich hatte er sie doch als »Begleitperson« mitgebracht. Aber Lochie schien anscheinend nicht bemüht, die Scharade der Freundschaft aufrechtzuerhalten.

»Aha, zerrst also schon gewaltig an der Leine«, scherzte Ambrose erfreut, während Lochie sich mit gesenktem Kopf und abweisender Miene über sein Essen hermachte. »Umso besser für mich.« Er rieb sich siegesgewiss die Hände.

Lochie zog lediglich die Augenbraue hoch und aß ungerührt weiter.

»Also, ihr wisst Bescheid: Wir brechen heute mal mit der Tradition und teilen uns paarweise auf«, verkündete Ambrose und schenkte sich Tee nach.

Alex sah, wie Lochie beim Essen ins Stocken geriet und einen ungläubigen Blick in die Runde warf, als könne er seinen Ohren nicht trauen.

»Die Rucksäcke stehen schon in der Eingangshalle bereit: mit Landkarte, Kompass, Thermos und dem ganzen Rest. Anglerstiefel findet ihr in der Stiefelkammer. Der Erste, der mit einem Fisch, einem Vogel und dem Foto des erlegten Hirschs wieder hier auftaucht, ist Sieger. Vergesst nicht, den Standort des erlegten Tiers auf der Karte zu vermerken, damit es die Wildhüter später bergen können.« Er warf Max einen strengen Blick zu. »*Unter dem Baum am Hügel hinter dem Fluss* reicht nicht«, sagte er missbilligend.

Max stöhnte. »Du hast versprochen, das nicht mehr zu erwähnen.«

»Alex hat gerade erzählt, dass sie noch nie geangelt

hat und auch noch nie auf der Pirsch war«, bemerkte Sam süffisant.

Lochies Gabel stockte auf halbem Weg zum Mund. »Wie bitte?« Er musterte sie fassungslos. »Aber das hast du nie ...«

»Du hast ja nicht gefragt«, entgegnete sie betreten. O bitte, jetzt bloß kein Streit, nicht vor all seinen Freunden. »Ich wusste nicht ...« Sie räusperte sich. »Ich hatte nicht damit gerechnet, dass wir in Teams starten würden. Wenn ich gewusst hätte, dass ...«

Dass sie ihm wie ein Klotz am Bein hängen würde? Er musterte sie mit einem grimmigen, vorwurfsvollen Blick.

»Aber das ist doch alles nicht ernst gemeint!«, rief Elise erschrocken aus. »Das sind doch bloß die Jungs, die das so ernst nehmen. Uns Frauen ist das doch ganz egal, nicht?«

»Ja, sicher«, meinte Emma.

»Mir nicht«, gestand Anna schuldbewusst.

»Mir schon, solange ich keine Wasserblasen kriege«, meinte Jess gedehnt. »Mit dicken fetten Wasserblasen komme ich heute Abend nicht in die hohen Schuhe, und das wäre *eine Tragödie*.« Sie schoss ihrem Mann einen warnenden Blick zu. Sam seufzte.

Lochie sagte nichts und aß mit umso lauterem Schweigen weiter. Alex setzte ein beschwichtigendes Lächeln auf, spürte aber dennoch seine Irritation. Anderer Ort, andere Gesellschaft, aber sonst blieb alles beim Alten. Murmeltiertag.

Sie waren die Ersten, die sich auf den Weg machten. Lochie hatte, nachdem er nun wusste, mit welchen Behinderungen er durch sie würde rechnen müssen, sein Frühstück in Rekordgeschwindigkeit verzehrt. Jess und Sam folgten kurz danach, nur Ambrose musste wohl oder übel den Gastgeber spielen und erst Max und Emma und Anna und Elise verabschieden, ehe er sich auf den Weg machen konnte.

»Wir fangen mit der Vogeljagd an«, schlug Lochie kurz angebunden vor. »Das zumindest dürfte kein Problem für dich sein.« Er lief mit langen Schritten über den Rasen aufs Moorland zu, offenbar gut mit dem Gelände vertraut. Alex hatte im Verlauf des Frühstücks erfahren, dass sich die Gruppe schon seit dreizehn Jahren zum MacNab traf, seit dem Ende des Studiums. Lochie hatte, bis auf zwei Jahre, jedes Mal teilgenommen.

»Geht klar.« Sie war froh, wenigstens nicht gleich hüfttief ins eiskalte Wasser zu müssen, wie es Max und Emma vorhatten, die mit dem Angeln beginnen wollten. Sie schob ihr Gewehr ein wenig höher über ihre Schulter und folgte seiner Spur, die sich deutlich auf dem frostigen weißen Gras abzeichnete. Ihr Gepäck war zwar nicht schwer, aber lästig, weil jeder zwei unterschiedliche Gewehre und dazu die Angel tragen musste.

So ging es etwas über eine Stunde lang dahin, Lochie immer voraus, mit geübtem Tempo übers unebene Moor. Alex fragte nicht, wo sie sich befanden. Die Landschaft war schön, wurde nach den ersten vierzig Hektar aber doch etwas eintönig. Sie unterhielten sich nicht. Lochie selbst wollte es so, um das Wild nicht zu verscheuchen. Das Schwerste an der Pirsch war, die Viecher überhaupt erst einmal aufzutreiben – umso schwieriger, wenn man nur wenige Stunden dafür Zeit hatte. Hinzu kam, dass der Wind auf ihrer Seite sein musste, denn wenn das Wild sie witterte, war es verschwunden, ehe sie auch nur in seine Nähe kamen.

»Jetzt wärst du sicher froh, wenn du Rona dabeihättest, was?«, bemerkte sie keuchend, als sie gerade einen besonders steilen Anstieg bewältigten.

»Hab ich normalerweise auch. Sie liebt es, für sie gibt's nichts Schöneres. Es ist jedes Jahr das Highlight für sie.«

»Und warum hast du sie diesmal nicht dabei?«

»Weil Skye sie dieses Wochenende hat.«

»Hättet ihr nicht tauschen können?«

Er zuckte die Achseln. »Vielleicht.«

»Sie hätte sie doch sicher auch nächstes Wochenende nehmen können?«

Eine kurze Pause trat ein. »Nächstes Wochenende ist sie weg.«

Da fiel es Alex wieder ein. Die Flitterwochen! Nächstes Wochenende um diese Zeit war sie Mrs Alasdair Gillespie. »Ach ja.«

Sie schwiegen. Alex warf einen Blick auf sein Profil, aber er blickte stur geradeaus, suchte nach Orientierungspunkten.

»Außerdem hab ich sie noch nie im Hubschrauber mitgenommen. Ich weiß noch nicht, wie sie das aufnehmen wird. Erst muss ich sicher sein, dass ich nicht uns beide umbringen werde …«

Alex lachte trocken. So war das also! Ihr Leben – und seins – zu riskieren war in Ordnung, aber nicht das des Hundes!

»Was?«, fragte er perplex.

Das brachte Alex erst recht zum Lachen. Sie schüttelte den Kopf. »Nichts. Gar nichts.« Vielleicht hatte er sie ja gar nicht veräppelt, als er während der Konstellation angab, dass Rona seine einzige Freundin sei.

Er blieb stehen und schaute sich um. Alex fiel auf, dass die Erde hier schwarz verbrannt war, dass sich aber bereits wieder etwas Grün zeigte. Fünfzig Meter weiter war das Heideland dagegen dick und buschig. »Siehst du das? Da hat es gebrannt. Dadurch wird das Wachstum angeregt und die Vogelpopulation beschützt.« Er musterte die fleckige Landschaft, die verbrannten und die unberührten Zonen. »Hier gibt es bestimmt jede Menge Vögel.« Er nahm seinen Rucksack ab. »Soll ich als Erster den Treiber machen?«

»Wenn du willst.« Sie nahm ihr Gewehr aus der Hülle und holte eine Schachtel Patronen aus einer ihrer geräumigen Jackentaschen.

»Sie fliegen tief, und sie sind verdammt schnell, also aufgepasst«, warnte er sie. »Du schießt nur einen, das reicht. Und warte auf meine Pfiffe.« Damit stakste er davon. Sein Gepäck ließ er zurück, er hatte nur den Treiberstock mit dem geschnitzten Griff dabei.

»Zu Befehl«, sagte sie grimmig und setzte ihre Ohrenschützer auf. Sie ließ das Gewehr aufschnappen, überprüfte und lud es. Und wartete.

Er brauchte einige Minuten, ehe er die Stelle erreichte, die er im Auge hatte. Dann hörte sie seine Pfiffe. Sie verlagerte ihr Gewicht auf den Vorderfuß und hielt den Gewehrlauf ein wenig nach unten, bereit zum Hochreißen. Er schlug mit scharfen Pfiffen und Rufen im Höckergras und im Unterholz herum, um die Vögel aufzuscheuchen.

Erst geschah gar nichts, und sie glaubte schon, dass er womöglich eine schlechte Stelle gewählt hatte, als plötzlich unter lautem Schnattern eine Schar Wildvögel aufflog. Alex brachte das Gewehr sofort in Anschlag. Mit ruhigen Atemzügen nahm sie einen Vogel ins Visier und schoss.

Daneben.

Was? Sie schoss praktisch nie daneben! Aber diese Vögel waren verdammt schnell. Viel schneller als die plumpen Fasanen, an die sie gewöhnt war.

»Mist«, murrte sie. Lochie schaute zu ihr her, dann begann er erneut mit dem Treiben.

Erst der vierte Versuch gelang. Nicht schlecht für einige, unhaltbar für sie. Das plumpe Tier fiel getroffen zu Boden, und sie sicherte ihr Gewehr. Lochie hob befehlend den Arm.

Was er damit sagen wollte, war unklar, doch dann sah sie, dass er sein Gewehr bereits aus der Hülle genommen hatte und mit dem Lauf zum Himmel zeigte.

»Soll ich jetzt den Treiber machen?«, rief sie ihm zu.

Anstelle einer Antwort lud er sein Gewehr und strich dann mit den Füßen um sich tretend durchs hohe Gras.

Erzürnt schaute sie zu, wie er völlig ohne Hilfe – ohne Hund oder Treiber – zu Werke ging, mit sicherem Tritt und geübter Haltung. Ihr war klar, was er ihr damit mitteilen wollte: Er hatte es ihr leichter gemacht, indem er den Treiber für sie spielte. Er dagegen konnte es ganz allein. Das Ergebnis – der erlegte Vogel – mochte dasselbe sein, aber punktemäßig war er damit im Vorteil. Und zwar auf dem einzigen Gebiet, auf dem sie ihn womöglich hätte schlagen können.

In der Nähe befand sich ein Felsblock. Sie ging hin und setzte sich mit trotzig verschränkten Armen. Bereits zwei Minuten später ertönte ein Schuss.

Trotzdem würde es ein langer Tag werden, zumindest für sie.

Sie marschierten mehrere Meilen ohne Pause, die letzten zwei davon am Fluss entlang. Lochie blieb immer wieder stehen, um eine Stelle zu begutachten, schüttelte dann jedoch den Kopf und ging weiter.

»Wonach suchst du eigentlich?«, fragte sie schließlich. Sie hätte morden können für einen Kaffee. Elises Rat, zum Frühstück so viel zu essen, wie man nur hineinbrachte, war weise gewesen, und sie wünschte jetzt, sie hätte sich doch noch eine Scheibe Toast genommen.

»Ich weiß genau, wo ich hinwill«, antwortete er zerstreut, den Blick aufs Flussufer gerichtet. »Wir hatten einen trockenen Herbst, und das bedeutet, dass sich die Fische aufgrund des niedrigen Wasserstands wahrscheinlich verspäten. Es gibt da eine tiefere Stelle, soweit ich mich erinnere. Dort ist die Wahrscheinlichkeit größer, dass wir welche finden. Es gab da so einen Baum am Ufer, in der Nähe von Felsbrocken. Sein Stamm war gespalten, man konnte den Arm durchstrecken ... Mist, er muss doch hier irgendwo sein ...«

Alex schaute sich um. Es gab natürlich überall Bäume, einige ließen ihre Äste ins Wasser hängen, andere klammerten sich an die Uferböschung ... »So wie der da?« Sie deutete auf eine kleine Esche, deren Stamm sich auf Brusthöhe gespalten hatte. Man konnte durchblicken, wie durch eine Luke.

»Ah, ja, das ist es.« Ohne ein Wort des Dankes marschierte Lochie zu den Felsen und kletterte hinauf. Dass sie ihm folgen würde, war für ihn offenbar selbstverständlich. Als er die Felsen erklommen hatte, blickte er sich mit in die Hüften gestemmten Händen anerkennend um. »Ja, hier ist es. Lass den Rucksack am Ufer und zieh die Anglerstiefel an. Ich werde eine Fliege an deine Rute dranmachen.«

»Solltest du mir nicht lieber zeigen, wie das geht? Dann könnte ich's selbst machen.«

»Keine Zeit.«

»Aber wir würden doch auf Dauer Zeit sparen, wenn ich mich nicht ständig wegen irgendwas an dich wenden müsste?« Sie lächelte. »Vergiss nicht: Delegieren bedeutet nicht abdanken.«

Es sollte ein Scherz sein, aber er musterte sie unbeeindruckt. »Das ist hier kein Workshop, und du hast hier nicht das Sagen.«

»Ja, zeig's mir«, brummelte sie verstimmt. »Wieso auch nicht.« Sie sah, wie er seine Anglerstiefel hervorholte, und tat es ihm gleich. Dann schaute sie zu, wie er sie anzog und festmachte, und nahm sich daran ein Beispiel. Anschließend war sie in Gummi gepackt bis fast rauf zu den Schultern. Nicht unbedingt sexy. Stumm sah sie zu, wie er die Fliegen an den Angelhaken festband.

»Wir verwenden die Spey-Casting-Methode. Schon mal davon gehört?«

»Nö.« Sie schüttelte den Kopf und musterte bange den breiten, schnell fließenden Fluss. Musste sie da wirklich rein?

»Könntest du nicht einfach zwei Lachse fangen und sagen, dass einer von mir stammt?«

»Nein.«

»Wieso nicht? Ich behindere dich doch nur.«

Er widersprach nicht. »Man nennt das Prinzipien. Davon hast du wohl auch noch nie was gehört?«

Alex nahm seinen Sarkasmus mit einem Seufzen hin. Als er fertig war, reichte er ihr eine der Angelruten. »Komm, wir stellen uns dorthin.«

Sie folgte ihm widerwillig bis zum Ufer und watete hinter ihm her, knietief ins Wasser. Gott, war das kalt! Man blieb in der Gummimontur zwar trocken, aber die Kälte spürte man. Und die Strömung. Sie drückte ihr gegen die Kniekehlen.

Sie bekam Angst, sagte aber nichts.

»Und jetzt schau her.« Er watete bis zur Hüfte ins Wasser. »Rechte Schulter parallel zum Ufer, so. Unser Ziel ist die tiefe Ausbuchtung dort hinten. Siehst du sie?«

Er deutete auf eine ruhigere Zone im Schutz von einigen Felsen. Sie nickte.

»Beim Spey-Casten verwendet man lange Ruten und den Zweihandgriff. Dabei fasst man die Rute mit der rechten Hand weit oben, die linke packt den Griff ganz unten, siehst du?« Er musste laut sprechen, um das Rauschen des Wassers zu übertönen. »Die Kraft kommt aus den Händen, klar? Und zwar sechzig Prozent aus der rechten Hand und vierzig aus der linken. Wenn man beide Hände gleichzeitig einsetzt, erzeugt das eine Druck-Zug-Bewegung, mit der sich die Schnur am besten auswerfen lässt.«

Sie nickte. »Okay.«

»Zunächst kommt der *Vorwurf* – du visierst dein Ziel in einer geraden Ideallinie mit der Rutenspitze an.« Er deutete auf eine Baumgruppe am anderen Ufer. »Du wirfst die Schnur aus und bekommst eine D-Schleife – die Schnur hängt in der Wurfbewegung bauchig unter der steifen Rute durch. Je größer das D, desto weniger Wasserkontakt hat die Schnur – bleibt also nicht am Wasserfilm hängen – und desto effizienter der Wurf. Also ein großes D und dann hoch mit der Rute!« Sie sah zu, wie er die Angel auswarf und wie die Fliege flussabwärts im Wasser landete. Der singende Tonfall seiner Instruktionen erinnerte sie an Skye und ihre Einweisung in die Feinheiten der Whiskyverkostung. »Dann der *Rückwurf* über die rechte Schulter, und dabei drehst du den Körper, so.« Er drehte sich und warf die Rute über den Kopf zurück, alles in einer einzigen fließenden Bewegung. »Am Schluss geht die Rute wieder hoch, kapiert?« Er schaute sie prüfend an.

»Klar«, antwortete sie skeptisch. Das war wohl der kürzeste Angel-Schnellkurs in der Geschichte der Menschheit. Aber bei ihm schaute es ganz einfach aus.

Sie holte tief Luft und versuchte es ihm nachzumachen – nur leider blieb ihre Schnur dabei in einem Baum hinter ihr hängen. Eine laute Stille trat ein. Er stieß einen unterdrückten Fluch aus und stapfte durchs Wasser zu ihr hin.

»Nicht dran reißen!«, schimpfte er, als sie heftig an der Rute zog, um den Haken freizubekommen.

Zerknirscht reichte sie ihm die Angel. »Entschuldige«, sagte sie und biss sich auf die Lippe. Sie kam sich unglaublich dumm vor – und das war sie ganz und gar nicht gewöhnt.

Er blickte sie an und seufzte. »Nein, das macht nichts. Ich muss mich entschuldigen. Ich wollte dich nicht anfahren. Ich bin einfach nur übermüdet. Hab nicht besonders gut geschlafen.«

Sie sah, wie er die Schnur durchschnitt und aus einer Blechschachtel, die er in einer Brusttasche seiner Jacke aufbewahrte, eine neue Fliege hervorholte. Er befestigte sie an der Schnur.

»Wegen des Brandes?«, erkundigte sie sich. Davon hatte er doch bestimmt Albträume. Sie jedenfalls schon.

»Na, helfen tut das nicht gerade«, räumte er ein. »Ich hab im Moment einfach sehr viel um die Ohren.«

Skye. Sie hatte es gewusst. Selbst wenn er's nicht zugeben wollte. Jetzt, aus der Nähe, konnte sie die Anspannung in seinen Wangenmuskeln sehen, den Stress, unter dem er stand.

»Hier, versuch's nochmal.« Er gab ihr die Angel zurück. »Aber komm jetzt ein bisschen tiefer rein und lass die Schnur nicht ganz so lang ausrollen.«

Er reichte ihr die Hand und half ihr ins tiefere Wasser. Ihre Angst kletterte noch ein wenig in die Höhe. Sie kam auf einem glitschigen Stein ins Rutschen, und er hielt sie fest. Seine Hand war wärmer als ihre und auch um einiges größer.

»Keine Angst, ich hab dich«, beruhigte er sie. »Hier, versuch zu diesem großen Stein da zu kommen, der ist einigermaßen flach.« Er dirigierte sie an die Stelle, die er ihr mit seinem Fuß zu zeigen versuchte, so gut es ging.

Sie stellte sich breitbeinig auf den Stein, und er watete ein wenig von ihr weg.

»Und jetzt denk dran, was ich dir gezeigt habe: auswerfen, hochziehen, Rückwurf, Schnur laufen lassen. Das Besondere am Spey-Angeln ist, dass man in jede Richtung werfen kann, auch seitwärts, was gut ist, wenn man nicht nach hinten ausholen kann, weil dort eine steile Uferböschung ist oder etwas Ähnliches. Man muss den Körper immer in Wurfrichtung drehen. Man nennt das das Hundertachtzig-Grad-Prinzip.«

Alex zog die Augenbraue hoch. Ein solches Prinzip hatte sie ebenfalls.

»Angeln ist eine Kunst, keine Wissenschaft, vergiss das nicht. Man muss es fühlen.«

Und das tat sie. Die Fliege landete problemlos flussabwärts im Wasser. »Ich hab's geschafft!«, rief sie entzückt aus und führte einen kleinen Freudentanz auf.

Lochie beobachtete es mit ironischer Miene. »Das mit dem Tänzchen würde ich lassen. Die Fische sind davon nicht gerade angetan.«

»Ach, stimmt!«, sagte sie lachend und kaute aufgeregt auf den Lippen. »Also immer so vor und zurück, ja?«

»Genau.« Er schaute ihr ein paarmal zu, dann machte er sich selbst an die Arbeit.

»Das ist wirklich entspannend«, rief sie nach einer Weile. Sie war stolz darauf, einen Rhythmus gefunden zu haben.

»Nicht reden!«, befahl er grimmig. »Du vertreibst die Fische!«

»Ach ja, sorry.« Sie biss sich auf die Lippen und konzentrierte sich ... Erst nach vorne und dann ...

Hing sie fest. Die Rute ließ sich nicht mehr bewegen. »O Gott«, murmelte sie und wurde von Panik erfasst. Nicht schon wieder ... Sie warf einen zerknirschten Blick zu Lochie hin, der seelenruhig seine Würfe machte und zum ersten Mal an diesem Tag vollkommen entspannt wirkte. »Ähm, Lochie ...«

Sie saßen auf der moosigen Uferböschung und nippten an heißer Ochsenschwanzsuppe, wärmten sich dabei die Hände am warmen Deckel ihrer Thermoskannen. Lochie hatte die Ellbogen auf die Knie gestützt und blickte aufs Wasser hinaus.

»Tut mir leid«, sagte sie wohl zum hundertsten Mal. »Ich bin ein richtiger Klotz am Bein.«

»Spielt keine Rolle.«

Aber das tat es sehr wohl, sie konnte es ihm ansehen. »Wenn ich gewusst hätte, dass ich dich nur behindern würde, wäre ich nicht mitgekommen.«

»Ich hab dich schließlich eingeladen, du hast es selbst gesagt.«

»Lochlan, wir wissen beide, dass du das nur gesagt hast, weil du mir einen Denkzettel verpassen wolltest. Du wolltest mir beweisen, dass du besser bist als ich.«

Die Wahrheit saß wie ein Stück glühender Kohle zwischen ihnen – zu heiß zum Anfassen.

»Tja, da sieht man mal wieder, wie so was nach hinten losgehen kann«, meinte er leise.

Sie spürte, dass hier eine Gelegenheit wäre, zu ihm durchzudringen. Nervös auf ihren Lippen kauend machte sie sich auf die unvermeidliche Zurückweisung gefasst. Behutsam begann sie: »Es gibt da etwas, das ich meinen Klienten immer gern erkläre. Es nennt sich das Überflussprinzip.« Sie hielt inne, wartete darauf, dass er sich brüsk abwandte oder aufstand und ging oder sie beim Arm packte und ins Wasser stieß. Aber er starrte nur vor sich hin. »Hast du schon mal davon gehört?«, erkundigte sie sich.

Er schüttelte müde den Kopf. Zum Widerspruch schien ihm ausnahmsweise mal die Energie zu fehlen.

»Viele von uns – eigentlich fast alle – werden in dem Glauben erzogen, dass man nur gewinnen kann, wenn der andere verliert. Das nennt man bei uns Nullsumme. Wir Fachleute dagegen bevorzugen ein Szenario, in dem beide Seiten profitieren: Kooperation statt Wettkampf, du verstehst schon.«

»Im Prinzip nicht schlecht«, sagte er. »Ließe sich das auch auf die jetzige Situation anwenden? Das wäre zu schön, um wahr zu sein.«

Sie machte eine bedauernde Miene. »Leider nein, in diesem Fall wäre das unmöglich.«

»Aber in einer anderen schon, was?«, sagte er mit hochgezogener Braue. »Dir schwebt sicher schon was vor. Bestimmt hast du bereits eine Liste mit all meinen Unzulänglichkeiten gemacht.«

»Es geht gar nicht um irgendwelche Unzulänglichkeiten«, widersprach sie. »Es geht darum, noch besser zu werden, als man ohnehin schon ist. Das Problem ist, dass du dich im Moment total überforderst, zu viel von dir verlangst. Du fühlst dich belagert und von allen Seiten umzingelt. Und deshalb willst du alles allein machen.«

»Du meinst, ich soll delegieren. Dein Lieblingswort«, meinte er trocken.

Sie schmunzelte. »Das auch. Aber du solltest es auch mit Synergie versuchen, mit Zusammenarbeit. Was du brauchst, ist jemand, mit dem du Dinge besprechen, mit dem du Ideen und Probleme durchdiskutieren kannst. Andere Perspektiven zu suchen ist keine Schwäche. Man macht sich verrückt, wenn man alles für sich behält, wenn man nie über etwas redet – und sag jetzt nicht Rona, denn die kann höchstens zuhören, aber nicht antworten!« Sie schwieg, um ihm ein wenig Zeit zu geben, das Gesagte zu verarbeiten. »Gibt es denn wirklich niemanden in deinem Leben, auf den diese Beschreibung zutrifft?«

Er schüttelte den Kopf.

»Wie wär's mit Torquil? Er scheint ein zuverlässiger Charakter zu sein.«

Lochlan wandte sich scharf ab. »Nein.«

»Wieso nicht?« Ihr fiel ein, dass er gestern während ihrer Sitzung genauso auf Torquils Erwähnung reagiert hatte. Was genau war zwischen den beiden vorgefallen? Warum hatte er ihn bei der Generalversammlung niedergeschlagen?

Er schwieg eine ganze Weile. »Wir sind einfach zu unterschiedlich«, sagte er schließlich.

»Wäre das denn so schlecht? Die Leute verwechseln oft Ähnlichkeit mit Einssein und Unterschiedlichkeit mit Unvereinbarkeit, aber das muss nicht so sein.«

Er schüttelte den Kopf. »Der Typ ist ein Automat.«

Dann besaß also der eine zu viel Gefühl und der andere nicht genug? »Okay, wie wäre es dann mit Bruce? Er scheint mir sehr vernünftig zu sein, ein klarer Kopf und eine Menge Erfahrung.«

Abermals schüttelte er den Kopf. »Früher standen wir

uns nahe, aber nicht mehr, seit ...« Er brach ab. Alex erkannte jetzt auch das Problem: seit er seiner Tochter den Laufpass gegeben hatte. »Das würde nicht gehen. Es wäre eine Zumutung für ihn.«

»Okay, gut, das wäre wirklich ein bisschen heikel«, räumte sie ein. Ihr Herz klopfte schneller. Jetzt war sie an dem Punkt, auf den sie die ganze Zeit hinauswollte. »Und was ist mit Skye?«

Sein Blick huschte scharf, trotzig, zu ihr hin und gleich wieder weg. »Was soll mit ihr sein?«

»Na ja, ich weiß, dass die Dinge zwischen euch ... nicht gerade einfach sind«, fuhr sie hastig fort, als sie sah, dass er unruhig hin und her zu rutschen begann, seine Tasse auf Brusthöhe hielt, als wolle er sein Herz beschützen. »Könntet ihr euch nicht wieder verständigen? Freunde bleiben, Kollegen?«

»Nö.«

»Wieso nicht?«

»Weil sie nicht zur oberen Managementebene gehört«, fuhr er sie ungehalten an. »Und weil es unpassend wäre.«

Alex musterte ihn. »Bist du sicher, dass das der Grund ist?«

»Klar, was denn sonst?«

Sie schwieg einen Moment. »Weißt du noch, dass ich gestern angedeutet habe, die wahre Ursache der Probleme zwischen dir und Sholto könnte eher im Privaten als im Geschäftlichen liegen?«

»Vage.« Sie hatte ihn fast verloren, das war unübersehbar. Der Ausdruck in seinen Augen war wachsam, abweisend.

»Wenn es mit Skye nun dasselbe wäre? Dass sie nicht zum Management gehört, daran liegt es eigentlich nicht, das wissen wir beide. Es liegt daran, dass ihr die Dinge zwischen euch nie geklärt habt. Da gibt es noch zu viel, das unausgesprochen vor sich hin gärt.«

Jetzt war er wirklich verärgert. »Du hast doch überhaupt keine Ahnung, was damals passiert ist.«

»Doch. Du hast ihr am Tag vor der Hochzeit den Laufpass gegeben. Und ich habe euch beobachtet, wie ihr miteinander umgeht. Ihr seid total nervös und gereizt, weil ihr nicht wisst, wo ihr miteinander steht.«

»Ich höre mir das nicht länger an.« Er erhob sich und schüttete den Rest Suppe ins Gras. Aber wo konnte er schon hin? Hier draußen gab es kein Entrinnen, nicht vor ihr.

»Weißt du, was ich glaube?«, rief sie ihm nach. Er bückte sich nach seiner Angelrute, die er unweit ins Gras gelegt hatte, und ging zum Fluss.

»Ist mir scheißegal!«

»Ich glaube, du liebst sie immer noch«, rief sie seinem Rücken zu. »Du liebst sie, und sie liebt dich, und in ein paar Tagen wird sie einen anderen heiraten. Weil sie keine Ahnung hat, was du für sie empfindest. Deshalb bist du auch so wütend und frustriert und willst immer nur mit dem Kopf durch die Wand. Du hast eingesehen, dass es der größte Fehler deines Lebens war, sie zu verlassen! Und jetzt rennt dir die Zeit davon.«

Er befand sich bereits im Wasser und watete wütend ins Tiefe.

»Ich weiß, dass du mich hören kannst, Lochlan!«, rief sie ihm nach. »Nächste Woche um diese Zeit ist alles vorbei. Dann hast du sie für immer verloren, und euer Leben wird sich unwiederbringlich ändern. Kannst du damit leben?«

Keine Antwort. Er wandte seinen Körper in Fließrichtung und warf die Angel aus. Im Zweifachgriff: eine Hand oben trug sechzig Prozent Zug, die andere unten vierzig Prozent Druck. Das mochte zwar dazu führen, dass die Leine weit übers Wasser schoss, aber die Angelrute blieb vollkommen unbeweglich.

20. Kapitel

Stunden vergingen. Die Suppe hatte vorübergehend aufgewärmt, und sie konnte ihre Zehen wieder spüren, aber das verlor sich rasch, sobald sie erneut hüfttief im rasch dahinfließenden Wasser stand. Allmählich begann sie vor Kälte zu zittern. Hilfreich war auch nicht, dass Lochlan bereits vor einer Stunde seinen Lachs gefangen hatte und nun am Ufer hockte und finster zu ihr hinüberstierte, was sie nur noch nervöser machte. Dass er sich weigerte zu gehen, ehe nicht auch sie einen gefangen hatte, war weniger der Ritterlichkeit zuzuschreiben als der Tatsache, dass er noch immer schmollte. Dabei spielte es keine Rolle, dass nicht nur ihm klar war, dass bei ihr heute nichts mehr anbeißen würde. Gewinnen konnten sie nur gemeinsam, aber wenn das schon nicht sein sollte, wollte er zumindest dafür sorgen, dass sie wusste, wessen Schuld das war. So viel zum Überflussprinzip.

Nicht, dass sie gerade mit leuchtendem Beispiel voranging. Sie hatte sich geweigert, zum Mittagessen aus dem Wasser zu kommen, und stur weiter die Leine ausgeworfen, während er sich über die mitgebrachten Corned-Beef-Sandwiches mit Meerrettich hermachte und sie vor Hunger hätte heulen können.

Das grimmige Schweigen hielt an, auch wenn ihr die Zähne klapperten und die Arme wehtaten. Sie blieb, wo sie war, und warf die Leine aus, vor und zurück, vor und zurück. Mittlerweile tat sie es, ohne nachzudenken, Rute und Leine waren ihr zum verlängerten Arm geworden. Die Sonne war dabei hinter den Bäumen abzutauchen und schien ihr zwischen den kahlen Ästen ins Gesicht.

Sie warf erneut aus und drehte ihren Körper dabei ein wenig seitlich, damit ihr die Sonne nicht mehr so ins Gesicht schien. Plötzlich gab es einen Ruck an der Leine. Sie war so überrascht, dass sie beinahe die Rute losgelassen hätte.

»Oh!« Sie riss die Arme hoch, zog an der Leine.

Lochie hörte den Überraschungslaut und schaute auf. »Was ist?«

»Ich ... ich glaube, ich hab einen!«, stammelte sie, mehr erschreckt als erfreut.

Er sprang sofort auf. »Okay, okay, jetzt bleib ganz ruhig«, rief er ihr zu. Er kletterte über die Felsbrocken zum Wasser hinunter, in der Hand einen großen Kescher. »Wenn er wegwill, gib ihm Leine, aber sobald er nachlässt, holst du ein, klar? Fingerspitzengefühl, nicht zu viel Widerstand, aber auch nicht zu wenig. Er soll sich austoben und damit selbst ermüden.«

Erneut ein gewaltiger Ruck an der Leine. »Ähm ...« Die Rute bog sich.

»Lass nach, lass ihn ruhig. Ja, genau ... Und jetzt hoch mit der Rute, nur ein bisschen, ja so.« Aber jetzt rannte Lochie flussabwärts, von ihr weg! »Komm mir nach.«

Sie folgte ihm mit tapsigen Schritten. Wieso musste sie ihm nach, wieso kam er nicht zu ihr? Eine Frechheit.

»Genau so, richtig. Immer langsam. Wenn sich die Rute biegt, gib Leine. Jetzt muss er gegen die Leine und gegen die Strömung kämpfen. Das hält er nicht lange durch.«

Sie versuchte sich zu beruhigen – die Aufregung und die Anstrengung machten sie fix und fertig.

»Pass bloß auf, dass sich die Rolle nicht verhakt«, warnte er. Er stand am Uferrand knietief im Wasser und hielt das Netz bereit. Worauf wartete er, zum Teufel?

»Solltest du ihn nicht rausfischen?«, rief sie nervös.

»Hoch mit der Rute, hoch!«, befahl er und ließ den Fisch nicht aus den Augen. »Er ist noch nicht ganz so weit. Ist noch einen halben Meter weg.«

Sie spürte, wie sich erneut die Rute straffte, und senkte sie ein wenig. Die Rolle sirrte. »Miiist, er wird entwischen«, wimmerte sie. Ihr fielen fast die Arme ab, und ihre Muskeln zitterten. Sie hatte weder gegessen noch Pause gemacht. All das und dann entwischte er ihr auch noch! Dann wäre alles umsonst gewesen. Sie hätte am liebsten geheult. Oder vor Wut geschrien. »Meine Arme ...«

Aber Lochie schaute nicht zu ihr hin, sein Blick war wie gebannt aufs Wasser gerichtet.

»Komm noch einen Schritt näher«, befahl er mit ruhiger Stimme und trat selbst noch einen Schritt weiter ins Wasser.

Sie tat es. Die Leine straffte sich, und plötzlich schoss perlend der Fisch aus dem Wasser. Alex spürte einen heftigen Ruck, fast wäre ihr die Rute aus den Händen gerissen worden. Lochie machte einen Satz vorwärts ... und fing den Fisch im Kescher!

»Ja!«, brüllte er. Der Fisch zappelte und sprang im Netz umher, das er hoch übers Wasser hielt. Was für ein

Wopper – er war größer als seiner! »Nicht zu fassen! Du hast's geschafft!«

»Mein Gott!« Alex sprang jubelnd auf und ab, zumindest so weit sie es wagte. Ihr liefen tatsächlich Tränen übers Gesicht. Sie watete aus dem Wasser, so schnell sie konnte. »Hab ich's wirklich geschafft?« Sie war außer sich vor Freude.

»Du hast's verdammt nochmal geschafft!« Er hielt lachend den Kescher hoch, wie um es ihr zu beweisen.

»Mein Gott, das war …« Ihr stand der Mund offen, sie war sprachlos. Anfangs war es einfach nur fürchterlich gewesen, und es wurde immer schlimmer, die Strömung, die Kälte. Aber jetzt schwebte sie auf Wolke sieben. »Einfach unglaublich!« Sie schlug die Hände an die Wangen, ihre Augen leuchteten.

»*Du* warst unglaublich!« Er blickte lachend auf sie hinab. »Nicht zu fassen, dass du das durchgehalten hast. Du bist einfach unglaublich.«

Sie schaute verdattert zu ihm auf. Das war das erste Mal, dass er etwas Gutes über sie zu sagen hatte.

Schweigen. Einer war so verblüfft wie der andere, dass sie einmal nicht im Streit lagen. Sein Blick fiel auf ihre Lippen. Alex spürte, wie sich ihr Magen zusammenkrampfte. Was …?

»He, du zitterst ja. Und deine Lippen sind ganz blau. Du musst dich schleunigst aufwärmen.« Er legte den Kescher beiseite, schlug seine Jacke auf und zog sie an sich, hüllte sie in seine Arme und die Jacke.

Alex stand ganz still da und schloss unwillkürlich die Augen, spürte, wie sich ihre verkrampften Muskeln lockerten, wie sich ihre erstarrten Glieder erwärmten. Er rieb ihr den Rücken, brachte ihren Blutkreislauf wieder in Gang. »Besser?«, erkundigte er sich nach einer Weile, und sie hörte seine Stimme in seiner Brust vibrieren.

Sie nickte, und er trat einen Schritt zurück. »Danke«, sagte sie und strich ihr Haar hinters Ohr.

»Hm, deine Lippen sind auch wieder aufgetaut«, meinte er. »Aber du musst jetzt was essen. Hol deine Sandwiches raus, ich kümmere mich derweil um diesen Burschen hier.« Er ging zum Kescher, um den Angelhaken aus dem Maul des Fisches zu entfernen.

Alex blickte ihm zitternd nach. Aber nicht vor Kälte.

Ihr Fang belebte beide. Nach einem raschen Blick auf die Karte führte Lochie sie entschlossen vom Fluss weg und hinauf in die Uplands. Auch wenn die Schatten bereits länger wurden, bestand jetzt wieder Grund zur Hoffnung. Schießen konnte Alex, das war bereits erwiesen. Sie mussten jetzt nur noch rechtzeitig einen Hirsch oder ein Reh ausfindig machen und vor die Flinte bekommen, dann hatten sie noch eine Chance. Daisy und Ambrose hatten für halb sechs einen Bus bestellt, der sie von Borrodale abholen und zum Ball bringen sollte. Ob Lochlan nun daran gedacht hatte oder nicht, sie brauchte als Frau ein wenig Vorbereitungszeit.

Immerhin waren die Rucksäcke leichter, jetzt wo der Proviant verspeist und die Thermosflaschen leer waren. Hinzu kam nun aber der Beutel mit dem Fang, den Lochie schleppte (darüber hatte es überhaupt keine Diskussion gegeben). Drinnen lagen die beiden Lachse, und außen baumelten die Rebhühner.

Sie mussten immer wieder anhalten, damit Lochie

durchs Fernglas blicken konnte. Es war ein anstrengender, schneller Marsch, mit den Schusswaffen über der Schulter und der Angelrute und dem Kescher in der Hand. Sie befanden sich in unebenem Terrain, voller Wurzeln, an denen man hängen bleiben, und Kaninchenlöcher, in denen man sich den Fuß verknacksen konnte. Aber es dauerte nicht lange, und sie ließen das Moor hinter sich und gelangten in steiniges Gelände, mit kantigen Felsbrocken und dichten Waldstücken. Lochie stieß auf eine Losung, die er für frisch hielt. Für Alex waren es einfach irgendwelche Köttel, und ob sie »frisch« waren, hätte sie nicht beurteilen können.

Sie marschierten weiter. Alex fragte sich, wie viele Meilen sie heute wohl schon zurückgelegt hatten, und dachte mit Schaudern daran, dass sie ja auch noch den Rückweg zu bewältigen hatten. Sie fühlte sich außerstande, am Abend an einem Ball teilzunehmen. Sie war völlig erledigt und wollte nur noch eins: ein heißes Bad und früh zu Bett gehen.

Lochie blieb abrupt stehen und legte eine Hand auf ihren Arm. »Schsch«, flüsterte er und bedeutete ihr, sich zu ducken.

Sie setzte sich auf die Hacken. Was hatte er gesehen? Und wo? Er deutete wortlos auf ein Gebiet nordnordwestlich von ihnen. Das Tageslicht schwand bereits, und Alex konnte nicht gleich etwas im graubraunen Einerlei erkennen. Da – eine Bewegung.

Ihre Augen passten sich an die Bedingungen an, und plötzlich schlug ihr das Herz bis zum Hals: Dort stand ein Hirsch mit drei Hirschkühen. Aber sie befanden sich mindestens dreihundert Meter weit weg.

Ohne den Hirsch auch nur eine Sekunde aus den Augen zu lassen, nahm Lochlan sein Gewehr von der Schulter und holte es vorsichtig aus der Hülle. »Leg dich auf den Boden«, flüsterte er, »und nimm das«.

Sie nahm das Gewehr entgegen. »Ich?«, zischte sie.

»Wir haben nur einen Schuss, du musst es machen«, flüsterte er zurück.

Wieso sie? Was sollte das denn? Sie legte sich auf den Bauch und stützte sich auf die Ellbogen. Ihr abgesackter Adrenalinspiegel kam wieder auf Touren – dieser Tag war die reinste Achterbahnfahrt.

Der Boden war feucht, denn sie lagen in einem Torfmoor, und die Kälte sickerte durch den Tweedstoff.

»Schau durchs Zielfernrohr«, befahl er. Sie tat es – und war vollkommen verblüfft. Das Zielfernrohr holte den Hirsch bis auf wenige Meter heran – und was für ein prächtiger Hirsch das war, mit einem ausladenden Geweih, ein Sechs- oder Achtender. Der wog sicher an die hundertdreißig Kilo.

Ihr Herz hämmerte. Was für ein schönes Tier.

»Hast du ihn?«, murmelte er.

»Ja.«

»Ziele auf eine Stelle hinter dem Schulterblatt, etwa auf halber Körperhöhe.«

»Hinter dem Schulterblatt …«, wiederholte sie. Sie wurde nervös, ihre Hände fingen an zu zittern. Sie atmete tief durch.

»Dort befindet sich das Herz – die Stelle ist gut zwölf Zentimeter groß, die musst du treffen.«

»Okay«, flüsterte sie und schluckte. Der Hirsch hob beim Äsen immer wieder den Kopf, um zu wittern.

Sie starrte ihn wie hypnotisiert an.

»Hast du ihn?«, erkundigte er sich, als nichts passierte.

»Mhm.«

»Dann schieß, wenn du so weit bist.«

Er klang ungeduldig, drängend, bemühte sich aber ruhig zu bleiben.

»… was ist?«

»Geht schon.« Aber das war gelogen. Ihre Hände zitterten, und sie atmete zu schnell. Alex geriet in Panik, und der Hirsch verschwamm vor ihren Augen; sie musste abwechselnd blinzeln, um wieder eine klare Sicht zu kriegen.

Sie hörte, wie er den Kopf wandte, und spürte seinen Blick. »Alex, es gibt in Großbritannien einen Wildbestand von über anderthalb Millionen. Wenn der nicht kontrolliert würde, würde er die Landschaft zerstören, alles abfressen.«

»Ich weiß«, murmelte sie.

»Dann schieß endlich.«

»Ja, gleich …« Sie holte tief Luft. Es war notwendig, den Bestand zu kontrollieren. Es war kein Mord. Sie konzentrierte sich erneut auf den Schuss, blickte durchs Zielfernrohr. Sie sah den Hirsch, sah, wie seine braunen Augen rollten, wie seine Ohren zuckten, wie er unruhig wurde. Konnte er sie wittern? Spürte er instinktiv die Gefahr? Den Schuss würde er gar nicht hören, die Kugel käme so schnell angeflogen, dass er bereits auf dem Erdboden läge, wenn es krachte. Ihr Abzugsfinger zuckte ein wenig.

»Das ist unsere einzige Chance, Alex. Einen anderen

finden wir nicht mehr«, meinte Lochie, jetzt selbst ganz nervös.

Er hatte recht. Es war schon fast vier Uhr, und die Dämmerung brach herein. Es ging um den Hattrick.

Jetzt komm schon, schieß!

Aber ihre Augen füllten sich mit Tränen, und der Hirsch verschwamm. Sie ließ den Lauf sinken. Fast wagte sie nicht, Lochie anzusehen. Was musste er jetzt von ihr denken! Besiegt gab sie ihm das Gewehr zurück.

»Es tut mir echt leid«, flüsterte sie, »aber ich bring's einfach nicht fertig.«

21. Kapitel

WEEKLY MONTANIAN
9. Februar 1918

Thompson-Falls-Mann unter den Vermissten der SS Tuscania

Edward Samuel Cobb aus Thompson Falls, Montana, meldete sich am 22. Dezember 1917 freiwillig zum Militärdienst. Er wurde den 20th Engineers zugeteilt und absolvierte seine Grundausbildung im American University Camp in Washington DC. Nach Zuweisung zur Kompanie E, 6. Bataillon, ging er an Bord des Truppentransporters SS Tuscania, der vor fünf Tagen vor der irischen Küste von einem deutschen U-Boot torpediert wurde. An Bord waren 2.197 amerikanische Soldaten, unterwegs in die Kriegsgebiete. Das Schiff versank vor der Küste Schottlands. 267 Männer werden vermisst.

Borrodale House, Perthshire, Samstag, 16. Dezember 2017

»Die Familienehre ist gerettet!« Ambrose hob begeistert sein Sherryglas und stieß auf den MacNab-Hattrick der Arbuthnotts an. Man hatte sich, in Festgarderobe, in der großen Bibliothek vor dem Kamin versammelt. Alex' Ballkleid war heute Morgen zusammen mit der Jagdausrüstung eingetroffen. Jetzt dagegen wünschte sie, sie hätte keins. Denn dann hätte sie eine perfekte Entschuldigung gehabt, sich vor dem heutigen Abend zu drücken. Nicht weil sie zu müde gewesen wäre – ein heißes Bad und ein kurzes Schläfchen hatten ihre Kräfte wiederhergestellt –, sondern weil sie Lochies Enttäuschung kaum ertragen konnte.

Er war großmütig gewesen. Er selbst hatte keinen Schuss mehr abgeben können, weil das Wild verschwunden war, als er anzulegen versuchte. Etwas – Instinkt? – hatte es rechtzeitig vertrieben. Sie war hin- und hergerissen gewesen zwischen der Erleichterung darüber, dass der wunderschöne Hirsch entkommen war (auch auf die Gefahr eines sich unkontrolliert ausbreitenden Bestands), und der Verzweiflung darüber, dass sie Lochie nun den heißersehnten Hattrick vermasselt hatte. Er war so verzweifelt gewesen, als er am Ufer saß und ihr bei ihren vergeblichen Bemühungen zusah. Und hinterher so erleichtert und entzückt, als sie ihren Lachs doch noch an Land zog. Was der Strömung nicht gelungen war – nämlich sie von den Füßen zu reißen –, gelang Lochie beinahe durch seine Begeisterung. Und nun hatte sie ihn in letzter Minute, als der Sieg schon in greifbarer Nähe war, doch noch enttäuscht. Umsonst hatte sie vier Stunden im eiskalten Wasser ausgeharrt. Das hatte sie nur getan, weil sie ihm nicht die Chancen verderben wollte. Und jetzt das.

Er stand an der Bar und hatte eine Hand in die Taschen seiner Trews geschoben, der typischen Tartan-Herrenhose, die auch alle anderen anwesenden Männer trugen. Im Gegensatz zu seiner zerknitterten

Erscheinung heute Morgen wirkte er nun frisch und quicklebendig. Er hatte sich geduscht und rasiert und hatte rosige Wangen vom langen Tag im Freien. Auch wirkte er weit weniger angespannt als seit Tagen. Es stimmte wohl: Alles, was er gebraucht hatte, war viel Bewegung und frische Luft. Aber auch wenn er lächelte und sich an der Unterhaltung beteiligte, glaubte Alex ihm dennoch die Enttäuschung über ihr Versagen anmerken zu können. Er war ein echter Stoiker, verbarg seine Gefühle und ließ sich nichts anmerken. Sie allein wusste, dass sie ihm das Wochenende verdorben hatte. Und wofür? Er war jetzt genauso wenig bereit, sie anzuhören oder über Skye zu reden wie zuvor. Trotzdem: Seine erneute Überreaktion bei der Erwähnung des Themas überzeugte sie mehr denn je, dass hier der Schlüssel lag, dass dies der Hebel war, an dem sie ansetzen musste. Wenn es ihr gelänge, die beiden wieder zusammenzubringen, könnte auch sie ihre Mission erfüllen, da war sie sich sicher.

»Dieses Kleid ist einfach *atemberaubend*«, gestand Elise und sank neben Alex aufs Samtsofa. »Ich wünschte, ich könnte Schwarz tragen.«

Alex lächelte erfreut über das Kompliment. Sie trug ein Kleid von Dolce & Gabbana, mit einem ärmellosen Spitzenoberteil, das einen tiefen V-Ausschnitt besaß, und einem weich fließenden, bodenlangen Rock mit einer schwarzen Seidenschleife unter der Büste. Das schlanke, aber nicht eng anliegende Kleid schmeichelte der Figur und war außerdem unkompliziert zu tragen. »Schwarz würde dir sicher auch stehen.«

»Nein«, seufzte Elise, die ihrerseits ein wunderschönes glitzerndes Silberkleid trug. »In Schwarz sehe ich käsig aus.«

Alex' und Annas Blicke trafen sich, und sie unterdrückten beide ein Schmunzeln. »Und wie lief es bei euch?«

»Schon wieder eine doofe Forelle«, beschwerte sich Anna. »Die haben's auf mich abgesehen. Ansonsten waren wir offenbar nur zwanzig Minuten hinter Ambrose.«

»Schade.«

»Und ihr?«, wollte Elise wissen.

»Na ja, einen Lachs hab ich am Ende schon gefangen, aber dafür musste ich mir fast eine Lungenentzündung holen.« Sie atmete erschöpft auf. »Nein, was mir das Genick brach, das war die Hirschjagd.«

»Ich dachte, Lochie hätte gesagt, du wärst ein ausgezeichneter Schütze?«

Tatsächlich? Das überraschte sie. Sie hätte nicht geglaubt, dass er auch nur ein gutes Haar an ihr lassen würde. »Na ja, am Schießen lag's auch nicht. Es war ... mehr ein psychologisches Problem. Ich konnte es einfach nicht.« Sie biss sich auf die Lippen. »Hab's einfach nicht über mich gebracht.«

»Ach, deshalb solltest du dir wirklich keine Vorwürfe machen!«, meinte Elise mitfühlend. Sie hatte gemerkt, wie betroffen Alex war.

»Aber ich fühle mich schrecklich mies deswegen.«

»Ich kann dich total gut verstehen. Man muss schon eine große Entschlossenheit besitzen, um so ein prächtiges Tier abzuschießen. Und man muss verstehen, dass es nötig ist. Ansonsten hätte man bloß das Gefühl, Bambi erschossen zu haben.«

»Ja, genau.« Sie biss erneut auf ihre Unterlippe. »Aber Lochla ... ich meine Lochie ist so fürchterlich enttäuscht. Er hatte sich den Hattrick doch so sehr gewünscht.«

»He, es war ein schöner Gedanke, aber davon geht die Welt nicht unter. Seinem Dad kann's jetzt sowieso egal sein.«

Alex runzelte die Stirn. »Sein Dad?« Sie schaute Anna an. Anna war ein solider, vernünftiger Mensch. Sicher konnte sie ihr das erklären.

»Lochie hat seinem Vater versprochen, den Hattrick zu holen«, sagte sie achselzuckend.

»Aber ... sein Vater ist doch gestorben, oder nicht?«

Anna lächelte reuig. »Ja, schon. Aber er hat es ihm noch versprochen, kurz bevor ...«

Alex legte erschrocken die Hand an die Wange. Jetzt kapierte sie. Er hatte es seinem Vater auf dem Totenbett versprochen! Wie schrecklich. Jetzt fühlte sie sich noch mieser.

»Das war wohl ein Traum von seinem Vater.«

Elise tätschelte ihr das Knie. »Aber mach dir deswegen keine Sorgen. Er kann sich den Hattrick ja immer noch nächstes Jahr holen.«

»Aber das wäre nicht dasselbe, oder? Dann hätte er nicht dreimal hintereinander gewonnen.«

»O Gott, lass das bloß nicht Ambrose hören«, meinte Daisy, die gerade mit einer Schale Oliven aus der Küche kam.

»Hallöchen.« Emma, die ebenfalls ein sehr hübsches Kleid trug, schloss sich der Gruppe an. Sie trug ihr Haar hochgesteckt und präsentierte ihren eleganten, schlanken Hals und ihre zarte weiße Haut. »Habt ihr euch wie-

der erholt? Mir tun die Beine weh, das pulst höllisch.«
Sie setzte sich zu Anna auf den Polsterhocker.

»Dann ist es ja gut, dass du ein bodenlanges Kleid trägst«, sagte Anna lächelnd. »Wer weiß, wie das in einem Mini aussähe.«

Jess – die mit Daisy in der Küche gewesen war – kam nun auch herein und klatschte in die Hände. »Der Bus ist da!«, rief sie. »Seid ihr bereit?«

Zustimmendes Gebrummel, man leerte die Gläser, strich Kleid oder Hose glatt. Alex' Blick suchte nach Lochlan und stellte überrascht fest, dass er bereits zu ihr hersah. Sie schenkte ihm erneut ein bedauerndes Lächeln. Das war sein ganz großer Abend; zweifellos fragte er sich, ob sie ihm den auch noch verderben würde.

Sie hatte das letzte Mal als Schulmädchen in einem Bus gesessen, aber dieses Fahrzeug war davon so weit entfernt wie eine Limousine von einem Mittelklassewagen. Es war die Luxus-Miniausgabe eines Busses, mit getönten Scheiben, extrabreiten gepolsterten Ledersitzen, Entertainment-Screens und einer Minibar, vollgestopft mit dickbauchigen, mit Goldfolie umwickelten Flaschen. Ambrose hielt alle mit Champagner bei Laune – und bei Stimme, denn er hob immer wieder zu Gesängen an, in die alle grölend einfielen, hauptsächlich schottische Rugby-Songs. Und so sausten sie auf komfortabelste Weise über die A9.

Lochie schien nervös zu sein, er wippte mit einem Bein und schaute immer wieder aus dem Fenster, um sich zu orientieren – sie fuhren gerade durch Pitlochry –, während er mit den anderen mitlachte.

Bald darauf tauchte auch schon Blair Atholl auf. Sie bogen in eine baumbestandene Allee ein und passierten ein beeindruckendes mit Steinsäulen flankiertes Tor. Alle hörten auf zu singen und betrachteten die weitläufige Parklandschaft, von der das Anwesen umgeben war. Überall makelloser Rasen und in der Ferne ein stiller See, der im Mondlicht silbern schimmerte. Teile der Landschaft verbargen sich hinter hohen Tannen, die in dichten, buschigen Gruppen beisammenstanden. Alex bemerkte zu ihrem Schrecken, dass sie durch einen Wildpark fuhren – ausgerechnet. Als sie an einer Gruppe äsender Rehe vorbeikamen, senkte sie den Kopf und faltete die Hände im Schoß zusammen.

Dann hielten sie vor einem prächtigen weißen Schloss. Noch ehe sie ausstiegen, hörten sie melancholische Dudelsackmusik. Alex wurde von einem wohligen Schauder erfasst, wie immer, wenn sie diese ganz besonderen Instrumente vernahm. Sie kletterten einer nach dem anderen aus der Limousine und betraten einen roten Teppich, der auf beiden Seiten von Soldaten in Kilt und Schärpe und federgeschmückter Mütze flankiert wurde.

Alex war die Letzte. Sie machte ein überraschtes Gesicht, als sie sah, dass Lochie offenbar auf sie gewartet hatte. Während die anderen bereits zum Eingang schritten, bot er ihr seinen Arm.

»Sollen wir?«, sagte er und betrachtete sie mit einem undurchdringlichen Ausdruck.

Wenn sie Borrodale House schon für beeindruckend gehalten hatte, so war es nichts gegen Blair Castle, das mit seiner doppelt hohen Eingangshalle geradezu fürstlich wirkte. Die Wände waren gespickt mit antiken Waffen, und auch hier standen Männer in Kilts stramm, nur waren es diesmal Kellner mit Silbertabletts voll Sekt. Lochie und sie nahmen sich im Vorbeigehen jeder ein Glas. Sie spürte seine Nervosität.

»Ist sicher eine ganz große Sache, wenn man zum Master ernannt wird«, bemerkte sie, während sie in der Schlange warteten, die sich vor dem Eingang zum Ballsaal gebildet hatte.

Er versteifte sich unwillkürlich, was sie an ihrem Arm spürte, der ja bei ihm untergehakt war. »Das ist nur eine Zeremonie, nichts Besonderes.«

»Aber du gewinnst damit den Respekt und die Achtung von deinesgleichen.«

Er schaute zu ihr hinunter und sagte nichts.

»Du solltest wirklich lernen, ein Kompliment anzunehmen, wenn man dir eins macht.«

»Dito.«

»Wie bitte?«

»Du siehst wunderschön aus in diesem Kleid.«

Alex schaute ihn verdattert an. Ihr fehlten die Worte.

Er lachte und blickte wieder nach vorne. »Siehst du?«

Die Schlange setzte sich in Bewegung, und auch sie machten ein paar Schritte. Als Alex sah, was da über der Tür zum Ballsaal hing, stöhnte sie unwillkürlich auf, was zum Glück in der Dudelsackmusik unterging. Es war ein prächtiger Hirschkopf samt Geweih. Würde sie jetzt etwa den ganzen Abend an ihren Fehlschlag erinnert werden?

Etwas veranlasste Lochie, sie anzusehen, vielleicht spürte er ihre plötzliche Anspannung. Als er bemerkte, wo sie hinsah, folgte er ihrem Blick. »Vergiss das doch endlich.« Er sah sie an.

»Aber ...« Was war bloß mit ihr los? Warum hatte sie im entscheidenden Moment versagt? Sie war sonst nie so sentimental, wenn es um den Jagdsport ging, sie begriff seine Notwendigkeit und seinen Zweck, die Arbeitsplätze, die er hervorbrachte und erhielt. Wieso nur war sie vor dem Schuss zurückgeschreckt? »Es tut mir einfach nur so schrecklich leid.«

»Das weiß ich doch. Du hast es schließlich schon hundertmal gesagt.«

»Ja, aber das war, bevor ich erfahren hab, dass du es deinem Vater auf dem Totenbett versprochen hattest.«

Sogleich breitete sich Misstrauen auf seinen Zügen aus.

»Anna hat's mir erzählt.«

Er atmete gereizt ein. »Das war doch nur ... eine Art Wette. Das hat nichts zu bedeuten. Es macht keinen Unterschied.«

Sie schwiegen.

»Außerdem war es ein höchst erhellender Tag«, bemerkte er aus dem Mundwinkel, den Blick nach vorne gerichtet.

»Was meinst du damit?«

»Es beweist, dass du am Ende doch ein Herz hast.«

»Was?« Sie runzelte die Stirn. Was sollte das schon wieder heißen?

»Ich hatte mich gewundert«, sagte er achselzuckend. »Aber du scheinst ihn am Ende doch nicht zu haben, den Killerinstinkt.«

»Doch, natürlich!«

Er schaute sie direkt an. »Nein.« Seine Stimme wurde ganz ruhig, fast zu ruhig, als er sagte: »Du hattest ihn im Visier, und du hättest bloß abzudrücken brauchen. Aber das hast du nicht. Du konntest nicht.« Sein Blick schien sie zu durchbohren, als könne er in ihr Innerstes schauen.

Ob Kompliment oder Beleidigung, sie hätte es nicht sagen können. Sie fasste es jedenfalls als Letzteres auf. Empört versuchte sie ihren Arm wegzuziehen, aber er presste den Ellbogen an den Körper und setzte ein strahlendes Lächeln auf. Erst jetzt bemerkte Alex, dass ein Fotograf vor ihnen stand. Sie setzte ein ebenso falsches Lächeln auf, und es blitzte.

Die Schlange vor dem Eingang hatte sich mittlerweile aufgelöst, und sie betraten den Saal. Er war trotz seiner Größe gerammelt voll, und sie kamen nur langsam vorwärts, da Lochie ständig aufgehalten wurde. Man begrüßte ihn und beglückwünschte ihn mit einem kräftigen Schulterklopfen. Offenbar war die Crème de la Crème der Whiskyindustrie versammelt, und alle wollten Lochie Tribut zollen. Alex schüttelte lächelnd Hände, war aber ausnahmsweise nicht richtig bei der Sache. Sie sah sich nicht wie sonst nach potenziellen Klienten um, studierte nicht die Körpersprache der Männer, um mögliche Kandidaten ausfindig zu machen. Sie war zerstreut und verärgert. Was Lochie gesagt hatte, wollte ihr nicht mehr aus dem Kopf gehen. Es war fast eine Erlösung, als sie Ambrose' blonde Cockerspaniel-Lockenmähne einen halben Kopf über der Menge aufragen sah.

»Mann, ich hoffe, wir kriegen bald was zu futtern, ich bin am Verhungern«, beklagte sich Emma und schaute sich zappelig im Saal um. »Wir hatten Kuchen auf dem Zimmer, den ich aus der Küche stibitzt hatte, aber Max hat alles allein aufgefuttert, als ich unter der Dusche stand! Also ehrlich, und dabei predigt er seinen Patienten ständig, sie sollen die Finger von Fett und Kohlehydraten lassen.«

Alex hätte eigentlich auch hungrig sein müssen, aber für den Moment hatte es ihr den Appetit verschlagen. Lochlans Worte hatten sie bis ins Mark erschüttert. Was war bloß los mit ihr? Wieso hatte sie verdammt nochmal nicht geschossen?

»Lochie ist ganz schön nervös, findet ihr nicht?«, flüsterte Anna. Sie beobachteten, wie Lochie von seinen Freunden gefrotzelt wurde.

»Hmm, aber auch teuflisch attraktiv«, erwiderte Elise schmunzelnd und schaute dabei aus irgendeinem Grund Alex an.

»Er hat schon immer gut ausgesehen in Trews«, fügte Jess hinzu und nippte an ihrem Champagner, während sie ihn prüfend musterte.

»Oho!«, lachte Daisy und schlug ihr spielerisch auf den Arm. »Lass das bloß nicht Sam hören!«

»Wieso nicht?«, sagte Jess grinsend, »ist doch bloß eine unschuldige Beobachtung.«

»Unschuldige Beobachtungen gibt es nicht, wenn's um den Ex geht. Sam ist ohnehin davon überzeugt, dass Lochie es bereut, dass er dich damals hat gehen lassen. Das ist doch allseits bekannt.«

Alex starrte Jess überrascht an. Die beiden waren ein Paar gewesen?

»Sie sind auf der Uni zusammen gewesen«, erklärte

Elise, die Alex' Überraschung bemerkte. »Wusstest du das nicht?«

Alex schüttelte den Kopf. »Nein, äh ... wir reden nicht über ... Privates.«

»Ach ja, ihr seid ja bloß *Kollegen*«, witzelte Emma mit einem teuflischen Funkeln in den Augen.

»Genau.«

»Wie du meinst«, erwiderte sie mit hochgezogener Braue.

Alex war perplex. »Aber das sind wir! Wir haben nichts ... Es ist nichts zwischen uns. Nicht *so was*, jedenfalls.«

»Ach, komm schon!«, sagte Anna lachend. »Wir kriegen doch mit, wie er dich ansieht.«

»Er kann gar nicht mehr aufhören, dich anzusehen!«, krähte Elise.

»Aber das stimmt doch gar nicht!«, prustete Alex erhitzt. Sie spürte, wie ihre Wangen heiß wurden. Die hatten doch keine Ahnung! Die wussten ja nicht, was er gerade zu ihr gesagt hatte, wie er mit ihr umsprang. Sie wussten nicht, dass diese »Freundschaft« bloß Fassade war, dass jeder von ihnen bloß seine Berufsehre retten wollte. Sie wussten nicht, dass er sie nicht ausstehen konnte, dass er ihren Anblick kaum ertrug und dass sie in einer Woche endlich wieder zuhause sein würde und ihn dann hoffentlich nie wieder sehen müsste.

Ein überwältigender Gedanke, ihr wurde ganz schwindelig vor Erleichterung. Ja, in einer Woche würde alles wieder normal sein, sie würde in ihre schöne, ordentliche Wohnung zurückkehren, würde morgens zum Pilates gehen, könnte endlich wieder hohe Absätze tragen und sich eigens für sie zubereitetes Essen ins Büro liefern lassen. Sie müsste sich nie wieder von Fremden Kleidung ausborgen oder sich ein Badezimmer teilen. Keine aufgezwungenen Kekse zum Kaffee oder Kohl als obligatorische Beilage zum Abendessen. Und sie müsste sich auch nicht länger mit diesem schrecklichen Westwind herumschlagen, der ihr ständig die Frisur ruinierte. Oder irgendwelche Lebewesen erschießen, nur um sich zu beweisen.

Sie war auf einmal so unglaublich müde, dass ihr die Schultern absackten. Dieses Gerangel mit ihm war eine emotionale und mentale Tortur für sie, vor allem jetzt, wo sie praktisch vierundzwanzig Stunden zusammen waren und es kein Entkommen, keine Erholung gab.

»He, ist alles in Ordnung mit dir?« Elise legte besorgt eine Hand auf Alex' Arm. »Das war doch nicht bös gemeint, wir haben nur ein bisschen Spaß gemacht. Wenn ihr wirklich nur Kollegen seid, dann ist das eben so.«

»Nein, das ist es nicht«, meinte Alex und lächelte mühsam. »Ich hab nur plötzlich gemerkt … dass ich total erschöpft bin. Ich hatte seit Wochen keinen freien Tag mehr, und dann auch noch die Jagd heute … Es ist einfach alles ein bisschen zu viel, wisst ihr. Mir ist ehrlich gesagt ein bisschen schwindelig.«

»Es ist auch ganz schön stickig hier drinnen«, meinte Emma und blickte hinauf zur Decke, als würde sich dort der Dampf sammeln.

»Ich glaube, ich … gehe rasch ein bisschen frische Luft schnappen.« Alex schaute sich nach dem Ausgang um.

»Ja, natürlich. Sollte nicht eine von uns mitkommen?«, erkundigte sich Daisy besorgt.

»Nein, nein, das geht schon. Ich bin gleich wieder da.«

»Na gut. Wir warten hier auf dich.« Daisy lächelte.

Alex wandte sich ab und ging, war aber noch in Hörweite, als Elise sagte: »Autsch! Was ist denn? Er starrt sie doch wirklich die ganze Zeit an.«

Ihre Hände waren ganz wund vom Klatschen. Die Zeremonie und die verschiedenen Ansprachen zogen sich jetzt schon über eine Stunde hin, und Lochlan neben ihr schien zunehmend nervös zu werden. So hatte sie ihn noch nie erlebt; er war sonst immer so gut darin, seine wahren Gefühle hinter einem hitzigen Temperament und einer dicken Elefantenhaut zu verbergen. Aber nun kam er an die Reihe. Oben wurde gerade eine überschwängliche Lobesrede auf ihn gehalten, in der seine Errungenschaften aufgezählt wurden. Sie hatte beispielsweise gar nicht gewusst, dass Kentallen es ihm zu verdanken hatte, dass der Kentallen-Zwanziger jetzt offizieller Whisky des britischen Parlaments war.

Ein Mann am Nachbartisch beugte sich zu ihm herüber und fragte flüsternd: »Wo ist denn Sholto? Ich dachte, er würde heute Abend auch hier sein.«

»Nein, er war leider verhindert«, antwortete Lochie und nestelte an seiner Fliege. Als er die überraschte Miene des Mannes sah, fügte er hinzu: »Wegen des Feuers.«

»Ach ja. Ja, natürlich«, sagte der Mann, der die Schlagzeilen natürlich auch gelesen hatte. Er tätschelte tröstend Lochies Arm. »Mein herzliches Beileid.«

»Danke.« Lochie lehnte sich wieder vor und richtete den Blick aufs Podium.

»Du hast ihn nicht mal eingeladen«, sagte Alex leise.

»Woher weißt du das?«

»Weil du dir an die Kehle gefasst hast, dein Tonfall hat sich verändert, und du hast hektisch geblinzelt – alles klassische nonverbale Indikatoren für eine Lüge.«

Sie wandte sich wieder dem Redner auf dem Podium zu. Er musterte sie einen Moment lang. »Tja, das ist nur zu seiner eigenen Sicherheit.«

»Wieso das denn?«

»Er wäre bestimmt an den Lobeshymnen über mich erstickt.«

»Ist das nicht ein bisschen hart?«

»Mir ist bekannt, was du denkst«, entgegnete er brüsk. »Und auf welcher Seite du stehst.«

Sie wandte resolut den Blick von ihm ab; sie wollte sich nicht erneut in einen Streit mit ihm hineinziehen lassen. Der heutige Tag war anstrengend genug gewesen.

Applaus brach aus, und alle wandten sich ihnen zu. Sie hörte, wie Lochie sich räuspernd erhob und ein Lächeln aufsetzte. Er musste jetzt auf die Bühne.

Die Augen aufs Podium gerichtet arbeitete er sich – unter den bewundernden Blicken der Anwesenden – zwischen den großen runden Tischen und den verschnörkelten, mit Blattgold verzierten Stühlen nach vorne. Er drückte dem Vorredner dankbar die Hand und trat ans Rednerpult. Die Hände aufs Pult gelegt, die Arme breit angewinkelt, das Kinn vorgeschoben blickte er in den Saal.

Alex bemerkte seine Haltung mit einem Stirnrunzeln. Eine klassische Power-Pose, er plusterte sich auf, machte sich größer, etablierte sich als Alpha, ließ niemanden vergessen, dass er der Boss war, dass er in ein brennendes Gebäude gelaufen war, um seine Firma und alle damit verbundenen Arbeitsplätze zu retten.

»Ich danke Ihnen, Ladys und Gentlemen.« Er wartete ein wenig, bis sich der Applaus legte. »Vielen Dank.« Er hatte keine Notizen bei sich, offenbar wollte er frei sprechen.

Ein leises Lächeln umspielte seine Lippen. Alex fiel – aus dieser Distanz – zum ersten Mal auf, wie ähnlich er und Callum einander sahen. Lochies Haar war zwar dunkler und bildete einen starken Kontrast zu Callums Goldschopf, und ihr Verhalten hätte unterschiedlicher nicht sein können, aber sie besaßen dieselben markanten, attraktiven Wangenknochen, dasselbe kantige Kinn, die tiefliegenden Augen. Callum hatte zwar allzeit ein Lächeln auf den Lippen und sonnte sich in seinem guten Aussehen, während Lochie immer finster dreinblickte und offenbar gar nicht wusste, wie gut er aussah.

»Meine Damen und Herren, es ist mir eine Ehre, heute vor Ihnen stehen und diese Auszeichnung entgegennehmen zu dürfen. Wie die meisten von Ihnen wissen, fließt in meinen Adern kein gewöhnliches Blut, sondern der bernsteinfarbene Nektar, dem ich mein gesamtes Leben und meine Karriere gewidmet habe. Ich möchte diese Liebe und Zuneigung zum Whisky an so viele Menschen wie möglich weitergeben, in so vielen Ländern wie möglich.«

Er räusperte sich. »Das ist nicht immer leicht, wie Sie sich denken können. Unsere Industrie birgt viele Risiken. Wo sonst muss man drei Jahre warten, ehe man überhaupt anfangen kann? Wo sonst muss man versuchen abzuschätzen, wie die Nachfrage in fünfzig

Jahren ausfallen mag? Wo sonst muss man aus Wasser, Gerste und Torf eine einzigartige DNS kreieren – und diesen Prozess dann wieder und wieder exakt wiederholen, um denselben Fingerabdruck, dieselbe Alchemie zu erschaffen?«

Er lächelte. »Die Antwort lautet: nirgends. Kein anderer muss auf dieselbe Weise wie wir mit den Unwägbarkeiten von Angebot und Nachfrage kalkulieren. Und im Gegensatz zu dem, was Ihnen die Industrie weismachen will, lässt sich der typische Whisky nicht replizieren: Nicht jeder Whisky ist ein Scotch. Dazu braucht es unser Wasser, unsere Luft, unsere Erde und unsere *Leidenschaft*. Wir wiederum brauchen spanische Sherry- und amerikanische Bourbonfässer; Indien muss endlich die Strafzölle abschaffen, damit dieser gigantische Markt Zugang zu unseren Produkten erhält; chinesische Firmen müssen mit der Korruption aufhören, damit wir zeigen können, dass unser Scotch ein ehrliches Produkt ist.

Und dann ist da noch die Tatsache, dass uns weiße Branntweine das zweite Jahr in Folge den Rang ablaufen. Dass Wodka und Gin Zukunftsmärkte eröffnen, dass Diversifizierung womöglich der Schlüssel zum Erfolg für uns ist. Angesichts solcher Herausforderungen scheinen wir dazu verdammt zu sein, unseren Boom-Bust-Zyklus für immer zu wiederholen. Wir alle erinnern uns an den Whiskysee der Achtzigerjahre, als die Nachfrage zusammenbrach, die Preise in den Keller stürzten und überall im ganzen Land Brennereien dichtmachen mussten oder auf einem Berg wertloser Aktien sitzen blieben. Auch Kentallen drohte dieses Schicksal. Als uns die Banken den Teppich unter den Füßen wegzogen, hat mein Vater das Unternehmen unter Einsatz seines Privatvermögens so lange über Wasser gehalten, bis sich die Umstände besserten.« Er hielt inne und ließ seinen Blick gelassen über die Zuhörer schweifen, ganz in seinem Element. Ganz der Geschäftsführer seiner Firma.

»Wie kommt man angesichts solcher Schwierigkeiten zurecht? Wie kann man unter solchen Umständen wachsen und gedeihen?« Er lächelte gelassen. Alex merkte unwillkürlich auf. Der hat doch was vor, dachte sie. Sie konnte es an seiner Stimme hören, in seinen Augen sehen. Er wirkte ... erregt, wie ihr jetzt erst klar wurde. Das war gar keine Nervosität gewesen, wie sie gedacht hatte, sondern Ungeduld und Vorfreude. Auf diesen Moment hatte er gewartet.

»Wir wachsen und gedeihen, meine Damen und Herren, weil wir wissen, dass all das kein Desaster für unsere Industrie ist, sondern der perfekte Sturm. Rare und kostbare Jahrgänge erzielen mittlerweile Höchstpreise, und die steigende Nachfrage in Verbindung mit dem knappen Angebot bedeutet – trotz wachsender Konkurrenz und unzugänglicher Schlüsselmärkte –, dass es keinen besseren Zeitpunkt gibt für Investitionen ...«

Was? Schon wieder dieses Wort – hatte Torquil nicht davon erzählt?

»Ich freue mich daher, Ihnen heute Abend verkünden zu dürfen, meine Damen und Herren: Die Kentallen Distillery Group verfügt ab sofort über eine Tochterfirma: Scotch Vaults. In dieser Firma können auch Kleinanleger und Privatleute in unsere ausreifenden Whiskybestände investieren.«

Ein Aufkeuchen, ein anerkennendes Pfeifen ging durch den Saal. Lochies Lächeln wurde breiter. Alex dagegen war wie vom Donner gerührt. Nein, das konnte nicht wahr sein. Das konnte er nicht machen.

»Wir haben in den letzten zwei Jahren eine revolutionäre neue kollektive Trading-Plattform entwickelt, auf der jeder Anleger *literweise* in unser Produkt investieren kann. Wohlgemerkt nicht länger in ganze Fässer oder ganze Lagerbestände oder Jahrgänge. Man kann jetzt so viel oder so wenig von unserem Einjährigen, Zwei- oder Dreijährigen kaufen, wie man will. Und wieder verkaufen, *wann* man will, ohne Wartefristen. Indem Kleinanleger in unseren jungen Whisky investieren, der ohnehin in unseren Lagern herumsteht, um auszureifen, ersparen sie sich den ganzen Ärger und die Kosten, die sie mit dem Endprodukt hätten, nämlich Umfüllung, Abfüllung in Flaschen, Etikettierung und natürlich Steuern und Zölle.

Bisher konnten Kleinanleger nicht mit den großen Mengen mithalten, die die Industrie produzieren musste, um ein konsistentes Produkt hervorzubringen – aber das wird sich mit Scotch Vaults ändern. Mithilfe von Scotch Vaults können sich Privatanleger zu Konsortien zusammenschließen und auch größere Mengen über längere Fristen hin ankaufen.

Lairds, Ladys und Gentlemen, Sie erleben heute die Geburtsstunde des Handels mit ausreifenden Branntweinen, dem *Scotch Whisky Maturation Investment*, das nun endlich seinen rechtmäßigen Platz neben anderen gleichartigen Investmentmärkten wie in der Weinindustrie einnehmen kann! Marktzuwächse und hohe Gewinne dürfen nicht länger auf erlesene Superjahrgänge beschränkt bleiben, sondern sollen und müssen sich auch auf unsere jungen Lagerbestände ausweiten. Und der Markt darf nicht länger nur der reichen Elite vorbehalten sein! Gerne dürfen sich Brennereien, die Interesse daran haben, in die Scotch-Vaults-Listen aufgenommen zu werden, an mich wenden.« Er blickte die staunenden Anwesenden strahlend an. »Ladys und Gentlemen, Whiskys historischer Boom-Bust-Zyklus ist soeben zu einem offenen Handelsmarkt für alle geworden! Hereinspaziert, der Laden ist eröffnet. Freuen wir uns auf die Zukunft!«

Die Leute sprangen auf und umdrängten ihn, noch ehe er das Podium verlassen hatte. Der Saal bebte unter dem Jubel und den Pfiffen der Anwesenden, die ihm alle die Hand schütteln wollten. Es dauerte daher einige Zeit, ehe er wieder zum Tisch zurückfand. Ambrose sprang jubelnd auf und ab und füllte die Gläser, und die anderen Männer liefen auf ihn zu und umarmten ihn.

»Du raffinierter Halunke!«, sagte Max lachend. »Wie zum Teufel hast du das nur geheim halten können?«

»Das nennt sich Diskretion«, erwiderte Lochie und lachte ebenfalls. »Solltest es mal versuchen, wenn du das nächste Mal in Soho bist.«

»Aber wie hast du die Software dazu entwickeln können?«, wollte Ambrose wissen. »Du leitest eine Destille, Mann, woher nimmst du die Zeit ...«

Er hielt inne, weil Lochie bereits grinsend auf Sam wies.

»*Sam*?« Jess hätte fast ihr Glas fallen gelassen.

»Tja, ich brauchte sowieso ein neues Projekt, mein Schatz.« Sam lachte.

»Aber du hast nie was gesagt …«

»Konnte ich nicht. Lochie war so was von James Bond deswegen. Es war topsecret.«

»Aber ganze zwei Jahre lang? Ich bin deine Frau! Mir hättest du's doch sagen können!«

»Ja, aber dann hätte ich dich töten müssen. Kannst du mir noch mal verzeihen?«, scherzte er. Sam beugte sich vor und gab seiner staunenden Liebsten einen Schmatz.

Lochie sank auf den Stuhl neben Alex, der als Einzige in der Runde nicht zum Lachen zumute war.

»Hast du vollkommen den Verstand verloren?«, flüsterte sie und starrte ihn verzweifelt an. Er bequemte sich endlich, sie ebenfalls anzusehen.

»Kann gut sein.« Er lachte, und Ambrose versenkte einen Schuss Whisky in Lochies Champagner.

»Das kannst du doch nicht machen – und es dann auch noch im Beisein der gesamten gottverdammten Industrie groß verkünden!«, zischte sie. Er trank seinen Sekt in einem Zug leer und stellte das Glas höchst zufrieden wieder ab. »Wo du doch vom Vorstand gar nicht dazu ermächtigt worden bist.«

»Woher willst du das wissen?«, erwiderte er leise. Das Lächeln umspielte noch seine Lippen, aber seine Augen wurden hart.

»Weil's mir Torquil gesagt hat. Der Vorschlag wurde verworfen.«

»Tja, dann ist es ja ein Glück, dass ich's mit meinem eigenen Geld mache und dass Sam auf Beteiligung arbeitet.«

»Du weißt ganz genau, dass Sholto sich querstellen wird.« Sie schaute sich rasch um, aber am Tisch achtete keiner auf sie. Alle unterhielten sich begeistert und überließen »die Liebenden« sich selbst.

»Es ist *mein* Geld«, wiederholte er finster. Seine gute Laune löste sich zunehmend in Luft auf. »Das hat nichts mit Kentallen zu tun.«

»Das hat es doch!«, rief sie aus und versuchte nicht zu laut zu werden. »Du hast Kentallen als ersten Namen ins Spiel gebracht, du wirst Kentallen-Aktien für dein Unternehmen verwenden wollen! Das geht nicht ohne Mehrheitsvotum.«

»Wenn du mal einen Moment zurückdenkst, wird dir auffallen, dass ich nie gesagt habe, ich würde Kentallen-Aktien verwenden. Ich sagte nur, dass wir ein Tochterunternehmen gründen. Wenn du daraus schließt, dass mit Kentallen-Aktien gehandelt wird, dann ist das deine Sache. Außerdem hoffe ich, dass die Aktionäre, wenn sie erst mal merken, wie hier die Post abgeht« – er deutete auf die Reaktion im Saal –, »auch mit an Bord kommen werden.«

»Lass diese Spielchen, du weißt genau, was du da gerade getan hast.«

»Hör zu«, sagte er mit zornig funkelnden Augen, »ich kann den Vorstand nicht zwingen, an Bord zu kommen, aber ich lasse mich deshalb nicht davon abhalten, es auf eigene Kappe durchzuziehen. Die Technologie dafür steht bereits, der Patentantrag liegt bereits beim Amt. Ab heute werden sich alle darum reißen, mitmachen zu dürfen.« Er wies auf die anderen Tische, an denen man angeregt diskutierte.

»Damit spülst du deine Karriere im Klo runter, das weißt du ganz genau. Sholto wird dich rausdrängen. Du kannst solche Entscheidungen nicht einfach allein fällen! Wozu sind Vorstände denn sonst da?«

»Aber dieser Vorstand hat jede Wirkungskraft verloren, kapierst *du* das denn nicht?«, fuhr er sie so heftig an, dass sie zurückzuckte. »Wir befinden uns in einer Pattsituation. Wir stecken fest. Schachmatt. Es geht weder vor noch zurück. Irgendwas *musste* geschehen.«

»Und das ist deine Lösung, ja? Indem du es ›auf deine Kappe nimmst‹?«

»Jawohl«, knurrte er. »Auch wenn du dich noch so darüber aufregst.«

Er nahm sich einen zweiten Whiskycocktail und trank ihn in einem Zug leer.

22. Kapitel

Zurück auf Borrodale ging die Party weiter. Lochies Feierlaune steckte alle an, die Müdigkeit nach dem langen Tag auf den Mooren war vergessen, und man stieß auf seinen Triumph an. Der Champagner floss in Strömen, der Whisky ebenso. Musik dröhnte aus dem Soundsystem, das einzig Moderne, was der neue Schlossherr Ambrose zu Beginn seiner jungen Amtszeit als Clan Laird hinzugefügt hatte.

Daisy hatte die Taftmonstrosität inzwischen abgelegt und war in ein atemberaubendes kleines Schwarzes geschlüpft, das für Aufsehen sorgte. Als das Tanzvergnügen immer ausgelassener wurde, sprang sie kurzerhand auf die Kochinsel in der Küche und gab den Takt an. Danach setzte sie sich an die Spitze der Polonaise, und man umrundete den großen Christbaum in der Halle. Es endete mit einem Show-off der Männer und einigen unratsamen Gliederverrenkungen beim Aufwärmen alter Breakdance-Künste.

Alex, die das Ganze vom Sofa aus verfolgte, war beschwipster, als sie wollte. Sie hatte nicht die Absicht gehabt, sich zu betrinken, aber ihr Glas schien sich auf wundersame Weise immer wieder von selbst zu füllen, sobald es leer war. Und so war sie mittlerweile genauso beduselt wie alle anderen.

Während die jedoch immer fröhlicher wurden, stieg

bei ihr der Wutpegel. Die Frustration der letzten beiden Wochen brodelte an die Oberfläche; es war alles umsonst gewesen: die Klamotten anderer Leute anzuziehen, bei Fremden zu wohnen, sein abscheuliches Benehmen, die Beschimpfungen, die Beleidigungen, tagaus, tagein. Und wozu? Wenn Sholto ihn wegen groben Fehlverhaltens oder Gehorsamsverweigerung oder einer sonstigen Formalität rauswerfen konnte, würde er das jetzt ganz sicher tun. Und dann war sie genauso überflüssig wie Lochie. Er hatte ja keine Ahnung, was er angerichtet hatte. Und was das für sie bedeutete. Das war nicht einfach nur »Pech« – das war eine ausgewachsene Katastrophe. Mit seinem Auftritt hatte er sie mit einem Handstreich in die Wüste geschickt. Und was sie am meisten ärgerte war, dass er's nie erfahren würde.

Sie kippte ihren Whiskyshot in sich hinein und presste den Handrücken auf ihren Mund, spürte, wie die Flüssigkeit heiß ihre Kehle hinabrann, sich in ihrem Magen sammelte wie ein Feuer. Sie hatte das Gefühl zu verbrennen, in Flammen aufzugehen. Ihr Zorn verwandelte sich in Hitze, und diese Hitze fachte ihren Zorn nur noch mehr an.

Daisy und Max, die gerade einen Tango tanzten, befanden sich im Zentrum des Geschehens. Komisch-theatralisch hatten sie die Wangen aneinandergelegt, die Lippen gespitzt. So staksten sie übers Parkett, stoppten abrupt und warfen die Waden hoch. Daisy schlang ein Bein – sie hatte wirklich fabelhafte Beine – um Max' Oberschenkel, und alles ging gut, bis er eine Doppeldrehung versuchte und, nicht mehr ganz sicher auf den Beinen, ins Stolpern geriet. Beide fielen in einem wirren

Haufen über den niedrigen Polsterhocker, sehr zum Vergnügen der Zuschauer, die in lauten Jubel ausbrachen.

»Ich bin dran!«, rief Sam triumphierend und stellte sein Glas ab. Zu Alex' wachsendem Schrecken kam er mit einem wölfischen Grinsen direkt auf sie zugesteuert.

»Oh! Nein, ich ...«, protestierte sie, aber er hatte sie bereits bei der Hand gepackt und zog sie mit einem solchen Ruck auf die Beine, dass sie förmlich in seine Arme flog. Jäh fand sie sich Brust an Brust mit ihm wieder. Sie schnappte unwillkürlich nach Luft, er grinste und ... senkte sie jäh ab, sodass ihr langes Haar über den Boden strich.

Sie stieß einen überraschten Schrei aus. Plötzlich stand alles kopf, auch Lochie, der an einem Bücherregal lehnte, eine Hand in der karierten Hose, in der andern ein Glas, die Fußknöchel auf seine typische lässige Art überkreuzt. In der nächsten Sekunde war er wieder weg, und die Welt und sie hatten sich wieder aufgerichtet, oder besser gesagt, Sam hatte das für sie getan. Sein Arm umspannte ihren Oberkörper in Höhe des Brustkorbs und hielt sie fest und sicher. Mit amüsiert glitzernden Augen schob er ein Bein zwischen ihre Oberschenkel und wirbelte sie herum und herum. Verblüfft bemerkte sie, dass der Mann wirklich tanzen konnte, und wie der tanzen konnte! Sie musste gar nichts machen, er führte gekonnt und souverän. Der ganze Raum drehte sich um sie, sie war vollkommen verwirrt und orientierungslos, aber das spielte keine Rolle. Er tat mit ihr, was er wollte: stieß sie schwungvoll von sich, sodass sie sich drehte wie ein Kreisel, und fing sie im nächsten Moment geschickt wieder auf.

Sie lachte verblüfft auf, entzückt und gleichzeitig ängstlich, ihr Haar flog, und sie hörte wie aus der Ferne den Jubel und die Pfiffe der anderen, Klatschen und Trampeln. Alle bis auf Lochie, der keinen Muskel regte, nicht einmal sein Glas an die Lippen hob.

Er schien sich von ihrem Verhalten provoziert zu fühlen, und als ihr das klar wurde, lachte sie nur noch mehr. Eine kleinliche Rache, vielleicht, aber die letzte Waffe, die sie noch im Arsenal hatte. So viel zum Überflussprinzip.

Und weiter ging der Tanz. Alex entspannte sich immer mehr, und Sam führte. Wenn er sie absenken wollte, tat er's; eine Drehung, das auch; sie hochheben und herumwirbeln, kein Problem. Sie wusste nicht, wann sie zum letzten Mal so viel Spaß gehabt, sich so frei und schwerelos gefühlt hatte. Als das Lied schließlich zu Ende ging, sprangen beide begeistert auf und ab und stimmten in den allgemeinen Jubel ein, den Arm um die Schultern des andern gelegt wie alte Freunde.

»Das war fantastisch!«, rief Elise, die auch betrunken der liebenswerteste Mensch war, den man sich vorstellen konnte. Alex, der immer noch ganz schwindelig war, wankte tapsig zu den anderen, die sich am Rand der Tanzfläche drängten.

»Ich war's nicht«, wehrte Alex bescheiden ab, »das hat Sam alles ganz allein gemacht.« Sie schaute Jess an. »Dein Mann ist wirklich ein *unglaublicher* Tänzer!«

»Ich weiß. Er hat's extra für unsere Hochzeit gelernt.«

»Aha. Also ich kann nur sagen: wow!« Alex lachte atemlos, eine Hand auf die Brust gepresst. »Das hat sich aber gelohnt! Das war … unglaublich. Weiß nicht, wann ich zuletzt so mit jemandem getanzt hab. Oder überhaupt«, keuchte sie.

»Tja.«

Alex' Lächeln erstarrte ein wenig. Klang Jess nicht ... ein wenig kühl? »Willst du nicht auch tanzen?«, schlug sie vor. »Das solltest du. Wieso sollen bloß Daisy und ich uns über den Tanzboden schleifen lassen? Puh ... mein Schädel wird sich noch tagelang drehen.«

»Ich kann schlecht mit meinem eigenen Mann tanzen. Das wäre doch langweilig.« Jess stellte ihr Glas ab und schaute sich nach ihrem Ex-Freund um. »Wo steckt bloß Lochie? Der hatte doch auch ein paar gute Moves drauf, wenn ich mich recht erinnere.«

Alex verging das Lachen, aber sie behielt die Maske energisch auf – obwohl ihr schon bei der Erwähnung seines Namens wieder die Galle hochkam. Sie war momentan so sauer auf ihn, dass sie ihn nicht mal ansehen wollte.

Ihr Handy summte, das Zeichen dafür, dass sie eine SMS erhalten hatte. Sie sah zum Sofa, auf dessen Lehne sie es zurückgelassen hatte. Ja, das blaue Licht blinkte. »Ach.« Sie beugte sich ein wenig unsicher vor und nahm es zur Hand. »Du meine Güte, sechs Nachrichten. Wer ...?«

»Ah, Lochie! Da bist du ja. Komm doch mal her«, rief Jess.

Als Alex sah, von wem die Nachrichten stammten, breitete sich ein genugtuendes Lächeln auf ihrem Gesicht aus. »Wie weit ist Edinburgh von hier weg?«, erkundigte sie sich bei den anderen. Ihr war ein kühner Gedanke gekommen. Und wieso nicht? Jetzt war ohnehin alles im Eimer. Einen Interessenskonflikt gab's ja jetzt nicht mehr. Und sie war so wütend, dass sie es machen wollte, gerade weil es falsch war.

»Ach, nicht weit«, antwortete Anna. »Ungefähr vierzig Meilen.«

Lochie kam mit geschmeidigen Bewegungen herbei, wie ein Panther. »Was ist?«

»Edinburgh«, sagte Anna und hickste laut. Sie hielt sich die Hand vor den Mund und sah comicartig überrascht aus. »Huch, Entschuldigung ... Ist etwa eine Stunde von hier, oder?«

»Ja, wieso?«

»Alex hat gefragt«, antwortete Anna achselzuckend.

»Lochie, komm, tanz mit mir«, schnurrte Jess und bewegte lasziv die Hüften. »Du bist mir was schuldig, wo du meinen Mann dazu zwingst, zwei Jahre lang Geheimnisse vor mir zu haben. Komm und wirble mich auch so richtig durch!«

»Was ist denn in Edinburgh, Alex?« Elise lachte übermütig, sie spürte offenbar, dass etwas in der Luft lag.

Aber Alex biss sich auf die Lippen und zwinkerte schelmisch. Nicht was: *wer*. »Ich geh rasch telefonieren.« Sie wandte sich grinsend ab und verließ den Raum, den Kopf übers Handy gebeugt.

»Wo willst du hin?«, fragte Ambrose jammernd. »Du willst doch nicht etwa schon ins Bett?«

»Nee, ich muss nur rasch telefonieren!«, krähte sie. »Bin gleich wieder da.«

»Aber es ist schon nach drei!«, rief er ihr nach.

»Du sagst es. Bin gleich wieder da!«

Sie wankte hinaus in die Eingangshalle und machte sich auf den Weg zur großen Haustür. Heute Morgen war sie fast aus dem Fenster ihres Zimmers gefallen bei dem Versuch, Empfang zu bekommen. Die Kälte in der unbeheizten Halle traf sie wie ein Schock, nach dem warmen Wohnzimmer mit dem großen Kamin, in dem ein munteres Feuer brannte. Auf ihren nackten Armen zeichnete sich eine Gänsehaut ab. Bibbernd zog und zerrte sie an den zahlreichen Riegeln und drehte an den Schlössern, um die wuchtige alte Tür aufzubekommen. Ihre Finger wollten nicht so recht, ihre Bewegungen waren plump und ungeschickt.

»Scheiße«, zischte sie, als ihr an einem besonders widerspenstigen Schloss, das ein wenig eingerostet war und mit einem jähen Ruck aufging, ein Nagel einriss. Sie zog die Tür auf und japste, als sie von der kalten Nachtluft getroffen wurde.

»Wen rufst du an?«

Eine harte Stimme. Alex drehte sich überrascht um. Lochie stakste am Christbaum vorbei auf sie zu. Er hatte sein Samtjackett ausgezogen – kein Wunder, bei ihren Boy-Group-Tänzen vorhin –, und auch seine Fliege hing lose herunter, ein weißer Hemdzipfel hing aus seiner Hose. Bei seinem Anblick zog sich ihr Magen zusammen. Er schien sich hier wie zuhause zu fühlen, ganz Herr und Meister.

Sie war verwirrt. Was wollte er hier? War er nicht gerade von Jess zur Rumba rekrutiert worden? »Ich dachte, du würdest tanzen.«

»Antworte!«, fuhr er sie an. »Wen willst du anrufen?« Er blieb dicht vor ihr stehen, versuchte, sie mit seiner Größe einzuschüchtern, mit der Tatsache, dass das *sein* Revier war, *seine* Freunde – und nicht ihre.

»Das geht dich nichts an.« Gerade noch hatte sie sich so gefreut, aber damit war es jetzt vorbei.

»Wenn du meinen Cousin anrufst, geht mich das sehr wohl was an.«

»Wie bitte?« Sie konnte kaum glauben, was sie da hörte. »Wenn du glaubst, du hättest das Recht ...«

»Los, gib her.« Er entriss ihr das Handy.

»He, Moment mal!«, rief sie erbost und haschte nach dem Handy, das er jedoch mühelos außer Reichweite hielt. »Du hast kein Recht, dich in mein Privatleben einzumischen.«

»Dein ... was?« Er schaute aufs Handy, sah den Namen, und der Zorn machte Erstaunen Platz. »Ich dachte, du wolltest ...« Er verstummte.

Was? Sholto anrufen? Die Spionin, die Bericht erstattet und dem Vorsitzenden haarklein erzählt, was sich auf der Veranstaltung abgespielt hatte? Ha! Als ob er das nicht schon längst wüsste! Bei ihm stand wahrscheinlich das Telefon nicht mehr still.

Er ließ den Arm sinken, und sie schnappte sich ihr Handy zurück.

»Ich dachte, du hättest gesagt, da ist nichts zwischen euch«, sagte er kleinlaut. Sie wurde einfach nicht schlau aus ihm – weder jetzt noch zu Anfang. Und ein Eimer voll Champagner, vermischt mit beinahe ebenso viel Whisky, half ihrer Menschenkenntnis auch nicht gerade auf die Sprünge.

»Hab ich das? Tja, mag sein, aber die Dinge haben sich jetzt nun mal geändert, oder? Mit deiner Vorstellung heute Abend hast du alles ruiniert. Jetzt, wo wir höchstwahrscheinlich beide einen Fußtritt kriegen«, höhnte sie, »können wir doch machen, was wir wollen.« Sie warf beschwipst die Arme in die Luft. »Und ich muss nicht mehr so tun, als ob ich dich mag.«

Er starrte sie an. »Das ist ... das ist also dein toller Plan, ja? Du machst dich an Callum ran?«

»Von *Ranmachen* kann keine Rede sein!«, widersprach sie hitzig. »*Er* ist hinter *mir* her. Ich brauch nur den Finger krumm zu machen, und er kommt angerannt!«

Sie sah, wie sein Wangenmuskel zuckte, wie er mit den Zähnen knirschte. »Dir ist hoffentlich klar, dass du dich damit in eine lange Schlange von Eroberungen einreihst. Ich meine, du weißt schließlich, wie er ist, oder?«

»Ja! Er ist charmant und witzig. Und es macht Spaß, mit ihm zusammen zu sein. Kurz gesagt, er ist das glatte *Gegenteil* von dir!«, reizte sie ihn. »Eigentlich kaum zu glauben, dass ihr überhaupt verwandt ...«

»Das reicht jetzt!«

»Nein, tut es nicht.« Sie wollte es ihm jetzt mal so richtig heimzahlen. Es war ihr nicht gelungen ihn mit Argumenten zu überzeugen, bei der Jagd war sie ihm ebenfalls unterlegen, aber sie konnte ihm jetzt zumindest mal ordentlich die Meinung sagen, solange sie es noch mit ihm aushalten musste! Mit ihrer Geduld war's vorbei. Sie war es leid, ständig die andere Wange hinzuhalten, die distanziert-freundliche Therapeutin zu spielen. Denn er war ja jetzt nicht mehr ihr Klient. Sie konnte tun, was sie wollte. Sie konnte sich, wenn sie wollte, genauso schlecht benehmen wie er. Keine Rücksicht mehr! »Du bist der arroganteste, unverschämteste, dickköpfigste Mann, mit dem ich's je zu tun hatte! Die letzten zwei Wochen waren die reinste Tortur, die schlimmste Zeit in meiner gesamten Karriere. Ich kann's nicht abwarten, wieder auf diese blöde Insel zurückzukommen und meine Sachen zu packen. Und dich nie wieder sehen zu müssen!«

»Umso besser. Dann fliege ich dich heim zur ›blöden Insel‹, dann geht's noch schneller«, fauchte er.

»Prima!«

»In der Tat!« Er funkelte sie an, ebenso schwer atmend wie sie. »Für mich war das auch keine Schlittenfahrt, o nein! Dich am Hals zu haben, wo mir ohnehin schon die Scheiße um die Ohren fliegt. Und dann auch noch dieser Brand und die neue Firma – und wo ich auch hinschaue, da bist du! Klebst an mir wie 'ne Klette und bist einfach nicht abzuschütteln. Nicht auf der Arbeit, nicht am Wochenende, ja nicht mal nachts. Sobald ich meine Augen schließe, hab ich dich vor mir! Ich komme hierher und da bist du schon wieder! Du tanzt mit meinen Freunden, führst Sextelefonate mit meinem Cousin ...«

Sie gab ihm eine schallende Ohrfeige. Der Knall war so laut, dass es hallte. Beide erstarrten vor Schreck und vor Verblüffung. Entsetzt stellte sie fest, dass sich ein roter Handabdruck auf seiner Wange abzeichnete. Wie zornig er aussah. Zornig und verzweifelt.

»Oh!« Sie hielt den Atem an, zog unwillkürlich den Kopf ein. So etwas hatte sie noch nie getan! Sie hatte noch nie einen Menschen geschlagen. Sie wollte sich entschuldigen, wollte es zurücknehmen. Aber der Blick in seinen braunen Augen ließ sie erstarren. Die Wut darin, der Impuls zurückzuschlagen.

Und im nächsten Moment riss er sie an sich und küsste sie leidenschaftlich. Sein Zorn schlug um, sein Mund presste sich auf den ihren, er drückte sie an den Türstock, presste sich an sie, die Kälte war vergessen. Sie war einen Moment lang wie gelähmt, kam gar nicht recht mit dem Geschehen mit. Aber ihr Körper reagierte instinktiv, wurde weich und anschmiegsam, ihre Zunge ließ sich wie von selbst auf sein Spiel ein. Und dann kippte auch ihre ganze Frustration und verwandelte sich in wilde Leidenschaft, in eine nie gekannte Gier. Jedes böse Wort, das gefallen war, jede Beleidigung wurde zu einem Zungenduell, einem tastenden, packenden Zugreifen.

Sie wollte jeden Zentimeter von ihm erkunden, vergrub die Finger in seinem Haar, hakte ein Bein um seinen Oberschenkel, zog ihn nun ihrerseits an sich, so fest sie konnte. Dieser Moment sollte nie enden, wünschte sie sich, es sollte ewig so weitergehen – aber sie fand dennoch irgendwie die Kraft, ihn von sich zu stoßen.

»Was zum …?« Konfus tauchte er keuchend aus der Umarmung auf.

»Ich kann das nicht.«

»Alex …«

»Das ist ein Fehler, ein Irrtum«, stieß sie mit erstickter, angestrengter Stimme hervor. Das war eine glatte Lüge, denn es gab nichts, das sich je so richtig angefühlt hatte wie das hier. Sie konnte nicht fassen, dass sie es nicht schon früher erkannt hatte, wie blind sie gewesen war, selbst noch vor zwei Minuten. Aber jetzt … jetzt ließ es sich nicht mehr verbergen, jetzt war es, als wolle man einen Elefanten hinter einem Sofakissen verstecken.

»Nein, ist es nicht«, widersprach er drängend und schaute ihr tief und aufrichtig in die Augen, vielleicht der erste wirklich ehrliche Moment zwischen ihnen.

Keine Spielchen mehr, keine Machtrangeleien – sie fühlten beide dasselbe, sie *wollten* beide dasselbe, das Verlangen waberte wie Hitzewellen zwischen ihnen. »Es ist das Einzige, was verdammt nochmal stimmt.«

Aber sie schüttelte den Kopf und wich vor ihm zurück, schob ihn mit der Hand auf seiner Brust von sich weg. Als ob sie sich nicht Sekunden zuvor wie ausgehungert aneinander geklammert hätten. Irgendwie fand sie die Kraft, es auszusprechen. Nicht er, nein, bloß nicht er. »Es ist ein Fehler«, wiederholte sie heiser. »Das ist nie passiert, hörst du? Es ist nie passiert.«

23. Kapitel

Borrodale House, Sonntag, 17. Dezember 2017

Das Frühstück am nächsten Morgen war eine gedrückte Angelegenheit. Alle waren fürchterlich verkatert und konnten ihrem Spiegelei nicht ins Auge sehen. Die meisten schlürften stumm ihren Tee, andere tauchten gar nicht erst auf, so wie Lochie.

Alex ihrerseits stand es irgendwie durch. Sie hatte letzte Nacht höchstens zwei Stunden geschlafen, hatte sich stundenlang hin und her gewälzt und sich über die letzten Ereignisse den Kopf zerbrochen. Wie hatte es überhaupt dazu kommen können? Wann genau waren die Dinge gekippt? Mit der Ohrfeige, natürlich, das war offensichtlich. Aber war es wirklich erst da passiert? Wenn sie zurückdachte, dann fielen ihr gleich mehrere Gelegenheiten ein, zum Beispiel der Ausdruck auf seinem Gesicht, als er zusah, wie sie mit Sam tanzte. Wie er ihr auf dem roten Teppich seinen Arm angeboten und ihr ein Kompliment über ihr Kleid gemacht hatte. Oder vielleicht sogar noch früher: Als er sie in die Arme nahm und wärmte, nachdem sie endlich ihren Lachs gefangen hatte und mit blauen Lippen bibbernd aus dem Fluss kam. Oder seine bohrenden, eifersüchtigen Fragen nach ihrem »Date« mit Callum. Sein unerwartetes Auftauchen bei Mrs Peggie, um sie zur Verkostung des alten Jahrgangs abzuholen, als hätten *sie* auf einmal ein Rendezvous. Oder als er besinnungslos in seinem Büro lag und sie seinen Namen rief, und wie dann auf einmal sein Finger zuckte. Oder als sie ihn zum ersten Mal sah, im Besucherzentrum, nachdem er nicht aufgetaucht war, um sie zu begrüßen, und Callum die Gelegenheit beim Schopf packte und sich als er ausgab?

Konnte es schon da angefangen haben, bei ihrer allerersten Begegnung? Aber wie wäre das möglich? Sie war darauf trainiert, nonverbale Signale zu erkennen, menschliches Verhalten zu durchschauen, selbst wenn die Leute es vor ihr zu verbergen versuchten. Undenkbar, dass sie so blind gewesen sein könnte, was sie selbst betraf.

Nein, sie lagen ständig im Clinch, schon von Anfang an, *das* war ihr natürlicher Zustand. Dieser Kuss war wirklich nur ein Irrtum, wie sie gesagt hatte, eine *Verirrung*. Kein Wunder, so wie immer die Fetzen flogen, sobald sie es miteinander zu tun hatten. Da konnte alles passieren. Dazu der viele Whisky …

Sie ging nach dem Frühstück wieder auf ihr Zimmer und nahm erst mal ein ausgiebiges Bad. Daisy hatte vorgeschlagen, später zum Brunch ins Dorf zu fahren, da gäbe es eine hübsche Teestube. Die Männer hatten vor, eine Runde Golf zu spielen, »falls sie es hinbekommen, ohne aufs Grün zu kotzen«, wie Emma mit einem Kopfschütteln bemerkte.

Sie zog sich an und traf die anderen unten in der Halle. Beim Hinausgehen fiel ihr zum ersten Mal auf, dass über dem Eingang ein Büschel Mistelzweige hing. Sie blieb erschrocken stehen, als könnten sie verraten, was gestern geschehen war. Hatte das letzte Nacht schon hier gehangen? Sie musterte die dicke, schwere Tür, als könne sie ihren Abdruck darauf erkennen.

Zu ihrer Erleichterung brachen sie auf, noch ehe sich die Männer aufrappelten. Munter schwatzend – trotz Brummschädel – saßen sie im Auto und ließen sich von der Morgensonne bescheinen. Alex hielt es nur für natürlich, dass sie die Schweigsamste war, denn sie war ja schließlich der Neuzugang, der Eindringling. Lochie hatte sie ja nie richtig eingeladen, nicht wirklich. Und so saß sie am Fenster und blickte trübe hinaus auf den gewundenen, mit buschigen Rhododendren bestandenen Weg, der durchs Gelände und zur Straße führte, den Ellbogen ans Fenster gestützt, das Kinn auf der Hand.

Sie erreichten die nahe Ortschaft, und jetzt konnte Alex sehen, wie hübsch die Teestube war. Sie befand sich in einem weiß gekalkten Häuschen direkt am Dorfanger und besaß gemütliche Erkerfenster. Sie ergatterten einen Tisch am schönsten Fenster, auf dem Tisch flackerte einladend eine kleine Duftkerze. Daisy und Emma gingen zur Theke, um das Kuchenangebot zu begutachten.

Elise streifte mit einem zufriedenen Seufzer ihren Mantel ab. »Wir haben Glück«, sagte sie. »Sonst kommen wir immer nach der Sonntagsmesse hierher, und dann ist es normalerweise gerammelt voll.«

»Wir Glücklichen«, formte Alex mit den Lippen. Sie studierte mit einem aufgesetzten Lächeln die Karte, obwohl sie daran jetzt am allerwenigsten interessiert war. Nur noch ein paar Stunden und sie hätte es hinter sich.

»Die Scones sehen aus, als könnte man damit eine geschlachtete Kuh wiedererwecken«, erklärte Daisy und ließ sich auf einen Stuhl plumpsen. »Ich werde gleich zwei nehmen.«

»Und ich ein Éclair«, schwärmte Emma mit leuchtenden Augen. »Ist ewig her, seit ich zuletzt ein Éclair gegessen hab.«

Die Bedienung trat an ihren Tisch und nahm die Bestellung auf. »Sind Sie sicher, dass Sie nichts zum Tee wollen?«, erkundigte sie sich bei Alex, nachdem sie auf ihren Zettel geblickt und festgestellt hatte, dass sie die Einzige war, die nichts dazu bestellt hatte.

Sämtliche Blicke richteten sich erwartungsvoll auf sie.

»… vielleicht einen Verdauungskeks«, stieß sie unter der Last der Blicke hervor und weil ihr nichts Besseres einfiel. Wie sie ihn herunterbekommen sollte, war allerdings eine andere Frage. Ihre Kehle war wie zugeschnürt. Die Ereignisse des gestrigen Abends legten sich mehr und mehr wie ein Paar würgende Hände um ihren Hals; anstatt leichter zu werden, wurde es schwerer. Ihre Augen brannten, und sie musste die Tränen zurückhalten, und sobald sie mal zu lächeln vergaß, sanken ihre Mundwinkel nach unten.

Wie hatte sie das nur zulassen können? Wie sollte sie ihm jetzt wieder gegenübertreten?

»Der Zuckerstoß wird dich aufrichten, du siehst wirklich ein bisschen blass aus«, bemerkte Emma freundlich.

Na, immerhin nicht zu dünn, wie sie es in dieser Gegend ständig zu hören bekam. Ein Körperfettanteil von nur sechzehn Prozent und ein Ruhepuls von vierundsechzig waren hier offenbar nicht so en vogue wie in New York.

»Und was machst du an Weihnachten, Alex?«, erkundigte sich Elise, die Alex' Unbehagen offenbar spürte.

»Ich mach's mir zuhause gemütlich.«

»Und gibt's Truthahn?«

»Ach, nein, für mich allein doch nicht. Ich werde mir wohl einfach einen Salat machen.«

Verblüffte Stille.

»Ein *Salat*? An *Weihnachten*?«, prustete Daisy entsetzt hervor und blies dabei aus Versehen die Kerze aus.

»Mensch, guck mal, was du angestellt hast«, murrte Elise.

»Spinnst du? Aber das geht doch nicht! Dann komm lieber her und feiere mit uns!«, schlug Daisy vor. Alex bückte sich und holte eine Schachtel Streichhölzer aus ihrer Tasche; dabei fiel ein silberner Clip mit Visitenkarten heraus.

»Gott, nein, das könnte ich nicht«, wehrte Alex erschrocken ab. Sie holte ein Streichholz hervor und strich es an, aber es zerbrach. Das nächste auch. Ihre Finger waren heute aber ungeschickt.

»Hier«, sagte Emma und hob den Clip mit den Visitenkarten auf. Sie gab sie Alex mit einem Stirnrunzeln zurück. »Cereneo?«

»Aber wieso denn nicht?«, nahm die immer noch entsetzte Daisy das Thema wieder auf. »Die andern kommen doch auch.«

»Echt?« Alex war überrascht.

»Klar!«, erwiderte Anna achselzuckend. »Max hat meist Dienst oder er hat Bereitschaft, und die arme Emma ist dann ganz allein. Und Elises Verwandtschaft wohnt so weit weg, in Uppsala, dass wir meistens erst im

Sommer auf Besuch kommen. Und meine Family – Gott, die möchtest du wirklich nicht kennenlernen, glaub mir. Und was die sonnenverwöhnte Prinzessin hier betrifft, die verbringt das Weihnachtsfest gewöhnlich in den Tropen, stimmt's, Schätzchen?«

»Dieses Jahr nicht«, schniefte Jess. »Das Wetter ist mir einfach zu unberechenbar geworden. Wir fliegen lieber im Januar.«

Anna zuckte mit den Schultern.

»Das ist ja sehr nett von euch, aber ich fliege am zweiten Feiertag schon zu meinem Vater in die Schweiz«, erklärte Alex.

»Wo genau?«, wollte Emma wissen.

»Am Vierwaldstättersee.«

Emma lächelte. »Hübsch.«

»Das Angebot steht jedenfalls«, meinte Daisy aufrichtig. »Wenn du kommen willst, dann komm. Im Ernst. Du könntest ja auch von hier aus nach Genf fliegen.«

»Danke.« Alex lächelte. Aber sie hatte nicht die Absicht, je auf dieses Angebot zurückzukommen.

»Jetzt vergesst das doch mal für den Moment«, sagte Jess und zog ungeduldig ihren Stuhl heran. »Wir haben die Jungs für ein paar Stunden vom Hals und können reden. Also: Was läuft da zwischen dir und Lochie? Wir blicken da nämlich nicht durch.«

»Da läuft gar nichts«, erwiderte Alex perplex. »Ich sagte doch, ich wurde in beratender Funktion hinzugezogen, hab ein paar Wochen mit Lochlan gearbeitet, und jetzt reise ich wieder ab. Wahrscheinlich schon morgen.« Das klang erschreckend, wenn man es laut aussprach.

»Ja, das sagst du«, entgegnete Jess, die nicht überzeugt

war, »und er behauptet das auch. Das ist die offizielle Version, das kapieren wir ja – aber abkaufen tun wir's euch nicht. Irgendwas ist doch«, beharrte sie. »Stimmt's nicht?« Sie blickte auffordernd in die Runde.

»Ja.«

»Mhm.«

»Definitiv«, kam das Echo.

»Ich meine, es ist doch nicht normal – nicht mal für Lochie –, dass er ein Loch in die Wand haut.«

Alex erschrak. »Wie bitte?«

Jess nickte. »Doch, gestern Abend. Ist in die Bibliothek gegangen und hat mit der Faust gegen die Wand gehauen.«

»Das höre ich zum ersten Mal!« Anna lachte entzückt auf.

»Ich hab's selbst nur mitgekriegt, weil ich in die Küche wollte, um noch was zum Süffeln zu holen. Ich hab den Kopf reingestreckt, weil ich dachte, er ist vielleicht übers Bett gestolpert und hingeknallt – ich meine, seien wir mal ehrlich, wir waren gestern alle ganz schön hinüber –, aber da stand er und hielt sich fluchend die Hand. Ihr hättet ihn mal hören sollen! Emma musste nachsehen, ob er sich vielleicht was gebrochen hatte, stimmt's?«

»Mhm«, meinte Emma. »Aber es war nichts.«

»Ich mache mir mehr Sorgen um meine arme Wand«, murrte Daisy.

Alex starrte die Frauen an. Sie wusste gar nicht, wo sie anfangen sollte. Lochie, der mit der Faust Löcher in die Wand schlug. Und was hatte ein Bett in der Bibliothek verloren? Sie entschied sich mit Letzterem anzufangen, um noch ein wenig Zeit zu gewinnen.

»Wieso steht ein Bett in der Bibliothek?«

Daisy machte ein zerknirschtes Gesicht. »Na ja, es gab da gewisse Kommunikationsprobleme zwischen uns und Lochie. Er hatte vergessen, uns mitzuteilen, dass er dich mitbringen würde. Und als ihr dann am Freitag aufgetaucht seid, tja ...« Sie verzog das Gesicht. »Normalerweise haben wir jede Menge Zimmer – ich meine, diese Bude hier quillt über vor Zimmern! –, aber mit den Renovierungsarbeiten am benachbarten Flügel ... da ist die Hälfte des Hauses unbewohnbar.« Sie zuckte bedauernd mit den Achseln. »Aber das macht nichts, ehrlich. Ich hab gesagt, selber schuld, wenn du's in deinem Alter immer noch nicht auf die Reihe kriegst, oder? Wir haben ihm einfach ein kleines Klappbett in die Bibliothek gestellt. Ist zwar nicht die allerbequemste Matratze, aber es ist schließlich noch niemand an einem Knick im Hals gestorben.« Sie warf einen Blick auf Emma. »Oder doch?«

Emma zuckte mit den Schultern. »Nicht dass ich wüsste.«

»Emma ist Expertin für Verspannungen«, meinte Anna anzüglich.

»Wieso hat er gegen die Wand gehauen?«, fragte Alex.

»Wir haben gehofft, dass *du* uns das sagen kannst. Du warst auch gerade zu Bett gegangen, was Zufall sein kann. Oder auch nicht.«

Die Bedienung brachte jetzt den Tee und stellte die Kännchen vor sie hin, dazu sehr hübsche, aber unterschiedliche Tassen, was dem Ganzen den Anstrich von Individualität und Heimeligkeit gab. »Der Kuchen kommt auch gleich«, verkündete sie.

»Danke«, sagte Anna zerstreut. Alle Blicke hingen an Alex.

Alex wand sich. »Sorry, ich weiß auch nicht, was ich sagen soll. Ich hatte keine Ahnung.«

»Dann ist also nichts zwischen euch vorgefallen?«, hakte Jess nach.

»Nö.« Alex schüttelte den Kopf, wich aber ihren Blicken aus. Sie hob den Deckel ihrer Kanne, um sich das Gebräu prüfend anzusehen.

Ein Seufzen machte die Runde.

»Tja, dann kapier ich's auch nicht. Weiß nicht, was ihn so aus dem Konzept gebracht haben könnte. Er ist doch sonst immer so ruhig und ausgeglichen«, meinte Anna.

Alex schnaubte, sie konnte einfach nicht anders. Als die anderen sie daraufhin neugierig ansahen, schlug sie erschrocken die Hand vor den Mund. »Sorry, ist mir so rausgerutscht.«

»Du bist also anderer Meinung?«, hakte Emma nach.

»Ja, schon.« Sie blickte auf und bemerkte die skeptischen Mienen. Ob sie etwas sagen sollte? Seufzend gab sie sich geschlagen. Es spielte sowieso keine Rolle mehr, in ein paar Stunden war es eh vorbei, und sie würde keine der Anwesenden je wiedersehen. »Wenn ihr's genau wissen wollt: Ja, er ist einer der unberechenbarsten Menschen, mit denen ich je beruflich zu tun hatte. Ich meine, ich weiß, ihr kennt ihn alle viel besser als ich, noch von der Uni her, aber in seiner Arbeitsumgebung ist er ganz anders. Also ›ausgeglichen‹ käme mir da als Allerletztes in den Sinn.«

Sie sahen sich an, als habe sie Lochie als Serienkiller beschrieben.

»Das musst du uns schon näher erklären«, sagte Jess gedehnt, die sich wie immer für ihn in die Bresche warf. »Gib uns ein paar Beispiele.« Auch sie rührte jetzt ihren Tee um.

»Na gut. Also, es tut mir leid, aber er neigt zu Handgreiflichkeiten. Er hat seinem CFO beim letzten Meeting einen Kinnhaken verpasst. Und mich hat er bei zwei Gelegenheiten einfach gepackt und aus seinem Büro geworfen«, erklärte sie. »Er ist sprunghaft, unprofessionell und lässt ohne Erklärung Verhandlungen platzen. Er unterhält untragbare Beziehungen zum Personal …« Als sie die perplexen Gesichter sah, erklärte sie: »Affären mit der weiblichen Belegschaft.«

»He, Moment mal!«, unterbrach Jess energisch. »Skye zählt nicht. Er hat sie geliebt und wollte sie heiraten.«

»Ja, du hast recht, Skye zählt nicht. Aber was ist mit dem Mädchen aus der Verwaltung? Und es gab offenbar noch eine aus der Mälzerei. Er ist der Chef eines kleinen Familienbetriebs, in dem jeder jeden kennt. Verhältnisse mit der Belegschaft sind unter solchen Umständen vollkommen inakzeptabel. Damit untergräbt er seine Autorität und sorgt für Zwistigkeiten und Rivalitäten …«

»Aber nach allem, was er mit Skye durchgemacht hat, sollte man ihm keine allzu großen Vorwürfe machen, wenn er sich ein bisschen austobt, oder? Sein Dad war gerade gestorben, und dann macht sie so was! Menschenskind, wer würde da nicht ein bisschen aus der Rolle fallen?«

Alex runzelte die Stirn. »Macht was?«

»Treibt's mit seinem Cousin! Hast du das nicht gewusst?«, fragte Emma überrascht.

Alex war wie vom Donner gerührt. Skye hatte Lochie betrogen? »Aber mir hat sie gesagt, er hätte sie sitzen gelassen.«

»Ha! Kann ich mir denken – das macht sie dann zum Opfer, oder? Als hätte er sie am Altar stehen gelassen.« Jess verzog verächtlich das Gesicht. »Das hätte er vielleicht auch machen sollen, verdient hätte sie es jedenfalls. Vor versammelten Gästen im weißen Kleid am Altar zu stehen und blöd aus der Wäsche zu gucken, wenn er allen die Wahrheit sagt. Hätte man's ihm vorwerfen können? Nein.« Sie schüttelte den Kopf. »Die ist nochmal glimpflich davongekommen, sag ich euch. Er hat die Hochzeit am Vorabend abgeblasen und den wahren Grund für sich behalten, um ihr die Demütigung zu ersparen. Obwohl er wissen musste, dass sie's so hindrehen würde, als ob er sie sitzen gelassen hätte! Als ob er so ein Mistkerl wäre. Und du hast ja auch prompt die falschen Schlüsse gezogen.«

Alex saß stumm da und kam sich unglaublich blöd vor. Skye hatte ihn also betrogen? Jess hatte recht – sie hatte sofort die falschen Schlüsse gezogen. »Aber ich kapier das nicht ... Wieso nimmt Lochie in Kauf, als Schuldiger dazustehen?«

»Versteh mich richtig, ich glaube nicht, dass er's Skye zuliebe gemacht hat. Er und Bruce standen sich sehr nahe, er wollte dem Vater wohl Kummer ersparen. Und auch die Schande – wenn das im ganzen Dorf die Runde gemacht hätte«, vermutete Jess. »Außerdem muss das auch für ihn ganz schön demütigend gewesen sein. Kannst du dir vorstellen, was los gewesen wäre, wenn herausgekommen wäre, dass die Verlobte des Chefs was mit seinem Cousin hatte?« Sie schüttelte den Kopf. »Nee, wenn Lochie eins nie aufgeben würde, dann seinen Stolz.«

Alex biss sich schuldbewusst auf die Unterlippe. Es kam ihr vor, als würde sich die Welt um sie herum ein bisschen zu schnell drehen, als wäre sie ein wenig aus dem Tritt gekommen, nichts war mehr so sicher und selbstverständlich wie zuvor. Sie war enttäuscht und verärgert. Skye hatte ihr absichtlich Wichtiges vorenthalten, nur um gut vor ihr dazustehen. Alex musste an alles denken, was Skye ihr über die Beziehung zu Lochie erzählt hatte, und fragte sich unwillkürlich, was davon wahr und was erlogen oder zumindest ausgeschmückt war. Skye hatte die Schuld jedenfalls eindeutig ihm zugeschoben, hatte sich über seine Distanziertheit nach dem Tod seines Vaters beklagt und dass er sie vernachlässigt habe.

Vielleicht hatte er das auch. Vielleicht war das der Grund für den Seitensprung gewesen – weil sie sich vernachlässigt und einsam gefühlt hatte.

Aber selbst dann gab das Callum noch lange nicht das Recht, sich an die Verlobte seines Cousins ranzumachen. Welchen Grund konnte er gehabt haben? Neid? Eifersucht? Oder war er einfach unfähig, Grenzen zu respektieren? Glaubte er, dass ihm aufgrund seiner Stellung und seiner Herkunft alles zustand, was er haben wollte, sowohl beruflich als auch privat? Selbst wenn das bedeutete, die eigene Familie zu hintergehen? Kein Wunder, dass Lochie so sauer gewesen war, als Callum sie bei ihrer Ankunft abgefangen hatte und als sie später dann auch noch mit ihm ausging, als er zufällig Callums

Textbotschaften an sie las und als sie ihn gestern Abend auch noch anrufen wollte … Kein Wunder, dass sich die Freundschaft zwischen den beiden abgekühlt hatte, wie Callum selbst zugab. Lochie musste ihn aus ganzer Seele hassen. Und sie, Alex, konnte es ihm nicht vorwerfen.

»Am Ende war es besser so«, warf Anna ein. »Lochie ist nochmal rechtzeitig von der Klinge gesprungen. Die beiden hätten sowieso nicht zusammengepasst.«

»Wisst ihr, dass sie sich jetzt mit einem anderen verlobt hat?«, warf Emma ein und lächelte der Kellnerin zu, die soeben den Kuchen brachte.

»Nein, echt? Nee, das wusste ich noch nicht. Die verliert aber auch keine Zeit, was?«, sagte Anna und griff sich ein Scone.

»He, das sind meine!« Daisy schlug ihre Hand weg.

»Zwei schaffst du sowieso nicht«, sagte Anna schmunzelnd und sicherte die Beute auf ihrem Unterteller. »So übel ist kein Katzenjammer.«

»Wieso sagst du, die beiden hätten nicht zusammengepasst?«, fragte Alex, die den Kuchen vollkommen ignorierte und zusah, wie Elise ihren Blaubeermuffin zerpflückte und bröckchenweise aß.

»Ach, ich hatte immer den Eindruck, dass Skye ihn bloß ausnutzt. Du weißt schon, es schmeichelte ihr, den Oberboss an der Angel zu haben.«

»Er ist doch kein Lachs!«, lachte Daisy.

Anna stöhnte. »Komm mir bloß nicht mit Lachsen!«

Alex starrte ihren Verdauungskeks mit einem flauen Gefühl im Magen an. Ach du liebe Güte. Sie massierte ihr Gesicht. »Ich wünschte, ich hätte das früher gewusst«, sagte sie leise.

»Sorry, wir sind davon ausgegangen, dass du's wüsstest«, sagte Daisy.

»Woher sollte sie?«, warf Jess ein, »Alex hat ja nur beruflich mit ihm zu tun. Das mit seiner geplatzten Verlobung ist dafür ja wohl irrelevant.«

»Nicht ganz. Wenn ich mit jemandem arbeite, erstelle ich ein Gesamtbild. Ich hätte das erfahren müssen, es ändert alles. Es ist meine Schuld.« Sie ärgerte sich über sich selbst. Weil sie mit ihm persönlich keine Anamnese hatte erstellen können, hatte sie den Fehler gemacht, zu schnell und zu bereitwillig Skyes Sicht der Dinge Glauben zu schenken.

»Das verstehe ich nicht«, sagte Daisy. »Ich dachte, du wärst Business Coach und nicht Psychologin.«

»Bin ich auch nicht, aber ganz ohne sozialpsychologische Aspekte geht's nicht. Ich muss mir ein vollständiges Bild von einem Menschen machen und erst einmal herausfinden, wo die Bereiche sind, die aus dem Gleichgewicht geraten sind. Kein Mensch lebt in einem Vakuum, das Private wird immer Einfluss auf das Berufliche nehmen – und umgekehrt. Manchmal machen uns persönliche Erfahrungen weiser und geduldiger. Manchmal haben sie aber auch negative Auswirkungen und machen uns zornig und unberechenbar, so wie in Lochies Fall.«

»Der arme Kerl, dass ausgerechnet ihm das passieren musste«, seufzte Daisy. »Als ob er nicht ohnehin Probleme hätte, anderen Menschen sein Vertrauen zu schenken.«

Alex sank das Herz. »Wie meinst du das?«, hakte sie nach.

»Na, du weißt schon, wegen seiner Eltern.« Als Alex

eine verständnislose Miene machte, fügte sie hinzu: »Der Selbstmord seiner Mutter?«

Was? Alex wurde es kalt ums Herz. Noch eine Spur, der sie nicht nachgegangen war. Skye hatte nur von seinem Vater geredet und dort die Ursachen gesehen. Wie konnte sie ihr so etwas Schreckliches wie den Selbstmord der Mutter verschweigen? »Wann?«, flüsterte sie.

»Er war sechzehn. Sie litt seit Jahren unter Depressionen, hatte mehrere Selbstmordversuche hinter sich. Aber die Ärzte haben es nicht ernst genommen, sie hielten es lediglich für einen Hilfeschrei. Lochie wusste es besser; er riss immer wieder aus dem Internat aus, um nach ihr zu sehen. Einmal ist er während eines Marathonlaufs ausgebüxt, ein andermal nachts aus dem Fenster gestiegen oder beim Ausgang ins Dorf abgehauen. Sie mussten ihn jedes Mal gewaltsam zur Schule zurückbringen, und jedes Mal war er hysterisch, denn er wusste, dass sein Vater den Ärzten glaubte und ihre Selbstmordversuche nicht ernst genug nahm. Lochie hatte schreckliche Angst, dass sie ihn eines Tages verlassen könnte. Und er behielt recht: Eines Tages ging sie und verließ ihn. Sie hat sich ertränkt.«

Alle waren verstummt. Alex hatte das Gefühl, als habe sie eine Betäubungsspritze bekommen: Alles erschien ihr langsamer, träger. Sie hätte weinen können. Um ihn, um den verzweifelten Jungen, der alles versucht hatte, um seine Mutter zu retten, dem aber niemand zuhörte. War es ein Wunder, dass er nur noch seinem Hund vertraute?

»Mein Gott, das ist so traurig«, flüsterte Jess mit nassen Augen. »Wir waren auf der Uni vier Jahre lang zusammen, und es gab keine Nacht, in der er nicht schreiend aus dem Schlaf fuhr.«

Alex starrte die andere mit einer seltsamen Mischung aus Eifersucht und Verärgerung an. »Warum habt ihr euch getrennt?«

Über Jess' sonst so gefasstes Gesicht huschte ein schmerzhafter Ausdruck. »Es war seine Entscheidung, nicht meine«, gestand sie. Man merkte ihr an, wie ungern sie darüber redete. »Er … er hat eines Nachts ausgeschlagen und mir ein blaues Auge verpasst.« Sie seufzte. »Es war nicht seine Schuld, natürlich nicht. Und ich hab ihm auch nie Vorwürfe gemacht. Aber er war danach so verstört, dass er darauf bestand, sich von mir zu trennen. Er sagte, er sei eine Gefahr für seine Mitmenschen und dass einer wie er besser allein bliebe.«

»Mein Gott«, flüsterte Alex, und auch die anderen, die die Geschichte längst kannten, schüttelten bekümmert die Köpfe.

»Ich konnte sagen, was ich wollte«, fuhr Jess fort und rieb sich das Gesicht. »Ich flehte ihn an, dass es mir nichts ausmachte, aber er war so schockiert, dass er nicht von seinem Entschluss abwich. Er konnte sich das einfach nicht verzeihen.« Sie schwieg. »Irgendwann lernte ich dann Sam kennen und … hab das alles hinter mir gelassen.« Sie zuckte mit den Schultern. »Aber ich fühle mich noch immer für ihn verantwortlich, das hat sich nie geändert.«

Alex nickte. »Kann ich verstehen.« Jess besaß innere Stärke, aber Alex fing auch die unterschwellige Drohung auf, die in diesem letzten Satz lag. Die beiden Frauen musterten einander. Spürte Jess, dass Alex ihn verletzen konnte – und würde?

»Als er zum ersten Mal mit Skye auftauchte«, fuhr Jess fort, »dachte ich zuerst, dass sie genau das ist, was er braucht: unschuldig und unkompliziert. Ich glaube, er fand das beruhigend und fühlte sich bei ihr sicher. Nach allem, was er mit seinen Eltern durchmachen musste, war es das Beste für ihn.«

»Bis er rausfand, dass sie alles andere als unschuldig war«, warf Emma finster ein.

»Ja, aber wisst ihr was?«, sagte Jess und fingerte nachdenklich an ihrer Tasse. »Um ehrlich zu sein, glaube ich, dass es schon davor nicht mehr so gut zwischen ihnen lief. Sein Vater ist nie über den Tod seiner Frau hinweggekommen; er konnte sich nicht verzeihen, dass er Lochies Warnungen in den Wind geschlagen hatte, und Lochie würde heute, glaube ich, selbst zugeben, dass er ihm die Schuld gab. Sie waren beide so voller Zorn und Wut und gleichzeitig so traurig, und keiner wusste, wie er damit fertigwerden sollte. Geschweige denn, dem anderen helfen. Und als dann klar wurde, dass sein Vater sich vor seinen Augen zu Tode trank, war Skye einfach nicht stark genug, um ihm in dieser Situation beizustehen. Das ist nicht unbedingt ihre Schuld, sie wollte einfach nur ein nettes, unkompliziertes Leben – und dann so was. Das hat sie total überfordert. Vielleicht wäre es mir auch nicht besser ergangen, wer weiß. Er braucht jemanden, der stärker ist als sie und ich.«

»Der Arme, wenn's um Frauen geht, kommt er regelmäßig vom Regen in die Traufe«, sagte Daisy.

Alex klopfte das Herz bis zum Hals. Sie dachte an den

gestrigen Abend, an die plötzliche Explosion von Leidenschaft. Er war ihr ähnlicher, als sie es sich je hätte träumen lassen. Auch er schloss seine Gefühle ein, auch er besaß eine separate Schublade für Vater und Mutter, die er nur selten öffnete, und – streng davon getrennt – eine andere für seine Beziehungen. Gerieten sie deshalb so leicht aneinander? Funkte es deshalb so stark zwischen ihnen? War der Kuss deshalb so wahnsinnig gut gewesen?

»Na ja, jetzt hat er ja Gott sei Dank Alex auf seiner Seite«, sagte Anna und hob ihre zierliche Teetasse. »Wird auch Zeit, dass er mal Glück im Leben hat.«

»Hört, hört«, rief Elise und hob ebenfalls die Tasse. Die anderen folgten ihrem Beispiel.

»Auf Alex, möge sie seine Seele retten!«, rief Anna dramatisch aus.

»Oder zumindest seinen Job«, fügte Emma grinsend hinzu.

Alex lächelte gequält. Und nun beugte sich auch noch Elise zu ihr herüber und umarmte sie spontan. Alex wurde übel. Die hatten ja keine Ahnung, was wirklich los war. Dass sie keineswegs eine Freundin oder gar eine Verbündete war. Sondern eine Schlange im Gras, die nur auf den rechten Moment wartete, um zuzubeißen.

24. Kapitel

Zum Lunch gab's sinnigerweise Rehkeule, und die schien den schlimmsten Katzenjammer zu vertreiben. Die Jungs hatten nur vier Löcher geschafft und waren dann vom auffrischenden Wind – »mit ihren Brummschädeln hatte das nichts zu tun«, spottete Daisy – ins Warme zurückgetrieben worden. Nun war man im Wohnzimmer versammelt, las Zeitung, spielte »Spit«, ein Kartenspiel, auf das sie in ihrer Studentenzeit ganz verrückt gewesen waren, oder lümmelte auf Sofas herum und sah fern. Lochie – unrasiert und mit verstrubbelten Haaren, in Jeans und Socken und einem ausgebleichten schwarzen T-Shirt, unter dem sich steinharte Bauchmuskeln abzeichneten – schaffte es tatsächlich, sie kein einziges Mal anzusehen. Als würde er spüren, wo sie sich befand, oder ihren Schatten kommen sehen, wandte er sich ab, sobald sie in seine Nähe geriet, oder stand gar auf und entfernte sich. An der Art, wie er den Kopf abwandte, wenn die Gefahr bestand, dass sie in sein Gesichtsfeld geriet, erkannte sie, wie zornig er war, dass er sie buchstäblich mit dem Körper abblockte. Glücklicherweise fiel das sonst niemandem auf; die Mädchen schienen endlich akzeptiert zu haben, dass sie nur eine berufliche Freundschaft verband, und die Scherze und Frotzeleien, die im Raum umherflogen, bezogen sich hauptsächlich auf die Unizeit und auf Ambrose' jämmerlichen Versuch, sich einen Bart stehen zu lassen.

Sie blätterte gerade im *FT Magazine*, als schon wieder sein Handy klingelte: noch eine Brennerei oder ein Investor, der auf den Scotch-Vaults-Zug aufspringen wollte. Er hievte sich mit einem Mitleid erregenden Ächzen vom Sofa und verließ den Raum. Sie blickte ihm nach, seinem katzenhaften, geschmeidigen Gang übers Parkett, das Handy am Ohr und die Stimme rauer denn je, nun da sie nicht nur mit den Resten einer Rauchvergiftung zu kämpfen hatte, sondern auch noch einem massiven Hangover. *Ein Kuss ändert gar nichts*, formte sie lautlos mit den Lippen.

»Wie wär's mit Tee?«, erkundigte sie sich gespielt munter. Es wurde Zeit, dass auch sie etwas zur Gemeinschaft beitrug, schließlich war sie am Freitag mit leeren Händen aufgetaucht, und Mary, die Haushälterin, hatte den Rest des Tages freibekommen.

»Ja, bitte!«, ertönte es von allen Seiten in unterschiedlichen Graden von Erleichterung oder sogar Dringlichkeit.

Sie schritt den langen, mit altem Eichenholz verkleideten Korridor entlang zur Rückseite des Hauses, wo sich die Küche befand. Draußen vor den Fenstern standen Gerüste, mit schwarzen Planen abgedeckt, die im Wind flatterten. Nachdem sie Wasser aufgesetzt hatte und darauf wartete, dass es zu kochen begann, schickte sie eine kurze SMS an Louise und bat sie, den Gastgebern als kleines Dankeschön einen Geschenkkorb von Fortnum & Mason zu schicken. Sie trat an das große Fenster, das nach vorne wies, und starrte, die Hände aufs breite Fensterbrett gestützt, durch die Sprossenscheiben hinaus auf den gepflegten Vorgarten, mit der Auffahrt und den sorgfältig zurechtgestutzten Buchsbaumhecken. Einige der kugelig zugeschnittenen Bäume waren mit Lichterketten verziert, die in der allmählich hereinbrechenden Dunkelheit des trüben Tages zu funkeln begannen. Was bedeutete, dass sie bald aufbrechen würden. Dann konnten sie einander nicht mehr aus dem Weg gehen. Sie würden in einer Glas-und-Metall-Blase sitzen, ihre Schenkel würden sich beinahe berühren und ...

Sie musste erneut an den gestrigen Vorfall denken, sein Bein zwischen ihren Schenkeln ... Sie ließ den Kopf sinken. Nein.

Nein.

Alex schüttelte sich, als wolle sie die Erinnerungen verscheuchen wie lästige Fliegen. Sie riss die Tür zur Speisekammer auf – und hätte beinahe einen lauten Schrei ausgestoßen.

»Mein Gott!« Sie presste erschrocken die Hand aufs Herz. »Ich wusste nicht ... ich wusste nicht, dass hier drin jemand ist.«

Lochie blinzelte belämmert. Er hielt sein Handy hoch. »Hier hat man den besten Empfang.« Sein Blick bohrte sich in ihre Augen wie der Richtstrahl eines Zielfernrohrs.

»Oh.« Eine Pause trat ein, und Alex spürte, wie eine Veränderung mit ihr vorging, eine physische Veränderung. Etwas war anders zwischen ihnen, ob sie wollte oder nicht. Seine Hände hatten sie liebkost, seine Zunge hatte sie geschmeckt, sie hatte sein Haar zwischen ihren

Fingern gespürt, sein Bein zwischen ihren Schenkeln. Ein solches Wissen ließ sich nicht mehr rückgängig machen, nicht ausradieren. Genauso wenig wie ihre Worte von letzter Nacht: »*Das ist ein Fehler.*«

Sie konnte seinem Blick nicht länger standhalten und schaute weg. Ihn anzustarren war leichter gewesen, als sie ihn noch hasste, als sie noch glaubte, was Sholto ihr über ihn erzählte: Er sei ein Renegat, gefährlich leichtsinnig, rücksichtslos, eine Spielernatur. Und vielleicht war er das ja tatsächlich, aber es gab auch noch andere Seiten an ihm: allein, isoliert, verlassen, gut im Küssen … Sie schüttelte den Kopf, kniff die Augen zu.

»Was?«

»Nichts«, murmelte sie und öffnete den Kühlschrank neben ihm, um die Milch hervorzuholen.

Seine Schritte folgten ihr durch die Küche, sie spürte seinen Blick im Rücken, als sie den Kessel vom Herd nahm und Wasser aufgoss, wobei der Dampf ihre bereits geröteten Wangen noch rosiger machte. »Möchtest du eine Tasse Tee?«, erkundigte sie sich höflich, ohne sich umzudrehen.

Pause. »Na gut.«

»Du musst nicht. Ich will dich zu nichts zwingen«, entgegnete sie schnippisch und gab zuerst ein paar Tropfen Milch in jede Tasse.

»Ach ja? Wäre ja mal was ganz Neues. Normalerweise versuchst du doch ständig, mich zu irgendwas zu zwingen.«

»Wir beide wissen, dass dich niemand zu etwas zwingen kann, wenn du nicht willst«, entgegnete sie grimmig. Sie wandte sich um, wollte die Milch …

Er stand direkt hinter ihr. »Ganz richtig. Und wie steht's mit dir? Tust *du* manchmal was, was du nicht tun willst?«

Sie schluckte. Er bezog sich natürlich auf den Kuss. »Ständig.« Wenn er bloß wüsste, wie wahr das war. »Das nennt sich Kompromiss.«

»Ach ja?« Sein Blick heftete sich auf ihre Lippen. »Und wie sollen wir das von gestern Abend nennen?«

»Einen Fehler.«

Er schüttelte den Kopf. »Fehler fühlen sich nicht so an.«

Sie zwang sich, so ruhig sie konnte zu sagen: »Wir waren gestern Abend beide betrunken. Es war ein langer Tag. Ich war aufgewühlt wegen der Sache mit dem Hirsch, und du standst noch unter Strom wegen deiner großen Enthüllung ...«

Er sah sie an, als würde sie vollkommenen Blödsinn reden. »Das glaubst du doch nicht im Ernst.«

»Doch.«

Er trat einen Schritt näher, sie glaubte fast zu spüren, wie seine Zehenspitzen die ihren berührten. »Alex, unter Alkoholeinfluss tut man nicht Dinge, die man nicht tun will. Man tut, was man schon längst tun wollte, woran man immerzu denkt. Weil die Hemmschwelle sinkt.«

Ihr Puls schnellte hoch, wieder musste sie daran denken, was sie gemacht hatte, wie es sich angefühlt hatte. Das Blut schoss ihr in die Wangen, ihr Atem stockte. »Aber ich hab überhaupt nie an so was gedacht«, presste sie hervor. »Du bist mein Klient, und ich lasse mich nie auf emotionale Verwicklungen ein.«

»Aber auf körperliche schon, was?«

Das fühlte sich an wie eine Ohrfeige. »Eine andere Bemerkung hätte ich von dir auch nicht erwartet«, entgegnete sie hitzig. Sie drängte sich empört an ihm vorbei, stellte die Milch in den Kühlschrank zurück.

»Scheiße, Alex, das hab ich nicht so gemeint ...«

»Nein, das war's. Wir sind fertig miteinander.« Sie nahm das Tablett auf und wollte gehen, aber er vertrat ihr den Weg.

»Warte. Wir müssen darüber reden. Du kannst nicht einfach tun, als ob nichts gewesen wäre. Du glaubst doch nicht ernstlich, dass wir jetzt noch miteinander arbeiten können?«

»Nein, dafür hast du schon selbst gesorgt, Lochie. Gratuliere. Sogar wenn du dich nicht selbst torpediert hättest – und das hast du –, unsere Zusammenarbeit ist damit endgültig unmöglich geworden. Freu dich, denn jetzt bist du mich endlich los.« Sie versuchte erneut, sich mit dem Tablett an ihm vorbeizudrängen.

»Was soll das heißen?«

»Was glaubst du denn?« Sie stieß ein kurzes, humorloses Lachen aus, ihre Augen brannten, sie kämpfte mit den Tränen. Was war bloß los mit ihr? Warum war sie so empfindlich? »Es ist vorbei. Du glaubst doch nicht im Ernst, dass du keine Konsequenzen für dein Tun zu erwarten hast, oder? Sholto wird sich das nicht so einfach gefallen lassen. Wenn du morgen zur Arbeit kommst, wirst du feststellen, dass du keinen Job mehr hast. Und ich dann natürlich genauso wenig.«

»Nein, du kapierst es nicht. Du weißt nicht alles.«

Aber sie schüttelte den Kopf. Sie wollte sich nichts mehr von seinem Großmachtgehabe anhören, von seiner angeblichen Unantastbarkeit. »Ich weiß jetzt, dass alles, was Sholto über dich sagt, stimmt.« Das war gelogen. Dank seiner Freunde kannte sie jetzt die Wahrheit, wusste jetzt, dass er wie sie war – eine chaotische Mischung aus Gut und Böse, ein Mensch, der von allen, die er liebte, enttäuscht, verletzt und im Stich gelassen worden war. Er war nicht der Übeltäter, der Bösewicht, als den Sholto ihn bei ihrem ersten Treffen in Edinburgh dargestellt hatte, oder zumindest nicht nur. Aber das hätte ohnehin keinen Unterschied gemacht. Er hätte der barmherzige Samariter höchstpersönlich sein können, und sie hätte ihn dennoch in die Pfanne gehauen. Sie hatte einen Auftrag zu erledigen, und ein Fehlschlag kam nicht infrage. Ja, es war bedauerlich, dass ihr Erfolg auf Kosten seiner Karriere ging, aber er würde es umgekehrt ja nicht anders machen. Nun, das war jetzt sowieso nur noch Utopie. Ohne es zu wollen, hatte er ihre Chancen ruiniert, war wie durch Zufall auf den einzigen Weg gestoßen, wie er sie loswerden konnte. »Du Idiot! Du hast es nicht nur für dich vermasselt, sondern auch für mich!« Tränen brannten in ihren Augen, und sie blinzelte hektisch. Nein, sie würde nicht vor diesem Mann weinen. »Du hast ja keine Ahnung, was du angerichtet hast, keine Ahnung!«

»Alex …«

»Lass mich in Ruhe, Lochlan«, sagte sie kalt und drängte sich an ihm vorbei. »Du bist für mich erledigt.«

Alle hatten sich auf der Eingangstreppe versammelt und winkten dem Hubschrauber nach, der sich behutsam vom Rasen in die Lüfte erhob und dabei ihre Haare durcheinanderwirbelte und in seinem Sog hochnahm. Man hatte Handynummern und E-Mail-Adressen ausgetauscht, und Alex hatte die ganze Zeit gelächelt. Sie war sicher, keinen von ihnen je wiederzusehen. Nein, sie waren seine Freunde, seine Verbündeten, so gern sie sie auch mochte.

Sie schwenkten ab und ließen Borrodale hinter sich, gewannen an Höhe. Die Blinklichter schienen noch einmal hinunter auf den in der Dunkelheit versinkenden Garten und auf das große Herrenhaus, dann verschmolz es mit dem Umland.

Keiner von ihnen sagte ein Wort. Alex sah lieber nach unten auf die Ortschaften, die sie überflogen – auf das Lichterband der Autobahn und die mit Laternenpfählen bestückten Straßen, auf Fußball- und Tennisplätze, die, flutlichtbeleuchtet, in nächtlichem Glanz erstrahlten, auf gelbe Autoscheinwerfer und rote Bremslichter: Menschen, die unterwegs waren, ihr Leben lebten.

Lochlan legte ein paar Schalter um und sah dabei immer wieder rasch zu ihr hin, sie konnte es spüren. Auch hörte sie sein Atmen in ihrem Kopfhörer. Sie konzentrierte sich noch stärker auf die Umgebung, blickte aus dem Fenster auf die aufgeworfenen Runzeln der Cairngorms hinab, die sie soeben überflogen. Es dauerte lange, ehe jemand ein Wort sprach.

»Alex.«

Sie wandte sich betont ab, und die Stille wurde lauter als das Dröhnen der Rotorblätter.

»Alex, ich weiß, du willst nicht mit mir reden. Ich weiß, ich bin gestern zu weit gegangen, und vorhin in der Küche hab ich mich wie ein Idiot benommen. Es tut mir leid, okay? Aber hör zu: Du hast deinen Job nicht verloren. Das weiß ich deshalb, weil ich meinen auch nicht verliere. Er kann mich gar nicht feuern. Ich habe lediglich voreilig gehandelt, das ist alles. Er wird stinksauer sein. Aber rauswerfen kann er mich nicht.«

Sie wandte sich ihm zu. Da war sie wieder – diese Arroganz, diese Gewissheit, dass er unantastbar sei. Wie konnte er nicht sehen, was er angerichtet hatte? »Einen besseren Anlass für ein Misstrauensvotum hättest du ihm gar nicht liefern können.«

Er blinzelte. »Das kann er gern machen, aber rausdrängen kann er mich dadurch legal nicht.«

»Aber wie kannst du unter solchen Umständen hoffen weiterzumachen?«, fragte sie entnervt. »Ohne Unterstützung, ja Respekt des Vorstands. Es ist mir ein Rätsel, wie du so blind sein kannst. Du sägst doch am eigenen Ast.«

»Ich kann es und muss es. Mir bleibt gar nichts anderes übrig. Ich kann nicht aussteigen, selbst wenn ich wollte.«

»Wieso nicht? Was soll das denn schon wieder heißen?«

Er schwieg lange. Schließlich sagte er: »Weil ich der Einzige bin, der sie noch davon abhalten kann, die Destille zu schließen.«

Alex starrte ihn verdattert an. »Was ... Schließen? Wie bitte?«

»Sie wollen verkaufen, weißt du das nicht?«

»Du meinst den Ferrandor-Deal?«

»Du weißt davon?«

»Ich weiß, dass du ihn vor zwei Jahren verhindert hast.«

»Da hast du verdammt recht.«

Sie wartete auf eine Erklärung. Als nichts kam, musste sie ihm einen Schubs geben. »Weil …?«

»Hör zu, inzwischen kennst du Kentallen. Du weißt, dass wir nichts zukaufen und nichts abgeben – wir verkaufen unsere Malts nicht an Großbrennereien, damit sie daraus Blends herstellen können; wir beziehen unseren Torf ausschließlich von eigenen Torfackern, hier auf der Insel. Die Gerste kaufen wir bei hiesigen Landwirten, Bauern wie Mr Peggie; Lagerung und Abfüllung befinden sich ebenfalls – und ausschließlich – auf der Insel. Mit unseren Mengen können wir's zwar nicht mit Großbrennereien wie Glenfiddich oder Macallan aufnehmen, aber wir sind trotzdem der Hauptarbeitgeber auf der Insel.«

»Und wieso würde ein Verkauf an Ferrandor daran etwas ändern?«

Sie sah, wie seine Kiefernmuskeln arbeiteten. »Weil sie praktisch alles von der Insel abziehen würden. Lagerung und Flaschenabfüllung kämen nach Speyside; Branding, Werbung und Vermarktung würden in die eigenen Abteilungen integriert werden; Gerste würde man ankaufen, Torf würde man ankaufen … und der Betrieb auf Islay würde faktisch stillgelegt werden. Alle würden ihre Arbeitsplätze verlieren, die funktionierende Infrastruktur würde zerstört werden.«

»Nein, das würden sie nicht tun«, widersprach Alex leise. Sie dachte an Mr Peggie; die Farm wurde seit fast hundert Jahren von seiner Familie bewirtschaftet und belieferte die Brennerei mit Gerste. Sie schaute hinaus und bemerkte, dass sie bereits den Northern Channel überflogen; unter ihnen lag Jura, und dahinter zeichnete sich Islay ab, zwei gigantische Trittsteine durchs Meer, wie für einen Riesen.

»Ach nein? Würdest du ihnen immer noch die Treue halten, wenn du wüsstest, dass sie versucht haben, meinen Vater reinzulegen, als er schon im Sterben lag? Er war kaum noch ansprechbar, vollgepumpt mit Schmerzmitteln, und diese Bastarde haben versucht, ihm einen Verkaufsvertrag unterzujubeln.« Er schaute sie mit wild funkelnden Augen an. »Hörst du, was ich sage? Wenn ich nicht gerade in dem Moment aufgetaucht wäre und es verhindert hätte ...« Er brach ab.

Stimmte das? Hatte Sholto wirklich versucht, einen Sterbenden hereinzulegen? Alex musterte Lochlan, sein entschlossen vorgerecktes Kinn, der aufmerksame Blick, mit dem er nach vorne schaute. »Torquil hat mir gesagt, dass der Verkauf vom Tisch wäre.«

»Torquil sagt viel, wenn der Tag lang ist.«

»Er sagt auch, dass auf einen normalen Job drei zusätzliche Jobs in Zulieferbetrieben hinzukämen.«

»Ha! Das sagt er also, was?«

Sie konnte nicht aufhören, ihn anzusehen, so stolz, so herrisch, auch im Profil. »Du glaubst also, dass sie den Verkauf durchsetzen würden, wenn du nicht mehr da wärst?«

»Vielleicht auch schon früher. Ihr derzeitiger Plan läuft auf eine feindliche Übernahme hinaus, mit oder ohne mich.«

Alex schaute ihn verdattert an. Jetzt wurde er aber paranoid. Verfolgungswahn. Wundern täte es sie nicht. »Was für ein ›derzeitiger Plan‹?« Ihr fiel ein, was Torquil ihr vor ein paar Tagen in seinem Büro erzählt hatte. »Meinst du die Ausweitung der Angebotspalette? Die weißen Branntweine?«

Er stieß ein bitteres Lachen aus. »Glaub mir, die haben null Interesse an einer ›Ausweitung der Angebotspalette‹. Oder an einem Wachstum des Unternehmens.«

»Doch, haben sie. Es wurde doch vom Vorstand gutgeheißen. Torquil sagt, das wäre das erste Mal gewesen, dass sie einen deiner Vorschläge gut fanden.«

»Aber nur, weil das ihren Plänen in die Hände spielt, weil sie dadurch hintenrum ans Ziel kommen.«

»Wie denn?« Vor ihnen tauchten in der Dunkelheit die Lichter von Port Ellen auf wie flackernde Sturmlampen.

»Um eine solche Ausweitung der Produktion umzusetzen, haben wir zwei Möglichkeiten: Reinvestierung der Gewinne – was ich befürworte – oder das Ausgeben neuer Aktien, was sie wollen. Aber das käme einem Trojanischen Pferd gleich. Mehr Anteile hieße, dass sich mein Anteil verringert, meine Majorität unterhöhlt würde. Und sie wissen, dass meine Mittel derzeit im Scotch-Vaults-Unternehmen feststecken, ich also keine Aktien zukaufen kann, um meine Stellung zu halten. Sobald sie meine Mehrheit neutralisiert haben, käme es schlicht zu einem Proxy-Kampf.«

Alex starrte ihn an. Das deckte sich mit dem, was Torquil gesagt hatte. Sie wusste genau, was unter einem Proxy-Kampf zu verstehen war. Es bedeutete, dass die feindliche Firmengruppe Schlüsselaktionäre überredete, ihr Vorzugsvotum zur Absetzung des derzeitigen Managements einzusetzen und es durch ein übernahmefreundliches zu ersetzen.

Jetzt wurde ihr allmählich alles klar. Ihr stockte der Atem. Wenn das, was Lochie sagte, stimmte, dann war Sholto nicht nur der eigentliche Übeltäter, er war außerdem ein Maulwurf, der insgeheim für die Interessen einer versteckten dritten Partei agierte. Und sie hatte sich von denen für ihre Zwecke einspannen lassen. Sie war Sholtos Geheimwaffe.

Ihr wurde auf einmal ganz übel. Sie konnte sich selbst kaum noch ertragen.

»Wer weiß sonst noch davon?«

»Niemand, der mir glauben würde. Peter und Doug, zum Beispiel. Mhairi? Ich weiß nicht, ich glaube, sie hat so ihre Vermutungen. Was meine zahlreichen Cousins und Cousinen betrifft – die kannst du vergessen.« Er schnaubte. »Die sind nur an der Quartalsausschüttung interessiert, alles, was die wollen, ist ihr Geld.« Er seufzte. »Pass auf, ich erzähle dir das nur, weil … na ja, weil ich glaube, dass du vielleicht der einzige Mensch bist, der wirklich begreifen kann, was da läuft. Vielleicht bist du ja wirklich die Einzige, die auf meiner Seite steht – und ich will nicht, dass du dich wegen gestern Abend vertreiben lässt …«

»Das würde ich nicht«, sagte sie gekränkt. Sie war doch nicht wie Skye.

»Wie du sagst … Es ist einfach so passiert, in der Hitze des Gefechts.« Er schaute stur geradeaus. »Wir waren betrunken, das war alles.«

Glaubte er das wirklich? Sie schaute aus dem Fenster, denn nun sackte der Helikopter ab, als würde er vom Seil gelassen. Unter ihnen glimmte im Schein der Überwachungsbeleuchtung die riesige Kupferblase in der

Mitte des Hofes. Der buschige Weihnachtsbaum bildete einen starken Kontrast zum ausgeweideten, verkohlten Gerippe des Kornspeichers. Alles lag verlassen, das Wochenende war fast vorbei.

Dann musste er sich auf die Landung konzentrieren, und Alex störte ihn nicht, bis der Hubschrauber sicher stand und er den Motor ausschaltete.

»Home Sweet Home«, murmelte sie und löste ihren Sitzgurt, nahm die Ohrschützer ab. »Danke fürs Mitnehmen.«

»Gern geschehen.« Er sah zu, wie sie nach hinten griff, um ihren Overnight-Bag nach vorne zu holen.

Als sie sich umdrehte, erstarrte sie. Wie er sie ansah, mit angespannter Haltung, das Gesicht offen und unverhüllt. Wieder überkam sie dieses Gefühl – diesmal überwältigend stark –, das sie jedes Mal verspürte, wenn sie einander zu nahe waren. Diese braunen Augen konnten ihren Ruin bedeuten – oder ihre Rettung?

Alex schüttelte ihre Lähmung mit einem Blinzeln ab, ließ den sich anbahnenden Moment nicht zur Erfüllung kommen. Sie wandte sich zur Tür und sprang aus dem Hubschrauber.

Der Schnee war übers Wochenende nicht weniger geworden, im Gegenteil, eine dicke weiße Schicht bedeckte die Fußspuren zum Parkplatz, die die Arbeiter am Freitagnachmittag hinterlassen hatten. Lochie brauchte mehrere Minuten, um sein Auto aufzuwärmen und die Frontscheibe frei zu bekommen. Alex saß derweil bibbernd im Wagen und blies in ihre Hände.

»Kaum zu glauben, wie kalt es hier ist«, bemerkte sie, als er sich mit frierend eingezogenem Kopf hinters

Steuer setzte und ebenfalls in seine froststarren Hände blies.

»Aye, bitterkalt.« Er ließ den Wagen an, der gleich beim ersten Mal ansprang.

»Du musst das wirklich nicht tun. Ich hätte ebenso gut Jack herbestellen können, damit er mich abholt.«

Lochie schnaubte. »Der mit seinem Bein? Da hättest du ewig warten können. Die Arbeiter hätten dich morgen wie einen erfrorenen Eiszapfen im Schnee gefunden. Außerdem muss ich sowieso in die Richtung.«

Sie fuhren los, und sie lehnte ihren Kopf an die Kopfstütze. Das Sitzleder war so butterweich wie ihre neuen Kalbslederhandschuhe von Connolly, und der teure, gediegene Geruch erinnerte sie an ihr wahres Leben. Dort, wo sie hingehörte, auch wenn dieses Leben seit jenem stürmischen Tag ihrer Ankunft mit der Fähre ein wenig in den Hintergrund gerückt war. Das Leben hier war nur ein Zwischenspiel: er, Callum, die Peggies, Skye …

Sie legte ihre Hände um die Sitzkanten und hielt sich leicht daran fest, während Lochlan die gewundenen Straßen nahm. Dabei streichelte ihr Daumen unwillkürlich über das herrliche Leder. Vielleicht sollte sie sich auch so einen Flitzer zulegen, wenn dieser Job hinter ihr lag – als kleines Memento, als Souvenir, damit sie was zu lachen hatte, wenn sie an all die Irrtümer und Fehlentscheidungen dachte, die ihr hier auf dieser kleinen Insel unterlaufen waren.

Sie umrundeten den Steilhang, und schon tauchte die schmucke kleine Farm der Peggies auf, das einzige bewohnte Haus innerhalb eines Radius von zwei Meilen. Mrs Peggie schien wieder einen Gast zu haben, denn im grünen Zimmer brannte Licht. Aber ihr war heute Abend nicht nach Smalltalk zumute. Alles, was sie wollte, war ein Bad, ein Bett und ein riesiges Kissen. Sie musste nachdenken, musste überlegen, was sie jetzt tun sollte. Nichts und niemand war so, wie sie gedacht hatte, und sie fühlte sich seltsam verunsichert, ohne Bodenhaftung.

Er zog die Handbremse an und schaltete die Zündung aus. Ehe sie reagieren konnte, war er rausgesprungen und holte ihre Sachen aus dem Kofferraum.

»Hier, es ist eisig.« Er bot ihr ritterlich seinen Arm. Vor wenigen Tagen war es Callum gewesen, der sich genauso zuvorkommend verhalten hatte.

Sie hakte sich bei ihm ein, und gemeinsam passierten sie vorsichtig die vereisten Steinplatten. Alex' Herz hämmerte wie wild, ihr Blick huschte immer wieder zur überdachten Eingangstür. Sie musste daran denken, was gestern Abend in einer anderen Eingangstür passiert war. Ob er auch daran dachte? Ging auch ihm der Kuss nicht mehr aus dem Kopf? Sie bemerkte zu ihrem Schrecken, dass die gute Mrs Peggie ebenfalls ein dickes Büschel Mistelzweige über dem Türstock aufgehängt hatte! Das war eine Verschwörung.

»Also dann, gute Nacht«, sagte sie, die Hand bereits auf dem Türknauf.

»Alex, warte …«

Sie wandte sich um. Sicher konnte er sehen, dass das Blut durch ihre Adern pulste wie ein reißender Strom.

»Ich wollte bloß sagen … Ich bin trotz allem froh, dass du dieses Wochenende dabei warst.«

»Ach.«

Er bewegte sich nicht. Sie versuchte, sich die Enttäuschung und den Frust darüber, dass er nicht küssend über sie herfiel, nicht anmerken zu lassen. »Ja, es war wirklich nett.« *Nett?*

»Ich weiß, dass ich mich schlecht benommen habe. Ob du's glaubst oder nicht, es gehört nicht zu meinen Angewohnheiten, schöne Frauen aus meinem Büro zu werfen.«

Er fand sie schön?

»Na ja, was ich sagen will, ist: Ich glaube jetzt, dass ich dir vielleicht doch vertrauen kann. Entschuldige, dass es so lange gedauert hat, bis mir ein Licht aufging. Ich war ein richtiger Blödmann.«

»Ja, allerdings.« Ihr Mund war auf einmal ganz trocken, denn ihr wurde jäh klar, dass sie ihn jetzt genau da hatte, wo sie ihn haben wollte, und zwar völlig unbeabsichtigt. Nur leider stand jetzt alles kopf. Die Spieler hatten ihre Rollen getauscht.

»Ab morgen kriegst du die volle Charme-Offensive, versprochen.«

Ihr Lächeln verblasste. Ob sie damit fertigwurde?

Er grinste. »Wer weiß, vielleicht kannst du mir ja tatsächlich helfen.«

Sie zuckte mit den Achseln. »Vielleicht.« Wie konnte sie jetzt noch tun, was von ihr erwartet wurde? Wo sie jetzt im Bilde war?

Er hielt ihren Blick einen Moment lang fest und ließ ihn nicht mehr los. Ihr Magen krampfte sich zusammen, so wie gestern, kurz bevor er sie geküsst hatte, so wie vorhin im Hubschrauber, bevor sie den Moment beendet hatte und hinausgesprungen war. Dann grinste er und begann rückwärts zum Auto zu gehen.

»Vielleicht kannst nur du mich noch retten.« Er lachte fröhlich und unbekümmert auf, so wie sie ihn bei seinen Freunden erlebt hatte. »Vielleicht bist du ja meine Wonderwall, Alex Hyde.«

Alex blickte ihm nach. Sie hätte heulen können. Wonderwall wohl kaum. Eher Abrissbirne.

25. Kapitel

Islay, 14. März 1918

Alles erwachte zu neuem Leben. Die Bäume trieben aus, an den Hängen blühten, wie gelbe Sonnenflecken, Krokusse und Primeln. Sie radelte mit fliegendem Haar dahin. Gelegentlich wurde das Muhen der auf den am Meer gelegenen Weiden grasenden Highlandkühe vom lauen Frühlingswind herangetragen, der in der tiefstehenden Sonne schon ein wenig auffrischte.

Gerne hätte sie angehalten und einen Strauß gepflückt – sie wollte den Frühling auf die Krankenstation holen –, aber dann hätte sie kostbare Zeit verloren, die sie nicht hatte. Die Tage wurden länger und damit auch die Zeit auf den Feldern. Jetzt, wo der Winterfrost vergangen war, mussten alle Hände beim Säen helfen. Andererseits bestand ihr Vater darauf, dass sie vor Einbruch der Dunkelheit wieder daheim war. Also war sie an beiden Enden eingeengt – durch die langen Tage auf dem Feld und die ebenso langen Nächte zuhause. Da blieb kaum Zeit, ihn zu sehen, ihm vorzulesen, seine Hand zu halten.

Er konnte erst seit einer Woche wieder etwas zu sich nehmen und war so abgemagert, dass er wahrscheinlich nicht mehr wog als sie. Es hatte lange gedauert, ehe er aus seinen Fieberträumen erwachte, ehe die Influenza ihren Würgegriff lockerte. Die Oberschwester hatte sie immer wieder gewarnt, sich »nicht zu sehr an ihn zu gewöhnen« oder sich »auf das Schlimmste gefasst zu machen«. Aber sie verstanden das nicht. Keiner verstand es.

Sie, Clarissa, hatte ihn gerettet. Er war mehr tot als lebendig auf diesem Felsen gelegen, kaum zu sehen, und fast hätte ihn die Flut weggespült, ihn wieder zu sich geholt. Dass er trotz allem überlebt hatte, weckte ihren eigenen Überlebenswillen. Ihr Verlobter war tot. Ihr geliebter Bruder war tot. Der Tod bestimmte jetzt das Leben, hatte überall und bei jedem Narben hinterlassen. Dass der Soldat trotz aller Widrigkeiten überlebt hatte, empfand sie wie eine zweite Chance auch für sich selbst. Das Leben musste doch mehr zu bieten haben, als mit den Hühnern ins Bett zu gehen und am nächsten Tag beim ersten Hahnenschrei wieder aufzustehen. Oder händeringend auf Nachrichten von der Front zu warten, die Abendstunden voller Unruhe vor dem Kamin zu verbringen. Es musste doch die Hoffnung auf Frieden und Schönheit, auf Lachen und Liebe geben.

Und so saß sie unermüdlich an seinem Bett, las ihm vor, wenn er kraftlos dalag, hielt seine Hand, wenn er schlief, und spürte, wie sein Griff von Tag zu Tag kräftiger wurde, wie der Virus an Einfluss verlor, wie Ruhe und gute Nahrung seine gebrochenen Knochen schnell wieder zusammenwachsen ließen, wie eine warme Suppe und eine weiche Matratze Wunder wirkten.

Sie trat in die Pedale, denn sie konnte am Stand der Sonne erkennen, dass ihr höchstens noch ein Stündchen blieb, ehe sie wieder gehen musste. Laut klingelnd sauste sie um die Ecke in die Ortschaft.

»Guten Abend, Mrs McPhee«, rief sie fröhlich und fuhr

mit wehenden Unterröcken, unter denen ihre bestrumpften Waden hervorblitzten, vorbei.

»Guten Abend, Clarissa«, *erwiderte die Frau und trat kopfschüttelnd aus dem Weg. Mit einem Schmunzeln blickte sie dem jungen Mädchen hinterher, das am Kaufladen vorbeifuhr und aufs Port-Ellen-Hotel zusteuerte, das vorübergehend zum Krankenlager umfunktioniert worden war.*

Fünfzig Meter vor dem Ziel schwang sie bereits das Bein über die Stange und sauste auf einem Pedal stehend auf das Hotel zu. Sie warf das Fahrrad förmlich gegen die Wand und lief, ihre Röcke glatt streichend, auf den Eingang zu.

Die Oberschwester zog die Augenbrauen hoch, als sie das junge Mädchen mit rosigen Wangen und leuchtenden Augen – vielleicht ein wenig zu leuchtend – hereinstürmen sah.

»Was gibt es Neues?«*, erkundigte sich Clarissa atemlos.*

»Er hat heute ein paar Schritte geschafft ...«

Clarissa schnappte nach Luft und schlug die Hände an die Wangen. »Das ist ja wundervoll!«

»Aber es hat ihn sehr ermüdet, Miss Clarissa. Er muss ruhen.«

»Ist er ... schläft er denn schon?«*, erkundigte sie sich ängstlich und reckte den Hals, um durch die Glastür zu spähen, die den Vorraum von der ehemaligen Lobby abtrennte, die nun als Krankensaal diente.* »Kann ich ihn sehen?«

Die Schwester seufzte. »Er ist drin. Er hat schon nach Ihnen gefragt. Aber er ist noch sehr schwach ... Höchstens zehn Minuten!«*, rief sie dem Mädchen hinterher, das be-*

reits loslief. Aber das hörte nur noch die hin und her pendelnde Glastür.

Islay, Montag, 18. Dezember 2017

»*Was* hat man gefunden?«

»Einen Teddybären. Nur einen kleinen, aber trotzdem …« Skye holte kichernd ihr Handy hervor und zeigte ein Foto von einem abgerissenen goldbraunen Teddybären, der nur noch ein orangebraunes Auge besaß und dessen Bauch schon ganz kahl geschubbert war. »In einem Fass. Einem leeren, natürlich. Er schwamm nicht im Whisky.«

»Ein Bär war in einem dieser Fässer versteckt? Aber wer hat ihn denn da reingetan?« Alex besah sich das Foto mit forensischer Akribie. »Und wieso?«

»Das werden wir wohl nie erfahren«, erwiderte Skye achselzuckend. »Vielleicht hat eine Mutter ihr Baby verloren und konnte es nicht ertragen, seine Sachen länger zu sehen.«

»Das wäre ja schrecklich. Und er lag also die ganze Zeit da drin?«

»Aye. Seit 1932. Das ist jedenfalls das Datum auf dem Fass. Zusammen mit den anderen Sachen.«

»Ach, da war noch mehr?«

»Aye. Eine Babydecke. Weiß-blau kariert, mit einem roten Stickrand, richtig süß.« Sie legte das Handy wieder weg. »Es soll eine Abstimmung geben, über einen Namen für den Bären. Der Gewinner wird auf der Feier bekannt gegeben.«

»Auf welcher Feier?« Alex nahm einen Schluck Kaffee.

»Na, auf der Weihnachtsfeier, am Donnerstag – wusstest du das denn nicht?«

»Nö.«

Skye beugte sich eifrig vor, stemmte die Hände auf die Tischplatte. »Mensch, du musst unbedingt kommen.«

»Ach nee, was soll ich da? Ich arbeite doch nicht hier.«

»Aber du bist jetzt seit drei Wochen dabei! Das ist länger als mancher Böttcher, glaub mir.«

»Ich bin doch nur vorübergehend hier.«

»Aber es ist ein Ceilidh!«, rief Skye flehend aus, als könnte das Alex umstimmen.

»Und ich hab keine Ahnung von schottischen Volkstänzen«, erwiderte Alex fest. »Nett von dir, dass du fragst, aber ich hab wirklich kein Interesse. Ich bin total fertig, ich könnte einen Monat lang schlafen. Es war ein höchst *interessantes* Wochenende«, betonte sie, mit dem Zaunpfahl winkend. Sie versuchte schon die ganze Zeit auf ein gewisses Thema hinzusteuern, aber Skye wollte nicht anbeißen. Deshalb hatte Alex dieses Treffen in der Kantine vorgeschlagen.

Skye schlug mit der flachen Hand auf den Tisch. »Es ist aber doch auch meine inoffizielle Abschiedsparty.«

»Skye …«

»Du musst einfach kommen, ich bestehe darauf.« Sie beugte sich vor. »Wir sind doch Freundinnen, oder?«

Waren sie das? Logen Freundinnen einander an? Selbst wenn Skye strenggenommen nicht gelogen, sondern die entscheidenden Details lediglich verschwiegen hatte, änderte sich dadurch alles, jetzt wo Alex wusste, *warum* Lochie überhaupt mit Skye Schluss gemacht hatte. »Klar …«

»Okay, also, dann ist es abgemacht. Du kommst.«

Alex stieß einen frustrierten Seufzer aus. »Na gut, aber bloß ganz kurz.«

Skye merkte jetzt endlich, dass etwas nicht stimmte. »Alex, was ist?«

»Wieso?«

»Du bist so … so abweisend. Hab ich dir was getan?«

Alex zögerte. Was ging sie das Ganze eigentlich an? Skyes Seitensprung änderte natürlich alles, das stimmte – sie sah die junge Frau jetzt beispielsweise mit ganz anderen Augen, und diese Auslassungslüge verriet viel über ihre angebliche Freundschaft. Vor allem aber durchkreuzte sie ihre Pläne: Lochie war viel zu stolz, um einen solchen Verrat verzeihen oder vergessen zu können. Skye war doch nicht die ersehnte Lösung, wie sie geglaubt hatte.

Aber ihr Zögern genügte, um Skye auf die richtige Spur zu bringen. Sie schlug erschrocken die Hände über Mund und Nase. »Mein Gott, sie haben's dir also gesagt!«

Alex hielt den Atem an und überlegte, ob sie es abstreiten, dem Mädchen die Demütigung ersparen sollte, nickte dann aber doch. »Ja.« Sie wollte zumindest wissen, warum sie es getan hatte.

»Ich wusste es!«, rief Skye aufgebracht. »Gleich als ich gehört hab, dass du dorthin willst, wusste ich, dass sie's dir sagen würden.« Sie schaute Alex mit weit aufgerissenen Augen über ihre Fingerspitzen hinweg an. Dann warf sich ihre Stirn in Falten, und ein Ausdruck tiefer Scham und Kränkung huschte über ihr Gesicht. »Sicher konnten sie's kaum erwarten! Die konnten mich noch nie ausstehen!«

»Das ist nicht wahr.«

»Ach ja?« Skye straffte sich trotzig. »Haben sie mich Schlampe genannt?«

»Nein! Nichts dergleichen.«

»Weil, es ist nicht so, wie sie denken.«

Alex musterte sie. »Und wie ist es dann?«

»Er hat mich von sich gestoßen, das hab ich doch schon gesagt. Ich hab das nicht kapiert, ich wusste nicht mehr, was ich tun sollte. Und dann, als ...« Sie schluchzte auf und verbarg das Gesicht in den Händen. »O mein Gott. Und ich dachte, ich hätte das endlich hinter mir. Aber ich seh's in deinen Augen. Du hältst mich für ein Ungeheuer.«

Alex tätschelte tröstend den Arm des Mädchens. »Aber nein, Skye. Niemand hält dich für ein Ungeheuer. Mit Jess hat er's doch nicht anders gemacht, er hat sie auch weggestoßen. Er weiß einfach nicht, wie er mit Trauer zurechtkommen soll, weder bei seiner Mutter noch bei seinem Vater. Und das ist immer noch so.« Sie musterte die Jüngere mitfühlend, drückte tröstend ihren Unterarm. »Das war sicher eine sehr schwierige Situation für dich. Keiner macht dir einen Vorwurf. Und am Ende war's doch auch besser so«, fügte sie achselzuckend hinzu.

Skye studierte ihre Fingernägel. »Meinst du wirklich?«

Alex sah sie erstaunt an. »Was willst du damit sagen?«

»Na ja, seit dem Brand und was du alles gesagt hast ... Du weißt schon, dass da noch vieles ungeklärt ist ...«

Skye schaute Alex mit weit aufgerissenen Augen an. »Ich kann einfach nicht aufhören darüber nachzudenken, ob wir nicht vielleicht doch zu früh aufgegeben haben!«

Alex hatte das Gefühl, den Boden unter den Füßen zu verlieren. Ihr wurde einen Moment lang schwindelig. Das sagte Skye ausgerechnet *jetzt*, nachdem sie gerade erst zugegeben hatte, dass sie ihn betrogen hatte? »Und Alasdair? Was ist mit ihm?«

»Al?« Skye verzog schmerzlich das Gesicht. »Al ist echt lieb. Immer so nett und rücksichtsvoll. Ich meine, er hat keine schicke Karosse und auch kein Schloss oder einen großen Namen, aber … wir passen einfach zusammen. Wir verstehen uns. Mit ihm ist es ganz leicht.«

»Da siehst du es, ihr …«

»Aber Lochie … der ist so … so glamourös, ein richtiger Abenteurer«, redete sie über Alex' Einwand hinweg. Ihre Augen leuchteten, ihre Wangen glänzten. »Mit ihm ist das Leben irgendwie viel interessanter, aufregender. Er ist wie Heathcliff: streift düster über die Hochmoore. Und er ist so sexy und, mein Gott, so gut im …«

»Ah ja, verstehe.« Das wollte Alex nun wirklich nicht hören.

»Ich meine, mit Al, das ist, als würde ich in meine bequemsten alten Hausschuhe schlüpfen. Aber seit du gesagt hast, dass Lochie noch Gefühle für mich hat, da … da kann ich nicht aufhören darüber nachzudenken, ob das mit Al und mir wirklich das Richtige ist. Will ich wirklich so den Rest meines Lebens verbringen? Wo bleibt da die Spannung? Der Saft? Da werde ich in zwanzig Jahren doch sterben vor Langeweile!« Sie griff nach Alex' Hand, Verzweiflung zeichnete sich auf ihrem zarten, hübschen Gesicht ab. »Alex, bitte sei ehrlich: Bin ich dabei, den größten Fehler meines Lebens zu machen?«

»Skye, das kann ich beim besten Willen nicht beantworten.«

»Bitte, versuche es! Du bist schließlich diejenige, die das alles wieder aufgewühlt hat. Ich hatte es für erledigt gehalten, aus, vorbei. Finito. Aber dann hast du plötzlich wieder damit angefangen ...«

Sie verstummte und musterte Alex mit großen, verwirrten Augen.

Alex holte tief Luft, um sich – und auch das Mädchen – zu beruhigen. Skye hatte nicht unrecht. Sie hatte wirklich wieder alles aufgewühlt. Es war ja auch kaum zu übersehen, wie sie einander ansahen, voller Bedauern und Reue. Und Sehnsucht. Oder nicht? »Okay, also erst mal: jetzt bloß keine Panik. Du machst gar nichts, hörst du? Du musst dich hinsetzen und dir ernsthaft, wirklich ernsthaft, überlegen, was es ist, das du vom Leben willst. Wie und mit wem du's verbringen willst. Eine Ehe ist eine ernste Sache, das ist was für immer. Du musst ganz ehrlich mit dir sein. Und tapfer.« Sie schluckte. Das Folgende brachte sie nur mühsam hervor, sie musste sich geradezu zwingen. »Wenn du Lochie noch liebst und mit ihm zusammen sein willst, dann musst du ihm das sagen.«

»Ja, aber wann? Al kommt schon Freitag, und am Tag danach ist schon die Hochzeit.« Hysterie schwang in ihrer Stimme mit. Offensichtlich dachte sie schon seit Tagen an nichts anderes.

»Aber bis Freitag sind's doch noch vier Tage.«

»Aber … aber, es ist doch schon alles geplant. Die Vorbereitungen laufen. Ich lass mich bräunen, und morgen lass ich mir die Nägel machen … und meine Bikinilinie! Und Mum will die Blumen abholen …«

»Es ist noch reichlich Zeit, Skye.«

»Von wegen. Und jetzt ist Lochie auch noch nach Edinburgh geflogen. Wer weiß, wann der wieder da ist.«

Alex' Kopf schoss hoch. *Edinburgh?* Das hörte sie zum ersten Mal. Sie schaute nach draußen, konnte nicht fassen, dass sie etwas so Offensichtliches bei ihrer Ankunft heute Morgen übersehen hatte. Aber ja, es stimmte, der Platz, wo gestern Abend noch der Helikopter gestanden hatte, war leer.

Zorn wallte in ihr auf. Sie hatten für heute Nachmittag eine Sitzung angesetzt; nach seinem Auftritt vor der Haustür gestern Abend und dem Wonderwall-Quatsch hatte sie geglaubt, endlich Fortschritte machen zu können. Sie hatte gehofft, endlich zu ihm durchgedrungen zu sein. Dabei kam er nur wieder mit seinen alten Tricks, hielt sie hin, wich aus. Sie hatte sich was vorgemacht – der Kuss hatte keine Bedeutung für ihn. Es war wirklich nur der Alkohol gewesen.

»Alex?«

Skye starrte sie an. Sie wollte eine Antwort. Einen Rat.

»Hör zu, solange du's klärst, ehe du ›ich will‹ sagst, ist noch genügend Zeit, okay?«, schlug Alex gelassen vor. »Aber so weit sollten wir's nicht kommen lassen … Wenn's denn schon sein soll, dann musst du Alasdair so schnell wie möglich Bescheid geben. Je früher, desto besser.«

Skye nickte wie ein Wackelhund, wollte gar nicht

mehr damit aufhören. »Aber, o Gott, wie soll ich ihm das bloß antun?«, jaulte sie. »Wie kann ich ihm dasselbe antun, was Lochie mit mir gemacht hat?« Sie verbarg das Gesicht in den Händen, hin- und hergerissen zwischen zwei Männern. »Das war einfach furchtbar; ich dachte, ich käme nie darüber hinweg. Sein Gesicht, an dem Abend ... er wirkte ... gebrochen. Ich musste nur die Augen schließen, und schon hab ich's vor mir gesehen.«

»Das ist aber jetzt eine ganz andere Situation.«

»Aber ich hab ihn betrogen, Alex! Wie kann ich das Gleiche auch noch Al antun?«

Alex versuchte, ihren Ärger zu unterdrücken. Diesen ganzen Zirkus konnte sie jetzt wirklich nicht gebrauchen. Ihr schwirrte der Kopf. Sie überlegte, warum Lochie nach Edinburgh geflogen sein könnte, und die einzige Antwort, die ihr einfiel, war, dass Sholto doch den Vorstand einberufen hatte, um ihn zu schassen, dass Lochie sich irrte, wenn er glaubte, das überstehen zu können. »He, davon redet doch keiner. Warten wir's erst mal ab. Wenn Al der Mann ist, den du liebst, dann bleibt alles wie gehabt.« Sie legte ihren Kopf ein wenig zur Seite. »Die Weihnachtsfeier ist am Donnerstag, sagtest du?«

»Mhm.«

»Dann könntest du's ja dort mal versuchen. Bis dahin ist Lochie bestimmt wieder da ...«

Sicher?

»Auf die Weihnachtsfeier seiner eigenen Firma muss er ja kommen ...«

Wenn es dann überhaupt noch seine Firma war ...

»Da geht es entspannt zu, alle werden ausgelassen sein. Redet miteinander, tanz vielleicht mal mit ihm. Gib ihm eine Gelegenheit, sich mit dir zu unterhalten. Vielleicht hat er dir ja noch ein paar Dinge zu sagen. Oder er traut sich nicht, weil er glaubt, dass es zu spät ist. Du musst ihm ein bisschen Hoffnung machen.«

»Hoffnung«, murmelte Skye.

»Genau.«

Skye ergriff Alex erneut bei den Händen. »O Gott, du wirst doch auch kommen, oder? Bitte sag ja. Ich könnte das nicht ohne dich.«

Alex unterdrückte ein Seufzen. Das war der falsche Moment, um laut zu äußern, dass sie dann vielleicht selbst gar nicht mehr da sein würde. »Ja, klar. Okay.«

»Versprochen?«

»Ich werd's versuchen.«

Vierzig Minuten nachdem Skye gegangen war, saß Alex noch immer in der Kantine und starrte aus dem Fenster. Ihr Kaffee war längst kalt. Draußen im Hof hatten sich ein paar Fassbinder zu einem Fass-Weitrollen versammelt – ein Weihnachtsbrauch, wie die Damen hinter dem Tresen erzählten, die sich in blauen Kittelschürzen und Hauben an den Fenstern drängten. Viele Arbeiter kamen aus ihren Werkstätten, andere lehnten sich aus den Fenstern und feuerten die Kämpfer an, die gerade dabei waren, ihre Hemden auszuziehen, und ihre Muskeln spielen ließen. Und das bei dieser Kälte.

»Mungo würde mir gefallen«, hörte sie eine der Frauen sagen – Mary hieß sie wohl – und sah, wie sie die Arme über dem üppigen Busen verschränkte und dem Treiben draußen mit kritischem Auge zusah. »Klingt irgendwie treffend.«

»Wer sagt, dass der Bär ein Männchen ist?«, erwiderte die Mittlere herausfordernd. Alex erkannte sie als diejenige, die es sich nie verkneifen konnte, ihr den kostenlosen Keks zum Kaffee dazuzulegen.

»Mein Euan findet, wir sollten ihn Archibald nennen, nach dem Gründer«, sagte Eileen, die links stand. »Wenn's schon unser Maskottchen werden soll ...«

»Ach, aber du vergisst Percy«, protestierte Mary. »Der war genauso Gründer wie Archie. Aber wenn wir erst mal so anfangen, dann gibt's nur wieder Zwist bei denen da oben ... Die streiten sich sowieso schon genug, da müssen sie sich nicht auch noch darüber in die Haare kriegen, wer der rechtmäßige Gründer von Kentallen war.«

»Wüsste nicht, was es da zu streiten gibt«, meinte Eileen schnippisch. »Alle, die in direkter Linie von Archie abstammen, natürlich. Und das sind Sholto und Torquil. Die auf Lochies Seite, und seien sie noch so charmant, die sind nur Buy-ins.« Als die beiden anderen sie perplex ansahen, erklärte sie: »Na, sie wurden adoptiert. Tz, das wisst ihr doch? Das wissen doch alle, ist schließlich kein Geheimnis.«

Nein, ein Geheimnis war es nicht. Alex wusste es auch. Mrs Peggie hatte es ihr erzählt, an dem Tag im Farmhaus. Und Torquil ebenso.

Wieso hatte sie einer solch wichtigen Tatsache eigentlich nicht mehr Aufmerksamkeit geschenkt? Alex versank tief in Gedanken. Sie achtete nicht mehr auf das Geschehen draußen. Sie nahm weder das Jubelgeschrei wahr noch das übrige Gespräch der Frauen. Ihr gingen nur noch zwei Worte im Kopf herum: Adoptiert. Bär. Adoptiert. Bär.

Warum es gerade diese beiden Begriffe waren, die ihr nicht mehr aus dem Sinn wollten, wusste sie nicht.

Sie wusste nur, dass sie wichtig waren.

26. Kapitel

Islay, Mittwoch, 20. Dezember 2017

»Mrs Peggie, gibt's heißes Wasser, wissen Sie das?« Alex streckte den Kopf in die kleine Küche, wo ihre Wirtin gerade Steckrüben hackte. Die Frühstücksgedecke waren abgeräumt und die Vorbereitungen fürs Abendessen in vollem Gange.

»Selbstverständlich«, antwortete die alte Dame lächelnd. Dass in ihrem Haushalt immer ausreichend heißes Wasser zur Verfügung stand, war offensichtlich ihr ganzer Stolz. »Wollen Sie denn ein Bad nehmen?« Sie legte das Messer beiseite und trocknete sich die Hände an ihrer Schürze ab.

»Wenn das ginge. Ich bin nach dem Spaziergang ziemlich durchgefroren.«

»Ach, Sie und Ihre Spaziergänge! Sie gehen bei jedem Wetter raus, und jetzt schneit es auch noch Fußbälle. Sie sind nicht leicht unterzukriegen, das muss man Ihnen lassen.« Sie ging mit einem Ausdruck der Zuneigung auf Alex zu. »Gehen Sie nur, Liebes. Ich drehe die Therme besser noch ein bisschen hoch, die Turteltäubchen werden sicher auch bald wieder da sein.« Ein junges Pärchen aus Norwegen hatte das grüne Zimmer belegt und wollte hier seine Flitterwochen verbringen. Tagsüber erklommen sie Eintausender, und nachts machten sie Matratzensport, dass die Federn quietschten.

Sie traten gemeinsam in den Korridor hinaus. Sämtliche Bilder waren mit roten Weihnachtsgirlanden geschmückt. »Ich hab Ihnen schon neue Handtücher aufs Bett gelegt.«

»Danke«, sagte Alex lächelnd. Das hier würde ihr fehlen. In wenigen Tagen war Weihnachten, und dann würde sie wieder daheim sein. Lochie war jetzt seit zwei Tagen fort und ließ nichts von sich hören; Sholto antwortete ebenfalls nicht auf ihre SMS. Was immer sie auch taten, sie hatten sich eingeigelt wie bei einem Konklave. Kein Zutritt für Außenstehende. Es war vorbei. Sie hatte verloren.

Aber es war nicht nur die ungewohnte Bitternis, versagt zu haben, die ihr zu schaffen machte; zu ihrer eigenen Verwunderung stellte sie fest, wie sehr sie das alles hier vermissen würde: die solide kleine Farm, die Wind und Wetter trotzte, das grässliche lachsrosa Badezimmer, das abgewetzte Veloursofa, an dessen einem Ende sich bereits die Troddeln ablösten; den runden perserähnlichen Teppich, die Onyx-Aschenbecher, die seit vierzig Jahren von niemandem benutzt worden waren; das kleine Feuerchen, das im Ofen bullerte und den Raum in wohlige Wärme tauchte. Am meisten aber würden ihr die Peggies fehlen, mit ihrer ruhigen, vernünftigen Art und ihrer täglichen Routine, ein eingespieltes Team, das wie Uhrwerksfiguren an einem Glockenspiel reibungslos umeinandertanzte und funktionierte, ohne sich dabei von den wechselnden Gästen aus der Ruhe bringen zu lassen. Das sich mit stoischer Ruhe den täglichen Anforderungen der Farm stellte und seine Tiere – Kühe und Schafe – je nach Wetter und Jahreszeit vom Stall auf die Weide und wieder zurücktrieb und die Äcker bestellte.

Sie ging die Treppe hinauf und hielt kurz im Badezimmer an, um schon mal die Wanne volllaufen zu lassen, dann betrat sie ihr Zimmer und sank auf den Fenstersitz. Das Meer hatte heute eine harte, stahlgraue Färbung, wie Feuerstein, und der Wind peitschte darüber hinweg. Dicke, schneereiche Wolken hingen bauchig am Himmel. Sie stützte die Stirn an die Scheibe und sah den dicken Flocken zu, die wie Fallschirmspringer vom Himmel herabtrudelten. War sie wirklich da draußen gewesen, nur um telefonieren zu können? Aber ihm blieb schließlich auch keine Wahl, oder? Sie brachte es einfach nicht über sich, auch nur einen Tag auszulassen, denn es konnte ja immer etwas passieren. Was für andere lediglich ein Missgeschick war, konnte für ihn tödlich enden.

Ein kalter Windstoß fuhr herein, und sie schüttelte sich. Mrs Peggie hatte das Fenster einen Spalt weit offen gelassen, um das Zimmer durchzulüften. Sie machte es wieder fest zu. Nach einem letzten Blick auf die trunken durcheinanderwirbelnden Flocken wandte sie sich seufzend ab. Wenigstens musste sie bei diesem Wetter nicht runter zur Brennerei. Nein, was sie erwartete, war ein weiterer Tag in der warmen Stube mit Mrs Peggie, die angefangen hatte, ihr das Whist-Spielen beizubringen. Sie wandte sich um und wollte ins Bad gehen, um nach dem Badewasser zu sehen, da fiel ihr Blick auf ein Aquarell an der Wand, nur wenige Zentimeter vor ihrem Gesicht. Es war zwar nicht unbedingt nach ihrem Geschmack, aber nicht schlecht ausgeführt. Sie spähte auf den Namen des Malers: *Morag Dunoon, 1928.*

Sie machte Anstalten, ihre Socken abstreifen. Die Hand an einer Socke erstarrte sie – und schaute erneut auf das Bild.

Was?

Islay, Donnerstag, 21. Dezember 2017

»Ach nee, nicht schon wieder dieser Horoskopscheiß.«

Sie riss überrascht den Kopf hoch und blickte sich um. Sein Anblick traf sie wie ein Schlag. Da stand er vor ihr, als ob er nie weg gewesen wäre. Als ob er glaubte, einfach drei Tage verschwinden zu können, ohne sich mal zu melden. Ohne dass sie wusste, ob sie ihn überhaupt je wiedersehen würde.

»Du bist wieder da«, bemerkte sie überflüssigerweise. Sie achtete jetzt genau auf ihre Haltung, ließ die Arme locker hängen, um sich nicht durch nonverbale Signale zu verraten wie andere Menschen. Sie war nicht wie andere Menschen, durfte es gar nicht sein.

»Und du auch. Ich war nicht sicher, ob du noch hier sein würdest.« Er betrat den Raum. Ihr Blick folgte ihm.

»Wo sollte ich denn sonst sein? Ich hab schließlich eine Aufgabe zu erledigen.«

Er lächelte reuig. »Glaubst du immer noch, dass du mich retten kannst?«

Sie zwang sich, ihm in die Augen zu sehen. »Ich weiß nicht. Kann ich? Oder hat Sholto die Axt herabsausen lassen?«

»Na, versucht hat er's jedenfalls, das kann ich dir sagen. Ich hab ein paar Kratzer im Genick, denn ein paar Schläge sind nicht danebengegangen.«

»Aber?«

Er hatte sie erreicht, stand dicht vor ihr. »Aber wie ich schon sagte, solange ich über die Aktienmehrheit verfüge, kann er nichts ausrichten.«

Unter welchem Druck er jetzt stehen musste, war kaum vorstellbar. Alex, der das Herz bis zum Hals schlug und die spürte, wie sich ihre Wangen röteten, wandte hastig den Blick ab. Das Spiel war also noch nicht verloren. Sie hatte noch eine Chance. »Na, dann herzlichen Glückwunsch.«

»Alex ...«

Ihr Kopf schoss hoch. »Gut, dann an die Arbeit«, sagte sie forsch und ignorierte den Ausdruck, mit dem er sie ansah. »Ich will schließlich nicht umsonst alles herumgeschoben haben.«

Sie traf letzte Vorbereitungen und spürte dabei, wie sein Blick ihr folgte. Seine überraschende SMS vor einer Stunde hatte ihr praktisch kaum Zeit gelassen, um alles herzurichten, aber sie hatte es immerhin geschafft, Tische und Stühle zur Wand zu schieben. Das Kantinenpersonal war zwar noch in der Küche mit Aufräumen und Saubermachen beschäftigt, aber das störte nicht, denn vor der Theke waren die Rollos heruntergelassen und das Radio war laut aufgedreht – Weihnachtslieder, natürlich –; hinzu kam das Klappern des Geschirrs. Nein, Alex war sicher, dass niemand hören konnte, was hier besprochen wurde.

Er trat einen Schritt zurück. »Na gut. Also, was steht

heute auf dem Programm?« Er war nach seinem Sieg offenbar in großzügiger Laune. »Irgendeinen wissenschaftlichen Zweck wird dieses Stühlerücken doch haben, nehme ich an?«

»Sehr witzig.« Sie setzte entschlossen ein Lächeln auf. Denn jetzt wurde es ernst. Jetzt musste sie zeigen, was sie konnte.

»Wir werden heute versuchen, deine Probleme physisch erfahrbar zu machen. Wir kreieren eine Art Straße, durch die du dich bewegen kannst. Dadurch wird das Problem *somatisch*, das heißt im Körper fühlbar und nicht mehr nur mit dem Verstand erfasst«, erklärte sie. »Das ist eine brillante Methode in Fällen, bei denen es scheinbar keine Lösung gibt, wo sich bestimmte Muster festgesetzt haben und der Verstand nur noch das wahrnimmt, was er bereits zu wissen glaubt. Wenn man das Ganze jedoch physisch erfahrbar macht, erhält man ganz neue Perspektiven. Ich hab das schon unzählige Male durchgeführt, und zwar immer dann, wenn ich das Gefühl hatte, dass der Klient festgefahren ist und die Muster eine optimale Performance verhindern.«

»Verstehe.« Er stellte sich neben sie auf die freie Fläche. »Und wie willst du mich haben?«

Sie schluckte. Lieber gar nicht dran denken. »Also, heute konzentrieren wir uns mal nicht auf das ›Wir‹, also auf dich und auf Sholto, sondern auf das ›Ich‹. Tatsächlich hat Sholtos Name heute mal überhaupt nichts in der Sitzung verloren.«

»Umso besser.«

»Komm, setz dich hier neben mich.«

Er stöhnte, ließ sich aber willig von ihr zu zwei Stühlen führen, neben denen ein Stapel Papiere und Stifte bereitlagen. Sie setzten sich. Alex holte tief Luft und schaute ihn mit, wie sie hoffte, neutraler, ja sachlicher Miene an. »Fangen wir mit dem Problem an – so wie du es siehst. Was ist deiner Meinung nach das größte Problem, mit dem du zu kämpfen hast? Das in dir wurzelt, meine ich?«

Er schaute sie an, verlor dabei zunehmend an Selbstsicherheit. Sich auf diese Sitzungen mit ihr einzulassen – sie zu seiner »Wonderwall«, seiner Retterin, seinem Spiegel – zu machen war aus einer Laune heraus geschehen, die er inzwischen wohl bereute. Dabei hatten sie noch nicht mal richtig angefangen.

Er schwieg und schluckte schwer. Sein Adamsapfel hüpfte auf und ab. Den Blick hatte er zu Boden gesenkt. Sie wusste, dass er überlegte, was er sagen könnte, das plausibel klang, aber trotzdem an der Wahrheit vorbeiging. »Ähm …«

Die Stille dehnte sich, wurde schwerer. »Soll ich vielleicht einen Vorschlag machen?«, sagte sie schließlich. »Das Problem, wie *ich* es sehe? Du kannst mich natürlich korrigieren, wenn du glaubst, dass ich falschliege.«

Er zuckte mit den Achseln.

»Es geht, wie wir letzte Woche besprochen haben, ums Vertrauen.« Das klang so einfach. Sie bemerkte, wie er aufatmete.

Er nickte. »Ja … damit hab ich schon Probleme, denke ich.«

Denkst du?! Ach ja?, hätte sie am liebsten geschrien. Aber nun war der Anfang gemacht.

»Okay, du bist also Lochie, klar.« Sie schrieb seinen

Namen auf einen Bogen Papier und zeichnete einen Pfeil daneben. »Und das Problem ist Vertrauen. Beziehungsweise der Mangel an Vertrauen.« Sie schrieb »Vertrauen« auf einen weiteren Bogen Papier und malte daneben wieder einen Pfeil. »Okay, gut. Ein prima Anfang.« Sie lächelte aufmunternd. »Ehrlichkeit ist gut.«

»Finde ich auch.« Er schaute sie ruhig an. Alex' Magen krampfte sich zusammen.

»Und was wäre dein Ziel, wenn du dein Problem lösen könntest?«, erkundigte sie sich.

»Ähm ...« Er klammerte sich unwillkürlich am Stuhl fest. Dann hob er die Faust an den Mund und hustete. »Bessere Beziehungen?«

»Okay, toll. Du bist also der Meinung, dass du, wenn es dir gelingt, deine Vertrauensdefizite zu überwinden, bessere Beziehungen eingehen kannst.«

Nervös an ihrer Unterlippe kauend, weil sie spürte, dass er sie nicht aus den Augen ließ, notierte sie »Beziehungen«.

»Und wer oder was könnte dir helfen, dein Problem zu überwinden und dieses Ziel zu erreichen? Und sag jetzt nicht der Hund! ›Hund‹ geht nicht, klar?« Sie hob streng die Augenbrauen.

Er grinste. »Wen würdest du dann empfehlen?«

»Wie wär's mit Ambrose? Ihr scheint euch wirklich gut zu verstehen.«

»Ja, wenn's um Rugby geht und um Frotzeleien. Reden ist ...«

»Schwierig, ja.« Sie seufzte.

»Männer reden nun mal nicht miteinander.«

»Wie oft hab ich das schon gehört!«, klagte sie und

schüttelte den Kopf. »Wie wär's dann mit Jess? Sie verteidigt dich wie eine Löwin.«

Er schüttelte den Kopf. »Zu viel Ballast. Sie neigt dazu ... die Grenzen zu verwischen.«

Er blickte sie an, und sie spürte, wie ihre sorgfältig gewahrte Neutralität zu wackeln begann. Ihr war auch schon aufgefallen, dass Jess' Verhältnis zu Lochie nicht ohne Komplikationen war. »Verstehe.«

»Besser nicht noch komplizierter machen.«

»Ja«, stimmte Alex zu. Wenn das so weiterging, blieb wieder nur Rona.

»Wie wär's mit dir?«, meinte er.

»Wie? *Ich?*«

»Wieso nicht?«

Sie blinzelte verwirrt. »Weil ich dich die Wände hochjage? Weil ich nicht mehr lange hier sein werde? Such's dir aus.«

»Aber ich könnte dich doch anrufen, oder? Du hast doch gesagt, dass du oft Videokonferenzen mit Klienten durchführst?«

»Ja, aber es ist schon besser, wenn dein Verbündeter vor Ort ist. Es sollte jemand sein, bei dem du dich wohlfühlst.«

Er lehnte sich achselzuckend zurück. »Tja, sonst gibt es niemanden. Du oder der Hund. Such's dir aus.«

»Wow, ich fühle mich geschmeichelt«, bemerkte sie sarkastisch und verbarg ihre Betroffenheit hinter einem forschen Lächeln. »Okay, dann schreiben wir eben meinen Namen hin, damit wir weiterkommen. Verbündete: Alex.« Sie schrieb ihren Namen aufs Papier. Dann schaute sie wieder zu ihm auf. »Willst du noch was hinzufügen? Oder haben wir damit das Wesentliche erfasst?« Sie zeigte ihm die aufgefächerten Karten.

»Nö, das ist alles.«

»Also gut.« Sie erhob sich und bedeutete ihm, dasselbe zu tun. »Jetzt der erste Schritt. Ich möchte, dass du diese Blätter so verteilst, wie es dir dein Gefühl sagt. Die Pfeile sollten in die Richtung deuten, in die deiner Meinung nach der Energiefluss läuft. Oder wenn nicht, dann drehe den Pfeil um, als würden sich die Spitzen gegenseitig blockieren.«

Lochie stand eine Zeitlang schweigend da und überlegte. Dann trat er ins Zentrum des freien Raums und legte dort die Karte mit seinem Namen ab.

Alex sah zu, wie er ein paar Schritte machte und dann die Karte »Vertrauen« ablegte. Die Pfeilspitze war auf seinen Namen gerichtet. Drei Schritte davon entfernt legte er »Beziehungen« ab, die Pfeilspitze wies von »Vertrauen« weg. Sie beobachtete sehr genau, wie er die letzte Karte mit ihrem Namen eine Zeitlang nachdenklich in der Hand hielt. Schließlich legte er sie neben »Vertrauen« ab.

Alex trat zu ihm und schaute sich die fertige Konstellation an. Ihr Puls hämmerte. Ihren eigenen Namen dort stehen zu sehen war neu für sie.

Sie blickte auf. »Okay, gut so. Bist du zufrieden damit? Zeigt es die derzeitige Situation, wie du sie siehst?«

Er nickte.

»Gut. Ich möchte, dass du dich gleich auf die Karte mit deinem Namen stellst.« Er trat neben sie. »Ich möchte, dass du die Augen zumachst und tief durchatmest. Und dann sagst du mir genau, was du fühlst, wenn du auf jedem dieser Elemente stehst. Versuche die Energien, die davon ausgehen, zu spüren, werde zu dem Element, auf dem du stehst. Und sag dann einfach, was dir dazu einfällt. Ohne nachdenken, ganz spontan. Lass den Verstand mal beiseite, versuche nicht zu analysieren, sag einfach das Erste, was dir in den Sinn kommt. Kapiert?«

»Klar.«

»Außerdem möchte ich, dass du mir sagst, wo sich das, was du empfindest, in deinem Körper zentriert, an welcher Stelle – im Hals, im Bauch, im Herzen? Unser Körper besitzt Energiezentren, sogenannte Chakren, in denen sich unsere Lebensenergie, unser Prana, unser Chi, wie immer man es nennen mag, sammelt. Das Prinzip lautet, dass alles, was wir denken, sich in Empfindungen umsetzt, und die wiederum wurzeln im Körper.«

»Okay.« Er wirkte zwar skeptisch, aber immerhin warf er nicht mit Stühlen um sich oder verspottete sie.

»Und jetzt schließ die Augen und sag mir, was du empfindest, wenn du Lochie bist?«

»Ich fühle mich stark ... selbstbewusst.« Sie sah, wie seine Augäpfel unter den geschlossenen Lidern hin und her zuckten. »Erfolgreich, mächtig ...«

Er öffnete ein Auge. »Soll ich auch was Negatives sagen?«

»Was immer dir in den Sinn kommt.«

Er stieß den Atem aus. »Also dann zornig, ja ... und ... irgendwie benebelt?«

»Interessant«, murmelte sie. »Und wo sitzen diese Gefühle, wo spürst du sie genau? Spürst du irgendwo Hitze? Zeig mir, wo.«

Er wartete einen Moment, dann legte er die Hände auf seinen Solarplexus.

Sie nickte und berührte ihn leicht am Arm, zum Zeichen, dass er die Augen öffnen konnte.

»Das war spitze«, sagte sie. »Und jetzt mach bitte dasselbe hier, auf dem Problempunkt. Schließ die Augen und fühle in dich hinein. Was fühlst du, wenn du an Vertrauen denkst? Wie reagiert dein Körper?«

Er schloss die Augen. »Ich fühle mich … leer. Vollkommen leer.« Er wirkte überrascht. »Ich kann überhaupt nichts fühlen … als ob nichts da wäre, alles weg. Alle Energie. Ich kann mich nicht rühren.«

»Und wenn du mir zeigen könntest, wo genau im Körper …«

Er legte sofort seine Hand auf sein Herz.

Alex machte sich eine Notiz, dann berührte sie ihn erneut am Arm.

»Okay, und jetzt unser Ziel: Beziehungen.«

Er sog scharf die Luft ein, folgte ihr aber. Sie musste ihn umdrehen, damit er in die Richtung sah, in die der Pfeil wies.

»Was fühlst du, wenn du daran denkst, eine Beziehung mit jemandem einzugehen?«

Er schloss die Augen. »… frustriert. Nervös, unruhig. Als ob ich festhänge.« Er berührte seinen Hals. »Genau hier.«

»Okay, gut, sehr gut.« Sie machte sich eine Notiz und führte ihn dann zur letzten Karte.

»Und schließlich dein Verbündeter, der dir bei der Verwirklichung deines Ziels helfen soll«, sagte sie und vermied es, ihren Namen zu erwähnen. »Was haben wir da?«

»Heiß. Kalt ... Zorn. Eifersucht.« Er schlug die Augen auf. »Wieso sollte ich auf dich eifersüchtig sein?«

Sie legte eine Hand auf seinen Arm. »Das lassen wir im Moment mal beiseite. Schließ wieder die Augen. Was noch? Sag einfach, was dir durch den Sinn geht.«

»Energiegeladen ... Machtvoll.« Er runzelte die Stirn. »Hilflos ...«

Alex biss sich in die Lippe und schrieb es auf. »Und wo fühlst du das?«

Er legte zögernd die Hand auf seinen Bauchnabel.

Dann schlug er die Augen auf und sah sie an. »Sag bloß nicht, dass dir das alles was sagt?«

»Doch, allerdings.« Sie rang sich ein Lächeln ab. »Sollen wir uns setzen?«

Sie räusperte sich. »Also, das war eine wirklich interessante Übung. Wir haben praktisch eine räumliche Repräsentation deiner Situation erstellt.«

Er hörte aufmerksam zu, was sie so noch nie bei ihm erlebt hatte.

»Also, wenn wir uns jetzt nochmal die Karten ansehen, dann stellen wir fest, dass Vertrauen mit der Pfeilspitze auf dich zeigt, was bedeutet, dass du nur dir selbst und niemand anderem vertraust. Dein Ziel – bessere Beziehungen – liegt *dahinter*, und das Problem liegt dazwischen, zwischen dir und deinem Ziel. Und schließlich ist da noch dein Verbündeter, ich, also die Person, die dir bei der Erreichung deines Ziels helfen soll. Du hast mich neben Vertrauen gelegt, was bedeutet, dass du mir vertraust.«

»Tu ich ja auch.«

Sie holte tief Luft und wünschte, er würde sie nicht die ganze Zeit ansehen.

»Das ist also die Straße des Unbewussten. Anschließend haben wir diese Straße rasch und rein instinktiv durchlaufen. Zunächst deine Gefühle in Bezug auf dich selbst – als du auf deiner Karte gestanden bist. Für sich genommen sind sie sehr positiv: Du bist energiegeladen, dynamisch, selbstbewusst. Aber dir ist bewusst, dass da auch Zorn ist. Du hast erwähnt, dass du dich auch benebelt fühlst – so, als könntest du den Pfad in die Zukunft nicht länger sehen. Als ich dich fragte, wo sich das zentriert, hast du hierhin gezeigt.« Sie zeigte es ihm an sich selbst. »Und das stimmt total mit dem überein, was du gesagt hast, denn der Solarplexus ist unser Energiezentrum, unser Mittelpunkt. Hier entspringt die Quelle unseres Selbstbewusstseins, unserer Lebensenergie, das Gefühl, dass alles in Ordnung ist. Wenn diese Energie blockiert ist, empfinden wir Hitze an dieser Stelle.«

»Und wie entsteht so eine Blockade? Was führt dazu?«, wollte er wissen. Er versuchte sich seine Skepsis nicht anmerken zu lassen, aber sie sah es in seinen Augen.

»Das wollen wir ja herausfinden. Oft ist die Ursache Angst vor Zurückweisung, zum Beispiel. Hier liegt das Zentrum der unterdrückten Wünsche und unerfüllten Sehnsüchte, unser Freiheitsdrang.«

Er starrte sie mit einem Ausdruck an, als sei er nicht sicher, ob sie bekloppt war oder der weiseste Mensch, der ihm je begegnet war.

»Keine Angst, du wirst das besser verstehen, wenn wir alles durchgegangen sind.« Sie warf einen Blick in ihre Notizen. »Na jedenfalls, danach kam das Problem, nämlich Vertrauen – aber darauf möchte ich später zurückkommen, heben wir uns das für zuletzt auf. Kommen wir zu den Beziehungen. Als ich dich fragte, wie du dich dabei fühlst, sagtest du frustriert, nervös, als würdest du festhängen. Auch hier hat dir dein Körper genau gezeigt, wo das Problem sitzt, nämlich in der Kehle, im Halschakra. Dir ist buchstäblich die Kehle zugeschnürt, du kannst dich nicht mitteilen. Mit anderen Worten, du bist unfähig, die Sprache der Beziehungen zu sprechen.«

Er verschränkte die Arme und schlug die Beine übereinander. »Okay ...«

Sie entwirrte schmunzelnd seine Glieder. »Die Beine auch, bitte. Du verschließt dich vor mir, versuchst mich abzublocken. Aber ich möchte, dass du offen und empfänglich bleibst für das, was wir hier lernen.«

Er tat es, wirkte aber so unbehaglich wie ein Schüler an der Tanzstange.

»Was den ›Verbündeten‹ angeht, sprichst du in Gegensätzen: heiß – kalt. Machtvoll – hilflos.«

»Sagte ich nicht auch eifersüchtig?«

»Ja, das stimmt.«

»Aber was soll das heißen? Ich bin nicht eifersüchtig auf dich – auch wenn ich zugeben muss, dass du eine fantastische Schuhkollektion hast«, scherzte er.

Sie lachte. »Das will nicht heißen, dass du auf *mich* eifersüchtig bist. Die negativen Gefühle deuten auch in diesem Fall auf eine Blockade hin. Das Sakralchakra, auf das du gedeutet hast, ist der Sitz des Urvertrauens, der Wahrnehmung von uns selbst, unserer Beziehungsfähigkeit. Das Verhältnis zu unseren Mitmenschen hängt davon ebenso ab wie die Fähigkeit, andere so zu akzeptieren, wie sie sind. Wenn hier eine Blockade vorliegt, äußert sie sich häufig in irrationaler Eifersucht, Kontrollzwang, Machtspielchen, Verlustangst, Angst, hintergangen zu werden.«

»Und das bedeutet, dass du als meine Verbündete …« Er verstummte mit einem verwirrten Stirnrunzeln.

»Es bedeutet, dass du *nicht* sicher bist, ob du mir vertrauen kannst. Du möchtest es, aber du hast zwiespältige Gefühle.«

Er blinzelte, sagte aber nichts.

»Kommen wir auf das Vertrauen zurück.«

»Na toll.«

»Das war deine dramatischste Reaktion. Es war beinahe, als wärst du ausgeknipst – du hast gesagt, du fühlst dich leer, kraftlos, du könntest dich nicht mehr rühren.« Sie biss sich wieder auf die Lippe. »Und als ich dich fragte, wo du Hitze spürst, hast du auf dein Herz gezeigt.«

»Bin ich tot?«, scherzte er.

Sie lächelte. »Das Herzchakra hat, im Gegensatz zu herkömmlicher Auffassung, nichts mit Liebe zu tun. Es ist der Sitz des Mitgefühls, des Einfühlungsvermögens, der Selbstliebe und der Fähigkeit zu vergeben. Du hast sicher schon mal den Ausdruck ›schweren Herzens‹, gehört?«

»Klar.«

»Daher kommt das. Ein blockiertes Herzchakra führt zu Schuldgefühlen, unterdrückter Wut, Ressentiments.« Sie neigte ihren Kopf zur Seite. »Mir ist aufgefallen, dass du oft deine Schultern lockerst.«

Er zuckte mit den Achseln. »Weil da der Sitz meiner Verspannungen liegt. Behauptet jedenfalls meine Masseurin.« Er verdrehte die Augen, als sei sie genauso versponnen und »esoterisch« wie Alex und ihre Methoden.

»Tja, Verspannungen im Schulterbereich sind ein weiterer Indikator für ein blockiertes Herzchakra. Was dir dein Körper laut und klar mitzuteilen versucht, ist, dass deine Vertrauensprobleme ihre Ursache in alten Schuldgefühlen haben, in Zorn über etwas, das du dir offenbar nicht verzeihen kannst.« Sie beugte sich ein wenig vor, um ihm in die Augen sehen zu können. »Kommt dir da spontan was in den Sinn?«

»Nö.«

Die Antwort kam zu schnell, zu selbstsicher.

»Wirklich nicht?« Nun war sie die Skeptische. »Denn nach dem, was wir gerade erlebt haben, sitzt hier vor mir ein selbstbewusster, dynamischer, erfolgreicher Mann, der es nicht über sich bringt, anderen Menschen zu vertrauen – nicht mal jenen, denen er vertrauen *will*. Sein Körper teilt ihm lautstark mit – wenn er mal auf ihn hört –, dass er seine Schuldgefühle loslassen muss, dass er sich vergeben muss. Und du hast wirklich keine Ahnung, was damit gemeint sein könnte?«

Er starrte sie an. Sie konnte an seinen Augen ablesen, dass er sehr wohl im Bilde war, auch wenn er's nicht zugeben wollte.

»Lochie, du musst den Mund aufmachen, du musst mit mir reden … Es heißt, dass das, wogegen man sich wehrt, nur umso stärker wird. Dass das, was wir verdrängen, umso heftiger wieder hochkommt. Kommt dir das irgendwie bekannt vor? Wenn du dich nicht endlich mit deiner Vergangenheit befasst, wirst du sie nie hinter dir lassen können. Sie wird dich ewig verfolgen und verkrüppeln. Und jede Beziehung ruinieren, auf die du dich einlässt.«

Sie konnte sehen, dass ihre Worte Eindruck hinterließen. Die Beziehungen mit Jess und Skye waren bereits schiefgegangen, wie sie wusste. Aber er sagte nichts.

Sie versuchte es noch einmal.

»Es gibt da einen Philosophen namens Eckhart Tolle, vielleicht hast du ja schon mal von ihm gehört. Er hat etwas gesagt, das mich zutiefst anspricht: ›Was könnte vergeblicher, ja verrückter sein, als inneren Widerstand gegen das zu schaffen, was schon ist?‹ Schon mal gehört?«

»Ich weiß, du liebst deine kleinen Zitate.«

»Ich höre nun mal gern auf die Äußerungen von Menschen, die weiser sind als ich«, sagte sie. »Es geht darum, dass du dich gegen etwas auflehnst, was längst passiert ist. Und dir gelingt es nicht, deine Vergangenheit hinter dir zu lassen, du bist physisch und psychisch an sie gebunden. Du glaubst, dass nur du allein den Ausverkauf und die Auflösung der Brennerei verhindern kannst; du hast das Gefühl, dass die Arbeitsplätze und die Existenz dieser Menschen allein von dir abhängen – aber so eine Verantwortung kann kein Mensch alleine tragen. Das ist weder fair noch realistisch. Außerdem stimmt es einfach nicht. Das ist bloß ein Hirngespinst, etwas, das dir dein Verstand vorgaukelt, ein Schutzmechanismus, um dich hier festzuhalten, an diesem Ort, in dieser Firma, wo du schon immer warst. Indem du dir einredest, du kannst hier nicht weg, weil sonst alles zusammenbrechen würde, gibst du das Problem – die *Bedrohung* – von hier weggehen zu können, aus den Händen.«

Er sah sie nicht an, sondern starrte schweratmend auf die Wand, aber daran erkannte sie, dass sie einen wunden Punkt berührte. »Was hält dich denn noch hier, Lochie? Dein Vater?«

Wie erwartet sprang er auf, musste sich bewegen, aktiv, dynamisch wirken. Er streckte die Arme über den Kopf, machte sich größer, machtvoller, um zu verbergen, wie verwundbar er in Wirklichkeit war.

»Erzähl mir von ihm.« Sie beobachtete, wie er auf und ab lief, wie ein Tier in einem Käfig.

»Da gibt's nichts zu erzählen.«

»Er ist vor ein paar Jahren gestorben, oder?«

»Ja.«

»Was ist denn passiert? Kannst du mir das erzählen?«

»Er hat sich zu Tode gesoffen, das ist passiert«, antwortete er grob.

»Tut mir leid«, sagte sie leise und zuckte unwillkürlich zusammen. Der tiefe Schmerz, der sich jäh auf seinem Gesicht abzeichnete, als würde man von einer wunden Stelle die Haut abziehen und ein bösartiger Tumor käme zum Vorschein, brach ihr fast das Herz. »Ich kann mir gut vorstellen, wie schrecklich das für dich gewesen sein muss.«

»Ach ja?«, höhnte er. »Wirklich? Oder sagst du das bloß so?«

Sie zögerte. »Um ehrlich zu sein, mein Vater war auch Alkoholiker. Ich weiß, wie das eine Familie zerstören kann.«

Er blieb abrupt stehen und schaute sie erschrocken an. »O Gott, das tut mir leid, das wusste ich nicht.«

»Tja, woher solltest du auch?«, erwiderte sie achselzuckend. »Ist nicht gerade etwas, worüber man gerne redet, oder?«

»Nein.«

Er ging zu einem Tisch und lehnte sich daran, streckte die langen Beine von sich, verkreuzte die Fußknöchel, blickte zu Boden. Er holte tief Luft, hielt den Atem an und ließ ihn nach einer Weile in einem langen Luftstrom wieder los.

»Die Ironie ist, dass er bis zum Tod meiner Mutter nie was getrunken hat.« Er schnaubte. »In der Brennerei haben sie ihn ständig aufgezogen, dass er keinen Geschmack am Whisky hätte – ein Abstinenzler als Chef einer Whiskybrennerei! Aber als Mum starb ...« Er brach ab, musste erneut Luft holen. »Als Mum starb, hat ihn das zerstört. Er gab sich die Schuld.«

»Er glaubte, dass er es hätte verhindern können?«

Lochies Kopf zuckte hoch.

»Tut mir leid, aber Daisy hat's mir erzählt.« Sie zuckte die Achseln.

Er tat es ihr gleich, aber es kostete ihn fast übermenschliche Anstrengung, sein Gesicht verzerrte sich, das Lächeln wirkte wie eine Grimasse. »Nein, für sie war's eine Erlösung. Sie hatte jahrelang schwere Depressionen. Ich glaube ... irgendwie hab ich immer geahnt, dass es ... eines Tages passieren würde.«

Alex starrte ihn an und sah den kleinen Jungen in ihm, der in dem Bewusstsein aufwachsen musste, dass ihn seine Mutter eines Tages im Stich lassen würde. Es brach ihr das Herz, und sie musste all ihre Willenskraft aufbieten, um nicht aufzustehen und zu ihm zu gehen, sondern still sitzen zu bleiben, die Hände im Schoß gefaltet.

»Ein fast noch schlimmerer Schock war, dass Dad

nach ihrem Tod ... zerbrach.« Er sagte lange Zeit nichts, und Alex schwieg ebenfalls, versuchte nicht, die Stille mit Plattitüden zu füllen. Er hielt die Arme hoch vor der Brust verschränkt, als wolle er sein Herz schützen. »Ich kann mich sogar noch genau an seinen ersten Schluck erinnern, der Drink, mit dem alles begann – das war nach der Beerdigung. Wir kamen vom Friedhof nach Hause, und er ging schnurstracks zum Regal und schenkte sich drei Finger breit ein. Trank das Glas in einem Zug aus. Und schenkte sich noch einen ein.«

Er umklammerte seine Ellbogen, als würde er sonst auseinanderbrechen, ließ den Kopf hängen, machte sich klein. Alex imitierte automatisch seine Haltung, sie konnte sich kaum vorstellen, wie schrecklich es gewesen sein musste zuzusehen, wie sich der verbliebene Elternteil auch noch ins Grab brachte, langsam und unaufhaltsam. War es ein Wunder, dass er niemandem vertrauen konnte? Wo die beiden Menschen, die sein Wohl über alles andere hätten stellen sollen, seine Bedürfnisse, ihn, an die letzte Stelle setzten, ja vergaßen? Er war von seinen Eltern enttäuscht und verlassen worden. Und dann auch noch von Skye ...

»Er hat versucht, davon loszukommen, das hat er. Wir haben uns kleine Ziele gesetzt – bis zu den Cricket-Wettkämpfen im Lord's ... dem MacNab ... Aber da hing er bereits zu tief drin, er kam nicht mehr davon los. Er war körperlich am Ende und hatte nicht mehr die Kraft, sich von seiner Sucht zu befreien.« Er nickte und biss sich auf die Unterlippe. »Als er im Sterben lag, hat er sich bei mir entschuldigt, dass er mich so im Stich gelassen hat. Und ich glaube, es hat ihm wirklich leidgetan.«

»Aber du kannst ihm nicht verzeihen.«

Sein Blick blitzte auf wie ein Schwerthieb. »Noch nicht.«

»Aber vielleicht jetzt? Ein bisschen zumindest?«

»Wieso? Was ändert sich durch das hier?«

»Weil du jetzt selbst sehen kannst, was das mit dir anrichtet, wie es deine Beziehungen vergiftet, deine Karriere. Du befindest dich in einem Teufelskreis, und es gibt kein Entrinnen: Du stehst mit deiner Familie auf dem Kriegsfuß und auch mit dem gesamten Vorstand. Du hast keinen einzigen Menschen hier, dem du vertrauen, auf den du zählen kannst. Du arbeitest Tag für Tag in der Umgebung und mit den Dingen, die deinen Vater ins Grab gebracht haben. Wie lange kann ein Mensch so was ertragen, ohne selbst kaputtzugehen?« Sie schüttelte den Kopf. »Nein, irgendwas muss sich ändern.«

»Und was wäre das? Kündigen? Abhauen? Ja? Nachgeben und tun, was sie wollen?«

»Das hab ich nicht gesagt. Aber jetzt, wo du es erwähnst, sollten wir es uns ein wenig näher ansehen: Wäre das wirklich so ein schrecklicher Gedanke? Einmal abgesehen von deiner Verantwortung den Arbeitern und der Inselgemeinschaft gegenüber? Was hält dich denn hier? Dein sogenanntes ›Erbe‹? Diese Firma ist doch wie ein Mühlrad, das dir am Hals hängt.«

Er starrte sie an.

»Willst du wirklich die nächsten dreißig Jahre so verbringen? Ständig im Clinch mit Sholto? Einer versucht den andern auszumanövrieren? Was sind eigentlich *deine* Träume? Hast du überhaupt mal darüber nachgedacht? Oder war es immer selbstverständlich für dich, dass du diesen Pfad einschlägst? Klammerst du dich deshalb so an das Ganze, weil du glaubst es deinen Eltern schuldig zu sein? Ihrem Vermächtnis? Aber wozu soll das gut sein, wenn man's mal genau betrachtet? Es ist schließlich dein Leben.«

Sie sah, wie rasch sich seine Brust hob und senkte, bemerkte, wie sich sein Gesicht gerötet hatte, seine Wangen. Sie konnte sehen, wie es in ihm rumorte, wie er es sagen wollte, aber nicht konnte. Ihr ging es genauso. Auch sie spürte es in ihrem Hals, wie das Unausgesprochene, das, was nie verraten werden durfte, sie blockierte, ihr das Herz bleischwer machte. Und dabei musste sie hier vor ihm sitzen und lächeln, als ob es ihr ernst wäre.

»Lochie, Skye wird in ein paar Tagen weg sein. Sie hat eine neue Stellung gefunden und tritt aus dem Schatten ihres Vaters. Glaubst du nicht, dass das auch deine Chance wäre, einen Neuanfang zu wagen? Aus dem Schatten *deines* Vaters zu treten? Du könntest wieder mit ihr zusammen sein.«

»Was? Nein, sie heiratet in ein paar Tagen«, sagte er finster.

»Sie hat Zweifel.«

Er blickte stirnrunzelnd zur Seite. »Wieso sagst du das? Du glaubst doch nicht im Ernst ...«

»Skye hat dich schon mal glücklich gemacht. Ja, sie hat einen Fehler begangen – einen Riesenfehler –, aber es war wahrscheinlich auch nicht gerade leicht mit dir. Dein Vater ging vor deinen Augen zugrunde, und du hast sie von dir gestoßen. Du hast noch eine Chance, um das alles wieder einzurenken. Sei glücklich, Lochie!

Entscheide dich für dein Glück! Der Himmel weiß, dass du's verdienst.«

Er stand auf, ging auf sie zu. »Alex, du verstehst nicht ...«

»Nein, *du* verstehst nicht.« Sie schluckte, jetzt musste es heraus, ob sie wollte oder nicht. »Ich muss dir unbedingt was sagen. Ich bin da gestern auf etwas gestoßen und ... es ist keine gute Nachricht, Lochie, tut mir leid.«

Er erbleichte. »Was meinst du?«

Sie holte tief Luft und schaute ihm tapfer in die Augen. »Du weißt, dass dein Großvater adoptiert wurde?«

Er blinzelte verwirrt. »Ja.«

Sie biss sich auf die Lippe. »Die Adoption ist nie legalisiert worden.«

»Was?« Er starrte sie perplex an.

»Es war die Nachkriegszeit, die Leute hatten anderes zu tun, als sich um so etwas zu kümmern. So viele Vermisste, Entwurzelte ... Es war üblich, die verwaisten Kinder von Verwandten und Freunden zu adoptieren. Die wenigsten dachten daran, die Adoption behördlich registrieren zu lassen. Bei deiner Großmutter war es genauso.«

Er runzelte die Stirn. »Aber was ... was spielt das für eine Rolle? Ob die Adoption meines Großvaters nun eingetragen wurde oder nicht?«

»Es spielt eine Rolle, weil in eurem Gesellschaftervertrag steht, dass nur Familienmitglieder Vorstandsvorstand oder Geschäftsführer sein dürfen. Und laut Gesetz ist man dann ein Familienmitglied, wenn man blutsverwandt ist. Oder wenn man gesetzlich adoptiert wurde.«

Er schwieg lange und dachte mit gerunzelter Stirn

über das Gehörte nach. Sollte das bedeuten, dass er jetzt an einer rechtlichen Spitzfindigkeit scheitern würde? Und nicht aufgrund seiner Rambo-Taktiken im Vorstandsbüro? »Woher weißt du das überhaupt?«

»Ich hab's zufällig erfahren. Mrs Peggie und ich haben neulich ein paar alte Fotokartons durchgesehen. Es gab darin eins von deiner Urgroßmutter, Clarissa, mit deinem Großvater. Mrs Peggie erwähnte, dass sie ihn nach dem Krieg adoptiert hat. Es war nur so eine Bemerkung, ich dachte mir da noch gar nichts dabei, bis ich vorgestern wieder daran erinnert wurde. Ich hab im Kirchenregister nachgesehen, aber keine Eintragung für eine Adoption gefunden. Die Heirat deines Großvaters George wurde dort registriert und auch sein Tod, aber das ist alles. Der Beamte riet mir, online weiterzuforschen, und das hab ich getan – ich hab während der letzten zwei Tage, als du in Edinburgh warst, überall nachgeforscht, aber nur eine Geburtsurkunde gefunden, mit einem Geburtsort in Cumbria, aber nichts, was eine Adoption angeht. Gar nichts. Vor dem Gesetz ist sie nie vollzogen worden.«

Er starrte sie mit einem seltsamen Ausdruck an, den sie nicht zu deuten wusste. »Nein. Was ich meinte war, wie bist du an unseren Gesellschaftsvertrag gekommen?«

Sie schluckte. Sie hatte den klassischen Fehler des Lügners gemacht: zu viel erklärt. Oder vielleicht nicht Lügner, aber jemand, der etwas zu verschweigen hatte. »Ich hab bei euren Anwälten in Edinburgh angerufen und mir eine Kopie schicken lassen.«

»Und wieso sollten sie dir eine aushändigen?«, fragte

er mit leiser, bedrohlicher Stimme. »Du bist schließlich kein Aktionär.«

»Ich weiß«, antwortete sie noch leiser. »Aber Sholto hat mir Zugang zu allem gewährt.«

Mit einem Mal war sein Misstrauen wieder da, sein Gesicht lief rot an, ihre wahre Verstrickung mit dem Feind lag nun offen zutage.

»Er hat gesagt, alles was dazu dienen könnte, dir zu helfen ...«, warf sie hastig ein.

»Und wie sollte das *helfen*?«, fragte er zornig. »Hast du eine Ahnung, was du da angerichtet hast? Du hast mir nicht geholfen! Du hast mich voll in die Pfanne gehauen! Mit deinen blöden Schnüffeleien in vertraulichen Familienangelegenheiten hast du die Anwälte erst darauf aufmerksam gemacht, dass ich vor dem Gesetz kein Farquhar bin. Und du kannst sicher sein, dass es nicht lange dauern wird, bis Sholto das zu Ohren kommt!«

»Ich weiß, es tut mir leid! Das war nicht meine Absicht«, flehte sie, damit er sich nicht zu sehr aufregte. Er lief aufgebracht auf und ab. »Deshalb bin ich ja noch hier und erzähle dir das alles. Deshalb wollte ich ja unbedingt, dass du diese Übung machst, damit du selbst siehst, dass du viel besser dran wärst, wenn du all das hinter dir lassen würdest, wenn du nichts mehr mit denen ...«

»Das hier?« Er trat die Konstellation mit dem Fuß auseinander, dass die Blätter flogen. »Du glaubst, dass ich mich *deshalb* besser fühle?« Er bebte vor Zorn.

»Ja! Das solltest du! Du könntest so viel glücklicher sein, als du's hier bist, wo du nicht loskommst!« Sie trat zu ihm und packte ihn beim Arm. »Tritt zurück, Lochie.

Es gibt eine Abfindungsklausel im Vertrag, die dich zu einem reichen Mann machen würde. Tu es. Lass das alles hinter dir und fang neu an! Es wäre kein Verlust. Du würdest nichts verlieren! Du wärst reich und frei. Und du hättest ja noch dein neues Projekt, Scotch Vaults. Du könntest wieder mit Skye zusammen sein. Es wäre eine Win-win-Situation, niemand würde dabei verlieren. Denk ans Überflussprinzip!« Ihr ging der Atem aus.

Aber in seinen Augen loderte ein solcher Zorn, dass sie unwillkürlich seinen Arm losließ.

»Bitte, Lochie, du hast keine Wahl. Diesen Kampf kannst du nicht gewinnen. Tatsachen sind nun mal Tatsachen – du bist hier erledigt.«

27. Kapitel

Islay, 13. Mai 1918

*G*ewonnen! Nächster Halt Amerika!«, krähte sie. Die Sonne schien auf sie herab, und sie warf die Arme hoch und sprang herum und trampelte in ihrer Begeisterung die Butterblümchen platt.

»He, das ist unfair, du hattest einen Vorsprung!«, protestierte Ed. Halb lachend, halb keuchend kam er nun ebenfalls über die Kante des Abhangs und ließ sich erschöpft der Länge nach ins hohe Gras fallen. »Nächstes Mal krieg ich dich, wirst sehen.« Er rollte sich ächzend auf den Rücken und streckte die Arme von sich.

»Das sagst du immer«, kicherte sie und sank neben ihm ins Gras. Sie bewunderte sein Gesicht, in das der milde Frühling wieder Farbe zauberte. Die Jahreszeit war ebenso für seine Genesung verantwortlich wie diese wilde, einsame, schöne Insel. Der Gips war ab, und Ed kam jetzt fast ganz ohne Gehstock aus – »aber nur, wenn Sie da sind«, meinte Oberschwester MacLennan, wenn sie Clarissa wieder mal ausschimpfte, weil sie ihrem Patienten zu viel zumutete.

Aber Clarissa war sich sicher, dass sie am besten wusste, was gut für ihn war. Sie spazierten stundenlang am goldenen Sandstrand entlang, um seine Muskeln zu kräftigen, die durch die lange Bettlägerigkeit verkümmert waren. Sie *legten Pausen ein, wann immer er sie brauchte, und verzehrten das Picknick, das sie immer mitbrachte, damit er ein wenig Gewicht zulegte. Sie stapften die steilen Abhänge zu den Klippen hinauf, und zuletzt rannten sie sogar, und er wurde immer fitter und die würzige Seeluft füllte seine Lunge mit Sauerstoff, sodass seine Augen nun ständig leuchteten – allerdings »nur, wenn Sie da sind«, wie Oberschwester MacLennon missbilligend bemerkte.*

Er war jetzt wieder der Mann, der er gewesen war, bevor er an die Felsen geschleudert wurde, ja, bevor er einen Fuß auf dieses Schiff setzte: vital und voller Leben, scheu und höflich, mit seinem faszinierenden fremden Akzent und seinen sehnsuchtsvollen Geschichten über Berge, im Vergleich zu denen Islays Erhebungen wie Maulwurfshügel wirken mussten. Sie war, so seltsam das auch klingen mochte – und so beschämend –, dankbar für alles, was ihn zu ihr gebracht hatte: dem deutschen Torpedo, der verhinderte, dass sein Schiff still und unbemerkt durch die Gewässer an ihr vorbeipflügte; dem Felsen, der ihm die Knochen gebrochen hatte, sodass er jetzt noch hier sein konnte, obwohl die anderen Soldaten längst weitergezogen waren.

Sie beobachtete sein Gesicht, sah, wie sich sein Atem normalisierte, die fächerförmigen Schatten, die seine Wimpern auf seine Wangenknochen warfen, seine Hände, die abwesend übers Gras strichen, und wie er die Wärme der Sonne genoss. Seine Heimat lag Tausende von Meilen weit hinter dem Horizont, jenseits der Klippen, die einige Meter weit von seinem Kopf entfernt steil nach unten abfielen. So nah und doch so fern.

Eigentlich hätten sie einander nie begegnen sollen. Wenn

die Welt nicht verrückt geworden wäre, dann wäre er jetzt zuhause in Montana und läge nicht hier auf diesem Steilhang auf einer schottischen Insel mit einem Mädchen, das ihr eigenes Überleben an das seine gekoppelt hatte. Aber sie hatten sich getroffen: Krieg, Krankheit und Gewalt hatten sie zusammengebracht, aber jetzt erwuchs aus all diesen hässlichen Dingen wie durch ein Wunder etwas unfassbar Schönes. Die Sterne funkelten heller, jetzt, wo sie wusste, dass er unter ihnen schlummerte; die Blumen nickten lebhafter, weil er an ihnen vorbeirannte. Die Natur war erfüllt von Musik, das Leben voller Lachen. Manchmal war es so schön, so intensiv, dass sie es kaum ertragen konnte.

Sie legte sich ebenfalls auf den Rücken und wandte ihm den Kopf zu, und er sah sie an, und seine dunklen Pupillen schwollen an wie ein schwarzer Vollmond. Ein ganz eigenartiges Gefühl war das, als würde man gleichzeitig schweben und fallen. Ihre Fingerspitzen fanden und berührten sich im Gras, Feuer und Balsam zugleich. Es war das Schönste, was es gab, aber auch das Schlimmste. Denn es konnte nicht von Dauer sein.

Es war nicht von Dauer. Sie hatte ihre Aufgabe zu gut gemacht. Er war gesund und fit, und er hatte bereits seinen Einberufungsbefehl erhalten. In zehn Tagen musste er weg.

Nächster Halt Frankreich.

Islay, Donnerstag, 21 Dezember 2017

Das Gemeindezentrum war ein kurzes, stämmiges Gebäude mit einem steilen Schieferdach und schlichten Fenstern, die mit presbyterianischem Blick aufs Meer hinausstarrten. Es lag auf einer kleinen Landzunge, ganz am Rande des Dorfes, ein windiger, einsamer Platz, das letzte Gebäude, ehe das Land zurückwich und in einer Meile Entfernung die Destille sich in die aufgeworfenen Falten der Insel duckte. Es waren weitere Schneefälle vorausgesagt, und das Meer dräute stumpf unter einem schweren Himmel.

Alex fuhr in dem alten Landrover vor und schaute sich, das Kinn fast bis zum Lenkrad gesenkt, nach einem Wendeplatz um. Der kleine Parkplatz war natürlich rappelvoll. Auch an den Rändern der Zufahrtsstraße reihte sich auf fast hundert Metern Länge ein Fahrzeug ans andere. Sie spähte zu dem kleinen Gebäude hinüber. Orangerote Vorhänge hingen an den Fenstern. Da sie zugezogen waren, konnte sie nicht ins Innere blicken, bemerkte aber im Schein der Außenlampen, dass die Eingangstür festlich mit Rauschgoldgirlanden geschmückt war. Die Musik drang trotz der geschlossenen Fenster bis hierher – fröhliches Gefiedel, begleitet von Juchzern und Pfiffen.

Ihr Blick fiel auf eine schlammige Böschung, die für die hier üblichen rostfleckigen Kombis nicht zu bewältigen war, ihrem antiken Ungetüm jedoch keine Schwierigkeiten bereiten sollte. Sie fuhr vorsichtig hinauf und stellte den Jeep ab, zog die Handbremse an und schaltete Scheinwerfer und Zündung ab. Dann saß sie da und versuchte sich zum Aussteigen zu überwinden.

Sie waren jetzt da drinnen, die beiden: Skye, die mit Lochie flirtete und ihm Hoffnung zu machen versuchte; und Lochie, der jetzt nur noch der Form halber Geschäftsführer war, der die Rolle, für die er geboren und erzogen worden war, nur noch mimte, während seine Arbeiter und Angestellten um ihn herum fröhlich Weihnachten feierten.

Er hatte sie wortlos in der Kantine zurückgelassen und war mit aufheulendem Motor davongebraust. Sie wusste nicht, wo er war, was er tat oder was er jetzt vorhatte. Sie musste ihn loslassen und darauf vertrauen, dass sie ihm genügend Anreize geboten hatte, um ihren Rat zu befolgen. Aber würde er? Bei ihm konnte man sich nie sicher sein.

Sie schaute auf die golden leuchtenden Fenster und die wilde Party, die darin tobte. Ihr gefiel nicht, was sie getan, wie sie ihn manipuliert hatte, und sie hasste sich dafür. Aber weglaufen konnte sie jetzt auch nicht mehr. Sie musste es durchziehen, es musste zu Ende gebracht werden, und zwar alles. Ein für alle Mal.

Sie stieß die Tür auf und blieb abrupt stehen, schaute sich um. Ein chaotischer Anblick: fliegende Kilts und fliegende Waden, untergehakte Arme und Gelächter. An der Bar standen sie drei Reihen tief und unterhielten sich, in der Hand ein Bier oder einen Whisky. Die offenen Dachbalken waren ebenfalls mit Glitzergirlanden geschmückt, und auf der Bühne, wo die Musikanten spielten, stand ein kleiner weiß besprühter Weihnachtsbaum. Die beiden Fiedler und ein Akkordeonspieler – die mit den Köpfen nickten und mit den Schuhspitzen den Takt schlugen – wurden von einem aufblasbaren Schneemann und einem Weihnachtsmann flankiert.

Zögernd trat sie ein und suchte den Raum nach den einzigen beiden Menschen ab, die sie heute unbedingt sehen musste. Sie sah Bruce und Hamish in einer Ecke stehen, ins Gespräch vertieft. Beide trugen Kilts und hielten einen Whisky in der Hand, die Köpfe interessiert einander zugeneigt; Torquil war in Trews erschienen und unterhielt sich mit einer Rothaarigen, die Alex schon ein paarmal in der Kantine gesehen hatte. Aber wo war …?

»Mein Gott, wo hast du denn bloß gesteckt?«

Sie spürte eine Hand am Ellbogen und drehte sich um. Skye stand vor ihr und schaute sie mit funkelnden Augen an. »Tut mir leid, ich bin aufgehalten worden.«

»Zwei Stunden lang?«, jaulte Skye lachend.

»Ich, äh … ich musste noch mit einem Klienten in New York konferieren.« Sie musterte Skye, die ganz rote Wangen hatte und atemlos war. »Du hast wohl getanzt, was?«

»Nonstop«, giggelte die junge Frau. »Puh! Ganz schön anstrengend, kann ich dir sagen. Du musst es unbedingt auch mal probieren.«

»Ich kann keine Volkstänze.« Sie schaute sich nach Lochie um. Wo steckte er? War er am Ende gar nicht erschienen?

»Ach, da ist gar nichts dabei. Man überlässt alles dem Herrn. Wenn er weiß, wo er dich hinstellen und wann er dich hochheben muss, brauchst du gar nichts zu machen.«

»Hört sich beängstigend an.«

Skye lachte. »Ach was, du musst dir nur ein bisschen Mut antrinken. Hier, nimm mein Glas.« Sie reichte Alex ihren Whisky.

Alex nahm einen Schluck und spürte, wie ihr das Gebräu angenehm scharf durch die Kehle rann. »Und wie läuft es? Mit Du-weißt-schon-wem?«

»Wir haben schon zweimal miteinander getanzt.«

Dann war er also doch da. Na, wenigstens etwas. Ihre Anspannung ließ ein wenig nach. »Ach ja?«

»Ja, ich meine, richtig zusammen ist das ja nicht, nicht Wange an Wange, aber er war zweimal mein Tanzpartner, und das will schon was heißen. Er hat mich das ganze Jahr lang kaum angesehen ...« Sie biss sich auf die Lippe.

»Das ist doch gut.«

»Schätze schon.« Sie verzog das Gesicht.

»Was ist denn?«

»Ach, ich fühle mich schrecklich. Alle gratulieren mir ständig, wünschen mir Glück ... und ich kann nicht aufhören, an Al zu denken.«

»Das solltest du jetzt aber nicht. Jedenfalls nicht, solange das alles nicht geklärt ist. Es ist deine Entscheidung, Skye, deine ganz allein. Du solltest ihn nicht heiraten, nur weil du ein schlechtes Gewissen hast.«

»Nein, du hast recht.«

»Schau einfach erst mal, was der heutige Abend bringt. Habt ihr zwei schon ... geredet?«

»Nee, noch nicht. Aber ich glaube, er möchte schon, ich hab ihn schon ein paarmal dabei ertappt, wie er mich so komisch ansah.«

»Okay.« Alex blickte sich um. Ihr war übel. Am liebsten hätte sie Reißaus genommen. »Wo ist er denn?«

»Er war vorhin noch an der Bar. Ah ja, da ist er ja, siehst du? Im karierten Hemd.«

Alex sah hin. Das Deckenlicht an der Bar zeichnete

kantige Schatten auf sein Profil. Er stand mit ein paar Arbeitern aus der Mälzerei zusammen, aber er redete nicht, wirkte abwesend und in sich gekehrt.

»Mein Gott, sieht er nicht gut aus, heute Abend, was meinst du?«

Ja. »Kann sein.«

Als würde er spüren, dass er beobachtet wurde, hob er den Kopf und blickte sie ebenfalls an.

Sie konnte das nicht. »Du solltest hingehen und mit ihm reden«, drängte Alex leise und gab Skye einen Schubs mit dem Ellbogen. *Und tat es trotzdem.*

»Echt? Findest du?«

Nein. »Absolut. Es ist die perfekte Gelegenheit.«

»Na ja, ich brauche sowieso wieder was zu trinken, jetzt wo du mein Glas hast«, kicherte sie.

»Bitte ihn dir was zu bestellen. Frag ihn nach der Uhrzeit. Oder ob er dir irgendwie helfen könnte, ich weiß nicht … vielleicht mit deinen Haaren oder so. Bitte ihn um einen Gefallen. Um viele kleine Gefälligkeiten.«

»Wieso?«

»Das ist ein Trick. Er bringt Menschen dazu, einen noch mehr zu mögen, als sie's ohnehin tun.«

»Cool!«

Alex blickte ihr nach und bemerkte, dass Lochies Blick an ihr haften blieb und nicht Skye folgte.

»He, schöne Fremde! Wo hast du dich denn versteckt?«

Sie schaute sich um. Callum stand vor ihr. Er hatte sein freches Grinsen aufgesetzt und wirkte ehrlich erfreut sie zu sehen. »Du bist aber wirklich schwer zu erobern! Hast alle meine Textnachrichten ignoriert.«

»Ich war ein paar Tage ... außer Reichweite«, stieß sie widerwillig hervor. Sie konnte seinen Anblick kaum noch ertragen. Wie hatte sie sich bloß von ihm einwickeln lassen, mit ihm flirten können. Sie wusste doch, wie er war, und das, noch ehe sie erfahren hatte, wie er seinen eigenen Cousin hintergangen hatte. Aber sie war einsam und allein gewesen, und er war ja nicht gerade hässlich. Einen Moment lang war es ihr als die einfache Lösung erschienen, hatte sie geglaubt, auch mal ihren Impulsen folgen zu können, ohne die Konsequenzen tragen zu müssen. Aber es gab immer Konsequenzen und immer, immer Pflichten zu berücksichtigen.

Er trat von seinem Tisch weg auf sie zu. »Ich muss dich wiedersehen, ich kann nicht aufhören an dich zu denken. Wie wär's mit diesem Dinner, über das wir geredet haben? Wir könnten uns von hier verdrücken.«

»Kommt nicht infrage«, erwiderte sie brüsk.

Sie sah die Verwirrung auf seinem Gesicht, wie sein selbstbewusstes Grinsen erlosch. »Aber ... wir hatten doch eine schöne Zeit, oder? Ich dachte ...«

»Du hast falsch gedacht.«

Sie wollte an ihm vorbei, aber er erwischte sie beim Ellbogen. »Warte, Alex, ich verstehe das nicht. Was ist los? Hab ich was falsch gemacht?«

»Nicht bei mir, Callum, nein, die Gelegenheit geb ich dir nicht.«

»Du redest wirres Zeug.«

Sie trat dicht an ihn heran. »Ach ja? Ich weiß das mit dir und Skye«, zischte sie ihm zu.

»Was?«, fragte er perplex.

»All das Gerede, was für gute Freunde ihr mal wart –

und dann hintergehst du ihn auf diese Weise? Du widerst mich an.«

»He, Moment mal, was …«

»Ich will nichts mehr mit dir zu tun haben, okay?« Sie riss sich los.

»Alex!«

Sie schob sich durchs Gedränge, bloß weg von ihm, hin zur Bar, um sich einen Drink zu bestellen. Den hatte sie jetzt nötig. Skye hatte recht, sie musste sich nur ein bisschen Mut antrinken, dann würde sie den heutigen Abend schon irgendwie überstehen. Sie war erst seit fünf Minuten da, und es war bereits mehr, als sie ertragen konnte.

Die Party war in vollem Gange, alle amüsierten sich prächtig, ließen die Beine fliegen. Aber nicht sie. Sie hatte noch zu arbeiten. Musste den Auftrag unter Dach und Fach bringen.

»Was war das denn? Ein Streit unter Liebenden?«

Lochie war neben ihr aufgetaucht. Er stützte die Ellbogen auf die Bar, ein Glas in der Hand, und musterte sie mit schief geneigtem Kopf.

»Es war nichts.«

»Sah aber nicht so aus. Kommt nicht oft vor, dass ihm mal jemand dieses Grinsen vom Gesicht wischt.«

Sie schluckte. »Ich hab ihm gesagt, dass ich weiß, was er dir angetan hat.«

Lochies Augen wurden schmal. »Und was genau sollte das sein?«

Sie musterte ihn ungläubig. Musste sie es wirklich aussprechen? »…Skye?«, flüsterte sie.

Überraschung, dann Belustigung huschten über sein

Gesicht. »Ich bin ja dankbar für deine Loyalität, aber ich fürchte, du hast den falschen Cousin erwischt.«

»Was?« Ihr sackte der Boden unter den Füßen weg.

»Du unterschätzt das stille Wasser in der Familie. Ich auch, zu meinem Leidwesen. Er ist ganz der Vater.« Er warf einen verächtlichen Blick auf Torquil, der sich angeregt mit der Rothaarigen unterhielt. »Sholtos kleiner Prinz. Anwärter auf die Kentallen-Krone.«

Torquil hatte Skye verführt? »Aber … er ist doch verheiratet! Er hat Familie. Torquil würde … der würde so was doch nicht tun«, stotterte sie. Dann sah sie seinen Gesichtsausdruck. »Wieso sollte er so was machen?«

»Weil er alles tut, um mich zu provozieren. Mit meiner Verlobten zu schlafen war der einfachste Weg, um allen zu beweisen, dass ich genauso bin, wie sie sagen: jähzornig, aufbrausend, unberechenbar, labil.«

Das stimmte – genauso hatte Sholto ihn beschrieben.

»Und geklappt hat es, das muss man sagen«, meinte Lochie achselzuckend. »Ihm auf der Generalversammlung eins zu verpassen war zwar nicht gerade mein bester Moment, aber ich hatte es auch erst eine Stunde zuvor erfahren. Hat's mir mit diebischem Vergnügen am Frühstückstisch aufs Butterbrot geschmiert …« Er kippte seinen Drink auf einen Zug.

Alex zuckte zusammen. Torquil hatte ihr weisgemacht, Lochie habe wegen des Ferrandor-Deals zugeschlagen. »Erhitzte Gemüter«, hatte er es genannt. Dabei war er der Provokateur, der Schurke bei diesem Spiel! Und nicht nur Lochie war der Beleidigte. Was sie zu Callum gesagt hatte … Sie wandte sich um und versuchte ihn in der Menge zu entdecken. Er stand bei einer kleinen Gruppe, aber seine Körpersprache verriet Verschlossenheit, Abwehr.

»Ich muss mich unbedingt bei Callum entschuldigen.«

Lochie hielt sie fest. »Nicht jetzt.«

Sie schluckte, und ihr fiel wieder ein, warum sie überhaupt gekommen war. »Nein, natürlich nicht.« Sie berührte seinen Arm. »Wie geht es dir?«

»Na, es ging mir schon mal besser.« Ihre Blicke verhakten sich.

»Wo bist du denn heute Nachmittag hin? Ich hab mir Sorgen gemacht.«

»Bin raus zum Laufen. Ich musste nachdenken.«

»Lochie, es tut mir so leid«, sagte sie leise.

Er zuckte mit den Schultern. »Ist ja nicht deine Schuld.«

Ach nein? Sie wandte den Kopf ab. Sie fühlte sich schrecklich. »Hast du dir überlegt, was ich gesagt habe?«

Er schnaubte. »Welchen Teil meinst du?«

»Den Neuanfang. Eine andere Zukunft.«

Erneut schaute er sie mit einem Blick an, der Bände sprach. »Ja.«

»Skye sagt, ihr hättet miteinander getanzt.«

»Stimmt, sie ist eine gute Tänzerin.« Er musterte sie. »Und du? Wie steht es mit Volkstänzen?«

»Gott, nee.«

»Da ist nichts dabei, du musst nur den Mann führen lassen.«

Sie grinste gequält. »Nicht gerade meine Stärke, fürchte ich.«

»Tja, dann solltest du wohl besser mit mir tanzen. Ich bin hier der Einzige, der mit dir fertigwird.«

»Ha! Das hättest du wohl gern.«

»Ach ja?« Seine Augen begannen im Lichtschein zu funkeln, der Whisky ließ sich nicht länger verleugnen. Er packte sie plötzlich bei der Hand. »Na gut, wir werden ja sehen.«

»Warte! Lochie, nicht …« Aber er zerrte sie bereits hinter sich her, als wolle er einen Drachen steigen lassen. Das Gefiedel brach ab, und sie erkannte, dass man zu einem neuen Tanz Aufstellung nahm.

»Alex!«, rief Skye aufgeregt – und betrunken – aus, als sie die beiden erblickte. »Lochie! Kommt, wir brauchen noch ein Paar, um die Reihe voll zu machen.«

»Was?« Sie war vollkommen verwirrt. Skye packte ihre Hand und zog sie in die Gasse. Ihr gegenüber stand Callum. Er schaute sie voller Misstrauen und Enttäuschung an, und sie bekam schreckliche Schuldgefühle, wie ein Kind, das sich schlecht benommen hatte. Panisch sagte sie zu Skye: »Nein, ich … kann keinen Reel tanzen, ich hab das noch nie gemacht.«

Skye schmunzelte. »Keine Sorge, die Jungs werden dir schon zeigen, wo's langgeht, stimmt's, Cal?«

Aber da drang auch schon ein langgezogenes, tiefes Tröten aus dem Akkordeon, und alle nahmen Haltung an, Lochie ihr gegenüber.

»Diesen Tanz nennt man den *Hamilton House*«, erklärte Skye. »Das Mädchen tritt auf den Mann neben ihrem Ehemann zu, der ihren Geliebten darstellt, aber bevor er die Drehung mit ihr machen kann, wendet sie sich seinem Nachbarn zu und dreht sich mit ihm. Ein ziemlich gewagter Tanz«, sagte sie lachend.

Alex kapierte gar nichts. »Äh … wer dreht wen?«

Schon setzte sich die Frau zu ihrer Rechten in Bewegung, trat auf die Gasse hinaus, die von den Tanzenden gebildet wurde.

»Schau einfach nur zu, was sie macht«, riet Skye ihr. Die Frau machte eine Art Hopser vor Lochie, hakte sich dann aber bei Callum ein, der rechts von ihm stand, und die beiden drehten sich. »Lochie wird dich dort abstellen, wo du hinsollst, stimmt's, Lochie?«

»Aye.«

Alex sah ihn an. Er musterte sie grinsend, weidete sich an ihrem Unbehagen, ja ihrer Panik. Es war wieder wie die Nacht im goldenen Glitzerröckchen.

Aber sie hatte gar keine Zeit, richtig in Panik zu geraten, denn nun wurde eine Neunzig-Grad-Rotation vollführt, und sie befand sich auf einmal am Ende der Linie, die Frau rechts von ihr hielt ihre Hand, und Skye stand auf einmal gegenüber. Wie war das denn passiert?

Skye zwinkerte Alex zu, und beide Reihen gingen einen Schritt aufeinander zu, man stampfte mit den Füßen und wich dann wieder auseinander, formte einen Kreis. Man ging einmal so, dann wieder anders herum, wie beim Ringelreihen. Verdattert schaute sie zu, wie sich ein Mann und eine Frau in der Mitte drehten.

Nein, das war ihr zu kompliziert, da kam sie nicht mit. Und schon ging's wieder los: Gasse, Kreis, Gasse. Ihr pochte das Blut in den Schläfen und sie spürte, wie sich der Whisky in ihr ausbreitete. Das senkte zwar die Hemmschwelle, aber es half nicht gerade dabei, komplizierte Tanzmanöver zu durchschauen. Plötzlich wurde sie von Skye auf die Gasse hinausgeschubst und landete mit einem erschreckten Quieken vor Lochie.

Sie überlegte gerade, wie das mit dem Hopser nochmal ging, den sie ja jetzt vor Callum machen musste, als auch schon der Mann rechts von ihm ihre Hände überkreuz packte und sie einmal herumwirbelte wie einen Brummkreisel. Ehe sie auch nur nach Luft schnappen konnte, wurde sie zwischen Skye und Callum einsortiert. Vortreten, Stampfen, Zurücktreten – und dann wurde sie von Lochie gepackt und herumgewirbelt. Er blickte sie dabei unverwandt an, und seine Augen waren alles, woran sie sich festhalten konnte, damit ihr nicht zu schwindelig wurde. Ihr Haar hob sich von ihren Schultern, und sie lachte verängstigt, aber auch erregt auf. Und es machte tatsächlich Spaß. Zurück in die Linie, jetzt durfte sie mit Callum und einem anderen Mann Händchenhalten. Und wieder von vorne: Gasse, Stampfen, Gasse, Kreis – und dann wieder Lochie, der sich mit ihr drehte, der ihr das Gefühl gab, sie müsse gleich abheben und davonfliegen und dessen unverwandt auf sie gerichteter Blick ihr Anker waren.

Und schon war's vorbei. Zurück in die Gasse, und jetzt war Skye mit Callum an der Reihe. Sie versuchte wieder ein wenig zu Atem zu kommen, klatschte mit den anderen mit, lachte über die Juchzer. Und ständig war sie sich bewusst, dass er sie ansah.

Sie versuchte diesen Blick nicht zu erwidern, der ihr zu geladen, ja gefährlich erschien. Echos vom vergangenen Wochenende hallten darin wider, wie Warnglocken. Aber so etwas durfte nicht mehr passieren. Damit würde sie ihn nur von dem Pfad abbringen, auf den sie ihn gesetzt hatte. Sie musste es jetzt zu Ende bringen. Sie musste.

Aber sein Sog war einfach zu stark. Der Tanz ging weiter und immer weiter, zehn Minuten, zwölf Minuten – sie ließ sich treiben wie Seetang in der Dünung, ließ sich hier packen, dort drehen, dort einschieben, es war ihr kaum noch bewusst. Sie sah immerzu nur ihn.

Als er und Skye an der Reihe waren, stimmte sie absichtlich laut in den Jubel mit ein, warf lachend den Kopf zurück, um ihn zu ermuntern, zu bestärken. Aber als dann wieder die Reihe an ihnen war und sich ihre Hände berührten, sprang erneut der Funke über, ja, es durchfuhr sie wie ein Stromstoß. Es ließ sich nicht länger leugnen, es schien unvermeidbar, und sie sah einfach keinen Weg, um es aufzuhalten ... bis eine andere warme Hand nach ihr griff, eine Hand, die sich auch einmal gern weiter vorgewagt hätte.

Das Gefiedel erreichte mit einem Kreischen wie bei einer Notbremsung den Höhepunkt, und dann war's vorbei. Alle klatschten und jubelten, manche trampelten, andere drückten sich keuchend die Hände auf die Brust. Alex tat nichts dergleichen. Sie ließ die warme Hand in der ihren nicht mehr los und stellte sich ohne ein Wort zu sagen auf die Zehenspitzen und küsste ihn – vergrub ihre Finger in seinem goldenen Haar, spürte das sich ausbreitende Lächeln an ihren Lippen.

»Ach du Scheiße, ich hatte ja keine Ahnung, dass du und Callum ...« Skyes Kichern drang aus der Toilettenkabine.

»Da ist nichts.«

»Hat aber vorhin nicht so ausgesehen! Ich hab dir

doch gesagt, der ist ein Ladykiller. Dem kann keine widerstehen. Nicht mal du.«

Alex starrte sich im Spiegel an. Die Barbie-rosa Tapete im Hintergrund sah darin leider auch nicht besser aus als mit bloßem, zurückschreckendem Auge. Sie erkannte sich einfach nicht wieder. Wer war diese Person? Was geschah mit ihr? Ihr Lidstrich war verschmiert wie bei Debbie Harry, und ihr Haar stand vom vielen Tanzen wild ab. Callum hatte sie seit dem Kuss nicht mehr losgelassen – er wollte nicht mal eine Entschuldigung –, und sie hatten von den nächsten sechs Tänzen keinen ausgelassen. Was es für Tänze waren, wie man sie nannte, war ihr egal. Sie war jetzt zwar erschöpft, aber es funktionierte – solange sie die Tanzfläche nicht verließ oder in die Nähe der Bar kam, an der Lochie saß.

»Du auch nicht, dachte ich«, sagte Alex unverblümt und vielleicht auch ein bisschen grob. Aber sie war jetzt zu betrunken, so wie der Rest der Party, und scherte sich nicht groß darum.

»Hä?«

»Als man mir sagte, dass du Lochie betrogen hast, dachte ich, es wäre mit Callum gewesen.«

Die Toilettenspülung rauschte, und Skye kam herausgetorkelt, wobei sie fast die Kabine mitnahm. Sie taumelte ans Waschbecken.

»Aber Torquil? Im Ernst?« Alex wollte den Grund erfahren. »Was sollte das denn? Unwiderstehlich ist der doch nicht gerade … Skye?«

Skye schaute Alex an. »Er war einfach da, Alex. Lochie ist ständig auf irgendwelchen Bergen rumgekraxelt und hat versucht, sich auf jede erdenkliche Weise zu quälen.

Und Torquil war nett zu mir; er hat sich um mich gekümmert, er war für mich da. Er war ein Freund. Und ich war so einsam.«

»Er hat dich nur benutzt.«

Das war wie eine Ohrfeige für Skye. »Was? Nein!«

»Doch. Du warst nur ein Mittel zum Zweck für ihn. Er wollte in Wahrheit Lochie verletzen, ihn schwächen. Und du hast ihm das gestattet.«

Skyes Gesicht fiel in sich zusammen, ihre Lippen zitterten, Tränen traten ihr in die Augen.

Alex taten ihre harschen Worte schon wieder leid. »Verzeih, ich … Das hätte ich nicht so sagen sollen. Es war einfach … ein Schock, als ich's erfuhr. Noch so ein Schock. Ich wünschte, du hättest es mir gesagt.«

»Aber ich dachte, du weißt es!«, jaulte Skye und brach in betrunkene Schluchzer aus. »D-du hast gesagt, alle würden davon reden.«

Das stimmte. Es war nicht abwegig anzunehmen, sie wisse, dass es sich um Torquil handelte, dass sein Name erwähnt worden war. Alex drückte Skye tröstend die Schulter. Anderer Leute Leben zu zerstören war heute offenbar ihre Spezialität. »Achte einfach nicht auf mich, ich bin eine blöde Kuh. Ich hab zu viel intus. Entschuldige.«

Skye ließ heulend den Kopf sinken. »Nein, *ich* hab zu viel getrunken!« Sie schauderte. Alex spritzte sich kaltes Wasser ins Gesicht. »Alle geben mir ständig einen aus. Ich komme mir vor wie eine hundsgemeine Betrügerin.«

»Aber das bist du doch nicht.«

»Was werden die denken, wenn es rauskommt?«

»Das geht niemanden was an. Wen kümmert's schon,

was andere denken? Es geht schließlich um dein Glück, deine Zukunft.«

Alex nahm Skye in die Arme und erlaubte ihr, sich ein Weilchen an ihrer Schulter auszuweinen. Das Mädchen war ein Wrack, und das war alles ihre, Alex', Schuld. Sie war schuld an allem. An dem ganzen traurigen Schlamassel.

Skye richtete sich auf und warf nun selbst einen Blick in den Spiegel. »Mein Gott, wie ich aussehe! Sollten rote Wangen nicht schön machen? Also ich seh aus, als würde mich gleich der Schlag treffen.«

»Siehst du nicht.« Sie musterte Skye, hübsch und rosig und drauf und dran, alles zu bekommen, was sie sich wünschte – und was Alex nicht haben konnte: *ihn*. Sie nahm ein Papiertuch und wischte Skye die verschmierte Schminke ab.

»Du siehst so traurig aus«, murmelte Skye abwesend.

»Ich? Ach wo, mir geht's gut.« Die am häufigsten geäußerte Lüge der Menschheit.

»Warum sprichst du eigentlich nie über deine Probleme? Wir reden immer nur über mich.«

Darauf wusste Alex nicht gleich eine Antwort, schon gar nicht in ihrem Zustand. »Meine Probleme sind ... ach, die sind doch bloß langweilig. Und unwichtig.« Sie zwang sich zu lächeln. »Na, sollen wir wieder reingehen?«

»Na gut. Muss ich ja wohl. Ich muss ja noch mit Lochie reden. Jetzt oder nie, was? Wenn wir jetzt nicht reden, werden wir's wohl nie tun.«

Alex nickte wie betäubt. »Ja, da hast du wohl recht.«

Sie traten hinaus in den Korridor, aber als Alex einen Blick auf die herumwirbelnden Tänzer erhaschte, blieb sie unwillkürlich stehen. Sie konnte nicht mehr. Sie konnte einfach nicht mehr so tun, als sei sie in Callum verliebt.

»Ach, weißt du, ich glaube, ich gehe rasch raus, um ein bisschen frische Luft zu schnappen.«

»Soll ich mit?«

»Nein, geh du nur und tu, was du tun musst. Ich bleibe nicht lange. Bloß mal durchatmen, wieder ein bisschen nüchtern werden.«

»Okay. Dort ist die Hintertür«, nuschelte Skye verschwommen. Sie zeigte auf einen Notausgang am Ende des Korridors. »Aber hol mich, wenn du mich brauchst, okay? Ich bin auch für dich da, Alex, so wie du für mich. Wir halten zusammen, stimmt's?«

Alex versuchte zu lächeln, zu nicken, aber sie konnte nicht, weil sich die Tränen jetzt beim besten Willen nicht mehr zurückhalten ließen. Blindlings taumelte sie nach draußen. Die eisige Kälte traf sie wie eine Ohrfeige, und sie schnappte erschrocken nach Luft. Sie hatte keine Jacke an, wie dumm von ihr, und ihre Schuhe waren alles andere als schneefest. Die Musik wurde mit dem Zufallen der Tür merklich leiser, und sie wandte das Gesicht zum Himmel, so verzweifelt, dass sie nicht mal das herrliche Funkeln der Sterne wahrnahm.

Sie sank auf die Motorhaube eines Datsun und vergrub das Gesicht in den Händen. Was machte sie bloß?

»Mich kannst du nicht täuschen, weißt du?«

Sie ließ die Hände sinken. Lochie lehnte neben dem Ausgang an der Wand. War sie an ihm vorbeigestürzt, ohne ihn zu sehen?

»Diese Young-Lovers-Nummer mit meinem Cousin. Du machst das meinetwegen, nehme ich an, aber ich kauf's dir nicht ab.« Er hatte eine Flasche mit nach draußen gebracht und nahm jetzt einen kräftigen Schluck. Den Kopf an die Wand gelehnt blickte er sie unter schweren Lidern an. Er war jetzt total betrunken, was momentan ein gefährlicher Zustand für ihn war. Und für sie. Sie sagte kein Wort, wagte nicht, es zu bestreiten, um nicht einen Streit vom Zaun zu brechen. Jedes Wort hätte ihn von dem Pfad weggeführt, auf dem sie ihn haben wollte.

Er wandte seufzend den Blick ab. Beide schwiegen.

»Scheint, als ob sowieso alles zum Teufel geht, Hyde.« Er nahm einen Schluck aus der Flasche, dann sah er sie an. »Das hattest du wohl nicht als Teil meiner Rehabilitation geplant, dass ich mich in dich verliebe, was?«

Ihr ganzer Körper kribbelte, als sie das hörte. Aber sie schwieg.

»Ah, na ja ... ist nun mal passiert. Ein Problem mehr, das du für mich lösen musst.« Er ließ die Augen zufallen. »Nicht dass es was ausmacht. Wir könnten uns heute Abend die Wahrheit sagen, bis die Kühe heimkommen. Morgen früh würdest du es doch nur wieder abstreiten und behaupten, dass wir bloß betrunken waren. Und dann tun wir, als ob wir das glaubten.«

Sie wusste nicht, was sie sagen sollte, wagte es nicht. Jedes Wort, das er sagte, war wie eine Offenbarung für sie, sie hätte jubeln, tanzen mögen. Wenn sie könnte, wie sie wollte, würde sie bereits in seinen Armen liegen. Aber das konnte sie nicht.

Er musterte sie kopfschüttelnd. »Hast du wirklich erst Samstag gemerkt, was mit uns los ist?«

»… ja.«

Er ließ erneut die Augen zufallen und grinste, stieß ein trockenes Schnauben aus. »Ich weiß noch genau, wann's mir klar wurde.« Er schlug die Augen auf. »Beim Brand … es war deine Stimme. Du wolltest unbedingt, dass ich lebe. Als ob du … mich brauchen würdest. Erst war nichts – und dann warst da plötzlich du, deine Stimme. Es war wie eine Explosion in meinem Bewusstsein.«

Alex rannen die Tränen über die Wangen, unbemerkt in der Nacht. Wie gerne hätte sie ihm gesagt, dass es ihr genauso ging, dass sie ebenso empfand.

Vorne ging eine Tür auf, und ein Lichtstrahl fiel heraus. Die Musik dröhnte laut. Ein goldener Schopf lugte um die Ecke.

»Ah, da bist du!«, rief Callum erfreut. »Skye sagte, du wärst … ah, Lochie!« Er brach abrupt ab, als er seinen Cousin an der dunklen Wand neben dem Hinterausgang lehnen sah. »Ich störe doch nicht …?«

»Nö, keine Spur«, entgegnete Lochie und nahm einen kräftigen Schluck. »Wir haben uns nur über den Zustand der Welt unterhalten, stimmt's, Hyde?«

»Ja.« Sie erkannte ihre Stimme kaum wieder.

»Ich wollte nur sehen, ob mit dir alles in Ordnung ist. Es ist eiskalt hier draußen. Frierst du denn nicht?«

»Doch«, sagte sie leise und sah Lochie an.

Er blinzelte mit schweren Lidern, unter denen Augen hervorblickten, die alles und nichts verrieten.

»Es macht dir doch nichts aus, Cuz?«, erkundigte sich Callum besorgt.

»Keineswegs. Nimm sie nur mit«, murmelte Lochie, den Blick starr auf sie gerichtet. »Sie gehört ganz dir.«

28. Kapitel

Thompson Falls, Montana, 4. Juni 1918

Der Fuchs hatte ein Weibchen gefunden. Sie beobachtete schon seit ein paar Wochen von ihrem Schaukelstuhl auf der Veranda aus, wie sie am Waldrand jenseits der Lichtung herumtobten, sich balgten und auf Jagd gingen. Es gefiel ihr, ihre Bürstenschwänze im hohen Gras herumflitzen zu sehen, und wie sie die Ohren zuckend aufstellten, wenn ein Waschbär einen Baum hinaufkletterte oder ein Eichhörnchen einen Tannenzapfen fallen ließ.

Auf den blauen Bergen in der Ferne schmolz der Schnee und die Bäume trieben grün aus. Tagsüber hörte man Spechte pochen, nachts das Rauschen vorbeifliegender Eulen; Elche trotteten majestätisch durch den Wald, und gelegentlich hörte man den durchdringenden, unheimlichen Schrei eines Berglöwen. Die Welt erwachte zu neuem Leben.

Aber nicht auf dem Kontinent jenseits des Ozeans. Dort erzitterte das Land unter dem Bellen von Haubitzen und dem Knall von Gewehren. Dort färbten sich die Flüsse rot, und die einzigen Blumen, die es gab, kümmerten in Schützengräben. Kein Vogel wagte es, am bleichen Himmel vorüberzufliegen. Und in diesem Land lag nun irgendwo ihr Sohn. Tot und fern der Heimat, würde er nie wieder einen Frühling erleben.

Nie wieder das Gurgeln der vom Schmelzwasser geschwollenen Flüsse vernehmen, das Rauschen der Wasserfälle. Nie wieder die zarten Blütenblätter eines Gänseblümchens an seiner Haut fühlen. Weder würde er erleben, wie die grauen Fuchsjungen zum ersten Mal aus dem Bau kamen und sich in der Sonne balgten, noch würde er zu dem Mann heranreifen, der er hätte werden sollen. Er war dem Leben entrissen worden, ohne eine Spur zu hinterlassen, ja nicht einmal einen Körper zur Bestattung. Als ob es ihn nie gegeben hätte. Nur der neue Goldstern im Fenster ihres Hauses kündete davon, dass hier ein tapferer Soldat sein Leben für sein Land gelassen hatte. Aber das konnte niemand sehen außer den Füchsen; sie allein wurden Zeugen des großen Verlustes, den sie erlitten hatte.

Islay, Freitag, 22. Dezember 2017

Sie musste den Jackenärmel über ihre froststarren roten Hände ziehen, ehe sie den Schnee von der Sitzfläche wischen konnte. Dann setzte sie sich und schaute aufs Meer, das heute weiß glitzerte wie ein Spiegel. Ihr Atem beruhigte sich innerhalb von Minuten, ihre Wangen dagegen blieben gerötet. Aber so gesund, wie sie aussah, fühlte sie sich nicht. Sie litt noch unter den Überbleibseln eines Katzenjammers. Das Frühstück hatte sie nicht herunterbekommen, und diesmal war die Versuchung, sich wieder ins Bett zu verkriechen, beinahe überwältigend gewesen. Sie brauchte ja auch nicht in der Brennerei vorbeizusehen, es wäre zu riskant gewesen, da die Grenzen zwischen ihr und Lochie derzeit viel zu fragil waren und sie für klare Fronten sorgen musste. Sie musste professionell bleiben. Ihn über die Ziellinie bringen.

Ob die Destille heute überhaupt aufhatte? Der Schnee kam dick herunter, es konnte gut sein, dass die Straßen unpassierbar waren. Vielleicht waren die Schulkinder ja nicht die Einzigen, die heute »schneefrei« bekamen.

Ihr Handy summte, sie hatte eine SMS bekommen. Von Callum, wie sie sah. Schon wieder. Sie löschte sie, ohne sie zu öffnen. Dann schaute sie auf den Horizont, Richtung Amerika. Sie war nicht stolz auf sich. Sie hatte Callum als Waffe benutzt, um Lochie von sich fern und den Ball im Spiel zu halten. Ha! Wie das funktioniert hatte, war inzwischen klar. Sie hatte den anderen benutzt, um Lochie zu verletzen. Und das machte sie nicht besser als Torquil. Wie hatte sie sich nur ein Urteil über ihn herausnehmen können? Mit welchem Recht? Ein Kinnhaken war das Mindeste, was der verdient hatte. Und sie? Wenn er bloß wüsste, was sie getan hatte ...

Sie fragte sich, was er wohl im Moment machte, jetzt, wo er kein richtiger Farquhar mehr war, zumindest nicht vor dem Gesetz. Was wohl zwischen ihm und Skye vorgefallen war, nachdem sie gegangen war? Hatten sie überhaupt noch miteinander reden können, oder waren sie schon zu betrunken gewesen? Arme Skye. Alex glaubte nicht, dass sie bei Lochies Zukunftsplänen noch eine Rolle spielte.

Abermals brummte das Handy. Der Absender war unbekannt, aber sie brauchte auch gar keinen, um zu wissen, von wem die Nachricht stammte.

»Wollte bloß mitteilen, dass Lochlan heute früh seinen Rücktritt eingereicht hat, der bereitwillig von mir akzeptiert wurde. Meine Gratulation für Ihre hervorragende Leistung!«

Weiße Atemwolken standen vor ihren Mündern, während sie in der eisigen Fahrerkabine durch den Schnee pflügten. Mr Peggie hatte nicht viel gesagt, als ihm Mrs Peggie energisch befahl, den Traktor bereit zu machen, da Alex sich ansonsten zu Fuß auf den Weg machen würde. Mr Peggie meinte, er habe sowieso noch was zu erledigen, und kaum eine halbe Stunde später waren sie schon unterwegs, mit einer warmen Thermoskanne und einem Paket Kesselkuchen, »bloß zur Sicherheit«, wie Mrs Peggie meinte.

Die Schneeschaufel, die Mr P. vor den Traktor gespannt hatte, leistete ganze Arbeit: Der weiße Niederschlag türmte sich böig an den Straßenrändern auf, und hinten am Fahrzeug spuckte der Spender Salz und Kies auf die Fahrbahn. Alex begnügte sich damit, aus dem Fenster zu starren und nervös an dem Umschlag auf ihrem Schoß herumzufingern.

Sie passierten das von Steinsäulen flankierte gusseiserne Tor und holperten die Auffahrt entlang. Alex konnte zwischen den verschneiten Büschen immer wieder Blicke aufs große Haus erhaschen; in einigen Fenstern brannte Licht, denn der Tag verblasste bereits, obwohl es erst zwei Uhr nachmittags war. Aber dorthin wollten sie gar nicht. Sie war froh, dass der alte Farmer sich bereit erklärt hatte, sie zu fahren, denn alleine hätte sie bestimmt nicht hergefunden.

Sie bogen rechts ab und nahmen einen schmalen, verschneiten Weg, auf dem noch keine Wagenspuren zu erkennen waren. Offenbar hatte er das Haus heute noch nicht verlassen – und der Aston war bei diesen Witterungsverhältnissen ohnehin denkbar ungeeignet. Vor ihnen lag eine stille, schöne, fast alpine Winterlandschaft. Die Äste der Nadelbäume bogen sich unter der Schneelast, und wenn sie angehalten und den Motor abgestellt hätten, dann wären sie von vollkommener Stille umgeben gewesen.

»So, das ist es«, verkündete Mr Peggie auf seine wortkarge Art. Sie waren um eine Biegung gekommen, und vor ihnen lag eine kreisrunde Auffahrt mit einem verschneiten Maulbeerbaum in der Mitte. Das Haus wäre ohnehin atemberaubend gewesen – ein stattliches Herrenhaus aus braunem Sandstein, im Regency-Stil, mit hohen Sprossenfenstern und einer dreistufigen Eingangstreppe. Aber jetzt, im Schnee, der dick auf dem Dach und bauschig auf den Fensterbrettern lag und auch auf den kugelig zugeschnittenen Eiben, wirkte es noch bezaubernder. Es war nur ein Viertel so groß wie das Haupthaus, aber es besaß locker dreimal so viel Charme.

»Ich wende inzwischen, ja? Sie können schon mal anklopfen.«

»Ach, anklopfen will ich gar nicht«, sagte sie eilig. »Ich will das nur rasch in den Briefkasten werfen.« Auf einer Seite der Auffahrt stand eine Doppelgarage, in der unter dem nur halb heruntergelassenen Tor die Schnauze des Aston zu erkennen war.

»Sie wollen gar nicht mit ihm sprechen?«, fragte Mr Peggie erstaunt.

»Alles, was er wissen muss, steht da drin.«

»Aye, na gut«, meinte Mr Peggie zögernd. »Wie Sie wollen. Ich warte gern. Mrs P. hat ja dafür gesorgt, dass ich nicht verdurste und verhungere.«

Alex sprang aus dem Führerhaus und landete im weichen Schnee. Dann ging sie auf das Haus zu. Sie konnte nicht anders und riskierte im Vorbeigehen einen neugierigen Blick in die Fenster. Hinter einem stand reglos ein großes altes Schaukelpferd, in einem anderen war ein Konzertflügel zu sehen. Weiter hinten im Haus schien Licht zu brennen.

Sie erklomm die Stufen und schaute sich nach dem Briefkasten um. Mist, da war keiner, auch kein Schlitz in der Eingangstür. Hatte sie ihn übersehen? Vorne am Eingangstor vielleicht?

Sie schaute noch einmal nach, fand aber nichts. Dann musste sie ihren Brief eben einfach vor die Tür legen. Aber da würde er nass werden und mit ihm sein Inhalt.

Sie rannte zum Traktor zurück, den der alte Mann inzwischen gewendet hatte. »Mr P., ich brauche noch einen Moment, ich kann keinen Briefkasten finden. Ich werde ihn am besten vor die Hintertür legen, irgendwo, wo er geschützt ist.«

Mr Peggie prostete ihr mit dem Deckel der Thermoskanne zu, in der anderen Hand hielt er ein dickes Stück Kesselkuchen. »Aye«, entgegnete er gleichmütig, als habe er nichts anderes erwartet.

Sie schlug die Tür zu und rannte leichtfüßig über die Auffahrt und an der Tür vorbei. Dann warf sie auch einen Blick in die Fenster auf der anderen Hausseite. In einem Raum befanden sich Hanteln und ein Laufband, in dem anderen ein gigantischer Großbildfernseher und ein Sofa. Es war klar, welche Seite des Hauses er bewohnte.

Sie bog um die Ecke, schob sich an einer verschneiten Hecke vorbei und blieb abrupt stehen. Licht fiel auf ein Stück verschneiten Rasen, und eine Tür stand offen. Mit wild klopfendem Herzen schaute sie sich um. Wo war er? Ob er den Traktor gehört hatte? Leise war der ja nicht gerade.

Sie hörte ein Geräusch zu ihrer Rechten und wandte den Kopf. Dort stand ein kleiner Schuppen, dessen Tür ebenfalls offen war. Er war dort drinnen!

Sie warf einen hektischen Blick zurück zu der offenen Tür. Dann lief sie los, ohne weiter darüber nachzudenken. Sie huschte über den Rasen und warf den Brief hinein, wo er über einen ausgetretenen Steinboden schlitterte. So, jetzt war er wenigstens im Trockenen. Sie wandte sich zum Gehen, als aus dem Schuppen erneut ein Geräusch zu hören war. Sie durfte keine Zeit mehr verlieren. Flink wie ein Hase rannte sie auf die Hecke zu. Fast hatte sie es geschafft, als …

»Alex?«

O nein. Ihr Herz setzte einen Schlag lang aus. Sie drehte sich um. Als sie ihn sah, krampfte sich ihr Magen zusammen. »Äh, hallo.«

Er hatte einen Klafter Holzscheite auf dem Arm, die Verblüffung stand ihm ins Gesicht geschrieben. »Was machst du denn hier?«

»Ich … ich wollte gerade gehen.«

»Das sehe ich.«

»Ich wollte dir nur kurz was vorbeibringen.«

Stirnrunzelnd warf er einen Blick zum Haus und sah den Briefumschlag auf dem Fußboden liegen. »Ist das deine Rechnung?«

Sie schnaubte, versuchte zu lachen. »Das nicht.«

»Jetzt warte doch mal, warum so eilig? Komm doch rein.«

»Ich muss wieder weg. Mr Peggie wartet auf mich. Ich wollte dich nicht stören.«

»Das wäre aber mal was ganz Neues. Mich zu stören ist doch deine Lieblingsbeschäftigung, dachte ich«, witzelte er. Aber sie war nicht in Stimmung für Scherze und er auch nicht wirklich in der Verfassung dazu, wie sie bemerkte. Er war zerzaust und unrasiert, wirkte hager und übermüdet, mit dunklen Ringen unter den Augen. Ein Brummschädel und eine schlaflose Nacht, wie sie vermutete.

»Ich wollte ihn nur schnell in den Briefkasten werfen, hab aber keinen gefunden. Ich konnte ihn doch nicht einfach in den Schnee legen.«

Er starrte sie reglos an, er merkte gar nicht, wie gut er aussah, mit dem Stapel Feuerholz und seiner finsteren, zerknitterten Miene. »Alex, was ist los?«

»Nichts. Lies dir einfach den Brief durch, okay?« Ihre Stimme zitterte. Sie konnte nicht mehr. Ihn zu sehen, mit ihm zu reden … es überstieg ihre Kräfte.

Er ließ die Holzscheite in den Schnee fallen und ging auf sie zu, ging an ihr vorbei zur Vorderseite des Hauses.

»Wo willst du hin?«, rief sie ihm erschrocken nach. Sie blieb einen Moment lang unschlüssig stehen, dann folgte sie ihm. Er stand beim Traktor und sprach mit Mr Peggie. »Nein, warte ...«

Aber die großen Räder setzten sich bereits in Bewegung, und der Traktor rumpelte davon, zurück nach Hause, in die warme Stube, ehe alles zuschneite.

»Ich hab versprochen, dass ich dich zurückfahre«, sagte Lochie und blieb vor ihr stehen. Er blickte ihr in die Augen. Etwas Unausgesprochenes kursierte zwischen ihnen, und sie verspürte, wie immer, wenn er ihr nahe war, eine unglaubliche Intensität, ja Lebendigkeit. Da nahm er sie plötzlich beim Arm und marschierte mit ihr zum Haus zurück.

»Nicht, Lochie ...!«

Er schubste sie durch die offene Hintertür ins Haus. »Ist ja mal was ganz Neues«, sagte er gedehnt, »dich reinzuwerfen statt raus.«

Die Küche war riesig. Pastellblaue, freistehende Schränke und eine enorme Arbeitsinsel in der Mitte, mit einer Oberfläche aus dickem altem, poliertem Eichenholz. Darauf stand eine Flasche Merlot, bereits geöffnet. Er hob den Briefumschlag auf und legte ihn auf die Anrichte, dann trat er an einen Oberschrank und holte ein zweites Glas hervor. Er schenkte ihr Wein ein und reichte ihr das Glas, ohne gefragt zu haben, ob sie überhaupt wollte.

Sie nahm dankbar einen Schluck und sah zu, wie er zur Insel zurückging und nach seinem eigenen Glas griff. Auf dem Abtropfbrett lagen ein paar Teller und eine Schüssel, über einem Stuhl hing ein Pulli, und an einer der Steckdosen wurde ein iPad aufgeladen. Die

Times lag aufgeschlagen auf dem Tisch, es war die Sportseite, wie Alex bemerkte. Rona – als Wachhündin offenbar ein Reinfall – trottete herein, schnupperte kurz an ihrem Napf, um zu sehen, ob sich dort auf wundersame Weise etwas materialisiert hatte, dann ging sie zu Alex und holte sich ein paar Streicheleinheiten ab.

Lochlan lehnte sich an die Anrichte und verkreuzte die Fußknöchel, blickte sie an. Er war sogar noch wortkarger als Mr Peggie, was Alex offen gesagt … nervös machte.

»Du siehst besser aus, als man vermuten würde«, stieß sie hervor, nur um irgendetwas zu sagen. »Wie fühlst du dich?«

»Grässlich. Übernächtigt und verkatert. Hab kein Auge zugekriegt.«

»Kann ich mir denken.« Sie biss sich auf die Lippe. »War noch was, gestern Abend, nachdem ich weg war?«

Er legte den Kopf schief und musterte sie. »War noch was zwischen mir und Skye, wolltest du wohl sagen?«

Sie wandte den Blick ab. Genau das hatte sie sagen wollen, ja, aber sie bereute bereits, überhaupt damit angefangen zu haben.

»Nichts war. Wir haben geredet, das ist alles.«

»Worüber denn?«

Er zuckte mit den Schultern. »Wer das Sorgerecht für den Hund kriegt.«

»Lochie!«

»Was?«, stieß er gereizt hervor. »Was hätte es denn noch zu sagen gegeben? Oder hast du geglaubt, ich würde ihr eine leidenschaftliche Liebeserklärung machen? Dass ich sie zurückhaben will? Das will ich nicht. Sie ist glücklich mit ihm, und du bringst sie bloß durcheinander. Sie passen gut zusammen. Da werde ich mich nicht dazwischendrängen.«

»Aber wir sind gestern in der Sitzung doch übereingekommen, dass ...«

»*Ich* nicht. Das kam alles von deiner Seite.«

»Na gut, aber ich glaube, du hast begriffen, dass das deine letzte Chance ist, die Dinge wieder zu kitten. Die Trennung machte doch gar keinen Sinn.«

»Was keinen Sinn macht, bist *du*! Und warum du mich ständig drängst, es nochmal mit ihr zu versuchen«, sagte er verärgert. »Was willst du von mir?«

Sie blinzelte verwirrt. »Nichts. Du weißt doch, worum es geht.«

»Ach ja? Das musst du mir erklären. Denn was mich angeht, *ich* weiß, was ich will. Und was ich *nicht* will. Ich hab nichts zu verbergen.« Er breitete die Arme aus, wie um es zu verdeutlichen.

Ihr Herz klopfte wie wild. Das ging alles viel zu schnell. Deswegen war sie nicht hergekommen. Genau das wollte sie ja unbedingt vermeiden. »Das Ich, das Wir und das Es, du weißt doch?«

»Ach, komm mir bitte nicht mit dem Scheiß.« Er seufzte und nahm einen Schluck Wein.

Sie holte tief Luft, um nicht die Nerven zu verlieren. Irgendwie entrollte sich die Spule in ihren Händen immer schneller, der Faden schwirrte ihr durch die Hände, verbrannte ihr die Finger. »Deine Beziehung zu Skye ist nur in die Brüche gegangen, weil ...«

»Weil sie mich betrogen hat.«

»Nein, das war bloß ein Symptom für das eigentliche

Problem«, argumentierte sie. »Du warst in keiner guten Verfassung. Du hattest deinen Vater verloren und warst voller Zorn. Du hast sie von dir weggestoßen, Lochie. Das ging ganz klar aus der Konstellation hervor ...« Sie verstummte.

Er musterte sie ergrimmt. »Weißt du was? Für jemanden, der behauptet, eine Koryphäe auf diesem Gebiet zu sein, bist du ganz schön blind, was dich selbst betrifft. Ich hab nicht den Eindruck, dass du selbst das mit dem Ich, Wir und Es auf die Reihe bringst.«

»Es geht aber nicht um mich.«

»Im Gegenteil. Es geht mehr und mehr um dich und wie eigenartig du dich verhältst. Was hast du neulich gesagt? Einer von deinen Lieblingssprüchen? Wie verrückt es ist, sich gegen etwas zu wehren, was bereits ist? Das mit uns – das *ist* bereits! Und du bist die Einzige, die das nicht wahrhaben will!«

Sie mied seinen Blick. Er begriff ja nicht, wie unmöglich das alles war. Dass es nie sein konnte. Und den Grund dafür durfte sie ihm nicht verraten. Das alles, das hätte einfach nicht passieren dürfen, es war nie eingeplant, und sie hatte es ganz gewiss nicht kommen sehen. Und jetzt schien es unmöglich zu sein, sich aus seinem Leben, aus dem ganzen Gewirr zu befreien, aus dem Netz, in dem sie hing, das sie an ihn band. Sie hatte vorgehabt, heimlich zu verschwinden, aber so leicht war das natürlich nicht. Wenn sie wirklich von hier wegwollte, würde sie das Netz ganz einfach zerhacken, würde sich losschneiden müssen. »Ich will nicht mit dir streiten. Deshalb bin ich nicht hergekommen.«

Stille. Er seufzte. »Das scheinen wir aber am allerbesten zu können.« Er wandte sich ab und schenkte sich nach, nahm einen Schluck und schaute aus dem Fenster, auf den Garten, in dem das Flutlicht noch brannte, die Holzscheite, die im Schnee lagen, und die offenstehende Schuppentür.

»Ich wollte mich nur verabschieden. Heute Abend reise ich ab.« Ihre Worte prallten an seinem Rücken ab; er sagte nichts. »In dem Brief steht eigentlich alles. Aber mach ihn bitte erst auf, wenn ich weg bin.«

Er wandte sich zu ihr um, warf dann einen Blick auf den Umschlag. »Wieso?«

»Es ist besser, glaub mir.«

Das hätte sie nicht sagen sollen. »Nicht, Lochie, bitte!« Aber er war mit zwei Schritten bei der Anrichte und riss den Brief auf, dass die Fetzen flogen. Dann las er die Abschiedsworte, die sie auf Mrs Peggies blaues Briefpapier geschrieben hatte.

Das Herz klopfte ihr bis zum Hals, sie fühlte sich auf einmal entblößt und schrecklich verletzlich. Sie hätte nie herkommen sollen. Warum hatte sie das nur gemacht? Es war ein Fehler, und sie hatte es wohl auch gespürt – aber sie hatte es dennoch gemacht. Weil sie ihn noch ein letztes Mal sehen wollte.

»Alex.«

Den Brief in der Hand sah er sie an. Und da wusste sie, dass die Zeit für Worte vorbei war. Auch das Streiten und Argumentieren war vorbei; er hatte recht – sie wehrten sich gegen etwas, das bereits war. Er durchquerte den Raum mit wenigen Schritten und hob sie hoch, setzte sie auf der Arbeitsinsel ab. Ihre Lippen suchten gierig die seinen. Jetzt wusste sie, warum sie noch einmal hergekommen war: um richtig von ihm Abschied zu nehmen.

Ihre Haut funkelte warm im Schein des Kaminfeuers. Sie lagen aneinandergeschmiegt auf dem Sofa, eine Decke über den Hüften. Der Merlot lag ausgetrunken auf dem Teppich zu ihren Füßen, daneben ein großer Teller mit den Resten von geräuchertem Lachs und Zitronenscheiben, dazu eine leere Schale, in der Erdbeeren gewesen waren.

Lochies Finger strichen über die Biegung ihrer Taille, ihr Kopf lag auf seiner Brust, der Blick gesättigt auf die flackernden Flammen gerichtet. Die Dunkelheit war schon vor Stunden hereingebrochen, und es schneite noch immer, der Schnee wurde knisternd gegen die Scheiben geweht.

»Was meinst du, wie hoch der Schnee jetzt liegt?«, fragte sie träge und spürte das Kitzeln seiner Brusthaare.

»Fünfundzwanzig, dreißig Zentimeter, schätze ich. Das stürmt ganz schön. Glaube nicht, dass die Fähren noch unterwegs sind.«

»Bleibt nur noch der Rettungshubschrauber«, scherzte sie, aber der Witz ging daneben. Dass sie fortwollte, war kein Grund zum Lachen. Er schwieg, und sie hörte das Pochen seines Herzens. Sie blickte zu ihm auf. »Nicht dass ich auch nur für eine Sekunde angenommen habe, dass du mich wirklich zu den Peggies zurückbringen würdest.«

»Natürlich nicht.« Er warf ihr einen selbstsicheren, gelassenen Blick zu.

Sie verbarg ihr Grinsen, indem sie ihm einen Kuss

auf die Brust gab. »Aber die alten Leutchen werden sich vielleicht Sorgen um mich machen.«

»Ach was. Ich hab Mr P. gesagt, wir hätten noch was Geschäftliches zu besprechen und ich würde dich zur Not in einem Gästezimmer unterbringen.«

»Und das hat er geglaubt?«

Lochie lachte. »Wohl kaum.«

Sie lachte ebenfalls, wurde dann aber wieder ernst. »Sie werden mir fehlen, die Peggies.«

Seine Muskeln spannten sich ein wenig an. »Und du ihnen bestimmt auch.«

»Ich hätte nie erwartet, dass ich so an alldem hängen würde.«

»Nein, natürlich nicht.« Er schwieg und strich federleicht mit den Fingern über ihre Haut. »Aber du könntest natürlich auch hierbleiben.«

»Ach nein. Ich gehöre nicht hierher.«

»Könntest du aber.«

»Es ist schön hier, das ist nicht zu bestreiten, und es gefällt mir auch, aber … ich hab doch mein eigenes Leben. In London. Ich hab meine Firma, meine Angestellten, meine Klienten. Meine nette kleine Wohnung. Verpflichtungen.«

»Dann fangen wir halt erst mal ganz klein an. Bleib doch über Weihnachten.«

Sie schloss die Augen und schob ihre Nase in seine Achselhöhle, sog seinen wunderbaren Geruch ein. »Ich wünschte, ich könnte, aber das geht nicht.«

»Wieso nicht?«

»Hab ich doch gesagt: Ich hab Verpflichtungen.«

Er schaute wieder ins Feuer und biss die Zähne zusammen, wie er es immer tat, wenn er gewaltsam etwas zurückhielt.

»Ich will nicht, dass du gehst.«

Ihr kamen die Tränen, und sie presste die Lippen aufeinander. Das klang, als sagte er das nicht zum ersten Mal. Hatte er das auch zu seiner Mutter gesagt? Zu seinem Vater?

»Ich will doch auch nicht«, flüsterte sie erstickt. »Aber da draußen wartet das richtige Leben. Das hier ist doch nur ein Traum. Es würde nie funktionieren.«

»Wieso nicht?«

»Weil …« Jetzt rann ihr doch eine einzelne Träne über die Wange. »Weil das hier eine Katastrophe für mich ist. Das mit uns, meine ich. Es hätte nie passieren dürfen. Es ist unethisch, unprofessionell. Wenn herauskommt, dass ich mich mit einem Klienten eingelassen habe …«

Er hob ihr Kinn, zwang sie ihn anzusehen. »Wie oft soll ich's dir noch sagen? Ich bin nicht dein Klient. Ich hab dich nicht angeheuert, und ich wollte auch nie mit dir arbeiten. Außerdem hast du jämmerlich versagt: Anstatt mich zu einem besseren Boss zu machen, ist mein Job irgendwie flöten gegangen. Nein, tut mir leid, aber du bist einfach nur eine schöne und sehr intelligente Frau, die sich drei Wochen lang vor meinem Büro auf die Lauer gelegt hat, um mir den letzten Nerv zu rauben.«

Sie lachte auf und wischte sich mit dem Handrücken die Träne weg. »Das wird aber sonst keiner so sehen.«

Damit hatte sie recht, das wussten beide. Seine Hand ertastete ihren Oberschenkel, packte sie in der Kniekehle und zog sie schwungvoll hoch, sodass sie rittlings auf ihm saß. Er nahm ihr Gesicht in beide Hände.

»Ich dachte du wärst müde«, sagte sie schmunzelnd. »Du hast doch letzte Nacht kaum geschlafen.«

Er erwiderte ihr Schmunzeln und musterte sie dann mit hungrigen, aber traurigen Augen. »Hyde, was soll ich denn machen, wenn du ständig davon redest, dass du die Fähre kriegen musst? Da bleibt mir keine Zeit zum Schlafen.«

29. Kapitel

Islay, Samstag, 23. Dezember 2017

Die Kapelle war nicht geheizt, aber das überraschte niemanden. Draußen lag dick Schnee, und das kleine Heizgerät und die Kerzen, die neben den Sitzreihen brannten, waren mit ihrer Aufgabe klar überfordert. Alex klappte den Kragen ihres roten Mantels hoch. Da er nicht gefüttert war, war er eigentlich ungeeignet für diese Jahreszeit, aber sie hatte sonst nichts Passendes für eine solche Gelegenheit dabei. Sie hatten auf dem Weg hierher kurz bei der Farm Halt gemacht, damit sie sich umziehen konnte. Zum Glück war die Straße nach Mr Peggies Räumversuchen am gestrigen Abend noch einigermaßen frei, und Mrs Peggie hatte auch nichts gesagt, als sie Alex' verdächtig strahlendes Gesicht sah, sondern ihr nur, wie immer an jedem Morgen, einen warmen Kipper angeboten.

Alex saß allein in der letzten Reihe und presste bibbernd vor Kälte die Knie zusammen. Die Reihen füllten sich allmählich. Das Kirchlein besaß weder Buntglasscheiben noch sonstigen Schmuck, wie Stuckverzierungen oder Blumenarrangements. Nur schlichte Fenster hoch oben an den Wänden, von deren tiefen Fensterbrettern Efeugirlanden und rote Vogelbeerenzweige herabhingen.

Alasdair stand bereits nervös zappelnd vorne, und auch sein Trauzeuge tastete immer wieder seine Brusttasche ab, um sicherzugehen, dass sich die Ringe darin befanden. Alex konnte kaum den Blick vom Bräutigam abwenden – wie jung und naiv er wirkte, mit einem weichen Gesicht und leicht abstehenden Ohren. Mit einem schüchternen Grinsen nahm er die Glückwünsche seiner Freunde entgegen, die ihm frotzelnd auf die Schulter oder den Rücken klopften. Stolz zupfte er immer wieder an seiner festlichen, bestickten Weste herum und nickte in die Runde. Als sie ihn so sah, kam sie sich noch mieser vor. Beinahe hätte sie sein Leben ruiniert, obwohl sie ihn gar nicht kannte – und er sie nicht. Aus bloßer Eigensucht, um ihre Ziele zu erreichen.

»He du.« Lochie nahm dicht neben ihr Platz und presste seinen Oberschenkel an sie, um sie zu wärmen. Er knöpfte seine Jacke auf. »Frierst du? Willst du die haben?«

Sie schüttelte den Kopf. »Du siehst sehr zufrieden mit dir aus«, bemerkte sie, angesichts seiner energiegeladenen Bewegungen. Sie hätte zu gern sein Gesicht in die Hände genommen und ihm einen Kuss auf den Mund gegeben. »Wo hast du gesteckt?«

Er holte tief Luft und schaute sie mit leuchtenden Augen an. »Hab noch mit Sholto geredet. Ich hab ihm gesagt, dass ich meine Ablösungsbedingungen so schnell wie möglich aushandeln will.«

»Du scheinst heute ja ausgesprochen guter Laune zu sein.«

»Findest du? Tja, vielleicht hab ich ja wirklich endlich eingesehen, dass es noch ein Leben außerhalb der Insel gibt.« Sein Blick kroch über sie hinweg wie Ameisen. »Mann, du siehst übrigens umwerfend aus in dem roten Mantel. Ich weiß, den hast du beim ersten Mal angehabt. Damals hätte er mich auch fast umgehauen.«

»Ach was. Das hast du aber gut versteckt«, spottete sie. »Soweit ich mich erinnere, konntest du den Raum gar nicht schnell genug wieder verlassen.«

»Was hätte ich denn machen sollen? Callum hatte dich ja bereits gekrallt. Ich hätte entweder ihm eine verpassen können oder der Wand.«

»Du und Wände.« Sie schnalzte missbilligend und strich über seine Fingerknöchel, die noch die Spuren vom letzten Wochenende trugen.

Er blickte sie blinzelnd an. »Du bist es wert.«

Beide himmelten sich einen Moment lang an. Sie hätte ihn zu gerne berührt, gestreichelt. Aber das ging nicht.

»Ist da noch frei?« Ein Mann deutete auf die leeren Plätze neben ihnen.

»Ja, selbstverständlich«, sagte Lochie. Er und Alex erhoben sich und ließen den Mann samt Begleitung durch.

Draußen hob Dudelsackmusik an, und alle wandten sich zum Ausgang um, denn gleich würde die Braut hereinkommen.

Alasdair sah aus, als könnte er jeden Moment ohnmächtig werden, und sein Trauzeuge musste ihn auf die richtige Position schubsen. Die Dudelsäcke tröteten »Highland Cathedral«, und Alex erhob sich ebenfalls. In diesem Moment kam Skye hereingeschwebt. Auf ihren üblichen Pferdeschwanz hatte sie heute verzichtet. Ihr Haar war in Locken gelegt und an einer Seite ihres Kopfes hochgesteckt. Sie trug zur Feier des Tages Kontaktlinsen. Ihr weißes Kleid war figurbetont, und sie hatte ein niedliches Bolerojäckchen aus Pelz über den Schultern, in den Händen hielt sie einen Strauß weißer Rosen. Bruce führte sie stolz auf den Altar zu. Sie sah wunderschön aus. Die Nervosität war ihr deutlich anzumerken, doch sobald ihr Blick auf den Bräutigam fiel, der am Altar auf sie wartete, entspannten sich ihre Gesichtszüge.

»Sie ist wunderschön«, flüsterte Alex und schaute zu Lochie auf.

»Aye.« Er nickte und warf einen Blick auf die Braut, doch dann kehrten seine Augen gleich wieder zu Alex zurück. »Ich bereue nichts«, formten seine Lippen.

Die Dudelsackmusik verklang, und Bruce platzierte Skyes Hand in Alasdairs. Alle setzten sich.

Lochie legte seine Hand auf Alex' Oberschenkel. Sie schaute sich erschrocken um, ob es jemand merkte. Sie hatte sich überreden lassen, wenigstens noch zur Hochzeit zu bleiben. Lochies schlagkräftiges Argument war, dass sie doch nicht wenige Stunden vor Skyes größtem Moment abhauen könne. Außerdem wollte sie eigentlich sowieso noch nicht weg. Der Abschied war jetzt natürlich noch schwerer geworden. »Was machst du da?«, zischte sie und versuchte seine Hand wegzuschieben.

»Ist jetzt eh egal. Sollen sie's ruhig sehen.«

»Bist du verrückt? Das ist hier ein kleines Kaff, man wird darüber reden!«

»Dann lass sie doch. Ich hab eine Entscheidung getroffen.« Sein leuchtender Blick traf sie wie ein Laserstrahl. »Ich verlasse die Insel, ich will das alles hinter mir lassen. Du hast recht – was ich brauche, ist ein Neuanfang. Weg von hier.«

Er schaute sie bedeutungsvoll an. Sie spürte, wie sich ihre Lippen zu einem Lächeln auseinanderzogen.

»Ach ja?«, flüsterte sie. Sie hatte auf einmal Schmetterlinge im Bauch. »Und schwebt dir vielleicht schon ein Ort vor?«

»Skye! Hier, hier drüben!«

Alex warf den Arm hoch, und die Braut machte große Augen, als sie sie dort am Rand des Gedränges stehen sah. Lochie war wieder mal verschwunden. Die Leute standen in Grüppchen beisammen und unterhielten sich lebhaft. Der Konfettiregen war vorbei, die Fotos waren geschossen, gleich würden sich alle zum Empfang aufmachen. Es wurde Zeit für sie, sich zu verabschieden.

»Du bist einfach wunderschön«, sagte sie mit einem Seufzer, als Skye zu ihr kam und sie sich umarmten.

»Ach, ich werde auf den Fotos sicher schrecklich aussehen«, erwiderte Skye und tupfte sich die Augen ab.

»Ach, Unsinn, du hast noch nie so umwerfend ausgesehen.«

Skye sah Alex an. »Und ich war noch nie so glücklich. Ich wusste ja nicht, dass es so werden würde.« Sie biss auf ihre Lippe. »Ich kann kaum glauben, dass ich beinahe ...«

Alex ergriff sie bei beiden Händen. »Hör zu, das war alles meine Schuld. Es war falsch von mir, dich so zu verwirren und in meine Sachen mit reinzuziehen. Es tut mir ehrlich leid. Ich hab alles durcheinandergebracht und ein schreckliches Chaos angestiftet. Kannst du mir nochmal verzeihen?«, fragte sie drängend.

»Natürlich!« Skye musterte Alex voller Sorge. »Da gibt's doch nichts zu verzeihen. Du wolltest doch bloß helfen.«

»Nein, ich war egoistisch, ich hätte beinahe alles für dich ruiniert.«

»Aber das hast du nicht.« Skye drückte Alex tröstend die Hand. »Hör zu, man nennt das kalte Füße kriegen. Schon mal davon gehört?«

»Allerdings«, erwiderte Alex voller Ironie und wickelte ein Bein ums andere, wie ein Flamingo. Ihre Zehen waren seit mindestens zwanzig Minuten vollkommen gefühllos. Schon bevor sie hinausgegangen und im tiefen Schnee herumgestanden waren. Jetzt waren zwar ihre hochhackigen Wildlederschuhe ruiniert, aber das war's ihr wert. Sie hatte sich unbedingt noch bei Skye entschuldigen wollen.

Skye warf einen zärtlichen Blick auf ihren Bräutigam. »Bei uns gibt es ein Sprichwort, weißt du: ›Das kleine Feuer, das wärmt, ist besser als das große Feuer, das verbrennt.‹« Ihr Blick richtete sich wieder auf Alex. »Im Übrigen haben Lochie und ich uns endlich ausgesprochen, nachdem du weg warst. Alles, was wir in den letzten anderthalb Jahren nicht auszusprechen gewagt und unter den Teppich gekehrt hatten.« Sie seufzte schwer. »Ich, weil ich eine Todesangst hatte, und er, weil er so wütend war. Aber wir hatten beide so viel intus, dass das irgendwie keine Rolle mehr spielte. Ich glaube, dass es ab jetzt wieder viel besser zwischen ihm und mir sein wird. Vielleicht können wir ja sogar wieder Freunde sein. Ich bin jedenfalls heilfroh, weißt du.«

»Freut mich zu hören, dass meine Braut so froh ist«,

sagte jemand hinter ihnen. Sie drehten sich um. Alasdair stand vor ihnen.

»Ach, Al, das ist Alex, von der ich dir erzählt habe.«

»Alex«, sagte er und drückte ihr mit einem freundlichen Lächeln die Hand. »Endlich lernen wir uns kennen, freut mich. Ich hab in den letzten Wochen mehr über Sie gehört als über die Hochzeitsvorbereitungen. Sie müssen was ganz Besonderes sein..«

»Das bezweifle ich.« Alex lachte und tauschte einen verschwörerischen Blick mit Skye.

Alasdair bot seiner Braut den Arm. »Unsere Kutsche wartet bereits, meine Königin. Sollen wir?«

»Nach dir, mein Prinz«, sagte sie lachend und musste sich erneut eine kleine Träne abwischen.

»Äh, hör zu, ich muss jetzt leider weg, ich hab einen Platz auf der Vierzehn-Uhr-Fähre«, erklärte Alex bedauernd. »Ich wollte nur noch sehen, wie du ihm das Jawort gibst.«

Skye musterte sie einen Moment lang verblüfft, dann brach sie in lautes Gelächter aus. »Na du bist mir eine! Fast wäre ich auf dich reingefallen. Natürlich kommst du noch mit!«

Alex hatte nicht damit gerechnet, dass eine Lagerhalle tatsächlich ein passender Ort für einen Hochzeitsempfang sein könnte, aber das war der Fall. Die hohen Fassstapel waren mit silbrigen Weihnachtsgirlanden geschmückt, und vom hölzernen Dachstuhl hing in langen Ketten Efeu herab. In den Gängen waren lange Biertische aufgestellt worden, mit je einem kleinen Weihnachtsbaum am Ende. Und vorne im Ladebereich gab es eine Tanzfläche. In einer Ecke saß ein Harfenist und spielte zarte Liebesmelodien. Später sollte es dann eine Disco geben.

Lochie war in eine Unterhaltung mit ein paar Arbeitern verwickelt worden, Fußballern, die unbedingt wollten, dass er der Betriebsmannschaft beitrat. Sie ahnten ja nicht, dass sie mit ihrem Wunsch auf verlorenem Posten waren, da er bereits gekündigt hatte, was bis zur eigentlichen Vertragsunterzeichnung allerdings noch geheim bleiben sollte. Alex mischte sich unter die Leute, schwatzte vertraut mit den Angestellten und Arbeitern und wechselte sogar ein paar Worte mit Skyes Familie, die, sinnigerweise, von der Isle of Skye angereist war. Sie konnte selbst kaum glauben, dass sie noch immer hier war. Was *wollte* sie noch hier? Ihre Mission war erfüllt, Zeit zu gehen. Und dennoch …

Wenigstens war ihr jetzt wieder warm. Sie überlegte sogar, ob sie den Mantel ausziehen sollte. Es war keine große Lagerhalle, sodass es drinnen, trotz Schnee und eisiger Außentemperaturen, angenehm warm war. Sie löste sich aus einer Gruppe, die sich gerade angeregt über das geplante Strömungskraftwerk im Sund unterhielt, und schob sich durch die Menge, um ihr Make-up noch einmal aufzufrischen, ehe man sich zum Hochzeitsfrühstück zusammensetzte.

»O Verzeihung …«

Alex zuckte zusammen. Jemand war ihr mit seinen robusten Halbschuhen auf die Zehen getreten. Der Mann, der sich herumdrehte – war Callum.

Eine Pause trat ein, und er musterte sie, den roten

Mantel, ganz wie bei ihrer ersten Begegnung. »Entschuldige mich, bitte«, sagte er steif und wandte sich von ihr ab.

»Callum, warte.« Sie hielt ihn am Arm fest.

Er schaute mit einem gekränkten, verletzten, ja verschlossenen Blick auf sie hinab, der sie frappierend an seinen Cousin erinnerte.

»Bitte. Ich bin dir eine Erklärung schuldig. Ich hab dir falsche Hoffnungen gemacht und …«

»Falsche Anschuldigungen über mich verbreitet.«

»Ja, falsche Anschuldigungen über dich verbreitet und …«

»Mich benutzt.«

»Ja, dich benutzt, stimmt. Es tut mir leid.«

Er ließ ihre Entschuldigung in der Luft hängen wie einen schweren Kronleuchter … dann begann er zu grinsen. »Ach, mach dir nichts draus. Das war mir die Sache wert.«

»Was meinst du damit?«

»Na, sonst hättest du mich doch nie geküsst. Auf diese Weise konnte ich wenigstens einen Abend lang mit dir knutschen, während du und Lochie Katz und Maus gespielt habt.«

Sie schnappte entsetzt nach Luft. »Du … du *wusstest* davon?«

»Alex, das konnte ein Blinder sehen, was da zwischen euch lief.«

Sie riss verblüfft den Mund auf. Er musste lachen. »Du bist unmöglich!«, quiekte sie und gab ihm einen Knuff auf den Arm.

»He, ich werde doch einem geschenkten Gaul nicht

ins Maul schauen. Außer natürlich, wenn das Mäulchen so hübsch ist wie deins.« Er grinste frech.

»Du bist einfach unverbesserlich.« Sie wandte sich kichernd zum Gehen, aber er hielt sie zurück.

»He, Alex ...«

Sie schaute fragend zu ihm auf.

»Tu ihm nicht weh, ja?«

Sie blinzelte, wurde schlagartig ernst. »Nein«, antwortete sie leise.

Callum zwinkerte ihr zu, und sie wandte sich ab und verließ die Scheune, auf dem Weg zur Kantine, wo sich die Toiletten befanden. Man hatte den Weg dorthin freigeschaufelt und mit Gummimatten ausgelegt. Sie musste kurz anstehen, ehe sie dran war, und bemerkte dabei die neugierigen Blicke und das Kichern, mit dem sie empfangen wurde. Auch verstummte schlagartig das Gespräch. War es der rote Mantel? Oder wusste inzwischen die halbe Belegschaft über sie und Lochie Bescheid?

Sie erfrischte sich ein wenig und bemerkte, wie die anderen Frauen sie heimlich dabei beobachteten. Kaum hatte sie sich mit einem freundlichen Lächeln zum Gehen umgewandt, flammte hinter ihr das Getuschel wieder auf. Als sie aus dem Gebäude hinaustrat, fiel ihr auf, dass in Lochies Büro Licht brannte.

Sie machte sich vorsichtig durch den tiefen Schnee auf den Weg dorthin, obwohl er ihr bis über die Knöchel reichte. Na gut, falls ihre Heels vorhin noch nicht ruiniert gewesen waren, dann spätestens jetzt.

»Hallo.« Sie streckte den Kopf zur Tür herein. Und verstummte. »Ach.«

Zwei Augenpaare richteten sich auf sie.

Sholto trat vom Schreibtisch weg, an dem Lochie saß und gerade etwas unterzeichnete. »Perfektes Timing.«

»Was geht hier vor?«, fragte sie ahnungsvoll.

»Lochie und ich bringen gerade seinen Rücktritt unter Dach und Fach.« Er nahm das unterzeichnete Papier von Lochie entgegen. »Ab sofort ist Lochie nicht mehr unser CEO.« Er schmunzelte. »Nun ist es offiziell, auch wenn wir's erst nach den Feiertagen bekannt geben werden. Normalerweise würde ich jetzt ein paar Plattitüden von mir geben, wie sehr wir ihn vermissen werden und so. Aber das würde nur unsere Intelligenz beleidigen, oder?«

»Aber er hat doch erst gestern seinen Rücktritt eingereicht«, sagte Alex, der ganz unbehaglich wurde, obwohl beide Männer zufrieden lächelten. »Wie konnten die Verträge so schnell ...«

Lochie schraubte seinen Füller zu. »So schnell fertig sein? Du unterschätzt Sholto. Der überlässt nichts dem Zufall, nicht wahr, teurer Cousin? Du kannst sicher sein, dass dieser Vertragsentwurf schon seit Jahren in einer Schublade lag und er nur auf eine Gelegenheit gewartet hat, ihn hervorzuholen.« Seine Worte trieften vor Spott, aber auch Erleichterung. Er wirkte wie ein Mann, der die Ketten abgeworfen hat.

Sholto machte sich nicht die Mühe, es abzustreiten. Beide Männer gaben sich die Hand. Jetzt, wo es vorbei war, waren sie ausnahmsweise versöhnlich gestimmt. »Tja, du hast aber auch nicht gerade schlecht abgeschnitten, Lochlan. Dank dieser Ausstiegsklausel wirst du eine weiche Landung haben.«

»Dank Alex werde ich auf den Füßen landen«, fügte Lochie geheimnisvoll hinzu und blickte Alex zärtlich an.

Sholto folgte seinem Blick und nickte. »Tja, man hat mir versichert, dass sie die Beste sei.« Er trat auf Alex zu und musterte sie mit seinen kleinen, stechenden Augen. »Gut, dass Sie vorbeischauen, Miss Hyde, ich wollte Ihnen sowieso noch etwas geben.« Er griff in die Innentasche seines Jacketts und holte einen Papierstreifen hervor. Sie wusste sofort, was das war. »Meine Gratulation. Sie haben ausgezeichnete Arbeit geleistet.«

Alex nickte und blickte Sholto nach, der in der Dunkelheit verschwand und eine ominöse Stille zurückließ. Sie merkte auf einmal, wie kalt ihr war, und schlang die Arme um ihren Oberkörper. Lochie starrte sie schweigend an.

Sie gab sich einen Ruck und schaute ihn ebenfalls an. Die Wirkung von Sholtos letzten Worten – seine Siegessicherheit – begann sich auf seinem Gesicht auszubreiten, und sie sah, wie er erbleichte. *Man hat mir versichert, dass sie die Beste sei ... meine Gratulation.*

Alex umklammerte ihren Oberkörper, als wolle sie sich vor dem heranrollenden Felsbrocken schützen, den Sholto wie beiläufig beim Hinausgehen in ihre Richtung geschubst hatte. »Ganz schön kalt hier, was?«, stieß sie ungewöhnlich kleinlaut hervor. »Sollen wir wieder zum Empfang zurückgehen? Ich glaube, sie machen sich jetzt für die Ansprachen bereit.« Sie warf einen kurzen Blick auf ihn, schaute wieder weg. »... Lochie?«

»Wofür gratuliert er dir denn?«, wollte er wissen. Sein Blick war hart, ja bohrend auf sie gerichtet. »Du solltest doch meinen Job *retten*; dass ich draußen bin, war doch nur ein Zufall, oder? Also wieso hat er ...« Er blinzelte. »Wieso gratuliert er dir für deine ausgezeichnete Arbeit, wo du doch gar nicht geschafft hast, was du …« Seine Miene veränderte sich. Er erhob sich aus seinem Sessel und war mit wenigen Schritten bei ihr, riss ihr den Papierstreifen aus den leblosen Fingern, was leicht war – als würde man einem Kind die Süßigkeit wegnehmen. »Oder hast du doch?«

Er warf einen Blick auf den Scheck. Die Zeit schien sich zu dehnen, elastisch zu werden wie ein Gummiband und so lang wie die sechs Nullen auf dem Papier. »Ach, so ist das.« Er stieß es hervor, als habe er einen Schlag in die Magengrube bekommen. Dann ließ er fassungslos den Kopf hängen, die Hände in die Hüften gestemmt. Dieser Anblick – wie ein gebrochener, besiegter Gott – erschütterte sie so sehr, dass ein Schluchzen aus ihrer Kehle hervorbrach. Tränen schossen ihr aus den Augen, aber sie rührte keinen Muskel. Er stand lange so da und schwieg, und die Stille hing zwischen ihnen wie eine schwere schwarze Wolke. Seine Brust hob und senkte sich mühsam. »Das war also dein Spiel, was? Mich rauszudrängen, nicht, mich besser zu machen.« Er schnaubte. »Verdammt, das hab ich wirklich nicht kommen sehen.«

»Lochie …«

»M-mm.« Er schüttelte den Kopf, den Blick noch immer zu Boden gesenkt, und drohte ihr, nur wenige Zentimeter vom Gesicht entfernt, mit dem Finger. Sie biss sich in die Lippen, konnte sehen, wie die Gewissheit, das Ausmaß ihres Verrats, in seine Haltung, sein Gesicht einsickerten. »*Oh, what a tangled web we weave*«, murmelte er, »*when first we practise to deceive*. Ja, ein Gespinst aus Lüge und Betrug, das hast du wahrhaftig gewebt.« Seine Stimme klang mühsam und schleppend, als könne er das alles noch gar nicht fassen, als ob er betäubt sei, auf Drogen, als würde sich ihr Verrat langsam wie ein Gift in seinem Körper ausbreiten. Dann hob er den Kopf und sah sie an, und sein Blick traf sie wie ein Peitschenhieb. »Du hast von Anfang an mit mir gespielt. Es war alles Lüge, alles ein Mittel zum Zweck.«

»Das stimmt nicht.«

»Ach ja?«, höhnte er und begann langsam um sie herumzugehen, wie ein lauerndes Raubtier. Sie sank unwillkürlich in sich zusammen, und er genoss ihre Angst, ihre Demutshaltung. Seine Blicke waren wie Messerstiche, während er sie umkreiste. »Du hast mal zu mir gesagt – und ich zitiere: ›Ich bin nicht der Feind, Lochlan.‹ Das hast du wortwörtlich gesagt, bei unserem ersten Treffen.«

»Da wusste ich ja noch nicht, dass …«

»Dass was, Alex?«, fauchte er sie an. »Was dachtest du denn?«

Sie schaute ihn an. »Ich dachte, dass du so bist, wie sie sagen. Ich hielt dich für unberechenbar und gefährlich. Eine Belastung für das Unternehmen.«

»Bin ich auch!«, brüllte er. Seine Augen glühten, ein fast irrer Blick, als wäre er dabei, den Verstand zu verlieren. »Das bin ich.«

Sie schüttelte den Kopf. »Nein, bist du nicht. Ich kenne dich jetzt.«

Er blieb stehen. »Du kennst mich jetzt?« In seinem Blick lag Verachtung.

»Ja.« Sie zitterte unter diesem Blick.

»Du kennst mich jetzt?« Er setzte sich wieder in Bewegung. »... du kennst mich jetzt.« Es war nicht länger eine Frage, es war Gewissheit. »Und du hast es trotzdem gemacht. Obwohl ich gesagt habe, was passiert, wenn ich gehe. Was mit all den Menschen, dem Betrieb hier passiert. Du hast es trotzdem gemacht.« Er musterte sie fassungslos. »Das geht jetzt alles auf deine Kappe, das weißt du hoffentlich?«

»Lochie, bitte«, flehte sie ihn an. Wenn er ihr doch nur zuhören, wenn sie es ihm doch nur erklären könnte. »Du verstehst nicht. Das war rein geschäftlich, nichts Persönliches, begreifst du? Ich sollte dich zum Rücktritt überreden, dich irgendwie aus der Firma rauskriegen, das ist alles. Mehr sollte es nie werden.«

»*Nicht persönlich?*«, flüsterte er, und seine Augen verengten sich zu Schlitzen. »Dieses ganze blöde Geschwafel über meinen Mangel an Vertrauen, dass mich meine Eltern im Stich gelassen haben, dass ich frei sein, meinen eigenen Weg gehen soll ... das war also nichts Persönliches für dich? Denn für mich ist es das schon!«, brüllte er. »Ich hab mich geöffnet, hab dich an mich herangelassen. Aber du hast die ganze Zeit nur nach wunden Punkten gesucht, nach Ansatzstellen, um mich zu kriegen.« Er lachte hohl auf und warf die Arme hoch. »Aber hey! Ich kann's dir kaum vorwerfen, wer weiß, was ich für eine coole Million tun würde!« Er packte ihr Kinn und zwang sie, ihn anzusehen. »Aber versuch *bloß nicht* mir weiszumachen, dass das mit uns auch nur den geringsten Einfluss auf die Sache hatte.« Sein Atem strich heiß über ihr Gesicht.

Ihr rannen die Tränen über die Wangen, benetzten seine Finger. »Ich wollte das nie, Lochie, ich schwör's, ich hab's nicht kommen sehen.«

»Nein, dass du auffliegen würdest, das hast du nicht kommen sehen! Ein ›Wir‹ gab's erst, nachdem ich zurückgetreten war – dafür hast du gesorgt. Zwingen konntest du mich nicht, sondern nur locken oder schubsen. Und erst, als du sicher warst, dass ich raus bin und du deine *Million* im Sack hattest, gab es ein ›Wir‹. Hast du wirklich geglaubt, dass du damit durchkommst? Dass du mich so hintergehen und dann trotzdem mit mir zusammen sein kannst?« Er musterte sie angeekelt, als wäre sie ein Stück Dreck. »Ich frage mich, ob Sholto wirklich wusste, worauf er sich mit dir einließ. Denn bis dahin haben sie auf jede erdenkliche Weise versucht, mich rauszudrängen: mit Provokation, mit diversen Ködern und dann sogar, indem sie mir Skye wegnahmen und auch das noch kaputtgemacht haben. Aber sie haben's trotzdem nicht geschafft! Das hast erst du, meine Liebe. Du hast meinen wundesten Punkt gefunden und ausgenützt.«

»So war das nicht. Es war mir ernst mit allem, was ich gesagt habe. Ich wünsche mir wirklich ein besseres Leben für dich. Ich glaube ehrlich, dass du besser dran bist, wenn du all das hinter dir lässt. Du warst festgefahren, konntest weder vor noch zurück.«

»Ja, aber jetzt nicht mehr, was?« Er wich vor ihr zurück, als habe sie eine ansteckende Krankheit. »Jetzt ist es keine Pattsituation mehr, jetzt bin *ich* schachmatt. Aus und vorbei. Sholto hat gewonnen. Du hast gewonnen. *Das* ist dein wahres Meisterstück, Alex. Ob das Ganze so ausging, wie du wolltest, sei dahingestellt, aber eins ist sicher: Wir alle waren deine Marionetten, und du hast an den Fäden gezogen.«

»Nein, du irrst dich. Das zwischen uns, das ist keine Lüge, meine Gefühle für dich sind echt. Ich will dich. Und ich wollte dich nie verletzen.«

Ein wenig ruhiger sagte er: »Aber du hast es trotz allem. Denn das Geld war dir wichtiger.« Er schaute ihr lange in die Augen. Ein trostloser, verlorener Ausdruck stand darin; es war klar, dass ihm so was nicht zum ersten Mal passierte; er war schon oft verraten und hintergangen worden. »Ich habe mich geirrt«, sagte er grimmig, »du hast ihn doch, den Killerinstinkt, Baby.«

Er packte ihre Hand und richtete sie wie eine Pistole auf seine Stirn. »Gratuliere, Schätzchen. Du hast abgedrückt und getroffen. Mitten zwischen die Augen.«

30. Kapitel

Mayfair, London, Sonntag, 24. Dezember 2017

»Hier das Büro von Alex Hyde.«
Die forsche, sachliche Stimme von Louise Kennedy durchdrang die von einem Strauß weißer Pfingstrosen geschwängerte Stille des mit einem dicken Teppich ausgelegten Büros.

»Nein, bedaure, sie ist nicht zu sprechen. Wenn Sie mir Ihren Namen nennen würden?«

Louises manikürte Fingernägel schwebten erwartungsvoll über der Tastatur, der Cursor saß bereits in der Namensspalte. So ein Pech aber auch. Sie war nur kurz ins Büro gefahren, um die Fortnum-&-Mason-Tüte mit der unentbehrlichen Cranberry-Soße für ihre Mutter zu holen, die sie am Freitagnachmittag mitzunehmen vergessen hatte – und ausgerechnet in dem Moment klingelte das Telefon! Natürlich hätte sie es ignorieren können, aber die Gewohnheit, beim ersten Klingeln abzunehmen, erwies sich als zu stark.

»Sie müssen mir schon Ihren Namen nennen, wenn Sie …« Doch der Anrufer bestand darauf, unbedingt persönlich mit Alex Hyde sprechen zu müssen, war es nicht gewöhnt abgewiesen zu werden. Louise achtete darauf, nicht in die Sprechmuschel zu seufzen, was unprofessionell gewesen wäre. Ihre Finger zappelten ungeduldig, als würden sie mit einem Stift spielen, sie wollte weiter, hatte es eilig.

»Bedaure, das ist nicht möglich.« Die Stimme des Anrufers wurde drängender, Louise runzelte die sorgfältig gewachsten Augenbrauen. »Nein, das ist vertraulich«, entgegnete sie, ohne sich vom Befehlston des Anrufers einschüchtern zu lassen. Aufgeblasenheit und Arroganz bei der Kundschaft waren ihr täglich Brot. »Ich kann sie ja bitten, Sie zurückzurufen, wenn Sie möchten. Weiß sie denn, worum es sich handelt?« Ihre Finger zuckten ungeduldig.

Draußen fuhr mit blinkendem Blaulicht die Feuerwehr vorbei, und zwischen den nerzgrauen Jalousien war der graue Schatten eines bleichen Himmels erkennbar. Last-Minute-Shopper liefen, das Handy am Ohr, mit gesenkten Köpfen und mit Tüten beladen am Gehsteig vor dem Fenster vorüber.

Louise spitzte missbilligend die Lippen. Na bitte, das hatte sie sich doch gleich gedacht. »Aha, verstehe, es handelt sich also um eine *Erstanfrage*.« Der anmaßende Ton der Frau suggerierte eine enge persönliche Bekanntschaft. »Ich weiß, es gibt viele Menschen, die Ms Hyde persönlich kennen … Nein, tut mir leid, wir operieren mit einer Warteliste. Vor Juni nächsten Jahres hat Ms Hyde leider keine freien Termine mehr. Soll ich Sie schon mal vormerken, und Sie melden sich dann nächstes Jahr wieder?«

Nun wurde die Frau ausfallend. Louises makellose Augenbrauen schossen in die Höhe. Der war offenbar nicht klar, dass an ihr kein Weg vorbeiführte. »Nun, wie gesagt, Ms Hyde ist momentan mit einem anderen

Klienten beschäftigt. Sie können gern noch einmal anrufen, wenn Sie Ihre Meinung ändern sollten ...« Ihr Finger schwebte bereits über der Abbruch-Taste.

Drei, zwei, ei ...

Ihre Hand sackte kraftlos auf die Schreibtischplatte, das soeben Gehörte hallte in ihren Ohren nach wie Schüsse. Sie beugte sich geschockt vor und lauschte konzentriert, die Ellbogen auf den Schreibtisch gestützt, den Blick auf ihre Reflexion im Monitor gerichtet. Stille trat ein.

In Louises Stimme lag ein vollkommen untypisches Beben, als sie sagte: »Verzeihung, *was* sagten Sie, würde er tun?«

Das Taxi hielt an einer Ampel, ihr kreidebleiches Gesicht spiegelte sich in der Fensterscheibe. Trübe blickte sie hinaus auf den Tanz der Menschen, von einer Boutique zur anderen, das Gewimmel, das Gedränge. Ein Wunder eigentlich, dass nicht mehr Zusammenstöße passierten, dass man sich nicht öfter auf die Zehen trat. Aber die Menschen waren ja auch viel geübter darin, unterschwellig Körpersignale zu lesen, als es ihnen bewusst war. Sie schaute nicht auf ihre Gesichter, sondern nur auf die Beine, auf die Tüten, die behandschuhten Hände, die untergehakten Arme, die Pärchen, Grüppchen, Einheiten. Mit den letzten Einkäufen fürs bevorstehende Fest beschäftigt.

Hier an der Ostküste Schottlands kam der Niederschlag als Schneeregen herab, die Flocken prasselten hart gegen die Fensterscheibe, und die Weihnachtsbeleuchtung spiegelte sich in der Nässe wie Tausende funkelnder Sterne. Sie hatte sich am Ende einfach von einem Fischerboot mitnehmen und zum Festland bringen lassen und eine recht anständige Summe dafür bezahlt, nur um endlich von dieser verteufelten Insel wegzukommen. Es war keine Zeit gewesen, um Louise zu verständigen – oder besser gesagt, sie hatte auf den Anruf verzichtet, weil sie nicht wollte, dass die andere mitbekam, wie es um sie stand. Im Festlandshafen nahm sie sich ein Taxi zum Flughafen nach Edinburgh. Für das Geld, das der Taxifahrer dabei verdiente, würde er sich die restlichen Feiertage freinehmen können.

Die Ampel schaltete auf Grün, und der Wagen setzte sich in Bewegung. Auf einmal klingelte das Handy in ihrer Tasche. Stirnrunzelnd schaute sie auf die angezeigte Nummer.

Sie holte tief Luft, wappnete sich. »Louise, bitte sag nicht, dass du jetzt noch arbeitest. Es ist Sonntag *und* es ist Weihnachten.« Den Blick starr auf den Vordersitz gerichtet versuchte sie verzweifelt, so normal zu klingen wie möglich. »... aha, verstehe. Na gut, wenn du mir versprichst, dass das alles ist. Heute arbeite nämlich nicht mal ich.«

Schon wieder wollten ihr die Tränen kommen. Sie biss sich auf die Lippen, nahm ihren Nasenrücken zwischen Daumen und Zeigefinger.

»Ja, es ist erledigt ... Danke.« Ihre Stimme zitterte. »Mhm, bin heilfroh, ja. Bin auf dem Weg zum Flughafen, in zehn Minuten bin ich da ... Nein, nicht Glasgow, da gab's nichts mehr. Edinburgh.« Ihre Stimme erstarb, sie konnte einen Moment lang nicht mehr weitersprechen. Sie hielt das Handy ein wenig vom Ohr weg und schloss die Augen, lehnte den Kopf zurück. Dann holte sie tief Luft und sprach weiter. »Entschuldige, doch, ich bin noch da. Also, was gibt's?«

Sie runzelte die Stirn. »… wer?«

Es dauerte einen Moment, ehe der Groschen fiel. »Ach ja. Doch, den kenne ich«, sagte sie langsam. »Was will er?«

Louise erklärte es. Alex schnaubte. »Nein, ganz bestimmt nicht, fällt mir nicht im Traum ein. Heute ist Weihnachten, verdammt nochmal. Ich war jetzt drei Wochen hier, das reicht. Ich will nach Hause. Übermorgen fliege ich in die Schweiz. Ich brauche auch mal 'ne *Pause*!« Ihre Stimme klang hysterisch. Sie ließ den Kopf hängen, massierte mit der freien Hand ihre Schläfen. »Entschuldige, nein, nein, mir geht's gut.« Sie seufzte. »Ruf zurück und erkläre ihm, dass ich dieses Jahr auf keinen Fall mehr …«

Sie runzelte die Stirn. »Er hat *was* …? O mein Gott.«

Sie stieß einen erschöpften Seufzer aus und warf einen Blick aus dem Fenster. Vor ihr tauchte ein Hinweisschild auf, der Kreisverkehr mit der bevorstehenden Abzweigung zum Flughafen wurde angekündigt. Das durfte doch nicht wahr sein. Aber konnte sie da Nein sagen? Unmöglich. … »*Scheiße*«, zischte sie aus vollem Herzen. Sie kniff die Augen zu, presste die Finger an die Schläfen. »Ist noch was auf dem Abendflug frei? So um sechs herum?« Sie nickte und schluckte. »Okay, gut, dann eben sieben. Lass einen Platz für mich reservieren und simse mir die genaue Adresse, okay? … ja, ich weiß. Okay, dank dir sehr … ach, und Louise, wenn ich's je nach London zurückschaffen sollte, dann trage doch einen Gesprächstermin fürs neue Jahr für uns ein, ja? Wir müssen dringend über eine Gehaltserhöhung für dich reden und über diese Qualifikationsmaßnahme, die du dir so wünschst ... Klar ist es mir ernst, ich wüsste wirklich nicht, was ich ohne dich täte. Frohe Weihnachten.«

Sie beugte sich zum Fahrer vor und tippte ihm auf die Schulter. Er hatte bereits den Blinker gesetzt, um die dritte Ausfahrt zu nehmen.

»Tut mir leid, ich muss meine Pläne ändern«, sagte sie erschöpft. »Könnten Sie mich stattdessen bitte nach Perth bringen?«

»Gott sei Dank, da bist du ja.« Daisy kam ihr bereits entgegengelaufen, als das Taxi eine Stunde später vor dem stattlichen Anwesen Halt machte. »Wir wussten nicht, an wen wir uns sonst wenden sollten.«

»Schon in Ordnung, ich war sowieso in der Gegend«, log Alex. Die andere fiel ihr um den Hals. »Wie geht's ihm jetzt?«

Daisy schüttelte den Kopf. »Nicht gut. Ambrose und Max sind gerade bei ihm.«

»Wo sind sie?« Alex holte ihr Jagdgewehr aus dem Kofferraum und zog den Rollkoffer mühsam über den Kies auf die Freitreppe zu.

»Ach, lass ruhig alles stehen«, sagte Daisy. »Das können die Jungs später reinbringen. Sie sind in der Bibliothek. Sie haben alles versucht, um ihn zu beruhigen, aber er ist vollkommen außer sich. Scheint, als hätte er sein gesamtes Vermögen verloren.«

Alex nickte. »Okay, verstehe. Ich werd mal mit ihm reden.«

»He …« Daisy hielt Alex am Arm zurück und musterte sie besorgt. »Geht's dir auch gut? Ist was passiert?«

Alex heuchelte Überraschung. »Was? *Mir*, meinst du?« Es wunderte sie, dass überhaupt jemand bemerkte, wie bleich sie war und wie verzweifelt. »Gott, ja, mir geht's gut.« Die am häufigsten erzählte Lüge der Welt. Sie setzte ein Lächeln auf.

»Du siehst blass aus.«

»Ach, bloß kalt. Und müde. Ich freue mich schon auf daheim.«

»Kann ich mir vorstellen«, sagte Daisy und stieg die Eingangsstufen hinauf. »Wann wirst du abreisen?«

»Heute Abend«, log Alex. Sie verzichtete großzügig auf den Hinweis, dass sie bereits auf dem Weg zum Flughafen gewesen war, als sie der Hilferuf ereilte.

Erneut betraten sie die weite Eingangshalle und passierten dabei die Tür, an der alles mit Lochie angefangen hatte – der Mistelzweig hing natürlich noch immer dort. Nie hätte sie geglaubt, dass sie noch einmal hierherkommen würde. Zwei kleine Jungen und drei Mädchen – fünf, sechs oder sieben Jahre alt? – kamen kreischend die Treppe heruntergerannt, die Buben voraus und die Mädchen mit Nerf-Guns hinterher, aus denen sie den Jungen neongrüne Pellets in den Rücken schossen.

»*Nicht* im Haus, hatte ich gesagt!«, schrie Emma ihnen hinterher. Sie hatte sich über die Brüstung gelehnt, und ihr dunkles Haar fiel ihr ins Gesicht. Dann erblickte sie den neuen Gast. »Ah, Alex, da bist du ja!«

Als die andern das hörten, kamen sie ebenfalls in die Diele gerannt – Anna und Elise.

»Du bist gekommen!«, rief Elise. »Gott sei Dank!«

»Wir hatten schon nicht mehr geglaubt, dass wir dich noch erreichen würden, geschweige denn, dass du tatsächlich kommen würdest«, sagte Anna. Emma lief die Treppe herunter und gesellte sich zu ihnen. Alle machten besorgte Gesichter.

»Ich war sowieso gerade in der Nähe«, murmelte Alex betreten, weil sie von allen umarmt wurde wie eine gute Bekannte. Und nicht wie Judas, der ihren hoch geschätzten Freund für dreißig Silberlinge verraten hatte.

»Wer …?« Verblüfft musterte sie die Kinder, die in der Halle herumtobten und dann nach draußen rannten, um dort weiterzuspielen.

»Ach, die lautesten und dreckigsten, das sind meine«, erklärte Emma und verdrehte die Augen. »Bella, Charlie und Miles. Sie verwildern immer regelrecht, wenn wir hier sind. Ich fürchte, ich hab sie seit Mittwoch nicht mehr in die Wanne gekriegt.«

»Und meine Mädchen ermuntern sie noch.« Daisy gab ein missbilligendes Schnalzen von sich. »Die brauchen keinen Vorwand.«

»I-ich wusste gar nicht, dass ihr überhaupt Kinder habt«, sagte Alex erstaunt. »Wo zum Teufel haben die sich letztes Wochenende versteckt?« Oder hatte sie sie etwa übersehen? War sie schon derart auf sich selbst konzentriert?

»Die bringe ich immer zu meiner Mutter, wenn der MacNab ansteht. Dieses Wochenende ist strikt kinderfrei! Keine Knöchelbeißer erlaubt, die Erwachsenen wollen unter sich sein, wenn sie einen draufmachen.«

»Verstehe.« Sie merkte, dass alle sie ansahen, und gab sich einen Ruck. »Also, wo ist Sam? Wie geht's ihm?«

»Max hat ihn sich angesehen, aber das ist nicht sein Fachgebiet«, meinte Emma.

»Außer er regt sich derart auf, dass ihn der Schlag trifft«, bemerkte Max, der soeben in der Halle auftauchte. »Was schon noch passieren könnte, so wie er sich aufführt. Schön, dass du da bist.« Er gab ihr einen flüchtigen Kuss auf die Wange. »Ich hab ihm ein Beruhigungsmittel gegeben.«

»Glaubst du, dass du was bei ihm erreichst?«, fragte Elise und kaute nervös an ihren Nägeln.

Alex nickte. »Das ist mein Beruf. Kriseninterventionen sind mein täglich Brot.«

»Er ist da drin.« Daisy zeigte zur Bibliothek. »Ambrose ist bei ihm.«

»Okay, danke.«

»Ich mache uns derweil einen Kaffee.«

»Sehr gut.« Alex hörte ihre aufgeregten und ängstlichen Stimmen Richtung Küche verschwinden. Sie machte sich auf den Weg zur Bibliothek und klopfte an.

Fast sofort ging die Tür auf, und sie wich erschrocken zurück. »Oh!«

»Sorry«, entschuldigte sich Ambrose und schlüpfte heraus. »Ich hatte nicht gemerkt, dass du schon hier bist. Ich wollte gerade zu den anderen. Er schläft.«

»Ach.« Mehr wusste sie nicht zu sagen.

»Max hat ihm vor ungefähr einer Stunde was gegeben. Armer Kerl, er ist vollkommen fertig. Hat die ganze Nacht lang kein Auge zugetan.«

»Was genau ist denn passiert?«, wollte sie wissen und musterte ihn. »Meine PA sagt, er hätte eine Fehlinvestition gemacht?«

»Mehr als das, es ist die reinste Katastrophe.« Er seufzte. »Hör zu, ich will ja nicht übertreiben. Aber ich nehme an, Lochie hat dir ein bisschen was über Sams Erfolg erzählt?«

Sie nickte.

»Der Bursche hat das große Los gezogen. Nach dem Verkauf der App hatte er für den Rest seines Lebens ausgesorgt. Aber er ist nun mal nicht der Typ, der sein Leben auf einer Jacht vor der Riviera verbringt. Er wollte im Spiel bleiben. Egal, welches Geschäft, er war bereit die Herausforderung anzunehmen. Computerspiele, Whiskyhandel, egal – er war stolz darauf, in jeder Branche reüssieren zu können. Aber dann hat er aufs falsche Pferd gesetzt, hat zehn Mille in eine Biotec-Firma gesteckt, die sich auf Schwangerschaftsuntersuchungen spezialisiert. DNS-Testing von Föten. Der Patentantrag war eingereicht, wurde aber wegen irgendeiner Kleinigkeit abgewiesen. Weil er auf natürlichen biologischen Prozessen beruht, oder so was in der Art.«

»Und da sind die Aktienkurse der Firma in den Keller gesackt«, ergänzte sie.

Ambrose nickte.

Zehn Millionen, das war eine Menge Geld. Das steckte man nicht so leicht weg. Oder erholte sich wieder davon. Alex lächelte dennoch.

»Keine Sorge, da kriegen wir ihn schon durch.«

»Soll ich ihn wecken?«

»Nein, lass ihn ruhig schlafen. Das ist das Beste für ihn. Selbst wenn es nur vierzig Minuten sind, er wird mit einem klareren Kopf aufwachen.«

»Sollen wir dann inzwischen einen Kaffee trinken gehen?«

»Prima.«

Alle waren in der Küche um den großen Bauerntisch versammelt. Im Hintergrund dudelte Weihnachtsmusik, deren fröhliche Melodien nicht so recht zur gedrückten Stimmung passen wollten. Sie blickten bei ihrem Eintritt erwartungsvoll auf.

»Das ging aber schnell!«, sagte Daisy.

»Er schläft«, erwiderte Alex mit einem Kopfschütteln.

Ein kollektiver Seufzer.

»Aber das ist doch nicht schlecht, oder?«, überlegte Elise. »Wo er doch letzte Nacht kein Auge zugetan hat?«

»Ja, aber für Alex ist es blöd«, meinte Emma.

»Ach, das macht mir nichts.«

»Aber du bist den ganzen Weg hergekommen, und jetzt liegt er da drin und schnarcht? Was hast du dir bloß dabei gedacht, ihm ein Schlafmittel zu geben?« Emma versetzte ihrem Mann einen Hieb.

»He, ich wollte ihn doch nur beruhigen!«, protestierte Max.

»Das macht mir nichts aus, ehrlich«, beschwichtigte Alex die Gemüter. »Ich konnte meinen Flug auf neunzehn Uhr verschieben. Solange ich bis halb fünf wegkomme …«

»Es ist wirklich nett von dir, dass du das machst … Was hast du Weihnachten vor?«, erkundigte sich Max, um das Gespräch in Gang zu halten. Er schob Alex einen Stuhl hin, und Daisy schenkte ihr eine Tasse Kaffee ein.

»Ich wollte den Tag in aller Ruhe zuhause verbringen. Ich war seit fast neun Wochen nicht mehr daheim und ... ja, ich freue mich darauf, einfach nur alle viere von mir zu strecken und gar nichts zu tun.«

»Du verbringst das Fest nicht mit der Familie?«, hakte Max nach.

»Nein. Ich hab nur noch meinen Vater, und den werde ich am zweiten Weihnachtsfeiertag in der Schweiz besuchen.«

Max zog die Augenbrauen hoch, verkniff sich aber die Frage, warum sie nicht gleich hinflog und das gesamte Fest mit ihm verbrachte. »Wie nett.«

»Ja.«

»Wollt ihr Ski fahren?«

Alex zögerte. »Nein, das nicht.«

»Ach, kannst du denn nicht Ski fahren? Nach deinen Leistungen beim MacNab hatte ich angenommen, dass du auch sonst 'ne Sportskanone bist.«

Alex starrte in ihre Kaffeetasse. »Na ja, ich kann schon Ski fahren, aber mein Dad tut es nicht.« Sie lächelte mühsam.

»Verstehe. Meine Ortho-Kollegen sagen mir auch ständig, dass es ein Alter gibt, ab dem man besser auf das Gerüttel und Gehopse verzichtet. Ein Sturz und man braucht eine neue Hüfte, nicht?«

»Ja, stimmt.« Sie lächelte kläglich, wollte schleunigst das Thema wechseln. »Aber wo ist Jess? Ist sie denn gar nicht hier?«

»Ach, sie musste noch in die Stadt, um ein paar letzte Einkäufe zu erledigen«, erklärte Daisy, die gerade einen Sack Kartoffeln aus der Speisekammer holte.

Alex nickte befremdet. Sie erledigte Weihnachtseinkäufe? Während ihr Mann vor den rauchenden Trümmern seines Finanzimperiums stand?

»Ich glaube, sie musste einfach mal raus«, warf Anna ein, die Alex' Miene richtig interpretierte. »Einen klaren Kopf bekommen.«

»Ja, sicher.«

»Okay, also wer hilft mir beim Kartoffelschälen?« Daisy stellte ein paar große Töpfe auf den Tisch und kramte mehrere Schälmesser aus einer Besteckschublade. »Fleißige Hände sündigen nicht.«

Alle stöhnten.

»Was?« Daisy stemmte die Hände in die Hüften. »Glaubt bloß nicht, dass ich hier alles allein mache.«

»Gut, gib her.« Anna streckte die Hand nach einem Schälmesser aus und gab auch Elise eines.

»Und ihr Jungs könnt euch auch nützlich machen und sämtliche Kamine mit Holz oder Kohle auffüllen. Holt das Zeug am besten jetzt gleich rein, solange es noch hell ist.«

Ambrose und Max erhoben sich mit übertriebenen Seufzern, wussten aber aus Erfahrung, dass sie sich mit Daisy besser nicht anlegten. Kaum waren sie draußen in der Diele, hörte Alex sie bereits wieder lachen.

»Ach nein, dich habe ich doch nicht gemeint«, wehrte Daisy ab und nahm Alex das Schälmesser wieder weg. »*Du* musst doch nicht arbeiten. Schlimm genug, dass wir dich extra herholen, und dann liegt der Patient im Schlummer. Du könntest längst zuhause sein.«

»Ach, das macht doch nichts. Ich beschäftige mich sowieso lieber.«

»Im Gegenteil, ich finde, du solltest mal Pause machen«, widersprach Daisy, gab Alex dann aber doch widerwillig das Schälmesser zurück, da diese bereits eine Kartoffel ergriff. »Sie sieht müde aus, findet ihr nicht?«, fragte sie die anderen.

»Ja«, mussten ihr Emma, Anna und Elise beipflichten.

»Das liegt daran, weil du Schwarz trägst«, vermutete Elise und tätschelte Alex' Hand, »Schwarz macht blass.«

»Mein Gott, nicht das schon wieder«, sagte Anna lachend und machte sich mit erstaunlicher Fingerfertigkeit über die Kartoffeln her.

»Und was hast du sonst so vor, Alex, ich meine, abgesehen von der Schweiz?«, erkundigte sich Daisy interessiert. »Jess sagt, deine PA meinte, du wärst bis Juni ausgebucht.«

Jess hatte also angerufen? Wenn man es recht bedachte, war es eigentlich nicht überraschend. Schließlich war es ihr Mann, der in einer Krise steckte. »Ja, schon, aber es ist nicht ganz so schlimm, wie's klingt. Ich will Ende Januar einen längeren Erholungsaufenthalt in Sri Lanka einlegen.«

»He, toll!«, rief Anna »Also nicht geschäftlich, ja?«

»Nein, auf keinen Fall. Es gibt da ein Yoga-Retreat, das ich jedes Jahr mindestens einmal besuche.« Sie hielt inne. »Obwohl sie mich schon gefragt haben, ob ich nicht einen Stressmanagementkurs geben will, als Ergänzung zum Achtsamkeitstraining.« Sie verdrehte die Augen.

»Aber du willst nicht?«, vermutete Elise.

Alex schüttelte den Kopf. »Ganz bestimmt nicht. Ich fahre da hin, um meinen Akku aufzuladen, das ist *meine* Zeit, für mich allein. Das Problem bei meinem Job ist, dass ich mich ständig um die Probleme anderer Leute kümmern muss, da verfällt man leicht in die Gewohnheit, seine eigenen aus den Augen zu verlieren. Diese Zeit nehme ich mir deshalb extra dafür. Um die Arbeit zu vergessen und mich nur auf mich selbst zu konzentrieren. Um an mir selbst zu arbeiten. Wenn ich's nicht tun würde, dann käme ich nie dazu.«

»Ist wahrscheinlich nicht immer leicht, Arbeit und Privatleben strikt zu trennen, oder?«, erkundigte sich Anna.

»Das ist richtig. Wenn ich mit einem Klienten zu tun habe, leidet meist mein Privatleben darunter. Ich gehe dorthin, wo der Klient lebt und arbeitet. Ich konzentriere mich vollkommen auf *dessen* Leben, *dessen* Arbeit, richte mich nach seinen Terminen, lerne *seine* Kollegen, Freunde und Familie kennen.«

»So wie uns.«

»Nein, das wollte ich damit nicht sagen …« Alex verstummte. »Mit euch ist das anders.«

»Wirklich? Oder wirst du wieder nach London, in dein eigenes Leben zurückkehren, und wir sind bloß die Freunde eines ehemaligen Klienten?«

»Ich hab das Gefühl, wir sind alle Freunde«, sagte Alex, die sich in die Enge gedrängt fühlte. »Oder nicht?«

»Doch, na klar.« Elise tätschelte Alex' Hand und warf Anna einen vorwurfsvollen Blick zu.

»Klar«, sagte auch Daisy, aber sie hielt den Blick gesenkt, und Alex glaubte ihr nicht.

Die Runde versank in ein unbehagliches Schweigen. Kartoffelschalen ringelten sich über Teller und Tisch. Im Hintergrund trällerte Bing Crosby »Snow«, einen Lieblingssong ihrer Mutter. Ambrose und Max liefen draußen zwischen Haus und Schuppen hin und her und schleppten Holzscheite und Eimer voll Kohle heran, während ihnen der eisige Ostwind die Haare zerzauste.

Sie waren gerade zu Karotten und Pastinaken übergegangen, als in der Bibliothek plötzlich ein lautes Krachen ertönte. Alle fuhren erschrocken hoch.

»Was war das?«, fragte Emma.

»Mist«, zischte Daisy, weil in diesem Moment knirschend ein Auto die Auffahrt entlanggefahren kam. »Das hat uns gerade noch gefehlt! Sam fängt wieder an zu toben, und gerade jetzt kommt Jess zurück.«

»Keine Sorge. Haltet sie hier in der Küche fest, ich sehe mal nach Sam.« Alex griff sich ihre Handtasche und eilte zur Bibliothek. Sie holte tief Luft und klopfte ein weiteres Mal an. Dabei fiel ihr auf, dass der Schlüssel von außen steckte. War es schon so weit gekommen, dass man ihn einschließen musste? Es kam keine Antwort, aber sie hörte, wie sich drinnen jemand bewegte. Sie trat ein.

Sam lief unruhig auf und ab wie ein Löwe im Käfig. Auf dem Boden lagen blaue Scherben verstreut – eine Vase? Ein Aschenbecher?

»Sam?« Sie trat ein und schloss die Tür hinter sich. Jess betrat soeben die Halle, wie Alex an den Schritten hörte, und rief nach Sam.

Sam zog verwirrt die Stirn kraus, als er sie erblickte. »Alex? Was machst du denn hier? Wo ist Lochie?«

»Der ist nicht da. Jess hat in meinem Büro angerufen. Sie dachte, es wäre gut, wenn wir mal miteinander reden, du und ich.« Er musterte sie verständnislos, sie war nicht sicher, ob er überhaupt zugehört hatte. Hatte er Jess' Stimme gehört und fragte sich jetzt, wo seine Frau steckte? »Ich weiß nicht, ob dir bekannt ist, was ich eigentlich beruflich mache. Ich bin Business Coach, weißt du. Ich helfe den Menschen – Managern, Firmenchefs –, wenn sie in Schwierigkeiten stecken. So wie du jetzt.«

Er starrte sie einen Moment lang durchdringend an, dann griff er sich in die Haare und wandte sich ab. »Mein Gott, was nutzt das jetzt noch! Mein Geld ist weg! Das ganze schöne Geld ist weg!«

»Ja, ich weiß. Es tut mir leid.« Sie sah ihn sich genauer an. »Wie geht es dir? Wie fühlst du dich?«

Sein Adamsapfel hüpfte auf und ab, er stemmte die Hände in die Hüften und schaute auf seine Fußspitzen, versuchte, nicht die Beherrschung zu verlieren. »Es geht mir gut.« Aber seine Fingerspitzen traten weiß hervor, und seine Schultern standen ein ganzes Stück höher, als normal war.

»Wirklich?«

Er hob den Kopf, bemerkte ihren besorgten Gesichtsausdruck, und seine Fassung löste sich in Rauch auf. »Scheiße, nein! Natürlich nicht! Was hab ich mir bloß dabei gedacht, verdammt nochmal! Ich hab die Frau meiner Träume geheiratet, hab ein schönes großes Haus, und ja, ich hatte mehr Geld, als wir je ausgeben könnten. Und das hab ich alles zum Fenster rausgeworfen. Ich hätte es ebenso gut anzünden und verbrennen können, den ganzen verdammten Haufen!«

Alex trat an den Partnerschreibtisch und lehnte sich dagegen. Jetzt war sie nahe genug, dass sie leise sprechen konnte, aber nicht so nahe, dass sie ihn einengte, ihm die Luft nahm. Wenn sie leise sprach, war er gezwungen, sich auf sie zu konzentrieren. Sie bemerkte seine Rastlosigkeit, sah, dass er sich bewegen musste, und das war gut so. Solange er auf den Beinen war, bewahrte er eine offene Haltung, erst wenn er aufs Sofa sank, bestand die Gefahr, dass er dichtmachte, sich physisch und psychisch vor ihr abschottete.

»Hör zu, ich weiß, das ist im Moment alles furchtbar, aber ich kann dir versichern, wer einmal ein Vermögen gemacht hat, der kann das auch ein zweites Mal.« Ihre Stimme klang ruhig und sachlich. Sie wollte nicht zu viel Mitgefühl zeigen, damit er nicht in Panik geriet, weil er glaubte, dass Mitleid angebracht sei. »Und das wirst auch du, Sam. Ich habe ständig mit Menschen wie dir zu tun – risikobereiten Menschen, Unternehmern, Spielern; wer gewinnt, muss auch mal verlieren. Kein Mensch schafft es bis zur Spitze, ohne diese Lektion gelernt zu haben. Du wirst auch das überstehen.«

»Das kannst du nicht wissen.«

»Doch, das weiß ich sehr wohl.« Ihre Gelassenheit zeigte Wirkung.

Seine Augen wurden schmal. »Woher denn?«

»Wegen Scotch Vaults, zum Beispiel. Das könnte der Grundstein für dein zweites Vermögen sein. Es ist eine ausgezeichnete Idee, und ihr seid noch dazu Vorreiter auf diesem Markt.«

»Weiß Lochie, dass du so darüber denkst?«

Sie zuckte mit den Achseln, obwohl allein die Erwähnung seines Namens ihr einen Stoß versetzte. »Das spielt keine Rolle. Die Frage ist, glaubst du daran?«

Er schaute mit mahlendem Unterkiefer aus dem Fenster und trommelte nervös mit den Fingern auf seinen Oberschenkel, alles Stresssignale. Alex fiel es schwer, diesen zittrigen, erregten Mann mit dem Partylöwen in Einklang zu bringen, der letztes Wochenende die Gläser hochgehalten hatte und sie in einem atemberaubenden Salsa durchs Zimmer schweben ließ. Aber seitdem hatte sich sehr viel geändert, für sie alle. Seit Lochie in diesem Raum übernachtet hatte, war alles in seinem Leben in die Brüche gegangen. Und nicht nur in seinem.

Hinter ihr ging die Tür auf. Das musste Jess sein.

»Was zum …?«

Sie fuhr herum und wäre beinahe in Ohnmacht gefallen. Lochie stand mit einem Riesenstrauß gelber Tulpen in der Tür, die offenbar für die Vase vorgesehen waren, die vorhin zu Bruch gegangen war. Sie schaute ihn an – er wirkte genauso starr und glasig wie der Mann hinter ihr. Sie konnte kaum atmen. Konnte es kaum fassen. Was hatte er hier verloren?

Hinter ihrem Rücken gab es eine Bewegung, und plötzlich kam Sam an ihr vorbeigeschossen und ging auf Lochie zu.

»Sam? Was geht hier vor, verdammt nochmal?«, fuhr Lochie ihn an und blickte verwirrt zwischen den beiden hin und her. »Jess hat gesagt, ich soll die Blumen in die Vase stellen, und jetzt finde ich *sie* hier?«

»Ah ja, keine Sorge, Kumpel, ich werde sie ins Wasser stellen.« Sam tätschelte bedauernd Lochies Schulter. »Seid vorsichtig, da hinten liegen Glasscherben, ja?« Er deutete auf die blauen Scherben. »Ich musste leider eine Vase opfern, um dich hier reinzukriegen. Euch beide, meine ich.«

Was?

»Was, zum Teufel nochmal, geht hier vor?«, donnerte Lochie. Er drehte sich im Kreis, weil Sam unversehens an ihm vorbeihuschte und hinter der Tür Deckung suchte. Nur noch sein Kopf und die Finger einer Hand schauten hervor.

»Das nennt man Krisenintervention«, bemerkte er und zwinkerte Alex zu. »Ihr beiden müsst dringend miteinander reden. Viel Glück, Kinder, und schlagt euch bitte nicht die Schädel ein.«

Er schlug die Tür zu, ehe sie reagieren konnten, und drehte den Schlüssel im Schloss um.

»Du willst mich wohl verarschen?«, brüllte Lochie. Er rannte zur Tür und rüttelte heftig an der Klinke. Aber der Schlüssel steckte ja draußen, und es war eine wuchtige alte Tür, die dem Ansturm von Ambrose' Vorfahren bereits seit fünfhundert Jahren standhielt; sie würde nicht ausgerechnet jetzt klein beigeben. »He, das ist nicht witzig! Macht verdammt nochmal sofort die Tür auf, hört ihr? Sofort! ... Sam! Ambrose! Verfluchte Scheißkerle!«

Bevor Alex etwas sagen oder irgendwie reagieren konnte, schlug er auch schon mit der Faust gegen die Wand. Er knickte ein und hielt sich wimmernd die Hand. »Fuck, fuck, *fuck*!«

Alex verfolgte es mit stummem Entsetzen. War das etwa alles geplant gewesen? Auf einmal ergab die eigenartig zurückhaltende Atmosphäre in der Küche einen Sinn. Die anderen Frauen waren nur so freundlich zu ihr wie nötig, um sie herzulocken und zum Bleiben zu bewegen und um diese Scharade abziehen zu können.

Denn sie wussten ja nicht, ob sie nun das Beste war, was ihrem Kumpel passieren konnte – oder das Schlimmste.

»Lochie ...«

»Nein! Du sagst kein Wort!« Er wirbelte herum und deutete mit dem Finger auf sie wie mit dem Lauf einer Pistole. »Deine Worte sind einen Dreck wert.«

Er hatte natürlich recht. Sie hatte ihn von Anfang an belogen.

»Ich will dich nicht mal *ansehen*. Nicht zu fassen, diese erbärmlichen Bastarde ...« Er hämmerte erneut gegen die altehrwürdige Eichentür. »Aufmachen, ihr Arschlöcher!«

Aber niemand kam. Alex, die sich nicht länger auf den Beinen halten konnte, sank aufs Sofa. Nachdem er noch eine Weile vergebens an die Tür getrommelt hatte, trat Stille ein, die sich wie ein Atompilz im Raum ausbreitete. Sie wagte es nicht, ihn anzusehen, hörte ihn aber wenig später auf dem Parkett auf und ab gehen.

Alex warf einen Blick zur verschlossenen Tür. Wie lange würde man sie wohl hier festhalten? Wie kam es, dass sie von einer eingeschneiten Insel vor ihm entkommen war, nur um wenige Stunden später wieder mit ihm in einem Raum eingeschlossen zu sein? Standen die anderen jetzt alle draußen vor der Tür und drückten sich die Ohren platt? »Woher wissen sie's überhaupt?«, fragte sie ruhig.

»Na was denkst du denn?«, fuhr er sie an. »Ich hab angerufen und gesagt, dass ich an Weihnachten doch nicht komme. Und ehe ich mich's versah, gab's die spanische Inquisition.«

»Und trotzdem bist du hier.«

»Ja. Weil sie meine *Freunde* sind. Sie wollen bloß helfen.«

Alex nickte und deutete um sich, auf die Situation, in der sie steckten. Das sollte helfen?

Sie seufzte, und ihr wurde bewusst, wie sie dasaß: die Beine verschränkt, hochgezogene Schultern, gesenkter Kopf – die klassische Low-Power-Pose. Ihren Klienten erlaubte sie nie, sich so hängen zu lassen. Und nun musste sie feststellen, dass es ihr einfach unmöglich war, sich aus dieser Sitzposition zu lösen. Reden war offenbar leichter als selber tun. Herz und Glieder waren bleischwer, und auch ihr Atem ging schleppend. Denn zur Abwechslung ging es ihr nicht »gut« – hatte sie nicht alles unter Kontrolle. Sie wollte nicht hier sein, aber wo sie sonst sein wollte, hätte sie auch nicht sagen können. Sie hatte kein Zuhause, nur eine Basis; hatte keine Familie, nur Pflichten; und im Gegensatz zu ihm hatte sie keine Freunde, die sich für sie einsetzten, jedenfalls nicht mehr. Sie hatte alles ihrer Karriere geopfert; *Freunde* waren dabei auf der Strecke geblieben. Alles, was sie interessierte, waren Klienten, Kollegen, Kontakte – Menschen, die ihr nützlich sein konnten. Aber jetzt hatte sie den Gipfel ihrer Karriere erreicht und musste feststellen, dass sie nichts besaß – dass sie einsam und allein und vollkommen ausgelaugt war.

»Was hast du ihnen erzählt?«

»Die Wahrheit natürlich«, entgegnete er kalt. »Dass du mich belogen und reingelegt hast.«

Der Schmerz in seiner Stimme tat selbst ihr weh, aber sie behielt den Blick am Boden. Sie nickte. »Ja.« Betrachtete ihre Hände. »Wieso machen sie das dann?

Jetzt, wo sie wissen, was für ein berechnendes Miststück ich bin?«

Er funkelte sie an, ihre brutale Offenheit brachte ihn aus dem Konzept. »Ja, jetzt ist das mal heraus.«

»Und …?«

»Sie glauben, du hast Gründe.«

Alex erstarrte, zwang sich einen verwirrten Gesichtsausdruck aufzusetzen. »Wie kommen sie denn darauf?«

»Emma hat etwas gesehen, was es erklären könnte.«

»*Emma*?«, höhnte Alex. Was zur Hölle …?

»Sie hat eine Visitenkarte gesehen, die aus deiner Tasche fiel. Cereneo, oder so ähnlich?« Er fasste sie scharf ins Auge, und ihr war klar, dass man ihr den Schrecken vom Gesicht ablesen konnte. »Sie arbeitet auf der Neurologie; sie sagt, dass sie schon ein-, zweimal Patienten dorthin verwiesen hätten. Eine Klinik mit bahnbrechenden Therapien für Quadriplegiker …«

Alex war wie gelähmt, ihre Lunge presste sich zusammen, sie konnte kaum noch atmen. Nein. Bitte nicht das, bloß nicht.

»Du hast ihr offenbar erzählt, dass du am zweiten Feiertag deinen Vater in der Schweiz besuchen willst, aber dass du nicht Ski laufen willst. Das ist eigenartig.« Er musterte sie. »Sie hat außerdem gesagt, dass die Behandlung sehr teuer sei.« Sein Tonfall war unsicher, probend, sein Blick bohrend. »… stimmt das?« Als sie nichts darauf sagte, fuhr er fort: »Ganz am Anfang hast du was gesagt, an das ich mich noch genau erinnere: Dass du das Geld brauchst, um jemandem aus der Familie zu helfen. Ich hab's für einen Scherz gehalten, aber das ist es gar nicht, stimmt's?«

Alex versuchte zu atmen, irgendwie Leben in ihren vollkommen toten Körper zu bringen. Sie sprang auf, lief zur Tür, hämmerte dagegen. »Aufmachen! Hört ihr mich? Sofort aufmachen, oder ich rufe die Polizei!«

Sie wandte sich ab, aber ihre Augen schwammen vor Tränen, sie konnte ihn nur vage erkennen.

»Alex.«

»Stopp, hör sofort auf«, sagte sie so energisch sie konnte.

»Warum hast du mir weismachen wollen, er sei tot?«

»Hab ich nicht. Das hab ich nie gesagt.«

»Du sagtest, er sei Alkoholiker *gewesen*. Was sollte ich da glauben? Ein Alkoholiker bleibt immer Alkoholiker – bis zu seinem Tod. Mein Vater hätte vierzig Jahre lang keinen Tropfen mehr anrühren können und wäre trotzdem als Alkoholiker gestorben. Du wolltest mich glauben lassen, dass er tot sei.«

Alex zwang sich ruhig zu bleiben. »Na und?«

»*Na und*?« Er schnaubte. »Es ist ein großer Unterschied zwischen Gier und Not, Alex. Das ändert alles.« Er machte einen Schritt auf sie zu, hielt aber abrupt inne, als er sah, wie sie vor ihm zurückwich. »Wenn du mir sagen willst, dass du's bloß getan hast, weil du das Geld für ihn gebraucht hast, könnte ich das verstehen. Ich könnte es sogar verzeihen.«

Jedes Wort, das er sagte, war ein Angriff, ein Schlag auf den Panzer, der sie umgab. »Ich verzichte auf deine Vergebung. Ich kann leben mit dem, was ich getan habe. Ich hatte meine Gründe.«

Er zögerte, versuchte, hinter ihre Fassade zu dringen. »Dann hat dir diese Million also – was eingebracht? Eine

Operation?«, spekulierte er, »einen State-of-the-Art-Rollstuhl? Gute Pflege, bis an sein Lebensende?«

Sie antwortete nicht.

»Jetzt sag schon«, fuhr er sie ungehalten an, offensichtlich mit seiner Geduld am Ende. Er ging aufgebracht auf und ab. »Glaubst du nicht, dass du mir zumindest eine Erklärung dafür schuldest, warum du mein Leben ruiniert hast? Wolltest du seins damit retten?«

Sie schüttelte störrisch den Kopf. »Ich will nicht darüber reden.«

»Aber das wirst du! Eine Erklärung ist das Allermindeste!«

Sie schüttelte den Kopf. Er kam auf sie zu, packte sie bei den Ellbogen. Ihr schlug das Herz bis zum Hals, als sie seinen wütenden Blick sah, seine hochroten Wangen.

»Sag es!«

»Nein.«

Er schüttelte sie. »Sag's schon!«

»Ich hab mir meine *Freiheit* erkauft, okay?«, stieß sie vollkommen entnervt hervor. Angst, Panik, Frustration und Erschöpfung vermengten sich zu einer gefährlich brodelnden Mischung. Sie stand kurz vor dem Zusammenbruch. Oder der Explosion. »Er hat sonst niemanden. Wie du gestern gesagt hast: Das geht alles auf meine Kappe.«

Er musterte sie, versuchte zu begreifen, die Lücken zu füllen. »Was ist mit deiner Mutter? Wo ist sie?«

»Fortgegangen«, fauchte sie. »Sie hat uns nach dem Feuer verlassen.«

»Ein Feuer?« Seine Augen wurden schmal. Sie wusste, dass er an die Nacht dachte, in der die Destille brannte und wie sie ihn allein mit ihrer Stimme aus der Bewusstlosigkeit geholt hatte. Es war die Stimme eines Menschen, der so etwas schon einmal durchlebt hatte.

Sie stieß erschöpft den Atem aus, gab jede Gegenwehr auf. Er wusste jetzt ohnehin das meiste – zusammengestöpselt aus einer Visitenkarte und Weiberklatsch. »Er hatte mal wieder getrunken«, gestand sie leise, den Blick ein Stück neben seiner Schulter auf den Boden gerichtet. »Er ist auf dem Sofa eingeschlafen, und die Zigarette fiel ihm aus der Hand. Sie landete auf dem Vorhang, der geriet in Brand. Als er endlich wach wurde, stand das Wohnzimmer bereits in Flammen.« Sie schüttelte den Kopf, als wolle sie sich gegen die lang verdrängten und nun wieder aufsteigenden Erinnerungen wehren. »Irgendwie hat er's nach oben geschafft und uns geweckt, Mutter und mich.« Sie schluckte. Erneut stand ihr die Szene vor Augen, ihre fürchterliche Angst – dicker schwarzer Rauch, übereinanderstolpernde Beine, die schrillen Schreie ihrer Mutter. »Der Weg die Treppe runter war uns versperrt, und das Feuer breitete sich rasend schnell aus, wir hatten keine Zeit mehr zu verlieren. Mutter und ich, wir warfen unser Bettzeug aus dem Fenster und sprangen, Mum zuerst. Sie landete ohne Probleme, aber ich brach mir bei dem Sprung das Fußgelenk. Ich konnte mich nicht bewegen, nicht aus dem Weg gehen, und Vater geriet in Panik – er war immer noch sturzbetrunken –, also sprang er kurzerhand aus dem anderen Fenster, zehn Meter in die Tiefe, und landete auf den Steinplatten der Terrasse. Er brach sich beide Beine, die Hüfte und die Wirbelsäule.«

»Großer Gott.«

Lochie machte ein entsetztes Gesicht, aber Alex verzog verbittert den Mund. Wenn er glaubte, dass das schon das Schlimmste war, dann irrte er sich. »Erst als er in den Krankenwagen gehoben wurde, fiel ihm wieder ein, dass Amy noch im Haus war.«

»Amy?«

Jetzt quollen ihr die Tränen in dicken, heißen Tropfen aus den Augen, und auch die Worte ließen sich nicht länger zurückhalten, ergossen sich wie ein Sturzbach aus ihrem Mund. »Meine Schwester. Ich war siebzehn, sie neunzehn. Sie studierte auf der Uni in Bristol, war aber überraschend nachts zurückgekommen, weil sie sich mit ihrem Freund gestritten hatte. Mum und ich waren schon im Bett gewesen, wir hatten nichts davon mitbekommen. Und als Dad endlich wieder einfiel, dass sie den Kopf ins Wohnzimmer gestreckt und »Hi« gesagt hatte, da ...« Sie kniff die Augen zu, dachte an den Verzweiflungsschrei ihrer Mutter, wie sie versucht hatte, noch einmal ins brennende Haus hineinzulaufen, dessen Dachstuhl nun lichterloh brannte. Sie barg schluchzend das Gesicht in den Händen. Lochie stöhnte auf und nahm sie in die Arme, streichelte ihren Rücken.

»Ach, Alex«, sagte er leise. »Und dann auch noch der Brand bei uns ... Warum hast du denn nichts gesagt?«

Sie schüttelte zornig den Kopf. Wie denn? Wo hätte sie da anfangen sollen – mit welchem Gefühl zuerst? Mit ihrer großen Trauer um die geliebte Schwester, die eigentlich gar nicht hätte da sein dürfen? Mit ihrer Wut auf ihren Vater, der an allem schuld war? Mit ihrer Verzweiflung über die Mutter, die einfach allem den Rücken kehrte und sie – Mann *und* Tochter – einfach im

Stich ließ? Die ihrem Mann nie verziehen hatte und die es nicht fertigbrachte, mit ihr, Alex, auch nur eine halbwegs normale Beziehung einzugehen?

Voller Zorn über ihre Schwäche, ihre Tränen, wich sie einen Schritt zurück. Sie schaute an ihm vorbei aus dem Fenster, hinaus auf den grauen Tag. »Für Mum ist's nach wie vor schwer, mich zu sehen, sich mit mir zu treffen. Amy und ich, wir sehen uns so ähnlich.« Ihren Handrücken an den Mund gepresst, atmete sie tief durch, versuchte sich wieder zu fassen. »Ich kann sie ja verstehen. Sie kann halt nicht anders. Ich weiß, dass sie mich liebte, sie kann bloß nicht ... Sie will einfach momentan nichts mit uns zu tun haben. Es ist zu schwer für sie.«

»Aber ...«

»Kein Aber«, wehrte Alex brüsk ab. »Sie hat ihr Kind verloren. So wie sie das sieht, hat ihr Mann ihre Tochter getötet, und das wäre für jeden Menschen schwer zu ertragen. Ich mache ihr keine Vorwürfe.«

»Aber deinem Vater? Gibst du ihm die Schuld?«

Sie blickte trotzig zu ihm auf, blickte der Wahrheit, die keineswegs einfach, sondern kompliziert und vielschichtig war, in die Augen. »Ja. Aber er bezahlt tagtäglich dafür, er bezahlt millionenfach.« Sie dachte an ihren Vater, reglos ans Bett gefesselt, den Blick zur Decke gerichtet. Der Alkoholismus war ihm mit einem Streich ausgetrieben worden, aber nur, weil er jetzt vom Hals abwärts gelähmt war und ohne Hilfe keinen Schluck mehr zu sich nehmen konnte. Die grausame Ironie war, dass er täglich schreckliche Nervenkrämpfe in seinen vollkommen nutzlos gewordenen Beinen hatte und nicht selten vor Qual weinte. »Er hat mehr verloren als wir alle, nämlich die Funktionsfähigkeit seines Körpers.« Sie schluckte und blickte herausfordernd zu ihm auf. »Was sollte ich denn machen? Ihn einfach seinem Schicksal überlassen?«

»Das hätte man dir wohl kaum vorwerfen können.«

»O ja, ich hasse ihn, keine Sorge – ich hasse ihn so sehr, wie du deinen Vater gehasst hast. Seine verdammte Schwäche hat unsere Familie zerstört; klar wollte ich tun, was meine Mutter getan hat und nie wieder was von ihm hören oder sehen! Aber er ist nun mal mein Vater, der einzige, den ich je haben werde. Deshalb hab ich mir ja den Arsch aufgerissen, um es zu was zu bringen. Deshalb auch all das hier ...« Sie wies auf ihn, ihre Umgebung. »Nur deshalb hab ich mich auf diesen Deal eingelassen. Ich hielt es für den ersehnten Ausweg. Wenn ich nur genug Geld haben würde, um für seinen Aufenthalt in dieser Klinik zu sorgen, dann hätte ich meine Pflicht erledigt, mehr könnte keiner von mir verlangen. Ich rufe jeden verdammten Tag dort an und erkundige mich nach ihm. Und ich besuche ihn einmal im Monat. Mehr kann ein Mensch nicht tun – außer eine Heilung finden. Er bekommt die beste Pflege, die es gibt, in der besten Einrichtung, die es gibt. Ich dachte, wenn ich all das tue, könnte ich vielleicht endlich frei sein. Könnte ich vielleicht anfangen, mein eigenes Leben zu leben.«

»Aber dann kam ich.«

Sie verstummte. »J-ja, allerdings.« Sie reckte ihr Kinn, richtete sich auf, machte sich größer, stärker, als sie sich fühlte. »Ich musste mich entscheiden. Und da hab ich mich für ihn entschieden. Und ich würde es wieder tun«, fügte sie mit bebender Stimme hinzu.

»Das verstehe ich. Und ich hätte auch nichts anderes von dir erwartet.«

Er verstand? Das hätte sie nie und nimmer erwartet, sie hätte nicht einmal gewagt, seine Vergebung zu suchen. Es warf sie um, blies sie weg wie der Wind in diesen Breiten. Sie spürte unwillkürlich, wie sich ihre Schultern senkten – sie hatte gar nicht gemerkt, dass sie sie hochzog. Ihr Körper entspannte sich ein wenig.

Sie sahen einander an, verstanden sich. Schon begann es wieder zu knistern, wie immer, wenn sich ihre Blicke trafen. »Alex ...« Er streckte die Hand nach ihr aus, aber sie wich zurück und ging zum Sofa, wo sie ihre Handtasche liegen gelassen hatte. Es gab noch etwas, das sie sagen, das er erfahren musste.

»Ich hab etwas für dich.« Sie holte einen großen DIN-A4-Umschlag aus der Tasche. »Ich wollte es dir eigentlich aus London schicken, aber ich schätze, das Porto kann ich mir sparen.«

Er musterte sie, teils wachsam, teils belustigt. »Was ist das?«

»Deine Rückversicherung.« Als sie seinen verwirrten Blick bemerkte, erklärte sie: »Im übertragenen Sinne. Es geht um deine Abstammung. Du hast nur die halbe Wahrheit erfahren.« Sie schluckte. »Besser gesagt: Ich habe dir nur die halbe Wahrheit erzählt.«

Er nahm den Umschlag entgegen und riss ihn wortlos auf. Verwirrt holte er einige Fotokopien hervor.

»Das ist der Beweis, dass du jedes Recht hast, als Geschäftsführer im Vorstand der Kentallen Distillery Group zu sitzen. Du gehörst in jeder Hinsicht zur Familie.«

»*Was*?«, stieß er fassungslos hervor. Mit einem tiefen Stirnrunzeln trat er an den Partnerschreibtisch und fächerte die Dokumente auf: ein handschriftlicher Brief, zwei Schwarzweißfotos, ein Farbfoto und ein Foto von einem Aquarellgemälde. Er musterte die ausgebreiteten Unterlagen. »Was bedeutet das? Da komm ich nicht mit.«

Alex trat neben ihn und zeigte auf das Farbfoto, das Skye von dem Fund im Whiskyfass gemacht und, auf ihre Bitte hin, an Alex' Handy geschickt hatte. »Ich nehme an, du hast von dem Teddybären gehört, den man in einem der versteckten Whiskyfässer fand?«

»Nur am Rande. Ich war da gerade in Edinburgh und hatte anderes im Kopf.«

»Jedenfalls, als Skye mir dieses Foto gezeigt hat, da klingelte es bei mir. Das mit dem Teddy – irgendwie hatte ich schon mal davon gehört, ich wusste nur nicht mehr, wann und wo. Das ließ mir keine Ruhe. Und dann fiel es mir wieder ein: Ich hatte auf ein paar alten Fotos der Peggies einen Teddybären gesehen.« Sie deutete auf das Foto mit der Frau und dem Kind vor der Kirche und dann auf das mit den Soldaten und Krankenschwestern aus dem Ersten Weltkrieg.

»Warte – was hast du mit den Fotoalben der Peggies zu schaffen?«

Sie schnaubte. »Nichts. Aber Mr P. hat die Schachteln mit den Fotos von seinem Vater geerbt, der früher Polizeisergeant im Dorf war – Briefe, Logbücher, Fotografien. Sie waren gerade dabei, sie durchzusehen und zu sortieren, weil sie sie dem Inselmuseum stiften wollen. Ich bin bloß zufällig dazugestoßen.«

»Und da hast du zum ersten Mal erfahren, dass mein

Großvater adoptiert worden ist«, stellte er klar. Das hatte sie in dem anderen Gespräch schon erwähnt.

Sie nickte und deutete auf das Foto mit den Soldaten und der Krankenschwester. »Ich muss dir wahrscheinlich nicht erst verraten, dass das deine Urgroßmutter Clarissa Farquhar ist. Sie hat nach dem Tod ihres Bruders Percy dessen Anteil von vierzig Prozent an der Brennerei geerbt. Zusammen mit ihren dreizehn Prozent ergab das die Mehrheit, über die deine Seite der Familie noch immer verfügt.«

»Ja, das weiß ich alles.«

»Aber weißt du auch, wer das ist?« Sie deutete erneut auf das Foto.

»Der Bursche mit dem Gipsbein?« Er begutachtete ihn mit schmalen Augen. »Nö.«

»Das war ein Amerikaner namens Edward Cobb – ein Soldat, der beim Untergang der SS *Tuscania* im Februar 1918 beinahe ums Leben gekommen wäre.«

Lochies Augen blitzten bei der Erwähnung dieses Vorfalls auf, der jedem Inselbewohner bekannt war – er war zu einem Teil der Inselgeschichte geworden.

»Clarissa war's, die ihm das Leben gerettet hat. Sie hat ihn auf einer Klippe entdeckt und gesund gepflegt. Er hatte sich das Bein gebrochen und noch einige andere Verletzungen, vor allem aber litt er unter der Spanischen Grippe – die hatte er sich wahrscheinlich schon vor der Einschiffung in New York geholt. Sie hat ihn aufopfernd gepflegt, und er ist durchgekommen. Er blieb vier Monate lang auf der Insel.«

»Und was ist aus ihm geworden?«

Alex seufzte. »Er wurde nach Frankreich an die Front

geschickt und ist neun Tage später ums Leben gekommen.«

Lochie zuckte zusammen. »Mann, wie furchtbar.«

»Clarissa hat sich danach vollkommen zurückgezogen und schließlich die Insel verlassen. Ihr Verlobter war 1916 gefallen; ihr Bruder kurz nach dem Schiffsunglück vor der Küste von Islay; und dann auch noch Edward ... Sie sagte, sie würde es auf der Insel nicht mehr aushalten, und ist für eine Weile in den Peak District gezogen; die Haushälterin hat sie begleitet.«

Lochie zuckte ratlos mit den Achseln, er kapierte nicht, worauf sie hinauswollte. »So weit so gut.«

Sie nahm das Foto von Mutter und Kind vor der Kirche zur Hand. »Und was glaubst du, wer das ist?«

Lochie warf einen seufzenden Blick auf das Foto, auf dem ebenfalls Clarissa zu sehen war. »Tja, ich nehme an, das ist mein Großvater George, das Kind, das sie adoptiert hatte – oder besser gesagt, das sie *vergessen* hatte, richtig zu adoptieren.«

»Mhm. Aber siehst du auch, was er da im Arm hat?« Sie deutete auf das Foto und dann auf den handschriftlichen Brief.

»Einen Teddybären.«

»Denselben Bären, den Edward Cobbs Mutter ihm aus Amerika geschickt hat, als sie vom Schicksal der SS *Tuscania* erfuhr. Siehst du? Hier steht, dass sie ihm den Bären schickt, sozusagen als kleines Trostpflaster aus der Heimat.«

Sie sah, wie sein Blick über den Brief huschte, er die wenigen Zeilen las. »Okay, dann hat mein Großvater also Edward Cobbs Teddy bekommen. Na und?«

»Das ist derselbe Bär, den man in dem alten Fass fand.« Sie deutete erneut auf Skyes Foto von dem Teddy, der in eine Babydecke gewickelt aufgefunden worden war. »Die Frage ist, wer hat ihn dort hineingetan? Und warum? Skyes Vermutung war, die Mutter habe möglicherweise ihr Kind verloren und wollte die Erinnerungen daran verschwinden lassen, brachte es aber nicht übers Herz, sie ganz zu vernichten.«

Lochie runzelte die Stirn. »Ein bisschen weit hergeholt, findest du nicht?«

»Na ja, eine bessere Erklärung hatte keiner.«

Er warf ihr einen ironischen Blick zu. »Außer dir, natürlich.«

»Außer mir, natürlich. Schau nochmal genau auf dieses Foto mit den verletzten Soldaten.« Sie deutete auf die beiden, Clarissa und Edward, auf das winzige Detail, das sie zuerst auch beinahe übersehen hätte. Es war auf dem undeutlichen Schwarzweißfoto kaum zu erkennen, aber dennoch sichtbar: die Hände der beiden berührten sich, zumindest beinahe, genug jedenfalls, um ein breites Strahlen auf ihre Gesichter zu zaubern und ihre Augen zum Leuchten zu bringen. Jetzt, wo Alex die Liebe am eigenen Leib erfahren hatte, wusste sie Bescheid: Liebe leuchtet wie ein Sonnenstrahl. Sie fühlte es selbst, wann immer Lochie sie ansah. »Siehst du ihre Hände? Wie sich die kleinen Finger berühren? Und oben auf der Klippe, dort wo man nach Amerika hinübersehen kann, steht eine Bank mit einer Inschrift auf der Lehne. Von ihr für ihn. *Im Gedenken an EC*, steht da. Von ›CF‹. Edward Cobb und Clarissa Farquhar waren ein heimliches Liebespaar.« Er musterte sie, und das eben Gesagte hing wie ein klingendes Echo zwischen ihnen. »Sie hat ein Kind von ihm bekommen.«

»Warte ... willst du sagen, meine Urgroßmutter hätte bloß *so getan*, als ob das Kind adoptiert wäre? Um zu verschleiern, dass der Vater ein amerikanischer Soldat war?« Er konnte es kaum glauben.

»Ja, ganz genau! Deshalb gibt es auch keine Unterlagen über die Adoption. Ein illegitimes Kind in einer der bedeutendsten Familien der Insel? Es wäre eine fürchterliche Schande gewesen.«

»Aber wie? Wie hat sie das angestellt? Man hätte doch merken müssen, dass sie schwanger war.«

»Genau. Deshalb ist sie ja abgetaucht. Ihre Haushälterin – Mrs Dunoon, die selbst erst vor kurzem Witwe geworden war – erklärte sich bereit, so zu tun, als ob sie ein Kind erwarten würde. Sie haben gemeinsam die Insel verlassen, sind in den Peak District gereist, wo sie keiner kannte, und dort hat Clarissa das Kind zur Welt gebracht. Anschließend kehrte sie mit dem Baby wieder auf die Insel zurück und hat behauptet, es von Mrs Dunoon adoptiert zu haben, nachdem diese an der Spanischen Grippe gestorben war. Aber sie lebte natürlich noch.«

Er machte ein verblüfftes Gesicht. »Woher willst du das wissen?«

»Weil Mrs Dunoon Mrs Peggies Tante war; und dieses Aquarell da hat sie gezeichnet, nachdem sie angeblich schon neun Jahre tot war.« Sie deutete auf die Kopie des Bildes. »Es hängt in meinem Zimmer auf der Farm, hier siehst du, sie hat's signiert und das Datum dazugeschrieben. Ich glaube, Mrs Dunoon ist im Peak District geblieben und hat von Clarissa eine Leibrente bekommen. Wenn's drei wissen, ist's ja kein Geheimnis mehr.«

Lochie war vollkommen verblüfft. Er musste das erst mal verdauen. Dafür hatte sie Verständnis, sie hatte auch eine Weile gebraucht, ehe sie die Zusammenhänge begriff.

»Ja, also ...«, sagte er unschlüssig.

Offenbar fiel es ihm schwer, die Tragweite der Informationen so ohne weiteres zu akzeptieren.

»Was hatte dann dieser Teddy im Fass zu tun? Was hatte das zu bedeuten?«

»Ich bin nicht sicher, aber ich vermute, dass sie jeden Hinweis auf den Kindsvater verbergen wollte. Mrs Peggie hat erzählt, Edward Cobbs Mutter sei 1932 im Zuge der Gold-Star-Pilgerreise hierher auf die Insel gekommen. Hätte sie zufällig – oder nicht zufällig – Clarissa und ihren Enkelsohn getroffen – deinen Großvater –, tja, dann hätte Clarissa entweder mit der Wahrheit herausrücken müssen oder sie hätte es vielleicht sogar von allein bemerkt – zum Beispiel weil der kleine George seinem Vater wie aus dem Gesicht geschnitten war. Er war zu dem Zeitpunkt bereits dreizehn, es hätte also unter Umständen auffallen können. Aber ob Dorothy Cobb nun die Wahrheit erfahren hat oder nicht, Clarissa durfte nicht riskieren, dass es auf der Insel herauskam. Ihre Freundschaft mit Ed war bereits hinlänglich bekannt; wenn sie sich jetzt auch noch eng mit der Mutter befreundete, hätte es Tratsch und Gerede geben können ... Vermutlich wollte sie jeden Hinweis auf den wahren Vater verschwinden lassen. Eins der ersten Dinge, die Skye zu mir gesagt hat, war, das Beste am Beruf des Whisky-Blenders sei, dass Fehler immer erst eine Generation später herauskämen. Tja, und rate mal? Das hier kam sogar erst drei Generationen später ans Licht. Das hat sie schlau eingefädelt.«

Er zog eine Augenbraue hoch. »Bis du aufgetaucht bist, jedenfalls.«

»Tut mir leid«, sagte sie schmunzelnd.

»Tut es dir nicht.«

»Nein, tut es mir nicht.« Sie sah, wie er die Fotos, den Brief – die ganze Wahrheit – betrachtete. »Lochie, ob du's glaubst oder nicht, ich wollte dir das alles schicken. Ich musste nur erst ein wenig Zeit verstreichen lassen.«

Er warf ihr einen wilden Blick zu. »Bis der Scheck eingelöst war, meinst du?«

»Ja. Die Vereinbarung mit Sholto lautete, dich zum Rücktritt zu überreden und es so zu drehen, dass du glaubst, es sei deine eigene Idee. Und das hab ich getan. Ist ja nicht meine Schuld, wenn wenig später weitere Informationen über deine Herkunft herauskommen.« Sie zog eine Braue hoch.

»Du kannst einem ja richtig Angst einjagen, Alex Hyde. Vor dir sollte man sich in Acht nehmen.«

Sie grinste. »Danke.«

Abermals begegneten sich ihre Blicke. Abermals schüttelte sie die drohende Hypnose ab, indem sie die Papiere auf dem Tisch zu einem ordentlichen Stapel zusammenschob. »Und was hast du jetzt vor? Sholto hat deinen Rücktritt noch nicht offiziell bekannt gemacht, oder?«

»Nein, er will bis nach Weihnachten damit warten; die Brennerei ist über die Feiertage ohnehin geschlossen.«

Lochie sank seufzend auf die Schreibtischplatte, streckte die Beine von sich und verkreuzte die Fußgelenke. »Aber letztlich hat er mich ja nicht rausgeworfen, ich bin freiwillig zurückgetreten. Ganz abgesehen von der Herkunftsfrage und der Legalität der Adoption war das meine freie Entscheidung. Er ist nicht verpflichtet, mich wieder anzuheuern, bloß weil ich das will.«

Daran hatte Alex noch gar nicht gedacht. Sie erschrak. Sie hatte geglaubt, alle Eventualitäten berücksichtigt zu haben. »Aber was wird dann aus dem Betrieb?« Skye hatte bereits eine neue Stellung gefunden, aber was war mit Bruce und Hamish? Mit den Peggies? »Wenn du nicht wieder zurückkommst, wird Sholto die Proxy-Shareholder anweisen, für eine Übernahme zu stimmen. Sie werden den Betrieb schließen.«

Lochie musterte sie einen Moment lang abwägend. Als überlege er, ob er ihr etwas verraten sollte oder nicht.

»Nicht unbedingt«, sagte er schließlich. »Ich habe da so ein Gefühl, dass Sholto nicht sonderlich wild darauf sein wird, mein Rücktrittsgesuch aufrechtzuerhalten, wenn er erst mal erfährt, was ich in der Hinterhand habe.«

Sie sah zu, wie er ans Fenster trat und die blauen Scherben von der Vase aufsammelte, die noch dort herumlagen. »Und das wäre?«

Er hob den Kopf, die Scherben vorsichtig in der abgedeckten Hand haltend, und blickte zu ihr auf. »Ich hab das Ergebnis der Branduntersuchung bekommen, kurz vor der Weihnachtsfeier am Donnerstag. Es war gar kein Unfall. Es war Brandstiftung.«

Ihr klappte der Unterkiefer herunter. »Ach du großer Gott. Weiß man schon, wer?«

»Nö. Aber ich weiß es.«

»Du weißt es? Und wer war es?«

»Errätst du's nicht?«

Sie schnappte nach Luft. »Sholto?« Und als sie sah, wie er eine Augenbraue hochzog: »*Torquil*?«

»Ich glaube, das gehörte alles zu ihrem Plan, den Betrieb auf Islay zu destabilisieren. Es ist leichter, eine Brennerei dichtzumachen, die bereits halb abgebrannt ist.«

Alex konnte kaum glauben, was sie da hörte. Erst die Verführung seiner Verlobten kurz vor der Hochzeit – und jetzt auch noch Brandstiftung?

»Woher weißt du, dass er's war? Hat er gestanden?«

Lochie lachte spöttisch auf. »Nein, aber ich wusste es schon, als ich aus dem Krankenhaus kam, lange bevor ich den Brandbericht bekam ... Ich habe nämlich die Aufnahmen der Überwachungskameras.«

Alex runzelte die Stirn. »Aber ... ich dachte, die funktionieren nicht. Hast du dich nicht noch mit Torquil über die Reparaturkosten gestritten?«

Er erhob sich und legte die Scherben vorsichtig auf einem hohen Regal ab, wo sie keinen Schaden anrichten konnten. »Das war bloß zum Schein. Deswegen wurden die Kameras nach dem Brand auch nicht untersucht. Vor einiger Zeit ist mal die Sicherung rausgeflogen – mehr war's nicht –, aber es hat sich niemand darum gekümmert. Ich hab's wieder in Ordnung gebracht und mir gedacht, ich sollte diese kleine Geheimwaffe vielleicht in der Hinterhand behalten. Du hast keine Ahnung, was die Leute alles machen, wenn sie sich unbeobachtet fühlen.«

Sie musste gegen ihren Willen auflachen. Ihr Körper

wurde wie von einer Welle durchrieselt. »Lochie! Und du sagst, *ich* wäre beängstigend!«

»Tja, wenn man's mit einer dreckigen Bande wie diesen beiden zu tun hat ...« Er zuckte mit den Achseln.

»Lässt du ihn jetzt verhaften?«

»Das hängt ganz von Sholto ab. Ich könnte mich vielleicht überreden lassen, die Sache für mich zu behalten. Wenn er und sein feiner Sohn mit sofortiger Wirkung zurücktreten. Da ich ja in Zukunft ständig in London zu tun haben werde – du weißt schon, Scotch Vaults –, dachte ich, es wäre besser, wenn ich den Vorsitz übernehmen und mich künftig aus den Tagesgeschäften raushalten würde ...«

London?

Er trat auf sie zu. »Aber das ist Erpressung«, wandte sie ein, den Blick gebannt auf ihn gerichtet.

»Du nennst es Erpressung, ich nenne es wirksame Familienpolitik. So läuft das nun mal in Familien.« Er grinste. »Es wird höchste Zeit, dass sich die Dinge im Vorstand ändern. Mehr externe Mitglieder, mehr frischer Wind. Mehr Frauen ...« Er zog vielsagend die Brauen hoch.

»Was, *ich*?«

»Wieso nicht? Du hast mir gerade bewiesen, wie viel dir am Betrieb liegt und nicht zuletzt an seiner Erhaltung – schon allein der Peggies wegen. Außerdem wären es ja nur ein paar Tage Arbeit im Jahr. Und Callum könnte vielleicht neuer Geschäftsführer werden. Er leistet gute Arbeit auf seinem Posten in der Vermögensverwaltung.«

»Callum?«

»Ich weiß, wir haben unsere Differenzen, aber wenn's um wesentliche Dinge geht, sind wir uns eigentlich immer einig.« Er trat einen Schritt näher und ergriff plötzlich ihre Hand, zog sie an seine Lippen. »Was unseren Frauengeschmack betrifft, zum Beispiel.«

Ihr Magen schlug einen Purzelbaum, und ihre Haut kribbelte, wo seine Lippen sie berührt hatten. Trotzdem wich sie zurück. »Lochie ...«

»Was?«

Sie schluckte. »Es ist einfach zu viel geschehen. Glaubst du nicht, dass dadurch jede Chance auf eine gute Beziehung zerstört worden ist? Das mit uns stand doch von Anfang an unter einem schlechten Stern.«

Er nickte. »Bis vor kurzem wäre ich deiner Meinung gewesen. Aber jetzt liegen die Dinge anders. Du kennst mich. Und ich kenne dich jetzt auch. Ich will dich, Alex. Und ich weiß, dass du mich auch willst.«

»Aber reicht das denn? Es gibt tausend Gründe, warum es zwischen uns nicht klappen könnte.«

Er schmunzelte, dann grinste er, wurde frecher, zudringlicher. Er legte die Hände an ihre Taille und beugte sich zu ihr hinab. »Ah, aber weißt du denn nicht, was mir eine weise, furchteinflößende, aber sehr, sehr schöne Frau mal gesagt hat?«

»Was denn?«, flüsterte sie und konnte sich ein Lächeln nicht mehr verkneifen. Sie spürte, wie ihr Widerstand unter seinen Händen dahinschmolz.

»Man braucht nur einen einzigen Grund, warum es funktionieren könnte.«

31. Kapitel

»Aber ich hab nichts zum Anziehen.«
»Umso besser, zieh das an.«

Sie fiel lachend aufs Bett und warf einen Arm übers Gesicht. »Lochie, im Ernst! Kein normaler Mensch würde auf den Gedanken kommen *so was* einzupacken …«

»Du meinst, abgesehen von Sachen für die Arbeit, die Jagd und zum Tanzen …?«

Sie warf mit einem Spitzenkissen nach ihm, und er fing es auf. »Aber eine *Toga*! Wer kommt denn schon auf so was.«

»Na, Ambrose und Daisy. Und die nehmen ihr jährliches Weihnachtsspiel sehr ernst, das kannst du mir glauben. Davor drückt sich keiner. Mit Brauchtum legt man sich besser nicht an.«

»Aber woher sollte ich das *wissen*«, sagte sie seufzend und musste grinsen, denn er warf das Kissen weg und kam auf allen vieren über die Matratze und auf sie zugekrochen. Sie waren schon seit zwei Stunden mit »Auspacken« beschäftigt. Der Gefrierschrank in der Speisekammer war rammelvoll mit Champagner, der schockgefroren werden musste, nachdem der für den heutigen Abend vorgesehene Vorrat beim Anstoßen auf ihre glückliche Versöhnung durch die versammelten Kehlen geronnen war. Vorher hatten sie es den Krisenintervenienten aber noch gründlich heimgezahlt: Sie waren aus dem Fenster geklettert und hatten einen Streit und eine dramatische Verfolgungsjagd durch den Garten inszeniert, bei der die anderen vor Schreck fast einen Herzinfarkt erlitten hätten.

»Nein, du wusstest es nicht, weil du dachtest, du könntest mir so einfach das Herz brechen und damit davonkommen. Tja, wir Schotten haben Mittel und Wege, uns zu rächen. Ein Rudel Terrier ist nichts gegen meine Freunde.« Er war über ihr angelangt und küsste sie, einmal, dann noch einmal. »Keine Sorge, das ist weniger *Antonius und Kleopatra* als *Ist ja irre: Cäsar liebt Kleopatra*.«

»Dann werd ich mich eben in ein Bettlaken hüllen.«

»Gute Idee. Nimm doch gleich das hier.« Er riss ihr mit einem Ruck das Bettlaken aus ägyptischer Baumwollseide vom Leib, das als Einziges ihre Blöße bedeckte. Sie kreischte vergnügt auf. Ein wölfisches Grinsen breitete sich auf seinem Gesicht aus. »Ist ja nicht so, als ob wir's noch bräuchten.«

Borrodale House, 1. Weihnachtstag, 2017

Der Tisch war ebenso festlich ausstaffiert wie die Gäste: die Männer in Tartan-Trews und Samtjacketts in kräftigen, bunten Farben, die Damen im besten Schwarzen (außer Elise, natürlich, die in Rot erschien). Zahlreiche Kerzen tauchten den Raum in einen warmen, flackernden Schein, und auch im Kamin knisterte und knackte ein lebhaftes Feuer.

Rona war heute Morgen mit Lochie im Zug angekommen und lag jetzt vor dem Kamin. Sie japste jedes Mal protestierend, wenn wieder ein Weihnachtscracker mit einem lauten Knall auseinandergerissen wurde, wagte es aber nicht, ihren Posten zu verlassen, weil ja immer die Möglichkeit bestand, dass ein Essenbrocken zu Boden fiel, der entsorgt gehörte. Alex freute sich sehr, als die Hündin sie begeistert begrüßte wie eine alte Bekannte. Mit einer stillen Zufriedenheit, wie sie sie in ihrem Erwachsenenleben noch nie empfunden hatte, überblickte sie die Tafel.

Der Tag war so perfekt, wie er nur sein konnte. Alle hatten sich gründlich ausgeschlafen – zumindest jene, die keine Kinder hatten – und sich dann an einem kräftigen Frühstück, mit Cranachan, gütlich getan. Man hatte sich um den Weihnachtsbaum versammelt und die Geschenke ausgepackt. Die Mädchen hatten auch für Lochie eine Weihnachtssocke gefüllt. Was Alex betraf: Deren Auftauchen war diesmal ja noch unerwarteter als beim ersten Mal und konnte unmöglich vorausgesehen werden. Von Emma bekam Lochie eine Miniflasche mit seinem Lieblings-nicht-Kentallen-Whisky; Daisy hatte ihm ein Paar warmer Jagdsocken gestrickt; Jess schenkte ihm ein gerahmtes Foto, auf dem er im Alter von einundzwanzig zu sehen war und auf dem er geradezu umwerfend sexy aussah; und von Anna und Elise schließlich erhielt er das Buch *Wie man Freunde gewinnt* – das er prompt an Alex weitergab. Deren Last-Minute-Geschenk an ihn bestand aus einem Flugzeugticket nach Genf für den nächsten Morgen, damit er sie begleiten konnte, und er schenkte ihr eine Spielzeugausgabe seines Aston Martin, die er beim Kauf als Dreingabe erhalten hatte. Zur Erinnerung an jenen lachhaften Abend im strömenden Regen.

Danach hatten sie sich bei einem ausgiebigen Spaziergang übers Hochmoor ordentlich Appetit geholt. Lochie nahm sie, so oft es ging, bei der Hand, und Alex konnte gar nicht mehr aufhören zu strahlen, so glücklich war sie. Bei der Rückkehr balgten sich dann alle ums heiße Wasser, weil jeder ein Bad nehmen wollte.

Die Kinder hatten sich mittlerweile verzogen, um im »Schloss« Verstecken zu spielen. Alex bemerkte satt und träge, wie Anna ein Palmkätzchen aus Elises Haar zupfte. Max versuchte beim Crackerziehen mit seiner Frau zu schummeln, und Jess befestigte eine grüne Plastikfliege über Sams Smokingschleife. Ambrose drückte Daisy an sich und bedankte sich mit einem dicken Schmatz bei ihr für das gelungene Weihnachtsmahl. Und Lochie ... Lochie saß neben Alex, und seine Hand ruhte wie selbstverständlich auf ihrem Oberschenkel. Sie hatten ihre Beine unter dem Tisch eingehakt, und Sam erzählte Lochie gerade von einer Biotec-Firma, die an der Entwicklung eines künstlichen Uterus arbeitete, in dem auch extreme Frühchen am Leben erhalten werden konnten.

Lochie drückte Alex' Oberschenkel und sah sie an. Beide versanken in dem Blick, und Alex wurde ganz warm und wohlig ums Herz. Sie fühlte sich wie ein neuer Mensch. Wie neugeboren.

»Ein Toast!«, rief Ambrose, schob kratzend seinen Stuhl zurück und erhob sich.

Stille trat ein. Rona hob erwartungsvoll den Kopf.

»Ich denke, wir sind uns alle einig, dass ein verdammt

harter Tag hinter uns liegt, Leute. Die jungen Liebenden hier« – er wies mit einem Nicken auf Alex und Lochie – »sind einfach *unerträglich.*«

»Unerträglich!«, riefen alle und applaudierten. Lochie lachte kopfschüttelnd.

»Hab sie vorhin beim Knutschen in der Speisekammer erwischt. Letzte Warnung, ihr beiden: Ein solches Liebesglück ist in diesen Mauern nicht gestattet!«

Daisy stieß ein empörtes Quieken aus und bewarf ihren Göttergatten mit ihrer Serviette. Die flatterte prompt auf einen Kerzenleuchter und ging in Flammen auf, die Sam beherzt mit seinem Wasserglas löschte. Max bekam allerdings das meiste davon auf den Schoß und sprang empört auf.

»He!«, protestierte er und versuchte sich zum allgemeinen Gelächter den Schritt abzutupfen. Rona ging sofort nachsehen, ob etwas für sie abgefallen war.

»… aber ich spreche wohl im Namen aller, wenn ich sage, was für eine *verdammte Erleichterung* es ist, dass unser alter Kumpel Lochie hier endlich eine gefunden hat, die ihm nicht nur das Wasser reichen kann, nein, die ihm sogar haushoch überlegen ist! Alex, du musst verrückt sein, dass du's mit ihm versuchen willst, aber wir sind dir jedenfalls dankbar, dass du ihn uns vom Hals schaffst – und aus meinem Weinkeller. Er ist der Allerbeste, und das Leben hat's ihm nicht gerade leicht gemacht. Honig ist zwar süß, aber wer leckt ihn schon gerne von einer Distel? Stimmt's?«

Zustimmender Jubel. Lochie stöhnte. Alex beugte sich zu ihm hinüber und gab ihm einen Kuss.

»Ja, er hat in dir seine Meisterin gefunden, Alex, aber

ich hab so das Gefühl, dass das umgekehrt genauso ist. Wie meine geliebte selige Mutter immer sagte, wenn sie gegen meinen Vater mal wieder die überzeugenderen Argumente hatte: ›Auch heißes Wasser löscht das Feuer.‹ Kurz gesagt: Ihr habt einander verdient.«

Alex lachte.

»Deshalb möchte ich jetzt mein Glas auf euch erheben, meine wundervollen Freunde, und einen Toast ausbringen, den mein Vater sich immer für diesen Tag aufhob – bitte habt Verständnis, wenn er etwas holprig klingt, denn ich übersetze ihn aus dem Gälischen.« Er räusperte sich und streckte stolz die Brust raus.

»Möge das Beste, was du je erlebt hast, das Schlimmste sein, was dir je zustoßen wird.

Möge die Maus niemals mit einer Träne im Auge deine Speisekammer verlassen.

Mögest du immer gesund und munter bleiben, bis du alt genug bist, um zu sterben ...«

Er wandte sich Alex und Lochie zu und sagte mit großer Rührung:

»Und mögest du immer so glücklich bleiben – wie wir es dir in diesem Moment von Herzen wünschen.«

Er räusperte sich. »Herzlich willkommen in der Familie, Alex.« Er zwinkerte ihr zu, dann schoss sein Arm mit dem Glas vor, dass die Tropfen flogen, als wäre er Robert the Bruce höchstpersönlich, der zum Angriff blies. »Frohe Weihnachten, ihr verrückten Mistkerle. Und jetzt stellen wir die Bude auf den Kopf!«

Epilog

Islay, 30. April 1932

Die zwei Frauen saßen auf der Bank und blickten aufs Meer hinaus, das ihre beiden Länder wie eine gläserne Plane miteinander verband. Nach der Erregung der ersten zahlreichen Fragen schwiegen sie nun, und eine friedvolle Stimmung senkte sich auf sie herab wie eine warme Decke. Es war schön, hier beisammenzusitzen und das Spiel des Windes zu beobachten, der durchs hohe Gras strich und die Wasseroberfläche kitzelte. Den heiseren Schreien der Papageientaucher zu lauschen, die sich anhörten wie knarzende Türen und die, außerhalb ihres Gesichtsfelds, auf den Felsnadeln nisteten. Das war Schottland, das Land, das ihn gerettet hatte, und dies waren die Menschen, die ihn einst liebten.

»Ed ist immer so gerne hier heraufgekommen, das war sein Lieblingsplatz«, erzählte Clarissa und strich sich das Haar hinters Ohr. Die Sonne kam zwischen den Wolken hervor und warf schräge Strahlen aufs Wasser. »Als er wieder laufen konnte, sind wir fast jeden Tag heraufgestiegen und haben uns hier oben ausgeruht. Ich glaube, hier fühlte er sich dir näher.«

»Gott segne dich.« Dorothy nahm Clarissas Hand in die ihre. »Er hatte bis dahin noch nie das Meer gesehen, nicht bevor er nach Frankreich in See stach; er sagte, das

Gute am Militärdienst sei, dass er jetzt endlich die Welt sehen könne.«

Aber was für eine Welt das war, dachte sie – wo Männer gerettet wurden, nur um anschließend in den Tod geschickt zu werden; wo Liebe und Treue nichts mit einem Glücklich-bis-ans-Lebensende zu tun hatten. War es das wert gewesen?

Ihr Blick fiel auf den hübschen dunkelhaarigen Jungen, mit seiner goldenen Haut und den ungelenken, schlaksigen Gliedern, der unweit von ihnen im Schneidersitz im Gras saß und an einem Stöckchen herumschnitzte. Er war ein nachdenklicher, ernster Knabe, reif für sein Alter, gutherzig, und er besaß das sanftmütige Lächeln seines Vaters. Er hatte sie mit einer ganz festen Umarmung begrüßt, als habe er sie erwartet, als habe er gewusst, dass sie eines Tages kommen würde.

Sie lächelte durch ihren Tränenschleier. Und nickte. Sie war jetzt eine alte Frau, aber es stimmte, was man ihr schon als Kind beigebracht hatte: Was Gott mit der einen Hand nimmt, gibt er mit der anderen wieder zurück. Vielleicht war es das Opfer am Ende ja doch wert gewesen. Ihr eigenes Kind hatte noch die Liebe gefunden. Und wieder verloren.

Aber er war nicht tot, er lebte weiter.

Danksagung

Manche Geschichten muss man erst ausgraben, man kommt so schwer an sie heran, als wolle man mit einem Löffel nach Kohle schürfen. Andere dagegen landen einfach im Schoß, wie ein reifer Pfirsich, und ich freue mich sagen zu können, dass diese hier so eine ist. Daher mein tief empfundener Dank an jene Person, deren Name hier nicht genannt werden soll, die mir letzten Sommer bei einem Glas Sekt eine Anekdote erzählte und dann lachend verfolgte, wie ich sechs Monate lang damit schwanger ging.

Vor dem Verfassen dieses Romans musste ich mich eingehend mit der Whiskyindustrie und den Brennverfahren beschäftigen – im Ernst, ich habe ein ganzes Gefahrengutachten über Brandvermeidung und -bekämpfung in Destillerien von vorne bis hinten durchgearbeitet! Bei meinen Recherchen zu Islay, dem Ort der Handlung, stieß ich dann auch auf das Schiffsunglück der SS *Tuscania*. Ich habe die Personennamen zwar geändert, damit sie sich in meine Geschichte einfügten, aber die Ereignisse in jener Nacht haben sich genauso zugetragen, wie ich sie schildere. Ich möchte besonders zwei Farmer hervorheben, Robert Morrison und Duncan Campbell, die jene Soldaten von den Klippen gerettet haben und sie in die Obhut ihres Heims aufnahmen. Sie bekamen dafür einen Orden des Britischen Königreichs verliehen, und es war Duncans Schwester Anne, die die ganze Nacht lang Butter stampfte, damit die Soldaten etwas zu essen bekamen. Der örtliche Polizeisergeant, Malcolm MacNeill, hatte die grimmige Aufgabe, die angespülten Toten zu identifizieren. Er füllte ganze einundachtzig Seiten seines Notizbuches mit den schrecklichen Funden und korrespondierte mit jeder Mutter, die ihm verzweifelt aus Amerika schrieb, um Nachricht zu erhalten. Mit seiner Familie hat er offenbar nie darüber geredet; man fand die Schachteln mit den Briefen und Notizen erst nach seinem Tod auf dem Dachboden seines Hauses. Sie wurden dem *Museum of Islay Life* gestiftet und können noch heute dort eingesehen werden. Wenn Sie mal das Glück haben sollten, nach Islay zu kommen, dann schauen Sie doch mal rein, es lohnt sich. Aber selbst wenn Sie es nicht weiter bringen als bis zu diesen Seiten, sind Sie hoffentlich meiner Meinung, dass der Mut und die Tapferkeit dieser Männer eine Würdigung verdient haben, insbesondere jetzt, wo sich das Ende des Ersten Weltkriegs zum hundertsten Mal jährt.

Die Islay-Website (www.islayinfo.com) war eine fantastische Informationsquelle über das Leben und den Alltag auf der Insel, sowohl jetzt als auch früher. Falls Sie mehr über das Schicksal der SS *Tuscania* erfahren wollen, kann ich Ihnen das Buch von William Stevens Prince empfehlen, *Crusade and Pilgrimage*.

Mein Dank geht natürlich auch an mein persönliches Netzwerk von klugen, faszinierenden Freunden, die mich mit ihrem jeweiligen Wissen erleuchten; insbesondere, was diesen Roman betrifft, Isabel Dean in Fragen des sokratischen Gesprächs, mein Dinnerparty-Spezialist WK, der mich auf die offen gesagt brillanten TED Lectures über Körpersprache und nonverbale Signale aufmerksam gemacht hat, und TCM für die Erklärungen über das Erstellen von Konstellationen. Vielen Dank euch allen.

Wie immer geht auch diesmal mein Dank an das ganze Pan-Mac-Team. Diese unglaubliche Sache, die ihr da macht? Bloß nicht aufhören! Ihr seid ein derart perfekt geölter Betrieb und dabei so ungeheuer liebenswert, dass es die reinste Freude ist, mit euch zu arbeiten. Ich weiß, ihr seid wie ein Eisberg, von dem man nur die Spitze sieht, und ich kann gar nicht richtig einschätzen, was ihr tatsächlich leistet, aber ich möchte euch versichern, dass ich für sämtliche Mühen, die ihr euch für mich macht, zutiefst dankbar bin. Es ist eine Ehre, zu eurer Bande zu gehören.

Liebe Amanda, Naturereignis und Agentin extraordinaire, jetzt sind wir doch tatsächlich schon zehn Jahre zusammen! (Wie die Zeit verfliegt, was?) Von Beginn an mein treuer Schatten, nie weiter als einen Schritt von mir entfernt. Ohne dich wäre dieses Schiff längst an den Klippen zerschellt.

Was die Familie betrifft: Worte können nicht ausdrücken, was ihr mir bedeutet, daher all die endlosen Umarmungen und Küsse. Ich hab euch verdammt lieb. Bleibt so, wie ihr seid.

Autorin

Karen Swan arbeitete lange als Modejournalistin für Zeitschriften wie Vogue, Tatler und YOU. Sie lebt heute mit ihrem Mann und ihren drei Kindern im englischen Sussex. Wenn die Kinder sie lassen, schreibt sie in ihrem Baumhaus Romane.

Karen Swan im Goldmann Verlag:

Ein Geschenk von Tiffany. Roman
Ein Geschenk zum Verlieben. Roman
Ein Weihnachtskuss für Clementine. Roman
Winterküsse im Schnee. Roman
Winterglücksmomente. Roman
Sternenwinternacht. Roman
Sommerhaus mit Meerblick. Roman
Ein Sommer in den Hamptons. Roman
(alle auch als E-Book erhältlich)

Unsere Leseempfehlung

512 Seiten
Auch als E-Book
erhältlich

Weihnachtszeit in London: Die Stadt funkelt, unter den Sohlen knirscht der Schnee – doch Allegra Fisher hat nur einen Wunsch: dass die Feiertage schnell vorübergehen. Die Karrierefrau arbeitet an einem Riesendeal und hat keine Zeit für das »Fest der Liebe«. Als im verschneiten Zermatt eine alte Berghütte entdeckt wird, kann Allegra kaum glauben, dass der Fund etwas mit ihrer Familie zu tun haben soll. Gemeinsam mit ihrer Schwester Isobel fliegt sie in die Schweiz – und mit der Reise und ihrem attraktiven Konkurrenten Sam nimmt Allegras Leben eine neue Wendung. Vielleicht wird es doch ein Fest der Liebe …

www.goldmann-verlag.de
www.facebook.com/goldmannverlag

Unsere Leseempfehlung

512 Seiten
auch als E-Book
erhältlich

Clementine Alderton ist die Sorte Frau, die jeder zur Freundin haben – oder lieber gleich selbst sein möchte: schön, reich und glücklich. Doch Clementine hütet ein dunkles Geheimnis. Gerade als ihre sorgsam aufgebaute Fassade zu bröckeln beginnt, erhält sie ein Jobangebot als Inneneinrichterin im verträumten Hafenstädtchen Portofino. Clementine sagt zu – die Reise nach Italien scheint wie die Lösung all ihrer Probleme. Wenn man davon absieht, dass sie in der Vergangenheit schon einmal dort war und sich eigentlich geschworen hatte, nie wieder zurückzukehren ...

www.goldmann-verlag.de
www.facebook.com/goldmannverlag